Pe copertă: colaj de Andrei Gamarț
Foto autor: © Anto Magzan

www.polirom.ro

Editura POLIROM
Iași, B-dul Carol I nr. 4; P.O. BOX 266, 700505
București, Splaiul Unirii nr. 6, bl. B3A, sc. 1,
et. 1, sector 4, 040031, O.P. 53

Descrierea CIP a Bibliotecii Naționale a României:
STĂNESCU, BOGDAN-ALEXANDRU
Abraxas / Bogdan-Alexandru Stănescu. – Iași: Polirom, 2023

ISBN 978-973-46-9681-9

821.135.1

Printed in ROMANIA

Bogdan-Alexandru
STĂNESCU

Fiction-Ltd

Abraxas

roman

POLIROM
2023

Pentru Virgiliu, care m-a trecut de *selva oscura*

Apari, apari, oricare ți-ar fi numele sau înfățișarea,
O, Taur al Muntelui, Șarpe cu O Sută de Capete,
Leu al Flăcării arzânde!
O, Zeu, Bestie, Mister, vino!

Euripide, *Bacantele*

Acesta este un Dumnezeu despre care voi n-ați știut, căci oamenii l-au uitat. Îi spunem pe numele lui de ABRAXAS. El este și mai nedefinit decât Dumnezeu și diavolul. (...) El este probabilitatea improbabilă, este ceea ce are efect nereal.

C.G. Jung, *Septem Sermones ad Mortuos*

Vedeți frumosul cap al femeii cu bucle, splendid colorat?

Goethe, ora 10, 22.03.1832

Corul

Sunete înfundate, venite din depărtare, încă învelite-n postavul umed al lumii în care lupţi din toate puterile să te întorci, apoi mirosul suav, discret al ceaiului de mușețel înșurubat în carnea grasă a celui de nes (nesul e o doamnă cu fundul mare, în fustă plisată, iar mușețelul o fetiță obraznică ce seamănă cu Maria Mirabela) – și abia acum înțelegi că huruitul care a precedat toate astea era al linguriței în cană, pentru că nesul trebuie frecat, altfel nu iese bine, apoi zgomotele devin din ce în ce mai puternice și deja te desprinzi de camionul zburător în care stai înghesuit alături de Mioara și de Bogdan și care te aduce acum rapid din Antarctica, un camion călduros și jilav, miști întâi un picior care nimerește pe o porțiune rece de cearșaf, îl tragi repede înapoi, aștepți puțin și îl duci iar acolo, până se obișnuiește, dar piciorul nu e gol, ci a ieșit de sub plapumă, iar frigul trece prin cele două perechi de ciorapi, una mai subțire, pe interior, și una groasă, din lână, împletită de Psihi Mu. Iar în plină negociere a piciorului cu aerul rece al camerei se aud apropiindu-se tocurile din lemn, le asculți bocănind pe trepte, din ce în ce mai aproape, strângi pleoapele și-ți faci curaj pentru ce urmează, spălarea cu apă rece, mâncarea de care nu ai chef în bucătăria congelată, drumul interminabil prin întuneric, până când vocea ei se aude din pragul ușii și-ți spune, ca-n fiecare dimineață, Hai, Chiț-Chiț, trezește-te! A venit văcuța Mu și ți-a adus lapte, a venit găinușa Cotcodac și ți-a lăsat un ou!, iar eu, care sunt tu, întreb, tot ca-n fiecare dimineață: Unde-au venit? Și ea se prinde-n joc: La geam, unde să vină? Pe la nuc. Hai, scoală-te, că-i târziu și iar îmi face necazuri căcatu' ăla de Nea Fane.

În Casa cu Lei

Mulți ani la rând, mi-a plăcut să ajung pe Strada Trestiana din Bulevardul Pionierilor, să merg pe lângă parcul străjuit de gard viu, pe lângă arbuștii cu fructe preistorice, albastre sau verzi, cu ghimpi care-mi aduceau aminte de țepii stegozaurului pe care-l aveam și eu în colecția mea de dinozauri din plastic – amintește-ți mica piesă de teatru a Prințesei Ralu în librărie, când cerea acei dinozauri, dar nu voia să spună „dinozauri", pentru că asta ar fi însemnat că recunoaște fie și o fărâmă de seriozitate în joaca mea, așa încât cerea o pungă de „canguri", iar vânzătoarea, care nu avea nici timp, nici chef de fițele ei, a pus-o la punct spunându-i că nu au canguri, iar Ralu, de la înălțimea ei princiară, i-a arătat cu degetul pe care strălucea un inel masiv din aur și a întrebat-o pufnind „Dar ăia ce sunt?". „Animale preistorice, tovarășa." „Bine, dați-mi o pungă de canguri preistorici, atunci!" În dreptul unei intrări laterale din parc, de unde pornea o alee care trecea pe sub coroanele unor mesteceni bătrâni, întorceam spatele la Valea Plângerii și așteptam să se facă verde, apoi traversam și mergeam încă zece metri pe lângă șirul de blocuri de la bulevard, până când între ele se deschidea o trecere întunecată, un pasaj unde mirosea a mâncare stricată și la umbra căruia apa nu se evapora niciodată, nici măcar vara, pe căldurile mari, bucureștene. În chiar mijlocul acestui drum denivelat (betonul se umflase între garduri și plesnise, iar din tranșeea aia răsărea armura organică a unei rădăcini care-și rătăcise drumul și se aventurase înspre grădina de vizavi), dar cumva retrasă înspre stânga, o baltă verzuie cu lintiță și mucuri de țigară bolborosea puhav și amniotic, gata să scuipe-n aer vreun pui uriaș de broască. De partea cealaltă a tunelului găseam mereu umbra aruncată de blocurile care încadrau străduța Trestiana, iar deasupra canalului stătea adesea, cu cracii în sus, unul dintre cei mai mari gândaci pe care-i văzusem vreodată. Și, chiar dacă nu voiam decât s-o iau la goană și să mi-l șterg din minte, rămâneam acolo pentru o clipă, paralizat și cu mușchii feselor strânși de groază, privind fascinat cum picioroangele lui stacojii se mișcau în aer așa cum credeam că se mișcă morții în cutiile lor din lemn peste care apasă pământul umed, iar creierul meu primea atunci un mesaj dintr-un viitor incert, probabil așa aveau să se miște alene mânuțele unui bebeluș pe care tocmai l-am adus acasă de la spital și care acum se obișnuiește cu noua lui casă, pipăind aerul în care s-a întrupat figura mea. Când reușeam să mă desprind din ghearele monstrului dat cu burta-n sus, privirea urca fără îndoială peste stradă, la etajul 4 al blocului, unde, dacă era primăvară, vară sau toamnă, Meri sădea panseluțe și petunii în jardinierele care încadrau balconul. Urcam treptele ca pentru pitici ale cărării care ducea la ușa blocului, încercând să nu calc pe muchia treptei, ci doar în centrul ei plin, atent ca din gardul viu înflorit să nu se desprindă vreo albină, pentru că știam foarte bine de la Ralu poveștile cu oameni omorâți în floarea vârstei de albine malefice care-i înțepaseră în gât („Noroc că era acolo un tovarăș doctor care i-a tăiat gâtul și i-a pus un tub de pix ca să respire prin el!“).

Ani de-a rândul, când intrai în scara întunecată a blocului, înainte de a ajunge la lift, treceai printr-o expoziție casnică de fotografii înrămate, fiecare dintre ele câte o variantă a fericirii imaginate de curatorul blocului: schiori în Alpi, o pădure de mesteceni încremenită într-o toamnă eternă, cu frunzele acoperind întreaga paletă de culori posibile, de la încă-verde la un sângeriu oarecum pictural, apoi cascade cu șuvoaie prăbușindu-se de la înălțimi amețitoare chiar spre ochii în care se află frumusețea și, la capăt, fotografia unei actrițe din anii ’80, de o delicatețe vetustă, care poartă o fustă plisată în plin acord cromatic cu frunzele mestecenilor de alături, o actriță pe care nici mie nu mi-a fost ușor să-mi mărturisesc că o iubesc încă din copilărie, de când stă acolo, atârnată pe ultimul spațiu gol dinaintea liftului. O iubesc de când veneam cu Ovidius de la câte o vânătoare de melci prin parcul nostru, imediat ce ploua, de obicei în dimineți la fel de îndepărtate precum cele povestite acum de un zeu oarecare, readus la viață din somnul lui. Plecam amândoi cu câte o sacoșă în mână, sub privirile lui Meri, toată un amestec de amuzament și groază la vederea acelor frumuseți de sacoșe din pânză cum nu se prea găseau și care aveau să devină capcane pentru zecile de gasteropode pe care le culegeam de pe lângă gardurile vii ale parcului. Veneam cu ele pline de ființe băloase care trezeau în mine o duioșie violentă, iar el le strângea ascultător, se băga prin găurile din garduri, neatent la nimic altceva, cum ar fi faptul că-și murdărea balonzaidul bej sau vernil ori pantalonii cu vipușcă, pentru că de multe ori nu avea timp nici să se schimbe după ce venea de la Marele Stat-Major. Câteodată săream calul și-i ceream lucruri imposibile pentru că știam că le va face și-l stârneam, îl obligam din pur sadism, dar și din dragoste, pentru că-l știam singurul destul de înamorat de mine încât să se supună oricărui capriciu copilăresc, așa că-l puneam să alerge cu balonzaidul deschis, fluturându-i în lături, să alerge așadar cum văzusem că șarjau soldații români în *Noi, cei din linia întâi*, apoi să se prefacă speriat de șuieratul unei bombe ce urma să cadă în apropiere și să se arunce la pământ, cu palmele lipite la ceafă, protejându-i părul frumos, lins, dat pe spate, pe care și-l aranja după baie cu mare grijă, apoi îl prindea cu o plasă și-arăta ca un scriitor din interbelic, ca Mihail sau Camil. Și el se arunca, știu bine asta, pentru că mi-l amintesc cumva nemulțumit, acolo, pe jos, în noroi, cu balonzaidul făcut praf, pătat pe obraz, privind spre mine, care băteam din palme, poate reproșându-mi că de data asta am exagerat un pic, dar nimic nu mai conta, pentru că mă vedea râzând și puteam pleca liniștiți spre casă, acolo unde ne aștepta Meri, care probabil gătea unul dintre felurile ei preferate cu ce reușea el să-i aducă de la popotă, adică limbă de vită, cu care făcea o „mâncare rece cu măsline“, sau un picior de porc, un adidas, cum îi ziceau ei chicotind, pe care-l făcea piftie. Iar când intram în scara blocului, cea îmbrăcată în gresie și faianță verde, unde mă simțeam mereu ca la una dintre piscinele interioare de la Herculane, unde mă duceau tot ei vara și unde aveam stânca noastră preferată, pe care ea se cocoța și de unde poza cochetă, la cei doar 50 de ani ai ei, iar el o fotografia cu un zâmbet care emana fericire burgheză, deci, cum intram în piscina aceea interioară a blocului, bifam cu privirea toate tablourile de pe pereți, anticipând, cu un fior care pleca de undeva din ceafă și cobora până între picioare, privirea actriței blonde, cu breton, din fotografia înrămată, ochii ei de un violet tremurător, ca suprafața unei ape, pardesiul foarte scurt, care nu-i acoperea picioarele lungi încălțate în saboți cu talpa din plută, și perechea de ochelari de soare pe care îi ținea neglijent în mâna dreaptă, degetele ei subțiri, nesfârșite, adormite într-o cădere continuă, și, cum ajungeam în dreptul ei, mimam câte un accident care să-mi permită să întârzii acolo cât mai mult, fără ca el să-și dea seama ce se întâmplă, așa că fie mă așezam într-un genunchi ca să-mi leg șireturile, fie mă sprijineam de perete ca să-mi trag sufletul și el mi-o lua înainte aruncându-mi peste umăr, fără pic de supărare:

— Haide, domnule, că ne așteaptă Meri. Masa-i gata de mult.

Și atunci, ca de fiecare dată, eu o luam la goană pe scări, spre etajul 4, iar el mai întâi se prefăcea surprins, apoi probabil zâmbea și-și trecea mâna prin părul negru, lins și chema liftul, apoi urca și, când deschidea ușa, iarăși se prefăcea surprins când îi săream în față urlând „Primuuuuu!“, iar după toată această demonstrație de artă actoricească așteptam în fața ușii în timp ce el o descuia, fără să sune, ca să n-o deranjeze pe ea, care ne gătea. Și el descuia ușa tot așa cum o face acum, decenii mai târziu, poate chiar mai lent, adică mai întâi băga doar vârful cheii în yală, destul cât să rămână acolo, apoi o împingea cu buricul degetului mare, așa cum nu am mai văzut pe nimeni să procedeze – și eu am văzut mulți oameni descuind uși. Apoi, în hol, aprindea lumina și o striga:

— Meriii, ia vino să vezi ce a adus Michișor!

Iar ea apărea în ușa bucătăriei, purtând un șorț, dar mereu coafată impecabil, cu părul vopsit fantezist, câteodată mov, câteodată roz, cu unghiile lungi, roșii, purtând pe vremea aia o pereche de evazați maro, din stofă, și se prefăcea îngrozită la vederea celor două sacoșe doldora de melci, apoi mă zorea spre balcon, spunându-mi să-i pun pe la ghivecele cu flori, pe pământ și să nu mă prindă în casă cu scârboșeniile alea. Și eu firește că goneam cu cele două capcane din pânză spre balcon, deschideam cu piciorul plasa de țânțari și începeam să-i scot, unul câte unul, și să-i așez pe pământul umed până când nu mai vedeam acolo nici o pată de maro sau de negru, ci doar spiralele acelea gri-verzui care mi se învârteau în fața ochilor ca moriștile sau ca imaginile din telescopul-caleidoscop, apoi le cântam până când începeau, timizi, să iasă din cochilii și să-și înceapă explorările. Și se mai întâmpla câteodată, noaptea, înainte ca bătrânii să mă cheme în patul vișiniu, cu saltea matlasată și răcoroasă, să mă strecor iarăși în balcon și să întredeschid cadrul de lemn al plasei, ca ei să poată intra, dacă li se face frig cumva. A doua zi sufrageria era o imensă hartă trasată cu granițe lucioase sau trotuarul unui parc pe care desenaseră copiii cu creta, însă aceste fire de țesut, aceste linii de cretă erau strălucitoare, erau trasate cu praf de stele, ca-n Ispirescu, și, mai mult, duceau cumva către locuri pe care doar ei, melcii, le știau, iar întreaga zi se transforma apoi într-o lungă cursă detectivistică, noi trei contra celor câteva zeci de infractori cu casa-n spinare, fugiți obișnuit, dacă nu chiar norocos, în care totul a mers splendid – glumeai cu Ioana, încercați să ispitiți soarta seara, în pat, imaginându-vă lucruri absurde pe care să vi le puneți în minte, pentru că în anul acela s-ar fi îndeplinit (chiar și acel bancher nigerian care voia să-ți încredințeze câteva sute de milioane de dolari, ei bine, chiar și el ar fi căpătat consistență și ne-ar fi vârât fondurile în cont) –, da, nu cred că el ar înțelege cum e ca într-o asemenea seară, pe când parcurgi drumul de doi metri dintre insula-masă din centrul bucătăriei și aragaz, să-ți apară în minte o greutate care apoi se prăbușește brusc în vintre. N-o să afle niciodată cum mi s-a blocat respirația, încât am tras degeaba aer în piept timp de zece-cincisprezece secunde, ca un crap bălos aruncat pe pat de gheață în Obor – și mi-am simțit palmele transpirând, apoi furnicându-mă și apoi ochii înecați de lacrimi uscate, ca și cum aș fi plâns pe dinăuntru, incapabil să vomit răul pe care-l simțeam acum pentru prima oară în forma asta. Cine nu a trecut prin așa ceva nu va înțelege despre ce vorbesc – o durere mută și grea, fără nici un motiv rațional, iar toate gândurile care-ți vin în minte sunt doar mecanisme de autoapărare, sunt invenții ale creierului tău sau mai curând ale părții încă sănătoase din tine, sunt motive normale de durere pe care rațiunea ți le ridică la fileu, tocmai pentru a amâna înțelegerea faptului că nimic din ce se întâmplă nu mai e rațional și, nefiind rațională, durerea aceea e nevindecabilă și cu ea vei trăi și cu ea vei muri. Nu, nu cred că el va pricepe asta, dar sunt sigur că ar putea s-o mimeze foarte bine, într-o nouă carte interesantă.

*

Urc treptele scufundate în umbră, prin piscina interioară din Trestiana, pentru că liftul e defect, urc treaptă cu treaptă, recitându-mi mantra compusă în copilărie, și, în ciuda unui calm relativ, care se așază ca pelicula de praf peste oboseala unei zile lungi, interminabile, simt gheara veche, a bătrânului leu, cum râcâie în piept, cum sapă rupând în cale tot, epidermă, vase de sânge, carcasa pieptului, până în locul secret în care se află, vorba vechilor înțelepți, casa sufletului, suflet chircit acolo, în mormanul fierbinte de carne, oase rupte, fire de păr (unele deja albe) și sânge, sânge negru, sânge bun, sânge viu. E frica despre care nu știu când a apărut prima oară, pentru că toate sondările mele duc înspre imagini ale fericirii sau la izbucniri pline de nervi, nu a rămas la suprafață nimic din teroarea aceea tăcută, pelicula de calm în care-și învelește acțiunile, felul ei scrâșnit, indecent de neîndemânatic de a-și ascunde adevărata natură. Frica e mai întâi o senzație îndepărtată, un câine care doarme iepurește, dar tresare în somn, dă din labe într-o alergare visată și despre care știu că se va trezi cât de curând, stă la etajul întâi, frica e apoi apa neagră pe suprafața căreia plutesc bucăți de lemn putred și-n care se ascund gândaci negri, de subsol, libărci la etajul al doilea, frica e un tremur în coșul pieptului și dorința de a-ți ține în frâu lacrimile la etajul al treilea, frica e deja stăpâna mea, frica mi-a golit mintea la patru și frica e cea care-mi dirijează mâna, tremurândă, spre sonerie, aceeași sonerie pe care Ovidius nu apăsa atunci, când veneam din parc, ca să n-o deranjeze pe Meri. Dar acum indexul meu cu încheieturi pronunțate, care se dă atât de ușor peste cap, cu oase subțiri, ușoare, de pasăre, degetul ăsta apasă butonul roșu și ochii se strâng sub pleoape, ca-n febră. Țârâitul vine din depărtare, dintr-o peșteră, repet apăsarea, apoi îmi sprijin fruntea de lemnul ușii și îndată îi aud vocea subțire și prefăcută, vocea pe care ar avea-o un ghepard dacă ar vorbi la un ceai dansant:

— Daaaaa?

E aceeași voce pe care o avea atunci când mima buna dispoziție, când se voia contagios, plin de energie și știam că, dacă nu mimez, la rândul meu, bucuria – să zicem că plecam într-o excursie sau că ajunseserăm deja la munte, iar el se trezea devreme și ne trezea și pe noi de la 7, pentru că așa se face, trebuie să profiți de tot timpul ăsta liber –, dacă nu mă asociez corului de binedispuși format din soția lui cea inteligentă, fiul lui blond și dezinhibat și cățelul Joy, cel cu halenă și blană sârmoasă, dacă îmi va simți cumva ura, iritarea, vocea lui se poate schimba, se va sparge în cioburi tăioase și se va îngroșa, apoi se va ridica spre tavan, se va preschimba iute-n urlet și va coborî asupra mea, un uliu repezindu-se la șoarecele-de-câmp.

Și, odată cu vocea aia mieroasă (îți amintești povestea pe care ți-o puneai la nesfârșit în copilărie, la pick-up, *Familia Chiț-Chiț*, și vocea motanului criminal), se întredeschide ușa, lasă vederii un petic îngust de mochetă verde, iar simultan cu prima imagine răbufnește din pragul ușii un cocktail de mirosuri, unele vechi, altele destul de noi, dar toate cunoscute deja, e un palimpsest de izuri (cele vechi, reconfortante le ascund încă pe cele recente, jenante) și ce te izbește e tocmai faptul că mirosurile astea vin fiecare din altă zonă a memoriei, fiecare iz aduce cu sine o amintire, iar amintirile astea nu se leagă deloc, ci mai curând, puse cap la cap, formează o peliculă necredibilă, opera unui taxidermist beat care coase laolaltă trupul unei zebre cu gâtul unui vultur și labele unui leu. Primul miros pe care-l recunoști e cel mai familiar și nu poți să nu te întrebi dacă este într-adevăr primul sau dacă doar ai senzația că e așa, pentru că-l cunoști cel mai bine: e mirosul casei lor, un amestec de naftalină, curățenie veche și bătrânețe, dar acum se retrage pe zi ce trece, la fiecare vizită, în fața unor mirosuri agresive, toate venind dinspre Cel Tânăr, care te întâmpină zâmbind pe sub mustață, celebra lui mustață, pe care i-o cunoști din fotografiile pe care le trimitea părinților din armată. „Tac-tu s-a născut cu mustață“, îți amintești cuvintele lui Ralu spuse fără năduf, în clipele de bună dispoziție, atunci când nu-l blestema și nu-i dorea să-i sară ochii, să-i cadă dinții sau să-l mănânce cancerul.

Mă așteaptă îmbrăcat într-un *dhoti* croit de mână, dintr-un material vaporos, care-i ajunge până la glezne, o rămășiță din multiplele lui călătorii, și nu te poți abține să-i privești degetele subțiri de la picioare, subțiri și lungi, cu unghiile netăiate și murdare, iar odată cu imaginea *dhoti*-ului îți vine în nas un damf de țigară stinsă de curând, de băutură veche (poate fi băutura de ieri, e încă dimineață) și de sex bărbătesc nespălat. Astea sunt noile mirosuri pe care le-a adus în casa copilăriei lui. Și a copilăriei mele. În urma lui apare Ovidius, acum gârbovit, dar cu părul încă des și grizonant, nu alb, la cei 90 de ani, îmbrăcat ca de obicei, corect și dichisit, chiar dacă nu plănuiește să iasă din casă, cămașă albă, scrobită, o vestă de costum încheiată la nasturi, niște pantaloni vechi militărești, călcați impecabil, apare din spatele Fiului și-l simți, pentru că-l cunoști prea bine, îl simți cum încearcă să-și lumineze chipul, să șteargă negreala care i se așază pe față când e supărat. Se bucură să te vadă, aici e perfect sincer, știi asta și-ți blochezi simțul mirosului cât îl săruți pe obraz pe Genu, îți stăpânești repulsia, ba mai mult, încerci să te înmoi puțin când te strânge-n brațe cu drag, pentru că tu știi că efuziunile astea sentimentale nu sunt decât o reacție chimică a creierului îmbibat de ani de zile în alcool, antidepresive și dorințe sexuale care nu se mai sting, care-i traversează biografia în ultimii 50 de ani. Toate astea, mâzga din capul lui chel, cu păr doar la spate, pe care și l-a lăsat să crească și l-a prins într-o coadă de cal ținută laolaltă de un inel lat, de viking, cu rune încrustate, toate astea nasc un nou miros, o duhoare ce mă urmărește mai ales noaptea, când mă trezesc în întuneric lângă Ioana și nu mai pot adormi și încerc să-mi liniștesc tremurul din piept, frica aceea cumplită pe care mi-a adus-o somnul și al cărei obiect mi-e neclar, însă are de-a face cu cancerul, cu moartea, cu apropierea unei vârste în care nu știu cum să mă instalez și, în final, cu el.

După ce reușesc să mă smulg din brațele lui, îl ocolesc discret, poate nu destul de reușit, prefer să mă lipesc de perete și mă îndrept spre Cel Bătrân, care se ridică spre mine, așa cum un copil se ridică spre părinte când vine seara de la serviciu, se ridică așadar, pare că se îndreaptă de spate și mă țocăie zgomotos pe obraji, apoi, în timp ce trec și de el și intru în sufrageria unde nu țin nici un bec aprins, doar un televizor mare, unde urlă comentatorul de la Eurosport, pentru că se uită neîntrerupt la diverse sporturi, care mai de care mai pasionant, de la snooker sau tenis, în cazul cel mai bun, la campionatul mondial de șters gheața din fața unui disc pe care cineva îl aruncă dinspre o linie înspre alta. Și de fiecare dată în cameră urlă un comentator pasionat de sportul respectiv și de fiecare dată nici unul dintre ei nu simte nevoia să dea sonorul mai încet când ne așezăm, eu la masa din centru, pe un scaun, ei fiecare în câte un fotoliu, Cel Bătrân pe locul lui, Cel Tânăr pe locul lui Meri, acolo de unde acum trei-patru ani încă rânjea ea, pentru că nu mai putea zâmbi și nici nu știu ce mai înțelegea, dar ghiceam când era recunoscătoare sau mulțumită, atunci când îi aduceam un medicament sau veneam în goană de acasă pentru că se prăbușise în timp ce își făcea programul de mers cu cadrul, de la baie până în sufragerie, iar Cel Bătrân se dovedea a fi prea slab ca s-o ridice. În locul ei stă acum Eugen, zis în vremuri mai bune Genu, băiatul de aur al familiei, și de sub *dhoti*-ul vaporos îi ies două picioare slabe, stă picior peste picior și dă tacticos din degetele subțiri, terminațiile alea cu unghii lungi sunt căngi de *Mantis religiosa*, își freacă colțul drept al mustății cu mâna dreaptă, își împinge părul în gură și-și roade firele cu caninii ascuțiți care sunt și în gura mea, pentru că așa suntem noi, niște vampiri de cartier adunați acum cu toții, trei generații de bărbați maturi în aceeași cameră plină cu bibelouri și cărți.

— Nu putem da ăla mai încet, să ne auzim și noi?! urlu spre Cel Bătrân, care mă privește uimit, pare să nu înțeleagă de ce țip la el și, mai mult, cum de țipătul meu trece prin perdeaua de zgomot care vine dinspre televizor.

Întinde mâna care nu tremură spre telecomandă și apoi o aduce și pe cea care tremură peste ea, mâinile își schimbă locurile între ele, cea care tremură e mâna dreaptă, aici e și tragedia, că mâna asta are nevoie de ajutorul celei mai slabe, și, lucrând împreună, dibuiesc butonul de volum, pe care-l apasă îndelung, pentru că e gripat, și vocea entuziasmată a comentatorului care însoțește meciul decisiv dintre CSM București și echipa din Zalău scade ușor în intensitate, pare că ne scufundăm cu toții în întuneric, așa că mai urlu o dată, fără să fie cazul:

— Da' lumina aia, n-o aprindeți și voi, să ne vedem?!

— Nu ne lasă, Michi dragă! Zice că și-așa consumăm prea mult! intervine Genu și întinde mâna spre întrerupător, iar lampa luminează acum aproape jumătate din sufragerie și jumătate din capul lui lipsit de păr, cu coadă de cal la spate, destul însă ca să-i văd limba mare, încărcată, albă, cu pustule gălbui cum iese din gură și-i umezește buzele cărnoase și asta mă face să mă gândesc la varanul de Komodo, din documentare, ce mânca tot așa un ou de pescăruș, vârându-și și scoțându-și limba bifurcată din albeața spartă a oului, în timp ce deasupra lui fâlfâia înnebunită mama puiului anulat.

— Păi, da, dragă, dar ce rost are să consumăm, dacă e destulă lumină de-afară? argumentează nervos Cel Bătrân și arată cu mâna care tremură spre balcon, acolo unde sunt înșirate rufe la uscat, din cauza cărora în cameră nu mai răzbate nici un pic de lumină.

De fiecare dată când îi vizitez, par să reînnoade o ceartă pe care probabil am întrerupt-o cu sosirea mea. Evident e însă că se abțin, ceea ce văd eu e varianta cenzurată, pentru copii, restul urmând să se dea după ora 24.

*

Pe Cel Bătrân îl cheamă Ovidiu, de fapt Ovidius, Meri îl striga Ovi, într-un fel foarte afectat, tot așa cum se recomanda Tovarășa Colonel Lucescu chiar pe vremea

Împușcatului Dictator. Ea însăși era o rămășiță burgheză ambulantă, pentru că nimeni nu a văzut-o vreodată necoafată, nerujată, fără unghii făcute, cu excepția zilei în care a murit la Spitalul Militar. Părea extrasă din culisele unei opere baroce, gata oricând să se transforme în măslin sau în leandru, într-o mișcare de rotație din care se mai vedeau doar ramificațiile, vârtej de frunze, rujuri, buze pline, păr mov (făcut cu creionul chimic), lanțuri din aur masiv, cercei cu topaz, gene false, unghii de tigru. Ieșirea lor împreună la cumpărături, chiar și atunci când amândoi trecuseră bine de 80 de ani, era un spectacol de varieteu: numai ca să cumpere pâinea și ziarul, trebuiau să fie impecabili, un impecabil aglomerat, suprasaturat, unde el juca rolul fundalului, contrapunctic, mereu corect, ordonat, planșa albă pe care se dezlănțuia orgia ei de culori și zorzoane parfumate.

Mă întreb uneori, înainte de a intra în holul-piscină, dacă nu cumva totul e din vina lui. Ar fi cumva nedrept, pentru că, dacă pot jura pe ceva, asta ar fi bunele lui intenții, dar când au justificat ceva bunele intenții? De altfel, ordinea asta aticistă pe care și-a construit-o a fost un mecanism de apărare, felul lui de a răspunde unei lumi amenințătoare în care a intrat fără alte atuuri. Fiu de chiaburi dintr-un fost sat de graniță, își amintește acum (și o face din ce în ce mai des, de fiecare dată când are ocazia) cum taică-su (Tati, poate o siluetă vag cocârjată, poate niște mâini murdare, de țăran care muncește) a vrut să intre în colectiv prin 1949, tocmai pentru că fusese țărănist și simțea că trecutul i-ar fi fatal în noua ordine, dar s-a izbit de tăcerea împietrită a nevesti-sii (Mămica, ea a dispărut complet undeva, jos, în subteranele memoriei), care a refuzat să mai vorbească cu el câteva luni, până când a renunțat la idee și s-a împotrivit colectivizării cât a putut, apoi a trebuit să cedeze, din nou, de data asta cu arma la tâmplă. Au avut trei copii, dintre care doi, băieții, au ajuns până la urmă la oraș, de unde îi vizitau, în tinerețe, prin anii '50, când mergeau cu trenul până la

Craiova, apoi se urcau în căruțe, de unde, sub blana de oaie, mai aveau de îndurat frigul, câteva ore, până în satul Cioroiași, pentru a petrece Crăciunul cu Tati și cu Mămica. Ovi, Ovidius, e cel mai mare și, după primele patru clase terminate în sat, plus alte patru de liceu la Craiova, l-au trimis la liceul-internat de la Deva, unde primele nopți au fost teribile, până s-a obișnuit să adoarmă în sala comună, cu zeci de paturi, între sforăiturile sau suspinele celor de-o vârstă cu el sau oftatul celor mai mari care se masturbau pe sub pături. S-a obișnuit atunci să privească un cocoș din tablă de pe acoperișul care se vedea prin plasa de sârmă a unicei ferestre, să-și compare singurătatea cu cea a obiectelor și să-și promită s-o copieze la sânge, să fie tare ca un munte de fier. Și a dus tăria asta până la moartea lui Meri, când l-am văzut prăbușindu-se, cu bărbia tremurând în stânga și-n dreapta, ca un cocor care încearcă să amețească un pește încă viu, cu lacrimile scurgându-i-se de-a lungul nasului și adunându-se undeva în vârf, adunându-se mereu, fără să cadă. Dar asta e o altă poveste.

Erau acolo toate neamurile: basarabeni, ardeleni, munteni, erau evrei, lipoveni, cu toții trimiși de părinții pe care-i atrăgea mirajul hainei militare, în general țărani, dar și câțiva negustorași. Deșteptarea era la 5.30 dimineața, când monitorul din an terminal trecea printre paturi și, în funcție de simpatii sau antipatii, fie le trăgea pătura de pe cap și îi târâia de-o mână pe podea, fie îi zgâlțâia ușor până vedea c-au făcut ochi. Ovidius era simpatizat de toți, poate și pentru că avea grijă de Sandi (fratele mai mic, mai inadaptat), pentru că de multe ori refuza să plece în vacanță acasă și rămânea în Deva să dea meditații, pentru că era pasionat de italiană, latină, română și ajuta când era nevoie. Și aș putea să mă opresc aici – asta a fost toată viața lui, un lung șir de carități și intransigențe peste care au trecut trei regimuri politice. E un profil de fanatic, deși nu unul lipsit de delicatețe, cu o capacitate nebănuită de a se înduioșa atâta timp cât înmuierea asta nu stă în calea unei ținte clar delimitate care trebuie urmărită cu îndârjire. Atunci punctele slabe sunt acoperite de o platoșă chitinoasă, privirea devine opacă și chiar și vorbirea sărăcește în încercarea de a îmbrăca un cinism împins până la rang de artă.

„După Deva ne-am întors acasă, aveam bacalaureat cu 8.30, notă bună, pe vremea aia nu se arunca așa cu note, ca acum. Era vară și stăteam în fața Poștei, pentru că asta era distracția noastră. La Deva am intrat în 1941, deci ne-am întors în 1945, după război, țin minte că era vară și în fața Poștei, unde așteptam ziarele, era o fântână acoperită, cu niște bănci, și-mi amintesc că fuseseră proaspăt vopsite, iar zevzecul ăla de Sandi se așezase cu pantalonii buni pe o bancă, ceilalți râdeau de el și eu am vrut să-l iau acasă de-o mânecă și să-i dau și-o bătaie bună pe drum, dar atunci a venit poștașul și a strigat: «Lucescu, ziarul!». Ei, și m-am răzgândit, m-am pus pe jos, lângă ghizdul fântânii, să citesc și, îți ziceam, vorbisem cu Tati să dau la Litere, pentru că aveam 10 pe linie la umanioare și-mi plăceau, dar atunci am văzut un comunicat al Ministerului de Război că la Școlile Militare pot intra fără examen băieții cu media finală peste 8, apoi că e gratuit, trebuie doar examen sportiv și vizita medicală, așa că am alergat la Tati și am stat amândoi în poartă, ne-am uitat unul la altul, mi-l amintesc și-acum, Tati era om deștept, descurcăreț, și a zis: «Băiete, mai bine dă la Școala Militară, că e meserie sigură, la Litere trebuie să și plătim, aici e gratis, fă tu școala asta, ieși ofițer și mai vedem noi după, poate se mai așază lucrurile în țară». Exact așa mi-a zis și atunci m-am despărțit de Sandi, care a dat la Agronomie, să se facă medic veterinar, și asta a fost." El a plecat iar de acasă și a făcut Școala Militară de Cavalerie la Târgoviște până în 1947, a intrat fără probleme, a stat tot la internat, tot ce au avut de plătit a fost calul, un fel de taxă de cal, care era 100.000 de lei pe an, dar între timp Tati cumpărase o mașină de țesut și făcea pulovere și tot felul de haine și o luase pe lângă el și pe

Jenica, mezina, să-l ajute, după ce au avut un dialog (mai curând monolog) tipic pentru vremurile alea: „Jeni, tată, dacă băieții ăștia doi au plecat care-ncotro, rămâi tu cu noi să ne ajuți". Și Jenica a rămas lângă ei și lângă mașina de cusut până s-a măritat și s-a mutat la Craiova. Adică mult mai târziu, dar a făcut acest sacrificiu pe care în general îl făceau fetele pentru frații lor trimiși la învățătură. Ovidius i-a rămas toată viața recunoscător, o pomenește și după moarte și recunoaște că fără ea nu ar fi făcut nimic în viață. A fost primul cinism, dar unul care nu-i aparține în totalitate, însă e mult mai amplu, mai apăsat și mai crud tocmai pentru că își are picioarele înmuiate-n tradiție. La Târgoviște a terminat în doi ani, timp în care n-a văzut nici firicel de carne, și-a luat la revedere de la cal și, tânăr sublocotenent, a făcut un an de pregătire în capitală, în Bucureștiul postbelic, la Școala Națională de Educație Fizică a Armatei, care era și nu era în cadrul ANEFS-ului, iar acolo a cunoscut-o pe Meri, o tânără domnișoară din Bârlad, venită la sora mai mare, ce era logodită cu un student de la Sport, așa că au intrat în vorbă și apoi, când a terminat pregătirea de un an și a fost repartizat la Timișoara, la roșiori, au început să corespondeze, el minuțios și cu sinceritatea dată de inocența senină a omului ce are mereu un plan în fața ochilor, ea plină de prețiozități, calchieri, franțuzisme și agramatisme. Judecând la rece, ea îi era superioară social, venind dintr-o familie de mici negustori, de cofetari din Bârlad, el – fiu de țărani. O jumătate de an mai târziu a fost repartizat la nou-creata unitate militară de la Târgoviște (foarte multe căi pavate cu mucegai duc înapoi la cetatea de scaun, e un drum pe care-l voi reface cândva) și atunci a simțit că o pierde, așa că a cerut-o în căsătorie într-o ultimă scrisoare, ea a acceptat și au decis să se întâlnească la Bârlad, ca el s-o ceară de la taică-su, așa cum se cuvenea. Se întâmpla în 1948, comuniștii erau în plină preluare a țării, dar, când povestește, tot fundalul acela e foarte difuz, se împrăștie pe sticla amintirii unde singurele siluete clare sunt ale lor, ale celor doi tineri căsătoriți care merg spre UM-ul din Târgoviște, cu tot calabalâcul (nu mult) într-un vagon de tren, crezând că acolo se va termina totul, într-un perpetuu început. Și-au găsit o gazdă, în casa căreia mai stătea un tânăr ofițer – gazda cea tânără avea să devină soția acelui ofițer („Ce-o fi cu el? Probabil e mort, nu mulți colegi ai mei au ajuns la 92 de ani"), au început să meargă pe la baluri, ceaiuri dansante și practic nimic nu părea să fie rău, chiar dacă apăreau mulți gradați ruși, dacă te purtai bine și stăteai la locul tău („a sta la locul tău" a fost mottoul vieții lui, pe care a încercat să ni-l impună și nouă, orb și surd în fața evidenței că locul fiecăruia dintre noi era altfel și altundeva, care mai de care mai strâmb, mai fragil), rămâneai și cu ceasul (ei nu aveau ceasuri), și cu paltonul (Meri avea un palton din blană artificială, care nu a tentat pe nimeni). În acei ani s-a întâmplat tragicomedia de familie, când Tati a trebuit să se retragă din colectiv din cauza soției, care nu mai vorbea cu el (probabil nici nu se mai culca cu el), așa că au apărut primele repercusiuni, priviri ciudate aruncate de cei de la Cadre, o invitație la prelucrare ideologică cu Emil Bodnăraș, la Breaza, anulată pentru el în ultima clipă, câteva avansări la care a fost sărit, totul culminând cu o convocare la comandantul de garnizoană, care l-a rugat să se așeze și l-a luat de departe, pentru a încheia pe un soi de șleau de epocă:

— Tovarășu Lucescu, nu vrei dumneata să mergi la București? La pregătire?

Inițial nu a înțeles nimic, așa că a cârâit cu juma de gură:

— Tovarășu comandant, parcă n-aș merge, abia m-am căsătorit, ne-am instalat aici, ne e bine...

— Tovarășu Lucescu, dacă rămâi aici, eu nu-ți pot garanta că vei mai avansa în următorii ani. Mă-nțelegi? Ce pot face eu pentru dumneata e să te ajut să-ți pierzi urma.

Așa a ajuns la București, ca să i se piardă urma, și acolo a avansat încet în următorii ani, pentru că era un tip serios, harnic, riguros, iar când dosarul nu a mai fost important, era deja ofițer și intrase la Academia Militară, de unde a ieșit locotenent, apoi a ajuns locotenent-colonel și de acolo la Marele Stat-Major, la Tactică. Dar asta e o poveste târzie, târzie de tot, pe care nu știu dacă mai am puterea s-o spun acum.

*

Ne așezăm la masă, ultima rămășiță a unui ceremonial vechi de zeci de ani, celebra masă în jurul căreia ne-am rânduit cu toții, duminică de duminică, cu vesela de argint, cu farfuriile mai vechi decât blocul, și mimăm atmosfera de familie, o facem pentru ea sau pentru el, nu mai știm pentru cine o facem, obiceiul și-a pierdut sensul, căci Cel Tânăr e beat încă de când am ajuns, are privirea bezmetică de băutură, se încruntă într-un colț al mesei, vorbește mai tare decât e cazul, se uită fix într-un punct, apoi începe, cu dicția lui încleiată care îmi răsucește un piron încins în piept, să-mi povestească ce și-a mai cumpărat. Cumpărăturile online sunt a doua lui pasiune, după băutură:

— Deciii mi-am luoat o trotinetăă...

— Da, dragă, și-a luat o trotinetă ca să meargă la băut cu ea, îl completează Ovidius în timp ce duce la gură, cu mâna tremurândă, o lingură plină cu salată de boeuf acoperită cu maioneză râncedă – așa fac ei, țin mâncarea cu săptămânile în frigider și nu se lasă până nu o termină, amândoi protestează vocal când vreau să le-o arunc, pentru că amândoi au o încăpățânare de pit bull agățat de-o roată, care mie nu mi-a parvenit, m-a sărit aleatoriu.

Expir zgomotos, pentru că nu-mi mai pot ține respirația, și trag în piept amestecul de rânced, bătrânețe, băutură veche și băutură nouă, țigări și încă ceva indescifrabil.

Cel Tânăr duce mâna la cap, privind spre Ovidius, și se ciocănește cu încheieturile degetelor pe chelie. O face cumva comic, e foarte expresiv, are gesturi ample, pare decupat dintr-un desen animat din anii '60.

— Uite-așeaaa mă pisează! Uite-așeaaa mă cicăleșteee.

Pare că-i vine foarte greu să deschidă gura și că are buzele lipite între ele cu o gelatină care-l lasă să le dezlipească doar cât să-i iasă cuvintele astea căznite.

— Faaaccc de toateeee, curat, cumpărătuuuri, fac de toateee, de toateeeee.

Devine tragic, glisează dinspre Disney spre Edward Albee și-l simt pătruns de milă față de propria persoană.

— Ce faci, dragă? Tu nu trăiești aici, nu mănânci aici? Nu dai un ban în casă, ai pensie de nabab și tot la mine vii după bani.

Vocea bătrânului e neconvingătoare, pare învins dinainte de a fi început bătălia.

Mi-a luat ceva timp să înțeleg că lupta lor are o dinamică mult mai complexă decât aș fi fost dispus să recunosc și că eu sunt unicul martor al înfruntării, așa că orice mărturie venită dinspre cele două tabere trebuie cântărită cu precauție. Sunt doi vulturi bătrâni, roși de molii, tată și fiu, unul măcinat de vinovăție și demență senilă, celălalt un psihopat imbecilizat de băutură, medicamente și milă pentru propria ființă. Cel Tânăr, recipientul în care familia Lucescu, în varianta ei extinsă, a turnat decenii întregi un cocktail de admirație, cocoloșeală și mistificare, s-a transformat după pensionarea forțată, în urma unui scandal legat de o delapidare de fonduri, într-un *hoarder*: camera lui, unde nimeni nu are voie să intre, a devenit în câțiva ani peștera lui Ali Baba, în care se întrezăresc, atunci când deschide ușa ca să se strecoare afară, televizoare, laptopuri, radiatoare, tablete, pipe uriașe, saci de tutun, țigări electronice, sticle de Lagavulin, postere cu Michael Jordan și figura nedumerită a unui motan roșcat pe care-l cheamă exact ca pe cățelul pe care-l avea când era stăpânul castelului său, un afacerist prosper, cu vilă și Mercedes în fața porții. Prezentul lui, adică viața pe care o poate reda în cuvinte acum, nu e decât o sondă trimisă înspre trecutul glorios, pe care-l reconstruiește cumpărând, adunând, stocând. Se trezește în fiecare dimineață la 3 și urmărește meciurile din NBA, „ca pe vremuri, când trăiam la New York“, ascultă același post de radio american pe care-l asculta atunci în drum spre biroul din Manhattan, se dă la subraț cu Old Spice, se bărbierește cu spuma de ras americană pe care o comandă pe Amazon. Toate astea din banii lui Ovidius, pe care i-i cere imperios, ca taxă de îngrijire, deși îngrijirea lui constă în a-i pune masa de trei ori pe zi, după care se retrage în peșteră. Mâncarea e plătită din pensia de ofițer superior a Celui Bătrân, la fel întreținerea, lumina, cablul TV și telefonul. Aflu toate astea din conversații telefonice pe care le am seara cu Ovidius, însă, atunci când vreau să intervin cumva, mă oprește peremptoriu, cumva speriat că voi isca un conflict cu Genu. Genu a fost singurul lor copil, un băiețel blond, grăsuț, căruia Meri îi făcea o buclă în față și pe care-l îmbrăca în rochițe, dar care la 18 ani era deja un bărbat foarte slab, păros, cu o chelie și o mustață pe care le-a purtat cu distincție toată viața, până pe la 60 de ani, când s-a decis că este de fapt un original. „Sunt un om deosebit, mereu am fost“, proclamă din *dhoti*-ul nespălat și e foarte greu să-l întrerupi, pentru că acest om deosebit a fost mereu un butoi cu pulbere, care și-a bătut nevestele, și-a amputat sufletește copiii, iar acum își torturează meticulos tatăl. Genu a avut întotdeauna talentul de a intra în belele, pentru că și-a dorit mereu mai mulți bani decât avea, însă nu a știut să fure cu destul talent, așa că de fiecare dată a fost nevoie de pilele și relațiile lui Ovidius pentru a-l scoate din necaz. Asta face și acum: îl scoate din ultima belea prelungindu-și viața pe cât posibil, ca să nu-l lase să alunece de tot în iadul alcoolului, al datoriilor și-al nebuniei totale.

*

Primele amintiri cu Genu sunt cuvintele unor povești. Nu mi-l amintesc în carne și oase, la mine ajunge doar vocea lui plăcută, tânără, poate prea subțire, neobișnuită pentru un bărbat („deosebit“). Apoi se întrupează Genu-cel-din-vocea-mamei, construit cu migală, zi de zi, prin povești care nu se termină niciodată, ci sunt lăsate așa, suspendate deasupra unei ape verzi, răcoroase: „O SĂ-ȚI ZIC EU MAI MULTE CÂND TE FACI MARE!“. Dar eu mă făceam mare mai repede decât ceilalți copii, pentru că deja la a doua grădiniță eram un mic monstru care-și rănea colegii, care-l lua pe țiganul George de păr și-l dădea cu fruntea de scări și, deși despre el se zicea că e nebun (așa cântau copiii: „George nebunu'/ trage cu tunu'/ și împușcă rațele,/ le mănâncă mațele“), deși el îmi smulsese cartea cea veche cu dinozauri din mână, eu eram cel trimis acasă, unde prințesa Ralu se așeza pe marginea căzii și plângea, suspina și blestema în gura mare, fără să-i mai pese de masca ei mic-burgheză, de artistă mazilită din cauza dosarului, pe care altfel o afișa pe strada de lumpeni de la Șura Mare, stația Pieptănari, cea lipită de gardul Cimitirului Evreiesc. Atunci ieșea din vorbele ei un Tată mai rău ca de obicei, un golem care o bătuse când era însărcinată („Dădea în mine, Michi, dădea cu verigheta, am avut arcada spartă și ochii învinețiți, mergeam așa la serviciu și-mi ziceau colegele «Lasă-l, Raluca, dă-l în pizda mă-sii, că n-ai nevoie de așa nebun»“), care avea crize de furie pe care uite că i le moșteneam și eu – cu ce oare a greșit ea, pe cine a omorât („Pe cine am omorât eu, Michi? Zi, mă!“), ca să tragă toată viața cu încă un nebun după ce a pătimit cu ăsta? Sau, după caz, poate când nu era furioasă, când doar o înduioșam, îmi spunea că după mine a rămas însărcinată cu o fetiță și că el ar fi lovit-o într-o seară în burtă și a avortat, dar povestea asta n-o credeam nici atunci, la 5-6 ani, așa cum n-o cred nici acum, pentru că, pe cât de violent era el, pe atât de artistă putea fi ea, cu gesturile ei teatrale (tapatul părului), cu datul ochilor peste cap, cu surâsul ei care se voia misterios și care mă scotea din minți chiar și atunci, când îl băteam pe George, cel care împușcă rațele și le mănâncă mațele.

Așa apărea el înainte să apară, își arunca buzduganul poveștilor, apoi venea ca o lespede de mormânt amenințarea: „O să vezi, Mihai, că o să ceară reîncredințarea și o să te ducem la judecătoare și tu acolo trebuie să spui cu cine vrei să rămâi. Cu mama care te-a făcut și te-a crescut de una singură sau cu un tată de duminică?!". Iar eu răspundeam, cuminte, convins, aproape plângând, că normal că cu mama care m-a crescut singură și care, după cum spunea bunica, mama ei, zisă și Psihi Mu, s-a sacrificat pentru mine, că era tânără și frumoasă, talentată la pictură și știa limbi străine, „dar cine dracu' te mai ia cu piatra legată de picior și mai ales cu așa poamă care face spume la gură și dă copiii cu capul de ciment?". Asta o zicea când era binedispusă. Erau și momente mai rele acolo, în apartamentul ei de deasupra Ciclopului, când poate că Ralu mă lăsase prea mult pe capul ei și atunci începea s-o bârfească: „Apăi nici cu mamă-ta nu mi-e rușine, că și ea e nebună cu certificat. Păi, da' ce crezi? Că de bine ce le era a lăsat-o băiatul ăla?". Brusc, monstrul bătăuș se schimba în „băiatul ăla", un tânăr civilizat, de familie bună („băiat de colonel, cu servici bun"), care s-a pomenit cu nebuna pe cap și n-a mai știut cum să scape. Dar asta auzeam doar când erau supărate. În general se înțelegeau bine și-n sânul familiei domnea armonia. Iar armonia însemna să țesem povești despre Tatăl cel Rău și să imaginăm scenarii despre jegosul de avocat („jidanul ăla împuțit de Grama") care apăra interesele familiei Lucescu și care ar fi vrut eventual să se strecoare pe gaura cheii, prefăcut într-o muscă, așa cum se întâmpla în basmele pe care deja le citeam, și să mă fure. Asta numeau ele reîncredințare. Când terminau cu Tatăl, cu avocatul jidan-împuțit, treceau la bunicii ceilalți, niște oameni îmbătrâniți de rele, care l-au îndemnat pe Cel Tânăr să divorțeze de ea, pentru că nu era de familie bună, și l-au obligat să-și caute una de nivelul lui social și așa a dat peste fufa asta cu care e acum căsătorit, o zdreanță, i se spunea la ONT Mariana-Cur-de-Fier, o futuse toată agenția, dar prostul ăsta numai după pizdă s-a ținut toată viața și uite că l-a făcut bagaboanta. Mai și minte că a cunoscut-o după ce s-au despărțit, când i-a văzut Psihi Mu în stație la 34 cum alergau unul spre celălalt ca-n filmele cu muncitori și țărănci și ea avea o haină de blană, că n-avea jenă, curva dreacu', tac-so era mahăr în partid, stăteau în vilă naționalizată.

*

Sunt așezat la mijloc, cu fiecare dintre ei într-un capăt al mesei din lemn, o masă veche, are probabil peste 50 de ani, al cărei blat lăcuit glisează în lateral, lăsând sub lumina abajurului un spațiu acum gol, dar care atunci, un atunci foarte vechi, înmuiat în frică și dor, cu miros de naftalină ce iese din camera bătrânilor, amestecat cu cel al ciorbei din bucătărie, conținea pachete de țigări de tot felul, pe care le colecționase Cel Tânăr (căruia de acum încolo am să-i spun Genu) în studenție și imediat după. Erau pachete de toate formele, de toate culorile, care mai de care mai exotice și Ovidius știa ce bucurie-mi face, atunci când puneam masa, să mă lase cinci minute singur cu ele, să le scot, unul câte unul, și să le așez pe covor, Monkey lângă Golden Horse, Rothmans lângă Benson & Hedges, Bastos lângă Cohiba, lângă Gold Flake, lângă Golden Deer, Jin Ling, Kool, Mild Seven, Muratti, Marble, Tijuana Smalls, pătrate, paralelipipedice, aurii, negre, roșii, ceva cu totul exotic pentru mine, care știam de acasă, de la Sergiu, doar de Carpați, Mărășești (cu cele trei variante, de Sfântu Gheorghe, de București și de Timișoara, dintre care cele mai bune erau primele și cele mai jegoase ultimele), BT și, atunci când îi reușea vreo schemă, poate chiar Kent. Genu nu era în anii aceia în țară, singurele dovezi ale prezenței lui fiind aceste pachete goale pe care le colecționase în tinerețe, cadourile pe care le trimitea de ziua mea și de Crăciun și pensia alimentară pe care o ridica Ralu o dată pe lună, când mă târâia nervoasă de mână până la Poștă, unde stăteam la coadă, iar ea pufnea, transpira, tropăia, suduia, clipea des, își aranja nervoasă smocul de păr pe care-l purta peste un ochi (pentru că atunci purta părul lins, era încă o perioadă fastă a vieții noastre, cea de dinaintea descoperirii permanentului, blestemul acela care a transformat toate româncele în niște oi isterice cocoțate pe tocuri din lemn și îmbrăcate cu fuste plisate, decupate toate din *Burda* sau *Neckermann*, numere cu cinci ani mai vechi), se uita suspicioasă în toate părțile, apoi, când ne venea rândul, semna și număra banii primiți, după care izbucnea astfel încât să fie auzită în tot oficiul poștal: „Uite, nenorocitul, 300 de lei, el e ditamai directorul și ție îți dă 300 de lei pe lună, ca să aibă să-i dea să crape lu' curva aia! A lăsat un copil mic pe drumuri și îi dă 300 de lei!". Se uita în jur ca să fie sigură că are parte de priviri pline de compasiune, de tristețe depusă pe tăvi din aur masiv așezate la picioarele ei lungi, solide, de iapă de tracțiune și mă smucea spre ieșire, neuitând să-și plece fruntea și să lăcrimeze în pumn, chiar când prima rază de soare îi atingea pielea.

Eu scoteam toate acele pachete, 153 la număr, le aranjam pe covorul de sub masă și făceam turnuri din ele, două turnuri, așa cum văzusem în ilustrata pe care ne-o trimisese de la New York, cu cele două clădiri Gemene („Turnurile Gemene, ca tine, Michi!"), până când unul dintre ele se prăbușea spre interior, dărâmându-l și pe celălalt, apoi o luam de la capăt și la un moment dat Meri striga din bucătărie: „Pregătiți-vă de masă!", așa că trebuia să le strâng rapid, să le rearanjez iarăși în lădița de sub blat (blat al cărui lemn era și este și acum ondulat înspre margine, probabil semn al unui accident din timpul unei mutări, iar la capătul acelei ondulări se află urma fundului unei căni, o urmă de care-mi place să cred că a fost lăsată de o cană cu lapte cald pregătită de tânăra Meri pentru băiețelul ei, Genu, căruia în copilărie îi făcea părul cu buclă în față și pe care-l îmbrăca în rochițe, pentru că își doriseră o fetiță), pe care apoi să-l rabatez la loc, să mut masa în centrul sufrageriei, apoi să aduc din bucătărie fața de masă cu pătrate roșii și pătrate albe, dar numai după ce am pus o altă față din mușama, ca să nu repetăm accidentul acela din vechime, când urma unei căni de lapte s-a imprimat în lemnul lucios. Așez, apoi, trei farfurii întinse, peste ele pun trei farfurii adânci, scot din servantă cutia cu argintăria, de unde iau trei furculițe, trei cuțite, trei linguri și trei lingurițe, pe care apoi le așez în stânga farfuriei, în dreapta ei, iar la final doar lingurițele în față. Pun paharele de sifon, apoi aranjez șervețelele și, când totul îmi pare perfect, strig: „Gata masaaa!". Știu că imediat va apărea, cu mersul lui împiedicat, Ovidius, ducând într-un echilibru precar bolul cu ciorbă (de perișoare, asta e specialitatea lui Meri), urmat de ea, care-mi dă mai puține emoții (nu simt aceeași legătură de carne cu ea, e făcută din altă substanță, mi-am dat seama de asta când Ovidius s-a tăiat, în timp ce felia pâinea, și am simțit o durere ascuțită, țipătoare în măruntaie, apoi pe interiorul pulpelor, de unde a urcat, ca un șarpe, ca un vierme, de-a lungul coloanei, mi-a ridicat părul de pe ceafă, m-a făcut să mă cutremur și să strâng pumnii), apoi se duce rapid în bucătărie după ardeii iuți murați, abia ratând tocul ușii, și în final ne așezăm cu toții la masă.

La masa asta stau acum, dar pe ea nu mai e fața cadrilată, ci una albă și foarte murdară, sub care nimeni nu a mai pus mușama, avem doar farfurii întinse în față, murdare și ele, prost spălate, unsuroase, iar în mijloc un platou din plastic pe care Genu a tăiat niște roșii, cinci cuburi de brânză, câteva felii de salam și doi ardei grași, roșii.

— Tată, bem un pahar cu vin? întreabă cu nerăbdare în glas și simt toată tensiunea care se acumulează deasupra mesei și mă izbește în creștet, ca pe un paratrăsnet.

Arc buza de jos umedă, ca o râmă grasă și, după ce întreabă, scoate iar limba aia alburie, despicată pe mijloc de o crevasă lunară.

— Da' de ce, dragă, avem ce sărbători? șarjează Cel Bătrân și știu că războiul intră în faza la baionetă, așa că mă ridic și mă îndrept spre toaletă.

Îl aud din urmă pledând exasperat („Nu-mi dai o secundă pace, toată ziua mă cicălești, mă critici") și-mi pare cumva rău că și ieșirile lui, care odinioară făceau să înghețe întreaga familie, acum au devenit niște scâncete. „Ai fost un zeu..." Mă simt cumva înșelat de noua lui situație, ca și cum mi s-ar fi răpit șansa unei lupte de la egal la egal.

Când mă întorc, îi găsesc relativ calmi, mestecând în liniște. Știu că Ovidius e cel care va salva aparențele. În pahare e vin roșu, până la jumătate la mine și la Cel Bătrân, plin al lui Genu, care mănâncă cu ochii în farfurie, cu privirea pierdută în interior, dramatic și neînțeles. E copleșit de milă, de groază, pe cerul lui sunt păsări sumbre, miasme cutreieră ținutul.

— Ce face Ioana, ce fac copiii?

Exact cum am bănuit, intervine Marele Stat-Major. Merg pe clișeu, așa e cel mai sigur:

— Bine, ce să facă? Ioana cu jobul, cei mici cu școala, au teste, teme multe, taekwondo luni și miercuri, vineri înot.

Dă din cap cu drag și înțelepciune:

— Vă e greu și vouă. Mai ales așa, fără nici un ajutor. Alții mai au bunici ca să-i ajute. Cum a avut tată-tău, adaugă.

Mortierele, Katiușa, Orga lui Stalin.

Genu o primește-n piept. Ridică ochii deja înroșiți și-l privește cu intensitate, fierbe. Se sufocă, simt cum îi gâlgâie cuvintele-n gât, e un samovar decorat cu Moși Crăciuni, cu nămeți, cu scena înghețului din *Doctor Jivago*. Cel Bătrân se preface că nu observă:

— Și tu, cum merge la facultate? Cum e cu studenții, te împaci bine?

— Merge, Ovi, merge, muncă... Mai o bibliotecă, mai un curs, trece ziua.

— De concurs s-a mai auzit ceva?

E rândul meu să fiu mitraliat. Subiectul e sensibil: bat spre 40 de ani și încă sunt lector. Lipsă de ambiție, de perseverență, de tact. Nu am chef să mă cert cu el.

— O să vină și ăla, Ovi, deocamdată am alte probleme, scriu ceva...

— Asta e bine, dar nu trebuie neglijată cariera. Nici eu n-am fost un ambițios din ăla, un carierist, dar, mereu când s-a ivit o șansă, am profitat. Eram sublocotenent la Târgoviște...

Începe povestea. Probabil nu-și mai dă seama, însă mi-o spune săptămânal în ultimii ani. Am învățat să-l privesc cu falsă atenție și să mă concentrez fie asupra picturii în ulei din spate (*Natură moartă cu flori și fructe*, 1956, ss indescifrabil), fie, dacă stăm invers, asupra unui kit sfințit (ulei, apă, cruce etc.), de la Ierusalim, pe care l-am adus eu după o conferință, acum patru ani. Mai prind doar finalul:

— Și tată-tău ar fi avut o poziție bună acum, dar el preferă să fie un pierde-vară...

Între timp, situația lui Genu a evoluat: e la al doilea pahar cu vin (Beciul Domnesc, roșu-sec) și stă cu capul sprijinit în pumnul stâng, cu ochii închiși. Pe față are întipărită o expresie plină de suferință: mi-l pot închipui foarte ușor într-un tablou de gen, undeva, la poalele crucii sau asistând la propriul martiriu, dedublat.

Aștept ca ritmul povestirii să se domolească, pentru a interveni. E întotdeauna o bună tactică să abați discuția, să surprinzi inamicul printr-o deturnare de traseu.

— Matei a luat o sută de puncte la *Gazeta Matematică*.

Par amândoi să se trezească, fiecare din visul lui, și încep să mă felicite. Salamul e rânced, vinul e acru, simt cum mă amețesc plăcut și știu că urmează probabil o noapte albă în celula mea din Strada Parfumului. De data asta nu mă deranjează, pentru că am de gând să urmăresc toată noaptea mișcările din casa lui.

*

Nu-mi amintesc când am început să revizitez scara blocului, dar sunt ani buni de când nu pot adormi fără să-mi imaginez că intru în acest bloc al memoriei, în scara răcoroasă de pe Strada Trestiana, că urc primele trepte și mă opresc în fața fiecărei fotografii (în funcție de starea mea de atunci, de dispoziție, dacă am băut sau nu, fotografiile sunt mereu altele, mai multe, mai puține, absurde, realiste, portrete ale unor cunoscuți sau chiar fotografii ale unor oameni pe care în mod conștient nu mi-i mai amintesc, dar care în starea aceasta de semitrezie sunt de o mare acuratețe – starea de conștiență amorțită poartă în ea o precizie diabolică a detaliului, pe care i-o recunosc doar după ce șocul mă trezește de-a binelea). Câteodată e doar felul meu de a aluneca în somn, de cele mai multe ori însă e o penitență asumată, o revizitare a găurilor de iepure în care am căzut în trecut. Sunt fisuri într-o structură dărăpănată, cute asemănătoare celor pe care le analizam în casa din Strada Remus, când trăiam acolo cu Ioana și cei doi copii, drumuri firave prin fațadă care îți spuneau dacă acea clădire mai suportă un cutremur, dacă poartă în ea răni fatale sau e doar zgâriată. Încerc inutil să pun ordine în tot ce mi se întâmplă. E probabil moștenirea pe care mi-o lasă Ovidius, o structură marțială pe care s-au așezat falduri de haos cărnos, de instincte și mirosuri.

Pasiunea mea pentru mnemotehnică s-a născut în anul pe care l-am petrecut aproape fără să fac nimic, ca o plantă de interior, eram între renunțarea la prima facultate, în anul terminal, când deja scrisesem teza de licență, și începutul celei de-a doua. A fost un an lung și mahmur, când am trăit ca un boxer între două meciuri și mi-am dăruit zile lungi de meditație în curtea Casei cu Lei, sub privirea ironică și dezaprobatoare a Prințesei Ralu. Atunci, în lunile de vară, când citeam cu spatele rezemat de gardul care separa casa de Cimitirul Evreiesc, am dat pentru prima oară peste Cicero, *De oratore*, în podul întunecat ce ascundea albume vechi Skira și șasiuri putrezite, și de la el am aflat povestea poetului Simonides, părintele mnemotehnicii. Rezemat cu spatele de gardul din beton cu găuri romboidale prin care se strecurau crengile tufișurilor din cimitir, în timp ce mi se urcau pe picioare furnici și gărgărițe, am stat într-o dimineață călduroasă, când nici măcar zgomotul tramvaielor de pe Giurgiului nu mai reușea să cojească pâcla de vipie, am stat și am citit, apoi am adormit, visând la Simonides, prelungind în vis povestea pe care tocmai o aflasem și care m-a zguduit, fără să pricep atunci de ce. Cicero povestește despre un banchet organizat de un nobil din Tesalia, pe nume Scopas, unde fusese invitat poetul Simonides din Keos, care a recitat un poem liric în onoarea gazdei sale, poem ce includea însă o foarte lungă laudă adusă gemenilor divini Castor și Pollux, Dioscurii, care-și pasau alternativ nemurirea. Hainul Scopas a ascultat în tăcere poemul, apoi i-a spus lui Simonides că-i va plăti doar jumătate din suma pe care i-o promisese pentru acest panegiric. Pentru cealaltă, a adăugat japița, să se ducă la Dioscuri. Puțin mai târziu, lui Simonides i-a fost adusă vorbă că în fața casei îl așteptau doi tineri ce doreau să-i vorbească. A părăsit banchetul (oricum îi pierise orice chef de distracție și încerca din răsputeri să nu pară afectat de mișelia lui Scopas) și a ieșit în curte, unde însă nu era nimeni. Pe neașteptate, tavanul casei unde avea loc banchetul s-a prăbușit, zdrobindu-l pe Scopas dimpreună cu toți musafirii lui. Cadavrele erau atât de mutilate și de amestecate, încât rudele care au venit să recupereze rămășițele pământești nu reușeau să le identifice. Dar Simonides și-a amintit pe ce loc stătuse fiecare, astfel încât a putut să reconstituie cu exactitate identitatea fiecărui musafir. Dioscurii îi plătiseră lui Simonides partea lor pentru panegiric, salvându-l la țanc din catastrofa iminentă. Iar această experiență terifiantă i-a oferit lui Simonides principiile noii arte a memoriei: locul, ordinea, asocierea unui spațiu cu o amintire, cu o frază.

Îmi amintesc entuziasmul care m-a copleșit în dimineața aceea, cum m-am ridicat și am alergat înspre curtea din spate, unde se afla atelierul lui Ralu, cum însă am văzut cu dezamăgire că plecase între timp, iar șopronul pe care noi îl numeam atelier era populat doar de o pânză mare, de doi metri pe doi, în mijlocul căreia se afla schițată în cărbune figura neterminată a unui tânăr frumos, figură despărțită de trup, căci din locul unde gâtul ar fi trebuit să fie legat de trunchi țâșneau vene secerate, iar din vene picura sânge negru. În partea din dreapta a pânzei se aflau membrele superioare, în cea de jos zăcea trunchiul sfâșiat, deasupra căruia stăteau crăcănate trei menade, cu unghii lungi și murdare și cu măști de sânge închegat pe fețele rânjite. În fundal se zărea o adunare în care am distins centauri, sileni și satiri cu chipuri îngrozite, terifiate, sau poate aflate în plin extaz. Iar figura, cea care ocupa centrul picturii, punctul de fugă, capul lui Dionysos, capul acela, mi-am dat seama cu o groază care m-a cutremurat și m-a scârbit, capul acela era portretul meu, cu obrajii supți, cu părul castaniu prins în coadă, sprâncene groase, buze pline, exagerate și doi ochi care îl fixau pătrunzător pe privitor oriunde s-ar fi poziționat să admire tabloul. Și mi s-a părut o coincidență grozavă ca eu să găsesc acest dublu, geamăn al meu sub forma lui Dionysos sfâșiat de menade, chiar la câteva minute după ce aflasem despre arta memoriei la originea căreia stăteau Dioscurii.

Nu am deschis în ziua aceea discuția despre pânza pe care o văzusem în atelier, pentru că Ralu s-a întors foarte nervoasă, așa cum era mai mereu în acei ani, pentru că fie tablourile ei nu se vindeau, fie feluritele galerii în care le lăsa pentru vânzare percepeau un comision atât de mare, încât ea nu mai primea aproape nimic. Își amintea cu nostalgie, înfigându-și unghiile lungi și roșii în carne, vremurile de dinaintea Revoluției, când reușea să vândă o pânză cu un preț atât de bun, încât puteam trăi luni de zile din banii ăia sau, mai bine, când reușea să facă un troc „artă contra haleală“, care ne pica de minune.

Două găini, o putinică de brânză, 30 de ouă pentru un tablou mare. Un miel pentru o pânză cu un Iisus crucificat sub un cer sângeriu, totul pe un craniu imens din găvanele căruia țâșneau ciulini. Minos, Radamant și Eac judecând în Infern, purtând capete de porc care le ieșeau din togi, contra unui cazan de sarmale de Crăciun. Acum abia reușea să vândă un tablou mare pe 1.000-2.000 de dolari, bani pe care-i smulgea cu țârâita fie direct de la cumpărătorii care, după ce puneau mâna pe pictură, dispăreau și nu mai răspundeau la telefon, fie de la galeria Orizont, căreia îi rămăsese fidelă. Ca să putem trăi, mai traducea cărți de dragoste pentru o editură obscură, traducere ce era de fapt o „adaptare“, făcea interpretariat din cele două limbi pe care le cunoștea bine („cinci“, în viziunea lui Sergiu), ba chiar îmi făcea rost și mie de tot soiul de traduceri tehnice care îmi dădeau reacții fizice adverse, cum ar fi erupțiile cutanate sau mătreața. Sergiu părea să nu-și mai revină din melancolia care-l infectase după Revoluție, chiar dacă foștii parteneri de bișniță încă îl mai sunau și încercau să-l combine în diverse afaceri. De altfel, cam toți se ajunseseră după '89, dând dovadă de o adaptabilitate pe care Sergiu o privea cu dispreț suveran, de la masa din plastic pe care o scosese în curte, unde-și savura nesfârșitele șprițuri de vară până târziu în noapte, când îl auzeam vorbind singur și, într-un final, urlând peste gardul cimitirului:

— Auăleuuu, futu-te-n cur, viață!!!

Nu am adus vorba despre acel tablou, dar am continuat să-i urmăresc în secret evoluția, în timp ce continuam să mă specializez în arta memoriei recent descoperită. Pentru mine însă meșteșugul acesta nu părea să se integreze în mai vasta artă a retoricii, nu mă interesa aspectul utilitar al reamintirii, ci descopeream din ce în ce mai acut nevoia de a o stăpâni pentru o valoare nebănuită, presimțind parcă viitoarea mea viață petrecută în recluziune. Descopeream trecutul și plăcerea de a rearanja camerele din blocul memoriei și în același timp mă înarmam pentru un viitor necunoscut, dar perfect intuit. Foram în trecut pentru viața pe care aveam s-o trăiesc peste două decenii. Primul pas pe care trebuie să-l facă un student al artei memoriei este să-și imprime în minte o serie de *loci*. Cel mai comun sistem mnemotehnic este cel arhitectural, descris de Quintilian. Pentru a forma un sistem de *loci*, scrie el în *Institutio oratoria*, trebuie să reconstruiești o clădire, una spațioasă, cu încăperi cât mai variate: o curte, o cameră de primire, dormitoare și saloane, fără a omite în vreun fel statuile și ornamentele acestor încăperi. Imaginile prin intermediul cărora discursul urmează să fie reținut vor fi ancorate de aceste locuri memorate. Odată ce e nevoie ca anumite părți ale discursului să fie aduse la lumină, studentul va vizita fiecare încăpere și va desprinde din ancoră fragmentele aninate acolo.

Dar baza învățăturilor către studenții memoriei rămâne un misterios tratat anonim de prin 86-82 î.e.n., tratat care pune în discuție conceptul de memorie artificială: un complex de locuri și imagini fantastice pe care studentul, ca un computer, le va introduce în minte, pentru a le putea asocia fragmente ale unui lung discurs pe care vrea să-l rețină. Mintea privită ca un construct artificial, supus voinței. Ideea asta m-a fascinat în acea vară de lenevealǎ, de șomaj din propria viață, când m-am hotărât să fac cu mine însumi un pariu și să dau examen la o altă facultate, care nu avea nici în clin, nici în mânecă cu pregătirea mea anterioară. Ar fi trebuit să-mi susțin licența la Litere, în schimb îmi amintesc, fără a apela la memoria artificială, cum am intrat în Casa cu Lei, am trecut de vestibul și am intrat în sufrageria uriașă, unită cu bucătăria, unde Ralu traducea bătând monoton la tastatura primului și singurului nostru calculator, un 486 cu 8 MB de memorie RAM (în modul turbo), iar Sergiu privea în gol, la televizor:

— Vedeți că-n toamnă dau la Istorie!

Apoi le-am întors spatele și am luat-o la fugă spre metroul de la Pieptănari – de fapt, fostul Pieptănari, acum numit Eroii Revoluției – ca să ajung la Universitate, la avizier.

*

Începusem să-mi pierd interesul pentru literatură cu un an în urmă, probabil când mi se risipiseră și ultimele speranțe de a deveni scriitor. Nu mă atrăgea nimic din studiul limbii, deși înțelegeam ce ar fi putut găsi acolo un spirit mai aplicat și mai pragmatic, nu-mi găseam locul nici în zona istoriei literare și mi-am descoperit obiceiul de a glisa imperceptibil, în timp ce studiam un tom de istorie literară, înspre contextul istoric mai larg. Simțeam crescând în mine o nemulțumire tot mai amară față de aceste istorii ale operelor trecutului și față de determinismul la care apelau. Urbanizarea năștea opera urbană, situația dură a românilor din imperiu isca un realism psihologic chinuit în romane, iar valul înspumat al simbolismului („sinestezie") mătura tot în cale, până când întâlnea o poezie pe care nici măcar determinismul maniaco-explicativ n-o putea justifica. Și probabil că asta mă irita la istoria literară: încercarea, ba nu!, obligația de a explica, pe când glisarea înspre istoria adevărată (da, apoi mi-am dat seama că exact așa gândeam, „istoria adevărată") nu mă ducea într-un teritoriu al explicației și al pretenției, ci în plin mister. Cu cât domeniul părea mai arid și mai înțesat de date, cu atât se adâncea mai mult misterul – abia târziu, când ajunsesem deja la masteratul în istorie, am găsit enunțată existența acestui mister, ba chiar am putut face joncțiunea cu nume care-mi erau cunoscute de la filologie. Atunci îmi vedeam dezvoltate, negru pe alb, cele mai secrete credințe, ce se transformaseră cu timpul în litanii intime: istoria este pânza uriașă a unui păianjen în care fiecare nod reprezintă istoria mai mică a unei națiuni, imposibil de descifrat fără a-i urmări conexiunile cu celelalte noduri și fără a înțelege istoria ansamblului, a pânzei și a creatorului ei arahnid, care probabil că a mai creat și alte pânze, aflate în alte colțuri ale încăperii din pivnița în care se află universul. Și nimic nu era mai fascinant pentru mine, un băiat trecut bine de 20 de ani, care abandonase o facultate unde studiase patru ani și se pregătea s-o termine pe cea de-a doua, când, întins tot în iarba de lângă gardul comun cu cimitirul, citeam la Toynbee despre „somnul istoric adânc din intervalul anilor 375-675 d.Hr." sau despre cum societatea occidentală s-a născut „dintr-o coastă" a celei moarte sau adormite în acea perioadă. Nu pot descrie nici cutremurarea pe care am trăit-o când am citit la Raymond Aron despre cunoașterea unui eveniment trecut prin noi înșine, făcând abstracție de amintirea pură a lui Bergson sau de cea involuntară a lui Proust. Pentru că o asemenea „cunoaștere pură" a trecutului nu ar mai fi *cunoaștere*, ci trăire, un miracol al resurecției. Iar aici intervenea vechiul meu Eu, cel filologic, care-mi amintea – involuntar – de Artemidorus Daldianul, cel care făcea în *Oneirokritikon* distincția între vis și viziune onirică, visul fiind o reprezentare a prezentului, iar viziunea o cale spre viitor. Numai că, în spatele ochilor mei închiși, așa cum stăteam tăvălit prin buruienile Casei cu Lei, viziunea onirică era o cale spre trecut, o scurtătură între acele noduri care țin laolaltă pânza de păianjen. La fel ca în cazul viziunii onirice a lui Artemidorus, cu bătaie în viitor, și viziunea istorică putea fi teorematică sau alegorică: își putea purta vizionarul spre o reconstituire a unor scene citite și atestate ca atare sau putea conduce înspre pânzele alternative, fantasmatice, spre versiuni potențiale ale celor dezvăluite de viziunea teorematică.

*

Înainte de Casa cu Lei, de pe improbabila alee Solca, singura stradă locuită din lume care se încolăcește într-un cimitir, nu a fost nimic. Au fost sclipiri și străfulgerări, au fost drame și lacrimi la care mă asociam din simpatie pentru Ralu și, pentru că în familia noastră de două persoane era preferabilă suferința la unison, asta făcea ca durerea să fie purificată și eliberată în atmosferă, pe când cea individuală, trăită în tăcere, era un circuit închis. Au fost case obişnuite prin care ne-am plimbat cu şevaletul, osiile şi pânzele rulate şi unde ne interesa mai mult lumina la care urma să picteze ea decât confortul sau spaţiul vital. Erau apartamente de bloc, noi, vechi, demisoluri, însă nici unul n-o mulţumea mai mult de o lună, maximum două, aşa că ne trezeam la un moment dat în faţa câte unei scări, aşteptând o Dacie papuc care urma să vină şi să ne ia, cu tot cu calabalâcul artistic, ca să ne ducă la următoarea destinaţie. „Uite-aşa am ajuns, Chiţ-Chiţ, ca ţiganii", îmi spunea, dar o făcea doar când era sigură că o aude taximetristul, după care adăuga, ridicând ochii albaştri spre cer, clipă în care deveneau verzi, iar ea, cu totul, o statuie a operei dramatice: „Nenorocitu' dracu', dar-ar canceru-n gâtul lui, că lasă un copil pe drumuri!". Şi atunci şoferul, impresionat deja de silueta ei cabalină, de sânii care plesneau prin tricoul cu anchior, de bucile pline în blugii Levi's, luaţi de la shop, punea mai abitir mâna să care lada cu uleiuri şi culori, raniţa în care erau toate lucrurile mele şi tot ce mai adunaserăm noi de când ne dăduse „nenorocitu'" afară din casă. Scena asta se repeta, cu foarte puţine variaţiuni, de fiecare dată când Ralu hotăra că avem nevoie de o schimbare sau când se certa în mod definitiv, violent cu o vecină sau când, pur şi simplu, prin mijlocul casei trecea un fior obiectiv, un şarpe metalic, care ne anunţa că e cazul să ne căutăm norocul în altă parte. Iar eu întindeam mâna străvezie spre ea, mâna mea prin care se vedea lumina, ca la deportaţii de la Kolîma, ea mă apuca uneori cu violenţă, îmi înghiţea palma în mâna ei uriaşă pe atunci şi totuşi moale, cu unghii roşii, ascuţite, la a căror vopsire asistam o dată la două seri, de multe ori la lumina lumânării, urmărind cum pasta roşie, pe care-mi venea s-o ling, se aşază în straturi succesive pe unghia rozalie, care tocmai fusese ştearsă cu vată îmbibată-n acetonă, fără a încălca linia de carne, ca un şanţ de pământ de pe marginea unei tranşee, ce delimita materia cornoasă de restul mâinii, apoi mâna se ridica spre buze şi Ralu sufla peste cele cinci degete, după care flutura mâna prin aer, ca să definitiveze procesul de uscare, după care trecea la cealaltă mână și, în final, aceeași operațiune, însă mult mai dificilă era aplicată degetelor de la picioare, niște viermi grăsulii, plini de bătături și de dungi, de linii Maginot, rezultatul curelelor și al altor instrumente de tortură atașate sandalelor și pantofilor fanteziști pe care-i purta Ralu. Degetele ei de la picioare erau veterani plini de cicatrici, cei mai încercați legionari, la care se apela însă în fiecare dimineață, pentru că și în casă erau chinuiți în saboți înalți, cu talpă de plută, din care reușea să evadeze doar cel mare, al cărui cap se ițea pe la vârf. În anii aceia, de dinaintea Casei cu Lei, anii pribegiei noastre, Ralu era mare, o umbră înaltă care-și cobora câteodată capul înspre mine, iar în jurul coamei ei negre, sârmoase, pentru că e vorba de perioada „permanentului" uscat, se desena profilul angelic al unei aure ce radia dinspre un bec de pe holul blocului. Eu eram Chiț-Chiț și mă diluam, ascunzându-mă în pliurile corpului ei masiv, corpul ei obiect, moale și tare, dorit și temut, mă dispersam în el și-l urmam peste tot unde energia lui haotică, de aiurea, îl purta.

Ultima plecare împreună ne-a dus înspre Șura Mare, apoi am urcat pe Bulevardul Pieptănari, printre tramvaiele care hurducăiau și uruiau, pocneau din toate încheieturile, scrâșneau atunci când tălpicii de frână se așezau, metal pe metal, iar de sub șine țâșneau florile de foc ale subteranelor, din minele pe care le bănuiam ascunse sub piatra cubică. Am cotit la stânga, pe Aleea Solca, am trecut pe lângă niște case ca de țară, cu pompă de apă în fața porții, și apoi am văzut – amândoi ne-am ținut respirația, deși ea mai fusese acolo, dar ochii mei de-acum, închiși, îmi arată că juca momentul acela dramatic – că intrăm în trupul unui cimitir alb, pe o stradă care-l tăia în două, după care am cotit din nou la dreapta, pe strada care purta același nume și care se rotea în măruntaiele cimitirului. Acolo unde șarpele străzii își întindea burta cel mai adânc în interiorul cimitirului, atașată de zidul alb al acestuia, între două case cum puteai vedea oriunde în cartierele bucureștene neatinse de demolări, cu acoperiș din tablă verde, cu pompă de apă în curte și gard din lemn, între ele se ridica profilul de bazilică romană al unei vile cu două niveluri, cenușie, izolată de stradă printr-un gard înalt pe care creștea iederă sălbatică ce împiedica ochiul să pătrundă în curte, așa că tendința era să te dai în spate, pe piatra cubică din mijlocul străzii, și să rămâi cu ochii pironiți asupra unei cupole, o jumătate de sferă ce avea în vârf o bilă cu excrescențe, niște ghimpi, iar împreună alcătuiau capătul unei măciuci medievale, al unei arme pe care o văzusem la Muzeul de Istorie și la care visasem nopți la rând, visasem că eram un bărbat înalt, un uriaș, și că zdrobeam țeste cu acea ghioagă. Cupola era așezată pe un postament din piatră ale cărui colțuri se înmuiau și luau forma unui butoi, până când, deasupra ușii mari, duble, ca o poartă de castel, ochii se blocau asupra unei rozete cu diametrul de un metru și jumătate, cu vitralii a căror poveste nu am înțeles-o atunci, dar pe care am visat-o în fiecare noapte din viața pe care am mai trăit-o din acel moment. Când am oprit mașina în fața gardului, asta am văzut: cupola, micul dom, apoi rozeta medievală sau mai curând mesopotamiană, care a sclipit pentru o clipă, cât a ieșit soarele din nori, pentru a dispărea din nou și a lăsa acele sclipiri să se scufunde în lucirea mai adâncă a unui lac de griuri și a vâlvătăii de negru în care se ghiceau mișcări de trupe sau unduiri de șolduri, agitație ghicită care părea să stimuleze un tumult similar într-o rozetă asemănătoare aflată în coșul pieptului meu. Iar dacă povestea aceea spusă în culori și sticlă s-a putut ancora în interiorul meu atât de ușor, asta a fost pentru că terenul era liber, nu se găsea acolo nimic altceva decât o câmpie pârjolită de soare, incendiată de lună și mângâiată de vânturi perverse, fără nici un copac care să rupă ritmul domol, danubian al acelei forme selenare de relief. Rozeta a planat deasupra unui lan năpădit de ierburi, un pampas fertil, dar lipsit de orice posibilitate a fertilizării. Povestea spusă de sticlele colorate a coborât în acea prerie, a planat deasupra solului, s-a așezat asemenea unei frunze toamna, fără zgomot, apoi a intrat în pământ.

Când ne-am apropiat de poartă, această viziune a dispărut, lăsând în urma ei doar un clocot ușor, ca un început de fierbere, iar în fața ochilor nu a rămas decât verzuiul pătat cu alburiu al iederei care învelea complet gardul și ascundea poarta, așa că Ralu i-a plătit iute taximetristului care în mod vizibil de-abia aștepta să plece de acolo și apoi a băgat mâna prin frunziș, a tras de un zăvor metalic pe care-l știa ascuns de cealaltă parte și apoi a împins poarta cu umărul. În tot acest timp Ralu vorbea încontinuu, pentru că știa ce urmează să văd, așa că-mi repeta cu o voce prefăcută, subțire, lucruri anodine, ca atunci când eram la dentist și urma o extracție sau, mai rău, o obturație de canal. Vorbind despre planuri de viitor, despre noua mea grădiniță, despre noua noastră zonă, despre culoarea viței sălbatice, a încetinit timpul, deși îmi amintesc că-mi tremurau genunchii cât o urmam pe cărarea abia vizibilă în mijlocul unei grădini sălbatice, plină de buruieni înalte, ce-mi treceau de cap, de flori galbene și, deasupra tuturor, aproape de poarta aceea din lemn, o mare glicină albă care-și trimitea florile spre pământ, ca pe niște prunci în cocon ce așteptau să atingă solul pentru a căpăta putere. Dar nu asta am văzut și poate că volutele pe care le face acum memoria sunt de fapt încercări penibile de a evita zbaterea acelei rozete orientale din preria lăuntrică, pentru că mișcarea ei a devenit freamăt la vederea celor doi lei din piatră rânjiți, cu boturile fisurate, care păzeau intrarea casei, acolo unde se terminau cele opt trepte și începea umbra proiectată de o marchiză din fier forjat ce încadra petice de sticlă colorată. Și, în ciuda temerilor lui Ralu, m-am repezit la ei, la cel din dreapta de fapt, pe care l-am luat în brațe, cât am putut, pentru că nu-i ajungeam la gât, urlând în gura mare că de acum am leul meu. Nu i-am dat drumul până când Ralu n-a dibuit cu cheia încuietoarea modernă, yala care ținea ferecate cele două uși din lemn, iar atunci când a deschis-o tot pe cea din dreapta, am făcut doi pași mici spre interior, cu mâna dreaptă încă pe blana din piatră a leului, scrutând întunericul care dezvăluia primii metri din noua noastră casă. Casa asta era cum nu mai văzuserăm noi, cei trăiți până atunci doar în blocuri, chiar și în cel de la blocul Ciclop, unde locuise Ralu cât era adolescentă, alături de Psihi Mu. Arhitectul, despre care atunci nu știam nimic, deși aveam să aflu mai apoi foarte multe, lăsase necompartimentat tot parterul, o mare sală ce îmbina bucătăria cu holul și sufrageria, iar această cavernă a fost luminată și și-a dezvăluit comorile abia când Ralu a început să tragă draperiile din dreptul celor trei ferestre duble, înalte cât un stat de om, dintre care una dădea spre partea din stânga a curții, plină de bălării, de plante uriașe, primitive, din paleozoic, ale căror frunze cărnoase aproape că intrau în casă, apoi fereastra ce dădea în spatele casei, acolo unde se găsea aceeași vegetație sălbatică, însă se ghicea mai mult spațiu, ceea ce a făcut-o pe Ralu să zâmbească și să-mi spună „Uite, Chiț-Chiț, aici o să-mi fac atelier de vară", și, în final, fereastra din dreapta, acolo unde un nuc bătrân despărțea zidul casei de gardul alb al Cimitirului Evreiesc, în burta căruia practic urma să locuim. Această fereastră era situată sub scara din lemn care urca, pe lângă peretele din dreapta, la etaj, unde se găseau două dormitoare și o toaletă. Camera mea avea o fereastră mai mică, care se deschidea în coronamentul nucului și prin care soarele din cimitir își trimitea vara, până la amiază, lucirile în bătaia vântului.

Dar adevăratul spectacol începea după-amiaza, când lumina solară venea din partea opusă a casei, mângâia boturile ciobite ale celor doi lei, apoi se agăța cu ghearele de fațada ciuruită și urca lent, până când ajungea în dreptul rozetei, care-o înghițea și o mestecа, apoi o scuipa în mijlocul marii camere de la parter, pe care o incendia cu toate acele culori puse în mișcare de soare: flăcări care dansau pe podea, albastrul apelor care se revărsa pe pereți, roșul sângelui ce țâșnea din rănile acelor soldați care purtau cruci imense pe scut sau pe albul pelerinelor în care se înveleau. Atunci, povestea pe care o spunea rozeta căpăta viață și devenea un film în care îmi plăcea să joc și să mă pierd, devenind pe rând unul dintre acei cavaleri ce înaintau prin deșert sau unul dintre călugării ce-i însoțeau, apoi eram chiar și un soldat cu turban care-și arunca săgeata asupra cavalerilor purtători de cruce, din fuga unui căluț alb. Dar de cele mai multe ori eram uriașul aflat în fruntea armatei cruciate, un bărbos cu plete roșii (culoarea pletelor lui se confunda pe podeaua salonului cu cea a sângelui ce izvora din rănile soldaților lui), călare pe un bidiviu gigantic, care ținea o spadă orbitoare ca soarele verii în mâna dreaptă, înălțată deasupra capului, gata s-o prăvălească asupra armatei cu turbane. Urmăream povestea care începea de sus, de la dreapta la stânga, împărțită în pătrate ce coborau, formând un șarpe încolăcit, până când capul acestei reptile ajungea în centrul cercului, acolo unde-și înghițea coada, iar mereu când ajungeam acolo, simțeam cum mi se umezesc ochii, pentru că în ultimul pătrat se petrecea o scenă grozavă, de neînțeles, fiindcă eroul poveștii, gigantul cu părul și barba roșietice, se avânta în apele învolburate ale unui râu negru, unde dispărea, sub privirile îngrozite ale armatei sale. Călugărul ce-l însoțea mereu era prăbușit în genunchi, într-o atitudine de prostrație, cerul era plumburiu, pe fundal, munții înzăpeziți păreau a purta un doliu atipic. Și eu, urmărind drumul acestui erou, de fiecare dată când ajungeam aici, mă scuturam și o luam de la capăt, pentru a asista la învierea lui, care semnala reluarea poveștii.

*

Era final de mai, deci îmi rămâneau cam trei luni în care să-mi învăț materia, așa că am început să tocesc imediat ce am reușit să-mi depun dosarul de înscriere.

Bibliografia era alcătuită din 11 cărți – am hotărât să le citesc mai întâi integral, apoi să încep să le recitesc, așezând fiecare carte într-o clădire, apoi să-mi clădesc în memorie o stradă străjuită de 11 case, fiecare dintre ele având ancorate în camere capitolele cărții care-i dădea titlul. Stăteam întins în iarbă, înconjurat de bâzâitul muștelor și al albinelor, râzând de unul singur când decoram în minte Vila Zoe Petre, care fusese consiliera președintelui Emil Constantinescu, o femeie micuță, cu voce foarte groasă, de fumător înrăit, care-și împăna intervențiile în talk-show-urile politice cu exemple din istoria Antichității grecești și romane, spre amuzamentul unor moderatori cu studii la seral și cu bretele colorate țipător. Dacă citeam din Dio Cassius, locul devenea o vilă romană, cum erau cele de la Pompeii, cu pereții înveliți în fresce lubrice, cu delfini care purtau pe cocoașă fecioare înspăimântătoare și satiri desenați de Ralu care alergau cu penisurile erecte ținute în pumni prin vița-de-vie sălbatică a imaginației mele. În cazul lui Jean-Pierre Mohen, informația era stocată într-o peșteră preistorică la intrarea căreia ardea un foc perpetuu, înainte de a deschide drumul spre o înlănțuire de caverne cărora numai eu le știam rostul. Când intram în peștera preistoriei, purtam pe umeri o hlamidă croită din blana unui mamut și în mână țineam o armă cioplită în os, femurul altui animal, mai mic, pe care-o legănam în palmă cu dexteritate.

Strada asta funambulescă se forma însă doar în cadrul Casei cu Lei și, de fiecare dată când memoria încerca să-și croiască drum spre ea, trebuia să treacă prin grădina cu potecă pietruită, printre flancurile de ierburi sălbatice, să urce toate cele opt trepte aflate sub marchiza din fier forjat în cadrul căreia erau încastrate ochiurile din sticlă verzuie, albastră și roșie, să deschidă ușa dublă, din lemn masiv (ușa de sprijin nu era niciodată blocată, așa că trebuia să tragi cu ambele mâini de cele două clanțe din fier, să le tragi spre piept, lăsându-te ușor pe spate, cu o mișcare teatrală, impetuoasă, așa cum erau toate gesturile în casa aceea), să pătrundă în vestibulul cu dale ca o tablă de șah, iar acolo se izbea inevitabil de privirea ironică, rece a Prințesei Ralu, pe care n-o puteam izgoni nicicum din acest teatru al memoriei artificiale.

Zâmbetul lui Ralu. Era schițat doar din colțul gurii, iar ochii îi fugeau undeva în sus, pe diagonală, și atunci obiectul acelui zâmbet se simțea strivit și umilit.

„Da' de ce te porți cu mine ca cu o cârpă de vase?", avea s-o întrebe Sergiu ani mai târziu, când talentele și eleganța lui golănească, atât de eficiente în timpul comunismului, își pierduseră farmecul în ochii ei. Atunci se întâmpla des să-l aud trântind cele două uși de la intrare, plecând impetuos din casă, și să-l văd apoi, din camera mea de la etaj, cum face potecă prin curtea interioară, înainte și-napoi, dând cu piciorul în tufele de trandafiri pe care tot el le plantase, vorbind singur, dând din mâini și înjurând printre dinți. Nu era primul bărbat pe care Ralu îl scotea din minți cu superioritatea ei, cu ironia și criticile ei strivitoare: avusesem și eu parte de ele, ba chiar mai mult decât toți acești bărbați care veneau și plecau, epuizați de lupta continuă, de războiul pozițional în care relațiile cu ea se transformau după o eventuală lună de miere în care încerca să-și țină-n frâu pornirile. Războaiele lui Ralu cu bărbații, în care intra înarmată cu figura ei drăgălașă, cu înălțimea peste media feminină, cu sânii impozanți și niște picioare ce le dădeau amețeli, dar și cu un aer boem, care promitea nu doar plăceri, ci și niscaiva discuții intelectuale după sex, luptele astea erau total nedrepte pentru sărmanii masculi ascunși prin tranșee cu singurele două arme de care dispuneau, și alea intermitent: sexul și bunăstarea materială pe care o aduceau Casei cu Lei. La început, când încă eram un novice în materie de Ralu, am fost înfricoșat de certuri, de zbierete, de mânia masculină care însă o ocolea pe ea și se izbea doar de obiecte, de zidurile casei, de pereții ei roșietici, de gardurile care o înconjurau, până când acest inamic temporar, folosit, epuizat, supt de energie, de bani și de orice urmă de demnitate, era dat afară pe poartă. Bărbatul care sosise încărcat de cadouri, fremătând de promisiunea unor fantastice ore de sex cu ființa desprinsă din mlaștina cea mai adâncă a imaginației lui, bărbătușul înfoiat, elegant și urban, se precipita pe cărarea dinspre portiță, ținându-și cu o mână punga cu ceva obiecte recuperate, iar cu cealaltă trăgându-și pantalonii în pripă. În urmă se ridica umbra amenințătoare a femeii care izbutise încă o dată să-și învingă slăbiciunea și să se ridice la statutul de eroină. Sentimentul de teamă din prima copilărie a fost înlocuit de o blazare pe care cu greu o puteam ascunde (unii dintre ei încercau o manevră de învăluire, apelând la mine adică, fără să-și dea seama că e o tactică total eronată: și eu eram unul dintre ei, chiar dacă în devenire și chiar dacă sânge din sângele ei, deci un potențial dușman), apoi de un dispreț fățiș față de acești reprezentanți ai sexului tare ce se umileau în fața ei. Era disprețul unui veteran de război, trecut prin ciur și prin dârmon, soldatul sovietic care luptase de la început dotat doar cu o pușcă din lemn și care supraviețuise și cunoștea toate slăbiciunile dușmanului. Iar slăbiciunea ei, mi-am dat seama abia în adolescență, erau chiar bărbații: nu putea trăi fără ei. Nu, nu pentru ceea ce aveau între picioare, deși nici acel lucru nu era de ignorat (mi-am dat seama foarte repede că gemetele care veneau din dormitorul ei nu erau cauzate de vreo durere pe care i-o pricinuia favoritul din acea lună, nu a trebuit să am parte de vreo educație instituționalizată pentru asta), ci pentru că era dependentă de umilirea pe care știa că avea să le-o cauzeze cât de curând. Devenisem un expert al relațiilor ei și, când voiam s-o rănesc, în adolescență, când iubirea noastră atinsese un punct de criză din care nu avea să mai iasă vreodată, urlam patetic, în fața aceluiași zâmbet ironic, punând în scenă drama care avea să ne însoțească cuplul până la despărțire:

— Știi cine ești tu? Ești Văduva Neagră, asta ești! Nu rezistă nici un bărbat lângă tine! Îi mănânci de vii, le sugi oasele de măduvă și dup-aia-i scuipi pe cur!

Asta se întâmpla în anii când nu mai eram băiețelul ei drăgălaș și blond, ci o creatură neagră și înaltă, ciolănoasă, cu prea mult păr pe brațe și pe piept, pe care încercam să-l ascund, purtând vara cămăși cu mânecă lungă, bandane negre sau roșii la gât, brățări care-mi acopereau încheieturile până la jumătatea antebrațului. Iar măduva nu era decât rămășița duioșiei care ne legase cu doar doi, trei ani în urmă, pentru că iubirea noastră se împlinea când venea acasă de la birou cu rasol de vită, pe care apoi îl fierbeam cu orele în „oala minune", până când începea să șuiere, să pufnească și să se zguduie ca un rinocer pe aragaz, umplând de mirosul delicios al osului tot spațiul de la parter al Casei cu Lei, os care ajungea apoi pe fundul de lemn dreptunghiular unde, lângă grămăjoara de sare, îl izbea de masă până când se scurgea afară toată măduva fierbinte pe care trebuia s-o mănânc sărată, pe nemestecate, ca să cresc mare și puternic.

Atunci, în fața injuriilor mele patetice, izbucnea și lepăda toată spoiala de urbanitate pe care o afișa în mod normal, toată epiderma ei „artistică" năpârlea într-o clipită și devenea fata crescută în sărăcie, pe o străduță din Obor, care n-avusese noroc în viață și pe care-o nenorociseră ăștia ca mine, „purtătorii ilegali de pulă".

— Fir-ai al dracu' de labagiu! Căcat cu ochi! îmi urla, cu ochii injectați, cu spume la gură, venind spre mine cu o violență care încă mă speria. Ia uite cine-mi dă mie lecții de viață, un jegos pe care l-am spălat la cur. Nu ești capabil nici măcar să ai o gagică ca lumea, da' stai să-mi ții mie cont de bărbați. Poate te dau afară!

Și ieșea izbind ușa de perete, se retrăgea în atelierul ei, unde stăteau așezate pe jos două pânze la care lucra alternativ cu acea expresie visătoare, artistic-intelectuală, ținând penelul cu aceeași prețiozitate barocă cu care ținea cartea atunci când citea în cadă, iar eu îi admiram unghiile roșii de la picioare și genunchiul rotund care ieșea din apă.

Nu rezistam însă mai mult de câteva ore, știind că stăm în aceeași casă, cu ea supărată, în altă parte a menajeriei noastre, punând la cale planuri de răzbunare, timp în care-mi treceau prin minte doar scenarii sinistre în care-mi punea otravă în mâncare sau făcea astfel încât să se prăvălească peste mine în cadă apă opărită care să mă transforme într-un rac fiert, servit apoi la masă unui nou favorit. Dar ceea ce mă înspăimânta cu adevărat era plânsul ei, era postura ei de preoteasă a lui Apollo violată în templu, șezând pe marginea căzii, cu cotul sprijinit de chiuvetă și capul în pumn, în timp ce lacrimile i se adunau în șanțul pronunțat de pe buza superioară, care se termina într-un bumb sau un țugui. Scena aia făcea din mine un mic Acteon transformat de Diana într-un șobolan, nu într-un cerb, un șobolan care se repezea la picioarele ei, târșâindu-și genunchii, și o implora să-l ierte, se agăța de piciorul ei gigantic, de papucul ei gargantuesc, de călcâiul ei rozaliu ca un munte de sare, urlând și cerșind milă.

*

— Hai, mamă, alege cum crezi tu.

Stau cocârjat în cadă, încerc să-mi acopăr burta cu coatele și-mi țin capul dat pe spate, încercând să văd obiectele aranjate pe tava întinsă de Nașa. Întind o mână sfioasă, dar vocea lui Ralu vine ca o palmă:

— Nu pixul, ce vrei, să ajungi ca mine, să-și bată joc toți agramații de tine? Ia banii, nu fi prost...

Mă reorientez rapid și iau bancnota de 100 de lei, cu portretul lui Nicolae Bălcescu, revoluționarul mort de TBC la Palermo, care-mi trezește atâta duioșie de fiecare dată când îi văd chelia pronunțată și trăsăturile pe care e întipărită moartea. N-am înțeles pentru ce lupta Nicolae Bălcescu, de ce a fost exilat, n-am înțeles nici de ce ar fi Italia un loc de exil, când în jurul meu toată lumea șușotește despre cât de bine e afară, despre cum, dacă te duci la întâlnire cu o gagică fără să porți chiloți și îi spui „Domnișoară, pentru dumneavoastră azi sunt italian“, ai mari șanse s-o babardești (Sergiu). E o situație care se bate cap în cap cu cea a lui Ovidiu, exilat din Italia pe plaiurile bătute de crivăț ale Daciei. În jur se aud aplauze firave, publicul e restrâns, căci ceea ce facem noi e o activitate clandestină, asta am înțeles de când mi s-a spus că, „dacă povestești cuiva ce facem sâmbătă, îți umflu botul" (Ralu, ex cathedra) – aplaudă, adică, Ralu, îmbujorată, cu pata ei roșie din jurul gâtului, aplaudă Psihi Mu cu mâinile ei ca niște labe de urs artritic și aplaudă sculptorul Savian, artizanul obiectelor din lemn din Casa cu Lei, care găsește cu greu echilibrul pentru a îndeplini această activitate de focă, fără să se țină de vreun perete. Mă ustură ochii și-mi vine să plâng de rușine, așa că mă concentrez asupra corpurilor scufundate în cada de fontă sau clătinându-se pe suprafața apei: câteva mahmudele de aur produse de Ralu de cine știe unde, probabil împrumutate, petale de trandafir roșu, smulse din grădină, boabe de orez care s-au așternut pe fundul căzii, boabe de grâu, un ou în coajă, care se mișcă în bătaia curenților submarini, un firicel scârbos de miere, verigheta lui Ralu, pe apă plutește o peliculă de ulei, sunt și două crenguțe de busuioc, au turnat și niște lapte, au pus și sare. Mă simt ca o găină în oala cu ciorbă, cum stau acolo, ditamai măgarul de 9 ani, în chiloți, și încerc să-mi spun că trece, o să treacă și asta.

— Hai, puiule, se aude vocea Nașei, femeia ciolănoasă, tunsă scurt, cu nasul mare din care se ițesc fire de păr negru.

Poartă un deux-pièces movuliu și în picioare are niște bocanci militărești cum n-am mai văzut la vreo femeie.

Pare profesionistă, de altfel Ralu m-a informat, în timp ce răgeam, agățându-mă cu ghearele de tăblia patului, că a botezat „zeci, sute de copii", că am nevoie de ea, nu doar ca să nu mor păgân, ci și ca să mă ajute mai târziu în viață, în carieră. Pentru că Nașa e o femeie importantă.

*

Stăm așezați toți trei la masa din lemn negeluit, opera lui Savian din bucătărie, Ralu a deschis cuptorul ca să fie cald, iar femeia cu părul scurt, mustăcioară și plete în nas mă scrutează.

— Tu știi ce înseamnă să fii patriot, Michi?

E capcană? Nu e capcană? Nu m-a mai întrebat nimeni dacă sunt patriot. În general sunt întrebat dacă sunt cuminte, dacă o iubesc pe mama, dacă am note bune, de ce nu mănânc mai mult că, uite, mă bate vântul, dar despre patriotism n-am învățat. Ezit prea mult:

— Hai, măi, Michi, răspunde-i lui Nașa. Ce înseamnă să fii patriot?

Întrebarea care mă sâcâie este de ce i se spune acestei femei Nașa. Nașa cui? Ce fel de Nașă?

— Să-ți iubești țara, răspund cu glas tremurat.

— Aaaașaa, se luminează Nașa. S-o iubești indiferent cine-o conduce, să te gândești la vitregiile prin care-a trecut, la Ștefan cel Mare, la Mihai Viteazu, să fii gata să iei arma-n mână cu prima ocazie și să-ți dai viața pentru ea.

Ralu mă privește îmbujorată. E duioșie plină de mândrie maternă în pieptul ei plin, probabil că mă vede deja cu sabia însângerată scoasă din teacă, la fruntariile țării, amenințate de mongoli, de tătari, de ruși. Psihi Mu e cumva reținută, pe latura îndepărtată a mesei, și pot să-mi dau seama că ceva nu-i convine la interogatoriul ăsta.

— Tu ai vrea să fii un apărător al țării când te faci mare?

— Da, răspund cu juma de gură.

Nașa aprobă din cap, simt că a mai făcut treaba asta de multe ori, e versată.

— Ca să aperi țara, trebuie să-i aperi valorile. Nu te uita la ce auzi, la ce vezi la televizor sau la coadă la carne: țara asta înseamnă valorile ei creștine în primul rând, iar noi, cei care-o apărăm, suntem oștenii lui Hristos! Tu știi ce e taina botezului, Michișor?

Pe asta chiar n-o știu, fir-aș al dracu'.

— Înseamnă să intri în armata Domnului, e ca la înrolare. Tu ești creștin, da?

Întinde un deget aspru spre mine, are unghiile tăiate scurt, nedate cu ojă.

— Îl iubești pe Domnul Iisus Hristos?

Mă uit la Ralu, care-mi evită privirea, mă uit la Psihi Mu, care are ochii umezi, și îmi dau seama că întrebarea nu e retorică:

— Din tot sufletul meu!

Nașa se luminează:

— E, ca să intri în rândul oștenilor neștiuți ai țării, trebuie să fii primit și-n Oastea Domnului. Adică să te botezăm!

Apoi a venit Revoluția, n-am mai auzit de Nașa, probabil că a trecut în rândurile și mai ascunse ale armiilor Domnului, poate că a făcut parte dintre cei care au răsturnat regimul Ceaușescu. Cert e că m-am botezat degeaba, am rămas din acea zi cu o nostalgie pe care mi-o trezeau toate filmele cu agenți secreți aduse de democrație. Aș fi putut deveni un foarte bun securist.

*

Ralu se hrănea din ură, pentru ea conflictul era concediu, drumeție pe munte, festin și somn odihnitor. Nu putea trăi nici cinci minute fără să critice, să judece, să disprețuiască sau să urască fățiș. Știam la ce se gândește când îi vedeam buzele mișcându-se mărunt în timp ce picta în atelier, când gătea în bucătăria de vară improvizată alături sau când se vopsea în baie. În mintea ei se dădea chiar atunci o luptă în care se încrucișau săbii, se aruncau obuze, iar sărmanii inamici ieșeau ferfeniță. Era prinsă într-un antrenament continuu, G.I. Jane rasă în cap, cu bicepsul de două ori cât al lui Arnold și poftă de sânge, care se arunca în noroaiele cazărmii, se cățăra pe ziduri de antrenament și făcea sute de flotări. Era inepuizabilă, nu avea nevoie de odihnă sau de hrană.

Când pe poartă intra un nou bărbat, primul meu sentiment era de milă, mai ales că în general alegea caractere slabe, indivizi deja predispuși să îngenuncheze, slăbiciune care li se întipărise în corp, pentru că erau scunzi, crăcănați, burtoși, cu chelii premature, iar în fața ei se pierdeau așa cum am văzut într-un documentar că se lasă antilopele hipnotizate de privirea crocodilului. Lucrau fie în alimentația publică, fie pe la Primărie, erau securiști ori stăteau bine în Partid, iar faptul că intrau pe poartă nu le garanta succesul, ci doar o mică victorie de etapă. Urma înfruntarea cea mai dură, cea pe care o purtau cu mine, arma secretă, micuțul iubit al pictoriței, răzgâiat și greu de mulțumit, isteric și irascibil. Veneau cu delicatese învelite-n hârtie cerată, bine ascunse în pungi ordinare, veneau cu lucruri din shop, țigări Kent pentru ea, nes, cafea boabe, lichior, câteodată chiar și o sticlă de whisky, iar pentru mine gumă de mestecat, bomboane cubaneze și Pepsi Cola. Asta le asigura o masă, în timpul căreia eu îi treceam prin chestionarul meu Proust, sub privirile amuzate ale amazoanei, care se dădea un pas înapoi și își lua notițe mintale.

— Cu ce echipă țineți?

Asta era de obicei prima întrebare, cea care făcea trierea principală, pentru că oamenii se împărțeau atunci în două mari categorii: cei care țineau cu Dinamo și ceilalți, jegoșii de steliști. Dat fiind că nu ofeream nici un indiciu, bietul bărbătuș din fața mea, care se descălțase respectuos din vestibul (ceea ce o amuza pe Ralu, care-mi făcea cu ochiul – „Numai țăranii se descalță când intră în casă“), își freca picioarele între ele ca un greiere borțos și încerca timid:

— Steaua?

— Mă întrebați pe mine sau țineți cu Steaua?

— Campioana Europei... se auzea continuarea, la fel de nesigur, la fel de speriat.

— Campioană pe pizda mă-sii! îi urlam și fugeam de la masă, lăsându-l pradă unei nedumeriri care se transforma pe parcursul serii în nervozitate, pentru că era evident că Ralu nu-i mai dădea nici o șansă, ci încerca să scurteze pe cât posibil, să-i dea de înțeles că asta a fost...

Inutil de spus că Sergiu era dinamovist convins: el m-a dus pentru prima oară în groapă, în Ștefan cel Mare, ba chiar, după un meci în care i-am rupt pe ăia de la Gloria Buzău, cu 10-2, într-un bar din centru unde nu mai fusesem, Melody, și unde am așteptat cam o oră, timp în care el a băut o vodcă, iar eu un Pepsi, până când pe ușă a intrat un tip scund, pe care nu l-am recunoscut, îmbrăcat fiind în civil, un tip care pentru mine atunci valora mai mult decât Iisus Hristos, Mickey Mouse și întreaga mea familie la un loc: Dorin Mateuț. Micuțul mijlocaș, supranumit Mateo, abia venise de câteva luni de la Corvinul la Dinamo și dădea semne că avea să devină pivotul unei noi echipe pe care Nea Luce începuse s-o construiască. A devenit în câțiva ani echipa de aur a lui Dinamo, cea care în 1990 putea să bată cam pe oricine în lume. După Campionatul Mondial din '90 însă, majoritatea jucătorilor au plecat în străinătate și visul s-a spulberat. Rămân însă, în amintirea oricărui copil din acei ani, bombele trimise de Mateo din afara careului, finalurile de meci în care mai intra chiar și Lucescu să joace, primele meciuri ale unui foarte tânăr atacant, blond și creț, pe nume Răducioiu.

Sergiu mi-a respectat idolul, așa că nu l-a chemat la masă, cum ar fi făcut-o în mod obișnuit, ci s-a dus el la a lui, i-a zâmbit și i-a spus câteva cuvinte, iar jucătorul mi-a făcut semn cu mâna să vin lângă ei. Am dat noroc, apoi nu mai știu ce mi-a spus, pentru că aveam un nod în gât cât un măr și-mi venea să plâng de emoție. Cred că i-am spus că am afișe cu el pe tot peretele liber din camera mea și atunci m-a mângâiat pe păr. La sfârșit, Sergiu, privind spre paharul lui, a dat amărât din cap și a strigat la barman:

— Mariane, adă ceva bun de băut la domnu'! E prieten cu fi-miu.

*

Stau întins pe canapeaua îngustă, de o persoană, ale cărei tăblii ating marginile camerei, cu capul sub fereastra prin care intră un curent cald și zgomotele din scuarul format de întretăierea străzilor Parfumului și Vulturilor, ce are în centru un mic spațiu verde, parcă neterminat, pentru că e total lipsit de frumusețe sau funcționalitate, cu excepția momentelor când se adună acolo băieții veniți de pe Anton Pann, cea mai tristă stradă din București, și-o pun acolo de un fotbal. Cu picioarele ating ușa care se deschide înăuntru și pe care am încuiat-o de două ori, după care am tras un scaun sub clanță. Cad într-un somn scurt și agitat, în care simt că, dacă mi-e dor de ceva, nu sunt copiii, nu e Ioana, ci starea de siguranță pe care mi-o dădeau casa, prezența lor alături, glasurile, fojgăielile, sforăielile și agitația diurnă. Aici, în podul vechii case de pe Parfumului, mi-e frică, mai ales când dorm. Visele mele sunt impregnate de teamă apăsătoare. Mi-e frică de scârțâitul podelei de lemn, de mișcările pe care le aud din chilia chiriașului de alături, de sunetele scrijelite de pe tabla casei, chiar și de pașii ca niște picături de ploaie ai ciorilor care țopăie noaptea deasupra capului meu. E aceeași senzație pe care o trăiam în copilărie, când trebuia să fiu în pat la 8 și urmăream îngrozit cum penumbra ia locul luminii, apoi cum se lasă întunericul și cum din burta lui păroasă ies ființe pe care numai eu le cunoșteam, monștri rânjiți care deschideau dulapurile cu haine (hainele dispăreau pe timpul nopții, ca orice alt lucru familiar din cameră), se urcau pe pereți, pe tavan, de unde mă priveau fix, iar eu știam foarte bine că e de ajuns să închid ochii pentru ca umbrele acelea să mă atace, așa că mă agățam de cele mai mici fărâme de realitate pe care mi le mai trimitea auzul, vocea crainicului bulgar răzbătând din sufrageria unde Ralu și Sergiu încă se uitau la televizor, ba chiar gemetele lor venind din dormitor, care mă înfiorau. Deși au trecut 30 de ani de atunci, de la luptele nocturne din casa de la Șura Mare, și în podul acesta putrezit stă întins pe spate un bărbat trecut prin lupte adevărate, un bărbat cu armura găurită și ruginită, frica e aceeași. Tot așa, odată cu lăsarea întunericului, prin fața ochilor se derulează aceleași scenarii care mă fac să plâng încă din copilărie, cel al morții lui Ovidius (imagini care în trecut soseau imediat ce ieșeam din blocul de pe Trestiana și care-l aveau tot pe el ca obiect, nu pe Meri, dar pe care le alungam spunându-mi că nu e bătrân, are doar 60 de ani, 60 și un pic, mai avem atâta de trăit împreună, adică avea atunci mai puțin decât au părinții mei acum, aceleași imagini sosesc în prezent seară de seară, dar nu le mai pot alunga cu aceeași ușurință, nu mai pot negocia, nu am ce oferi, atunci oferеam timp, acum e pură milogeală din partea mea: „Nu azi, nu anul ăsta!“), apoi cel al morții lui Ralu. Nu mă gândesc la moartea lui Genu, pare incompatibil cu imaginea asta. Sau poate fug de scenariul respectiv, de teamă să nu descopăr un lucru groaznic.

*

Camera se cufundă în penumbră, apoi e luminată de lampionul din centrul piațetei, înainte de a deschide scara blocului și a trece prin holul verzui pentru ca imediat, ignorând cu totul ușa albastră a liftului, să pun mâna pe clanța primei uși, cea din stânga, apartamentul 1, sub care, pe plăcuța din plastic alb, sunt scrise două cuvinte indescifrabile, ușă a memoriei recente, traversez două amintiri cu El, sunt amintiri iuți, două imagini, metrouri care trec în goană, fără a opri în stație, așa cum se întâmpla în copilărie, când stația Brâncoveanu nu era dată-n funcțiune, iar metroul străbătea acel spațiu fantomă spre Piața Sudului, căreia noi îi spuneam Big. Prima dintre ele mă duce într-o după-amiază de sâmbătă, când în casă suntem doar noi doi, pe canapeaua lui verde, dintr-un material elastic și tare, ca un sân de fată, dar învelit într-un mușchi mătăsos, și ne uităm amândoi la televizorul color, primul pe care-l vedeam, unde el a pus un film la video. Ne uităm la *E.T.* și îmi amintesc că mă ridicasem cu picioarele pe canapea, cu genunchii la gură și plângeam cu sughițuri, deși nu voiam să se vadă asta, pentru că E.T. era pe moarte, nu mai putea sta mult pe Terra fără să moară de epuizare, când l-am simțit că mă privește, cumva cum n-o mai făcuse, fix, cu atenție, așa cum se privesc doi adulți în ochi, doi adulți care au ceva important de împărțit. Și mi-l amintesc (aici memoria șchioapătă, tușește, dă rateuri, câteodată are părul care-i înconjoară chelia, cel de la baza capului, negru, altă dată nu e deloc, are capul ras), după acea privire ce mă face să mă simt jenat, ca și cum aș fi comis o tâmpenie, cum mă întreabă direct, fără ocolișuri:

— Auzi, Michi, tu mă iubești pe mine vreun pic?

Și nimic nu e mai prezent în mine aici, în odaia de pe Strada Parfumului, decât ridicolul paralizant de atunci, sentimentul că așa ceva nu se întreabă și că orice i-aș răspunde va suna fals. Aveam de atunci un simț disproporționat al ridicolului, eram de multe ori dedublat, ori cel care juca în filmul continuu al zilei, ori regizorul din spate, care vedea scena cu limpezime și clătina nemulțumit din cap. Și atunci am jucat pe cartea unei false spontaneități, m-am aruncat de gâtul lui, l-am pupat pe chelie și i-am spus că-l iubesc foarte, foarte mult. Iar în fața nemulțumirii lui evidente, când i-am spus că-l iubesc foarte, foarte mult, el mi-a răspuns că m-ar fi crezut dacă i-aș fi spus un simplu „Da“ sau dacă aș fi dat din cap, mi-am dat seama că am greșit și că m-am comportat ca o curvă, o curviștină de 6-7 ani, exact cum îmi spunea Sergiu că sunt atunci când se enerva și trântea o cană de dușumea: „Bă, mare curvă mai ești!“. Acum problema era că nu știam foarte clar ce ar putea fi o curvă, probabil o ființă care minte și nu o face foarte bine, pentru că uneori și Ralu era o „Curvă ordinară!“ pentru Sergiu, altă dată Sergiu era ăla care venea de la „Curva aia de Cozmăciuca!“ sau cel care trebuia să-și ducă chiloții murdari să i-i spele curvele lui.

Dar atunci, în sâmbăta aia, când eram doar noi doi, pentru că Mariana plecase în vizită la mă-sa, iar fratele meu vitreg încă nu apăruse pe lume, eu m-am simțit ca o curvă și l-am acuzat în minte, pentru că simțeam că o asemenea întrebare nu i-o pui unei curve și că, poate, dacă m-ar fi luat în brațe sau mi-ar fi dat o palmă bărbătească după ceafă, i-aș fi răspuns la fel și ar fi fost evident că ne iubim.

A doua amintire e mult mai târzie, deci mai apropiată de momentul crizei din clasa a VIII-a. Plecam din New York spre casă, unde urma să petrecem Crăciunul împreună, veneam după două săptămâni în care începusem să nu mai fiu atât de sigur că știu cine sunt, că am o formă bine delimitată în lume, îngrijorat poate de răsfrângerile mele diferite în ochii celorlalți. Eram unul în ochii lui (ochi care treceau aparent fugitiv peste mine, măturându-mă parcă, cu o nouă severitate și, lucru nou, o doză de scârbă care mă rugam să existe doar în imaginația mea), eram altul în ochii soției lui, care devenise mult mai agresivă cu mine decât în anii copilăriei (iar copilăria era încă acolo, o simțeam, mă agățam de ea cu ciudă), eram chiar un al treilea în ochii fratelui meu cu zece ani mai mic, iar acest caleidoscop recent descoperit mă zdruncinase din rărunchi, pentru că, în ciuda tuturor desprinderilor, a ruperilor, a materialului sfâșiat la cusătură, fusesem până atunci Unul. Avionul a întârziat decolarea din cauza unei furtuni de zăpadă care se năpustise deasupra New Yorkului, iar noi eram așezați pe grupuri, cei doi străini, Mariana și fiul ei, în spate, la vreo trei rânduri, iar eu cu el chiar în fața unui mare ecran, așa că eram iarăși împărțit între bucuria de a ști că o să văd câteva filme până la București și frica de zbor stimulată de rafalele de vânt care izbeau hublourile. El avea relaxarea, pe care atunci i-o admiram, dată de sutele de zboruri, se descălțase, ceruse un *scotch on the rocks* și căuta prin trusa oferită de Lufthansa cu bucuria unui copil care desface cadoul de la Moș Crăciun, așezând alături, pe măsură ce le extrăgea cu degetele lui lungi, o papiotă cu ac, pastă și periuță de dinți, o oglindă, un after-shave minuscul, căști, ciorapi flaușați gri-verzui, câteva bomboane mentolate.

Într-un târziu am decolat, am trecut prin norii strecurați în noapte, apoi am atins acea altitudine liniștitoare, neverosimilă la care dispare orice semn exterior al zborului, când toți își decuplează centurile, se ridică în picioare și, mai ales într-un zbor transatlantic, își caută cunoștințele prin avion, pentru o vorbă. În apropierea noastră s-a deschis și un bar cu autoservire, eram în acei ultimi ani ai abundenței pe care companiile aeriene o revărsau asupra noastră, când zborul peste ocean avea aura unei expediții aristocratice în Africa. Tot ce-mi amintesc până aici e recompus din fragmente de imagini disparate, din mirosuri, zgomote pe care le-am reținut, ba chiar și din memoria tactilă declanșată de atingerea acelui ciorap flaușat pe a cărui talpă scria *Lufthansa*. Adevărata amintire, parte a memoriei afective, cea pe care o pot derula înainte și înapoi fără a omite un detaliu, este a unui moment târziu în noapte, când toți pasagerii avionului dormeau și stewardesele s-au retras undeva. Iar amintirea este asta: privesc cu ochii împăienjeniți de oboseală la ecranul mare din fața ochilor, unde e proiectat un film atât de straniu, încât mă ține treaz până când oboseala capătă formele unei beții ușoare. E primul meu film inspirat din comicsuri, îmi dau acum seama, pentru că anul trebuie să fie 1991, deci prima mea ieșire din țară, așa că nimic din experiența mea vizuală nu m-a pregătit pentru stranietatea specifică acestui gen de filme. Nu am în background nici măcar un Batman, așa că acest *Dick Tracy*, cu grotescul lui netemperat, cu o Madonna-întruchipare-a-kitschului, mă ține pironit de scaun și memoria mea, cea de atunci, a copilului de aproape 13 ani, mă poartă într-o zonă pâcloasă, în care își caută singură similitudinile. Sunt undeva în anii '80, în prima lor parte, cred, într-o sufragerie cufundată în întuneric, cu ochii pironiți de un ecran TV unde rulează un film cum n-am mai văzut până atunci, un film terifiant, care debutează cu un viol dur, însoțit de violențe și mutilări, care lasă din femeie un boț de carne abia respirând. Unica sursă de lumină în încăpere este ecranul, acolo se concentrează toate privirile, pot simți asta, culcușit cum stau în brațele întunericului. Îmi amintesc vocea lui Ralu, la început nu înțeleg ce spune, abia apoi însă îmi dau seama că, dacă-i ascult cuvintele, voi putea face conexiuni mai bune și mai rapide între acțiunile personajelor de pe ecran. Mama traducea, mi-am dat seama atunci, în avion, mama era cea care dubla o casetă video, în sufrageria unor străini care-o plăteau, ea era singura femeie de acolo și dubla un film care începea cu un viol brutal, animalic. Apoi atenția îmi e întreruptă tot de vocea ei, de data asta cu inflexiuni aspre:

— Măi, oameni buni, dar ăla mic al meu ce face, se uită la porcăria asta?

Râsete în beznă, râsete de bărbați tineri:

— Uite-l, mă, pe puștiulică ce se benoclează!

Iarăși Ralu, de data asta imperativă:

— Hai, nu-l lăsa să vadă tâmpenia asta!

Și mâna mare a unui bărbat, mirosind a tutun și, în amintire, a apă de colonie, cum îmi mirosea capul după ce ieșeam de la frizer, mi se așază demonstrativ peste ochi, iar vocea ei devine din nou monotonă, câteodată poticnită.

Femeia de pe ecran e abandonată pe o plajă, într-un sac din plastic, peste care plouă mărunt, pelicula artificială i se ridică de pe gură și se lasă la loc, aburindu-se ușor. Degetele bărbatului s-au răşchirat, complice, pentru ca eu să pot vedea. Nu-mi amintesc trecerea, însă aceeași femeie se îmbracă acum în negru, provocator, agață bărbați cu care face sex, apoi îi omoară. Îi bagă în saci din plastic unde îi lasă legați, să se sufoce, apoi le retează capetele. Iar cadavrele lor sunt găsite pe aceeași plajă unde fusese ea abandonată. Și vocea ei e monotonă, lumina televizorului e tăiată de liniile șerpuitoare ale fumului de țigară, pe măsuța din fața mea văd un pachet lung de țigări, pe el e desenat un castel și scrie, cu litere frumoase de tipar, KENT, așa că memoria mea de atunci, a copilului de câțiva ani, se întoarce și ea în sufragerie, unde, deasupra capului, pe primul raft cu cărți, stă înclinată o plăcuță din lemn pe care scrie KENT STATE UNIVERSITY. De după plăcuță se ițește capul unei siluete fantomatice, fără trăsături, un om slab care-și duce mâinile la cap, pe coperta unei cărți mici. Din titlu se întrezăresc patru litere, ...*este*, iar printre picioarele omului se strecoară un șobolan, din care văd doar coada subțire și labele din spate. Am coborât trei etaje în subsolul memoriei și, ajuns acolo, mi-e frică să nu rămân cumva blocat, în primii ani '80, unde amintirile nu au cadru detaliat. Mă gândesc că poate așa arată viața de după moarte, o scoborâre în amintire până la nivelul cel mai adânc al minei, unde trebuie să retrăiești aceeași scenă fără sens și fără scenografie.

Retrag toate aceste amintiri așa cum rulezi o mulinetă, iar la capătul firului se zbate un pește uriaș, întunecat, o fosilă vie care n-a mai văzut lumina soarelui de mii de ani, ascunzându-se în gropi umbrite, la kilometri întregi sub pelicula apei. Le retrag și, în timp ce Breathless Mahoney, singurul personaj pe care-l recunosc, pentru că e Madonna, iar pe ea o știu de pe copertele unor casete ale băieților mai mari din bloc, deci, în timp ce Breathless Mahoney încearcă să-l sărute pe Dick Tracy (un fior ușor între picioare, nu e ceva urgent, care ar putea fi rezolvat, încă nu știi să rezolvi aceste probleme, mai curând impactul se resoarbe undeva în coșul pieptului), mă întorc spre el, care doarme, învelit cu o pătură subțire. E același bărbat tânăr din amintirea cu E.T., are aceeași chelie lucioasă, care-i învelește parcă tot capul, cu excepția inelului din păr de la baza craniului, o fâșie de piele care-i dă acum un aer fragil, așa cum doarme înfofolit ca o mumie din Peru, și simt o duioșie violentă, vreau să-l trezesc, să-l iau în brațe și să-i spun ce fusese fals atunci, cu ani în urmă. Dar nu mă mișc, îmi savurez senzațiile, întorc capul spre ecran și scot limba, de pe care culeg o bobiță sărată.

*

Doar după ce retrăiesc amintirile astea, reușesc să deschid ușa scării, pot să trec pe lângă Mireille Mathieu sau Brigitte Bardot, fluierând așa cum fluieră băieții când de fapt le e frică de întuneric, de singurătate, de noapte, și să urc cele câteva trepte care mă duc la primul etaj. Aici, în stânga, pe partea opusă liftului, se află prima ușă, din lemn albastru. Clanța e nepotrivită, decupată dintr-un castel, probabil furată din *Frumoasa și Bestia*. Deasupra vizorului, ochiul de ciclop, stă scris cu litere de tipar *AP. 1*, iar dedesubt două cuvinte care nu au, în starea asta, nici un sens. Deschid ușa, care scârțâie ridicol, și intru într-o sală goală de cinematograf. Recunosc scaunele învelite în pluș vișiniu, presărat cu găuri negre, arsuri de țigară, din copilăria mea, de la Cinema Aurora, Doina sau Europa. Mă așez pe ultimul rând și în cele din urmă închid ochii.

AP. 1

Operațiunea Barbarossa

Scrisoarea lui Tageno din Passau către fratele său întru Domnul, Anselmus din Clairvaux

Frate Anselmus, primește scrisoarea aceasta ca un ultim gest pe care-l fac întru slăvirea Împăratului roșcat, pentru că nu puține au fost neadevărurile ce s-au pus în seama lui și multe spurcăciuni încă se plimbă prin gurile acelora ce spun că l-ar fi însoțit în Sfânta Cruciadă, dar care nu au pus de fapt piciorul în afara creștinei Europe.

Cât despre mine, i-am stat alături până în ultima clipă a vieții și, deși nu pot așeza aici nimic din cele ce mi-a împărtășit în timpul sfintei confesiuni, pot descrie lucrurile așa cum s-au întâmplat, stăruind cu precădere asupra ultimelor zile din viața lui Frederic, Sfântul Împărat, pe drumul său frânt înspre Ierusalim, acolo unde chiar Domnul Și-a trimis Fiul să plângă și să tune în Templu și unde ne vom regăsi cu toții în vremea ce va să vie, a Împărăției Cerurilor. Căci nu trebuie uitat că nimic nu se întâmplă pe lumea asta fără de voia Lui și că e neîndoielnic că merităm pedeapsa trimisă de El asupra sfintei armii creștinești, care însă numai creștinește nu s-a purtat de-a lungul șerpuirii ci prin Byzantiumul romeilor sau pe drumul spre Antiohia. Și, când ne vine a strânge din dinți și a cârti împotriva cerurilor pentru că au îngăduit ca Prințul ce nouă ne părea nemuritor să se stingă asemenea flăcării de lumânare în apele reci ale Salephului, din regatul armean al Ciliciei, atunci să ne amintim Epistola Sfântului Pavel către Romani: „El, Care pe Însuși Fiul Său nu L-a cruțat, ci L-a dat morții, pentru noi toți“ (Romani 8,32). Dar, bunule Anselm, așa cum spune înțeleptul, mai bine spui mai puține decât să ocolești la nesfârșit.

Întâmplările ce le descriu s-au petrecut în anul Domnului 1190, la scurtă vreme după bătălia de la Iconium, unde Frederic Barbarossa, Sfântul Împărat, obținuse o victorie măreață împotriva necredincioșilor selgiucizi, care ne hărțuiseră timp de o lună de zile, de când uriașa noastră armată pătrunsese în ținutul lor. Cete de 60, 70 de arcași călări apăreau în zare, cu zalele ușoare scânteind deasupra nisipului pe care puteai cu ușurință să clocești un ou, deși nu trecuse încă de primele zile ale lui mai, ne zădărau de acolo, apoi, când din armată se desprindea un grup de cavaleri împlătoșați ce pornea șarjând înspre mirajul acela, trimiteau câteva stoluri de săgeți în aer, apoi îndată se făceau nevăzuți printre dunele galbene, fugind pe bidiviii lor pitici, care aproape că atingeau cu burta nisipul fierbinte. Văzând acestea, Frederic a poruncit să se formeze un detașament rapid, din 100 de călăreți aleși dintre cavaleri, care să lepede armura grea, să poarte doar cămașa de zale și pieptare din piele, iar trupul să-l apere cu scuturi ușoare, tot din piele tăbăcită de vânat, să călărească cei mai iuți cai pe care-i aveam, și care să stea ascunși în rândurile groase ale armatei, mai la coadă, acolo unde căruțele greoaie cu mărci din aur, provizii și femei abia se târâiau. Menirea detașamentului, botezat iute în taină, de restul armatei, Diavolii lui Barbă-Roșie, era să atace prin surprindere arcașii necredincioșilor și să le bage-n cap că tactica hărțuielii, atât de iubită de ei până acum, nu mai era o armă împotriva slujitorilor lui Hristos. Ideea lui Barbarossa nu era nouă, hărțuiala fusese dintotdeauna arma secretă a orientalilor, pe care însă Alexandru Macedon a știut s-o dezamorseze cu ariciul falangelor și cu răbdare. Să combați otrava cu otravă e o idee veche de când lumea, chiar nemuritorul Platon vorbește de ea în dialogul *Phaidros* și, de venim încoace, înspre noi, îți amintești, cuminte Anselmus, dieta lui Mithridates Eupator, care nu lăsa nici un asfințit să treacă fără a-și lua doza de *pharmakon*.

Dar văd că încep a cădea în patima homerică a divagației, atât de dragă retorilor asianici, uitând să-ți descriu, așa cum se cade, locul și momentul din care-ți trimet vorbele acestea. Poate că-n alte împrejurări nu ar fi importante, frate Anselmus, însă cred că imaginea ce-o am în fața ochilor nu-i altceva decât pregătirea pentru ce ne-a face Domnul în Ziua de Apoi. Căci, dacă ridic un colț al cortului și pășesc smerit în lume, în juru-mi se deschide priveliștea cea mai murdară și mai neplăcută sufletului din câte au fost date până acum omului (mai abitir dacă omul acela nu a trăit în evul Sodomei și Gomorei, când „pământul se stricase înaintea feței lui Dumnezeu“): în stânga-mi, spre „Mare Nostrum“, galerele francilor în blocada abătută peste cele două porturi ale Acrei, în jurul cărora plutesc copiii Domnului, credincioși sau păgâni, cu burțile umflate, ca sacii plini de grâne prin care s-au aciuat șoareci și alte jigănii spurcate. De privesc înainte, zidurile aproape năruite, încăpățânate ale cetății înconjurate de șanțul plin de mădulare de oameni, tăiate și lăsate acolo să putrezească, bolovani aduși tocmai de la Messina de galerele Regelui Ric, coifuri goale, armuri și cai morți a căror carne stricată se preschimbă pe zi ce trece într-o clisă verzuie, culoare ce o vezi doar când bate vântul dinspre mare, alungând muștele negre. Spurcații stau pe ziduri și aruncă de acolo blesteme, deși glasurile lor stinse și îndelungatul asediu ne fac să pricepem că totu-i doar prefăcătorie și că starea de lucruri e mai neagră între ziduri decât în afara lor. S-a scurs deja un an de când ne-am alăturat francilor sub zidurile de la Acra și mai bine de un an și jumătate de la moartea îngrozitoare a lui Barbarossa în apele Salephului și nu e zi în care să nu mă-ntreb dacă am mai fi trecut prin chinurile iadului dacă

Sfântul Împărat s-ar fi aflat în fruntea armatelor creștinătății. Dar nu-mi pot stăpâni gândul că, de ar fi fost aici și și-ar fi văzut fiul murind de boleșnița care a secerat mai mulți cavaleri decât sabia lui Saladin, tot s-ar fi stins de supărare.

Iară Saladin, că tot veni vorba, și-a așezat armatele pe colinele din spatele nostru, înspre Tell al-Ayyadiya, așa că suntem prinși acum ca-ntr-o menghină, între zidurile cetății pe care voim s-o cucerim și amenințarea marelui Sultan. Vânătorul ce deveni vânat, dar nici aici nu-i vreo noutate, pentru că, așa cum a povestit Regele Ric, purtat într-o lectică, răsturnat într-o rână, printre corturi, ca să vedem că n-a murit, cum se zvonise, ci că se luptă cu boala și că va ieși învingător, deși au început să-i cadă dinții și să i se desprindă șomoioage din păr, așadar, cum spunea Richard Inimă de Leu, răsturnat între perne, „la fel au crezut galii a prinde pe Caesar, la Alesia și tot ca el vom învinge!". Drept care au început să construiască palisade în afara taberei, înconjurând-o, ca o spinare de arici, cu țepi ascuțiți din lemn de cedru – *Glasul Domnului cel ce sfărâmă cedrii și va zdrobi Domnul cedrii Libanului* –, au săpat gropi cu țepușe pe fund în toată câmpia ce ne desparte de armata Sultanului, făcând cu neputință de înfăptuit orice șarjă a călăreților lui iuți. Aceleași palisade le-au construit înspre Acra, ca să oprească garnizoana, în cazul în care ar fi vrut să iasă și să-și croiască drum prin tabăra francilor. Catapultele gigantești construite de meșterii lui Richard și de cei ai lui Filip August aruncă neîncetat pietroaie asupra cetății, concentrându-se fie asupra Turnului Muștelor, fie asupra Turnului Blestemat, unde o legendă spune c-ar fi fost făurită lancea care-a ucis trupul muritor al Domnului Iisus Hristos, iar o alta că tot acolo s-ar fi turnat cei 30 de arginți ai trădării lui Iuda Iscarioteanul.

Corturile creștinătății, purtând fie crucea roșie, fie pe cea albă, ca să deosebească armatele Angevinilor de cele ale Capeților, se întind mai mult decât poate cuprinde privirea unui om și poate că doar acvila ar izbândi, din zbor, să priceapă dimensiunile armatei noastre („și era numărul lor zeci de mii de zeci de mii și mii de mii", vorba Sfântului Apostol Ioan al Apocalipsei). Moralul acum e bun, de la sosirea celor doi regi și după trecerea unei ierni îngrozitoare, în care oștenii, neobișnuiți cu asemenea lipsuri, picau de pe picioare, ba chiar ajunseseră să prindă șobolani ca să-i mănânce, apoi, după ce i-au stârpit cu totul, nu s-au dat în lături să se înfrupte din carnea celor ce mureau de foame, mai întâi pe ascuns, pe urmă fără rușine, în văzul tuturor. Și tot fără rușine, în toiul foametei, al molimei care secera zeci de oșteni ai armiei sfinte în fiecare zi, sub un soare ce făcea să se topească chiverele și caii să cadă din picioare, în loc să aducă provizii, a sosit un galion francez cu 200 de femei ușoare ce ziua-n amiaza mare-și duceau piciorul la ureche, dezvăluind luminii locul acela ce ar trebui să fie cunoscut doar soțului și lui Dumnezeu. Și, ca să adâncesc comparația ce am făcut cu zilele Sodomei și ale Gomorei (să nu uităm ce spunea Aristotel despre comparație: este utilă prozei, dar nu trebuie folosită prea des, căci proza va deveni poezie, iar noi numai poezie nu facem aici, dragul meu Anselmus, ci Istorie), nu puțini au fost aceia ce au uitat de foame și de sete, ba chiar și de moarte și s-au aruncat în corturile acestora, ridicate într-adins la marginea dinspre armia lui Saladin, de unde puteai zări câte o asemenea stricată clătinându-se pe picioare în timp ce își căuta liniștea printre alte corturi, cu sămânța bărbătească scurgându-i-se pe picior și privirea rătăcită-n găvanele ochilor. Frate Anselmus, departe de mine să judec făpturile acestea, știind că nici Domnul nostru n-a făcut-o, ba chiar am încercat a le vorbi cu blândețe și a le întoarce la calea cea dreaptă, până când cea care părea să le fie căpetenie (căci erau rânduite la fel ca și o armie, cele mai frumoase și mai curate fiind hărăzite nobililor, în corturile cărora aveau parte de poame orientale și gheață adusă chiar din corturile lui Saladin, ce trimitea asemenea daruri Regelui

Ric) m-a apucat de rasă, m-a zgâlțâit și a urlat la mine împroșcând-mă cu stropii săriți din cloaca aceea ce bucurase deja sute de oșteni: „Piei, scârbavnicule, piei, netrebnicule, du-te de predică-n pustie! La lăcuste cu tine!". Recunosc că m-a trecut un fior, deși trăisem până-n ziua aceea două mari campanii militare și văzusem pierind atâția cavaleri ce-mi păreau nemuritori. Atunci mi-am amintit de cuvintele pline de înțelepciune ale *Fiziologului*, care zice că „nevăstuica primește în gură sământa masculului și astfel rămâne grea; iar când îi sosește sorocul, naște prin urechi. Așa sunt și unii dintre credincioși: primesc sământa cuvântului dumnezeiesc, dar, devenind neascultători, uită și ascund ceea ce au auzit". Așa că am să le numesc pe aceste biete făpturi nevăstuici de acum înainte, iar eu, la rândul meu, am să încerc să nu uit și să-ți spun toate cele ce am trăit și am văzut în acești ani.

Deși ochiul nedeprins cu ale politicii nu pricepe, tabăra e răvășită de dihonie, căci buna pace dintre Angevini și Capețieni nu e decât o mascaradă. S-a dus o luptă tăcută între cei doi regi. Filip August sosise cel dintâi, cu o mână de cavaleri și cel mult o mie de oșteni de strânsură, dar dăduse îndată dovadă de calitățile care-l făcuseră de la vârsta cea mai fragedă să se țină bine pe tronul șubred al unei țări aflate-n război neîntrerupt cu vulpea Albionului, Henric al II-lea, pe care nu-l puteau înghiți nici cei trei fii, darămite aspida de nevastă-sa, Eleonora de Aquitania. De cum a pus piciorul în Palestina, a poruncit să se arunce neîntrerupt cu blocuri de piatră peste cetatea Acrei, nelăsându-i pe arabi să pună geană peste geană. A încercat să curețe tabăra de miasmele care-o înveleau, așezând în aval, pe Belus, plase care să oprească stârvurile pe care armata lui Saladin le arunca în apă și care altfel ar fi putrezit în apa noastră de băut. Nu le-a mai îngăduit oștenilor să se ușureze în apă, ba chiar a săpat șanțuri pietruite în care strângea apă proaspătă. A poruncit pedepse aspre pentru toți cei prinși beți noaptea, pentru dezertori sau scandalagii. Toate astea nu prea l-au făcut iubit, dar cine a avut ochi să vază a văzut. Așa că poate n-a fost tocmai drept ca sosirea lui Richard să fie întâmpinată cu atâta freamăt, doar pentru că era însoțit de o armie mai mare și mai bine aprovizionată. De altfel, Richard și-a dovedit marea pricepere mai ales în a cuceri inimile soldaților, căci a făgăduit oștenilor de strânsură cu un galben mai mult decât dădea Filip, ceea ce a făcut ca a doua zi un val de soldați să treacă iute dintr-o armie în cealaltă. N-a contat că la două zile după sosire Regele Ric a căzut bolnav – nici nu apucase să se arate bine la poalele Acrei – și că a fost la un pas de moarte. Soldatul, frate Anselmus, iubește conducătorul care-i seamănă: vicleanul, arțăgosul, bețivul și, mai presus de orice, lăudărosul. Iar Richard, fie-i amintirea lăudată, le avea pe toate. Căci cum altfel aș încadra eu în categoriile Stagiritului purtarea lui din acele zile, când punea să fie cărat pe perne, în lectică, până la poalele orașului, cu o butelcă de vin într-o mână și cu arbaleta cea mare în ailaltă, ca să tragă în musulmanii de pe ziduri? Asta-i câștiga de partea lui pe neciopliții oșteni mai mult decât toate măsurile administrative bine-venite luate de Filip.

*

Aș vrea acum să mă întorc la Barbarossa, la marșul lui triumfal prin Byzantium și la moartea lui, care a cutremurat creștinătatea, deși, între noi doi și Dumnezeu fie vorba, creștinătatea nu știe nici cât negru sub unghie despre ce s-a întâmplat atunci. Din toată acea armie pe care am auzit-o urcată la mai bine de 100.000 de capete, dar care în fapt număra 15.000 de oșteni, 5.000 de cavaleri și 10.000 de pedeștri, n-a mai rămas mare lucru, iar cei ce crâgnesc sunt iute amuțiți, căci legenda e mai dragă omului de rând decât povestea adevărată, fie ea chiar și mai cutremurătoare. Și așa însă atâția cavaleri cruciați, călări pe cai în armură, atâția scutieri și pedeștri bine antrenați în luptele din Italia nu mai văzuseră Bizanțul. De aceea

Basileus s-a speriat și a încheiat repede alianță cu sultanatul Konyei, sperând să scape de anexarea lui de către Barbarossa. Împăratul Frederic nu avea însă nici un gând să-și irosească forțele într-o asediere cumplită, cum era cea a Constantinopolului. Am fost de față la întrunirea din cortul imperial, când trimișii Basileului au cerut să spună ce au de spus, dar, mai presus, să aducă daruri de îmbunare, așa cum pesemne făcuseră și cu musulmanii. Frate Anselmus, rar mi-a fost dat să văd două fețe trăind frățește pe un singur cap, ca la bizantini. Jocul acesta prefăcut va scârbi în cele din urmă creștinătatea și, fără să mă vreau dăruit cu povara clarviziunii, îi văd în scurtă vreme singuri în fața unui viitor Saladin, iar atunci vor țipa ca din gură de șarpe și nimeni nu le va veni în ajutor. Văd Byzantiumul trecut prin foc și sabie, văd femei pângărite pe treptele din marmură ale Sanctei Sophia și un necredincios tânăr intrând în cetate în fruntea unei armate ce nu se mai termină.

Nu știu cum se face, dar privirea mea din dimineața aceea avea limpezimea pe care o capătă câteodată după un somn bun, după zile de postire. Mă rugasem cu Împăratul de *matutinis*, îngenunchind amândoi în fața relicvariului ce adăpostea *Sacra Cintola*, cingătoarea Fecioarei, împrumutată Împăratului de evlavioșii cetățeni din Prato, și, stând alături de el, ca la umbra unui munte sfânt, am simțit că ceea ce facem noi are cu adevărat un sens, e un *symbolon*, discul platonician rupt în jumătate, cealaltă fiind umbra faptelor noastre în Împărăția Cerurilor. Am avut atunci o pornire iscată de fervoarea ce simțeam și am pus mâna stângă pe mâna lui mare, noduroasă, în care încăpeau câteva palme de om obișnuit, am pus așadar palma pe mâna lui străbătută de vine ca pâraiele ce se varsă primăvara în Pad, am ținut-o acolo o clipă, timp în care ochii lui au rămas închiși și am crezut că-l simt tresărind, că-l simt cum își stăpânește o slăbiciune sau poate o lacrimă. Apoi s-a scuturat și s-a ridicat în picioare, muntele Barbarossa, cum îi spuneau dușmanii, care nu era deloc roșcat, ci fusese blond, iar acum, așa cum se întâmplă cu blonzii, încărunțea cu blândețe, adică galbenul acela trecea cu încetul înspre nuanța pe care o are blana de berbece în soarele cu dinți al iernii.

„Frate Tageno“, mi-a spus cu glasul lui răgușit, care se spărgea adesea ca un ulcior, „lasă-mă acum. Am avut partea Domnului, acum trebuie să mă pregătesc și pentru Cel Viclean“.

I-am făcut semnul crucii pe frunte, cum îi plăcea, ridicându-mă pe vârfurile picioarelor, apoi mi-am așezat gluga pe creștet și am ieșit de-a-ndărătelea, privind silueta uriașă a celui care ținea laolaltă armata aceea de strânsură care se avântase în mijlocul pustietății. Când am simțit în ceafă izbitura ca de ghioagă a soarelui, m-am răsucit pe călcâie și chiar atunci mi-a trimis Domnul presentimentul unei nenorociri, așa cum aripa unui vultur întunecă uneori soarele. Am privit corturile uscate de soare, soldații care-și târâiau picioarele prin nisip și mi-am făcut cruce cu limba, rugându-mă la Domnul să alunge de la mine gândurile acestea negre. Atâta timp cât muntele Barbarossa se ridica strașnic în mijlocul armiei, nimic rău nu se putea întâmpla.

Solii bizantini au sosit la nămiază, au fost conduși într-un cort înadins pregătit, unde li s-au adus gheață și poame, vin de Salern și apă rece. Apoi s-au așezat străji la gura cortului și acolo au stat vreme de câteva ceasuri, până la lăsarea întunericului, când aceleași străji i-au adus în cortul Imperial. Erau trei dregători înveșmântați după obiceiul oriental, ca niște muieri, cu firet și podoabe pe care le bănuiam a fi calpe, căci ne era cunoscută tuturor starea Imperiului grecesc, care mai curând mituia toți dușmanii decât să-i înfrunte măcar pe cei mai slabi, de teamă că întreaga lui oaste alcătuită din simbrioți se va risipi în cele patru zări sau va întoarce armele împotriva propriului conducător. Au trecut printre cele două șiruri alcătuite din floarea cavalerilor Sfântului Imperiu, înaintând cu fragilă hotărâre spre tronul din lemn al lui Carol cel Mare, pe care stătea, cu cotul pe genunchi, Frederic Barbarossa.

Sfântul Împărat pe care, frate Anselmus, l-ai văzut sau chiar l-ai cunoscut acum zece ani, când străbătea Italia în lung și-n lat, încă putea, șezând pe tronul uriaș, din colț de elefant, să înfioare un dregător de curte bizantină, fie el și vărul Basileului, Alexius, mai ales când își învârtea ca pe-un inel, în jurul degetului, vârful bărbii bălaie, privind țintă covorul oriental așternut pe pământ. I-a ținut așa, prosternați pe covor, până când a simțit că tăcerea străbătută doar de nechezatul îndepărtat al cailor și-a atins desăvârșirea (desăvârșirea pământească, firește, căci cea adevărată a Domnului este), apoi a ridicat ochii albaștri pe care vârsta înaintată nu-i spălăcise, la fel cum nu-i albise nici părul, și i-a pironit asupra celor trei, un vistiernic, un comite și un al treilea personaj pe care-l prepuneam a fi șeful eunucilor.

Puțini l-au cunoscut pe Frederic ca mine, Anselmus, și tot puțini și-au putut da seama atunci că sub barba care-i îmbrăca obrajii până pe pomeți s-a ivit un zâmbet jucăuș și că soarta celor trei era pecetluită.

„Ați venit să-mi oferiți sprijinul Marelui Basileu pentru ale cărui pământuri am mutat jumătate din floarea cavalerilor Europei în pustie?“

Avea un glas nepotrivit de moale pentru trupul de uriaș din care ieșea, dar știam, și nu doar eu, că putea urca la mânie până la forța furtunii coborâte din munți și atunci mai știam că din gură-i săreau spume care i se agățau de barbă și că arăta ca un leu turbat.

Conducătorul soliei bizantine, trecut prin ciur și prin dârmon, și-a dat repede seama că întrebarea făcea parte din tagma celor retorice și că vocea aceea nu era decât un paravan pentru furia care fierbea în uriașul din fața lui. Așa că a tăcut.

„Sau ați venit cumva să-mi cereți iertare în numele lui Isaac al II-lea Anghelos pentru înțelegerea făcută cu dușmanul creștinătății, cu Saladin, nimicitorul Ierusalimului, și cu Kilij Arslan, sultanul Konyei?“

Aici s-a auzit un început de cârteală din partea celui de-al doilea bizantin, comitele burduhănos, care purta sub faldurile bogate o cămașă ușoară de zale, semn al apartenenței la tagma oștenească.

Însă vocea lui Enobarbus creștea așa cum crește iarna vijelia printre creste, adunând bulgări mari de zăpadă și împărțind moartea printre viețuitoarele neadăpostite.

„Sau, acum, după ce am cucerit Philippopolisul și Adrianopolele, măreţul Basileus și-a dat seama că Saladin nu-i e de nici un ajutor și că aș putea încerca, cu sorți mari de izbândă, să-i cuceresc cetatea așa-zis inexpugnabilă? Avem cumva în fața ochilor", a spus Frederic, ridicându-se în toată înălțimea sa și dând roată cu ochii prin tot cuprinsul cortului, acum de-a dreptul rânjind, „avem acum de-a face oare cu o încercare de împăcare? Pentru că, cinstiți cavaleri, drept să fiu, o așteptam mai demult, nu credeam să fie nevoie să prad două cetăți creștinești pentru ca Împăratul Bizanțului să-și amintească la ce Dumnezeu se închină...".

Într-adevăr, Anselmus, Isaac Anghelos tremura deja în spatele zidurilor, de teamă că Enobarbus, înfuriat de schimele lui cu Saladin, s-ar fi putut alia cu turcii Anatoliei și ar fi putut încerca să prade Constantinopolul, așa că-și trimisese cei trei dregători cu zece căruțe pline de daruri care opriseră la cinci mile distanță, în așteptarea unui semn.

Pentru cine nu-l cunoștea pe Barbarossa, decizia era luată, însă eu am simțit în sufletul imperial o neliniște fragilă, un soi de codeală pe care n-am știut a pune degetul. Cred că atunci, în acel cort, s-a hotărât soarta cruciadei celei de-a treia. Pentru că Barbarossa ar fi putut pune piciorul în Constantinopol, o știu, iar de acolo ar fi putut conduce nu unul, ci două Imperii Romane și ar fi putut învinge pe Saladin fără chinurile pe care le trăiesc acum cei doi regi, Filip și Ric.

Dar n-a fost așa și doar dacă citesc cum trebuie semnele pe care le văd când închid ochii și retrăiesc scena aceea îmi dau seama că a ales calea cea grea știind foarte bine ce are de gând să facă. Și nu spun asta pentru că mi-ar fi mărturisit-o, ci pentru că i-am văzut o șovăială, și în pas, și în privire, o șovăială mâhnită, ca a unui om care a ales cu bună știință ștreangul, deși ar fi putut scăpa. A expediat cu un semn nepoliticos al mâinii pe cei trei crai de la răsărit și apoi, cu aceeași mână, a golit cortul de floarea cavalerimii, dorind să rămâie singur pe tronul din lemn al lui Carol Magnul. Când am ieșit, pășind cu spatele, am zărit trupul acela ca de uriaș, gârbovit în scaunul din lemn, cu părul lung răzvrătit de sub coroană și degetele răsfirate pe genunchii osoși, și pentru prima oară am simțit nu teamă, nu sfială, ci mila pe care o avem în fața unui bătrân căruia i se apropie sorocul.

Dar până la sorocul acela a mai trecut ceva vreme. De a doua zi am strâns tabăra și am purces la bucata cea mai grea din drumul nostru, ce-a sosit odată cu trecerea Hellespontului pe la Gallipoli, port ce duhnea a sânge, pe corăbiile navigatorilor pisani și ale romeilor împăcați cu biciul diplomației. Când ne aflam în plină traversare, pe malul celălalt, al Asiei, s-a ivit o turmă de animale ciudate, ca niște găini uriașe, suite pe picioroange ca de cămilă, care ne priveau cu vicleană curiozitate și au prins a guița nedumerite, apoi ca la un semn și-au luat tălpășița într-un nor de praf. Le-am lămurit nobililor de pe corabia imperială, știind că prind și urechea lui Enobarbus, că animalul acela nu e de pe altă lume, ci se numește în ebraică *asida*, romeii îi spun *struthiocamelon*, iar latinii *struthio*. E animal uituc, de aceea depune ouăle doar când vede pe cer roiul de stele al Pleiadelor, semn că e vară și căldura soarelui le va cloci singură. Barbarossa se trăsese înspre mine și mă asculta ca un copil mare, căci asta și era, nefiind la începuturile sale un princeps pregătit anume pentru domnie, ci needucat și ajuns acolo unde era mai întâi doar cu ajutorul proniei, căreia el îi zicea noroc.

Când ne-am văzut cu întreaga armată trecută dincolo, la hotarul lumii necredincioșilor, am știut că Enobarbus reușise cu vorba bună și cu biciul cuvântului să aducă armata neatinsă acolo unde de regulă ajungeau cioturi de armie, ostenite și ciopârțite de vrăjmași. În luna lui Marte rânduiserăm tabăra de descălecare și puneam la cale o cotropire în toată regula, știind că turcii selgiucizi vor uita acum de orice înțelegere cu Barbarossa și vor lovi îndată ce se vor simți în primejdie. Era Anul Domnului 1190 și deja Împăratul își asigurase spatele, începând tratativele cu regatul Armeniei, cap de pod la fel de însemnat cum fusese cel al romeilor în partea cealaltă. Dar armenii s-au dovedit a fi la fel de fățarnici ca și romeii (de multe ori necredincioșii au dat dovadă de mai multă statornicie decât cei botezați întru Domnul) și ne-am trezit în inima pustiei, hărțuiți de oștenii sultanatului Konya, care au dat chiar un atac important asupra noastră, odată ce Barbarossa a înființat acel corp mobil de oaste care zădărnicea munca arcașilor lor. Ce avea însă Barbarossa deasupra turcilor și armenilor și, de fapt, deasupra tuturor dușmanilor din lume în acel an era hotărârea lui de nezdruncinat. În ajunul bătăliei, când pe dealul aflat la două zboruri de săgeată se vedeau puzderie focurile din tabăra turcilor Konyei, a adunat întreaga floare a cavalerilor germani și, neavând nevoie să se cocoațe măcar pe cal ca să fie zărit de toți ochii, a urlat ca din peșterile lui Aeolus, acoperind orice murmur și orice urmă de zavistie:

„V-am adus până aici, unde nu a mai ajuns nici o sfântă cruciadă în ultimul veac. V-am adus fără să pierdem în luptă mai mult de zece cavaleri cruciați. Cel mai aprig dușman pe care l-ați înfruntat a fost arșița. De acum însă o să trebuiască să-mi plătiți mie, în numele Domnului, datoriile adunate, pentru că... abia de azi înainte vă puteți câștiga numele de cruciați. Dar, cum știu că bucuria și înflăcărarea țin doar de început, în orice îndeletnicire omenească, am să mă îngrijesc chiar eu să le țin treze".

După care, frate Anselmus, înconjurat de cei 12 episcopi pe care-i târâise după el, s-a apucat să înșire pedepsele grozave ce-i așteptau pe aceia care ar fi încălcat deplina disciplină: cel ce s-ar fi plâns de sete, cel ce ar fi cârtit în plin deșert, dornic să-și lepede armura, acela care n-ar fi dat ascultare întru totul poruncilor venite de la Barbarossa, pe toți aceștia îi aștepta o singură pedeapsă: moartea. Aici a stat secretul scurtei și nefericitei lui cruciade, frate Anselmus, într-o disciplină întărită de fiorul morții. Ba mai mult, a mers până într-acolo încât să nu mai îngăduie, sub amenințarea aceleiași pedepse, băutura, a alungat curvele din tabără și a impus antrenamente zilnice atunci când armata adăsta mai mult de o zi într-un singur loc. Își făurise o rețea de iscoade plătite, care-i aduceau vești atât dinspre Konya, cât și dinspre armenii cei cu două fețe, iar la Constantinopol nu se bizuia doar pe înfricoșarea ce-o stârnea, ci și pe dregători bine plătiți ce stăteau în preajma lui Isaac Anghelos.

Discursul lui era, ca totdeauna, bine chibzuit, fiindcă neajunsul cel mai mare al armiei lui Hristos nu erau nici turcii, nici armenii și nici romeii, ci iuțeala grozavă a marșului prin pustie. Nu se mai găsea strop de apă de băut, iar cavalerii Domnului ajunseseră să-și bea singuri pișatul sau să-și taie caii ca să le bea sângele. Am văzut cu ochii mei nobili care-și înfigeau fața-n balega cailor, ca să scoată de acolo puțină umezeală. De aceea Frederic a socotit de urgență două lucruri: primul – să le bage oștenilor în oase spaima cea mai grozavă, mai mare decât teama că vor pieri de sete ori de foame; iar al doilea – să provoace pe turci, care strânseseră o oaste de 30.000 de oameni, la o bătălie hotărâtoare. Atunci a poruncit un marș forțat prin pustie înspre zidurile Iconiumului.

În noaptea dinaintea bătăliei, m-a chemat la el pentru *miezonoptică*. Mi-l amintesc îngenuncheat în fața raclei în care păstra Sacra Cintola, ca un trunchi de stejar încovoiat în furtună, iar în liniștea adâncă a taberei adormite îi deslușeam prea bine Rugăciunea Inimii, nimic mai complicat, și atunci m-am gândit, frate Anselmus, când străbăteam cei câțiva pași care mă despărțeau de stejarul acela fulgerat, că undeva, în adâncul trupului, Împăratul nu e cu nimic mai osebit de o bătrână înfricoșată și m-am întrebat: oare cât din viața plină de victorii, dar și de înfrângeri pe care a dus-o Enobarbus n-a avut la temelie frica, groaza de necunoscut?

Apoi am îngenuncheat lângă el și după un scurt răgaz i-am auzit șoapta răgușită:

„Frate Tageno, mâine, în bătălie, vom fi victorioși. Nu am nici o îndoială. Iar după victoria de mâine o să-i urmărim pe turci până la zidurile Iconiumului, pe care-l voi asedia. Până când zidurile se vor prăbuși. Și atunci toți acești cavaleri ai Domnului, care sforăie acum împrejurul nostru, 5.000 la număr, dar și oastea de strânsură, peste 60.000 de creștini, se vor preschimba în diavoli însetați de sânge, de aur și de împreunare trupească. Oastea Domnului va trece prin foc și sabie toată suflarea orașului, fie că-i vorba de bătrâni, de femei sau de copii. Vor purta crucea pe spate și pe scut, dar în inimi nu Domnul se va afla, ci un spirit sângeros, ce miroase a putregai de carne stricată și a zemuri stătute după împreunare. Iar eu i-aș putea împiedica, frate Tageno, dar știu foarte bine că, de-aș face asta, le-aș răpi visul cel mai tainic pe care-l au acum: că ceea ce vor înfăptui la Iconium se va înzeci la Acra, se va însuti la Ierusalim. Și uite de ce, frate Tageno, stau acuma și mă întreb și te întreb pe tine, după ce l-am întrebat pe El, Care însă nu a catadicsit să-mi răspundă: cum îmi lămurești această contradicție, a conducătorului unei oștiri dumnezeiești care știe că nu poate învinge în lupta cu necredincioșii decât lăsându-l pe Cel Viclean să intre-n inimile și-n brațele și-n mădularele oștenilor lui? Ai vreun răspuns, frate, sau ești aidoma Domnului tău?".

Îți spun drept, frate Anselmus, că-n clipe ca aceea preferam să tac și să las furtuna să treacă, dar acum mi-a fost limpede că întrebarea nu e pusă de dragul vreunui efect retoric sau pentru a tulbura liniștea nopții, ci Sfântul Împărat chiar aștepta un răspuns din partea umilului său slujitor. Așa că am încercat să bălmăjesc ceva cât mai grăitor:

„Doamne, știi că nu-i ușor de răspuns și că graba în asemenea judecăți tot Celui Viclean îi este dragă, dară mă bizuiesc pe memoria Domniei Tale, care știe foarte bine că nici divinul Alexandru n-a ferit Teba de tăișul sabiei, pentru că doar astfel putea da de știre lumii că Grecia și Macedonia aveau un nou rege, nu un papă-lapte de 20 de ani, cum împrăștiau perșii vorba“.

„Frate Tageno, vezi șanțurile adânci de pe obrajii mei? Sau vrei să mai aducă un opaiț?“

„Doamne, nu aș cuteza să-ți ofer o comparație amplă, mai mult un punct de plecare... ba aș aduce între noi doi umbra divinului Boethius: *Species nil aliud esse putanda est nisi cogitatio collecta ex individuorum substantiali similitudine, genus vero ex specierum similitudine.* «Specia nu trebuie considerată nimic altceva decât gândul adunat din similitudinea substanțială a indivizilor, genul însă din similitudinea speciilor.»“

M-a privit înveselit și abia atunci mi-am îngăduit să mă destind. Era un joc pe care-l începusem cu ani în urmă, în timpul dietei de la Worms, când iarăși mă chemase în odăile lui, ca să ne rugăm, și atunci mă întrebase de ce oare orașele Italiei continuă să se răzvrătească împotriva lui, cu precădere Milanul, iar eu mă slujisem atunci de vorbele Sfântului Augustin, care spunea că intelectul nu poate trece în act decât prin ceea ce este deja în act și, dat fiind că inteligența părăsise de secole tărâmurile de dincolo de Alpi, intelectul nu putea întrupa acolo nimic de unul singur, adică în lipsa forței. Atunci a părut să mă vadă pentru prima oară cu adevărat, Anselmus, dincolo de rasa mea benedictină, și mi-a zâmbit tot așa, ca în seara dinaintea bătăliei cu turcii.

„Frate Tageno, s-ar fi putut întrupa oare răspunsul tău într-o frază mai ocolită și mai întortocheată, ca să-mi spui că trebuie să cobor gârbaciul asupra Milanului?“

Așa că acum, când buzele i-au dezvelit cei câțiva dinți înnegriți și mi-a rânjit ca anțărț, am știut că am trecut hopul.

„Așadar, frate Tageno, eu și Alexandru am împărți nu specia, ci genul, asta vrei să zici cu gura divinului Boethius?“

„Doamne, spun doar că adevărata osebire dintre Domnia Ta și Machedon stă în faptul că el era păgân, iar țelurile acestei cruciade pe care o conduci nu se vor întrupa doar pe pământ, ci cu adevărat doar în Împărăția Cerurilor. Și, într-adevăr, cred că redobândirea Sfântului Mormânt, a Sfintei Cruci, redobândirea Ierusalimului merită toate sacrificiile, ba chiar și pe acela al cruzimii față de necredincioșii de rând.“

Auzind aceste ultime vorbe, a sărit în picioare și s-a-ndepărtat cu vioiciunea unui tânăr, deși nu mai era de mult așa, unii spunând că e trecut de 50 de ani, alți că ar fi sărit chiar de 60. În afara dinților și a șanțurilor pe care le purta pe chip de pe când era la jumătatea vieții, nimic nu-i arăta vârsta. Și s-a răsucit pe călcâie, pe călcâiele cizmelor lui uriașe, în care-ar fi intrat doi bărbați, apoi m-a întrebat, uluitor de blând pentru iuțeala gesturilor de până atunci: „Avem noi, frate Tagenus, vreun pic de libertate? Și, dacă nu, ce rost au toate astea?“. A făcut un gest larg cu mâna, aproape am simțit aerul mișcat cum îmi mângâie obrajii, iar în calitatea acelui aer se aflau toată mânia, toată amărăciunea lui, Anselmus. „Pentru că-mi vorbești despre datoria ce-o am de a cuceri Ierusalimul, asta o aud de ani de zile, apoi îmi vorbești despre datoria ce-o am de a trece Orașul Sfânt prin foc și sabie spre a-l recâștiga pentru creștinătate. Întregul meu destin stă desenat înainte-mi și tot ce pot hotărî eu pare să fie calea pe care-o voi alege ca să împlinesc acest destin. Dar, dacă totul TREBUIE făcut, iar eu sunt cel ales să facă acel TOT, mai contează cumva strădania mea? Hotărârile mele nu sunt cumva umbrele celor trasate de un deget sfânt cu mult înainte să mă nasc? Spune-mi, Tageno, am voie să mor? Sau trebuie să-mi fac mai întâi datoria?“

Aici vocea i s-a subțiat, așa cum știam că i se întâmplă când coarda firavă adăpostită de pieptul lui puternic, de bivol era atinsă de un cuvânt, de un poem sau de sunetul unei piculine. M-am străduit să-i răspund fără a înteți cumva furtuna care i se iscase-n suflet, dar era ca și cum m-ar fi pus careva să merg pe ouă.

„Dominus, preafericitul Augustin ne învață că liberul-arbitru se află într-o relație de servitute față de grația divină. Doar colaborarea dintre voința omului celui păcătos și grația Domnului poate stârpi Răul..."

A scos un chițăit ca și cum un șoarece cât casa ar fi dat să iasă din barba lui galbenă ca știuletele.

„Deci ce-mi spui tu, frate Tageno, ascunzându-te-n spatele fericitului din Hippona, e că răul va cădea întotdeauna în spinarea muritorului blagoslovit cu darul liberului-arbitru, iar nobilul țel final e de atins doar cu suflul Domnului, așa-i?"

„Cu alte cuvinte, cam așa e, Dominus."

„Și tu numești asta dreptate? Așa v-au învățat la Clairvaux, în noviciat?"

Am știut că trebuie să-l las așa, să nu mai lungesc vorba, pentru că-mi părea destul de stârnit.

„Dominus, Dumnezeu e de necuprins, chiar și pentru mintea celor ce-și petrec viața toată încercând să-l înțeleagă."

„Așa, fă pe prostul acum... Prostul modest. Răspunde-mi la o singură și ultimă întrebare: e vreo cale ca eu să nu port răspunderea marilor cuceriri ce-mi stau în față, Tageno?"

I-am răspuns cu toată sinceritatea: „Nu, Dominus".

A făcut doi pași în spate, ca pentru a mă vedea mai bine, și mi-a spus atunci vorbele care nu-mi vor da pace toată viața:

„Îți amintești, Tageno, vorbele străjerului ce-l vede sosind pe Agamemnon, în scrierea lui Eschil? Am un bou pe limbă, spune el, presimțind tot Răul ce urma să se reverse asupra cetății. Acel bou mi l-ai așezat tu acum, frate. Am un bou pe limbă. Acum lasă-mă să mă pregătesc...".

Am plecat capul și am ieșit din cort de-a-ndărătelea, privind țintă spinarea ceea ca de taur, nu de bou, acoperită încă de penumbra unei noi zile ce stătea să se nască.

*

Iar nașterea ei a fost dureroasă și înecată în sânge. Din nefericire, cele prezise de Enobarbus s-au împlinit aievea. Oștirea a participat la o mesă comună, apoi fiecare cavaler și oștean de strânsură a primit sacramentul și Frederic a împărțit armata în două, sub conducerea lui și a Ducelui Frederic de Suabia, fiul său.

Ducele Frederic a pătruns în oraș, care nu era fortificat, fiind unul mare, cam cât cel mai mare din întreaga Germanie, Sancta Colonia. În acest timp, cât jumătate din oaste ucidea toți locuitorii orașului, așa cum visase cu ochii deschiși Împăratul, în vreme ce cavalerii Domnului aruncau copii din minarete și siluiau femei cu prunc în pântece, se scârnăveau în moschei și începeau deja să se îmbete, Frederic înfrunta grosul oștirii sultanului, ce-și apăra poziția în parcul dimprejurul orașului. Bătălia s-a redus la o șarjă a cavaleriei conduse de Frederic, care ținea într-o mână stindardul cu Cruce, iar în cealaltă enorma lui sabie, pe care nimeni altcineva n-o putea ridica.

„*Hiute here din Tach!* Hristos domnească asupră-ne, Hristos să biruiască, Hristos să ne conducă!“ A ridicat sabia în aer și la un semn cei 700 de cavaleri care mai aveau ce călări s-au pornit să zguduie pământul. În urma lor alergau cei 10.000 de pedeștri rămași, însuflețiți de priveliștea divină a Împăratului care-și înfigea lancea cavaleriei în mătăsurile turcești. Oastea sultanului n-a făcut față loviturii. Armurile de nepătruns ale cavalerilor și avântul acestei corăbii de fier au spulberat rândurile lor până-n miezul corpului expediționar.

La lăsarea serii, când Frederic își conducea oștirea mai mult moartă decât vie înspre Paradisul lumesc din Iconium, pe câmpul de luptă rămăseseră înspre 10.000 de hoituri, din care dacă vreo 60 erau de creștini. Sultanul a și trimis o ofertă de contenire a luptelor, cedându-și teritoriile din jurul orașului sub stăpânirea latinilor. Frederic a intrat cu chipul ca de ceară în orașul cucerit, trecând printre stârvurile copiilor, bătrânilor și femeilor pângărite și sfâșiate. A urmat o noapte întreagă de jaf, când un slujitor al Domnului ar face mai bine să stea închis undeva și să caute să răscumpere prin rugăciune păcatele fraților săi. Ceea ce am încercat să fac și eu, însă eram tulburat foarte de vorbele ce le rostise Împăratul în acea dimineață, în cort. Nu am închis un ochi în noaptea aceea, meditând asupra propriei mele credințe și a șubrezeniei ființei umane.

Ce a urmat, Anselmus, e istorisit deja de toate gurile creștinilor și în Orient, și în Europa. O istorisesc și necredincioșii și așa se vede cât de mare a fost teama lor în fața înaintării lui Enobarbus, a organizării și disciplinei ce domneau în rândul oștirii lui, în fața experienței unui Împărat ce cunoscuse și gloria, și umilința, care fusese și milos, și de o cruzime legendară și care se afla acum, în pragul senectuții, la a doua sa cruciadă.

După ce a poruncit să se facă garnizoană la Iconium și a întărit tratatele cu Isaac Anghelos, pentru a-și păzi spatele, după ce a încheiat și tratatul de neutralitate cu armenii, Frederic și-a îndreptat balaurul oștii spre Acra, acolo unde deja se petreceau grozăvii și unde se credea că se va da marea bătălie cu Saladin. A reînceput legendarele lui marșuri, care ajungeau și la 19 leghe pe zi, ba chiar, la trecerea munților Armeniei, spre Seleucia, a poruncit marș de noapte, printr-o strâmtoare groaznică, pentru ca oștenii de rând să nu-și dea seama de grozăvia prăpastiei pe care o aveau în coastă. Aceasta mă face să spun că, mai curând decât cuceririle Machedonului, vestita campanie neizbutită a lui Hannibal i-a slujit drept pildă lui Barbarossa.

Coborârea în câmpie a fost plină de bucurie pentru oaste și părea că în fața ei nu se mai poate așterne decât victoria, după atâtea luni de chin, pentru că drumul spre Antiohia era deschis. Mărșăluiau pe lângă Salephul care cobora rece și duduind ca un cor de tobe din crestele munților, când Împăratul lor a intrat în apele învolburate și a pierit înecat. Sunt multe versiuni ale acestei povești, frate Anselmus, dar eu nu-ți pot spune decât ce mi-au văzut ochii, pentru că, deși chiar și simțurile ne sunt de multe ori înșelătoare, ele se apropie cel mai mult de eidolonul platonician zgâriind suprafața lucrurilor. În plus, nici Ansbert, adică Magnus de Rechsberg, nici ceilalți care au relatat moartea Sfântului Împărat nu au purtat acea discuție cu el pe care ți-am povestit-o în scrisoarea mea. Și, chiar dacă știau că Barbarossa înota ca un pește, încă din copilărie, când se arunca în valurile Adriaticii și se făcea nevăzut în zare, chiar dacă știau că era mai puternic ca niciodată, în pofida vârstei, pentru că-și petrecuse cea mai mare parte din viață în șa și în luptă, au ales să arunce moartea lui în cârca divină (varianta înecului) sau în cea a inimii lui slăbite de la marșul prin arșiță.

Dar eu l-am văzut, Anselmus, l-am văzut cum și-a dat jos platoșa, apoi cămașa din piele și știu că i-am admirat spinarea lată, acoperită de păr bălai, ca mătasea porumbului, i-am admirat ușurința cu care s-a lăsat gol în fața întregii oștiri, care-l iubea și mai abitir când făcea asemenea lucruri, și, înainte să-ntoarcă ochii spre mine – da, am știut c-o să mă privească –, am fost sigur că o să-i văd zâmbetul încrezut. Dar, când s-a întors, nu zâmbea, Anselmus. M-a privit în ochi așa cum o făcuse în dimineața aceea, când mă întrebase dacă el, Frederic Barbarossa, are vreun pic de libertate, dacă viața lui îi aparține câtuși de puțin. Apoi s-a aruncat în apele râului, de unde i-a mai răsărit o dată capul, pentru ca apoi să se scufunde pentru totdeauna. Puțini au priceput ce s-a petrecut, pentru că era cunoscută iscusința lui de înotător, dar mie îmi răsuna în minte deznădejdea din glasul lui înaintea bătăliei de la Iconium. Ultima sfruntare, ultimul act de răzvrătire al lui Frederic Barbarossa, sufletul Sfântului Imperiu Roman de Apus, care a murit spunându-i NU lui Dumnezeu.

*

Și așa a pierit și ființa germană a celei de-a treia cruciade, căci oastea s-a risipit în toate zările, grosul ei urmând totuși pe fiul lui Barbarossa, la poalele Acrei, acolo unde însă Ducele și-a găsit pierirea în boleșniță. Cred că acum, când scriu slovele acestea, sunt ultimul dintre germanii ce l-au urmat pe Enobarbus spre Ierusalim și adevăr îți spun că tot ce văd în jurul meu nu miroase deloc a Împărăția Cerurilor. Îmi rămâne doar atâta mângâiere că am cunoscut în viața mea un Împărat așa de puternic, că a cutezat să se ia la trântă cu Domnul.

În Casa cu Lei
(continuare)

Mă trezesc gâfâind, terifiat, și încerc să mă liniștesc atâta timp cât nu știu unde mă aflu, cât amintirile recente și cele vechi se amestecă nu doar în frica păstoasă, ci și pe suprafața umedă a pielii, care încă poartă reziduurile visului. Sunt, pentru o clipă, chiar dacă stau în picioare și gâfâi în mijlocul camerei de șapte metri pătrați, sunt încă în casa noastră de pe Strada Remus, noua noastră casă care ar fi trebuit să vină ca o izbăvire, dar care s-a dovedit a fi doar un nou spațiu care să găzduiască vechile boli pe care le târâiam după mine, ca un melc. Știu că, oricât m-aș izola în chilia din podul casei de pe Parfumului, nu sunt singur, duc cu mine, pe lângă bacilul care mi-a fost predat, o legiune de umbre, de istorii pe care le colecționez în clasor. M-au fascinat încă din copilărie poveștile despre oameni care au renunțat la tot, care într-o zi au plecat, deși aveau, în concepția comună, o viață fericită, au întors spatele și au dispărut fără nici o explicație. Sunt convins că fac un gest care mă desparte radical de nihilismul în care am început să mă scald din ziua aceea de primăvară când m-am prăbușit în curtea seminarului teologic. Pentru a duce la capăt desprinderea de lume însă trebuie să fiu singur, pentru că nici o coborâre în infern nu are loc alături de cei dragi: deocamdată, zilele mele s-au transformat în reflecții asupra infernului ca exercițiu spiritual. Infernul mesopotamian, Șeolul evreiesc, infernul homeric, Helul nordic și infernurile șamanice și cele evanghelice, Șoah, Auschwitz, Theresianum, spații infernale alternative, locuri subterane, dar mai presus de orice izbucniri ale universului infernal în așa-zisa realitate, portaluri etrusce, războaie cutremurătoare, urmele gasteropodelor gigantice trasate pe pielea lumii. Am reușit să conving Catedra de istorie universală să mă lase să țin un opțional la anul terminal legat de intruziunile infernalului în istorie. Șeful de catedră, un playboy ușor fanat, dar care încă strânge o sută și ceva de studenți la cursurile lui insipide pe care le înviorează cu picanterii legate de oamenii politici ai zilei, îi cunoaște foarte bine pentru că este un membru marcant al Partidului Liberal, m-a luat deoparte, așa cum obișnuiește să-și poarte negocierile, și m-a prelucrat timp de o oră, nerăbdător și sastisit de ideile mele, în biroul lui de la Catedră. Mi-a vorbit condescendent, ca unui copil, despre noua orientare a Catedrei spre contemporaneitate, despre fuziunea cu științele politice și alte asemenea idei care nu ascund decât ambiția lor de a deveni vizibili.

Are părul grizonant, dar și un ușor farmec de etern băiat, e genul care va arăta freș și adolescentin și pe catafalc (care probabil va fi expus în holul facultății), poartă costume de vară lejere, ușor desuete, mocasini din piele, fără ciorap, și conduce un BMW, 4 × 4, care face senzație în parcarea facultății, alături de Daciile celorlalți profesori. Are o emisiune zilnică pe canalul național, unde prezintă evenimentele istorice de la începutul secolului trecut și din perioada interbelică. E pătruns, ca întreaga lui generație, de fericirea interbelică, de laptele și mierea care curgeau pe străzile capitalei, de bătăile cu flori de la șosea și îl bănuiesc, fără prea mari șanse de îndoială, de un legionarism feroce.

*

Sunt seri în care soarele pare să atârne deasupra casei lui Voronca, în același timp razele lui muribunde se reflectă în geamurile negre probabil trimise acolo de ferestrele vilei de vizavi, iar contururile care se formează îmi sugerează siluete care se mișcă în camerele părăsite, cu tavan înalt. Îmi place să-mi imaginez atunci mirosul de urină stătută, saltelele aruncate pe podeaua goală, într-o dispunere asimetrică, așa cum le-au abandonat ultimii squatteri izgoniți probabil de zgomotele scoase de lanțurile strigoilor mânioși care-și macină amorul bolnav, în neputința acuplării, ca două păsări colibri despărțite de un geam care-și varsă furia erotică asupra sticlei. Apoi, în plină reverie, când simt că în jur se suspendă timpul și mișcarea, când toate păsările tac, soarele cade, se scufundă ca o corabie din fier, în spatele ultimului zigurat interbelic, cu rănile de cărămidă expuse impudic, iar peste piațeta aranjată în jurul felinarului deja aprins de minute bune se lasă o tăcere prevestitoare, însă doar pentru câteva clipe, căci atunci în spațiul gol, pe brațele ca de spânzurătoare ale stâlpului de iluminat, pe jos, pe crăcile copacilor bătrâni se năpustesc sute de ciori, într-un croncănit colectiv, animale zburătoare mari, cu cioc puternic, ciori grive, condori citadini care se rotesc într-un dans circular deasupra pieței și mă fac să închid, îngrozit, geamlâcul. Le urmăresc din spatele pavezei iluzorii, știind că sunt prea inteligente ca să se lase înșelate de stratul subțire de sticlă veche care ne separă. Apoi le urmăresc dansul tribal, felul țanțoș în care pășesc cele care coboară pe pământ, stăpânind piața ca niște medici medievali cu mască împotriva miasmelor ciumei. Unele dintre ele zboară purtând în cioc nuci mari, cărora le dau drumul de deasupra clădirilor, trimițându-le pe macadam, unde se izbesc cu zgomot uluitor, ca niște petarde, sau pe boturile și capotele mașinilor de lux din curțile vilelor renovate, declanșând alarme, enervând rottweilerii de pază, neputincioși in fața harpiilor. Dar cel mai mult mă înfioară mersul lor biped, de anatomiști burghezi, cioclii aflați în afara programului, cu mâinile încă duhnind a moarte, a dulce moarte și a limfă uscată. Seara, în jurul orei 8, se declanșează invazia lor și durează aproximativ o oră, timp în care le văd, le aud croncănind și zgâriind cu ghearele tabla acoperișului de care mă despart câteva paie putrezite, după care dispar ca și cum n-ar fi existat niciodată. În timpul zilei nu sunt atât de multe, ci apar în perechi de câte două, niciodată mai mult de șase, adevărate santinele sau temniceri care-mi urmăresc mișcările sau nemișcarea de pe canapeaua plină de șanțuri și câlți care izbucnesc la fiecare cusătură. Știu că așteaptă să mor, că prevăd acest moment în care își vor chema armiile nopții, că vor sparge geamul și apoi se vor înfrupta din cadavrul meu călduț și încă elastic.

Am văzut într-o zi de caniculă o asemenea pereche de santinele care atacau în zbor un porumbel tânăr, rătăcit de grup, probabil, îl pișcau, îl loveau cu ciocurile în aer, până când a coborât, încercând să se ascundă sub o mașină, însă cei doi ciocli au înconjurat mașina și l-au așteptat să iasă, afișând o detașare științifică, iar când porumbelul, probabil terorizat de spațiul închis și de prezența lor, a ieșit, l-au ciugulit de viu, extrăgându-i mațele de sub penajul de pe burtă.

*

Închid ochii și, când îi redeschid, clipirea m-a purtat într-un han englezesc, un loc sumbru cu pereți înveliți în lambriuri întunecate, stau la o masă lungă, geluită, la început percep, înfundat, murmurul unei mulțimi care mă înconjoară, doar zgomotul ei ajunge până la mine, și acela înfundat, sursa nu e vizibilă, pare că oamenii care vorbesc stau ascunși în penumbră, pe lângă ziduri, ca niște suflete pierdute. Simt și văd o sigură sursă de lumină și de căldură, amândouă blocate de o prezență masivă așezată în fața mea, la masă. E Ralu, e mai mare decât în realitate, dar asta mi-o spune acea parte neadormită a conștiinței mele, protagonista unui film de acțiune, Ralu are statura unei uriașe – da, e o uriașă, fiindcă așa era ea, o uriașă, în copilăria ta și mulți ani din tinerețe tot așa ai văzut-o, aproape până când ai fugit din Casa cu Lei –, iar spatele ei masiv, umerii largi pe care curge părul creț, negru, așa cum era în ultimii ani ai comunismului, maschează focul pe care-l intuiesc. Sunt măcinat de senzația supărătoare că acea mulțime care murmură se află în mine sau în spatele meu, că se așteptă s-o apăr. Atunci ridic capul înfricoșat și înfrunt privirea ironică, *monstruoasă* prin răceală, care izvorăște din ochii ei rimelați ca ai unui faraon. E o privire ce pare să mă micșoreze și atunci simt nevoia să acționez cât nu e prea târziu, să devin eroul salvator al mulțimii, deschid gura și dau drumul unui strigăt ascuțit, ca de pasăre uriașă. Văd șuvoiul de aer și sunet cum se năpustește asupra ei fără a-i clinti zâmbetul de pe chip, în schimb privirea îmi coboară spre brațul ei drept, pentru că surprind o sclipire ce nu fusese acolo până atunci și, într-adevăr, în dreptul antebrațului ei uriaș bluza din mătase albastră e sfâșiată, e franjuri, iar dintre franjuri se ițește un os despicat în două, un os gălbui care a străpuns carnea, și, cum văd asta, simt la rândul meu în braț o durere insuportabilă, mă ridic și izbesc ușa hanului cu umărul, o sparg și mă arunc în întunericul vântos de afară.

*

Dau drumul robinetului și mă aplec deasupra chiuvetei sparte din stânga ferestrei. Mă spăl îndelung pe față, apoi dau jos tricoul transpirat și mă spăl pe piept, la subraț. Deschid geamul dublu și-mi aprind o țigară, privind înspre piațeta de pe Parfumului, scăldată în soare. Ziua, nimic nu pare atât de înfricoșător, nici măcar casa bântuită de fantoma lui Voronca. Scot telefonul și o sun pe Ioana. Nu-mi răspunde, mă uit la ceas. Ar trebui să fie cu cei mici la înot, poate e ocupată, probabil nu vrea să-mi răspundă, nici eu n-aș vrea să-mi răspund mie. Încep să mă îmbrac, în ideea de a ieși un pic la soare, dar, cum mă așez pe canapea, simt că mă trage înapoi și că nu am energia să cobor trei etaje, să dau eventual bună ziua cuiva. Mă întind la loc și închid ochii. S-a estompat și senzația de foame de la trezire, a dispărut și usturimea din plămâni.

*

Plecarea la mare era însoțită de un buzdugan al neliniștii, o forfotă care cuprindea Casa și-o transforma în câmpul de luptă pe care combatanta Ralu arunca divizii de haine, pantofi cu toc, papuci de plajă, sandale înalte, cu talpă de plută și curelușe care urcau pe picior și care mă făceau s-o compar în minte cu Wonder Woman, femeia-minune care stătuse ani de zile pe peretele din sufrageria noastră din Tineretului, un tablou mișcător, pentru că-i puteai roti mâinile și picioarele, o puteai trage de lasou sau puteai, așa cum făceam când nu mă vedea nimeni, să-i dai un pupic pe buzele roșii, întredeschise. În acea vreme Wonder Woman nu era Gal Gadot, ci o femeie cu păr albastru-metalizat, cu figură de păpușă, o altă trăsătură care-o apropia de Ralu, pentru că amazoana mea personală avea chiar un asemenea chip, ce ieșea nefiresc de sub cârlionții războinicii, bănuiți adesea de străini că ar fi ramificațiile unei peruci flamboaiante. Avea obrajii un pic prea drăgălași, gurița puțin prea bine conturată, pe care o și sublinia cu rujuri stridente, iar acest complex drăgălaș se ițea de sub o explozie neagră, sârmoasă, ce părea să-și aibă propria viață. Când am văzut prima oară, într-un album, *Meduza* lui Caravaggio, am tresărit, pentru că-n mintea mea cele două chipuri, părul, cosițele șerpești, gura strâmbată de durere sau, în amintirea mea, efectul mâniei – toate m-au dus imediat cu gândul la acea Ralu tânără care, în papucii ei roșii, cu toc înalt, bocănea prin sufrageria Casei cu Lei, aruncând în cele două geamantane bluzițe, chiloței, costume de baie, borcănele cu nes, zahăr, prosoape, rogojini, *The Magus*, iar pe geamuri începea să pătrundă mirosul de mare, izul hibrid născut din parfumul loțiunilor de plajă, aer sărat, porumb fiert și pișat. Știam că urmează trezirea extrem de matinală și că ar trebui să dorm, ca să nu fiu amețit a doua zi, dar nu reușeam și, când știam că a ieșit în atelierul din curte și că-i e greu să vadă de acolo lumina, aruncam un tricou pe lampă și citeam, probabil un Jules Verne, poate un Karl May, însă îmi amintesc că nu înțelegeam nimic, de emoție, doar urmăream scurgerea șirurilor de litere, în timp ce anticipam plăcerea care mă aștepta în următoarea săptămână. În dimineața următoare, când venea să mă trezească, cu obișnuita poezie despre văcuță, găinușă și alte animale din ferma imaginară care ne hrănea, săream din pat și făceam în zece minute ceea ce în mod obișnuit mi-ar fi luat mult mai mult, așa că eram de obicei la poartă, călare pe bagaje, cu mult înaintea orei stabilite, astfel încât Ralu se vedea obligată să comande un taxi prin telefon, apoi să se lase în mod grațios ajutată de taximetristul meduzat de apariția acestei femei neobișnuite, înalte, cu față de copil nebun, după care ne îndreptam spre Gara de Nord strâns lipiți unul de celălalt, eu cu capul pe sânul ei mare, iar ea cu un braț în jurul umerilor mei, până când Dacia oprea în fața clădirii mari, întunecate, care mă speria mereu cu forfota masculină, cu agresivitatea oamenilor care-i trăiau în burtă, cu sirenele asurzitoare ale trenurilor, cu șobolanii care alergau printre șine... Dar toată frica aceea se risipea când trenul se urnea și începeam să moțăi aproape instantaneu, încercând să anulez timpul care mă despărțea de mare. Și câteodată îmi mergea atât de bine, încât mă trezeam doar când mă scutura Ralu să-mi spună că am ajuns la Cernavodă, unde deja cerul arăta altfel, avea consistența mierie a plajci din Constanța, și atunci trebuia să mănânc un sendviș cu salam de vară, care-mi intra pe gât cu noduri, dar totul era permis aici, la porțile hidrocentralei, pentru că deja anticipam Constanța, Medgidia și, într-un final, acel drum paralel cu marea, când o poți vedea în stânga, o poți mirosi, e încă devreme, pentru că am plecat la 5.30, trenul oprește în Halta Neptun, unde coborâm, acum e și Sergiu cu noi, ține câte un geamantan în mâinile noduroase, merge în fața noastră, Ralu poartă o pălărie de pai de sub care-i ies neastâmpărați șerpii de Meduză, îi ghicesc ochii albaștri surâzând, apoi se oprește („Măi, Sergiu, stai un pic!") și scoate din poșetă un ruj în capac auriu, a cărui pastă însă e verde, și începe să se aranjeze într-o oglinjoară, iar un băiat care trece pe lângă noi, crezând că e singură, începe să vorbească cu ea, cuvintele lui vin de departe, am urechile înfundate, îi spune „Știu rujul ăsta, l-am mai văzut la o gagică, e din ăla permanent, nu se șterge, m-a pupat pe obraz și m-am șters dup-aia de mi-au sărit capacele și tot degeaba", dar atunci simt prezența lui Sergiu, care a lăsat geamantanele jos, în praful de lângă cărarea de dale ce duce spre stațiunea Neptun, și a făcut doi pași spre noi, întrebând cu o voce falsă, aproape duioasă „Ceva probleme, cumnate?", iar băiatul se fofilează cumva și o ia la pas în fața noastră, țopăind ca un cangur, nu știu de ce. Îmbrăcămintea metalică a rujului, pe care am crezut-o de-a lungul acelor veri prăfuite a fi aur pur, scos de pitici bărboși din munții Rodopi, era străbătută de venele umflate ale unor șerpi încolăciți, niște odgoane ambosate, inelate care urcau spre capac, coloana punctată de escare a bătrânului pe care l-am așezat pe scăunel în cădița dușului e un asemenea șarpe, dar un șarpe cuminte, pentru că eu sunt puternic, băiețelul care privea fascinat în soare tubul rujului e un bărbat frământat de gânduri sumbre și temeri, dar are și o sută de kilograme, are umerii puternici, prin grăsimea exceselor se ghicesc mușchii masivi, tot șerpii care se încolăcesc unul în jurul celuilalt joacă acum într-un dans al milei, în timp ce Omul lor își spală bunicul, bunicul ce are acum aproape 100 de ani, anii lui sunt kilogramele mele, kilogramele mele care au purtat anii lui pe brațe din camera care miroase a urină dulceagă, amestecată cu izul de Domestos, greutatea mea nu a simțit trupul bătrân, ca de pasăre, aproape imponderabil, mâinile mele păroase au scos chiloții murdari ai bunicului, i-au tras peste capul cu păr zburlit – a avut mereu un păr des, care nici acum nu e complet alb, e cenușa durerii, mocnită – vesta tricotată, apoi tricoul și în final maieul, apoi ochii împăienjeniți au trecut peste electrozii încă lipiți de pieptul scofâlcit, au coborât nepremeditat – zici tu – înspre penisul mic, abia ascuns de pulpe într-un gest de pudoare inutilă, e un moment care mă obseda dinainte să aibă loc, pentru că-l anticipasem, eram Sem sau Ham, iar el Noe, dar nu beția mă făcea să-i văd goliciunea, era mizeria bătrâneții, dar acum, când chiar se întâmplă, îmi măsor propria indiferență, nu, nu indiferență, mai curând insensibilitate, nu e nici lipsă de iubire, ea există, dar nu e însoțită de senzația fizică pe care o simțeam în copilărie când se tăia cu cuțitul la bucătărie sau când lua colțul prea iute la intrarea în cameră și se izbea cu fruntea de tocul ușii, pentru că era celebră „împiedicarea“ lui, mersul lui săltat și aflat mereu la un milimetru de un dezastru iminent, atunci simțeam o bară înroșită-n foc cum îmi intră prin coșul pieptului, acum însă e aproape o stare serenă care-mi amintește de îmbăierile vesperale ale copiilor, chiar dacă lipsește mirosul dulce de bebeluș, înlocuit de cel invaziv, aspru de căcat uscat și transpirație stătută. Cu toate astea, de la subțiorii lui vine un miros plăcut, infantil, pe care-l simt, odată cu căldura brațelor scofâlcite când îl prind și-l ridic pe antebrațe, apoi îl așez pe scăunel și încep să-i spăl părul, apoi spatele cu un burete în formă de înghețată, un burete vesel dăruit de Maria, înghețata ei trece delicat peste escare, iar coloana împunge pielea ca o carcasă agresivă de dinozaur și mintea-mi fuge la spatele Luciei, arcuit sub mine în timp ce o pătrund, înainte să mă aplec, s-o învelesc în trupul meu și s-o mușc de ureche. Și, în timp ce-i săpunesc burta, îi privesc spatele îndoit ca un arc, vertebrele ca pietrele presărate în apa unui izvor, pe care să sari ca să ajungi dincolo, sau ca părțile superioare din salba geometrică a unui vas grecesc care urcă și-n același timp coboară, treptele unei scări rulante, trupurile de la Auschwitz-Birkenau aruncate snop, mutate de cupa unui excavator, privirea alunecă din greșeală spre mâna cu bandajul ce ține branula, mâna tremurând violent în timp ce încearcă să decaloteze penisul mic, deloc înconjurat de păr, mă gândesc atunci că a chelit jos înainte de a-și pierde podoaba capilară, nu reușește, așa că-i prind eu puța în căușul palmei, e mișcarea de fiecare seară de când Matei era mic, frica de fimoză, lanțul geometric al vasului grecesc se închide, poți ridica ulciorul spre buze, să bei apa rece a uitării. Are pielea frumoasă, nu e, cum mă temeam, cenușiul pergamentos din *Vertumnus și Pomona* al lui Pontormo, senectutea care privește în gol, umerii sunt căzuți, adunați înspre pieptul cu electrozi, pe umeri stai în echilibru precar, vii din întuneric, brațele lui te-au prins de la subsuori și te-au ridicat peste părul negru, bine pieptănat pe spate, ca-n interbelic, dar nu știi tu de interbelic, nu știi nimic, însă simți parfumul serii și al coniferelor, aerul tare de munte, nu e frig, dar e ușor răcoare, te-ai zburlit tot și mijești ochii în lumina totuși slabă a holului, pentru că ești aproape de bec, acolo, pe umerii lui, îl apuci cu mâinile de urechi, de fiecare ureche câte o mână, ca pe o gărgăriță din parc, care merge pe șine, și mori de plăcere, anticipezi momentul de fiecare seară, când urcăm scările și tu trebuie să pleci capul, deși nu e nici un pericol să te lovești, pentru că e jocul vostru, „Capu'!!!", îți spune el zâmbind, „Capu'!!!", strigi și tu și te ghemuiești la ceafa lui, fără teamă, pentru că simți cum te ține de glezne, un tânăr pensionar în forță, un bărbat plăcut, cu părul negru, lins, e momentul în care te smulgi din întuneric, începi să te aduni în tine, așa cum coca de pâine prinde formă sub mâinile lui Meri.

În aceeași vară, lungă, improbabilă, pe drumul spre stațiunea Neptun oprim toți trei în fața unei lădițe cu piersici frumoase, mari, vineții, mâna lui Ralu îmi întinde un asemenea fruct parfumat, îl iau din mâna ei și, în momentul în care încep să-l apropii de gură, dintr-un orificiu nevăzut își face apariția o coropișniță hidoasă, o creatură de coșmar care îmi fuge pe braț, mă arunc acolo, în praf și mă zvârcolesc urlând „Luați-o de pe mine!".

*

Intru în scară, în scara-piscină, urc fiecare treaptă așa cum un budist zen își spune mantra, cum un ortodox spune Rugăciunea Inimii, atent ca fiecare gest să-l repete pe cel anterior, până când pașii creează un vârtej, iar gesturile se adună într-o mișcare continuă, OM. Acolo unde scările treceau pe lângă Frederic Barbarossa, nu mai e nimic, doar zid alb-murdar, chiloții Isabelei, cei nespălați până la cucerirea Granadei, așa că privesc în dreapta, iar acolo e o nouă ușă, albă, la vederea căreia mi se face brusc rău, însă știu că trebuie să intru. Pe ușă scrie *Garrone*: apăs clanța, mecanismul e ruginit, se împotrivește întru câtva, apăs mai tare și intru în sala de cinema care seamănă cu cea de la Melodia, unde am văzut în 1986, împreună cu Psihi Mu, *Rio Bravo*, iar din film nu mi-a rămas decât amintirea sughițului de râs al bunicii mele când o pereche de chiloți aruncată de la etajul unui bordel aterizează pe chelia unui cowboy bătrân. Era un cinematograf care funcționa la parterul unui bloc, aproape de magazinul Bucur Obor, iar filmul era pentru Psihi Mu doar pretextul unor interminabile cumpărături din Obor, unde întorcea cu mâna toate legumele, pufnind nemulțumită, boscorodind în barbă, până când o imploram să se grăbească, ca să nu pierdem desenele animate de dinaintea filmului. Mă așez în ultimul rând, ecranul negru se luminează și în jur se naște murmurul unui public care nu era acolo mai devreme. Miroase a semințe de floarea-soarelui, umede, plesnite între dinți, a pluș vechi și a picioare nespălate.

AP. 2

Garrone

Era primăvară, fiindcă din nuanța și carnea acelei zile mi-a rămas întipărită în cavernele creierului energia care-mi trecea prin vene și prin mușchi, diferită de cea crudă a tinereții, cea care te face să te trezești vesel dimineața, să te ridici fără nici o greutate, fără nici un oftat din pat și să aștepți câteva minuni de la ziua care abia începe. Minunea mea era că mă calificasem la faza pe municipiu a olimpiadei de română și asta venea cumva să dea peste bot Marianei-Cur-de-Fier, care își făcuse o adevărată datorie din a mă lua peste picior la reuniunile noastre de duminică, când ne ordonam în jurul mesei din sufrageria bătrânilor, care pe atunci nu erau bătrâni, o știu abia acum, aveau cu puțin peste 60 de ani, iar Genu abia se întorsese cu familia lui din America și probabil că trecea printr-o fază grea, profesional și personal, așa că mai mult tăcea și întrerupea discuția doar pentru a corecta pe cineva, izbucnea direct în urlete când simțea nevoia, iar atunci nevastă-sa încerca să detensioneze atmosfera făcând mișto de mine. Poseda un sadism perfect calculat, aștepta momentele de tăcere deplină, tăcerea jenată de după urletele soțului ei, iar eu intuiam mereu ce urmează și simțeam cum mi se înroșesc urechile și mi se pune un nod în gât, știam că mi se golește mintea și că n-o să-i pot răspunde nimic inteligent, așa că stăteam acolo cocoșat, frecându-mi picioarele în papucii îmblăniți, pe sub masa din lemn masiv pe care așezasem tot eu mai întâi o față de masă din mușama și abia apoi pe cea din pânză albă, după care înșirasem farfuriile întinse, peste ele pe cele adânci, pusesem tacâmurile din argint care-mi scăpau mereu din mână, șervețelele, așadar stăteam acolo ca un miel la tăiere până când îi auzeam vocea limpede, afectată:

— Și ce mai face intelectualul familiei? Ce note ai mai luat?

— Are note bune, Mariana dragă, intervenea Ovidius împăciuitor, dar cu voce slabă, intimidată, pentru că ea, Mariana, chiar îi ținea la respect, avea un pedigri superior și naturalețea copilului de bani gata în a spune absolut tot ce-i trecea prin cap.

Pe cei din familia Lucescu banii îi impresionau, reușeau să miște ceva discret și totuși decisiv în fibra profundă a sufletului lor. Aș putea spune că-i înduioșau.

— Bine, răspundeam, am note bune. Am luat un 10 la română...

— Și la matematică? venea lovitura pregătită de mult.

Știa și eu știam chiar mai bine că, luat din aproape în aproape, se va da-n vileag impostura în care mă bălăcesc pentru că era evident, dar evident că ceva îmi lipsește, sunt neterminat, lălâu, tarat de vinovății la care eram predispus genetic (datorate lui Ralu, evident), dar, simultan, poluat de perversiuni unice, care luaseră naștere odată cu mine.

— Am trecut pe municipiu la română, am zis atunci repede, dezvăluind secretul pe care nu-l știau încă nici cei bătrâni.

— Bravo, dragă, l-am auzit pe Ovidius din dreapta și am simțit cum își pune mâna pe brațul meu drept, așa că am făcut greșeala de a mă relaxa prematur, ca echipa de fotbal care conduce cu 2-0 în minutul 80.

Eroare fatală, pentru că adversarul meu e unul experimentat, știe cu balonul și mai știe și că 2-0 e cel mai periculos scor în fotbal. În plus, își dorește mai mult victoria.

— Măiii, Michi...

Aici încep să simt că am făcut o greșeală și mă chircesc la loc, în poziția de apărare, cu curu-n poartă, ca generația de aur a fotbalului românesc.

— Tu cu româna poți să te distrezi cât vrei, e foarte bine. Din partea mea, poți să ajungi și pe țară... Ți-am mai spus de băiatul ăla a' lu' doamna Straton, care era nu olimpic pe municipiu, era genial, toată lumea așa spunea, că e un *geniu*. Știa toate statuile de scriitori din Cișmigiu după nume și anul nașterii. Știi ce s-a ales de el?

Tăcere. Îmi dau seama că de data asta chiar așteaptă un răspuns. E vicleană ca o cobră a deșertului, iar eu sunt mangusta prinsă la înghesuială. De emoție, simt că-mi plesnește vezica.

— Nu, nu mai țin minte...

— NI-MIC, silabisește femeia cu părul creț din fața mea, al cărei tors acoperă pe jumătate televizorul. N-a făcut nimic, a trăit pe spinarea doamnei Straton toată viața, a început să bea și l-au găsit mort într-o dimineață, înghețat în zăpadă, unde credeți?

Se întoarce spre Ovidius, apoi dă roată cu ochii în jurul mesei, e Marcus Antonius lângă trupul lui Caesar, e Cicero în Senat, e Cato tunând împotriva Cartaginei.

— ÎN CIȘMIGIU!

Gata, am pierdut, firavul avantaj s-a risipit în zăpada unui Cișmigiu feeric și ucigaș. Simt cum scap câțiva stropi de urină în pantaloni. Adversarul meu culege ovațiile publicului, se înclină și bagă cu delicatețe o bucată de șuncă în gură.

*

Dar era primăvară și eu aveam prima mea prietenă, o chema Simina, Simina cea cu părul negru, lins, fuseserăm la o petrecere de ziua lui Lupu Mircea pe undeva pe Strada Zânelor și spre final, pe la 11, stăteam trei perechi la el în cameră, pe întuneric, ascultam Pet Shop Boys și fiecare își săruta prietena, când i-am simțit mâna coborându-mi pe abdomen, mi-a scos cămașa din pantaloni, apoi i-am simțit degetele reci strecurându-se pe sub marginea chiloților, cum îmi caută pula chinuită de toate acele sărutări și mângâieri, cum o găsește și o strânge în pumn, e prima femeie care mă atinge acolo după mama, am revelația asta și mai am o usturime insuportabilă în vintre, ca și cum aș fi înghițit smoală, apoi ea își scoate mâna de acolo, îmi ia mâna inertă și și-o așază pe un sân, e prima oară când ating un sân, altul decât al lui Ralu: e mic, tare și-mi trece prin cap că mi-aș dori să fiu în orice altă parte.

Deci aveam prima mea prietenă, ceea ce era bine, dar mă și speria, pentru că așa eram eu făcut, să fiu îngrijorat de orice, să vreau lucruri care apoi, când devin ale mele, să mă sperie ca naiba. În starea asta trăiam neîntrerupt și poate din cauza ei nu am înțeles exact ce s-a întâmplat, ce s-a rupt în mine atunci, în seara când am trecut pe la Genu, care nu era acasă, înainte de a merge spre Casa cu Lei. Făceam treaba asta din când în când: veneam după școală la Ovidiu, mâncam ceva, îi povesteam cum fusese la școală, apoi treceam și pe la apartamentul fiului său, care era Tatăl meu, ca să-l salut, după care plecam, pe înserat, acasă. Atunci am găsit-o doar pe Mariana, care m-a primit neobișnuit de veselă, imaginea ei în trening vișiniu mi-a rămas în creier, pentru că de acolo a început totul, aia e fisura, avea între degete o țigară aprinsă și purta papuci de casă din care-i ieșeau degetele scurte, cu unghii tot vișinii, era foarte agitată, mi-a pus în față un pahar cu Mirinda și, după ce l-am băut, m-a luat de mână și m-a dus în sufragerie, unde erau aliniate, pe mochetă, vreo 20 de perechi de adidași de toate culorile și mărimile.

— Ia uite, Michi, cu ce s-a întors Genu de la Shanghai! Ia vezi, caută ceva pe măsura ta.

Și ne-am așezat amândoi pe jos, eu am început să probez toți adidașii ăia și ea mă ajuta cu o veselie neobișnuită, așa că m-a molipsit și pe mine și i-am încălțat pe rând pe toți, am defilat prin fața ei, chiar și cu adidașii cu două-trei numere mai mari, și ne-am simțit mai apropiați ca niciodată, eu, copilul altei femei, și ea, mama altui copil, adunați în jurul unor adidași chinezești colorați, mirosind a piele vopsită și a cauciuc.

Nu l-am mai așteptat pe Genu, care întârzia, așa că am luat-o spre casă, pentru că se însera și aveam de mers patru stații cu tramvaiul în sus, spre Șura Mare, dar era o plăcere să mergi în adidași noi, de un alb orbitor, prin seara de primăvară. Aveam senzația că se uită toată lumea la mine, uitasem tot, chiar și pe Simina, pentru prima oară în ultimele luni nu mă mai gândeam doar la sex. Când am început să împing ușa grea dintre Lei, am simțit cum cineva o deschide mai repede și în prag am văzut-o pe Ralu, i-am citit expresia îngrijorată și am știut că se întâmplase ceva rău.

— Vezi că te caută Lucescu înnebunit. A zis să-l suni imediat ce ajungi.

— A zis ce vrea?

— Nu, doar să-l suni când intri pe ușă. I-am zis: „Bă, tu să nu vorbești așa cu mine, păstrează-te pentru curva aia de nevastă-ta“ și i-am trântit telefonu-n nas.

— Hai, mă, mamăăăăă...!!!

Am băgat tremurând degetul arătător în discul telefonului și am format numărul. Mi-a răspuns chiar el, cu o voce calmă, dar care pe mine atunci mă paraliza:

— Mihai, te rog să te întorci la noi acum. Cu adidașii pe care i-ai luat.

Pe moment n-am înțeles ce-mi cere, nicidecum de ce o face, am tăcut, poate o secundă, poate două, mi-am dat seama ce vrea, dar n-am putut să zic altceva decât:

— Bine.

*

A doua zi, m-am trezit fericit. Exact ăsta e cuvântul: fericire. Ba mai mult, euforie. O parte din mine asista cu uimire la mișcările ușoare (ridicarea din pat a adolescentului, oasele imponderabile, prima talpă care atinge mocheta răcoroasă din camera mea, apoi a doua, spatele drept, o foame cumplită) care m-au purtat mai întâi spre Ovidius și Meri, unde mă aștepta masa pusă, anticiparea nerăbdătoare a zilei care se întindea în fața mea, prima din ultima săptămână de școală, fără lecții prea dure, cu profesori care lipseau de la ore și ieșirile noastre în parcul seminarului teologic, fata brunetă pe care în sfârșit o sărutasem și care mă lăsase să-i ating sânii cu câteva zile înainte (eram prinși într-un sărut care nu se mai încheia, ne sufocam unul pe celălalt, îmi amintesc teama de a elibera pe nări tot aerul strâns în plămâni, ca să nu i se pară scârbos și firul rece de spermă care mi se prelingea pe picior), apoi o întreagă vacanță în care urmau să se întâmple foarte multe. Nici Ovidius, nici Meri nu aflaseră nimic despre evenimentele din seara trecută, ceea ce mi-a convenit de minune, pentru că eram convins că uitarea e singura soluție, că gura lui uscată de ură, ochii roșii, urletul de animal când mă împingea pe ușă, afară din casa lui, mâna subțire și nervoasă care ținea acel adidas de șireturi, fața palidă, din care fugise tot sângele, a Marianei, ivindu-se în capătul holului, ținând mâna la gură ca o țărancă și o voce care repeta în capul meu, propria mea voce care întreba fără oprire: „De ce nu-i spune?".

Drumul prin parc, până acasă, peste deal, prin spatele Spitalului de Pneumologie, apoi printre casele care străjuiau linia de demarcație a parcului, și Ralu, dezlănțuită într-o tiradă de tragedian antic, cu mâinile ridicate spre cer („Da' nu-l mai ia Dumnezeu, futu-i morții mă-sii de isteric"), poveștile *ei* despre violența bărbatului, înainte și imediat după nașterea mea („Uite, aici m-a lovit cu verigheta, m-am învinețit și m-am umflat ca un cimpoi, o săptămână n-am ieșit de rușine din casă"), apoi izbucnirea mea brutală, pentru că mă istoveau poveștile astea și nu voiam decât să adorm, să dorm. După tot ce s-a întâmplat în ziua următoare, nu am mai putut spune nimănui că Michi de fapt dormise în tot timpul acela, că în el se născuse un altul, un om treaz, vicios, violent și otrăvit de ură, care înghițise copilul jenat și fricos, olimpic la limba română.

Primele două ore nu s-au făcut și probabil că nimic nu s-ar fi întâmplat atunci dacă lucrurile ar fi stat altfel, dacă ar fi fost o perioadă normală de școală, dar așa, grupul care mă acceptase la țigară, în curtea seminarului, în centrul căruia tronau ca bulibașii Pateu, un tip roșcat, foarte înalt și bine făcut pentru clasa a VIII-a, apoi Găină, un băiat blond, cu capul mare, ce abia îi stătea pe umeri, împreună cu Bestie și Giani, deci ăștia au hotărât să facem chetă și să luăm ceva de băut, așa că am ieșit pe ușa din spate a școlii (o bătaie pe obraz elevului de serviciu, căcat pe el la vederea grupului hotărât de a VIII-a, care se îndrepta spre soare cu un eroism de soldați sovietici în asalt) și am mers să luăm bere de la chioșcul de pe Oițelor, zisă Coițelor, de unde de obicei Găină cumpăra țigări și prezervative, dar acolo Pateu a venit cu ideea să bem vodcă, băuse el și era foarte mișto, pentru că te îmbătai mai repede, așa că am luat patru sticle de jumătate de litru de Săniuța, dar și o sticlă de Garrone pentru fete și, ascunzând fiecare câte o sticlă pe sub geacă, cu câte o țigară More mentolat în gură, am intrat prin gardul spart care despărțea școala de pajiștea seminarului teologic, unde am început să poștim o primă sticlă de vodcă și eu mă întrebam care o fi treaba cu vodă, pentru că nu simțeam nimic, în afară de o sete încăpățânată și, în continuare, de o fericire inexplicabilă. Râdeam toți și începuse jocul în care intram de obicei când beam câte o bere acolo, adică ne prefăceam mai beți decât eram, vorbeam stâlcit, ne îmbrânceam, ne împleticeam și ne pasam sticla prefăcându-ne c-o scăpăm. Atunci Pateu a zis că are gust nașpa și o să combine cu Garrone, care e dulce, siropul puțin înecăcios peste greața care rămâne după gurile de vodcă, o greață ce apare după ce ai înghițit-o, dar da, gustul dulceag, Garrone de piersici, o minune și fericirea ta parcă se risipește, se temperează, înlocuită de o pace plină de înțelepciune, intri în jocul lor, ba chiar începi să bravezi și iei alternativ câte o gură din fiecare băutură, ia uite ce sorb are Michișor, las-o mai ușor, mai moale, sticla trecută din mână-n mână, mai sunt trei sferturi din cea de Garrone, dar vrei să bei din ce în ce mai mult, pentru că pacea asta bate fericirea sau fericirea are ceva nelămurit, care te sperie, așa că bei, bei și-ți aprinzi țigară după țigară și râzi și vorbești tare, nu ești tu, e un tip locvace aici, ce are toate bancurile la el, la fel viața, e despre viață vorba, care ai, mă, tupeu să bagi o sticlă de vodcă dintr-o respirație, du-te-n pula mea, Pateu, vrei să intrăm în comă?, CE COMĂ, Bestie, ia uite aici, și Pateu duce o sticlă nouă la gură și-i privesc fascinat melcul care se târâie pe sub pielea gâtului, bea primele două înghițituri, apoi îmi dau seama că doar se preface, ține sticla lipită de buze, cu capul dat pe spate și se uită la nori, da, sunt doi nori deasupra capetelor noastre, unul e o cămilă, altul o balenă, și atunci fac gestul, îi smulg sticla abia începută din mână și-mi spun că totul e în regulă dacă nu respir, dacă mă pregătesc pentru greața de după și toată viața mea, a ta atârnă de jocul ăsta, așa că începi să bei încet, apoi cu înghițituri din ce în ce mai mari și în jur se lasă liniștea, ești Nadia Comăneci la bârnă, ești Mateuț în fața punctului cu var, lichidul se scurge, ai găsit metoda de a nu mai înghiți (pentru că în înghițire e un nod care știi că poate declanșa voma), ci de a scurge vodca prin gât direct în stomac, nu mai arde, e apă, e apa care șterge tot, e soarele și alte stele și toate privirile lor pline de respect șterg amintirea unei seri pe care se pare că n-ai uitat-o, iar când sticla se termină, o ceri pe a doua, o iei cu mână sigură, ești un monstru, o duci la gură și desfaci capacul cu dinții, într-o parte, cum l-ai văzut pe Sergiu când erai mic („Faci pârghie, Marocane, dați-mi o pârghie și răstorn lumea, așa a zis Arhimede!"), și continui să scurgi în tinc, în tăcere, peste pajiștea seminarului, și o bei și pe a doua și te sprijini de trunchiul gros al nucului sub care stați, poate zâmbești, ăștia urlă în jurul tău („Michi, spaima sticlelor de vodcă!"), așa că întinzi mâna spre sticla de Garrone ca să te clătești, să schimbi gustul, simți că în tine e un lac de lacrimi care s-a strâns sub omușor și privești cu superioritate îmbrâncelile din jur și tot Pateu vine cu ideea, aparent de nicăieri (de fapt știi, știi că Pateu reprezintă o instanță superioară, malefică, trimisă în viața ta din cercuri de foc), să-l provoace pe Giani, un băiat slăbuț și cam gângav, să ne sugă pula, iar ăsta e de acord, de-abia se ține pe picioare, însă atunci nimeni nu vrea să stea să i se sugă, așa că iarăși faci un pas înainte și te desfaci la șliț, iarăși se face liniște, adori liniștea asta, îl iei de gât, îl împingi ușor, el se apleacă, apoi se așază în genunchi și ți-o ia în gură, nu simți nimic, va trece și asta, așa cum au trecut două sticle de vodcă, totul e să nu înghiți și de undeva dinăuntru, din lacul de lacrimi, vine mișcarea care-l ridică și-l trage aproape de tine și-l săruți cu limba, așa cum ai învățat în pauze cu Simina, fata brunetă, creață, îl săruți ca-n filme, apoi îl împingi la loc, norii de deasupra sunt acum struț și acvilă, vrei să spui ceva, poate stop, poate dă-i înainte, nu știi ce vrei să spui, e o nemulțumire ce în sfârșit vrea să-și facă loc, nu ai aer, buzele lui uscate îți freacă penisul, nu e nimic plăcut în asta și parcă bănuiești că ai început ceva ce nu se va mai sfârși, toată tristețea răbufnește peste ceafa lui acoperită de păr blond, jetul dulceag îl spală pe spate, îl duce departe, în largul unei mări incolore, pe apele căreia plutesc adidași chinezești colorați, Adibas, Neki sau Pume.

*

M-am trezit într-o baltă de vomă, eram acoperit din cap până-n picioare, pe buze mi se uscase o peliculă de băutură, dar eu simțeam că mă ard în continuare buzele copilului blond, zăceam în toaleta școlii, cea de lângă cancelarie. Privirea mi-a rămas o vreme pe gresia unde alternau pătratele albe cu cele negre, alb, negru, alb, negru, teroarea revenirii la viață, fără nori și fără ape, apoi tresari, pentru că ți se pare că auzi vocea lui Ovidius, e vocea lui echilibrată, apoi auzi cuvintele „Doamna directoare“ și dai să te ridici, dar începi din nou să icnești și vomiți cleiul din stomac, ultimele rămășițe ale zilei, apoi vomiți imaginile disparate ale întâmplărilor care aparent s-au șters, profu' de sport, îmbrăcat în trening, care trece prin spărtura gardului urlând la noi „Vă văd copiii, mă, nenorociților!“, toți încearcă să fugă, încerci și tu, dar nu te mai ajută picioarele, mai ales că încă ai pantalonii în vine, mâna lui te prinde de ceafă și cumva te ține la distanță, așa cum ai duce o pisică turbată, cu atenție să nu te muște, sau mai curând o creatură murdară, un ciumat pe care-l ții departe de corp, pentru că te poate contamina, așa străbați curtea școlii, e cald, e același soare sub care te-ai trezit fericit de dimineață, dar, când ridici privirea, lângă soare se vede clădirea școlii și la etajele superioare sunt câteva clase la geam, șiruri de capete aliniate ca la circ, ca iezii rânjiți la geamul caprei, aliniați de lup.

Ovidius a stat lângă mine în salvare, apoi m-a ținut de frunte cât am icnit, ore întregi, pe holurile spitalului sub privirile scârbite ale pacienților și ale asistentelor, a stat lângă patul meu cât am fost conectat la perfuzii și abia târziu, când m-am trezit pentru a zecea, a douăsprezecea oară, mi-am dat seama că purta uniforma militară, de locotenent-colonel, cu trese, că pornise de fapt la război, că eu eram războiul lui, pe care-l purta cu arme de lemn, eram Turtucaia lui.

Tot uniformă purta și când a venit să mă ia acasă și mi-a oferit brațul, așa cum probabil i-l oferea lui Meri când mergeau la ceaiuri dansante în Târgoviște, unde au fost tineri căsătoriți. M-a dus cu un taxi, nu-l mai văzusem niciodată să oprească un taxi, era o cheltuială inutilă, nu se pricepea nici să închidă portiera, dar ne-am descurcat și, cum a pornit, mi-am pus capul pe umărul lui, am închis ochii și abia atunci a dat drumul unui suspin pe care-l ținuse probabil în el câteva zile, cât durase coma mea. Când am ajuns acasă, m-au dezbrăcat împreună, în tăcere, m-au băgat în cămăruță (camera de copil a lui Genu, acolo unde colecționase timbre și ascultase emisiuni muzicale la radio) și m-au lăsat să dorm. Am dormit trei zile, m-am hrănit cu somn, de fiecare dată când mă trezeam, aveam ochii lipiți de lacrimi și în minte îmi năvăleau imaginile din ziua aceea, așa că mă forțam să adorm la loc, până când n-am mai putut.

În Casa cu Lei
(continuare)

Azi l-am cunoscut pe vecinul meu, creştinul. Mi-am făcut curaj să ies din cămăruţă odată cu apusul, aşa cum fac în ultima vreme, ca un vampir, încercând să nu produc nici un zgomot, ceea ce e destul de greu pe podeaua din bârne vechi, roase şi cariate. Camera mea, ca de altfel tot podul, nu are acces decât la scara de serviciu, drumul pe care acum aproape o sută de ani îl făceau servitorii seara, când în sfârşit se retrăgeau la culcare. Casa are două etaje şi pod, e construită în 1933, lucru greu de verificat, dar pe care doamna Marinescu mi l-a repetat, obişnuită probabil cu posibilii cumpărători de vârstă mijlocie, din mica burghezie „prizonieră a propriilor aspiraţii", după cum a declarat eternul guvernator al Băncii Naţionale, un om care aduce izbitor cu o vulpe polară, referindu-se la pătura de mijloc a unei ţări sărace, care încearcă să-şi clădească o viaţă în mai mult de 50 de metri pătraţi. În general însă, constrânşi şi de bănci, dar şi de propriile aspiraţii, aceştia caută clădiri noi, construite după 1980, de teama unui cutremur devastator, anunţat săptămânal de televiziuni ca fiind iminent şi apocaliptic.

Acum doi ani, când eram un asemenea mic-burghez, încă tânăr lector la Istorie, am vizitat („vizionat", conform jargonului) zeci de asemenea case, pentru că erau, în mod suspect, sub preţul exorbitant al pieţei. După ce am avut un eşec răsunător în Casa Vrăjitoarei, am extins cercetările dinspre Tineretului înspre vechiul cartier evreiesc, în zona Unirii, Strada Anton Pann, Strada Vulturilor, Parfumului, până ne-am găsit casa ideală, pe Strada Remus, vecină cu

Romulus. Pentru mine, ieşirea din cartierele de blocuri a fost ca o promisiune a Paradisului, am început să-mi imaginez în fiecare noapte viaţa într-o asemenea casă, cu subsolurile, pivniţele, demisolurile, cotloanele, scorburile, podurile, mansardele şi geamurile ei rotunde, ca nişte hublouri de vapor. A devenit pentru amândoi o reală obsesie, seara stăteam cu Ioana în pat, cu laptopurile pe genunchi, fiecare pe alt site de imobiliare, şi ne arătam unul altuia câte o casă, bazându-ne pe vânzarea apartamentului de trei camere în care ne născuserăm atât eu, cât şi cei doi copii ai noştri, dar care acum devenise sufocant, cocârjat de obiecte, gata să se scufunde odată cu blocul de zece etaje. Prima vizionare a fost a unui apartament din 1945, care s-a dovedit a fi din 1936, pe Strada Lânăriei, colţ cu Drumea Rădulescu, străduţa unde mergeam în copilărie cu Papuş să furăm cireşe şi caise de pe crengile care atârnau deasupra gardurilor. Şi atunci s-a născut imaginea propriilor mei copii căţărându-se în pomii de pe marginea drumului şi am crezut că aşa am putea fi fericiţi. Aşa că am insistat să investigăm mansarda luminoasă, cu geamul ca un hublou de vapor, cu două intrări („Uite, aici poţi să-ţi faci un birou, ai ieşire separată") şi un balconaş unde am fi putut să ne bem cafeaua dimineaţa, în soare. Încet-încet, spre ghinionul femeii de la agenţia imobiliară, toată poleiala (apartamentul era recent văruit) a început să se crape, la prima ploaie curgeau şuvoaie din tavan în bucătărie („Nu este nici o problemă, domnul Zvonea a angajat o echipă să repare acoperişul"), şi s-a dovedit că întreaga clădire avea un singur proprietar, pe doamna Moşoiu, cu excepţia acestui apartament, însă tot ea avea ultimul cuvânt legat de condiţiile vânzării, adică nu ne permitea accesul decât pe scara de serviciu, unde Matei putea urca doar cu greu, din cauza piciorului şi pentru că are rău de înălţime, nu ne permitea accesul în pivniţă, pentru că era integral a magazinului de la parter, pentru depozitare, nu ne oferea spre vânzare nici un metru din curticica dinspre poartă, iar *le coup de grâce* a venit când am aflat că proprietarul apartamentului, „un nepot“, nu primise de la ea, la cumpărare, nici un centimetru de pământ sub casă, ceea ce ne lăsa oarecum în aer. Făcuserăm deja un împrumut la bancă, așa că eram porniți, deși nu știam unde vrem să mergem. Nerăbdarea de a scăpa de apartamentul din Tineretului era însă mai veche în cazul meu. Pereții ăia văzuseră prea multe. Încercasem, de-a lungul anilor, să scap de piesele de mobilier care-mi aminteau de el, dar Genu părea să fie un spirit puternic, care nu iese din casă decât alungat de un ritual mai complex decât simplele văruieli, aruncarea mobilei vechi sau nașterea unor copii care să contamineze locul cu o presupusă puritate. Cu un an înainte de a se naște Matei, i-am arătat Ioanei crucile trase cu clei pe ușile dulapurilor încastrate în pereți și i-am povestit despre coroana din brad pe care am găsit-o deasupra unui dulap vechi, din dormitor, o coroniță împletită în care erau prinse flori ofilite (garoafe) și păr uman, mult păr înnădit printre acele uscate. Mi-am amintit cum în ziua mutării mele acolo, a doua mutare, cea din tinerețea matură, în sufragerie am găsit scheletul unei păsări mari, probabil o cioară, care putrezise pe linoleum, neștiută de nimeni, în apartamentul care stătuse încuiat cu anii. Nu făcusem pe loc legătura cu altă pasăre, găsită la o altă mutare, cu mulți ani în urmă. Totuși, casa asta fusese folosită pe post de refugiu temporar pentru prietenii din străinătate ai lui Genu, intraseră și ieșiseră oameni de acolo, de cel puțin câteva ori pe an. Cum ajunsese acolo o pasăre și când avusese timp să putrezească, să se lichefieze și să se pietrifice în mijlocul sufrageriei? Teoria lui Ovidius era că pasărea intrase pe luminatorul de la bucătărie, care dădea înspre curtea interioară a blocului, *huis clos* unde hălăduiau tot soiul de zburătoare și de târâtoare. Totuși, mintea mea, care atunci era îmbibată de magie și care disprețuia orice explicație rațională, a făcut imediat legătura între crucile trasate cu clei sau ulei pe ușile dulapurilor, scheletul de pasăre și, mai târziu, coroana cu păr de om. M-a ajutat la asta și Ralu, care era convinsă că acea coroană făcea parte dintr-un ritual de deochi sau de vrăjitorie pusă la cale de malefica Mariana-Cur-de-Fier.

Îmi devenise limpede că apartamentul în care mă născusem, unde trăisem câțiva ani cu Ralu înainte ca Genu să câștige procesul prin care își revendica alea trei camere și unde locuiam de trei ani când am cunoscut-o pe Ioana, era un loc rău.

Într-o dimineață de sâmbătă, înarmați cu bidinele, var lavabil și un baros, am început să spargem toate acele dulapuri încastrate în perete, care însă păreau înrădăcinate, ființe vii care se agățau disperate de pereți cu ghearele. Fiecare lovitură de baros lăsa în urmă gemete, urlete, scrâșneli, niște sunete care nici pe departe nu păreau a fi produse de contactul fierului cu lemnul. În câteva ore am reușit să spargem tot ce ieșea în afara zidului, rămânând doar placajul din spate, bine prins în perete cu șuruburi împușcate-n beton. Ioana era însărcinată, așa că nu mă putea ajuta prea mult, iar loviturile cu barosul nu mai aveau nici un sens acum, așa că am strecurat mâna peste marginea superioară și am început să trag, sperând să rup cumva placajul, să-l elimin prin fărâmițare. N-am luat în seamă mângâierea catifelată pe care am simțit-o pe degetele deja tumefiate de la toată munca zilei, însă, când prima bucată de lemn s-a desprins, peretele era negru, era blana unui animal, apoi devenea penajul unei ciori care trăia acolo. Gândacii erau mari, catifelați și leneși, abia mișcau, nici măcar lumina la care-i expuneam după ani de zile nu părea să-i deranjeze, un animal leneș, aflat în hibernare, ce nu revine pe loc la viață. Parcă-i vedeam întinzându-se, trosnind din încheieturi, dar nu scârba (deși o simțeam sufocându-mă), nu frica, nu oroarea de asemenea insecte m-au paralizat, ci senzația că am mai trăit așa ceva odată, poate într-o viață anterioară, când am văzut cum o maree de gândaci este incendiată într-o cadă dintr-o casă veche, la etaj. Mi-am amintit scâncetele acelor gândaci peste care se turnase terebentină și un fior aproape plăcut, pervers m-a străbătut dinspre coaie, de-a lungul șirei spinării, până spre ceafă, unde mi-a ridicat părul ca unui câine înfuriat. Ioana a văzut că m-am albit la față („Parcă ți s-a scurs tot sângele din cap“) și mi-a dat mâna, dar m-am ferit, pentru că nu voiam s-o ating cu mâna aia care fusese mângâiată de gândacii negri, cât palma, am coborât încet de pe scara metalică și m-am dus în bucătărie să-mi deschid o bere. Am băut îndelung, cu gâlgâituri, ținând cutia cu ambele mâini, ca un copil care-și ține singur biberonul. Am luat apoi un spray mare, un insecticid K-nu-știu-cât, o brichetă și, călăuzit de o memorie ce putea foarte bine să fie a altuia, poate a unui copil, am urcat treptele scării, am aprins bricheta, și, orientând jetul de spray între placaj și perete, am aprins focul. Lemnul vechi nu ardea, doar se înnegrea, însă în curând gândacii au început să iasă prin partea de jos, să alerge înnebuniți pe gresia din hol, căutându-și refugiu. Ioana îi vâna unul câte unul, arăta ca o barză, prea înaltă pentru tavanul scund, o barză ieșită să se hrănească, lovind cu ciocul portocaliu în boabele negre fugind disperate care-ncotro. Erau mai mulți decât ne imaginaserăm, așa că a trebuit să regândesc întreaga operațiune. După moartea prin foc a venit cea prin apă. Am umplut o găleată în cadă, m-am urcat cu ea pe scară și am turnat cu ură apa printre tăblie și perete. Acum ieșeau aduși de valuri, cu picioarele-n sus, amețiți, așa că puteau fi luați mai ușor cu un făraș. Am muncit toată ziua până am spart pe mijloc placa de lemn și abia atunci am înțeles ce se ascundea în spatele ei: când am reușit s-o desprind, am văzut că tot peretele era negru, că stăteau unii în alții, prinși de zidul zgrunțuros, tremurând împreună, și am crezut că peretele tremura, era un câine negru și umflat, desprins din pădurea aflată-n spatele peretelui.

*

Pe la jumătatea anilor ’60, mai exact în 1965, terenul sălbatic care începea chiar de lângă Liceul „Șincai“ și care era cunoscut și temut sub numele generic Cocioc, a fost nivelat și a început o muncă de construcție accelerată și grandios socialistă, dealurile năpădite de ierburi sălbatice și hârtoapele, gardurile din lemn odinioară vopsit în verde au fost rase de buldozere, fadrome și alte asemenea animale preistorice din fier ruginit și pentru o vreme locuitorii cartierului Cărămidari și cei din jurul Căii Șerban Vodă au putut vedea cum în fața ochilor li se întinde o plajă de pământ răscolit, peste care puteai vedea până hăt în depărtare, un peisaj deschis oricăror posibilități din care se nășteau, lună după lună, mai întâi șantiere, apoi structuri incipiente, și tot ce se știa cu certitudine era că întreaga zonă va fi redesenată, apoi că mâna lungă a comunismului își va sufleca mâneca, va chema alături de ea și cealaltă mână și se vor apuca de treabă. S-a aflat destul de repede că se pune la cale construirea unui nou cartier, elegant, destinat în principiu privilegiaților regimului, de al doilea rang, însă tot niște mici mandarini, a căror viață urma să fie dezmierdată de priveliștea unui parc foarte întins, cu alei cimentate și zone verzi controlat-sălbatice, apoi informații oculte au dezvăluit faptul că Parcul va fi unul al Tineretului și apoi că întregul cartier va fi unul al Tineretului, pentru că, nu-i așa?, tineretul e important, mai ales într-o societate comunistă care pune mare preț pe vitalitate, pe forțele virile ale muncitorului în putere. Numai că de un singur lucru nu au ținut cont arhitecții încă noului regim, și anume de faptul că acest splendid și grandios loc de recreație pentru tineri și copii avea să fie construit pe un Loc Rău. Bucureștiul e plin de locuri rele, de portaluri infernale și doar nepăsarea și neștiința ne fac să călcăm pe ele fără zbucium și cutremurare. Nu întâmplător, înainte de a se numi Cocioc, spațiul întins dintre Cimitirul Bellu, Cărămidari și spitalul de tuberculoşi „D. Alexandrescu" era cunoscut drept Valea Plângerii. Se spune că de acolo şi-ar fi luat inspiraţia Petre Ispirescu când a scris *Tinereţe fără bătrâneţe*, atât de trist şi de lipsit de speranţă era locul acela. La începutul secolului, în centrul lui a existat o mănăstire înconjurată de un sat, un mitoc. Într-o noapte, sub acţiunea maleficei Dâmboviţe, cu izvoarele, tunelurile şi răutatea ei, terenul de sub mănăstire s-a surpat, înghiţindu-i laolaltă pe oamenii Domnului şi pe cei din jur. Imediat apele au ţâşnit la suprafaţă, acoperind totul, case, oameni, animale şi vaierele lor. A fost un dezastru ce recrea, la scară citadină, tragedia legendarei Atlantide sau a uriaşilor lemurieni telepaţi, scufundaţi în apele oceanului şi ale uitării. N-a fost salvat nici un suflet înghiţit de mâl, mai ales că nici nu prea voia nimeni să-i salveze. Ani la rând, pe când apele îşi intrau pe deplin în drepturi, oamenii care călcau în Cimitirul Bellu pentru a-şi plânge morţii au tot auzit strigătele celor pe care-i înghiţise pământul, plânsul lor lipsit de speranţă, atât de potrivit în liniştea sumbră a cimitirului. Atunci au numit locul Valea Plângerii, pentru că românul s-a născut poet, iar bucureşteanul este şi el român, ba chiar unul dezrădăcinat, purtând în suflet o melancolie care, ca orice melancolie sadea, e indefinită. Peste locul acela rău a crescut imediat stuf înalt, de trei metri, iar lumea trecea de multe ori cu groază şi curiozitate prin zonă, pentru a vedea turla bisericii ce se mai iţea încă dintre firele sălbatice de vegetaţie. Numai că Locul continua să fie activ, să-şi revendice ofrandele, aşa că în bălţile acelea se înecau zeci de imprudenţi care nesocoteau istoria şi veneau vara la scăldat, copii şi maturi deopotrivă. În plus, locul fiind din ce în ce mai ocolit de fiinţe cu frica lui Dumnezeu, a început să-i atragă pe ceilalţi, hoţi, cuţitari, criminali, violatori, care s-au refugiat mai ales pe insula formată în jurul turlei ce ieşea din pământ, insulă pe care n-o lega nici un pod de maluri, singurul loc unde poliţia călare nu avea acces. Apele erau mâloase, tulburi, străbătute de curenţi reci, de bulboane, iar lumea povestea că sub ele s-ar ascunde tuneluri de refugiu săpate încă de pe vremea lui Țepeș Vodă, tuneluri ce legau subsolul Crematoriului Cenușa de domeniul boierilor Bellu. Tot lumea povestea că apele noului lac sunt fără fund, că adâncurile lui străbătute de coloane orizontale de apă rece își cer periodic ofranda, smulsă vieții de gheare înghețate și depusă pe patul moale al mâlului.

Așadar, pe insula aceea se născuse o comunitate de diavoli, a cărei aură macabră atrăgea infractori mai mici, așa că tot arealul Văii Plângerii s-a transformat repede într-o cloacă infernală și labirintică în care se aruncau gunoaiele, se ascundeau cadavrele și crimele. În 1930, un ziarist de la *Realitatea ilustrată* și-a făcut curaj și și-a băgat puțin nasul în Vale, notând următoarele: „În mijlocul văii s-a format un adevărat munte de gunoaie. O regiune întreagă de gunoi, râușoare, pante, sinuozități de gunoi, o suprafață imensă din terenul Capitalei este acoperită cu cele mai scârnave imundități. Cu cât pătrundem mai adânc în imunda regiune, cu atât gâtlejul ni se strânge, sufocat de un miros complex, format din miasme de cadavre, putrede, descompuneri vegetale și miros acru".

Numai că nasul sensibil al ziaristului nostru nu pătrunsese chiar în inima întunericului, ci îi dăduse mai curând târcoale pe la periferie, unde miasmele și teroarea adiau doar edulcorat. Pe la periferia Iadului puteau fi văzuți săraci care adunau oase bune de măcinat și de folosit la albire, piei putrezite de câine, dar și cărți, pentru că-n groapă se pare că rudele celor morți de tuberculoză, la sanatoriul din marginea gropii, aruncau biblioteci întregi.

Prin 1940 a existat un plan de a transforma cloaca într-un domeniu de schi și pentru câțiva ani foarte scurți puteai vedea tineri cu pantaloni bufanți cărându-și în tramvai schiurile din lemn care se prindeau cu niște curelușe din piele de bocanci și care coborau acolo unde tramvaiul cotea la dreapta, pe lângă spitalul de ofticoși, spre Viilor și Bellu, coborau așadar în dreptul Văii Plângerii, din care fusese ruptă o bucată, chiar cea care avea în vârf temutul Crematoriu, urcau dealul acela cu schiurile în spinare și coborau în viteză, chiuind, o generație care nu bănuia că așteaptă să fie călcată-n picioare de o jumătate de secol care avea pentru ea de toate: pogromuri, stalinism, comunism cu față umană, comunism naționalist și, pentru cei mai longevivi, chiar și celebra „democrație originală". Nimeni nu știa asta, zăpada era curată, câteodată ieșea soarele care se strecura printre turnurile Crematoriului, templul persan al arderii de tot, lăcașul pământesc al lui Mithra, la baza pârtiei apăruseră chioșcuri cu vin fiert și mici, unde puteai să te odihnești și să privești, în timp ce se usca pe tine transpirația sănătoasă, de tânăr sportiv, înspre orizontul blocat de panouri montate de armată ca să ascundă groapa de unde priveau, la rândul lor, șiruri de ochi curioși și de unde ieșeau discret, câte doi, guții cei mai experimentați, ca să se amestece printre schiori. Apoi a venit partea cea mai grea a războiului și din domeniul schiabil a rămas doar dealul Crematoriului, adevărat punct belvedere pentru bandele de criminali, care se adunau acolo să-și facă planurile de atac asupra cartierelor din jur sau chiar să-și plănuiască micile războaie ale căror cadavre erau apoi îngropate sub mormane de gunoi. Oamenii aceia murdari, îmbrăcați fantezist, cu haine desperecheate și fistichii, ca de la circ, creșteau câini care se sălbăticiseră și ascultau numai de ei, așa că era un real pericol să te aventurezi dincolo de bariera gropii, unde puteai fi sfâșiat oricând.

Pe alocuri, izvoarele Dâmboviței izbucneau în adevărate gheizere puturoase, ca niște buboaie sparte, și luau cu ele mizeria, purtând-o în liniște spre Lacul Cocioc, care aduna în pântecul lui orice, fără discriminare. Câinii care beau din apa aceea și care se hrăneau din hoiturile aruncate alandala deveniseră altceva decât niște simpli maidanezi, aveau în priviri o răutate mai presus de cea a unui animal sălbatic, făceau spume la gură ca și când ar fi fost turbați, horcăiau și tușeau ca niște oameni, iar gurile rele spuneau că li se trăgea de la plămânii aruncați de asistentele criminale peste gardul Spitalului de Ofticoşi. Noaptea, de pe margine se puteau vedea focurile mari, ale căror limbi se întindeau obscen spre cer, presărate de-a lungul şi de-a latul gropii, semnalizând poziţiile ocupate de diversele bande de criminali. Hoţii se adunau în jurul focurilor, stăteau ciuci şi îşi încălzeau mâinile ciuntite de şişuri, alături de câinii care se ţineau la o distanţă respectuoasă, pândind însă vreun semn de slăbiciune de-al bipezilor. Oamenii erau ţigani mahomedani nomazi, pripăşiţi acolo de la Mangalia, cu tot cu căruţe şi neamuri, pe care însă le lăsaseră în siguranţă, în partea dinspre Viilor, în timp ce ei ieşeau la prăduit, erau criminali evadaţi de la Văcăreşti sau veniţi din toată ţara. Noaptea săreau gardurile în Cimitirul Bellu, unde intrau prin cavouri şi despuiau cadavrele de hainele bune sau de bijuterii, ba chiar într-o vreme naţia a fost scandalizată de cazul unui asemenea profanator care siluia hoiturile femeilor tinere. Dar mişcarea era de du-te-vino, căci dinspre cimitir erau aruncate tone de gunoaie şi de oase şi cranii putrezite care trebuiau să facă loc morţilor proaspeţi.

Groapa era mărginită de case din chirpici făcut din mâlul Cociocului, pe care îl adunau copiii trimişi ziua de părinţi, copii care adeseori nu se mai întorceau, iar când o făceau, modelau cu silă şi teroare pasta aceea făcută din moarte şi din noapte. Se vorbea despre confruntări în care toate bandele din Valea Plângerii se adunau laolaltă şi puneau la cale un adevărat război împotriva altor asemenea armate de strigoi proveniţi din alte gropi, a lui Ouatu sau cele de dincolo de Parcul Carol. Atunci, în miez de noapte, şiruri de zeci, sute de asemenea morţi vii, însoţiţi de câinii lor infernali, cu bale la bot, străbăteau oraşul şi se întâlneau pe teren neutru, iar în urma încleştării lor rămâneau doar petele impudice de sânge negru sau membre rupte din trupuri, pe care animalele nu le mai putuseră sfârteca.

Înspre insula din centrul bălţii însă Valea era o adevărată rezervaţie naturală, un ecosistem care se regla singur:

păpurișul înalt cât plopul ascundea privirii ochiurile adânci de apă cu insulițe vegetale pe care stăteau înțepeniți bâtlani și cocostârci, pe cărările de pământ bătătorit de țigani se alergau porci sălbăticiți fugiți din abatorul vechi, ba chiar și bivoli răniți care fie-și trăiau acolo ultimele zile, fie se refăceau și se adunau în adevărate turme care țineau câinii-strigoi la respect cu coarnele lor lungi, răsucite.

În unele nopți, oamenii povesteau că au văzut, la lumina misterioasă a focurilor de tabără, cum păsări uriașe, fără pene, dar cu piele întunecată și zimți de os ieșindu-le din spinare, se ridicau spre cer într-un avânt iute, apoi se lăsau înapoi la pământ, în teritoriul nemărginit al gropii ascunse de stufăriș. Deasupra trona templul asiatic al Crematoriului, cu ochiul lui de vitralii ațintit înspre baltă și spre Cimitirul Bellu.

După 1948, anul de vârf al acestei rezervații naturale și umane, comuniștii au vrut să instaureze ordinea, așa că milițienii călare au devenit o prezență din ce în ce mai vizibilă în timpul zilei, când făceau uz de armă fără nici o remușcare, astfel că toți criminalii au trebuit să se organizeze și să se afunde din ce în ce mai adânc în Vale, până când s-au refugiat chiar pe Insula de pe Cocioc, singurul loc unde nu-i putea ajunge brațul legii, pentru că nu exista nici un pod care s-o lege de mal. Nu se știe cum ajungeau pe ea și cum plecau de acolo nelegiuiții și câinii lor, însă se spune că din mijlocul insulei pleca un tunel care ducea undeva, pe dealul Crematoriului. De acolo le săreau în spate milițienilor pe care-i luau pe nepusă masă, înainte să-și scoată pistoletele din tocuri. Prăduiau casele din vecinătate și răpeau femei pe care le siluiau pe grămezile de gunoaie, lăsând-le apoi mai mult moarte decât vii, înnebunite de spaimă, incapabile să mai trăiască apoi o viață normală. Lupta asta a durat mai bine de un deceniu, până când în fruntea țării a venit un tânăr comunist convins, pus pe treabă, care a vrut să facă uitate ororile stalinismului dejist și care a trasat cu mâna lui conturul unui fermecător parc ce avea să se suprapună Văii Plângerii.

*

Asta s-a întâmplat în 1964: erau anii numiți mai târziu „ai dezghețului" și, așa cum apele unui râu sunt descătușate de venirea primăverii, începând să curgă tumultuos la vale, tot așa Ovidius s-a trezit purtat de energiile acelor puhoaie năvalnice. În anii dintre absolvirea Academiei Militare și repartizare reușise să impună în jurul său un respect pe care seriozitatea și, în același timp, bonomia lui i l-au asigurat fără efort. Ajunsese maior în cadrul Marelui Stat-Major și se mutase din curtea vagon, unde trăia cu Meri și micuțul lor Genu, băiețelul adorat căruia mama îi făcea o buclă în frunte și-i prindea urechile de cap cu o bandană ca să nu fie clăpăug la maturitate, se mutaseră așadar într-un bloc înalt de pe lângă Gara de Nord, fără lift, la etajul 9, unde și-au trăit probabil cei mai frumoși ani ai vieții, așa că nu pot spune foarte multe despre ei, pentru că, așa cum se știe, fericirea nu ne interesează și nici nu lasă urme. Ce ne interesează este că în acei ani '69-'70 Ovidius a fost chemat în biroul superiorului său, colonelul Iftode, care și-a aprins o țigară cu filtru, un Kent lung și alb, l-a invitat să ia loc și a început următorul dialog:

— Tovarășe Lucescu, Ovidiu dragă... Dumneata știi cât de mult te prețuiesc eu...

— Tovarășe colonel, prețuirea este reciprocă, i-a răspuns inspiratul maior, care avea mereu verbul la el.

A urmat un schimb de zâmbete oneste, dacă e să-l cred pe cuvânt.

— Ovidiu dragă, cum e viața dumitale acolo, lângă Gară? Cum vă descurcați? Aveți apartament de două camere, nu-i așa?

— Da, tovarășe general, două camere, dar nu mă plâng, ne place zona, ne-am împrietenit cu vecinii...

— Ei, lasă, Ovidiu, că vecini mai găsești matale, ești tânăr.

Din momentul ăla a simțit că i se pregătește ceva, așa că a tăcut, așteptând un moment de cotitură, așa cum mai avusese câteva până la vârsta de 40 de ani și pe care le anticipase mereu.

— Uite ce e, tovarășu Lucescu, a reluat ofițerul, pe un ton devenit brusc oficial, marțial și lemnos, s-au dat în construcție câteva blocuri noi în cartierul Tineretului, cartier nou, la Șincai. Avem și noi dreptul de a recomanda câțiva tovarăși de nădejde, cadre militare, pentru mutare acolo. Zona va fi dată-n exploatare îndată ce se termină parcul. Primele blocuri sunt deja ocupate, cele din imediata vecinătate a parcului, însă imediat în spatele lor sunt încă două noi, aflate-n faza de finisare. Apartamente de trei camere, luminoase, spațioase. Te-am recomandat pentru unul dintre ele.

Tânărul maior gâtuit de emoție a ascultat în tăcere și a făcut tot posibilul să i se citească recunoștința și emoția pe chip, a ascultat toate detaliile, apoi s-a ridicat și a salutat cu o mână tremurândă. Ofițerul superior s-a ridicat și el, a renunțat la atitudinea oficială și l-a condus spre ușă, ținându-i o mână pe umăr:

— Ovidiu dragă, stai liniștit, că meriți tot ce ai.

Apoi i-a făcut cu ochiul din cadrul ușii.

Am ascultat povestea asta de zeci de ori, de fiecare dată cu plăcerea pe care ți-o oferă miturile fondatoare. Am ascultat-o mai ales în ultimii doi ani din viața lui Meri, după acel atac cerebral masiv din care s-a încăpățânat să-și revină, când nu mai putea vorbi, rezumându-se la mârâieli și scânceli, dar încercând din răsputeri să renască, la 86 de ani. Își exersa musculatura mergând cu un cadru ușor, pe holul lung și întunecat dintre baie și sufragerie, înainte și înapoi, sub privirea încurajatoare a lui Ovidius, înainte și înapoi, oprindu-se din când în când, cu brațele descărnate și pielea galbenă punctată de vânătăile perfuziilor, se oprea și gâfâia, iar Ovidius îi spunea cu blândețe:

— Meri, ajunge, gata, hai în fotoliu.

Dar ea scutura din cap ca un cal sâcâit de muște și-și relua traseul de melc, lăsând în urma ei o duhoare de urină și de fecale cu care ne obișnuiserăm deja. Când termina traseul și era epuizată, o așezam în fotoliul ei (întotdeauna cel din dreapta, unde acum stă Genu, fostul băiețel cu buclă în frunte, care a chelit de la 18 ani) și atunci îl stârneam pe Ovidius, pentru că-i știam plăcerea de a povesti, așa cum știam că și figura ei se luminează și-l ascultă cu ochii mari, dând aprobator din cap sau mârâind ceva când nu era de acord, mârâit care-l făcea pe el să se întrerupă și s-o apostrofeze blând:

— Ba exact așa a fost, Meri! Cum nu?

*

Când s-au mutat în blocul de pe Strada Trestiana, Parcul era gata, cu aleile lui largi, separate de răsaduri de trandafiri, cu statui gigantice urcate pe dealurile îngrădite și controlate, înghițite de noua ordine și cu urâta, funcționala Sală Polivalentă ce veghea deasupra Lacului (un lac cu malurile bordate și betonate, unde scăldatul și pescuitul fuseseră interzise). Rămăseseră însă zone întinse în care mâna furioasă a regimului nu ajunsese, putuse doar să zăgăzuiască și să înconjoare, așadar plimbărețului curios care trecea de liniile clare de demarcație i se dezvăluiau mici păduri de corcoduși și duzi, zone întinse cu ierburi sălbatice care-i ajungeau până la piept, dealuri pe care nu urca nimeni, dar unde, când acel nimeni totuși urca, se aflau troli uriași, dărâmați, pegași înaripați, din granit, doborâți la pământ de fulgerul lui Jupiter, savane prin care te așteptai să vezi umbra furișându-se a marilor carnasieri africani, totul umăr la umăr cu geometria și disciplina noului parc plantat acolo ca prin minune. În 1974, când parcul a fost inaugurat, Genu era deja adolescent, unul slab, rușinos de slab, cu o calviție care-l enerva și-l complexa, cu mâini subțiri ca de insectă și cu o mulțime de hobby-uri: pe lângă pachetele de țigări pe care le colecționa, aduna timbre (Cuba, pești exotici, Olimpiada de iarnă de la Grenoble), developa poze alb-negru în cămăruța lui, unde amenajase un laborator foto de amator, sau mergea pe munte cu cel mai bun prieten al lui, Laur, care după facultate avea să se sinucidă aruncându-se de la etajul 10 al blocului din zonă Gării pe care familia Lucescu îl părăsise cu ani în urmă. În spatele blocului lor, care era destinat cadrelor armatei, spre deosebire de cele de la Bulevardul Pionierilor, construite special pentru corpul diplomatic, au început să răsară alte și alte blocuri care luau locul caselor fostului cartier Cărămidari, până-n Calea Văcărești. Pe strada care pleacă chiar din Trestiana, Poenari, avea să se mute tânărul Genu, deja angajat la agenția de turism a statului, loc de muncă privilegiat, pentru că-ți permitea să călătorești în afară, post pe care l-a obținut cu ajutorul lui Ovidius, la fel cum a obținut și apartamentul aflat la două minute de cel al părinților, unde m-am născut eu și unde mi-am început viața de adult, unde am crescut un câine pe care apoi l-am vândut pe zece lei, unde am găsit cununa cu păr de om și scheletul de pasăre și unde s-au născut apoi cei doi copii ai mei, Matei și Maria.

*

În cele din urmă am ajuns și la doamna Moșoiu, care refuzase să ne vadă timp de câteva luni bune. Ioana a insistat să mergem toți patru, ca să vadă doamna ce familie frumoasă, cuminte și civilizată suntem, ceea ce s-a dovedit a fi o greșeală. Am intrat pe scara principală, pe unde noi nu am fi avut acces dacă ne-am fi mutat acolo, și am sunat la ușa metalică, excesiv blindată, din spatele căreia s-a auzit mai întâi un cârâit ca de cioară, ruginit, apoi s-a deschis doar pe sfert, ținută de un lanț, și prin crăpătură s-a întrezărit chipul ascuțit și viclean al unei femei trecute bine de 70 de ani, excesiv sulemenită, rujată intens, cu ochii conturați ca ai lui Nefertiti, fără sprâncene, care-a zâmbit cu toată gura ei suptă (sub nas părea să fi avut loc o implozie), arătând însă un șirag improbabil de dinți albi, ca dintr-un catalog de cabinet stomatologic. Ne-a primit înăuntru și atunci am putut admira integral capodopera Moșoiu, care purta o bluză albă, cu găurele, decoltată, ce dezvăluia o pereche de sâni zbârciți împinși înspre gât de un sutien push-up. Purta o fustă de blugi foarte scurtă, tăiată în partea de jos și în picioare o pereche de conduri albi, cu paiete. Avea unghii false, foarte lungi, ca ale domnișoarelor de la firmele de telefonie, care trebuie să tasteze cu buricele degetelor. Dacă reușeai să treci de unghii, observai și degetele stafidite încărcate cu inele din aur masiv. Ne-a oprit în hol, fără să ne poftească în casă, loc unde s-a desfășurat toată discuția. Ne-a explicat cu vocea de pasăre metalică cum i-a vândut nepotului ei, Octavian, mansarda, cu 20 de ani în urmă, pe o nimica toată, și cum numai gândul că, de la 3.000 de dolari, el o va vinde cu 100.000 de euro o scoate din minți. În plus, nu are de gând să vândă nici un centimetru din pământul aflat sub casă.

— Adică, dacă ne hotărâm, suntem în aer, am încercat o glumă.

S-a uitat la mine cu o privire ce mi s-a părut la limita lubricului, de parcă s-ar fi abținut cu greu să-mi bage limba în gură și doar pentru că venisem cu Ioana nu făcea asta, și abia apoi mi-a rânjit cu dinții de porțelan:

— Cam așa ceva. Dar nu vă pune nimeni să cumpărați. Păi, șmecherul ăla de Octavian stă bine-mersi la Viena și voi vreți să îi dați 100.000 de euro?

Atunci am simțit că se întâmplă ceva ciudat, mâna Mariei mă strângea foarte, foarte puternic, deși încă nu avea destulă forță încât să mă îngrijoreze. Am privit scurt spre ea și am văzut că se albise la față, tremura din tot trupul și părea de-a dreptul îngrozită. Bătrâna asta, caricatura cu dinți puși și *push-up braw*, o terifia.

— Doamna Moșoiu, problema este că ne place casa, nu ne interesează prea mult unde stă proprietarul. Ce ne îngrijorează sunt lipsa cotei indivize și faptul că plouă în bucătărie chiar și după ce-a lucrat echipa la tavan...

— Echipa? Păi, echipa e Nelu din Bucureștii Noi. Cum plouă un pic, ăla-l sună din Viena și vine Nelu, un țigan, cârpește ce cârpește și iar plouă. Păi, eu nu-l știu?

În ciuda aspectului *trashy-horror*, părea o femeie educată, așa că am încercat s-o iau altfel:

— Doamna Moșoiu, simt că aveți oareșce îndoieli legate de prezența încă unui proprietar în clădire.

— Asta cam așa e, mi-a răspuns continuând flirtul ca și cum Ioana, care tăcea jenată, ar fi fost o nepoată de-a mea din provincie.

— Problema, după cum o văd eu, e că Octavian pare hotărât să vândă. Dacă nu suntem noi, vor fi alții. Suntem oameni civilizați, soția mea lucrează în publicitate, eu sunt lector universitar la Istorie.

În clipa aia, prin fața noastră, adică prin spatele ei, a trecut un băiat de cel mult 20 de ani, la bustul gol, deloc jenat, care s-a oprit puțin și a dat din cap salutându-mă. I-am răspuns la fel și atunci băboiul s-a întors spre el și i-a cârâit pe ton de margrafă:

— Ai făcut ce ți-am zis?

Ăla, slugarnic, dar scărpinându-se la coaie cu lejeritate:

— Da, doamna Moșoiu.

— Bine, coboară la magazin, că vin și eu când termin aici.

Mi-a zâmbit complice:

— Vânzătorul meu.

Mi-am înghițit un „Să vă trăiască!“ și am strâns-o pe Maria de mână. Mi-a răspuns, tremurat, ca o pasăre mică.

— Doamna Moșoiu, mai gândiți-vă, vă rog. Nu ar fi nevoie de mult, cât cere notarul, poate doar un metru, ceva care să ne dea deplina siguranță și legalitate.

M-a privit iarăși ca Liz Taylor pe Richard Burton în *Cleopatra* și și-a împins sânii proptiți înainte, semn că discuția se terminase. Ne-am întors acasă, în apartamentul nostru tapetat cu cărți, unde se răsturnau la fiecare pas mobile și haine, unde pereții ascundeau păduri și grote. Ne-am întors cu coada între picioare și Maria a visat urât toată noaptea, în tandem cu mine, care aveam viziunea unei doamne Moșoiu ce-mi vâră un sfârc scofâlcit în gură și-mi poruncește:

— Vrei pământ? Suge!

*

Timp de câteva săptămâni am purtat negocieri fără speranță, în care noi vorbeam, parlamentam, ofeream, iar Vrăjitoarea, așa cum îi spuneau la început copiii, apoi și noi, tăcea și rânjea, mângâindu-și lanțul de aur de la gât cu unghiile curbate, ca ghearele unei ciori. Am încercat să aflăm și pe alte căi ce e cu ea, de unde are această casă și ce fel de om e, așa că au ieșit repede la lumină câteva povești care, coroborate din surse diferite, convergeau spre un portret interesant al femeii. Se pare că întreaga casă aparținuse familiei ei în interbelic, iar *pater familias* nu era nimeni altul decât un anume Moșoiu, fost ministru țărănist al Petrolului, trimis de comuniști la Canal. Fata studiase Litere și Filosofie, cu specializarea limba și literatura franceză, dar comunismul îi adusese o nouă specializare, și anume aceea de croitoreasă, mai ales după ce ea și mama ei au fost silite să se mute chiar în mansarda pe care noi intenționam să o cumpărăm. În restul casei s-au stabilit două familii de securiști, care le-au tratat însă cu respect pe cele două femei, nelăsându-se vrăjite de iluzia eternității socialismului dâmbovițean. La parterul clădirii au fost amenajate o alimentară și, cu acceptul primăriei de sector, o croitorie unde tânăra Moșoiu își putea practica talentele, conversând în franceză cu nostalgici și punând la lucru revistele demodate pe care le ținea sub pat, rămășițe înalt burgheze ale vieții trecute a unei domnițe de ministru.

A avut trei soți și i-a îngropat pe toți, iar fiecare dintre acești trei bărbați era mai puternic și mai influent decât cel de dinaintea lui, totodată mai naiv, pentru că nici unul nu și-a pus întrebarea, în fața pizdei înfometate a croitoresei cu specializare în limba și literatura franceză, cum a sfârșit cel dinaintea lui. Cert e că evenimentele din 1989 și anii '90 au prins-o văduvă, instalată deja în fosta casă a familiei, pe care o recâștigase cameră cu cameră, ca în povestirea lui Cortázar, numai că ea era vizibilă, deloc misterioasă, iar armele ei se aflau între picioare și în țâțele pe care și le arăta cu generozitate. Marea ei bătălie post-revoluționară fusese însă securista Lanya, rămășiță încăpățânată a familiilor pe care le izgonise din clădire, care se baricadase în mansardă, de unde refuza să plece. Salvarea i-a venit prin tânărul „nepot" Octavian, cel care-i ținea de urât în perioada aceea, cu care s-a înțeles să-i vândă respectiva mansardă, pe o sumă modică, în schimbul serviciilor lui de lictor evacuator. Vecinii din casele de pe Drumea Rădulescu încă își aminteau noaptea în care Octavian și alte câteva figuri întunecate au scos-o cu forța pe bătrâna unguroaică pe ușa din spate a casei, în timp ce urletele, schelălăielile și blestemele ei tăiau liniștea orelor târzii. Se pare că pe scările casei se dusese o luptă sângeroasă, la propriu, pentru că băboiul securist nu renunțase la casa pe care o ocupase împreună cu victorioasa Armată Roșie fără a opune o rezistență atroce, adică, după ce tinerii năimiți de Octavian au spart ușa, au găsit-o baricadată în spatele canapelei roase, cu câte un cuțitoi de bucătărie în fiecare mână, părând gata să-și dea viața pentru teritoriul cucerit tot cu arma-n mână. Prin casă alergau înnebunite câteva pisici pe jumătate sălbăticite și jigărite și duhnea îngrozitor a fecale. În mijlocul sufrageriei se înălța un munte din gunoaie, pungi, sticle, haine putrezite pe care trona cu superbie, mârâind cu dinți rânjiți, un câine mic și flocos, de culoare incertă, cu blana căzută din loc în loc, descoperind vederii pete de piele roz. Au reușit în cele din urmă s-o imobilizeze, după mai bine de o oră de negocieri și de tactici militare aplicate (o pătură aruncată peste cap, mâini sucite până au scăpat cuțitele, un pumn bine aplicat în coaste), au suit-o într-o mașină și au dus-o undeva de unde nu s-a mai întors niciodată.

La câțiva ani după ce s-a instalat în noul său apartament, „nepotul“ Octavian a început să facă figuri, așa că relația lor *win-win* s-a deteriorat: Octavian ar fi vrut să fie mai implicat în tot ce se întâmpla acolo, în căsoiul Moșoiu, care se dovedea a fi o mină de aur – la parterul clădirii, în spațiile evreiești, unde fuseseră o băcănie și un atelier de croitorie, madam Moșoiu cea rea de muscă a înființat un butic, cu firma General Store, și un minibar cu păcănele, asupra cărora veghea cu ochi de vultur. Angajații erau exclusiv masculi, preferabil băieți tineri, de până-n 30 de ani, și ușor, ușor, nepotul a fost exclus și din inima, și din pizda proprietăresei. Ce-i drept, și pe ea o deranjau gagicuțele pe care și le aducea nepotul prin casă, pe care le spiona când urcau sau coborau pe scară, întredeschizând ușa și privindu-le cu ochii ei de pasăre, lucioși și imobili. Trecută prin viață, madam Moșoiu, Aurelia pe numele mic, își luase măsuri de precauție, cum ar fi acel contract de vânzare-cumpărare extrem de dubios, care nu îi dădea cumpărătorului nici un pic de cotă indiviză din pământul de sub proprietate, făcând astfel înstrăinarea apartamentului imposibilă. Situația devenise aproape irespirabilă pe Strada Lânăriei (sub care curge, legenda spune, fosta Gârliță a Lânăriei, unul dintre afluenții Dâmboviței care au produs surparea din Cocioc), așa că Octavian, care între timp se angajase șofer personal al unui cap din FSN (un celebru cap fără gât, mare înotător și visul oricărei femei mature sexual în anii '90 din România), a început să închirieze mansarda la tot soiul de firme, una mai dubioasă ca alta, care însă nu rezistau mai mult de câteva luni acolo, timp în care ajungeau să cunoască îndeaproape vrăjile Aureliei, care între timp nu mai aducea deloc cu dublura ei din portretul lui Dosso Dossi de la Victoria National Gallery, ci mai curând cu Vrăjitoarea lui Dürer cea călăritoare de țap, de la MET. După un scandal enorm, șeful fesenist pe care-l șoferea nepotul Octavian a intrat la închisoare (nu pentru mult timp), așa că deja nu prea tânărul Tavi, care pusese ceva bani deoparte, a plecat spre zări teutonice, unde i s-au pierdut urmele, dar de unde s-a întors după ani buni, relativ prosper și însurat cu o nemțoaică, hotărât să rezolve treaba neterminată cu Aurelia Moșoiu. Treaba cu Octavian e că fusese toată viața un tip moale și, chiar dacă acum purta un ceas scump la mână, devenise vag rafinat și chelise oarecum nobil, n-avea destul sânge-n instalație ca să-i facă față Vrăjitoarei. Au petrecut ceva timp în litigiu și, când a văzut că nu poate rezolva așa, Tavi s-a întors la soția lui mai tânără, care lucra pentru un concern german în Viena, și a scos apartamentul la vânzare, încercând să-i prostească pe alții, așa cum fusese și el prostit. Aici am intervenit noi, iar întreaga tevatură, eternele amânări, bubele ascunse ale casei și ale Vrăjitoarei au reușit să ne epuizeze în câteva luni. Tuturor acestora li se suprapusese și faptul că nici căsnicia noastră nu o ducea strălucit. Dar asta vine mai încolo.

*

L-am întâlnit pe holul pardosit cu scânduri putrede, când ieșeam. Nu știam unde vreau să merg, dar încă nu mă obișnuisem cu cei câțiva metri pătrați pe care mi i-am ales drept chilie, iar mai ales seara, cât încă nu se întuneca de tot și lumina devenea lăptoasă, *entre chien et loup*, simțeam nevoia să respir aer curat înainte de a mă întinde la loc, micul meu ritual dinaintea jocului cu blocul memoriei. Erau câteva minute în care viața părea suspendată, o liniște strivitoare apăsa deasupra piațetei și nici o ființă vie nu mai traversa pe sub felinarul unde băieții încingeau după-amiaza câte un joc de fotbal. Țin minte momentul ăsta al zilei din copilărie, o jumătate de oră în care totul se suspendă și orice ființă vie pare să aștepte ceva. E timpul echivalent celui din noapte, dintre ora 3 și ora 4, când nebunii o iau razna, când au loc crimele, când bebelușii se trezesc plângând din senin și se spune că Diavolul își face rondul prin visele lor.

Am dat nas în nas în capul scărilor și probabil că eram atât de absorbit de gânduri și moleșit de toată acea zi în care zăcusem, încât era să-l dărâm, deși era cam cu vreun cap mai înalt decât mine. Un tip de peste 1,90, ciolănos, cu părul lins și pieptănat într-o parte, lipit de țeastă, încă negru, cu ochelari mari, pătrățoși, ca ai lui Culianu din poza emblematică. S-a ținut de mine să nu cadă și a izbucnit afabil:

— Oooo, să trăiască dom Profesor [pfesor]! Ce facem, explorăm clădirea? Aveți ce vedea...

Am bălmăjit ceva încurcat, pentru că mi-am amintit vorbele doamnei Marinescu, cum că aici, în pod, ar locui „niște creștini", ceea ce mie mi-a dat viziunea unor măicuțe cu broboadă și flori în mână, așa că tipul ăsta m-a luat prin surprindere:

— Nu, ies puțin la aer...

— Aer, e bun aerul. Mișcarea e bună. *Celum, sol* etc. Ați văzut casa lui Voronca?

Uimit să văd că știe exact ce mă obsedează acum, i-am spus că da:

— Doar exteriorul.

— Se poate vedea și pe dinăuntru. Casa-i părăsită și lacătu-i de formă, e doar potrivit acolo. Mai intră țiganii noaptea, fac focul înăuntru.

— În curte?

— Nu, în casă, pe parchet. Păi, ăia n-au nici un Dumnezeu.

Am dat din cap compătimitor, cu un gest pe care-l știam de la Ralu, menit să taie discuția. Dar tipul nu părea să se dea dus cu una, cu două.

— Să treceți cândva pe la mine, să stăm de vorbă. Pot să vă zic multe despre casă, despre subsol. Eu chiar mă bucur să am cu cine vorbi. Ăștia de-aici – face cu mâna un gest care mătură casa întreagă – stau toți închiși în camerele lor, ies dimineața devreme sau noaptea târziu. Strigoi.

Vorbea repede, cu spume în colțul gurii, și mi s-a părut amuzant cuvântul *strigoi* ieșit din gâtlejul lui pentru că, în mare, aducea cu un personaj lugubru, de film german din anii '20-'30. Totuși, pe lângă excentricitățile evidente, avea ceva interesant și un aer vag cunoscut. I-am strâns mâna și am coborât cele două etaje, apoi am ieșit în crepuscul și-n mirosul de tei.

M-am plimbat privind cu atenție casele de pe Parfumului, apoi cele de pe Anton Pann, înlănțuirea ireală de clădiri vechi, unele dintre ele mai bătrâne decât Ovidius, care, puse una lângă cealaltă, arătau ca radiografia danturii unui om neglijent, care face rost de bani doar sporadic, așa că nu-și poate îngriji toți dinții: vile seculare, refăcute de la cărămidă, cu garduri înalte și camere de supraveghere, cu mașini scumpe în curțile prin care dau roată câini de pază, dobermani, rottweileri, ciobănești germani, iar alături cadavrele trecute de putrefacție ale unor case și blocuri interbelice lăsate în paragină, suferind în tăcere, cu zidurile surpate, geamurile lipsă, din care emană efluviile răcoroase ale subteranei, așa cum trebuie să fi fost gurile de iad etrusce, apoi romane, cum e cea din mlaștina Acheronului de lângă Cumae. Apele negre, cu mirosurile lor pestilențiale, sunt aici bălțile scurse de prin curțile acestor case părăsite unde s-au refugiat familii întregi de țigani – „Merg singuratici prin neguri" – care vara stau până noaptea târziu la stradă, în fața porților, ascultă muzică la radio sau la mobil și beau bere la pet. Strada e presărată cu *spike*-uri, coji de semințe, coji de pepene, tomberoanele sunt pline până la refuz, înconjurate de haine vechi, cabluri, papuci din cauciuc desperecheați, dar toate astea nu par să-i deranjeze pe ceilalți, oamenii tineri și prosperi care se urcă dimineața în mașini scumpe, ies din curte, coboară strada și ajung în două minute pe Bulevardul Unirii. Trăiesc în perfectă simbioză: familiile din casele bogate scot în fiecare seară tomberoanele în fața porții, iar cei care zac în ruine se reped, fără a mai aștepta măcar ca poarta să fie închisă, și încep să răscolească prin gunoi și o fac cu un asemenea profesionalism și cu o așa minuțiozitate, încât par echipe de medici puse în fața unei intervenții urgente. Am văzut un tip slab, înalt, cu șapcă de baseball, care scotea dintr-un sac de plastic obiecte și le așeza unul lângă altul, pe trotuar, în ordine, până obținea un șirag perfect drept, după care lua obiect cu obiect și îl analiza pe fiecare în detaliu: un ghiozdan vechi, probabil al copilului casei, care trecea într-o clasă superioară și avea nevoie de unul nou, pe care omul meu l-a cercetat la fiecare cusătură, fiecare buzunar, apoi s-a decis că are nevoie de el cu totul, pentru că era încă bun, așa că a început să îndese în el tot ce i se părea folositor din restul mormanului: o pereche ruptă de căști, un tricou prea jerpelit pentru a mai fi folosit măcar pe post de cârpă de praf, un ciorap desperecheat, o periuță de dinți uzată, o roșie stricată, o sticlă de suc care mai avea ceva pe fund. Când a terminat, și-a dat seama că e privit și a întors spre mine doi ochi roșii, înfundați în orbite și mi-a zâmbit cu singurul dinte negru pe care-l mai avea – „Haina-i atârnă pe umeri, soioasă, din copcii desprinsă/ El e bătrân, dar voinic și-n multă putere e zeul". De multe ori îi văd pe cei ca el mergând fără țintă pe străzile din zonă, clătinându-se, tremurând și aiurând, iar noaptea îi aud cum urlă din stradă, zbieretele lor animalice sfâșie bezna și liniștea – sunt lei în savană, lei morți. Zbieretele astea conțin aceeași voluptate pe care o afli la cerșetorii din jurul bisericilor, care-și descoperă și-și scobesc pustulele în văzul enoriașilor. Câteodată trec în viteză mașini tunate, care-și scârțâie cauciucurile pe piatra cubică, și mereu mă întreb, din mansarda mea, dacă astea nu-s harpiile venite să-i ia în gheare și să-i coboare în sfârșit acolo unde probabil chinul e mai mic. În timpul zilei, dacă au făcut însă rost de marfă, vezi câte doi, uneori cupluri de asemenea umbre vii, mergând aplecați în față, gata să se poticnească, cu mișcări dezarticulate, niște roboți neterminați, din care au fost furate șuruburi și piulițe esențiale. Le curg bale pe bărbie, au unghiile însângerate sau chiar lipsă, buzele sfâșiate, boturile edentate. Când îi văd, mă apropii pe cât posibil, repetându-mi în minte că sunt oameni, că ar trebui să simt compasiune, că ar trebui să-i iau în brațe. Nu să-i urăsc.

Am găsit la intersecția Pann-Căuzași un mic magazin, în fața căruia vreo cinci-șase indivizi beau bere și râdeau zgomotos, mi-am făcut loc printre ei și mi-am cumpărat două beri și un pachet de țigări. Am trecut de două ori pe lângă ei și de fiecare dată s-a lăsat o tăcere apăsătoare. Încă nu par al locului, deși am ieșit în trening și-n adidașii vechi. Trebuie să fie vorba de altceva. Poate de faptul că în ochi încă îmi licărește o falsă scânteie de speranță și încă nu miros a moarte, deși eu am început să-i simt izul.

M-am întors în Parfumului în plină beznă, dar felinarul din piațetă are senzor de mișcare, așa că s-a aprins chiar când bâjbâiam după cheie. Am încercat să urc în cea mai mare liniște, ca să evit orice dialog, dar, când am trecut de etajul 2, ușa de la bucătărie a doamnei Marinescu s-a deschis prompt:

— Ce faceți, domnu' Lucescu? O berică?

I-am mimat o mină bonomă, pentru că mă irita privirea suspicioasă cu care-mi analiza berea din mână:

— E cald, doamna Marinescu. E cald.

— Da' nu vreți un ventilator? Că am unul mic care stă de pomană.

A deschis larg ușa care dă spre scara de serviciu și mi-a făcut semn să intru. Am pășit în bucătăria ei ca un laborator de alchimist. Mi-a făcut semn să iau loc și a dispărut în sufragerie, de unde s-a întors cu un ventilator de birou. I-am mulțumit și, spre necazul ei evident, am ieșit rapid. M-am întors întâmplător, exact în momentul în care mă fixa cu intensitate de după ușă, rânjind cu gura pe jumătate mascată de palma zbârcită, și am avut amintirea explozivă a unei priviri asemănătoare dintr-un an greu al adolescenței mele, când Genu se întorsese din America și m-a luat cu el, alături de familia cea nouă, să petrecem două săptămâni la Neptun, într-o fostă vilă a aristocrației comuniste, de unde coboram pe plajă pe niște scări înguste, abrupte, printre tufișuri de gard viu în care creșteau fructele albastre-verzui ale unor epoci preistorice. Eram în plin zbucium hormonal și aveam zilnic senzația că mă sufoc, că torsul meu e prea mic pentru plămânii care creșteau nemăsurat, ițindu-se printre coaste ca burduful de acordeon. Fantazam noaptea, înainte de a adormi, că mă transform într-o creatură a întunericului, cu aripi din piele și țepi care-mi ies prin coate și genunchi. Adormeam ascultând la nesfârșit *Paranoid*, albumul, și în noaptea aia, după ce derulasem de la început „Iron Man“ și încercam să mă masturbez sub cearșaf, am simțit energia unei priviri străine, o privire imposibilă, pentru că nu era nimeni în cameră, iar ușa era închisă. M-am ridicat în capul oaselor și am stat așa, cu urechile țiuindu-mi și cu ritmul sacadat al piesei în fundal, până când privirea mea a ajuns să acopere și geamul înalt, din dreapta, de fapt un glasvand rabatabil care dădea în grădina întinsă a casei, plină cu arbuști și tufișuri neîngrijite încă de pe vremea fostei stăpâniri a mandarinilor roșii, și acolo am văzut-o pe Mariana-Cur-de-Fier, dar chipul ei părea contaminat de materia onirică din care abia mă smulgeam, pentru că trăsăturile i se ascuțiseră ca niște lame și privirea ei avea o viclenie de zeitate malefică, poate era Zeița Vulpe, gata să se năpustească în cameră și să mă sfâșie sau să mă ducă în bot până în adâncurile Mării Negre, acolo unde aveam să plutesc în stratul cel mai adânc, lipsit de oxigen, printre trireme antice, amfore cu uleiuri și cadavre neatinse de vestalele lui Apollo. Am închis ochii, în așteptarea deznodământului, imaginându-mi mișcările rapide, dezarticulate, de animal ale femeii, pe care le percepeam ca pe niște adieri ale unui vânt ce nu-și avea locul în camera închisă, mângâieri eoliene misterioase însoțite de muzica sumbră din căști, apoi am căzut într-un somn adânc.

*

Doamna Marinescu s-a sprijinit cu mâna dreaptă, pe care se ițeau tot soiul de inele bondoace, de un perete, a oftat, și-a tras sufletul și a început doctoral:

— Domnul Lucescu dragă...

— Spuneți-mi Michi, vă rog...

— Domnu' Michi, deci în partea opusă este a familiei de la 1 și soțul mai urcă fiindcă e arhitect și lucrează în liniște. Lângă, stă o familie săracă, i-am lăsat noi, asociația, acum zece ani și acum ce rost are să-i mai dăm afară? Sunt curați, nu fac scandal, da' mai vorbim noi despre ei. Alături, ține cealaltă familie de la 1 pe un nepot de-al lor, student. Și lângă dumneavoastră stă un creștin...

— Atât, creștin? am îndrăznit, pentru că era puțin disonant cu restul.

— Mda, mi-a răspuns și m-a privit cu înțeles în ochi. Vecina mea de palier e tare bisericoasă, pictează și restaurează prin biserici și ni l-a adus aici de la o mănăstire, zicea că a vrut să se omoare și l-au salvat călugării. Stă acolo, închis, nu iese niciodată ziua.

— Am înțeles!

M-am uitat spre ușa în fața căreia erau așezați niște papuci imenși, de trol, sau ca ăia pe care a trebuit să-i port într-o excursie cu clasa la Peleș.

— Iaca, domnul Lucescu, iaca camera dumitale.

S-a dat în lături și a făcut un gest larg, aristocratic cu mâna, de parcă mi-ar fi arătat camera 324 de la Versailles, destinată despăducherii perucilor regale.

Camera avea cam șapte metri pătrați, în care se înghesuiau un reșou, un veceu fără colac, o chiuvetă, o canapea care fusese pe vremuri galbenă și o măsuță așezată în fața unui geam. M-am dus țintit spre el, fără să privesc stânga dreapta, și m-am uitat în jos, de-a lungul străzii: la vreo 20 de metri se vedea o casă părăsită, așa cum erau multe acolo, iar pe zidul dinspre stradă distingeam placa memorială. Inscripția era clasică, dezinteresată și funcționărească: „Aici a trăit și a creat poetul...“. Ce m-a scos pe mine din amorțeală a fost amintirea legendei despre fantoma poetului care poate fi zărită bântuind casa în care a locuit înainte de a pleca în Franța. Se spune că strigoiul poate fi zărit dimineața, când e somnul mai adânc, umblând năuc printre zidurile dărăpănate ale unei case odinioară elegante, cam cum sunt toate casele din zona asta, a Parfumului, cu excepția celor cumpărate din timp de bogătași dubioși care le-au refăcut țâță de mâță și le-au ascuns în spatele unor ziduri cât doi oameni suiți unul pe umerii celuilalt și pe care au așezat sârmă ghimpată disimulată elegant sub rugi de iederă.

— Doamna Marinescu, m-am întors cu un zâmbet larg pe față, lucru care a descumpănit-o imediat, o iau, doamnă!

— Da' nu m-ați întrebat de preț...

— Doamna Marinescu, sunt convins că n-o să luați pielea de pe un profesor sărac, am dat-o pe umor de Revelion.

— Oi vei! a făcut băboiul și s-a plesnit cu palmele pe obrajii fermi, ridați, străbătuți de cute adânci ca niște ravine. Da' unde predați, domnu' Lucescu, la ce liceu?

— La facultate, doamnă, la Istorie.

S-a prefăcut cutremurată de noblețea noului chiriaș, s-a dat un pas înapoi, gata să mă scuipe de entuziasm, și apoi a deversat în direcția mea un șuvoi de exclamații de fericire. Când s-a liniștit și coborâserăm deja în bucătăria ei, după ce-mi arătase cum se iese separat, pe scara de serviciu, m-a izbit cu o sumă enormă pentru camera de gazare în care urma să-mi petrec noua burlăcie. Am acceptat pe loc și ne-am luat rămas-bun, urmând ca eu să încep să-mi aduc lucrurile de a doua zi, odată cu un avans pe trei luni.

Am ieșit în stradă, afară era un întuneric ca de seară, deși abia dacă era ora prânzului, iar eu mai aveam două ore până la seminarul despre Cruciada a III-a, așa că am hotărât s-o iau în jos, spre Unirea, apoi prin Centrul Vechi, să beau o cafea sau o bere, apoi să urc spre facultate.

*

În seara aia am ajuns frânt acasă și cred că Ioana a intuit că nu sunt într-o dispoziție prea bună pentru o nouă rundă de tăceri tensionate, așa că am avut parte de câteva ore plăcute în viitoarea fostă familie. Eram în mod strategic destul de treaz, așa că am rezistat și la o rundă de „7 Wonders" cu cei mici, timp în care m-am străduit să nu izbucnesc în plâns. Am mâncat toți patru, apoi eu m-am uitat pe hârtiile pentru seminarul de a doua zi, războiul civil roman, prima catilinară ca introducere în propaganda Antichității, apoi mi-am întins canapeaua, am pus așternutul roz cu cerbi maro care se adapă dintr-un izvor mov, pe care-l primiserăm la nuntă de la nu știu ce rudă de la țară, și m-am întins, făcându-mi planurile pentru mutarea de dimineață. Când eram gata să ațipesc, am simțit-o pe Ioana, care venise în întuneric și stătea așa, în picioare, privindu-mă în beznă.

— Vrei să te așezi? am întrebat-o în timp ce cu o mână dădeam la o parte pătura verde, groasă.

— Un pic, doar.

S-a băgat lângă mine și m-a luat în brațe.

— Ți-ai găsit loc de mutat?

Spre deosebire de gesturi, vocea îi era foarte aspră, intransigentă și am simțit că nu e cazul să plusez, așa că i-am povestit despre madam Marinescu și despre strigoiul lui Voronca. Am simțit-o cum se încordează și cum își ațintește ochii asupra mea, în întuneric.

— Deci te muți?

Am tăcut amândoi o vreme, în beznă, apoi i-am simțit mâna pe burtă, coborând, și mi-a luat o la labă, ca-n vremurile bune, până m-am întors spre ea și am început s-o sărut, mai întâi pe buze, apoi sub ureche și am făcut dragoste ca doi bătrâni sau mai curând vechi îndrăgostiți, poate pentru prima oară fără nici o implicație intertextuală de după Marea Înșelare. Am reușit să fim amândoi sinceri în futaiul ăsta casnic și, când i-am simțit lacrimile pe buze i-am fost recunoscător, apoi am rămas, așa, îmbrățișați, până când Maria a început să strige în somn, iar mama ei a redevenit mamă și s-a ridicat repede de lângă mine.

— Te întorci?

Nu mi-a mai răspuns și am înțeles că de fapt nu se va mai întoarce. Am rămas așa, cu ochii-n tavan, simțind sperma care întâi se răcește, apoi se usucă, câteva fire răzlețe pe coapsa dreaptă, pubisul pe care mai mult îl intuiam năclăit, incapabil să mă mișc de acolo, încercând să amân cumva dimineața în care trebuia să-mi strâng lucrurile și să mă car din casa asta în care abia ne mutaserăm.

Dimineața m-a prins cu ochii-n perete, așa că m-am prefăcut că dorm cât ei au mâncat („Nu mănânc ou!", „Ba mănânci, că altceva n-am să-ți dau acum!", „Nu vreau lapte", „Ba-l bei, că ți-l torn în cap!"), s-au îmbrăcat, am continuat să mă prefac cât s-au îmbrăcat („Ăla-i ciorapul meu!", „Du-te dracu', nu vezi că e cu avioane? Tu ai cu pisici!"), apoi s-au adunat în dreptul ușii și atunci am auzit-o spunându-le:

— Mergeți și pupați-l pe tati, că pleacă la Cluj azi și stă mai mult de data asta... și i-am fost foarte recunoscător, mi-am dat seama că a făcut-o pentru mine, că mă știe treaz, așa cum știi cam tot ce face celălalt lângă care ai dormit zece ani de zile.

Au venit pe rând, tiptil, mai întâi Maria, i-am simțit buzele ușoare pe obraz, apoi Matei, cel mai mare și plinuț, care s-a prăbușit intenționat peste mine, ca să mă trezesc, însă am continuat să strâng ochii și să-mi înfig unghiile în palme. Apoi s-au auzit ușa trântindu-se în urma lor și cheia răsucindu-se în yală.

*

Până în ora 1 reușisem să car ce era mai important cu ajutorul lui Mircione, șofer la Ursus, proprietar de Kia Sportage, un munte de băiat care lua câte doi saci cu cărți în mâini, așa că după-amiaza m-a prins cu niște pizza comandată și o cutie de bere în fața geamului care dă spre casa bântuită de fantoma lui Voronca. Am mâncat, mi-am băut berea, am aprins lampa cu abajur verde, din sticlă mată, de bibliotecă, pe care o adusesem cu mine și m-am întins pe canapea, în ideea că apuc să lucrez ceva la proiectul meu postdoc despre Frederic Barbarossa. După cinci minute am sunat-o. Mi-a răspuns imediat, cu o voce caldă, ca atunci când o sunam de la facultate s-o întreb dacă vrea să cumpăr ceva în drum spre casă.

— Hei, te-ai instalat? N-am vrut să te deranjez.

— Da, le-am pus pe aici, prin jur. O să vezi tu cum e. Sunteți bine?

— Da, destul de bine.

A coborât tonul.

— Ar fi bine să nu mă audă ăștia mici, le-am zis că ești foarte ocupat la Cluj. Apropo, când pleci?

— Mâine, la 8 am avion.

— Ai grijă de tine. Și vezi ce faci. Poate fuți și tu ceva pe-acolo.

Nu se poate abține. Tachinarea asta agresivă stăruie între noi doi de câtiva ani și cea mai indicată reacție este una calmă, eventual să mă fac că n-am auzit. Ignorarea.

— O să am grijă. Deocamdată să văd cum dorm în noaptea asta.

Liniște. O aud respirând repezit și știu că-i vine să plângă, știu cum i se schimonosește chipul acum, ca unui copil mic, știu cât de caraghios arată.

— Știi, încep, zi-mi doar un cuvânt...

Declic. Telefonul se închide. Poate e mai bine așa.

Mă învârt câteva minute în cușca de cărămidă pe care mi-am închiriat-o, îmi aprind o țigară, și mă uit pe geam, înspre casa lui Voronca, luminată de două felinare cu lumină gălbuie, o lumină proiectată ca un fascicul de lanternă, intens în jurul găurii negre din centru, apoi din ce în ce mai difuz, scoțând din beznă casa doar până la jumătatea ferestrelor sparte. La circa zece metri de ea, în piațeta pe care o formează intersecția străzilor Anton Pann și Parfumului, câțiva băieți au încins un fotbal și e liniștitor să mă uit la ei cum joacă, pentru că știu câtă pasiune pun ei acolo, îmi amintesc meciurile de pe maidanul de la Șura Mare, din copilărie, cum jucam cu orele pe ciment până se rupeau încălțările și după, continuam până aveam picioarele însângerate, ba și după aia mai jucam, pentru că era pe viață și pe moarte, meciuri serioase, între două scări, de multe ori se lăsa cu bătăi crunte, ca atunci când meciul a fost întrerupt de un scrâșnet de roți și lângă spațiul unde jucam noi au oprit două Dacii care opresc și acum în visele mele, au oprit o Dacie roșie și una crem, iar cea roșie era strălucitoare, era ca un ou de Paște, iar din ele au coborât buluc o grămadă de tipi solizi care sigur erau legitimați la un club, pentru că purtau treninguri bune, de export și aveau cu ei bâte și lanțuri de bicicletă, iar noi ne-am împrăștiat care-ncotro, dar nu destul de repede, unii au rămas paralizați, printre ei și eu, și am văzut cum unul dintre băieții ăia mari îl ia pe Danezu de gât, din spate, și-i cară pumni așa, curbat, înspre bot, iar ăsta se încovoaie din mijloc, dar băiatul ăla nu se lasă și-i trece o mână printre picioare, cu antebrațul pe post de șa, iar cu cealaltă își prinde singur mâna în chingă și-l ridică deasupra capului și tot atunci i se ridică bluza de trening albastră și eu mă uit fix în buricul lui, care e deja păros, eu nu am păr pe corp încă, doar o mustăcioară de care râde imbecilul de matematică, Coman („Și ia zi, măi, Lucescule, ți-a crescut mustață și-n altă parte?“), iar el îl ridică pe Danezu, care e cel mai mare dintre noi, cu rude fugite-n Germania, deci poartă blugi, îl ridică spre cer și nu, nu-l aruncă spre nori, îl izbește de ciment, îl prăvălește-n pământ și aud un zgomot cum nu am mai auzit, un zgomot ca de bețe pe care le calci în pădure, și mă așez ciuci și încep să plâng, așa cum mă așez acum, aici, pe Strada Parfumului, cu fruntea lipită de tocul geamului, și în sfârșit îmi dau drumul la toate zoaiele pe care le-am strâns în mine în ultimii ani, fără să mă mai gândesc dacă mă aude careva și ce-o să creadă cei din jur, pentru că aici sunt în chilia mea din spitalul de nebuni, aici sunt în ținutul bântuit al lui Voronca, iar aici lacrimile sunt mierea zeilor.

M-am trezit înaintea alarmei, transpirat, tremurând, și mi-a luat ceva timp până să-mi dau seama unde sunt. Am stat câteva minute întins, ca acasă, privind în tavanul necunoscut, încă luminat de neonul străzii, apoi m-am smuls cu greu și-am început să mă spăl la chiuveta lipită de canapea, m-am bărbierit pentru senzația falsă, dar bună de prospețime, am aruncat niște pantaloni de trening, două cărți și un pulover în geanta de umăr și în aproape o oră eram la cafea, în Otopeni, încercând să recuperez stranietatea visului stins cu nici două ore mai devreme, visul în care trec, în casa copilăriei, dinspre sufragerie, prin holul despărțitor, înspre baie, unde Ralu stă aplecată peste chiuvetă, așezată cu fundul pe marginea căzii, are părul căzut peste față și sunt sigur că plânge, pentru că asta-i poziția ei de plâns, ca în desenul de pe o amforă grecească, în care probabil Penelopa își smulge pletele cuprinsă de disperare. Mă îndrept spre ea, așa cum făceam atunci, și, când îmi privesc mâna, o văd mare, e mâna mea de acum, deși în vis eram convins că sunt copil, întind deci mâna spre ea și ea tresare, ridică fruntea și e o cu totul altă femeie, o femeie care a posedat pentru scurt timp trupul mamei mele și care îmi locuiește casa, visul, memoria. Aici, în aeroport, cu puțin timp înaintea îmbarcării, am certitudinea că femeia din vis nu e altcineva decât văduva care l-a împins pe Voronca la suicid, iar întrebarea care mă bântuie e dacă mâna aceea e a mea sau a poetului. Aterizăm în Cluj, iar eu sunt într-o stare de agitație bolnăvicioasă, trec vijelios printre cei care-și așteaptă bagajele cuminți, lângă banda care se învârte goală, neagră, ies la aer, îmi aprind o țigară și caut cu privirea un taxi liber. Toate sunt fie ocupate, fie trec goale pe lângă mine fără să-mi dea vreo atenție, așa că o iau înspre oraș, spre o stație de autobuz pe care mi-o amintesc vag, de acum doi ani, când am sosit aici cu Ioana, care nu suportă taxiurile, așa că a trebuit să mă supun și să alerg după tot soiul de autobuze și troleibuze. Chiar când o zăresc, fac și un ultim semn disperat spre un taxi liber, care oprește scrâșnind lângă mine, iar omulețul impasibil de la volan îmi face semn să mă urc, într-un mod care se dorește a fi și elegant și condescendent.

— La Hotel Sport! îi strig vesel.

Se uită la mine ca și cum i-aș fi spus că sunt un tânăr extraterestru și-l caut pe președintele țării, că am o vorbă cu el. Scot telefonul și caut mesajul lui Vlad, organizatorul, care-mi pusese acolo și adresa. Îi arăt ecranul și tipul dă din cap luminat:

— Apăi ziceți așa!

*

Ziua a decurs mai aventuros decât mă așteptam, pornind de la cazare chiar, când am descoperit că stau într-un fost hotel care ține de Direcția Județeană pentru Sport, o construcție gri, din anii '70, probabil renovată imediat după „Lambada“, prin '91-'92, și de atunci lăsată așa. În hol stă cu mâinile încrucișate la piept managerul „hotelului“, un gagiu cu părul alb, care bate-n 70, dar e drept și destul de *fancy*, adică, exceptând pantalonii de trening, poartă un pulover Tommy Hilfiger cu anchior și la gât un fular răsucit tinerește, deci ăsta mă ia direct cum intru:

— Dumneavoastră unde?

Cunosc genul, așa că răspund precaut:

— Să mă cazez?

Mă măsoară jignitor și, privind spre audiența formată din diverse morse și urși albi care sorb din păhărele de tărie chiar acolo, în lobby, ridică vocea:

— Cum să vă cazați, domnu', da' ce, aici e hotel? Aici este centrul de cazare al Direcției Județene pentru Sport, acum stă aici chiar echipa națională de judoka. Nu e hotel, înțelegeți?

Simt că trebuie luat cu binișorul, că e agresiv doar demonstrativ, le arată el ălora cine e coiosul orașului:

— Vă cer scuze pentru confuzie, eu vin din partea Primăriei, de la Cultură, sunt invitat...

— Deci, domnule, eu nu am nici o obligație (ridică vocea, accentuează OBLIGAȚIE), eu le fac celor de la Cultură un *serviciu*, înțelegeți, aici stau sportivi...

— Sportive, behăie unul din audiență, la care se stârnește un întreg cor antic și lubric de hăhăieli și fornăieli.

Ăsta, dandy-ul bătrân, face eforturi imense să-și păstreze seriozitatea. În hol miroase ca-n taberele din copilăria mea, a cașcaval pane și ceai diluat, și mă întreb cât are de gând să mă mai futa așa, cât îi mai ia ca să se simtă alfa. Mă duc înspre el, nu intimidant, doar confidențial, alunec cum ar veni, așa, ca Dracula, levitez, și-i spun cât să audă doar el:

— Eu v-am spus, sunt doar invitat, dacă dumneavoastră nu vreți să mă cazați nu e nici o problemă, mă duc la alt hotel și anunț la Primărie...

Se dă nervos un pas mai în spate și cotrobăie prin buzunare bombănind, până scoate un telefon tâmpit, adică pre-smart, ceva cu butoane, îmi pune palma în fața ochilor și butonează preocupat.

— Să mai stați matale pe aici până văd dacă pot elibera o cameră. Avem echipa națională de judoka fete, e plină clădirea.

La auzul cuvintelor „judoka fete", corul antic de morse se declanșează iarăși, oarecum condiționat. Îi fac semn din cap c-am înțeles, pentru că am înțeles, într-adevăr, și știu că și-a făcut numărul.

În vreo 20 de minute mă conduce pe scări, la al doilea etaj, unde trecem printre uscătoare de rufe aliniate, în penumbră, în fața fiecărei uși. Miroase a rufe jilave și a femeie proaspăt spălată. Cumva, dedesubt, a transpirație. Îmi deschide ușa din lemn și-mi pune în palmă o cheie grea. Ne salutăm cordial, *comme si de rien n'était*. Camera e așa cum mi-o imaginasem: mare, cu două paturi despărțite de o noptieră pe care e așezată o lampă cu abajur verde, textil. Cordonul e înfășurat în jurul tijei metalice, ca șarpele Kaa pe cracă, mut noptiera, mă las în genunchi, dar nu găsesc nici o priză. Baia e udă fleașcă, probabil judocana mutată de acolo abia ieșise din duș. Dinspre cabina dușului pornește un șuvoi de apă care parcurge un drum sinuos, spre centrul băii, unde se adună într-o baltă deasupra scurgerii înfundate. Mă întind pe patul dinspre ușă și încerc să adorm. Din camera de alături se aude, tare spre asurzitor, ceva muzică electronică. Probabil că adorm.

Seara mi-am făcut treaba pe cât de bine am putut, adică am citit o povestire despre un băiat homosexual din cartierul meu, de la Șura Mare, un băiat căruia i-am făcut toți ceilalți copilăria amară și care s-a transformat într-un monstru, plătind astfel pentru păcatele noastre, dar nouă nu ne-a trecut niciodată prin cap atunci, în anii '80-'90, că el de fapt ne spăla picioarele, ne usca tălpile prăfuite cu părul lui negru și creț („Crețu se arde-n cur!"), așa că am continuat să-i facem și tinerețea amară până când am plecat fiecare-n alte părți ale orașului, iar el a rămas acolo, alături de bunicii care-l crescuseră și care aveau ochii triști și adânciți în orbite. După ce am citit, a început cenaclul propriu-zis și a trebuit să ascult timp de două ore cum proza asta e tipică pentru o întreagă generație ratată de scriitori care nu au imaginație, pentru că nu se întâmplă nimic în literatura lor, nu știu să lucreze spectaculos intriga, sunt obsedați de temele lor mărunte, de ratările lor, de adulterele, de mizeriile unor vieți lipsite de eroism, o generație care nu abordează temele mari pentru că nu le trăiește. Și, ascultând așa, ceream unui chelner blond vodcă după vodcă și mă uitam la fețele lor tinere, la îndârjirea pe care le-o invidiam și era ceva foarte dubios, sexual în răutatea aia, o frică inexplicabilă, pe care mi-o aminteam vag, care avea în câțiva ani să fie înlocuită de o teroare cu totul diferită calitativ, strivitoare, amară și cenușie. De la un punct încolo seara s-a învelit într-o pâclă caldă, m-am destins și am devenit agresiv, am ajuns la un pas de bătaie cu un poet la fel de beat ca mine, care-mi imputa ceva, nu mai țin minte ce, știu însă că tot ce spunea se termina cu „Pula mea!“, însă era cel mai simpatic de acolo. Pe la 3 dimineața m-am târât afară din bar și m-am suit într-un taxi care m-a lăsat în fața clădirii unde dormea dusă echipa națională de judo feminin. Am urcat trăgându-mă de balustradă cele două etaje și înainte de a intra în cameră mi-am îngropat fața într-un chimono jilav, pus la uscat pe hol, am mirosit și am mugit în pânza albă, în locul dintre picioare, acolo unde a transpirat pizda unei tinere judoka, pe drumul ei spre gloria sportivă.

*

Aeroportul din Cluj-Napoca, în sala de la zboruri interne, unde am ajuns cu două ore mai devreme, pentru că după nopțile grele sunt paranoic și am palpitații, așa că am nevoie de o perioadă tampon înaintea oricărei acțiuni decisive. Cum ar fi zborul. Mă uit în jurnalul lui Voronca și nu reușesc să înțeleg nimic, poate doar o tristețe înecăcioasă, așa cum privesc mereu un film sau o piesă de teatru al căror final îl știu, dar eu sper că se va schimba ceva, că finalul nu va fi implacabila pedepsire a omului de către zei. De exemplu, când Voronca încearcă să se desprindă de nemângâiata văduvă în a cărci gheară e prins ca o muscă-n pânza unui păianjen, când vrea să se întoarcă la Colomba, pe care-o iubește, dar o iubește cu acea parte a sufletului pe care o asculți doar după o anumită vârstă, cea calmă, îmi vine să mă ridic în picioare, ca țiganul care mi-era coleg de grupă la grădiniță și care, în toiul unor desene animate proiectate de tovarășa pe perete, în care o oaie e gata să pice în ghearele lupului, a sărit în aer și, el, care ne înjura zilnic de toți morții și de la care încă am în cap niște cuvinte excelente, a strigat: „Nu te duce, oiță, nu te duce!“. Da, oiță, nu te duce la pizda dulce a văduvioarei!

Alături, se așază o femeie trecută de 50 de ani, pe care-o ține de mână un adolescent înalt. Băiatul se mișcă mecanic, pare să pună mare greutate în cea mai elementară deplasare, parcă ar fi un scafandru autonom. Ea ocupă scaunul de lângă mine, el se așază în stânga.

— Traian, vrei să scoatem cărțile sau un joc? Spune-mi, Traian!

— Cărțile sau un joc?

Băiatul accentuează cu mare grijă fiecare silabă, cu un accent puternic pe „r“-uri, vrea să fie sigur că ies foarte corect.

— Da, Traian, putem scoate cărțile sau un joc. Ce preferi, Traian?

Mama e profesorală, vorbește tare și clar, are o duritate căpătată prin suferință, ea nu e așa.

— Prefer să scoatem cărțile!

Privirea lui e proiectată undeva la cinci metri, pare că privește în gol, dar e atent.

— Cărțile le scoatem, Traian!

Mama deschide geanta de umăr, de unde iese o cutie roșie. Îi desface capacul și pot vedea cu coada ochiului că înăuntru sunt cartoline colorate, cu imagini și text. Încerc să mă concentrez la sinucigașul Voronca. Apoi îl aud:

— Pământ! Planeta Pământ (numită și Terra sau Planeta albastră) este a treia planetă după distanța față de Soare și a cincea ca mărime în sistemul solar.

— Da, Traian! A treia planetă de la Soare.

Abandonez total jurnalul și-mi sprijin capul în palme. În fața noastră, o femeie de vreo 40 de ani scrolează pe un telefon și se forțează să nu privească. Toată atenția ei, prost disimulată, face mai mult zgomot decât dacă și-ar lua capul în palme și ar țipa.

— Gecko! Specie de șopârlă din țările calde, având degete adezive. Ce înseamnă degete adezive?

Mama îi răspunde, e calmă, prezentă și, când o privesc, în timp ce-mi scot geaca, pare mai tânără decât am crezut prima oară. Are părul blond tapat, privirea tăioasă și-l privește pe băiat cu intensitate de carnasier. E genul de femeie pe care o întâlnești printre asistentele medicale care lucrează cu copii sau în orfelinate, ființe care au înțeles că singura cale de a nu ceda este să abordeze viața doar în aspectele ei practice.

— Înseamnă că au un soi de lipici, Traian, pe degete, un lipici. Le ajută să se prindă de crengile copacilor.

Băiatul privește atent imaginea șopârlei pe care nu pot decât să mi-o imaginez, dar nu am în fața ochilor decât speculantul de bursă pe care-l joacă Michael Douglas în filmul ăla din anii '90. Gordon Gekko.

— Tarantulă! Specie de păianjen mare, din țările meridionale, cu patru ochi mari și numeroși ochi mai mici, care își sapă galerii în pământ și a cărui înțepătură e veninoasă.

Tarantulă. Băiatul are o mustăcioară destul de deasă pentru vârsta lui, își ține mâinile sprijinite pe genunchii apropiați, în timp ce picioarele, mari, mai mari decât ale mele, încălțate în pantofi negri, butucănoși, formează un unghi ascuțit, cu vârfurile apropiate și călcâiele atingând fiecare un picior al scaunului. Îmi amintesc de gluma lui Matei din clasa I, prima lui poantă cu „prostii". Cum venea de la școală, se dezbrăca și, trecând pe lângă mine, șoptea parcă întâmplător „tarantulă", după care mai spunea ceva ce nu auzeam și atunci Ioana și Maria izbucneau în râs, pentru că ele știau tot, așa că picam de prost și mă enervam și-l alergam prin casă somându-l să-mi spună care-i poanta. Într-o zi l-am prins și l-am gâdilat pe burta de godac grăsun până când mi-a șoptit printre sughițuri de râs: „Tarantulă! Pe la coaie, pe la pulă! Tarantulă!“. Și alea au fost probabil cele mai fericite zile din viața mea. Tarantulă.

— Vaaai, dar ce urât miroase! mă trezește vocea lui puternică, bărbătească aproape. Ce miros scârbos! adaugă accentuând puternic cele două *r*-uri.

Într-adevăr, pute a căcat și dintr-odată o văd pe mamă sărind în picioare, aburcându-și toate gențile în spinare și trăgându-l violent după ea:

— Traian, vii acum cu mine la baie fără nici un cuvânt!

Mă uit după ei cum aleargă spre toaletele din spatele barului și mă întreb unde o să intre, la bărbați, unde ea se va strecura fără să privească nici în stânga, nici în dreapta, până va găsi o cabină liberă, sau la femei, dar parcă nu mai contează, pentru că vreau să mă ridic și să o iau după ei, să îngenunchez în fața lor, să-i dau băiatului pantalonii jos și să-l șterg, să-l spăl, să-i dezmierd pubisul deja acoperit de păr, ca o tarantulă mamă care-și trimite puiul în lume, să-i ling pielea murdară și apoi să-l iau în brațe, să-l duc așa, cu ea venind în spate, recunoscătoare, să fim toți trei personajele de pe un afiș al unui vechi film de acțiune, înaintând cu pas sigur spre un apus roșiatic, spre un nou început de lume.

*

În pod era beznă, pentru că becul comun se arsese, iar unica sursă de lumină rămăsese un tăiș de cer dezvăluit de chepengul ce dădea pe acoperiș. Am intrat în cămăruță, mi-am deschis berea și mi-am aprins o țigară, apoi am vrut să sun la Ioana, dar m-am răzgândit în ultima clipă. Apoi am stins lumina și m-am întins în întuneric. Pe peretele din față se proiecta lumina felinarului din piațetă, așa cum în copilărie camera mea era luminată noaptea de un felinar aflat în Cimitirul Sefard, care stătea aprins până se crăpa de ziuă. Când lumina gălbuie nu-mi mai atingea pleoapele, știam că e dimineață devreme, poate 5, poate 6, și că în curând trebuie să mă trezesc, să pipăi cu picioarele podeaua rece, să merg cu pătura în cârcă, dacă era iarnă, să cobor scările în melc până la parter, unde o găseam pe Ralu cu veșnicul ei ceai de sunătoare („De sculătoare, Michișor!"), care începea să pună pe masă darurile nopții, aduse de găinușa Cotcodac și de văcuța Mu. Dacă era sâmbătă, lucrurile mergeau mai încet, avea lentoarea relaxării, chiar dacă mergeam la serviciu și la școală, știam că e zi scurtă, iar duminica mă aștepta mereu o surpriză de-ale ei, pentru că săream peste micul dejun (care atunci se numea masa de dimineață) și aveam parte, în funcție de câștigurile și șansa săptămânii trecute, fie de pastramă de oaie, pe care Ralu o tăia în bucățele foarte, foarte mici, numai bune de ascuns în mămăligă, fie de un pui întreg la cuptor, cu mujdei, bine uns cu bulion și cu ceapă în burtă, sau, dacă nu reușise mai nimic cu vreo biserică, chiar și semințele prăjite în tavă, la cuptor, ori numai sâmburii de caise reușeau să-și facă treaba. Întreaga tandrețe a lui Ralu se refugiase în stomac, altfel răceala ei fiind absolută: chiar și alintul din prima copilărie (Michișor, Chiț-Chiț) avea ceva demonstrativ, era pronunțat cu o emfază care mă făcea să mă-ntorc brusc, poate-poate o să surprind vreo cameră de filmat care ne înregistrează pentru emisiunea „O zi în casa pictoriței Raluca Cristoforu".

Am închis ochii și am început să urc scara, condus doar de sentimentul că la un moment dat se va arăta ușa potrivită. Când am găsit-o, am dus mâna la buzunarul pantalonilor, de unde am scos un snop de chei, și am ales-o pe cea bună, am băgat-o în yală așa cum făcea Ovidius, împingând-o cu degetul mare, și am intrat. De data asta era o sală de cinematograf pe care o știam foarte bine, era Cinema Progresul, unde văzusem în primii ani de după Revoluție *Idilă pentru o piatră prețioasă*, cu Michael Douglas și Kathleen Turner, căreia i se rupe fusta în nenumărate rânduri prin junglă și care îl tolerează pe aventurierul cu pălărie pentru că e un tip haios, în fond, dar care știam atunci că visează la un băiat serios și palid ca mine. Acum pășesc pe un covor din coji de semințe și mă așez ca de obicei pe ultimul rând, de unde văd capetele scufundate în întuneric, și mă prind cu mâinile de spătarul scaunului din față, ca un pilot de avion care ține bine manșa pentru a salva ce se mai poate dintr-un naufragiu.

AP. 3

Corvus

La început nu mi s-a părut suspect că ieșea la țigară întotdeauna în același timp cu mine, că treceam aproape simultan prin ușile rotative, din lemn greu, înalte și totodată scunde în rama gigantică a universității vechi, ieșeam așadar din lumina difuză a sălii de lectură și ne postam amândoi, fiecare sprijinit de câte un perete opus al micii case a scării ce cobora în melc, fiecare alături de câte o scrumieră mare și plină ochi cu mucuri de țigări, care mai de care mai rujate, fie că erau rămășițe de More mentolat, țigări lungi și subțiri, maro, al căror gust proaspăt, de ciungă încă-l simțeam în gură, fie chiștoace de Carpați sau Mărășești ori filtre virile, de Marlboro roșu. Se adunau până seara în mormane înalte, țuguiate, gata să se răstoarne peste marginea scrumierelor cu picior, pahare uriașe de șampanie. Casa scării era mai mereu cufundată-n penumbră, pentru că aici nu ajungeau decât lumina îndepărtată a holului punctat de săli de curs și cea gâtuită, filtrată prin ușă, a sălii de lectură.

Ce am observat totuși, dar și asta destul de târziu, pentru că nu eram foarte interesat de silueta ei ascunsă sub pulovere tricotate, din lână, care-i coborau mult sub fund, sub blugi evazați care se scurgeau în clopot deasupra unor bocanci de munte și, câteodată, o vestă impermeabilă care-o transforma în ceva diform, jumătate cărăbuș, jumătate folcloristă, ce am remarcat foarte târziu a fost nu faptul că transmitea mesaje scurte printr-un telefon negru, cât o cărămidă, cu antenă, pe care-l ținea cu două mâini, ci mai curând vocea ei. Da, vocea avea ceva intrinsec enervant, ușor răgușită, dar cu inflexiuni teatrale, deși tonul era mai mereu discret, avea unduiri persuasive premeditate, părea gata să convingă pe cineva de adevărul celor spuse în secunda pe care o folosea pentru a comunica. Aveam să-i analizez luni la rând vocea și s-o găsesc de atâtea ori scârboasă, mieroasă și falsă, dar irezistibilă când îmi spunea „tu“ în timpul jocului nostru de prin paturile de la Breaza sau la sfârșit, în Casa Universitarilor din Sinaia.

Am încercat de atunci să-mi amintesc momentul exact în care indiferența mea autoimpusă și devenită naturală a început să se topească acolo, pe sub becurile înnegrite de fum, sau pe cel în care, după ce intram în sala de lectură, începeam s-o caut cu privirea și să fiu oarecum liniștit după ce o vedeam așezată la masă, cu vreo carte mare, cartonată, al cărei cotor învelit în pânză bleu purta un titlu pe care încercam zadarnic să-l descifrez. O singură dată am reușit să citesc prenumele autorului și am simțit așa o fericire inexplicabilă pe moment, încât mi-am făcut repede bagajul și am ieșit valvârtej din sală, am alergat pe scări și am ieșit în stradă, în soarele care a fost acoperit iute de nori, după care mi-am dat seama că sunt idiot și am fugit din nou pe scări, de data asta în sus, am trecut vijelios prin ușile rotative, pe sub privirile nedumerite ale bibliotecarei micuțe, cea care mereu purta și ea pulovere din lână și croșeta la biroul ei înălțat pe un podium scârțâitor, deci am trecut pe sub ochii ei măriți de uimire, am aruncat geanta pe scaun și am început să caut frenetic prin cabinetul de fișe vreun autor pe care să-l cheme TANCRED. Abia după ce nu mi-au mai tremurat degetele pe fișele din carton cu margini mătăsoase, unele mai albe, altele învelite într-o pojghiță ca de cafea și fine ca blana unui pisoi, mi-am dat seama că n-am cum să găsesc un autor așa, după prenume, și că unica mea șansă era să apelez la unicul calculator al sălii, așezat în centru, pe care-l evitam întotdeauna pentru că mi-era frică să nu mă fac de râs. Atunci am avut un sentiment de jenă și mi-am luat din nou catrafusele, am trecut iarăși pe sub ochii gnomului bibliotecar și am ieșit din sală.

Revelația a venit miraculos, chiar a doua zi, la un curs de antropologie, unde în general dormeam, pentru că începea la ora 8, iar profesorul era întruchiparea blazării, arunca vorbele prin colțul gurii, într-o scârbă înduioșătoare față de subiectul predării și față de tinerele vlăstare din băncile de lemn care urcau în amfiteatru până spre tavan, acolo unde mă ascundeam eu, printre hainele aranjate în cuier de câteva studente pedante. Așadar, citeam în spate, acolo, sus, din *Falsul Dimitrie*, poemele lui Dumitru Crudu, despre care aflasem că-s cu gândaci și păianjeni care și-o trag pe la colțurile casei și pe care-l furasem de la târgul de carte Bookarest, vara trecută, când am auzit mormăitul omului de știință, al eminentului profesor:

— Da, deci pe astea n-are rost să le notați, că le găsiți la Tancred Bănățeanu...

Eram deja conștient de nodurile de semnificație, de micile miracole prea evidente pentru a le mai trece cu vederea, așa că am rămas paralizat, cu mâinile și picioarele furnicându-mă acolo, în cuibul meu de barză, așa cum rămâneam mai mereu la un déjà-vu surprins în miezul desfășurării, a cărui evoluție o urmăream ca într-o rugăciune, cu plămânii topindu-se pe sub haine și scurgându-se într-un dans lichid. Abia când am ieșit din sală, urmat de eternele tocilare cu întrebările lor necesare, femei sau viitoare femei tâmpite, cu priviri rele radiind pe sub sprâncene groase, nepensate, urâte și prost îmbrăcate, am putut să notez pe albitura cărții lui Crudu: TANCRED BĂNĂȚEANU.

*

Seara, după cursuri, am luat-o la galop pe Magheru, am trecut pe lângă Scala, am băgat nasul pe la Sala Dalles să mai bălesc puțin pe lângă cărți pe care nu mi le permiteam și pe la 7 eram deja prezent la Turist, unde încă nu murise poetul Ioan Flora și se dădea cea mai ieftină bere din centru și unde am mai pierdut câteva ore până a trecut de 9 și puteam fi sigur că nu mai e nici un pericol pe la Academie, așa că m-am repezit pe Dacia, pe lângă Muzeul Literaturii, de unde se auzeau urletele scriitorilor beți, apoi am traversat, iarăși la dreapta, și i-am dat bip lui Adrian să vină să mă ia. Cât am stat la Turist, plouase și-n fața porții din fier masiv frunzele alea maronii se amestecaseră într-o clisă care aducea cu un soi de mâncare, ceea ce mi-a adus aminte că-s rupt de foame, așa că mi-am aprins o țigară, ca să mai uit. Nici din astea nu mai aveam multe, vreo cinci, așa că-mi puneam toate speranțele-n dom Profesor și-n fondurile lui miraculoase. Am așteptat vreo zece minute până s-au ivit silueta înaltă, apoi barba castanie și privirea rea ale lui Adrian, depozitar la Biblioteca Academiei, un moroșan uriaș și tăcut, la vreo 40 de ani, care mi-a deschis în liniște poarta și a luat-o înaintea mea spre clădirea principală, unde-mi petreceam de vreo două luni nopțile.

Dădusem noroc fără să spunem nimic, poate am ghicit un zâmbet prin barba aia a lui, apoi m-am ținut după el pe poteca pietruită până am intrat în holul clădirii, atent să nu sară din boscheți vreun câine din haitele care-și făceau veacul pe acolo, și apoi m-am suit în liftul care ducea spre depozitele de carte veche și publicistică. Erau niște lifturi noi, cum mai văzusem doar prin hoteluri când mergeam cu Genu la mare, niște organe de tânăr transplantate în corpul vechi și muribund al vechii clădiri. De la partea cu liftul mă pierdeam mai mereu prin holurile iluminate doar din loc în loc, din spirit de economie, așa că mă țineam după Adiță sau Mirela, depozitara de vreo 35, care împărțea cu el nopțile de aici, o tipă foarte băiețoasă, pitică și haioasă, cu un defect la piciorul drept, care însă mă intimida fără motiv.

În noaptea asta aveam în plan să fac cât de mult pot din presa morții lui Eminescu, partea cea mai nasoală, însă deja aveam experiență și la căutare, și la mânuirea cataloagelor mari, a xeroxului și a arhivării. Problema e că apucasem să beau alea două halbe și nu-mi stătea capul la Eminescu, aș mai fi machit ceva și din când în când mă duceam cu gândul la Tancred Bănățeanu și la puloverele lui croșetate și lălâi.

— Ce face ștudintelee? s-a auzit behăitul Mirelei de printre corpurile gigantice de bibliotecă.

Așa vorbea ea, era colocvial livrescă și mă făcea să mă simt prost, îmi venea să-i spun mereu să nu se mai prefacă.

— Ștudintele a venit la muncă, i-am răspuns la fel de ipocrit și m-am dus la măsuța lor de lucru, unde lucea Sfântul Graal al unui pet de doi litri plin cu vin roșu.

Ăștia toți din bibliotecă, în frunte cu nenea Ionel de la zețărie, primeau bonuri de masă pentru lapte, care cică ar fi prevenit diverse boli cauzate de praful milioanelor de cărți pe care le manevrau, dar ei se duceau în Piața Amzei și luau vin vărsat și covrigi. Erau tot timpul beți, cârtițe vicioase, dar de asta mi-am dat seama abia după vreo lună de trai acolo. Nu te prindeai, fiecare se manifesta altfel: nenea Ionel era expansiv, Mirela behăia, Adiță mormăia în barbă, toți ascunși în pădurea aia de cataloage enorme și manuscrise vechi de secole unde ajungeam și eu pe înserat și unde-mi petreceam nopțile lucrând după planul lui dom Profesor, adică după zece foi pline de cote la care se adăugau săptămânal altele și altele. Ajunsesem în punctul în care după câteva pahare zbieram cote, ani, capitole și cei mai buni prieteni ai mei erau acești depozitari care mi-ar fi putut fi tați, mame și bunici. Eram în ultimul an de facultate și aproape pricepusem în ce m-am băgat, începeau să se întrezărească un viitor de profesor de liceu, un cancer pe la 50-60, eventual o ciroză și-mi plăceau vedeniile astea cu mine singur într-o garsonieră din Titan sau Pantelimon, murind cu o carte în mână, scrâșnind printre dinți un ultim „Crénom", pentru că citisem un roman despre Baudelaire și-mi prelungeam blazarea și boema din liceu, mă țineam cu dinții de ele. Altceva nu aveam. Mă priveam în vitrine și mă lua scârba când vedeam insecta negricioasă, cu haine de doi lei, adidașii sparți în vârf, care căra în spate o geantă chinezească din vinilin. Nu mai avusesem o relație de vreun an, după despărțirea de fata pe care o iubisem în liceu, așa că duceam viața sexuală a unui anahoret și mă masturbam cum prindeam ocazia, mâncam o dată la două zile și trăiam senzația că aș fi fost un simplu spectator la ce mi se întâmpla.

Ne-am adunat toți trei în jurul măsuței luminate de o lampă cu abajur verde, pe care stătea închis un monitor de 13, și Adrian ne-a turnat la fiecare câte-un pahar. Am simțit cum mă destind după prima înghițitură și am început să-i privesc pe amândoi, unul înalt și bărbos, cealaltă pitică și creață, cu o simpatie ce anunța să se transforme rapid în dragoste.

— Și ia zi, meștere, ți-a dat dom Profesor tema pentru acasă?

Era gluma ei preferată, despre foile cu cote și date bibliografice pe care profu' mi le dădea o dată pe săptămână, la Turist, tema mea de scotocit în depozite.

— Încă n-am terminat lista veche, i-am răspuns și m-am ascuns în spatele paharului.

Mi-era greu să vorbesc cu ea. Mă intimidau oamenii ăștia, rârâiți și care vorbesc tare, așteptând să le răspunzi la fel.

— Ia dă să văd.

Adiță a întins laba cu buricele degetelor învelite-n praf. Pe inelar avea o verighetă groasă, care a lucit fugar în lumina verde a lămpii. M-am scotocit prin geanta de vinilin vișiniu și i-am întins snopul de hârtii A4 cu colțuri îndoite și înnegrite, capsate laolaltă în colțul din stânga sus. Ce reușisem să xeroxez era bifat cu pixul, dar rămâneau foarte multe intrări libere, cam la vreo trei-patru nopți de muncă. A început să mormăie-n barbă, mai mult pentru sine, deși știam că de fapt vorbește cu Mirela: astea-s la periodice, astea la carte veche, ai una la fondul de speciale... Treceam prin asta în fiecare seară și în general îl lăsam să vorbească singur, să-mi spună că aia-i imposibil de scos, că aia nu-i de găsit, că nu știu ce, după care se apuca și-mi făcea harta depozitelor și eu plecam așa, printre rafturile care aproape că atingeau tavanul, cu lanterna în mână, trecând cu privirea peste cotele aurii, apoi căutând în teancul de hârtii din mână. În noaptea asta mă hotărâsem să termin cu presa de la moartea marelui poet, adică vreo patru pagini de cote, să-mi adun teancul de cataloage prăfuite în care zăceau zeci de ziare vechi de un secol și ceva, hârtii rănite, galbene, cu zone înecate-n scoci lichefiat, acolo unde un idiot încercase să lipească așa ziarul rupt, să fac un turn pe cărucior și să-l cobor cu liftul până la subsol, în zețărie, la nenea Ionel în fief, ca de dimineață să mă apuc de xeroxat. Dar mai întâi aveam de băut. Și de fumat: Adi fuma țigări fără filtru și nu se zgârcea cu ele, așa că de multe ori mă prindea 2-3 noaptea fumând și bând vin cu ei, ceea ce era oricum mai bine decât să merg acasă. Dar în noaptea asta nici unul dintre ei nu părea să fie-n formă, așa că mi-am golit paharul și-am zis inutil:

— E, păi, să mă apuc și eu de treabă...

— Apucă-te, ficior, mi-a cârâit piticul creț care butona ceva, bănuiesc că juca „Snake“, pentru că altceva n-avea ce să facă.

Nu avea alți prieteni, nu avea părinți, părea născută și crescută în depozitul de manuscrise rare.

Am apucat cărutul de mânerul metalic și am început să mă îndepărtez de ei, în întunericul sălii, amânând momentul în care trebuia aprinsă lanterna, doar pentru că, așa cum stăteau acolo, în lumina verde ce venea dintr-o parte, proiectați pe fondul alb al peretelui, semănau cu personajele unui tablou pe care-l studiasem la comparată și pe care-mi plăcea să-l privesc minute-n șir în album, un portret făcut de Velázquez lui Filip al IV-lea, care stă în picioare alături de piticul lui preferat, El Primo. Ei doi și umbrele lor alcătuiau o scenă de grup care o dubla pe cea a lui Velázquez, pentru că un fișet metalic își arunca silueta neagră pe perete, asupra lor, iar sticla din plastic, pe jumătate goală, părea să fi prins, dacă nu viață, o respirație discretă. Uitându-mă la ei de la distanță, așa cum se suprapuneau picturii, în clarobscurul sălii, am bănuit că trăiesc o clipă de frumusețe, una tristă și fragilă. Cum mergeam așa, cu spatele, împingând cărutul, am deviat și m-am izbit de un corp de bibliotecă, scoțând un zgomot înfundat, la care întreaga scenă s-a tulburat și am auzit din depărtare mugetul lui Adrian, amenințător:

— Muoăăăăăăă!

— Scuzeeeee!

Caut catalogul mare, la raft, găsesc cota, îl extrag, urmăresc agitația firelor de praf în fasciculul lanternei când deschid copertele tari, apoi îl așez pe cărucior și încerc să găsesc numărul notat, iar acolo articolul cu pricina. De multe ori indicația e greșită, așa că-mi continui cercetarea circular, în numerele anterioare sau imediat următoare. Când găsesc articolul, pun catalogul închis în cărut și merg spre următoarea cotă. Dinspre Adi și Mirela sosesc câteodată șoapte înfundate, dar știu că ele nu sunt decât vorbe normale, care trec prin aerul prăfuit ca prin pernă. Aici, în depozit, nu e ecou.

Pe la 1-2 mă întorc cu prada pe cărut și nu mai găsesc pe nimeni. Până la 8, când vine gașca de la zețărie, am timp să mă odihnesc. Îmi mai torn un pahar cu vin, pe care-l beau de sete, dintr-o înghițitură, așez două scaune unul lângă altul și mă întind pe ele, după ce sting lampa. Printre corpurile de bibliotecă uriașe se strecoară, difuz, lumina unui felinar de pe Bulevardul Dacia. Mi se pare că originea lui e foarte îndepărtată, ca a unei stele înghețate, și că e o lumină mincinoasă, așa cum mincinos îmi pare totul acum, istoria, Eminescu, boala, literatura, mai puțin mâna grasă a lui Adrian și râsul ascuțit al Mirelei.

Mă străbate o neliniște care mi-e familiară, tremurul interior care mă ținea treaz în copilărie când bătea vântul prin cimitirul de peste gard și peste patul meu de la etaj se prăvăleau șuiere și vaiere, iar pe acoperișul de deasupra se auzeau pașii metalici ai păsărilor trezite de furtună. Mă ridic din culcușul improvizat și pornesc prin întuneric, cu lanterna în mână, spre rafturile din capătul opus al sălii, la secțiunea „Speciale“, unde cărțile vechi sunt îmbrăcate în carton maroniu, cu cotoarele învelite în pânză pe care o știu că e doar gri, albastră sau de un verde spălăcit. Plimb fasciculul de lumină peste cotele care au acum, în cercul alburiu cu granițe subțiri, aspectul unor hieroglife vii și încep să le aplec, una câte una, fără să știu ce caut. Trag fiecare carte de partea superioară, cu un deget, apoi o las să recadă în locul ei întunecat, între alte două cărți. E ca și cum aș cânta la pian, doar că, în loc să apăs clapele, le scot, iar căderea lor produce nu muzică, ci doar o tresărire, o vibrație a aerului în întuneric. Aștept hazardul să-și facă treaba, e un joc al intuiției și al norocului, fiecare carte are atât șansa de a cădea în față, în mâinile mele, cât și cea de a se întoarce în culcușul ei, atrasă de trupurile calde ale celorlalte cărți. Întotdeauna însă una dintre ele va reacționa împotriva curentului, se va smulge din ghearele obișnuinței. Continui jocul chiar și după ce se stinge lanterna, când ochii mi se obișnuiesc cu întunericul și negrul devine un gri intens, ca și cum mi-aș afunda chipul într-o blană de oaie. Într-un târziu are loc inevitabilul și rămân în mână cu o carte mică, puțin mai lungă decât palma mea deschisă. Pornesc cu ea spre marginea sălii, unde bate lumina felinarelor de pe Bulevardul Dacia. Mă așez sprijinit de un calorifer rece și deschid cartea. E scrisă în germană, cu caractere gotice și nu înțeleg decât că ar fi vorba despre cronica Cruciadei lui Frederic Barbarossa, scrisă de călugărul Tageno din Passau.

*

Mă trezesc înțepenit de frig. Radiatorul se stinsese în timpul nopții, așa că am mâinile și picioarele sloi. Printre corpurile de bibliotecă se strecoară lumina dimineții, dar totul pare foarte îndepărtat, chiar propriile mâini, drept care rămân puțin în picioare lângă biroul depozitarilor încercând să-mi pun ordine în minte și-n toate imaginile care se bulucesc peste mine, de-a valma, pulovere de lână, TANCRED, cote de bibliotecă, Tageno, camera mea de acasă, Ralu, care probabil m-a așteptat și pe care n-am sunat-o, până când privirea mi se limpezește și pot să pricep că e dimineață și că ar trebui să cobor în subsol, la tipografie, unde nenea Nelu și gașca lui de zețari și-au început munca. Ies ușor din sală pe holul văruit acum vreo două decenii și cobor pe scara de serviciu, cu bec la fiecare două etaje, mă furișez când trec pe la parter și repet figura spre subsolul unde stau aruncate corpuri vechi de mobilă, adunate unele peste altele, care lasă loc de trecere doar pentru pitici sau oameni foarte slabi. Bat la ușa din tablă, care se deschide scârțâind, și zic un „Bună dimineața" timid, la care nenea Nelu îmi răspunde posac, mârâind, de deasupra unui șervet pe care văd un ou fiert tare, din care a mușcat, și o roșie feliată. Tanti Mioara îmi zice și ea „Bună dimineața", așa că mă îndrept grăbit spre camera din fund, unde am aparatul imens de xerox pe care l-am strecurat în instituție acum vreo două luni, cu dom Profesor. Îl pornesc și stau așa lângă el, cu ochii închiși, ascultându-l cum huruie și încercând să potolesc cumva furnicăturile din palme, să opresc dârdâitul de sub pulover.

La un moment dat intră și Cornel, cu o freză de muzician nebun, părul creț pe care-l poartă vâlvoi și care începe cam de la jumătatea capului, unde ia locul unei chelii lucioase. E tot timpul congestionat, pare ieșit din duș și vesel ca o nurcă:

— Bună dimineaaaațaaa! S-a sculat musteața?

Cornel e un moldovean înalt și ciolănos, adjunctul lui nenea Nelu și păstorul turmei de zețare compuse din tanti Mioara și oițele ei aflate aproape de vârsta pensionării. Sunt în total opt oameni care au ca obiect de activitate tipărirea fișelor de carte pentru noile intrări în bibliotecă și înlocuirea celor degradate, adică, practic, nu au nimic de făcut. Sunt oameni care între 8 dimineața și 4 după-amiaza nu văd lumina soarelui și-și petrec viața în subsol ascultând programele radio, mâncând împreună într-o atmosferă câmpenească postapocaliptică și punând la cale noi poante pe seama celorlalți din grup. Gluma preferată este manipularea unui dildo uriaș, pe care l-a procurat Cornel de nu se știe unde și pe care nenea Nelu-l folosește ca s-o plesnească pe tanti Mioara peste fund când i-e lumea mai dragă.

— Hop, tanti Mioara, ia uite ce ți-a adus Moș Gerilă, face corifeul și-i strecoară pe sub poalele halatului penisul din cauciuc roz, cu nervuri care s-au înnegrit de la plumb, iar tanti Mioara sare ca arsă și începe să țipe la el spectaculos, indignată și amuzată.

În fiecare zi se repetă gluma asta. Altă distracție e să-l ascultăm pe Andrei Gheorghe la radio și să comentăm prostia lumii. Apoi se mai prefac că muncesc, oftând din greu sau scoțând câte un fragment de pean ce începe cu vorbele „Eheee, viață...".

Pe la prânz se face chetă, se adună bonurile și Cornel e trimis în Piața Amzei, la negocieri. Cornel știe să transforme laptele-n vin, așa că se întoarce mai mereu cu vreo patru litri de căpșunică pe care-i bem în jurul mesei pe care am întins ziare de tot felul, printre care nenea Nelu amestecă și vreunul porno, uzat, șters, din care însă tot mai răsare câte un penis erect, spre indignarea mioarelor. Pe ziare punem brânză și salam, tăiem roșii, iar în centru, veritabilă menorah, tronează Zeul Dildo, care ne veghează amabil. Când Cornel îi face bucuria să vină cu muscat otonel, ochii lui nenea Nelu încep să licărească a fericire, se umezesc și începe să semene cu un șoarece emigrant, care a primit o slujbă de bucătar în Manhattan.

— Ai găsit Motănel, Corneluș, pupa-te-ar tata! Ia vino-ncoace, moldovene!

Îl ia cu mâinile de ceafă și-l apleacă destul cât să-l poată țuca zgomotos pe ambii obraji, în chiotele ansamblului de zețărie. Când mâncăm, ascultăm muzică populară, de petrecere și atmosfera e în general una de nuntă campestră.

Treaba mea diurnă e să ordonez cotele identificate în noaptea precedentă și să le așez într-o listă reală, verificată, apoi să le trimit cu liftul de cărți înapoi în depozit, de unde-mi sosesc, la fel de tăcut și de impersonal, cataloagele mari în care sunt arhivate ziarele și revistele vechi de o sută și ceva de ani. După ce regăsesc în ziar articolele căutate, le trag la xeroxul nostru gigantic, în patru exemplare fiecare, și le arhivez, la rândul meu, pentru dom Profesor. Dom Profesor vine o dată pe săptămână, vinerea, când scapă mai devreme de la Minister, și verifică progresele pe care le-am făcut, apoi scoate din geanta diplomat noi liste. Înainte de plecare, mereu cu același gest, bagă mâna în buzunarul interior al balonzaidului, de unde scoate un plic alb în care se află o hârtie de 500.000, și-mi spune:

— Uite, pentru tine, Mihaiule. O să fie și mai bine, dar mai înainte o să fie și mai rău.

Așa vorbește el, mai mult șoptind, conspirativ și umed, cu ochii zvâcnindu-i în misterioase direcții, ca un spion sau un paranoic.

În general, stau până pe la prânz, ca să mănânc cu gașca de pitici din subsol și să beau un pahar, două cu ei, după care fug spre facultate să mai prind vreun seminar sau să-mi iau cursurile de la vreo colegă. Azi însă pare că nimic nu merge cum trebuie. Din al treilea catalog încep să curgă bucăți de hârtie putrezită și mi-e frică să nu distrug ce s-a mai păstrat, așa că strig după ajutor. Tanti Mioara se ivește-n prag, pune mâna la gură, ca o femeie bătrână, de la țară, dă din cap și-l cheamă pe Guru:

— Nelule, ia vină-ncoa, cî-i curgi lu' ăsta micu ziarili din mapî!

Nenea Nelu apare și el, în halatul lui albastru decolorat, de protecția muncii, cu nelipsitul creion chimic după ureche și un pahar alb de plastic plin cu vin într-o mână:

— Auăleuuu, stai așă, nu-l deschide. Corneleeeee!!!

Apare și Cornel, de fapt își ițește capul peste ceilalți doi, o adevărată girafă roșie, de tipografie:

— Stai așa și nu mișca! Stai așa că nu-i așa!

Rămân paralizat cu catalogul întredeschis în mâini, așteptând să mă salveze careva și rugându-mă în gând să nu fi făcut vreo prostie. Nu pot să nu mă gândesc decât că m-am căcat pe receptarea poetului național, s-a dus pe apa sâmbetei toată cercetarea oamenilor de știință pasionați de articolele luminate ale atâtor genii mai mici care au reacționat cumva la moartea Luceafărului. Dar nu, nenea Nelu pune paharul pe un dulap, lunecă expert spre mine, îmi ia catalogul din mâini și-l așază pe masă, după ce bagă un deget mic și negru în locul unde era articolul respectiv.

— E de la muiștii ăia care le-a lipit cu scoci, măi, nea Mihaie. Ziarul de arhivat nu se lipește cu scoci, că ăla se topește-n timp și se fărâmițează hârtia, auzi tu?

Strecoară cumva toată mâna (bine, nu e mare, intră toată până la umăr) în catalog, îmi imaginez cum răsfiră degetele înăuntru și-l deschide cu o finețe pe care nu i-o bănuiam.

Într-adevăr, acolo unde pagina de ziar se rupsese, o crevasă care străbate aproape întreaga filă îngălbenită e acoperită de o dungă și mai galbenă, groasă de un deget și străbătută la rândul ei de nervuri complicate, neregulate, asianice, din care lipsesc fragmente.

— P-ăsta nu-l xeroxezi matale, că, dacă-l întorc cu curu-n jos, sî duci pi pulî tăt, cum ar zice Cornelus!

— Nu-l xeroxez, nea Nelule, îi răspund obidit, îl copiez, ce pula mea să fac?

— Păi, copiază-l, puiuț, dacă nu ți-a plăcut cartea...!

E altă glumă preferată de-a lui. Că adică eu sunt student, dar tot cu ei acolo, la subsol, muncesc și tot salam pe ziar mănânc și tot la căpșunica lor râvnesc.

Până la ora 1 stau și copiez pe caiet tot ce-mi trebuie din catalogul ăla făcut praf, apoi xeroxez ce-am scris, arhivez, ciocnesc cu băieții, stau cât să se aplece tanti Mioara după nu știu ce, ca nea Nelu să-i strecoare Dildăul pe sub halat, apoi zic frumos sărumâna și-o șterg spre facultate.

*

Am reușit să adorm la cursul de ILR, sprijinit, cu capul dat pe spate, de hainele agățate-n cuier, apoi m-am târât spre celălalt curs, de literatură română veche, unde ne predă un prof tânăr, la fel de plictisit ca noi, care se mai entuziasmează câteodată la pasajele cu tentă vag sexuală din cronicari și care folosește din plin pauza pentru a se da la colegele mele într-un mod foarte ceremonios („Domnișoară, doriți o gură din brioșa mea?", întinzând spre victimă bucata mușcată), apoi mă îndrept spre bibliotecă, scanez locul și văd că ea nu e, așa că-mi adun teancul de cărți, majoritatea Perpessicius cu postumele eminesciene și un Barthes ca să mai condimentez plictiseala, și mă pun pe făcut fișe. Când ies, aproape somnambul, pe hol, la țigară, o găsesc acolo, de parcă nu s-ar fi mișcat de ieri, și mi se pare că are o reacție nestăpânită când mă vede, surpriză sau poate bucurie, nu-mi dau seama. E cu eterna cărămidă în mână, în care șoptește ceva, după care închide și așteaptă să-i sune, o duce la ureche, zâmbește, închide și tot așa. Mă scotocesc după țigări și-mi dau seama că nu mai am, așa că nu prea mai pot sta acolo fără să par suspect. Continui insistent să scormonesc prin buzunare inexistente, până când îmi spune cu vocea inutil insinuantă:

— Vrei o țigară?

— Mulțumesc frumos, am uitat să-mi iau...

Îmi întinde un pachet de LM din care scot foarte greu o țigară, pentru că am degetele și unghiile înnegrite din depozite și zețărie și mi-e o rușine apocaliptică, dar ea izbucnește în râs și râsul ăsta nu are nimic enervant, pare sincer amuzată de tine, de mine, ești haios, cam ca un personaj de film, fermecător, dar zăpăcit, Marele Blond, să zicem, numai că eu sunt brunet și deloc Mare, mai curând Mic. Dă un bobârnac în fundul pachetului, de unde sar două țigări, și-mi extrage una dintre ele pe care mi-o întinde și face apoi o reverență:

— Domnul este servit!

— Sărumâna, zic. Îi dai acuma Domnului și-un foc?

Produce cumva o cutie de chibrituri de sub un poncho larg care o acoperă din cap până-n picioare și, în timp ce scapără bățul, începe neverosimil să turuie, cârâind, că ce frig e-n sală, dar noroc că e greva asta care începe de la 2 și măcar nu facem cursuri, lucru pe care eu nu-l știam, dar tot așa nu știam că e mare paranghelie la MȚR, unde Irina Nicolau face un eveniment din ăsta de-al lor, folcloric, adică de antropologie cum ar veni, și că o să fie vin fiert și plăcinte și dacă nu vreau să merg mai întâi cu ea la manifestația din Piața Universității, unde Liga Studenților a zis că o să ocupăm carosabilul, ca-n '91, și nu plecăm de acolo până nu ne obținem drepturile, după care să mergem la MȚR la șmecheria aia cu plăcinte.

Și nu pot răspunde nimic mai inteligent decât:

— Adică să merg eu cu tine?

Iar râsul ăla care nu e nici enervant, nici cârâit, e râsul tipei din *Masca* și eu sunt un soi de Jim Carrey, bineînțeles, dar fără Mască și fără câine, ci cu o geantă vișinie din vinilin în care am fișe de lectură, foile pentru dom Profesor și multe firimituri.

— Da, cam asta era ideea.

Mă simt vag iritat, pentru că știu c-o să merg cu ea, dar programul meu era atât de clar și de liniștit, încât totul pare a se fi îndreptat spre momentul ăsta decisiv, când am de ales între viața mea de subsol și haosul ei diurn cu manifestații și plăcinte cu spanac la MȚR.

— Eu nu prea am pentru ce să protestez, îngaim la modul cel mai idiot, după care adaug, și mai penibil: sunt din București.

Iar râde și observ că i se încrețește nasul când face asta și că are dinți mici și regulați, plus câțiva pistrui, aspect la care sunt sensibil.

— Păi, și eu sunt din București. Cuvântul *solidaritate*-ți spune ceva? Transport gratuit nu vrei? Bursele ți se par în regulă?

Îi cer scuze jenat și-o asigur că are dreptate, puțin panicat, trag din țigara ei cu filtru și-mi dau seama că-s pe punctul de a leșina de foame, că mor de oboseală și că poate plăcintele alea ale Irinei Nicolau nu ar fi o idee atât de rea, oricât de mult m-ar enerva cuvântul *solidaritate*, adunările umane sau folclorul de plăcintă.

Ne-am dat întâlnire în același loc și, în timp ce ne adunam lucrurile din sala de lectură, în liniște deplină, sub privirile aspre ale bibliotecarei cu pulover tricotat care tricota, am simțit că se uită la mine, am ridicat privirea și atunci mi-a zâmbit pe sub o șuviță de păr care-i căzuse în ochi, dar tocmai asta m-a cutremurat, pentru că știam că de fapt îmi zâmbeau ochii ei, pe care mai mult îi puteam ghici acolo, pe fundalul unui corp înalt cu rafturi și cu geam, și m-am gândit, știu foarte limpede, m-am gândit în clipa aia că de acum s-a terminat ceva și că în fața corabiei mele stătea să înceapă o furtună cu ploi năprasnice și hulă de zece metri, care aduce la suprafața apelor monștri din adâncuri, krakeni unsuroși, cetacee cântătoare și, dacă am noroc, vreun stol de pești zburători.

Am coborât împreună scările în spirală ale clădirii vechi și friguroase, iar în holul mare de la intrare, la bustul lui

Eminescu, ea s-a oprit să vorbească cu două fete care pichetau și strângeau semnături pentru grevă, în jur era agitație mare, ea părea să cunoască pe toată lumea, iar eu mă țineam în urmă, ca o femeie din lumea arabă, cu geanta mea din vinilin vișiniu, încercând să nu privesc pe nimeni în ochi, cu genunchii tremurând, până când m-a luat de mână, chiar așa, degetele ei peste ale mele, degetele ei subțiri, cu pielea uscată, împletite cu ale mele, înnegrite de plumb, care ținuseră în dimineața aia un catalog cu ziare vechi de o sută de ani, da, degetele mele s-au lăsat prinse și m-am gândit „Ce bine că are pielea uscată", pentru că nu suport pielea umedă a anumitor oameni. În Piața Universității se strânseseră o groază de studenți, erau la vreo 2.000, cum ziceau ei, și cineva de la Liga Studenților era cocoțat pe un gard, un tip țigănos, cu plete și cioc, care răgea într-o portavoce niște sloganuri stupide, de genul „Studentul, frate cu gândacul!" sau „Guvernanții de ce nu vin/ să doarmă în cămin?", dar nu mă puteam concentra prea mult, îmi spuneam doar că ritmul șchioapătă. Ne-am oprit la marginea unui grup zgomotos, unde ea m-a prezentat pe rând, erau acolo vreo trei fete și doi băieți pe care nu-i știam. Fetele îmi erau însă cunoscute, le văzusem prin facultate, erau genul de neohipioate cu ie și bundiță, evazați și păr împletit cu flori, ascultătoare de Andrieș și Alifantis, altoite pe tulpina curriculară de antropologie și folclor, dar nu asta conta, ci faptul că ea m-a prezentat: „El e Mihai, e anul II", deși noi doi nu făcuserăm oficial cunoștință, și abia cu ocazia asta am înțeles că o cheamă Oana și că toată lumea o alintă Onuța, am observat că vorbește tare și că râde din orice, ba chiar că are un fel cumva ridicol de a izbucni în râs, aruncând capul înainte și ridicând buza de sus înspre rădăcina nasului, un râs de cocalar sau de puștan de la mine, din Șura Mare. Dar asta nu prea conta atunci.

Mi-am asumat poziția de tip tăcut și puternic care asistă la spectacolul lumii și-am stat acolo, pe lângă ei, vreo oră, deși mă ustura stomacul de foame și eram amețit de toate evenimentele zilei, iar ea se întorcea din când în când și-mi oferea o țigară, pe care apoi mi-o aprindea ținând palmele căuș peste ale mele. Apoi, brusc, m-am hotărât și i-am spus că nu mă simt bine, că plec acasă, am uitat că am de pregătit un referat, am salutat pe toată lumea și am lăsat-o acolo, uitându-se lung după mine, o statuie vie a nedumeririi și, poate, a unei dureri pe care avea apoi să mi-o întoarcă însutit.

*

Mai mult decât cărțile din biblioteca sufrageriei m-au fascinat cutiile lui Ralu, nu cele „cu bijuterii", cum le spunea ea, niște cutii din carton albastru în care se încurcau, ca niște șerpi într-un cavou, mărgele, brățări de chihlimbar, cercei mari, metalici, ci acelea roșii, cu teancuri de fotografii vechi (mama cu unchiu' Mircea, copii, ea ținând protectoare un braț peste umerii lui, deși sunt amândoi foarte mici), foi îngălbenite de hârtie pe care sunt scrise poezii stănesciene, *à la manière de*... și câteva xeroxuri care nu știu de ce nu-și găsiseră locul în bibliotecă. Erau cutii cu volume subțiri, legate cu pânză roșie pe cotor și mereu le deschideam, apoi silabiseam titlurile primelor două, după care le așezam la loc, cu pioșenie. Primul era întotdeauna *Alchimia babiloniană* a lui Eliade, iar al doilea o carte foarte misterioasă, al cărei titlu mă atrăgea mai mult decât tot ce se afla în cutie: *Cvartetul din Alexandria. Justine.* Formatul era foarte lat, pe o pagină intrau de fapt două pagini de carte, de multe ori mișcate, strâmbe, șterse, dar simt și acum aceleași furnicături ale pielii când îmi recit începutul: „Marea e astăzi din nou agitată de suflul vântului care o înfioară. Simți în mijlocul iernii născocirile primăverii: un cer de perlă despuiată, fierbinte până la amiaz, greieri în locuri adăpostite și acum vântul dezgolind câmpiile întinse, scotocindu-le...".

Era de ajuns să citesc aceste două fraze pentru a aluneca în somn, într-o casă mediteraneeană, din piatră masivă, aflată undeva aproape de marea aceea agitată, peste al cărei acoperiș plat (aici se poate adăuga o terasă cu măslini, portocali, lămâi) vântul venit din largul apelor se întinde ca un motan somnoros sau se zvârcolește ca un pește mare eșuat pe nisip.

Nu reușeam să trec de acest început, mai ales în după-amiezi ca astea, când vântul izbea de burlane un cablu desprins de zidul casei, cerul era întunecat și din când în când zgomotul infernal al tramvaiului care trecea pe Șoseaua Giurgiului îmi amintea că sunt viu. Am adormit iarăși, cu televizorul mergând și xeroxul căzut la piciorul patului, renunțând să mai înțeleg, ba chiar să mai încerc așa ceva. Sentimentul unui pericol iminent părea să se disipeze lent, în cuvintele cărții, în peisajul acela marin, sub căldura păturii, pentru că o știam pe Ralu alături, în restul casei, făcând ceea ce fac de obicei mamele, poate gătind o supă din os de vacă, în care se ascunde măduva fierbinte pe care o scoți cu o coadă de lingură, apoi presari sare, așa am adormit în seara aia, departe de cote de bibliotecă, de greve studențești, de fete care râd stupid, ca niște măgari, și mai ales departe de degetele lor osoase, acoperite de piele uscată, argăsită de vânt.

*

Apoi lucrurile au luat-o razna. Dom Profesor a devenit iritabil, precipitat, mă suna seara și simțeam că încearcă să fie răbdător când îmi spunea „Se impute treaba, Mihaiule, nu mai pot ține mult timp xeroxul în tipografie, dacă se află, iese scandal. Trebuie să băgăm cărbune, încă puțin și-o să înfrângem“. Și eu îl aprobam, dar începusem să stau cât mai puțin în depozite, nu mai dormeam acolo, ci pe la 8-9 fugeam să mă întâlnesc cu Oana și cu gașca în Blues Bar, în Pasajul Villacrosse, o încăpere mică, cu sobă, unde puteai comanda un ceai fierbinte, apoi stăteam cu toţii în jurul mesei şi parcă intra atunci o lumină tainică în viaţa mea, dispăreau toate grijile, cotele se ridicau spre tavan, odată cu fumul de ţigară, mă trăgeau după ele şi pluteam acolo până când trebuia să plecăm ca să prindem ultimul metrou, eu o conduceam la al ei, pentru că mergea în Militari, sau, câteodată, mă ducea ea la al meu, care o lua înspre IMGB, şi stătea uitându-se în ochii mei până pleca metroul, cu bunda ei înflorată şi uneori cu un clop uriaş pe cap, iar eu mă simţeam cel mai privit om din lume, pentru că oamenii se întrebau la cine se uită creatura asta şi vedeau o altă creatură, slabă, cu o geantă din vinilin pe umăr. Avea o pasiune pentru *Regina Mamă*, piesa-dialog în care jucau Olga Tudorache şi Marius Bodochi, aşa că stăteam pe treptele Teatrului Naţional şi ne milogeam de femeile de la intrare până li se făcea milă şi ne lăsau înăuntru. Erau lucruri noi pentru mine, încercam să le învăţ din mers, mă simţeam ca un ţăran selecţionat să reprezinte ţara pe croazetă sau ceva în genul ăsta şi mi-era ruşine cu hainele mele, cu degetele murdare de cerneală tipografică, de faptul că nu aveam bani niciodată, că trebuia să-mi facă cinste în fiecare seară, ba chiar să-mi cumpere câteodată cartela de metrou. Simţeam că am intrat într-o stare de urgenţă pe care trebuie s-o rezolv cumva şi marea problemă venea chiar din faptul că nu o înţelegeam. Creşteau în mine o nemulţumire din ce în ce mai violentă, o căldură care sporea şi urca până spre baza gâtului, unde o opream, luptându-mă cu viermele fierbinte care-şi croia drum în sus.

Oana funcţiona în cadrul unui grup foarte cosmopolit, cult, deschis, artistic până la ultimul membru, format dintr-un elev de liceu considerat genial, care venea seara îmbrăcat la parpalac de profesor universitar, cărând după el o geantă diplomat dublă, din care scotea *Prelegeri de filosofie a istoriei* de Hegel şi câteva pachete de Kent lung, mergea la olimpiadele de română, chimie, istorie şi cultură civică, scria deja în *Dilema* şi graseia teribil, sora lui, studentă la Istorie, care povestea ce a mai vorbit pe holul facultății cu Adi, istoricul vedetă, încă o tipă care gravita între științe politice și antropologie și alți câțiva care veneau și plecau, drept care nu i-am reținut. Își făceau vacanțele împreună, câteodată la o vilă a Casei Universitarilor din Sinaia, câteodată în Vama Veche, iar în weekenduri câte unul dintre ei scotea din pălărie o căsuță sau un apartament bucureștean al părinților, nelocuit, unde mergeam să ascultăm muzică și să bem vodcă. Mă simțeam ca o insectă între ei, cu hârtia de 100 de mii pe care mă bazam săptămânal, plus cei 500 de mii pe care mi-i dădea dom Profesor când putea, pentru că se întâmpla câteodată, vinerea, după ce-mi preda cotele apelor Dunării, să spună pe final, când probabil privirea mea era prea sugestivă: „O să mă revanșez săptămâna viitoare, Mihaiule, deocamdată n-are balta pește". Dacă balta lui n-avea pește, a mea era împuțită rău de tot, nici gândaci nu mai pluteau pe ea.

După trei sau patru întâlniri, Oana mi-a povestit că de fapt are o relație la care încearcă să renunțe, dar tipul ăla se ține scai de ea, îi tot cere să se mai vadă măcar o dată și-nc-o dată și tot așa și efectiv de milă nu poate renunța la el total, dar să stau liniștit, că nu se mai întâmplă nimic, doar se plimbă și din astea. M-am mai liniștit, problema mea însă era că nici cu mine nu se întâmpla nimic și simțeam că ar fi sosit momentul s-o fut, doar că nu aveam unde.

Ocazia s-a ivit în sesiune, când mi-a propus să învățăm împreună pentru un examen, că ai ei au un apartament în spatele magazinului Unirea, unde taică-su îl lasă pe un văr de-al lor să stea până se pune pe picioare după o căsnicie ratată, și că ăla pleacă pe la prânz, dar oricum nu ne încurcă. Eu aveam la interbelică, ea la o materie dintr-aia de-a ei, gen obiceiuri și tradiții, așa că ne-am întâlnit a doua zi la metrou, eu cu geanta mea de vinilin, în care aveam două monografii Ion Barbu, una a lui Ciorănescu, cealaltă a lui Pillat, am luat-o prin spate, prin gangul ăla mare, apoi în sus puțin și am intrat într-o scară de bloc de centru civic. Lucian ăsta, vărul, era un tip mare și bonom și nu părea să aibă de gând să părăsească apartamentul în ziua respectivă. Ne-a făcut cafea și ne-am instalat în bucătărie. Am început să citesc din Ciorănescu, dar aveam coaiele umflate și părea c-o să rămân la prima pagină toată ziua. Oana se îmbrăcase în negru, asta fiind o variantă fericită, adică nu avea pe ea bunde, bundițe, ii, apartamentul era luminos, ea blondă și serioasă, cu privirea în niște cursuri mâzgălite și subliniate cu markerul verde, așa cum au fetele cursurile, de nu se mai înțelege nimic din ele pentru că subliniază absolut tot, și aproape am simțit ceva pentru ea atunci, acolo, o duioșie care rearanja evenimentele desfășurate între noi din clipa când o cunoscusem. Apoi Lucian a zis că are un drum până-n oraș și dacă vrem să ne ia ceva, am ridicat capetele din cărți, i-am zis că nu, el ne-a urat „Spor la treabă" și s-a uitat fix la mine, apoi mi-a făcut cu ochiul și brusc am început să mă văd de undeva din afară, de sus, mic, slab, negricios, cu cele două prezervative strecurate în monografia Pillat, și să-mi amintesc sfaturile lui Sergiu despre cum convingi o virgină: „Marocane, îi zici că bagi numa capu' și-o să-i placă, după împingi mai mult și până la urmă tot o mârlești", dar problema era că nu-mi mai doream asta și mi-era rușine de corpul meu slab și negricios, iar ea nu era virgină, așa că m-am aplecat spre ea, ca din obligație și am mângâiat-o pe sâni, așa cum mai făcusem, s-a întins spre mine, ne-am sărutat și am strâns-o în brațe, tare, ea la fel, apoi mi-a șoptit „Nu aici" și m-a luat de mână, ne-am ridicat și m-a condus spre dormitor, unde mirosea a spray de bărbat, Axe probabil, și pe pat erau cearșafuri din alea creponate, ieftine, care zgârie, și ne-am întins pe pat, am prelungit preludiul cât de mult am putut, îmi bătea inima și mă sufocam, ne-am dezbrăcat sub pătură, atunci am simțit fericirea fugară de a sta întins alături de un corp de femeie, am fost jalnic și emoționat, am terminat în câteva secunde, apoi m-am simțit nepotrivit în propriul meu corp toată ziua și n-au sunat fanfare, nici confetti n-au zburat, *post coitum omne animale triste est*, totuși este trist în lume. Am mai stat ce-am mai stat pe acolo, destul cât să-mi spună că treaba cu fostul se terminase definitiv, fusese scandal, ăla venise la ea acasă când știa că ai ei sunt la muncă și plânsese și o rugase să se mai culce cu el o singură dată, de despărțire. Iar ea o făcuse, pentru că-i era milă de el.

*

Terminasem cu periodicele și acum lucram pe carte veche, unde treaba era un pic mai ușoară, mai ales că aveam deja dexteritate de profesionist, intuiam unde-s anumite cote, nu prea mai apelam la Mirela și la Adrian, care rămâneau fixați în tabloul lor de la masă, unde jucau șeptic, macao și alte alea. Dimineața mă scoboram la nenea Nelu și xeroxam la greu, apoi fugeam la facultate, mergeam la demonstrațiile Ligii, seara mă vedeam cu Oana, care mă adoptase în mod oficial, adică eram împreună, mereu cu grupul ei de tineri intelectuali burghezi. Fusesem și la ea acasă, unde se repetase coitul ăla jalnic de la Unirea și nu puteam da vina decât pe frecvența redusă a futaiurilor, pe excitarea continuă în care trăiam. În perioada aia am scris o povestire cu un viol ce are loc în halta Timișul de Sus, apoi o mutam undeva la malul mării, unde descriam cadavrul unui pui de delfin eșuat pe plajă. Era scrisă foarte prost, dacă ieșise ceva, atunci delfinul ieșise, pentru că nu făceam literatură acolo, chiar reținusem acel cadavru în memorie și nu voiam decât să-l descriu, fără alte fițe de prozator. Le-am citit-o într-o seară de beție noilor mei prieteni, care m-au aplaudat, așa cum făceau ei tot, spectaculos și civilizat, chiar și tânărul geniu care scria la *Dilema* s-a declarat mulțumit, iar Oana m-a privit cu mândrie și în noaptea aia am primit de la ea o partidă de sex care a mai ieșit parcă din mediocritate, dar tot am avut senzația că-mi face o concesie, că pentru ea e un act complezent sau cel puțin caraghios. Apoi s-a pus la cale o excursie la Casa Universitarilor din Sinaia, unde urma să mergem vreo zece, adică cinci perechi, și am început să strâng bani, am fost foarte ferm cu dom Profesor, să-mi dea din urmă ce-mi datora, apoi m-am pus serios pe muncă.

Problema însă era că munca în subsolurile bibliotecii îmi făcea rău. Nu doar fizic, partea asta era de la sine înțeleasă și-mi acceptasem soarta pe termen scurt, ci începusem și să devin obsedat de Eminescu, mai curând de fantoma lui. Trăiam într-un roman în care personajul principal e o umbră, contururile ei evanescente se mulează după bunul plac al altor umbre, o conștiință rea care apare și dispare, care-și schimbă aspectul în funcție de vasul în care se ascunde noaptea. Ca orice școlar, licean, apoi student în primii ani de facultate, intrasem în bibliotecă intoxicat de poetul național, poate îmblânzit doar de zilele petrecute pe postumele din ediția Perpessicius, însă aici, în subsol, excesul de contradictoriu, de text și de informații total opuse reușise să crape statuia, eliberând un animal bolnav, debil, monstruos pe care-l purtam cu mine la demonstrații, la cursuri, în diferite paturi unde făceam simulacrul de sex cu Oana. Mi-era milă și mi-era frică de el, l-aș fi dorit înapoi, acolo, poetul național în oul de fier pe care mi-l oferiseră manualele și istoriile literare. Și nu mă refer aici doar la reacția doctorului Grama și a mârșavului Macedonski, ci chiar și la panegirice sau la anunțurile pentru subscripții, care mi-l apropiaseră într-un mod scârbos, așa cum ți-e apropiată o rudă bolnavă în stadiu terminal pe care trebuie s-o ștergi la cur. Ca să folosesc cuvinte mari, care câteodată chiar reușesc să fie exacte, începusem să pricep ceva din tragismul vieții, al oricărei vieți. Numai că tragismul ăsta nu avea nimic eroic în el, ci era ridicol: mi-am amintit într-o seară de un câine pe care-l lovise o mașină în copilăria mea și care rămăsese acolo, lângă trotuar, schelălăind, până când mama unui vecin de-al meu i-a aruncat, de milă, un os cu puțină carne pe el, iar ăsta, câinele muribund, s-a târâit în labele din față și a început să roadă, deși murea și mai mult ca sigur trăia chinuri groaznice. Cam așa și cu domnul Eminescu: o luase razna de ceva vreme, era bolnav, dar bântuia redacțiile și cârciumile, continuându-și *rant*-ul preferat la adresa străinilor, a evreilor care sug din vâna națională, și în același timp scria un unic text frumos, dezechilibrat, din ce în ce mai îndepărtat de armonia începuturilor. Pietà Rondanini: am avut atunci intuiția unei dezagregări inevitabile a minții, am văzut întunericul în care se scufundă și treaba asta mă umplea de tristețe și de emoțiile unei așteptări nedeslușite.

*

În noaptea dinaintea plecării, scurmam prin depozit când am auzit-o pe Mirela graseind pe undeva, printre corpurile de bibliotecă:

— Domnu' Perrrpessicius? Măi știudinte! Mihaieee!

Striga și nu prea, ca și cum s-ar fi ferit de alte urechi, așa că i-am răspuns la fel, aprinzând și închizând lanterna, ca-n filme:

— Carte veche, D-uri! Mirela!

A apărut târându-și piciorul drept după ea, rămășița vechii poliomielite, ținând în mână un pahar de plastic cu cafea:

— Ia, am făcut cafă.

Zicea cuvinte din astea, *cafă*, deși nu era nici ardeleancă, nici bănățeancă, ci venea de undeva de prin Alexandria. Am luat cu grijă paharul din mâna ei, deși îmi tremurau îngrozitor basculantele, și i-am zis un „Sărumâna" moale:

— Da' Adi nu vine azi?

S-a sprijinit cu spatele de un raft, acolo, în întuneric, și nu-i puteam vedea decât conturul capului proiectat pe un fundal foarte vag de lumină care venea din capătul sălii. Mă înmuiau întotdeauna claritatea pe care o căpăta vederea în bezna aia, ușurința pe care o aveam de a mă adapta la orice condiții. Trebuie să recunosc că eram mândru de mine.

— Nu vine, Mihaie.

Ceva din tonul ei m-a făcut să ciulesc urechile.

— A pățit ceva?

A scos un chițăit nefiresc, ca și cum s-ar fi înecat:

— A pățit cancer, băiete. L-a pățit de câteva luni...

Am încercat să nu reacționez aiurea, mai ales că nu puteam suplini vorbele cu mimica sau gesturile, așa că am răspuns oarecum stupid:

— Și e grav?

De data asta chițăitul a devenit un grohăit:

— Nu e grav, loază! Moare, dar în rest nu-i nimic ca să te îngrijorezi. Pulmonar, inoperabil. Hai, ia cafeaua și vezi-ți de treabă, că îndată se face ziuă.

I-am ascultat târșâitul îndepărtându-se pe podeaua sălii, până ce a devenit un șuierat, un acord, apoi nimic. Am scos cote toată noaptea, am încărcat cărucioruI până la refuz și am prins dimineața într-o stare de surescitare vecină cu nebunia. Eram iarăși nemâncat, fumasem enorm, nu aveam un ban în buzunar și în seara aia ar fi trebuit să plec cu Oana și cu gașca de cosmopoliți la Sinaia, unde geniul care scria la *Dilema* putea închiria camere în Casa Universitarilor, pe baza unor obscure pile de-ale familiei. Numai că până seara mă aștepta o zi prea lungă, poantele lui nenea Ionel, întâlnirea cu dom Profesor, care trebuia să-mi dea banii pe două săptămâni, fără de care nu puteam lua nici trenul, și mi-era frig, eram pe punctul de a-mi băga picioarele și de a merge acasă, la Ralu, unde știam că mă așteaptă *Justine* și prima ei frază adormitoare.

Cu dom Profesor mă vedeam la 2, la Turist, așa că mi-am rasolit treaba în tipografie, mai mult atent la explicațiile lui Cornel despre controlul calității vinurilor vărsate din Piața Amzei („Deci torni așea, frumușel, pe foaia de hârtie și pata tre să fie roșie peste tot, dacă pe la margini se face roz și se albește înseamnă c-a pus apă-n vin, te-ntorci la el și-l iei la pizdeală“), apoi am transcris dintr-un catalog cu ziare ferfenițite, am băut mai mult ca de obicei, m-am întins pe două scaune lângă xerox și mi-am spus mantra până am adormit („Marea e astăzi din nou agitată de suflul vântului care o înfioară. Simți în mijlocul iernii născocirile primăverii: un cer de perlă despuiată, fierbinte până la amiaz, greieri în locuri adăpostite și acum vântul dezgolind câmpiile întinse, scotocindu-le...").

De când umblam cu grupul cosmopolit al Oanei, simțeam că încep să mă schimb: stăteam seara, până la ultimul metrou, în Blues Barul din Villacrosse ascultând muzică franțuzească, pe care o cerea geniul contributor la *Dilema*, jucam whist și bârfeam în loc să fiu acasă, în camera mea cu pick-up și cele zece discuri Black Sabbath, preferam să stau la bârfă cu ei decât să-mi hrănesc singurătatea cu Durrell, să caut sexul ăla chinuit și penibil cu Oana decât să mă masturbez de câteva ori pe seară, ba chiar renunțasem și la orgoliul meu criminal și mă supuneam zâmbind miștourilor legate de munca mea în subsolurile Academiei. Îmi spuneau Domnul Academician și asta mă făcea cel mai fericit om din lume. Era iarnă mereu, o iarnă cu zăpezi abundente, cu fulgi mari și umezi, greoi ca urșii polari, iar noi ne refugiam în barul cu sobă de teracotă, unde țineam cănile mari de ceai între mâinile înghețate și ascultam până la îndobitocire Jacques Brel, Aznavour, Piaf, Moustaki, Adamo, „Ne me quitte pas", „Inch'Allah", „L'Été indien", eram acolo ca-ntr-un cocon, mă înveleam în ziduri ca o pisică și deveneam ușor, ridicat în aer de o tristețe plăcută, pe care-o savuram până la ultima picătură. Într-o seară, Oana a luat mașina maică-sii, o Dacie 1300, și am făcut o caravană de trei mașini până la Băneasa, la o cârciumă, unde micul geniu și un tovarăș de-al lui au băut vodcă și au discutat despre Marele Inchizitor, pentru că erau culți, se pregăteau să dea la Filosofie, dar pentru mine fusese pentru prima oară când mergeam într-o mașină condusă de cineva apropiat de vârsta mea, așa că totul mi se părea fals și matur și am devenit vorbăreț, am început să înjur la Dostoievski și la țăranii lui, citând din Nabokov, și am simțit că sunt privit cu simpatie, ca un raton care a învățat să execute comanda „șezi“. La întoarcere am oprit mașina în spatele blocului Oanei, din Militari, ne-am sărutat și ne-am mângâiat vreo oră și am simțit-o implicată în ceea ce făceam, parcă nu era cu gândul în altă parte, dar s-a desprins de mine și a început să-mi povestească despre relațiile ei trecute și așa am aflat că fostul, ăla cu ultima partidă de sex, cea de despărțire, era poreclit Caisă și era un tip gelos, dar total lipsit de ambiție, că tot ce-și dorea era următoarea excursie cu cortul la munte sau în Vamă, că era un mare chitarist, dar mie nu-mi ieșea din cap că artistul Caisă a vrut sex de despărțire și că probabil bietul de el a suportat aceeași atitudine condescendentă în timpul ultimei partide de sex cum suportasem eu la prima și tare mi-am dorit atunci să fiu acasă pentru că nimic din jur nu părea să mai aibă contur, nici Oana, cu mâinile ei argăsite de vânt, nici mașina care puțea a benzină, nici Joe Dassin, cu atât mai puțin Marele Inchizitor.

În noaptea aia m-a prezentat părinților ei, pentru că pierdusem ultimul metrou și bani de taxi nu aveam, așa că a trebuit să-i cunosc familia haioasă și să beau câteva beri cu taică-su, cu care am sfârșit prin a mă contrazice în legătură cu cea mai veche peșteră unde s-au descoperit picturi umane, eu ziceam Lascaut, el zicea Altamira, iar maică-sa a pus muzică și a apărut și vecinul Paul și mi s-a spus că la ei așa e în fiecare seară, muzică și petrecere, și e haios și Oana a dansat, dar mie-mi venea să plâng, așa cum au plâns vecinii mei Petrică și Cristi când i-am invitat la ziua mea, prin ’87, și Ralu pusese masa în mijlocul sufrageriei, cu șervetele alea verzi, brodate, iar ceapa verde o așezase în niște pahare înalte. Am dormit pe jos în camera Oanei și dimineața am plecat cu geanta mea din vinilin spre Academie, unde mă aștepta proiectul Eminescu.

*

La 2 fără 10 eram la Turist și mi-am luat o bere cu ultimii bani, așteptându-l pe dom Profesor ca pe Mesia. A întârziat cam jumătate de oră, timp în care doamnele de la tejghea începuseră deja să se uite cu subînțeles la mine și la foile mele cu citate, cote și însemnări, la geanta mea chinezească și la sticla goală de bere. A apărut radios, înalt și spongios, cu un parpalac lung, crem și cu o geantă diplomat în mână, cu trăsăturile adunate într-un zâmbet la care participa toată ființa lui. S-a așezat precipitat, am dat noroc și a abordat problema frontal:

— Mâncăm ceva, Mihaiule?

Dom Profesor are buze foarte groase și un ten uleios. În plus, pentru a adăuga mister aspectului general de somotei, are obiceiul de a șopti, de a adăuga un aer conspirativ conversației. Astfel, munca noastră pare a căpăta importanță, una universală chiar, lucru ce face ca plata mea să pară un interes meschin în echilibrul universal al lucrurilor: nu poți să faci prea mult scandal când interesul național cere o lămurire a imaginii lui Eminescu. Pe de altă parte, în comparație cu ceilalți profesori de literatură de la facultate, tipul e o lumină. În primul an s-a străduit să facă la fiecare seminar altceva, să iasă din anchilozarea generală de tip stimul-răspuns și eu am luat-o cumva personal. De fapt, lucrurile s-au legat după un seminar în care ne-a împărțit în două tabere și ne-a pus să organizăm un proces în care să se înfrunte junimiștii și opoziția lor dezorganizată, cei uitați de istorie, perdanții. Am pus atunci atâta suflet și energie în apărarea lui Hasdeu și a lui Urechia, încât m-a chemat la pauză și mi-a făcut o propunere de nerefuzat.

— Cum stăm, Mihaiule? îmi șoptește peste măsuță, mângâind sticla de Fanta cu două mâini grăsuțe.

Pluralul lui mă omoară.

— Păi, stăm așa: aproape am curățat zece foi și mi-au mai rămas niște codițe. Fie anii sunt greșiți, deși am verificat câte un an înainte și după, fie lipsesc cărțile sau ziarele din depozit.

Scot teancurile de printuri și încep să-i arăt realizările din câmpul muncii, în timp ce el notează cu acribie scăpările într-o agendă mare, roșie. Scrie cu un stilou fin, de femeie, care i se pierde prin pernuțele labelor, și are un scris ordonat, de pasăre, nepotrivit cu întreaga lui ființă ihtiologică, toată pliuri, solzi, ascunzișuri, denivelări, ravine, coline. Pare cumva mulțumit, știu asta, dar simt și că încearcă să oculteze mulțumirea, ca nu cumva să mă las pe tânjală.

— Mihaiule, trebuie să tragem un ultim șvung! Uite, ți-am mai pregătit o tranșă.

Scoate din diplomat un alt teanc de fișe pline cu tabele și titluri și simt că mă scurg sub masa din tablă, că mă ajunge din urmă toată oboseala ultimelor luni, văd în fața ochilor silueta înaltă a lui Adi, roasă de cancer, umbra pitică, șchiopătând, a Mirelei și-mi dau seama că nu mă mai pot întoarce acolo, că toată viața mea depinde de posibila evadare din subsolurile Academiei. Dar nu-i spun, iau un gât de bere și mă prefac că-l ascult cu interes cum îmi descrie această etapă finală a proiectului nostru, în care urmărim construirea imaginii post-mortem a Luceafărului și betonarea canonului junimist. Îmi verific ceasul, foarte vizibil, și-mi dau seama că mai am două ore până la tren, că trebuie să ajung acasă, să-mi fac bagajul și, mai presus de orice, să-i cer banii pe două săptămâni. Însă dom Profesor e pornit: discuția noastră practică a intrat pe un făgaș pătimaș, teoretic, iar pe mine a început să mă amorțească băutura și nu mai pot decât să dau din cap și să mă gândesc la despărțirea de Adi și de Mirela.

— ...de-aia zic, Mihaiule, că noaptea asta e esențială. Dacă mâine eu am xeroxurile, pot apuca să ordonez materia în weekend și săptămâna viitoare avem liber.

Ciulesc urechile și mă uit la el ca la Prințul Întunericului:

— Cum adică noaptea asta?

Devin atent la explicațiile filologico-pragmatice și înțeleg că dom Profesor se apropie de încheierea nu știu cărei etape din doctorat și că e esențial ca în weekend să aibă materia culeasă sau copiată și că ar fi inexprimabil de important să tragem un jvung. Mă gândeam la Oana și la dezamăgirea ei când nu voi ajunge la gară, dar m-am consolat repede la ideea că dom Profesor o să scoată din buzunar ceva suplimentar pentru noaptea asta de muncă.

Mă fixează peste masă și-mi dau seama că m-a întrebat ceva, că așteaptă o reacție. Îi bălmăjesc ceva despre o plecare la munte, despre oboseală, iar el mă aprobă părintește, înțelegător și calm, un pește fitofag de cultură veghind asupra puieților șturlubatici. Îi urmăresc mâna dreaptă, care se strecoară în buzunarul interior al parpalacului (balon, cum îi spunea Meri: „Ovidius, ia-ți balonul, e răcoare!“, și atunci mi-l imaginam pe bunicul suindu-se într-un balon tras la buza balconului și lunecând lin spre piață, unde avea să arunce o scară chiar în dreptul tarabei cu pepeni), de unde scoate un teanc de 500 de mii și mărunțiș la mijloc, extrage o bancnotă de 500 și două de 100 și mi le întinde peste masă:

— Din păcate, Mihaiule, nu prea are balta pește, dar o să mă revanșez săptămâna viitoare.

Nu mai am energie să protestez, mi-e jenă, mi-e foame, nu vreau decât să-l văd plecat, să mă scufund în depozitele mele canceroase, printre pitici și uriași bolnavi, printre bătrâni obsceni și dildouri turgescente, să adorm pe două scaune și să nu mă mai trezesc. Iau cele trei hârtii și le strecor în geantă bălmăjind un mulțumesc. Atunci mă trezesc parcă și-i spun că o să fac cât o să pot, dar, de stat, nu stau toată noaptea, că o să încerc să prind un tren de noapte și că-i las foile lucrate la zețărie. Mă ridic și plec fără să-l salut.

*

Abia acum observ nuanța pământie a feței lui Adrian și încerc din răsputeri să nu-l tratez altfel decât o făceam înainte să aflu. Maschez o jenă pe care n-am mai cunoscut-o, cea din fața unui om condamnat la moarte, pentru că toți morții mei de până acum și-au păstrat până la sfârșit speranța, chiar și Psihi Mu, pe care am văzut-o ultima oară într-un sanatoriu, un azil de pe Strada Masaryk, într-un pat cu așternuturi albe, unde curățenia, spoiala de igienă făceau ca moartea să pară un eveniment minor, îndepărtat și aflat la cheremul unor indivizi în halate albe, expeditivi și profesioniști. Adrian stătea însă aici, la masa din depozit și, chiar așezat, capul lui îmi trecea de frunte și asta m-a făcut în seara aia să fiu mai tulburat decât de obicei, poate pentru că și cerul era acoperit de nori roșii, rămășițele unei ciuperci atomice detonate undeva spre Lacul Morii, care ne transformase pe toți în strigoi sau în ființe ale apocalipsei care umblau amețite prin subsolurile unei biblioteci infernale. Am început să decodez și gesturile Mirelei, modulațiile grijulii ale vocii ei, felul amuzat în care-l privea când își aprindea câte o țigară sau când sorbea delicat (delicatețea uriașului) din paharul de plastic în care-și turnase vinul. Și mi s-a părut esențial să nu-mi schimb comportamentul față de el, ca și cum o ușoară grijă, cel mai mic gest protector l-ar fi jignit, l-ar fi făcut să realizeze că aschimodia aia ochelaristă îi va supraviețui, ceea ce, în fond, era singurul meu avantaj, dar unul primordial și în același timp atavic. Și tot atunci mi-am dat seama că a venit momentul să fac ceva decisiv, să schimb lucrurile în rău, pentru că viața se scurgea pe lângă propria mea piele, la fel de implacabilă ca apa unui râu sau ca lava prelingându-se pe un făgaș gigantic spre Pompeii, într-un oraș scufundat în noapte, în care cetățenii își dorm, fără să știe, ultimul somn, anticameră a altui somn, mai adânc, lipsit de coșmaruri.

N-am reușit să fac nimic, doar am stat acolo cu ei, am ascultat povești banale, despre cei doi copii ai lui și despre logodnicul ei (pe care mi l-am imaginat tot un pitic rârâit, șchiopătând printr-un apartament de două camere, în Drumul Taberei) și, când m-am ridicat, știam ce am de făcut, știam pe ce linii trebuie declanșată ofensiva, cum trebuie surprins inamicul, știam că esențiale sunt viteza și factorul surpriză, pentru a câștiga acest nou front până la sosirea iernii. Și mai știam că același lucru îl făcuse și Mihai Eminescu, în nebunia lui lucidă, că tăiase parâmele care legau barcazul de mal și se lăsase dus pe apele negre spre Insula Morților. M-am îndepărtat iarăși spre bezna depozitului, doar ca să-i mai văd o dată așezați acolo, la masa metalică, iar de data asta nu mai era Velázquez acolo, ci ter Brugghen, *Sfânta Irina oblojindu-i rănile Sfântului Sebastian*, al treilea personaj fiind un cap pe care-l forma umbra unui palton agățat în cuier.

*

Am prins un personal la 22.15, după ce am băut două halbe de bere în gară, plănuind cu grijă fiecare aspect al atacului și gândindu-mă, în același timp, la ultimele zile din viața lui Eminescu, la lupta lui, la măiestria pe care o pusese în planul lui sclipitor. Mi-am cumpărat de la un chioșc o sticlă de Tanita, lichior de cafea, și m-am urcat în tren hotărât să stau toate cele trei ore între vagoane și să dau ceva la naș ca să economisesc banii. Trenul a trecut printre ruinele care despart Bucureștiul de restul lumii, printre turnurile acelea improbabile din cărămidă care-mi făceau atâta plăcere în copilărie și care acum păreau să adăpostească legiuni ale nopții, lilieci uriași însetați de sânge. Casele curgeau pe lângă vagon, abia luminate de tren, apoi dispăreau în beznă fără să fi fost vreodată acolo. Lichiorul era dulce și scârbos, dar după două guri îmi dăduse o energie strașnică și la un moment dat mi-am dat seama că râd singur în întuneric, așa cum probabil râdea și Eminescu când se îmbăta la Bolta Rece, pentru că doar el își știa planul, iar piticii de grădină care-l înconjurau, în cap cu scrobitul ăla pervers de Maiorescu, apoi cu lepra aia isteață de Caragiale, habar n-aveau de amploarea ofensivei pe cale să se deschidă. Au urmat câmpiile Ploieștiului, putoarea de păcură, apoi au venit dealurile, avionul vechi de după paralela 45, plantat în câmp, au apărut munții și la Comarnic am deschis ușa, mi-am aprins o țigară, apoi am rânjit în noapte pentru că totul devenise limpede, limpede ca sângele, limpede ca o meduză eșuată pe nisip, al cărei corp mărește granulele cenușii, corpul ei e o lupă, lupa e ochiul lui Polifem. Cu greu, bei ultima gură de Tanita și-ți dai seama că asta a fost, luminile perforează noaptea, bălmăjești o întrebare către o bătrână speriată și ea dă din cap că da, vine Sinaia, așa că te apuci strâns de bara de lângă ușă și citești cu mare atenție plăcuțele metalice, care spun același lucru în trei limbi de circulație internațională, *È pericoloso sporgersi*, și-ți place atât de mult cum sună, îți amintești de filmul lui Caranfil, cum ai fost cu doi colegi să-l vedeți, pentru că se zicea că-i cu porcării, iar ție ți-a rămas în minte doar cântecelul soldaților care vâsleau pe lacul Cișmigiu: „Azi e 9, mâine-i 10/ pula mea, armata trece“. Îți dai seama că ai cântat cu voce tare, mai mult după privirea bătrânei care așteaptă lângă tine între două sacoșe de rafie cât ea de mari, dar ți se și pare că memoria auditivă ți-a prins propria voce stingându-se în noapte. Îi zâmbești pe cât poți de duios și asta pare s-o sperie și mai tare, probabil că ți-a ieșit un rânjet, așa că încerci să repari lucrurile, te îndrepți spre ea și-i șoptești, de fapt îi urli:

— A 460978!

Baba își face cruce, se înhamă la sacoșe și o ia pe coridor spre cealaltă ușă, din partea opusă a vagonului. Se întoarce spre tine la un moment dat și îi faci cu mâna ca unui prieten care pleacă într-o călătorie grea, spre o țară îndepărtată.

Smucești ușa, care nu se deschide, te îndepărtezi de ea și îi dai un picior, care o smulge din încleștarea ei metalică, pui piciorul pe prima treaptă și cobori în gară, în bijuteria arhitecturală a Bucegilor, unde noaptea abia e sfâșiată de câteva felinare triste. Te împleticești spre chioșcul din fața gării și ceri o Tanita, de data asta cu aromă de ciocolată, o deschizi acolo, pe loc și tragi un gât fierbinte, pui capacul, apoi evaluezi situația. La trotuar e tras un singur taxi, așa că te duci țintit spre el și-l întrebi pe șofer:

— B 547890?

Șoferul, slab și toxic, se apleacă peste scaun și derulează geamul:

— Ce-ați zis?

— AII 40007?

— N-aud! strigă la tine și te dezmeticești un pic, așa că-i șoptești mai clar:

— Casa Universitarilor...

— Urcați, te invită bănuitor și te așezi pe scaunul din dreapta, în mașină e cald, iar drumul urcă, șerpuiește, te simți ca într-un vaporaș pe Amazon, știi sigur că-n apă te pândesc bancuri înfometate de piranha, crocodili străvechi sub pielea cărora trăiesc viermi uriași într-o simbioză fericită, iar aerul zumzăie la fâlfâirea păsărilor colibri, mici ca niște albine, dar niște albine care poartă în ciocul fin boli incurabile, îngeri ai Deltei cu aripi de mătase purpurie, așa că te apleci spre șofer și îi spui cât poți de clar:

— În noaptea asta să vă luați familia, copiii, pe toți cei dragi și să vă ascundeți în munți, ca strămoșii noștri.

Îți dai seama după privirea lui că nu asta ți-a ieșit pe gură, ci probabil o altă cotă, dar nu-i nimic, cotele astea vor fi descifrate de posteritate, va veni vremea când Pământul, pârjolit de ofensiva noastră, va fi străbătut de ființe mici, de nici un metru, cu ochelari pătrați, care vor studia ultimele tale cuvinte.

Mașina oprește în dreptul unei vile ale cărei geamuri luminate înnobilează bezna ca-n basme și te scotocești prin buzunare după banii de la dom Profesor, apoi îi întinzi cele trei hârtii șoferului, pe care în gând l-ai botezat Țâru, iar el culege delicat cu o mânuță fină una dintre ele și-ți pune în palmă câteva bancnote mototolite. Coboară, înconjoară mașina, îți deschide portiera, te ia de subraț și te întreabă omenos:

— Aicea, domnu'?

— BIII 345678.

— Domnu'! Aicea-i Casa Universitarilor!

Îl iei de umeri, te uiți în ochii lui adânci ca noaptea, apoi ridici indexul peste coroanele brazilor și-i declami:

— Lună, tu, stăpâna mării!

Dă din mână a lehamite, se desprinde ușor de tine și se suie înapoi în mașină, apoi pornește în pantă, ca o bilă uriașă din ciment care urcă un deal trasă de puteri nevăzute.

Căldura din mașină ți-a făcut rău, simți cum urcă din tine o forță încinsă, explozivă și palmele umede te furnică, dar aerul rece e numai bun, pentru că el ne va fi tovarăș de acum și doar zăpezile din stepă pașii ni-i vor îmbrăca.

Te îndrepți șovăielnic spre ușa de lemn, poarta castelului, și-i dai un picior, apoi încă unul. Întunericul te trage în spate, dar te redresezi, pentru că ai un scop, ai planuri minunate, perverse, mârșave și uimitoare. Ușa se deschide cu zgomot, unul metalic totuși, și intri într-o cameră imensă, parterul vilei, pe lângă chipul amuzat și uimit al uneia dintre studentele la Istorie, cuprinzi toată scena dintr-o privire, faci o evaluare a inamicului, rudimentară, însă plină de acribie: stau toți în jurul unei mese din lemn masiv, lăcuit și după toate aparențele joacă whist, treci pe lângă ei, în cameră e liniște totală, simți pe piele privirea jenată, cruntă a Oanei, vezi papucii de casă pe care-i poată geniul licean și-i faci cu degetul un semn de dojană, auzi cum prietenul francez al uneia dintre fete dă glas gândului general:

— *Mais il est tellement ivre!*

Te cuprinde o fericire inexplicabilă și-i răspunzi sau crezi că-i răspunzi:

— *Un bateau ivre!*

Se aud chicoteli, cineva se ridică să te ajute, poate să te așeze pe un scaun, dar îi respingi mâna, pentru că în spatele mesei, pe toată suprafața peretelui, se desfășoară o dioramă, cum ai văzut doar în copilărie la Muzeul Antipa, o scenă de munte în care se află toate speciile trăitoare în Bucegi, vulpi, un lup, un vultur, un cocoș-de-munte, toate cu denumirile latinești prinse de coadă, toate răpciugoase, mâncate de timp și de molii, dar nu asta contează, ci un corb imens, așezat pe-o cracă cu două ramificații, un corb doct și ironic, care te privește cu un ochi de sticlă și pe gheara căruia e prins un cartonaș pe care scrie cu litere de tipar CORVUS CORAX CORAX, și îți dai seama că el e, vorba domnului Eminescu, cheia și lăcata, că drumul nu a fost degeaba, la el și pentru el ai venit.

Oana încearcă să mă desprindă din fața geamului și să mă tragă spre scările care duc în dormitorul comun, îmi explică ce bine mi-ar prinde acum un somn, dar reușesc să nu mă dau dus, mă uit în ochii vicleni ai corbului și mă irită jena din glasul ei, pentru că nu bănuiește ce se pune la cale, nu vede grozăvia situației. Corbul bineînțeles că știe, vede și înțelege, Corbul știe că a trebuit să ajung aici, vede fața mea suptă, ochii roșii, mâinile murdare de praf și tuș, înțelege că situația nu e una ridicolă, ci solemnă, așa cum sunt situațiile în ajunul unei mutări decisive, monumentale. Ochiul lui de sticlă, singurul, privește în jos, dincolo de mine, spre masa în jurul căreia chicotesc tineri civilizați, pregătiți să intre-n viață, să-și construiască fiecare cariera lui de intelectual, să devină maturi analitici și sceptici, cu licențe, masterate, doctorate, apoi joburi decente, dacă nu chiar mai bine, maturi gata oricând să mintă, să se comporte ideal în societate, să calce cu piciorul gol pe pajiști sub care morții sunt stivuiți în gropi comune, dar mai știe și că eu am de gând să mă opun din răsputeri, să opresc procesul implacabil al bunei înțelegeri, al lucrurilor de la sine înțelese.

Mă cuprind de umeri brațele liceanului genial, apoi încă cineva, probabil prietenul lui cel mai bun, studentul la Filosofie cu tată-patron-de-firmă-de-export-import, mă conduc spre scările care duc la etaj. Simt cum urcă în mine un hohot sarcastic, de personaj negativ din desene animate, dar mă las dus de ei, mă înmoi cuprins de căldură, de ideea unui somn dinaintea bătăliei. Patru mâini grijulii și puternice mă așază pe un pat dintr-o cameră comună, o cameră a somnului, cu șase paturi și lambriuri de lemn până la jumătatea peretelui. Patru mâini mă descalță, patru mâini mă învelesc, patru mâini sting lumina și închid ușa, patru mâini trag perdeaua nopții peste ziua aia lungă, peste tranșeele unde luptă cot la cot Uriașul Adi cel măcinat de cancer, Pitica rârâită Mirela, Nenea Nelu și al său falus din cauciuc, poetul Eminescu, nebun și viclean.

*

Nu cred să fi dormit mai mult de două ore. M-am trezit cu genele lipite de rășina ochilor, a cărei dâră încă umedă îmi cobora înspre bărbie, am încercat să mă ridic, însă tremuram prea tare, așa că m-am cuibărit mai bine sub pătura aspră, de cămin și atunci mi-am dat seama că Oana se băgase lângă mine, în pat, lucru care mai întâi m-a uimit, apoi m-am gândit că nu ar fi avut unde să se culce, fiecare cuplu avea patul său în camera lungă și în jur întunericul era tăiat doar de zgomotele pe care le scoate un grup adormit. Am zâmbit și mi-am dus mâna spre pula care se întărise, am luat-o pe Oana în brațe, am înțeles că nu doarme, probabil plânge, mi-am strecurat mâna pe sub bluza ei și i-am mângâiat sânii turtiți, am început s-o sărut pe ureche, apoi pe obrazul umed de lacrimi, apoi i-am tras în jos pantalonii de pijama, destul cât s-o pătrund, iar ea n-a zis nimic, i-am mângâiat pizda la fel de umedă ca obrajii, pizda ei plânsă și ironică, condescendentă ca o fată de bani gata, și am intrat în ea acolo, între adormiții din cameră, între tinerii de viitor care-și dormeau ultimul somn liniștit, fără să bănuiască ce se pregătește, am futut-o îndelung și am simțit-o pentru prima oară că participă cu adevărat la treaba asta, că, pentru prima oară de când ne cunoaștem, nu e doar o acțiune la care ea asistă din obligație, am simțit cum își împinge curul în jos, spre pulpele mele slabe și păroase care formau un scaun sub ale ei, i-am simțit pizda umedă mânjindu-mi coapsele, apoi cum mi-a luat mâna stângă și mi-a apăsat-o puternic de sânul ei stâng, gura i s-a întors deschisă spre mine, m-a mușcat de buze și m-a futut cum n-o făcuse niciodată, în liniște, în întuneric, în grup. Am terminat amândoi, mușcându-ne unul pe celălalt ca să nu facem zgomot, am rămas așa vreo două-trei minute, îmbrățișați, îmbârligați ca niște câini vagabonzi, iar când totul s-a terminat și respirațiile noastre s-au liniștit, am știut că a sosit momentul potrivit, că granițele sunt nepăzite, inamicul adormit, întreaga lume doarme somnul unui prunc în care crește surdă o boală incurabilă, m-am ridicat într-un cot, am mângâiat-o pe păr și i-am spus.

În Casa cu Lei
(continuare)

M-am împrietenit cu Emil după ce mi-am dat seama de unde-l cunosc. Prin ultimul an de facultate (prima), mă împrietenisem cu o studentă la Matematică, cu un an mai mare decât mine, care umbla cu o gașcă de cântăreți de stradă, patru băieți și trei fete, care se retrăgeau după program la terasa Argentin, în fața la Club A, unde-și beau cam toți banii pe care-i câștigaseră într-o zi de cântat. Aveau, mai ales bărbații, atitudinea blazată a unor menestreli, veseli și ferice până când venea vorba despre anii de dinaintea acestei boeme profesioniste. Atunci fie se schimba vorba, fie era coborât tonul, pentru că toate biografiile lor ascundeau câte o afacere dubioasă. Dar momentele astea erau foarte rare, pentru că în general se practica o veselie contagioasă, bine udată cu băutură și, noaptea, cu droguri ușoare și mai puțin ușoare. Eram cam nepotrivit în grup, pentru că pe vremea aia încă locuiam în Casa cu Lei de la Șura Mare, chiar dacă termenul *locuiam* e impropriu folosit aici, pentru că treceam doar să mă schimb și să mănânc o dată la două zile, eventual să-i salut pe ai mei, pe Sergiu, care stătea din ce în ce mai mult în micuța grădină a casei, la masa din plastic pe care o șutise de la o terasă de prin zona Pieptănari (din Inima Întunericului, cum îi spunea Ralu, ca să-l enerveze), cu o cafea sau un șpriț de vară în față, și care mă striga invariabil: „Trăiască Marocanu! Ai venit de la coțăit, brebenel? Iești smotocit?“, apoi mă chema la un pahar și abia atunci mă linișteam un pic, pentru că Sergiu era de când lumea, probabil asistase la Geneză, la fel paharul din față, în care-mi turna vin alb, cumpărat de la butoi, de pe Strada Găzarului, de la nea State, cel cu un singur ochi. Deși nu-l mai însoțisem de cel puțin cinci ani pe drumurile lui prin Giurgiului, știam că poartă același dialog, că face aceleași gesturi pe care i le învățasem în copilărie. La fel și chiorul, tăcutul nea State, căruia invariabil i se cerea o litră de vin alb, într-o sticlă de doi, iar el lua sticla cu degetele bătucite, negre (la degetul mare al mâinii drepte îi lipsea o unghie), așeza sticla în echilibru, ușor înclinată, sub țuțuroi și învârtea robinetul roșu, ținând capul aplecat asupra actului, ca Sfântul Ieronim în chilie, la care Sergiu îi striga de la vreo doi metri:

— VEZI, BĂ, NEA STATE, CU GRIJĂ, SĂ NU-MI PUI CUMVA MAI MULT!

După care-și continua vorba cu jumătate de gură, întors înspre poartă.

— Futu-te-n creastă de chior!

Nea State-și vedea imperturbabil de treabă până când vinul atingea linia imaginară pe care mintea lui o trasase la jumătatea sticlei, apoi închidea robinetul cu grijă, aștepta să se strângă în sticlă toate picăturile care mai apucau să ia drumul luminii și abia apoi punea dopul. Sergiu îi arunca banii pe masa de lemn la care State-și petrecea viața și-mi zicea vesel:

— Hai, Marocane, să bem un șpriț de vară, ca lorzii.

Iar drumul de întoarcere spre Casa cu Lei era mai ușor și mai vesel, Sergiu fluiera printre dinți sau chiar fredona: „Stau la masă, beau lichior,/ sunt Prințu' femeilor!". Și tăiam așa, cu cântec, toate străzile care împreună străbăteau în creierul meu o pădure, dar una ordonată, ținută-n frâu, ca o grădină franceză: Făgetului, Nucetului, Brădetului, Sălcetului, Ulmetului, apoi traversam Șoseaua Giurgiului cea învăluită-n praf și scrâșnete de tramvai până intram pe a noastră, micuța alee Solca, șarpele care se ascundea în partea din spate a cimitirului evreiesc de rit spaniol. Acolo, chiar unde burta șarpelui intra cel mai adânc în cimitir, se înălța Casa cu Lei, numită așa de tot cartierul, căci cei doi lei ştirbi, pătaţi, unul dintre ei şchiop, din curtea ascunsă de iederă sălbatică puteau fi văzuţi de la distanţă, iar cupola casei cu ghioagă în vârf contrasta cu acoperişurile ţuguiate, comune ale celor din jur. Toţi cei care ne vizitau în copilăria mea se minunau că o asemenea casă a rămas în picioare, apoi că ea a putut fi luată de o profesoară de desen (cei care voiau s-o jignească) sau de o artistă săracă (cei care o flatau). Ralu, Prinţesa Ralu, îşi dădea atunci părul peste cap suflând cumva aerul pe buza de jos şi le arunca, în celebru-i stil plin de diplomaţie:

— Ştii tu mulţi care să vrea să trăiască-n cimitir?

Iar cu asta le-nchidea gura. Nici nu erau mulţi, într-adevăr, care să ne viziteze a doua oară, poate pentru că atmosfera li se părea apăsătoare, mai ales pe înserat, când nu se mai auzeau, din depărtare, decât troncăniturile tramvaielor care urcau pe Giurgiului, spre Trafic Greu, iar din imediata apropiere, ciorile şi mierlele care se vânturau printre crengile nucilor bătrâni din cimitir. Camera mea era la etaj, de unde se vedeau pietrele funerare ale mormintelor evreieşti, ba chiar şi pietricelele pe care urmaşii celor morţi le aşezau pe morminte. Câteodată prindeam şi o înmormântare în direct, iar asta mi-a oferit primele spectacole dramatice din viaţă, dinainte să fi început, prin liceu, excursiile mele solitare la Teatrul Mic, unde mergeam sâmbătă de sâmbătă să văd *Pescăruşul*, cu Cristi Iacob în rolul lui Treplev. Da, cu mult înainte de asta, sunetul mai apropiat sau mai îndepărtat al kadişului mă chema în micuţa curte boltită, unde mă căţăram pe un dulap pe care Ralu şi Sergiu îl scoseseră ca să depoziteze în el tot soiul de troace, aşadar mă suiam pe el şi ajungeam să văd dincolo, în cimitir, unde rabinul ţinea ultima slujbă pentru cel învelit în linţoliul negru. Toate izbucnirile mele dramatice, ridicole şi patetice îşi trag seva din acei ani când spectacolul morţii mi-a ţinut loc de televizor (care la parter mergea încontinuu, pe bulgari, în prima parte a zilei, apoi, în a doua, programul românesc lăsându-i spațiu total de emisie tovarășului Nicolae Ceaușescu, pe care doar Sergiu, care era microbist împătimit, îl întrerupea când venea cu diverse scheme prin care putea urmări meciurile, pentru ca apoi, spre finalul vieții noastre împreună, rămasă singură, Ralu, învelită-n straturi lucioase de grăsime, după 60 de ani, să nu se mai ridice din fața ecranului plat, care rula neîntrerupt setat pe canale de știri ce reluau, mai ales în zilele fără evenimente, în buclă, aceleași și aceleași imagini și vorbe, ca-ntr-un carusel defect, care se-nvârte fără motor primordial, antrenând acolo mintea ei obosită, ca pe a unui hamster bătrân care nu se mai poate da jos de pe roată). Urmăream cocoțat pe vârfuri cum participanții la ceremonial rup o haină de-a mortului, rup învelișul trupului, așa cum se sfâșiase trupul, învelișul sufletului. Rabinul, de obicei purtând o haină neagră, lungă, și pălăria neagră, cu boruri late, își începea incantația, legănându-se înainte și înapoi, iar în liniștea dimineții se auzea doar vocea lui din ce în ce mai puternică: „Adonai", apoi iarăși cuvintele acelea misterioase pe care nu le înțelegeam și brusc în mintea mea de copil se făcea lumină, pentru că versurile se preschimbau în ceva familiar și înțelept, în cuvinte care îmi intrau nu pe urechi, ci parcă direct în plămâni și îmi făceau pielea de găină: „Eu sunt ca umbra care trece, ce dimineața răsare și înflorește, seara e secerată. Unde trăiește om care să nu vadă moartea?". Iar rabinul rostea cuvintele din ce în ce mai repede și tot mai repede băteam cu palma în zidul acelui gard gri și băteam din picior, mai repede și mai repede, în armonie cu acele aplecări convulsive ale rabinului, până când slujba se încheia și bărbații eleganți, purtând kippe și pălării negre, și femeile cu părul acoperit de broboadă se retrăgeau, iar în curtea Casei cu Lei se mai auzeau doar mierlele care-și reluau teritoriul în stăpânire.

Atunci coboram și eu și, alergând (câteodată mă împiedicam și cădeam pe pietrișul curții), ocoleam casa, ajungând în partea cealaltă a grădinii, cea dinspre soare, unde

Ralu stătea sub șopronul construit de Sergiu pentru ea și privea amărâtă, în șorțul de lucru pătat, o pânză întinsă pe care se îngemănau cuburi violet, grădini din care răsăreau animale fantastice, grifoni, himere sau câteodată siluete umane diforme și se întrerupea, se întorcea zâmbind spre mine și mă întreba:

— Ce-i, șoarece, ce-ai văzut?

Așa-mi spunea în anii ăia, șoarece, pentru că din Mihai devenisem Michi, iar de aici la Mickey Mouse nu era decât un pas. Iar eu începeam să-i povestesc spectacolul la care asistasem, să-l imit pe rabin, ținând palmele deschise spre cer și aplecându-mă în față, apoi îndreptându-mă, bolborosind sunete pe care încercam să le reproduc și din care limpede se putea distinge doar „Adonai“, apoi repetându-le pe cele în română, pe care le reținusem și pe care de multe ori mi le spuneam singur la culcare: „Căci eu sunt ca umbra care trece, ce dimineața răsare și înflorește, seara e secerată...“. Și, stând așa, în camera mea cu fereastra ce dădea spre cimitir, mă întrebam de ce umbra e secerată seara, pentru că umbra ar trebui să înflorească tocmai atunci, iar secerarea ei să aibă loc ziua, căci lumina e dușmanul umbrei, mă gândeam rozându-mi unghiile, apoi mă dădeam jos din pat și o porneam spre camera lor, unde Sergiu de obicei stătea întins pe pat și fuma, iar Ralu își dădea cu tot soiul de creme pe mâini și pe față, și îi implicam în dilema mea, la care Sergiu făcea ochii mari și o privea pe Ralu cu falsă uimire, aruncându-i șmecherește, din colțul gurii:

— Auzi, Prințeso, Marocanu cred că se face popă, eu așa îl văd. Popa Marocanu.

Ralu însă, care pe vremea aia mă lua în serios, se prindea în jocul meu și mă ducea cu binișorul în pat, arătându-mi spre bezna de afară:

— Unde e umbra, șoricel? Ia zi...

Iar eu mă concentram, privind spre zidul negru, după care știam că se află trupul recent depus al celui înmormântat dimineața, și îi răspundeam, lipsit de încredere:

— Peste tot?

— Exact, Chiț-Chiț, peste tot, iar dacă-i peste tot, e întuneric, e noapte, nu mai e umbră. Umbra e în burta nopții.

Iar eu rămâneam pe întuneric să pritocesc această nouă idee, care îmi plăcea, dar mă și speria, în egală măsură. Și cam asta simt când mă gândesc la acei ani: frică și plăcere, amestecate ca două arome într-o înghețată la cornet, pe care vânzătoarea îl răsucește exact ca să obțină această împletire sinuoasă. Continuă să urmărești cele două arome care se înfășoară una în jurul celeilalte, urmărește-le-n jocul lor ce pare să străbată spațiu și timp, dar nu e de fapt decât o unică panglică, urmărește-le și dormi.

*

Sergiu părea să fie de când lumea acolo, așezat la masa lui din plastic verde, cu șprițul lui de vară în sonda din sticlă groasă, dar lucrurile nu stăteau chiar așa, pentru că-mi pot aminti zile în care eram doar eu cu Ralu, care pe vremea aia nu era Prințesa Ralu, ci, simplu, Ralu, îmi amintesc zile în sufrageria apartamentului din cartierul Tineretului, unde am stat câțiva ani până când Genu l-a câștigat în instanță, pentru că fusese obținut pentru el de Ovidius pe când era holtei, deci Ralu nu avusese nici o contribuție la el. De fapt nu-mi amintesc zile, pentru că am două amintiri foarte clare, în rest doar senzații și imagini atât de fabuloase, încât s-ar putea să nu fie reale. Prima vine dintr-o noapte de vară, țin minte întunericul din spatele ferestrei, dar și faptul că ușa balconului stătea larg deschisă, fără să fie răcoare însă, și veselia care mă stăpânea, privind figura terifiată a lui Ralu, care fixa cu ochii ieșiți din orbite un tub alb al cărui conținut probabil că-l înghițisem (unele informații au venit mai târziu, așa că nu am cu imaginile acelea decât o legătură exterioară, intruzivă, vin să reordoneze senzațiile și mirosurile cu aerul unor forțe invadatoare ce impun noi reguli de conduită și de interpretare). Apoi echipa de pe ambulanță, o doctoriță tânără și șocul furtunului băgat pe gât, mâinile care-mi țin ferm capul, jetul de vomă aruncat în ligheanul roșu în care de obicei Ralu ducea rufele spălate în balcon. Și nedumerirea mea că o joacă, așa cum probabil că fusese aceea cu medicamentele, a putut naște atâta agitație în lumea ei, ba chiar și a unor străini. Apoi toți acei adulți relaxându-se în jurul unor cafele în sufrageria noastră (biblioteca așezată la peretele pe care mai apoi Genu îl va lăsa liber, așezând lipite de el doar o canapea și un fotoliu, așadar biblioteca plină cu cărți, cu albumele lui Ralu – printre ele, cel de deasupra, obiect al fascinației mele, cu o ființă având cap de vițel care se înalță ținând în brațe o femeie, spre lună, deasupra acoperișurilor unor case mici, ca din basme) și privindu-mă așa cum privesc cei mari ghidușiile unora ca mine, o privire pe care o știu bine, numai că acum ea conține ceva în plus, o umbră, probabil rămășițele unei mari îngrijorări.

A doua amintire legată de acel loc, al lumii de dinainte de Sergiu, este mult mai veche și, de fiecare dată când o chestionam pe Ralu legat de eventuala ei realitate, mă privea cu neîncredere, cu zâmbetul ironic pe care aveam să-l urăsc în adolescență, și punea totul în seama fanteziei mele bolnave („Hai, Michișor, las-o baltă!"): stau întins pe spate, nu am mare mobilitate, pot mișca mâinile și picioarele, aș putea eventual să mă rostogolesc, însă atât în stânga, cât și în dreapta sunt zăbrelele vopsite stacojiu ale pătuțului de copil, așa că privesc în sus, înspre tavanul alb, lumina îmi vine din stânga și știu sigur că e o lumină crudă, nu cea lăptoasă a amiezii, deci e dimineață, iar principala mea preocupare este senzația neplăcută că sunt ud, că mi-e rece în partea inferioară a corpului. Atunci intră în raza mea vizuală un bărbat despre care sunt sigur că nu e nici Genu, nici Sergiu, un bărbat al cărui trup acoperă cadrul ușii din stânga, iar bărbatul acela ține în mână o carte foarte groasă, cu coperte gri-verzui, îmi zâmbește și-mi citește din cartea aia, de fapt recită, pentru că ochii îi sunt mai mult la mine decât la paginile cărții, iar vocea lui rostogolește cu blândețe spre mine cuvintele pe care îmi jur mie că de atunci le știu: „A fost odată ca-n povești/ A fost ca niciodată/ Din rude mari împărătești/ O prea frumoasă fată".

Mai sunt amintiri din perioada de dinainte de Sergiu, imagini lipsite de sinestezia celor două majore, cum ar fi un drum prin ploaie, spre creșa de pe Strada Viorele, prin noroaie care-mi par niște munți, și apoi mâinile puternice ale Prințesei Ralu, care mă ridică de subțiori și mă poartă așa, prin aer, apoi plânsul meu când îmi dau seama că mă va lăsa acolo. O figură din carton agățată de peretele sufrageriei, cum intri în stânga, cu Wonder Woman, căreia i se mișcă picioarele și mâinile („Prietena ta, măi, șoarece!"), un afiș de film, foarte mare, cu un tip ras în cap care privește înspre mine (sunt aproape sigur acum că e vorba despre De Niro, în *Taxi Driver*), o scrumieră în formă de țestoasă, cu carapace curbată în interior. Toate se amestecă într-o materie vâscoasă, predominant afectivă, o duioșie pe care o simt față de mine și abia apoi față de evenimentele propriu-zise. Ceea ce, oricum, e o minciună.

Dar Sergiu intră pe poarta casei noastre din Aleea Solca, e băgat în niște pantaloni albi, blugi evazați, un tricou negru, mulat, cu guler și revere lungi, ascuțite, are părul negru și creț, mai lung la spate, cum își lasă lăutarii, intră pe poartă, iar eu și Ralu îl așteptăm în cadrul ușii, ea îmi ține o mână moale pe cap, și nu de formă, pe jumătate mă protejează, pe jumătate mă expune („El e"), au amândoi gesturi reținute, teatrale, ca și cum ar fi discutat dinainte scena asta, așa că mă hotărăsc să asist și eu la ea, deci nu scot nici un cuvânt, iar Sergiu, zis Jidanu, cum aveam să aflu, intră pe poartă cu un pachet într-o mână și o pungă în mâna cealaltă, apasă clanța porții cu cotul, împinge poarta tot așa, aplecat într-o rână, dar zâmbind în tot acest timp, fără efort, și, când face primii pași înăuntru, printre buruieni înalte din care răsare câte un mănunchi de levănțică, deci, când face primii pași pe poteca de cărămidă spartă, văd că e încălțat cu ceva ce nu mai văzusem, niște botfori butucănoși, albi, fără partea din spate, adică, după mintea mea, niște încălțări ca de femeie, iar pielea lor albă e prinsă de talpa din lemn cu ținte metalice. Le-am privit fascinat cum lăsau la fiecare pas să se vadă călcâiele goale, apoi am ridicat privirea spre el, care se uita amuzat la mine și aștepta probabil să mă trezesc din micul meu episod de fascinație:

— Ce faci, Marocane?

Avea un timbru aspru, de fumător și, într-adevăr, și-a aprins o țigară, un Kent lung, cum văzusem doar la Budimex, la medicul care mă operase de polipi.

— Bună ziua, i-am răspuns, când mâna mamei m-a strâns ușor de ceafă, dar destul de tare cât să-i simt unghiile.

Apoi i-am întins mâna și am încercat s-o strâng, dar era mare și osoasă, iar pe unul dintre degete purta un inel din aur cu piatră verde.

— Mai tare, Marocane, nu ești bărbat?

I-am strâns-o cât am putut de tare, ca să mă lase-n pace, apoi am văzut cum el și Ralu s-au sărutat pe obraz și ea l-a condus în grădină, unde aranjase masa de lemn pe care o căraserăm împreună din casă.

Sergiu era orfan, de aici plecau toate poveștile lui. Crescuse într-un orfelinat de pe lângă Reșița și „acolo, dacă nu erai tare, te haleau cu tot cu fulgi golanii, Marocane“, dar pe la 14 ani fugise și deja lucra într-o alimentară și seara stătea pe lângă piețe cu băieții mai mari, unde încercau să învețe cum merge treaba. Așa s-a lipit de Struțu, un golan uns cu toate alifiile, „tăticu' meu adevărat“, cum îi spunea. Struțu l-a băgat în diverse combinații, pentru că părea mai matur decât era, avea forță și-i mergea mintea. A ajuns ospătar la Neptun, la Olimp, în perioada când pe litoral veneau mulți străini, și așa și-a descoperit adevărata vocație: agăța turiste. Mult mai târziu avea să-mi povestească toate detaliile, atunci când a considerat el că trebuie să avem discuția despre sex. În anii ăia de ospătărie și curvăsăreală s-a cizelat, a învățat niște engleză, a învățat tainele contrabandei și s-a deprins cu mirajul shopurilor, deci și al valutei. Când l-am cunoscut noi, era șef de sală la Pescarul, în centrul Bucureștiului, iar vara, în continuare, o tăia la mare. Dar toate astea nu spun totul despre Sergiu, care, ca orice mare golan, avea ceva de lord în el, un aer visător și o noblețe care-l distingeau de cei cu care se învârtea. De exemplu, nu uitase niciodată cui îi datorează începutul lui ca om, așa că-l vizita pe Struț la Jilava în fiecare lună, unde ăla făcea 20 de ani pentru violul unei minore, care nu prea fusese viol și minora nu părea minoră nici dac-o puneai în sarafan de grădiniță. Ce vreau să spun este că încă de atunci, din după-amiaza aia de duminică, am înțeles ce-i plăcuse Prințesei Ralu la el și că-mi plăceau și mie exact aceleași lucruri: era un bărbat aspru, nu putea fi contrazis, chiar dacă zâmbea, pentru că ochii lui aruncau o privire rea, de avertisment; avea însă și un aer vulnerabil, părea să fie tot timpul pe muchie de cuțit. Purta în buzunarul din spate al blugilor albi un box metalic și, chiar dacă îmi păruse slab, pe oase i se întindeau niște mușchi despre care aveam să aflu că-i lucra de patru ori pe săptămână („Dacă nu tragi de tine, Marocane, după 30 te scofâlcești, îți urcă înapoi coaiele-n burtă").

Pe Sergiu îl chema Minovici și golanii îi spuneau Jidanu, lucru pe care-l permitea doar apropiaților. O dată, când unul dintre vecinii de stradă mi-a aruncat peste gard „Și zi-i lu' Jidanu de tac-tu vitreg să nu mai lase mașina în fața porții, acilea", l-a auzit, m-a chemat în curte și mi-a făcut semn să rămân acolo, apoi a plecat. Nu am auzit nimic, deși mă așteptam la scandal, la urlete, care erau ceva obișnuit pe strada noastră, unde violența exista doar verbal și foarte, foarte rar se traducea în bătaie. Dar nimic, s-a întors în câteva minute care-au părut interminabile atunci, zâmbind, cu mustața neagră dezvelindu-i dinții stricați de tutun, și a trecut impasibil pe lângă mine, aruncându-mi scurt: „Futu-l în cur să ți-l fut de homalău". La el, asta semnifica maximum de dispreț față de un bărbat, echivalentul feminin fiind „curvele": „Să te ferești în viața asta, Marocane, de curve ca de dracu', ai înțeles? Dacă te mănâncă-ntre picioare, ia-ți-o la labă și-ți trece, dar nu te încurca cu târfele. Am avut parte de ele toată viața și-ți spune Jidanu tău că în afară de pulă și de bani n-au nimic în cap". La bărbați, sfaturile erau altele: „Dacă-ți alegi tovarăși, fii atent să aibă coaie, nu smochine. Ai nevoie de un tovarăș care să dea cu pumnu' pentru tine, da? Și nu-i alege la băutură, ăia nu-s adevărați, se pupă cu tine, se taie pe mână de drag ce le ești, apoi sunt primii care fug". Mulți ani mai târziu, când veneam noaptea cu câte o gagică, ieșea intenționat s-o vadă și să-i pupe ironic mâna sau, când aduceam colegi, stătea de vorbă cu ei ca să vadă ce fel de oameni sunt. Și, în general, îi ghicea. Tot Jidanu îmi ținea teoria că e important să ai și școala vieții, dar și o diplomă: „Marocane, uite la mine, aveam bani, aveam gagici, casă, puteam să-mi văd liniștit de golănii. Dar nu, frățioru' meu, m-am înscris la cursuri la Sala Dalles, am învățat engleza bine, mi-am luat la carnet B și C, n-am stat pe loc. Dacă stai pe loc", îmi spunea mai ales când mă vedea căzut în reverie prin grădină, cuprins de unul dintre leșinurile adolescenței, după ce mă masturbasem prea mult, „dacă stai, ești mort. Uită-te-n jur – uite gândacii ăia, uite păsările", mâna lui lungă, păroasă descria un arc de cerc, „toate se mișcă pentru că sunt vii. Vezi ce nu se mișcă? Pietrele din cimitir" – și-mi arăta gardul care ne despărțea de locul fără durere și cu verdeață. Îi plăceau comparațiile și alegoriile ample, le căuta în permanență, ochii i se mișcau înspre orizont în căutarea corespondențelor, avea impresia că asta-l apropie de statutul unui înțelept medieval.

Sergiu făcuse și pârnaie un an, pentru valută pe care n-o putuse justifica, dar nu-mi vorbea despre perioada aia decât rar, când bea un șpriț, seara. Îi plăcea să creadă că e un tip excepțional, care evoluase împotriva tuturor condițiilor potrivnice: „Dacă am putut eu, tu de ce să nu poți?“ a fost refrenul copilăriei și apoi al adolescenței mele.

Dar Sergiu nu era doar tipul dur, am început să descopăr asta mai târziu, după ce s-a mutat cu noi. Avea, mai ales în perioadele liniștite, dintre „afaceri“, o bucurie autentică în a se refugia în casă, ca o pasăre ce-și construiește cuibul. Era terifiat de curent, așa că, dacă intram noaptea peste el, îl găseam invariabil înfofolit în câteva plăpumi și pături, iar pe cap purta mereu o căciuliță (una albastră, cu fulgi albi și un schior cu ochelari de zăpadă), peste căciuliță înfășura o bluză sau un pulover, arăta ca Peter O'Toole în *Lawrence al Arabiei*, și, chiar când se culca, își mai trântea și o pernă mare peste cap. Dar, până să adoarmă, după ce ne-am împrietenit, mă chema „să-l calc“ („Marocane, hai să mă calci și pe mine, te rog, că mă rupe spatele“), adică să mă sui cu picioarele goale pe spatele lui gol, piele pe piele, și să mă plimb în sus și-n jos, în timp ce el pufnea, gemea, grohăia și ofta prelung, apoi trebuia să mă dau jos, să-mi pun spirt în palme și să-l frecționez bine, până intra licoarea de frecție Diana-n piele, apoi să-i prind pielea cu mâinile și s-o rulez în sus și-n jos ca pe o foaie de trabuc sau de plăcintă. Iar ca asta nimic nu-i făcea mai mare plăcere.

Tot în zilele de liniște îi plăcea să gătească și făcea din asta mare caz, pentru că tot el punea murături și făcea purcel de lapte la cuptor (pe care nu-l făcea des, adică l-a făcut o dată, când s-a întors Ralu de la o „murală“ din provincie, cu purcelul bine înfășurat într-o pătură ținută la subraț), pe care-l scotea pe un fund de lemn (căruia Sergiu-i zicea curdelemn), îl înconjura cu castraveciori murați, cu gogoșari și conopidă murată și îi băga-n rât o țigară, spre consternarea lui Ralu. Știa să facă sarmale, care-i ieșeau altfel decât ale lui Ralu sau Psihi Mu, pentru că erau ardelenești, grase, mari, uleioase și le mânca cu smântână. Făcea niște ciorbe de burtă groase, „rețetă de la Gara de Nord, Marocane!“, pe care trebuia să le mănânci dimineața, sâmbăta, ca să te dregi, chiar dacă nu aveai ce drege. De altfel, toată mâncarea asta a apărut în viața noastră odată cu el, care nu trăia în anii '80 ai comunismului românesc, ci era venit direct dintr-un sat de vacanță interplanetar unde se ajungea prin restaurantul Pescarul. Tot cu el au apărut și vacanțele la Neptun vara și la Predeal iarna, când stăteam la Hotel Robinson și diminețile mâncam ochiuri pe farfuriuțe metalice care încă sfârâiau când ni le aduceau. Tot cu el apăruseră vizitele de duminică, când traversam orașul spre cartiere necunoscute mie, cum ar fi Pantelimon, Drumul Taberei sau Sălăjan, pe la amici de-ai lui care trăiau invariabil cu fete abia trecute de 16-17 ani și care beau whisky și fumau Kent și mergeau prin casă în picioarele goale. Erau bărbați cu porecle misterioase, nume lubrice (Puiu, Sufleței, Băluță) în prezența cărora și Ralu devenea tăcută și precaută, bărbați cu antebrațe groase, tatuate discret, tăcuți și efeminați în gesturile cu care ridicau paharul sau trăgeau din țigară.

*

Legătura lui Sergiu cu Ralu începuse probabil mai demult și bănuiesc că ceea ce i-a împiedicat să o oficializeze în fața mea a fost teama unei eventuale respingeri venite de la Michi Lucescu Esq., băiatul deocamdată blond care petrecea ore întregi în curtea din fața Casei cu Lei, unde organiza bătălii între armate alcătuite din sute de ghinde pe care le împărțea pe batalioane, companii, divizii, dar numai după ce le picta cu carioca, sub pălărie, ochi, nas și gură. Ralu nu prea pricepea ce se întâmplă cu mine, cred că mergea pe bâjbâite, și nici propriul temperament n-o prea ajuta: n-a avut niciodată destulă răbdare cu activitățile astea ale mele și nici cu tăcerile mele prelungite, așa cum mai târziu păreau s-o deranjeze orele, zilele de lectură neîntreruptă. De fapt, o irita orice scăpa puterii ei de a controla: spațiile care se opuneau dorinței ei de a invada, fără măsură, zonele de pe hartă marcate *hic sunt leones* erau o provocare. De fapt și ea citea destul de mult, numai că afișa o afectare în timpul cititului care mă făcea să cred că o interesează mai mult poza – felul în care ținea cartea cu o singură mână, cititul ei în cadă când mă chema să-i deschid gemulețul ca să nu se sufoce de la aburi, iar eu rămâneam acolo, lângă vana veche, așezată pe picioare metalice, niște labe de felină mare, și o priveam, corpul ei tânăr, cu sâni plini, părul tuns scurt, „lins" într-o parte când nu era făcut permanent, picioarele cu unghii roșii pe care le ținea așa: unul era îndoit cumva sub corp, iar celălalt era îndoit perpendicular pe el, cu genunchiul rotund ieșind din apă. Erau două triunghiuri în spațiu, unul perpendicular pe celălalt, mi-am dat seama de asta în timpul unei ore de geometrie, când am avut de analizat un triunghi, iar eu mă înroșisem și aveam starea de amețeală pe care mi-o provocau asemenea revelații sau stările șocante de déjà-vu. Nu știu cum trăiesc alții acest déjà-vu, însă în cazul meu ceea ce declanșa atunci starea de vertij era nu imaginea, nu situația retrăită (sau presupus retrăită), ci mai curând furia sexuală pe care o naștea această perforare a liniei invizibile dintre două universuri. Mă cutremura efectul acestui déjà-vu, îl prelungeam așa cum ani mai târziu aveam să amân ejacularea în timpul masturbării, așa cum prelungeam mângâierile în zona pieptului și a burții, care mă gâdilau și-mi făceau pielea de găină.

Ralu și Sergiu au dat asaltul final abia după ce au fost siguri că n-o să am vreo reacție adversă. Au existat mici discuții în avanpremieră cu Ralu, care în mod suspect mă striga din atelierul ei și apoi tăcea, în timp ce eu priveam păsările cu cap de om care se nășteau pe pânza așezată pe șevalet, în mirosul de ulei, terebentină și tutun care se amesteca în mine ca-ntr-un fuior, după care începea, cu nonșalanță aparentă, să-mi vorbească, în timp ce mâna ei mângâia pânza cu pensula groasă, de umplut, sau cu cea subțire, pentru detaliu. Se oprea din când în când să se uite la mine și să ia țigara care ardea în scrumieră, din care trăgea cu poftă, își umplea plămânii cu fumul de BT, apoi continua, întorcându-se iar cu spatele. Pe peretele atelierului ei de vară era o reproducere ce m-a fascinat toată copilăria, *Ofelia* lui Leonor Fini, pentru că silueta moartei lui Hamlet, plutind pe apele întunecate și încărcate cu nuferi, era în mintea mea trupul lui Ralu când făcea baie și citea cu aerul acela pompos, cu unghiile ei roșii și părul creț dintre picioare. Și l-am urât mai târziu pe Hamlet, pentru că el îmi omora mama cu nepăsarea, nebunia lui sofisticată și cu obsesia pentru răzbunare.

— Ce părere ai avea dacă ar mai locui cineva cu noi? Să ai și tu un tată?

Îi răspundeam că am deja un tată...

— Ăla nu e tată, simțeam cum i se înăsprește vocea. Ăla e un dobitoc. Când l-ai văzut ultima oară?

Iar eu nu știam să-i răspund când l-am văzut ultima oară, dar nici că în mintea mea se amestecau foarte mult lucrurile, pentru că, pe de o parte, știam că ea se luptă să-i interzică accesul la mine, pe de alta, nici când mergeam la Ovidius sau când el mă lua, împreună cu Meri, în vacanțe la Herculane, Genu nu apărea.

— Pe tac-tu îl interesează doar două lucruri în viața asta: pizda și banii (deci Tatăl meu era o curvă, mi-am amintit mai târziu, în timpul lecțiilor de viață oferite gratis de Sergiu Jidanu), șuiera ca o viperă turbată și stătea cu spatele, probabil ca să nu-i observ trăsăturile schimonosite de ură. Eu vorbeam de un tată adevărat, care să te crească.

Afirmația asta iarăși mă nedumerea, pentru că eu simțeam că, de crescut, cresc oricum, iar în Casa cu Lei nu păreau să existe spații goale, bune de umplut cu un al treilea om. Dar Sergiu era cu totul altfel decât îmi imaginasem eu. De fapt, tot ce-mi putuse naște mintea îmbuibată cu imaginea taților de pe strada noastră era fie un bărbat burtos cu părul grizonant, care poartă cămașă albă, cu mâneci scurte și vine la 4 acasă, cu o servietă neagră, fie un slinos care stă toată ziua în papuci și trening și se-mbată seara, după care începe să urle la copii și la nevastă. Dar nu, Sergiu era încarnarea lupului din desenele animate sovietice care-mi plăceau atât de mult, lupul hippie, bărbos, de care de multe ori mi-era milă, pentru că mereu cădea victimă acelui iepure cu gene lungi, feminine care-mi făcea scârbă.

A mai venit de câteva ori după acea primă seară și am văzut cum Ralu se relaxează din ce în ce mai mult, ba chiar înflorește, cum se zice în anumite cărți, cum i se răresc accesele de furie și redevine femeie într-un fel miraculos. De câteva ori Sergiu ne-a scos în oraș, cu o Dacie albă 1310 care mirosea frumos și avea un volan gros, cauciucat. Îmi amintesc primul nostru drum de acasă, coborârea pe lângă Cuțitul de Argint, apoi virajul miraculos pe care l-a făcut la stânga, pe lângă Șincai, apoi magazinul Unirea, pe care l-am lăsat în dreapta, și parcarea lui cu scârțâit chiar în fața la Pescarul, unde ne aștepta o masă rezervată și unde am mâncat pește, iar ei doi au băut o sticlă de Jidvei, cu apă minerală. Iar seara târziu la masa noastră au venit niște lăutari, care-l știau pe Sergiu și l-au salutat cu zâmbete onctuoase, la care el a dat din cap și le-a zis:

— Hai, țânțarilor, băgați mare! Vedeți că doamna e artistă, deci fără murdării, da?

— Auăleu, Sergiule, da' se poate? s-a executat cel mai bătrân dintre ei și au început să cânte lângă urechea mea până când Sergiu le-a făcut semn că ajunge și le-a dat o hârtie de 25, cu Tudor Vladimirescu.

Din când în când se așezau în restaurant și alte cupluri, care mai întâi priveau cu nesaț la peștele nostru și chemau chelnerul să-i ceară același lucru, dar ăla dădea cu tristețe din cap că nu au și era chiar gata să le jure că au halucinații, că animalul acvatic de pe masa noastră nu era pește, nu era somn, ci o iluzie unsuroasă. Dar pe Sergiu nu-l interesau toate astea, stătea rezemat imperial de spătarul scaunului și-o vrăjea pe Ralu, ba chiar mă vrăjea și pe mine, pentru că era un orator fără pereche.

— Eu, când n-am bani, miros a prost. De-aia, Marocane, e bine să reții de la mine, fă ce-ți place, dar să fii sigur că-ți ies bani. Oamenii sunt răi și proști, ei nu-nțeleg din prima cine ești, uită-te la mama ta, de exemplu. Păi, văd ei că e artistă, că vorbește cinci limbi străine? Nu, ei văd că e frumoasă, atâta-i duce mintea. Sile, ai vreun Pepsi pe acolo pentru ăsta micu'?

Iar Sile dădea discret din cap și dispărea în bucătărie, de unde venea cu o sticlă mică, pe care era desenată o bulină bicoloră, împărțită în două jumătăți egale de un șanț sinuos, iar eu beam cu înghițituri mici din nectarul Pepsi, băutura zeilor. Și la plecare același Sile venea la Sergiu cu o sacoșă plină, pe care el o primea la fel de seniorial, și, după ce ajungeam acasă, ne umplea frigiderul cu carne, vin și Pepsi, după care își lua respectuos la revedere, o săruta pe Ralu pe obraz și mie-mi arunca scurt:

— Ne mai vedem, Marocane?

Iar eu îi spuneam că da, ne mai vedem, cum să nu, privindu-i deja umerii lați și osoși care se îndepărtau, apoi treceau prin gardul înalt.

*

Panțâru, tipul înalt și chel (cu o coroană de păr care-i înconjura capul, lăsând în centru să răzbată craniul ca un ou în păhărel), mai mare decât ceilalți din trupa de cântăreți, apărea și dispărea, cu o frecvență destul de redusă. Era un bărbat liniștit, care atunci bătea deja spre 40 de ani, și cu o poveste lungă și încâlcită în spate, subiect pe care au evitat să-l abordeze de față cu mine câteva luni bune, cât timp am fost în probe și până când nu am asistat la o scenă care lăsa puține dubii legate de secretul lui atât de bine evitat. Veneam de la facultate, grăbit să scap de praful adunat în gât și în creier într-o zi de bibliotecă și de cursuri pe care le înghițeam pe nemestecate, deja aproape convins că nu acolo găseam ce-mi trebuia mie la vremea aia. Am traversat pe la statui, am luat-o pe lângă barul lui George Mihăiță, apoi am cotit-o la dreapta, spre Biblioteca Națională, și-mi amintesc ce gândeam atunci, ba mai mult, ce simțeam, melancolia pe care-o descătușase în mine aerul rece care emana dinspre acea clădire veche în care intrasem pentru prima oară în liceu, când începusem să evit din răsputeri să-mi petrec după-amiezile în Casa cu Lei și-mi căutam refugiu fie prin Cișmigiu, fie prin Academia de Biliard de lângă pasajul de la Odeon, unde chibițam și câteodată, foarte rar, jucam. Apoi, după o discuție cu doamna Hanofi, în Biblioteca Națională, unde m-am tot codit ceva vreme până să-mi fac curaj să intru, am reușit, cu mâinile tremurând, să-mi fac abonament și, după îndelungi ezitări, să intru în sala de lectură cu mese lungi și scaune din lemn, să stau acolo fremătând de emoție până când n-am mai avut încotro și a trebuit să completez o fișă, să înaintez printre rândurile de mese, pe culoarul care ducea exact la catedra bibliotecarei, care ridicase privirea nerăbdătoare spre mine, și să-i întind acea fișă, încercând să par hârșit și urban, apoi să merg la locul meu, unde să aștept cartea. Aș fi putut cere orice carte, iar lucrul ăsta împiedica o alegere reală, așa că a trebuit să cer una care-mi era familiară, deși nu reușisem s-o citesc niciodată pentru că nu puteam să trec de prima pagină acolo, în fotoliul dinspre ușă din casa lui Ovidius, unde stăteam două-trei ore înainte de școală, de fapt înainte ca Meri să ne strige la masă. Buricele degetelor cunoșteau prea bine senzația pe care le-o dădea atingerea acelei coperte negre, cu fulgurații cenușii, colțul tocit, ca o blăniță de animal mic, ochii și mintea mea cunoșteau scrisul Celui Bătrân, de pe pagina de titlu, „Pentru Meri, cu dragoste. Ovidiu și Eugen, 25 august 1964". Și tot complexul ăsta, ochi-minte, cunoștea prima frază din carte, de care nu reușisem niciodată să trec: „Povestea lui Hans Castorp, pe care avem intenția s-o istorisim, nu de dragul lui, ci de acela al întâmplării însești care ni se pare demnă în cel mai înalt grad de a fi relatată...“. De fiecare dată când deschideam cartea, numele Hans Castorp se ridica înaintea ochilor ca un zid încoronat cu sârmă ghimpată, așa că rămâneam blocat de această înșiruire de cuvinte de unde întrezăream un teritoriu necunoscut și senzual. Dar aici, pe scaunul din lemn al bibliotecii, sub tavanul ei înalt, în răcoarea peșterii pline de cărți care însă nu se vedeau, când am ținut în mână aceeași carte, de data asta cu coperte cartonate, pentru protecție, cu cotorul învelit în pânză gri-șobolan, m-am forțat să trec de fascinația paralizantă pe care mi-o producea acel nume și să merg mai departe, chiar dacă știam că e o carte „grea“, iar în mintea mea s-a produs în amiaza aceea de sâmbătă o explozie, de parcă un flux de sânge proaspăt ar fi izbucnit în capilare și ar fi irigat un creier care până atunci zăcuse în adormire, și am citit. Am citit cu adevărat, am hăpăit cartea, chițăind încântat și exclamând cu voce tare până când bibliotecara a trebuit să mă țistuie ca să tac din gură. Și tot atunci am avut acea viziune cu mine la 40 de ani, singur, fără familie, urcând scările de la Universitate și venind aici să citesc, după orele pe care le țineam într-o școală sau într-un liceu oarecare. Imaginea asta, o proiecție liniștitoare, era refugiul meu și a rămas așa până în ultimul an de facultate, când mi-am dat seama că nu sunt destul de puternic pentru a o construi și în realitate.

Toate astea mi le-am amintit în după-amiaza aceea de primăvară, când veneam de la Litere și mă grăbeam spre terasa Argentin, pentru că mă îndrăgostisem de o fată care cânta pe stradă, într-o trupă de șapte, cărora li se adăugau și alții, fie foști cântăreți, fie indivizi care veneau doar la băuta de după, cum era Panțâru. Boema asta era pentru unii dintre ei un refugiu sau o prelungire a adolescenței, pentru ceilalți însă devenise un lucru extrem de serios, de aplicat: erau acolo, în jurul celor două mese lipite, bărbați de 35-40 de ani, tineri de 20, ființe care ezitau între vârste, toți afișând un aer hippie, cu bluzele lor de trening junker, pantalonii oversized, brățările din piele, pletele nespălate de luni de zile și bărbile nerase. Fetele erau îmbrăcate la fel, ăsta era lucrul care-ți sărea în ochi: o nediferențiere vestimentară între sexe, care se prelungea și asupra comportamentului, pentru că afișau o atitudine băiețească destul de sexy pentru un student la Litere, care era înconjurat de mironosițe și prefăcute din provincie care-și mascau jegul de sub unghii cu ojă țipătoare. Se stătea în jurul mesei și se cânta cu orele sau se tăcea, indiferent de dispoziție, însă plutea în aer un iz agresiv sexualizat. Mă simțeam ca un novice care pășește pentru prima oară în refectoriu: fata de care-mi plăcea și pe care-o cunoscusem în barul de la Litere mă chemase acolo, la o băută, și aveam toate motivele să cred că după o să mergem undeva doar noi doi, așa că trăiam toată scena aia de beție doar ca pe un antract, prea puțin atent la ce se întâmplă, mai concentrat însă asupra unor senzații și tresăriri epidermice care mă încercau acolo, în plin soare. Pe masă era o sticlă de fernet autohton, din care fiecare își turna în păhărele mici, ca de sifon (identice cu cele în care Ovidius îmi turna sifonul în copilărie, animalul ăla acvatic de nestăpânit, care de multe ori izbucnea pe gâtul sticlei învelite-n plasă de sârmă și mă uda tot), apoi îl stingea cu un gât de bere. Se făceau glume vag sexuale, care aveau cu siguranță la bază experiențe comune, lucru care mă punea în inferioritate, iar asta mă irita. Aș fi vrut să plec, dar n-aveam destul curaj, pentru că aș fi dat dovadă de lașitate în fața Laviniei, fata brunetă, înaltă pe care o admiram de câteva luni în cafeneaua din subsolul facultății, unde stătea cu ochii în câte-o carte cu formule, așteptând vreo prietenă care sosea într-un târziu, cu părul rasta strâns în creștet, cu bustul învelit de o bluză de trening strâmtă, niște șalvari africani largi și sandale colorate. Păreau să poarte o uniformă de grup, dar Lavinia era specială: silueta ei zveltă, prelungă (sâni mici), părul negru-petrol, ochii verzi și atitudinea băiețoasă, bașca faptul că era studentă la Matematică o făceau pentru mine mai interesantă decât tot restul găștii.

La masă însă mi s-a părut distantă, apoi, într-un târziu mi-am dat seama că era beată sau eventual fumată, pentru că adoptase stilul teatral pe care ți-l dă amețeala ușoară și mă ignora agresiv, stând cu spatele pe jumătate întors la mine, la cămașa mea albă obvios intelectuală și prețioasă, la geanta mea plină cu cărți pe care o așezasem lângă scaun și la aerul meu exploziv stingher.

Am hotărât să-mi prelungesc șederea acolo cu încă cinci minute, ca să nu par afectat, apoi să plec și aproape că mă împăcasem cu gândul, când l-am observat, în partea cealaltă a mesei, l-am observat poate pentru că părea la fel de pierdut ca mine: foarte bronzat, probabil de la soarele din Vamă, unde gașca stătea cu lunile, și cu privirea pierdută înspre mijlocul mesei, cu paharul gol în față și nebăgat în seamă de nimeni, pentru că ăilalți erau obișnuiți cu absențele astea nemotivate ale lui. Pe față îi cădea o fâșie de soare ce îi tăia trăsăturile în două, ca o lamă de cuțit, așa că am început să-l studiez cu atenție, brațele subțiri, bronzate, pe care se vedeau urmele tăieturilor de lamă, clapele unui pian, gâtul la fel de subțire, cu un măr al lui Adam proeminent, chelia care nu-i stătea deloc rău. Începusem să mă îmbăt și să mă scufund în veselia comună, care încă mi se părea forțată și teatrală, când am văzut cum se ridică încet, fără să-l bage cineva în seamă, și pornește spre marginea de beton a terasei, iese în străduța dintre ea și Club A, se oprește în fața unei bălți strânse în scobitura pavajului, de la o mașină pe care cineva și-o spălase acolo mai devreme, și începe să se dezbrace tacticos: mai întâi cămașa verzuie, apoi desface cureaua și își lasă pantalonii în vine, sub curul osos, aruncă sandalele cu mișcări prelungi, se așază pe bordură, cu fața la noi, cu fața spre liniștea care s-a trântit peste toată terasa, peste tot orașul, își trage blugii din picioare, întâi un picior subțire, bronzat, apoi celălalt, îi așază lângă el, apucă iar cămașa, o înmoaie în baltă și începe s-o spele cu o fericire extatică întipărită pe chip, s-o treacă prin apă ca fetița din *Cartea Junglei* care-l momește pe Mowgli în final, și mă aștept din clipă-n clipă să înceapă să cânte, dar el nu spune nimic, doar rânjește așa, fericit, și freacă pânza îmbibată de zoaie cu detergent. În câteva minute, în jurul lui s-au strâns țiganii din curtea terasei, adunați de cei doi copii ai familiei, Marinică cel gras și Bățu cel slab, care încep să-l ia la mișto și devin cu fiecare clipă ce trece mai agresivi, așa că abia atunci gașca se urnește și încearcă să-l desprindă de acolo, sub privirile disprețuitoare ale țiganilor, și el începe să urle, un urlet cum mai auzeam noaptea, câteodată, în Casa cu Lei, venind dinspre Giurgiului, când se născea câte un scandal și femeile care asistau la bătaie urlau cu vocile lor pițigăiate: „Nu mai da, Fane, că-l omori, îl omori, Fane!“, atunci Fane probabil că dădea cu mai multă sete, pentru că urletele alea nu erau menite să-l oprească, ci să-l înfierbânte, erau ca răgetele leoaicelor care cheamă masculii la montă. Dar urletul lui Panțâru era mai intens, mai pătrunzător, reverberat de clădirile din jurul terasei, un urlet sălbatic și tragic. Bărbații din gașcă îl țineau de mâini, iar el azvârlea din picioare, lăsându-se cu toată greutatea pe brațele lor, pe spate, urla în sus, înspre fâșia de cer dintre acoperișurile acelor blocuri vechi și părăginite. Părea că vrea să-și scuipe sufletul acolo, în strada care se liniștise, dus, tras, cărat, împins de toți, dar pe față avea un rânjet care contrasta total cu tragismul situației. Mi-am dat seama că mi s-a făcut rău, că mă încearcă greața pe care o simțeam în copilărie când un matur se purta ciudat, depășea granițele unui comportament omologat de mine ca fiind adecvat oamenilor mari. M-am ridicat și am luat-o la goană printre mese, apoi în direcția opusă grupului, apoi mi-am dat seama că îmi uitasem geanta. Când m-am întors, privirea mea a întâlnit-o pe-a Laviniei, care se uita la mine cu un dispreț strivitor, în timp ce părea să negocieze cu grupul de țigani, care mirosiseră sânge și deveniseră agresivi.

*

În ultimii 15 ani îmbătrânise mult, se uscase ca o plantă uitată-n balcon și își lăsase părul care-i înconjura chelia să crească în niște lațe murdare, ce-i amplificau aerul bătrânicios și de pe altă lume pe care-l avea și-n trecut. Mi-am amintit, în ceasurile de noapte când vegheam casa lui Voronca de peste drum, urmărind umbrele trimise de lumina lampioanelor pe pereții care-și lepădaseră tencuiala, mi-am amintit discuția pe care am avut-o cu Lavinia, la o săptămână după scena aceea de la Argentin, când am reîntâlnit-o după privirea ei plină de dispreț. Stăteam, ca de obicei între două seminare, la o cafea în barul de la Litere, când am văzut-o coborând scara în melc, i-am văzut mai întâi picioarele lungi, care rămâneau lungi chiar și în pantalonii ei foarte largi, ethnies, apoi trunchiul cu sâni mici, strâns în bluza de trening albastră care se ridica adesea și-i lăsa la vedere buricul delicat, apoi umerii acoperiți de părul rasta lung, negru care contrasta izbitor cu tenul foarte alb, ochii verzi care se strângeau în întunericul barului, în încercarea de a se adapta. Apoi m-a văzut și ea și mi-a făcut veselă cu mâna, zâmbindu-mi zeflemitor, și s-a oprit la bar să-și ia o cafea. M-am întrebat dacă o să vină la mine sau dacă va prefera să se așeze în altă parte, parafând astfel o despărțire înainte ca orice altceva să fi avut loc. În cazul în care ar fi vrut să mai vorbească cu mine, eram hotărât să mint, să-i spun că mi se făcuse rău, că... Dar n-a fost cazul, a venit veselă direct spre mine, s-a aplecat și m-a pupat pe obraz, iar șuvițele părului ei, pe care le visam noaptea răsfirate la suprafața apelor unui lac negru, m-au gâdilat pe gât.

— Hei! Unde-ai dispărut?

Adusese cu ea aerul proaspăt de afară și pe obrajii palizi parcă s-ar fi ghicit două pete roșii, simetrice, ca la fetițele din revistele manga.

Am bâlbâit ceva foarte vag, destul cât să nu tac, dar mă simțeam ușurat, pentru că fuga mea nu părea să fi fost luată prea în serios. Discuția a ajuns repede la Panțâru și am devenit din ce în ce mai curios să aflu mai multe despre el, pe măsură ce Lavinia îmi dădea amănunte cu țârâita. Mi-a spus că era cel mai bătrân din grup, avea aproape 40 de ani, și că, spre deosebire de ceilalți, era un om cu un trecut dublu, punctat de asemenea căderi, care erau urmate de spitalizări îndelungate, de unde ieșea secătuit de puteri, dar cumva cumințit, dresat, pus cu botul pe labe. Apoi, încet-încet, își revenea, devenea un tip comunicativ, glumeț și rațional.

— Are familie, știi?

Lavinia și-a aprins o țigară mentolată și a suflat primul fum în sus, țuguindu-și buzele, privindu-mă atentă cu ochii ăia de coșmar.

— Soție, doi copii, casă, mașină, tot, ca la carte.

— Serios? Și cum se împacă ei cu treaba asta?

— Nu știu, cred că nevastă-sa e mulțumită să-l știe departe de copii când face crizele astea. L-a suportat ani la rând până când, după ce-a ieșit pentru a nu știu câta oară de la „Obregia", i-a spus că ar fi mai bine să stea departe de ei. Într-un fel, o-nțeleg și pe ea. Când e bine, are chef doar de distracție, zice că nu știe cât îl mai ține, așa că încearcă să profite de creierul lui cât mai e al lui. Tipa aia, săraca, ajunsese să se bucure când îl vedea beat, și nu nebun. Dacă mirosea a băutură însemna că e bine. Până când nici așa n-a mai fost bine, devenise foarte deprimat, avea accese de violență și au ajuns amândoi la un acord: să-i viziteze doar când e sigur că se simte bine, ca ăia mici să nu-l vadă decât așa. Când îl vezi îmbrăcat curat, călcat, freș, ori vine de la ei, ori se pregătește să-i viziteze.

Nu am reținut multe din relația de câteva luni cu Lavinia, doar pubisul ei ras și proeminent, pieptul care, atunci când stătea întinsă pe spate, arăta ca al unui băiat, nopțile albe din garsoniera ei din Doamna Ghica, jointurile pe care le fumam în balconul de la ultimul etaj al blocului, unde vara era îngrozitor de cald și nu puteai sta decât dezbrăcat, visele agitate pe care le aveam în spațiul acela înghesuit, lângă corpul ei androgin pe care știam că nu-l merit și lângă care mă simțeam la fel de străin ca în mijlocul grupului cu care umbla. „Familia mea", așa îi numea și nici prin cap nu-i trecea să facem ceva care să nu-i includă și pe ei într-o formă sau alta. Au fost câteva luni în care acum știu că mă pregăteam să provoc ruptura, să mă repoziționez cumva în propria viață. Iar pentru toată tensiunea asta compensam pierzând vremea cu Lavinia și cu ceilalți șase cântăreți, tocmai pentru că nu păreau să poarte pe umeri greutatea vreunui viitor. Mă simțeam ca-ntr-o tabără de yoga și starea asta de imponderabilitate o irita cumplit pe Ralu, care, când mă prindea prin Casa cu Lei, pe unde mai treceam ca să mă schimb și să mănânc, mă privea cu ochii ei albaștri, ținând țigara ridicată la nivelul gurii, și pufnea ironic, cu tot disprețul de care era capabilă, apoi îmi arunca din colțul gurii:

— Iar ai căzut în pizdă, șoricel?

Mă strecuram pe lângă ea în tăcere, atingeam cu palma botul leului din dreapta, care era lustruit de la acest gest făcut deja de atâția ani, și urcam în camera mea, care purta încă vestigiile adolescenței, posterele cu Metallica, Slayer și cu Eddie cocoțat pe o cracă, afișul de la *Fear of the Dark*. Stăteam în întuneric, cu muzica dată destul de tare încât să acopere zgomotele certurilor continue dintre ea și Sergiu, privind pe geam, peste coroana nucului bătrân, în Cimitirul Evreiesc, peste care se lăsa seara. Lângă rădăcina nucului, la o distanță de patru pași medii, erau tufele înalte de măceș în care știam că se ascunde capacul de canal sub care se afla scara aceea metalică pe care o coborâsem în nopțile din urmă cu cinci-șase ani, când sondasem tunelul tăiat în două de ape murdare, pe care pluteau cadavre de animal și care mă dusese în săli boltite, din cărămidă învelită-n mușchi, apoi în alte tuneluri, din ce în ce mai strâmte, până în columbarul Crematoriului Cenușa, iar de acolo în sala de incinerare, unde îl văzusem pe bătrânul cu păr lung, alb și unghii ca niște gheare ce-mi zâmbise atât de blând. Leșinul, faptul că m-am trezit apoi culcat lângă capacul de canal, groaza pe care o simțeam cu fiecare petic de epidermă, nopțile interminabile în care vegheasem acea cale de acces pe care mă așteptam s-o văd deschisă pentru ca prin gaura neagră să se ițească mai întâi unghiile, apoi părul...

Ieșeam să mâncăm în curtea din față, unde Sergiu pusese masa de terasă, din plastic, și unde mestecam în tăcere, în timp ce ei doi se ignorau reciproc. Când Ralu strângea farfuriile și Sergiu își aprindea o țigară, îi anunțam că urmează să lipsesc și în noaptea aia, iar Ralu se oprea pentru o fracțiune de secundă, în picioare, și șuiera un „Mda!", dând din cap a exasperare, și pleca în bucătărie tocănind pe tocurile ei înalte.

Sergiu, cu părul lui negru acum înspicat, cu pielea întunecată și încrețită în jurul ochilor, mă măsura zâmbind și mă întreba:

— Deci, Marocane, avem gagică?

— Avem...

— Mișto?

Ridicam din umeri, bucuros că lângă el, la masa de plastic, puteam să tac, să vorbesc doar dacă am chef. La care el încuviința elegant din cap, ca un degustător de vin căruia nu trebuie să-i dai să guste sau să miroasă, care-și imaginează gustul, își supune papilele unei fantasme. Apoi îmi povestea despre o gagică pe care o avusese el în tinerețe, o voleibalistă pe care o agățase la mare, și gagica stătea jos când au făcut cunoștință, au băut, au glumit, tot tacâmul, a început să se dea la ea, s-au pupat, s-au îmbătat, iar când s-au ridicat, tipa avea cel puțin un cap peste el și mai purta și tocuri („Fii atent, Marocane: se ridică gagica și era cât o girafă, mie-mi stătea deja băutura-n gât, la care zice fata: «Auleu, unde-s saboții mei?», se bagă sub masă și de acolo iese cu două namile din alea cu platforme din plută. Mergeam amândoi pe stradă, ne țineam de gât, adică ea pe mine, și întorcea toată lumea capul după noi").

Apoi schimba brusc registrul:

— Înțelege-o și tu pe Ralu... Nu-i e ușor să te vadă plecat așa, cu zilele, își face griji...

— Nu pare să-și facă griji, mai curând are ceva cu ideea de femeie, de altă femeie.

Sergiu zâmbea, zâmbea mai des în acei ani, resemnarea i se cuibărise în oase parcă și doar foarte rar îi revenea aerul ăla drăcos pe care-l avea în copilăria mea.

— La treaba asta n-ai ce-i face... așa a fost ea întotdeauna. Nu-ți aduci aminte ce-mi făcea mie?

— Ooo, Cozmăciuca!

— Yes, Sir!

Afacerea Cozmăciuca era o legendă în Casa cu Lei. Totul se petrecuse la câteva luni după ce Sergiu se mutase cu noi, iar lui Ralu îi trecuse primul val de îndrăgosteală, așa că-n relația lor începuseră să apară fisuri, deocamdată firave: mici scene de gelozie mascate sub aparența unei glume, apropouri legate de ziua de lucru neobișnuit de lungă a unui șef de sală care numai ospătar nu era. Revenea din ce în ce mai des în discuțiile astea aparent destinse numele unei ospătărițe de la Pescarul, Lucica, o fată grăsuță și simpatică, moldoveancă, pe care Sergiu probabil o mai pișca de cur câteodată și pe care Ralu o ura cu sinceritate, deși, lucru evident pentru toată lumea, fata aia nu-i putea sta alături la nici un capitol. Dar gelozia era boala lui Ralu, era marca ei înregistrată, dacă n-o exercita timp de câteva luni, creștea în ea ca un cancer până când exploda. Totul a culminat, într-o dimineață de primăvară, cu o scenă care, pusă alături de zecile de înmormântări evreiești la care asistasem în anii aceia, a contribuit, cred, la formarea personalității mele dramatice, de bufon.

Am coborât și am găsit-o în curte, la masă, cu o cană de nes în față și o țigară aproape fumată între degete. Își ținea capul în pumnul celeilalte mâini și privea în gol. Când mi-a auzit pașii, s-a forțat să-mi zâmbească:

— Te-ai trezit, Chiț-Chiț? Ia și mănâncă sendvișul ăsta și-mbracă-te, că avem treabă.

Avea un ton de necontrazis, așa c-am hotărât c-ar fi înțelept să fac exact ce-mi spune. Când am coborât din nou, îmbrăcat, Ralu mă aștepta în fața porții, gătită de zile mari, cu sandalele ei bune, cu toc înalt și o fustă de blugi deasupra genunchilor. Lângă picior avea un geamantan uriaș, cel pe care-l luam de obicei când mergeam la mare, din piele de porc, cu catarame, dar știam sigur că nu plecăm nicăieri, pentru că m-ar fi pus și pe mine să-mi pregătesc lucruri, așa că muream de curiozitate să asist la drama care se pregătea.

M-a luat de mână și am pornit spre stația de metrou Pieptănari, cea îmbrăcată-n cărămizi stacojii, așa că am dedus că mergem undeva în centru. Într-adevăr, am coborât la Universitate și am urcat pe la ieșirea de vizavi de Intercontinental. Atunci am început să mă tem și să fac legături, pentru că în dreptul acelei guri de metrou era chiar Pescarul, restaurantul unde Sergiu ne dusese atunci când intrase în viața noastră.

Ralu m-a lăsat în urmă și a intrat vijelios în restaurantul unde întotdeauna părea să fie 7-8 seara, indiferent de oră și de vremea de afară. Acum, dimineața, nu prea era nici un client, ceea ce slujea de minune planurilor ei, așa că a pășit ca o walkirie călare pe nor, cu geanta maronie misterioasă în mâna dreaptă, iar cu stânga întinsă în urmă, cu palma desfăcută, așteptând să mă prind de ea, iar asta, am știut, nu pentru că-i era drag de mine sau pentru că ar fi avut nevoie de ajutorul meu, ci din nevoia de a completa un tablou dramatic la care pictase în minte, probabil zile întregi. Femeia rănită: ființă mitologică, cu pletele negre despletite pe umeri, cu ochii înlăcrimați, purtând o geantă grea într-o mână și pruncul în cealaltă. Îmi amintea de o asemenea femeie pe care o văzusem într-una dintre picturile de pe un vas grecesc, reprodusă în ediția mea din *Legendele Olimpului*: o regină mândră, care fuge din Troia cuprinsă de flăcări, purtând o boccea și un copilaș, în alaiul norocoșilor care au supraviețuit vicleniei grecești, alături de Enea. Dar ea era mai mult de-atât: cu pieptul plin scos în față, cu ochii mijiți de mânie, era întruchiparea unei Erinii sălbatice pornite într-o expediție de pedepsire, gata să spulbere tot ce-i ieșea-n cale. Iar în cale i s-a nimerit Ninel, ospătar de carieră, un țigan elegant, cu maniere de cârciumă bine cizelate, tovarăș la cataramă cu Sergiu, pe care-l acoperea când pleca din restaurant ca să-și facă bișnița.

— O, tovarășa Ralu! Sergiu nu-i, n-a venit azi deloc, a șoptit el onctuos.

— Bună, Ninel, a grăit Nemesis, fiica nopții, a lui Nyx. Nu-l caut pe măgar. Ia zi, Cozmăciuca a venit la muncă?

Chipul bietului muritor s-a luminat a înțelegere și l-am simțit cum brusc începe să savureze întreaga situație:

— Da, cum să nu, doamna Raluca, vreți s-o chem?

— Da, spune-i lu' putoarea aia să vină pân-aici.

Am privit în sus, la ea, și am văzut că i se înroșise baza gâtului, așa cum se întâmpla în momentele de mare tensiune sau când era emoționată. Am stat în sala mare a restaurantului, nemișcați, în timp ce de undeva se auzea cântând Angela Similea, „Casa mea". Din bucătărie, răsunau zgomotele unor voci care se certau și mi-am dat seama, cu instinctul unui animal, că muritoarea Cozmăciuc Lucica nu vrea să iasă de acolo, să dea piept cu zeița. Dar celălalt muritor, Ninel, avea un simț deosebit al spectacolului, prin urmare n-ar fi ratat pentru nimic în lume tocmai scena înfruntării, a pedepsirii, așa că l-am auzit urlând la ea. Ușile de la bucătărie s-au deschis încet și de după ele s-a strecurat o ființă comună, dar tânără, să fi avut cel mult 25 de ani, cu părul șaten-deschis, bondoacă, cu o pereche impresionantă de țâțe care-i întindeau nasturii cămășii de ospătăriță gata să-i rupă și care o ajutaseră probabil în mod decisiv la angajare. A apărut cu carnețelul pe care nota comenzile într-o mână și o tavă în cealaltă, armata învinsă prezentând ofrandele. Pe drum a început să-și facă curaj, am văzut cum își impune să facă ea deschiderea. Dar n-a avut timp și nici creierul n-o ajuta. Am auzit-o pe Nemesis șuierând printre dinți:

— Tu ești, fă, urâto?

— Da' de ce vorbiți, tovarășa, așa cu mine?

— Da' cum să vorbesc cu tine, putoare?

Și din ceruri a început să se audă preludiul Cavalcadei Walkiriilor.

— Cum să vorbesc, fă, nenorocito, păi, tu spargi o casă de oameni, curva dreacu', păi, ia uite-te la ea, că de ce vorbesc așa? Futu-ți rasa-n cur de moldoveancă împuțită. Ia de-aici: boarfe murdare! a urlat, aruncând între ele două geanta misterioasă. Dacă tot îți place să-i sugi pula, ia spală-i și chiloții murdari, pârțotina dracu'.

Aia se înmuiase toată și din spatele ușii dinspre bucătărie se auzea chițăitul lui Ninel, care nu mai avusese de mult parte de așa ceva.

— Stați, doamnă, ce pulă să sug eu, că domnu' Sergiu e șefu' meu. Să moară măicuța mea dacă...

— Taci, fir-ai a dreacu' – și din gura zeiței ieșeau blestemele mâniei, în timp ce mâna eliberată de rufele trădătorului se ridica spre ceruri (tavan lambrisat), iar cu cealaltă zgâlțâia pruncul nevinovat. N-aveți, fă, atâția bărbați pe lumea asta, de trebuie să luați tații de lângă copii? Să pui mâna și să-l ții la tine, să-i speli tu și să-i gătești, dacă așa de mult îți place, a zis triumfătoare Nemesis și a făcut cale-ntoarsă, spre carul de luptă unde caii cu bot înspumat nechezau înfricoșător.

Din ușă s-a mai întors o dată, pe jumătate, și i-a zis cu o voce calmă, tristă, resemnată:

— Dar-ar canceru-n tine de boarfă.

*

Ralu. Cum știa ea să ia materia vieții și s-o închege cu mâinile goale într-o tragedie! Nimic nu era tern, simplu, nedemn de a fi pus în scenă. O luptă era viața ei și, dacă nu erai croit dintr-un aliaj destul de dur, te putea spulbera într-o clipită. În ziua aceea, în metrou, m-a strâns în brațe, ca atunci când eram mic și eram iubitul lu' mama, și am plâns așa, amândoi, pe scaunele roșii, sub privirile compătimitoare ale oamenilor muncii.

— Măi, băiețel, ce viață avem și noi, mi-a spus într-un târziu și mi-a venit să râd, pentru că brusc devenise Niobe, dar învățasem și eu ceva de la ea, așa că am strâns-o și mai tare în brațe și mi-am băgat capul între țâțele ei maiestuoase, pe care le-am udat cu lacrimi amare.

A fost una dintre zilele noastre memorabile, în care ne-am dat măsura întreagă a talentului și a pregătirii: a fost o reprezentație cum un mare actor prinde de câteva ori în viață și pentru care publicul și-l amintește decenii la rând. Ajunși acasă, mi-a dat să mănânc cu mare grijă și dăruire, ca-n cartea cu Heidi din care-mi citea cu ani în urmă, și mai că m-așteptam ca la poartă să poposească o capră pe care s-o mulgă ca să-mi dea și o cană cu lapte proaspăt. Apoi și-a pus halatul de lucru și s-a aruncat cu furie asupra pânzei începute din atelier, fluierând printre dinți, intelectuală, destinsă și urbană. Nu mai era Nemesis, nu mai era Niobe, era o artistă dedicată darului ei, o ființă complexă și sofisticată. Am stat lângă ea, admirând tabloul care se năștea sub ochii mei, deși încă nu înțelegeam ce reprezintă, pentru că la început nu era pe pânza albă decât o schiță foarte vagă, apoi am putut desluși un trup de femeie cuprins de flăcări verzi, apoi o siluetă alcătuită din acele flăcări, un gigant arzând care-și îndeasă în coapsă un prunc ce-mi purta iarăși trăsăturile, iar deasupra tuturor o zeiță așezată pe tronul de aur al Olimpului, intransigentă și frumoasă, ce exhiba un index monstruos înspre creatura pedepsită.

Ralu. Talentul ei de tragediană, lacrimile ei izbăvitoare și energia ei epuizantă. Când eram doar noi doi, ieșeam împreună în oraș, gătiți de duminică, ea purtând vestigiile anilor de relaxare comunistă, blugi, tricouri cu imprimeu cauciucat și ochelari de soare, așadar ea purtând acele țoale americane sau nemțești în orașul unde uniforma era alcătuită din taioare gri și pantaloni de stofă, largi, care acopereau până la vârf pantofi negri, prăfuiți. Ea pășea prin lumea aia înțolită-n blugi, un tricou negru cu sigla Pan Am, un nufăr alb, cu pletele negre prinse într-o coadă de cal sau ridicate-n vârful capului, într-un palmier. Coboram de obicei la Universitate și dădeam o raită pe la Romarta Copiilor, de unde nu cumpăram nimic, pentru că spiritul ei critic exacerbat omora orice: fie tenișii albi care-mi plăceau, fie cămașa în carouri la care ajunsesem să visez. „Țăranii", spunea destul de tare încât s-o audă și vânzătoarele împietrite de emoție. După ce pierdeam câteva ore prin magazine, fără să facem practic nimic, o luam pe bulevard, la cinematografe, pe care le aliniam ca perlele pe ață, analizând afișele, iar aici mai mereu stăteam cu inima cât un purice, pentru că știam că, dacă nu-mi joc cu destulă atenție cărțile servite, o să iau o bătaie soră cu moartea. În general, eu trăgeam spre un film de desene animate sau spre unul de arte marțiale, dar ea le expedia scurt, cu o mișcare din încheietură, ca și cum ar fi izbit un pisoiaș peste cap cu vârfurile degetelor („Prostii"), și până la urmă intram la un film care de obicei mă șoca și mă ținea treaz cu nopțile, dar care ei îi alimenta setea de dramatism. Așa s-a întâmplat într-o după-amiază de sâmbătă când am intrat la Cinema București și am văzut un film straniu în care femei goale se alergau prin interioare somptuoase și baroce de hotel, încărcate cu perne și oglinzi, cu statuete de cositor, cu umbre ce înghițeau întregul spațiu, și un bărbat întors dintr-o călătorie înșelătoare își omora soția cu un cuțit sub privirile mele îngrozite. Dar nu neapărat imaginile m-au șocat atunci, ci muzica, pentru că mi s-a părut că în cazul acela e mai importantă chiar decât povestea. Era acolo un dialog violent între pian și vioară, care începea domol, pentru a se dezlănțui sălbatic, și creștea mai apoi în intensitate până la incandescență, și mi-am dat seama pe loc că sunetele acelea nu aveau rolul de a acompania acțiunea filmului, ci că ele sunt piesele care alcătuiesc motorul acțiunii personajelor. Am reținut numele filmului, pentru că eram fascinat de orice sunet exotic, iar *Sonata Kreutzer* avea ceva extrem, în mintea mea se transforma într-o imagine care se preschimba perpetuu, ca într-un caleidoscop viu în care sâni de femeie și cuțite însângerate se multiplicau și se reuneau într-o scenă ce pentru o secundă îngheța, apoi își relua mișcarea aceea de organism străvechi, de vierme arctic. Ralu mă ținea strâns de mână și, când am ridicat ochii spre ea, în întunericul sălii, am văzut că avea obrajii scăldați în lacrimi, că plângea nestăpânit, ca un om care tocmai a aflat că și-a pierdut cel mai bun prieten sau un părinte. Eu însă am fost nedumerit, zile la rând, de faptul că pe mine nu mă fascinase povestea filmului, ci mai curând sunetul viorii. De ce alungam din minte pianul, cel care vine în contrapunct și liniștește dezlănțuirea viorii? Îmi era imposibil să aud pianul, atât de captivat eram de schingiuirea acelei viori, de sălbăticia ei. Foarte târziu, după ce am ascultat de sute de ori sonata lui Beethoven, am înțeles că pentru mine vioara era Ralu, iar pianul nu exista în viața noastră de cuplu.

Era probabil 1987, iar după film Ralu m-a lăsat în holul cinematografului, cât ea s-a dus la toaletă să se aranjeze, să-și refacă chipul devastat de experiența aceea cinefilă și muzicală (deși eram convins că pentru ea muzica fusese doar un acompaniament, cel mult un potențator al tragediei vizuale), de unde a ieșit cu expresia unui om care a trecut printr-o experiență purificatoare, cu ochii încă umezi, cu baza gâtului stacojie și cu o expresie de fericire sălbatică pe chip, o fericire și autentică, și simulată, în egală măsură, ca un bolnav care s-ar fi prăbușit la picioarele buboase ale unei doftoroaie și, în timp ce mâna aceleia ar fi făcut farmecele cerute, el ar fi simțit o ușurare pe care însă ar fi știut că nu trebuie s-o pună în cârca vrăjitoarei, ci mai curând într-a unei reechilibrări subite a umorilor, o eliberare a gazelor otrăvitoare din pântece, dar, ridicându-se în picioare, ar fi simulat o recunoștință religioasă în fața miracolului, simulare pe jumătate autentică pentru că nimic nu e mai autentic decât mirarea noastră în fața unei subite stări de bine.

Așa m-a luat de mână și am trecut prin fața Casei Armatei (căreia Ralu îi spunea „Casa Armății"), pe peronul larg unde mulți ani mai târziu aveam să fac fotografia de încheiere a liceului, laolaltă cu alți 44 de adolescenți de care apoi nu voi mai auzi nimic, și unde se va înălța un afișaj electronic ce număra zilele rămase până la anularea obligativității armatei. Cât timp fuseserăm ascunși în adăpostul atomic al sălii de cinema, asurziți de cearta dintre pian și vioară, cu fantomele filmului jucându-ne pe obraji, ai mei supți, famelici, ai ei umeziți de lacrimi, peste orașul București începuse să ningă, să ningă puternic, cum o făcea în anii aceia, așa că am ieșit într-o altă lume, una albă pe fondul negru al serii de iarnă. Ca de fiecare dată când stăteam sub perdeaua de fulgi mari, m-am simțit fericit și am privit în sus, la Ralu, care mă ținea de mână, în timp ce pe căciula din blană de vulpe i se așterneau cearșafuri succesive de zăpadă, care se topeau și se scurgeau printre firele de blană. Era îmbujorată, iar când treceam pe sub felinarele care scoteau din beznă cercuri mari de peisaj, în care intram și noi, ca-n nopțile valpurgice, o jumătate de chip îi rămânea în umbră, iar cealaltă roșie și inflamată de emoțiile cărora le căzuse pradă și m-a dus cu gândul la mărul pe care i-l oferă maștera-vrăjitoare Albei-ca-Zăpada, jumătate roșu și frumos, jumătate atins de moarte.

Am traversat apoi la Capșa și am intrat în cofetărie, unde am mâncat fiecare câte un profiterol maroniu în cupe metalice ca niște căni de spital în care i se aduce bolnavului supa lungă de vită după o operație grea. Am privit pe geam întunericul brăzdat de obuzele mici și albe care picau dintr-un zeppelin misterios, mare cât întregul oraș. Am ieșit apoi și am trecut prin fața magazinului Romarta Copiilor, care era închis deja, și atunci, la intersecția dintre Bulevardul Gheorghe Gheorghiu-Dej și Calea

Victoriei, unde lumina a patru felinare decupa o porțiune brăzdată de ninsoare și de câte un troleibuz întârziat, am simțit că nu există nicăieri în lume un peisaj mai frumos.

În noaptea aceea și multe nopți la rând după, am visat sânii dezgoliți, țuguiați, cuțitul care intra în carnea tinerei soții și, mai presus de orice, scrâșnetul viorii ce părea să conducă mâna soțului criminal.

Faptul că *Sonata Kreutzer* a impresionat-o atât de mult pe Ralu nu mă mira prea tare, pentru că intuisem deja plăcerea pe care o storcea din suferințele domestice, care-i aduceau un strop de dramă în plus. Nimic nu se compara, nici măcar moartea (de altfel, comparația e greșită, pentru că moartea o lăsa rece, am citit în ea asta și când a expiat Psihi Mu și când l-au cules pe unchiu Mircea din comuna Ciocănești, cu pieptul plin de puroi, dar și în anii când eu însumi cochetam aproape erotic cu propria moarte), cu o dramă maritală bine pusă în scenă. În perioada când se judeca cu clanul Lucescu pentru reîncredințarea mea, pleca la Tribunal (la Cremenal, cum îi zicea), pleca cu zâmbetul pe buze și cu caietul de schițe la subraț, „Culeg fețe, Chiț-Chiț“, și asista la toate procesele de divorț din ziua respectivă, schițând chipuri schimonosite de ură și de dispreț pe care în noaptea respectivă le așeza în atelierul din grădină pe umerii păroși ai unor satiri sau ai unor nimfe lascive. Dar nimic nu se compara cu ocaziile tragice în care asista la păruieli, bătăi și, cum s-a întâmplat o dată, la crime în incinta Cremenalului.

Mi-o amintesc stând cu spatele la mine, cu curul bombat într-o pereche de blugi Mustang, și povestindu-mi cu o voce tremurând de plăcere scena tragică la care asistase:

— Michi, erau doi tineri așa de frumoși, ea era brunetă, cu părul sârmos, lung până sub omoplați – și aici omoplatul ei drept făcea o mișcare de exemplificare –, el înalt și slăbuț, cu niște ochelari fini, și, când judecătoarea a pronunțat divorțul, au izbucnit amândoi în plâns, de a zis și femeia aia „De ce divorțați voi, măi, copii, că se vede că vă iubiți?“, și atunci el a urlat și a scos un cuțit din sacou, s-a repezit la fată, a prins-o de păr și i-a tăiat gâtul, harșt!, ca la miel, s-au auzit cartilajele pocnind, toată lumea striga și fugea, milițianul înțepenise acolo, un dobitoc, și, măi, Chiț-Chiț, băiatul ăla și-a băgat cuțitu' fix în inimă. Au murit amândoi...

O altă sursă de dramatism și cutremurare o oferea vizita la cimitir, la mormântul lui Ianakis, pentru că pe aleea principală din Cimitirul Reînvierea era un cavou care conținea, în spatele unui geam incasabil, statuia albă a unui adolescent cu o vioară în mână și de la el pleca o poveste foarte lungă, din care deduceam că acela fusese un copil-minune, dar că munca, exercițiul continuu îl doborâseră, ca pe Iulia Hasdeu, că n-a avut zile, bietul băiat, și aici i se schimonoseau trăsăturile și începea să plângă cu muci, căci așa era ea, Ralu, o femeie impresionabilă, căreia îi păsa de criminali și de fantome.

Ralu. Serile, indiferent dacă mai era cineva cu noi sau nu, le petreceam în fața televizorului, când începea programul național, la ora 8, cu știrile, apoi, dacă era miercuri, vedeam câte un film bun sau mai puțin bun, la televizorul nostru Sport roșu, cu două antene la spate, ca un extraterestru venit să colonizeze Șoseaua Giurgiului. Și, dacă e ceva care să-mi amintească de copilărie cu duioșie, atunci acel lucru ar fi fâșâitul gazului din bucătărie, de la cuptorul la care Ralu lăsa ușa deschisă, ca să încălzească și sufrageria pe vreme de toamnă și de iarnă, în timp ce la televizor rula vreun film cu John Wayne sau, dacă era cinemateca, câte un film foarte ciudat, cum ar fi acela din care am reținut schingiuirea unui om într-o pivniță, în timp ce pe clapele unui pian cădeau gândaci negri. E o imagine pe care mi-am amintit-o cu groază până spre 30 de ani, când am revăzut-o într-un cinematograf, probabil Europa sau Cinemateca de pe Eforie, unde se dădea o integrală Buñuel. În general însă nu erau filme care s-o pasioneze pe Ralu, așa că mai mult îmi ținea companie, mai ales că-n restul casei era foarte frig. Stătea pe canapeaua cu scene de vânătoare, celebrul Aubusson, cum îi spunea, o piesă tapițată cu goblen, înfățișând o partidă de vânătoare din Renașterea târzie, după armele și tipul armurilor purtate de personajele ce se avântă în apele învolburate ale unui râu, însoțiți de haita lor de copoi cu boturile larg deschise, pline de spume, în urmărirea unui căprior ce pare să fi scăpat după liziera unei păduri. Era o canapea incomodă, îngustă, dar lui Ralu îi plăcea să stea acolo, după ce trăgea în fața ei o măsuță japoneză neagră, sub al cărei geam era reprodusă în basorelief o scenă niponă de pescuit, cu un bătrân ascuns sub pălăria țuguiată, care tocmai a aruncat probabil undița în apă, iar alături de el se ițește silueta prelungă, devotată a unui câine. Măsuța aia o trăgea între genunchi și, în timp ce eu urmăream cu sufletul la gură pe bulgari *Șapte mirese pentru șapte frați*, ea dădea pasiențe, căzută într-o transă de hierofant sau șaman. Putea să aranjeze cu orele cărțile soioase, cu flori de crin roșii pe verso, murmurând ceva în surdină, cu privirea pierdută, suflându-și câteodată ciuful de păr care-i cădea peste frunte. Avea un pachet de cărți vechi, cu marginile înnegrite și îndoite, lucioase însă și care păreau să alunece în mod miraculos una peste cealaltă și să se aranjeze în șiruri impecabile. Le înșira pe două rânduri cu o dexteritate hipnotizantă, le muta, le întorcea, le răsturna după reguli pe care n-a vrut niciodată să mi le destăinuie. De multe ori se întâmpla, mai ales când filmul mă depășea, îl văzusem sau era pur și simplu plicticos, să rămân cu ochii în jocul ei, cu mâinile strânse la piept, într-un fior plăcut, simțind frigul prin cele două perechi de pantaloni și de șosete groase, prin puloverele și căciula pe care le purtam în casă. Jocul ei de pasiențe era cu atât mai fascinant atunci când „se lua lumina", pentru că erau anii '80, iar tovarășul Ceaușescu se hotărâse să anuleze datoriile externe prin economie la sânge, așa că nu era deloc surprinzător ca imediat după *Telejurnal*, când în mod normal ar fi început filmul, să se facă beznă și atunci alergam care de pe unde ne găseam, ghidându-ne unul pe celălalt după voce, verificându-ne reciproc, dându-ne indicații („Mergi tu în bucătărie, că eu sunt pe scări. E în sertarul de lângă aragaz!“) legate de chibrituri și de lumânări, până ne regăseam în sufragerie și aprindeam lumânarea, apoi ea începea să joace chiar sub cupola de lumină a focului care ardea ca un motan în călduri, iar eu stăteam cu botul pe labe, întins pe burtă, sau cu genunchii la gură și cu ochii ațintiți la mișcările de vrăjitoare ale mâinilor ei cu unghii roșii. Tot așa, peste trei decenii, aveam să urmăresc fascinat trăsăturile copiilor mei într-o seară de aprilie, o seară de sâmbătă, când Ioana a hotărât să ținem ora Pământului, adică să oprim curentul electric timp de o oră, iar ei erau cuprinși de o bucurie caldă în atmosfera cu totul neobișnuită care învăluise casa, în absența oricărui zgomot alb care de obicei asigura un fond liniștitor vieții noastre. Și atunci, privindu-le trăsăturile dezvăluite și ascunse totodată de lumina lumânării, m-am hotărât să le citesc ceva, așa cum Ralu câteodată, săturându-se de jocul ei, pleca spre bibliotecă, de unde venea cu un volum de Jules Verne, probabil *Copiii căpitanului Grant*, și începea să-mi citească despre Paganel, omul de știință distrat, iar eu mai mult visam la acel condor de pe coperta cărții decât ascultam cuvintele ei. M-am dus în dormitorul nostru, încercând să mă țin de cuvânt și să nu folosesc nici lumina telefonului în căutarea mea, ca un pariu cu mine, cu orgoliul meu de organizator al bibliotecii, și, pe când pipăiam cu degetele copertele cărților de pe raftul unde știam că este aceeași carte a lui Jules Verne, am simțit că-mi stă inima-n loc, că mi se scurge tot sângele din cap și mi se înmoaie genunchii, că mă cuprinde o frică teribilă, una care nu-și avea originea pe lumea asta, ci venea de undeva, de sub pământ. Nu a ținut mult, a fost ca și cum lumea s-ar fi oprit pentru o fracțiune de secundă, apoi imediat s-a auzit soneria telefonului fix și atunci am știut la ce se referea avertizarea, pentru că un singur om avea numărul nostru de fix, iar acela era Ovidius, iar Meri era în spital, după un al doilea atac cerebral care o lăsase paralizată, așa că am înțeles atunci de ce am avut starea de panică și m-am lăsat ușor să cad pe lângă bibliotecă, ascultând glasul Ioanei, tonul ei dezolat, primind deci confirmarea morții. Fusesem chiar în dimineața aceea la spital, unde am stat în fața blocului de terapie intensivă când ei doi, Ovidiu și Genu, au intrat, rugându-mă să nu vin, pentru că ea nu și-ar dori s-o văd așa, și am crezut că era vorba despre starea ei fizică, despre degradarea ei biologică, dar Ovidiu a clătinat din cap și mi-a spus:

— Nu, Michi dragă, nu asta. E goală, îi ies tuburi de peste tot, haide, stai cuminte aici, mi-a vorbit ca unui copil, deși eram trecut bine de 30 de ani și tată a doi copii, iar eu l-am ascultat, pentru că mi-am dat seama că are dreptate – nici eu nu voiam s-o văd așa.

Am rămas în urmă, privindu-i din spate, unul cocârjat, pipăind pământul cu vârful pantofului înaintea fiecărui pas, celălalt mai înalt, cu părul prins în coadă și o chelie bronzată, bombată pe care ținea în echilibru o pereche de ochelari de soare Ray Ban. Mi-era jenă de propria mea imagine, pe care nu o vedeam, dar o percepeam mică, pricăjită și ușor ștearsă, peste care trecuse o radieră mov, pentru că simțeam o ușurare copilărească la ideea că n-o s-o văd pe Meri murind. Preferam s-o plâng de după un panou, un zid, un paravan alb, dar să n-o văd ca pe un mare organ muribund din care ies țevi, tuburi, ace și pe care răsar pete ca insulele pe apa unui lac.

Ralu. Tocurile ei din lemn care bocăneau pe dalele din curte sau pe parchetul vechi al sufrageriei, pentru că purta tocuri și în casă, pantalonii ei scurți, foarte scurți, pe care-i purta când ieșea vara la poartă să întâmpine poștașul, flirturile ei pe jumătate-n glumă cu măcelarul din piața Progresul, care-i făcea semn când avea marfă, apoi ne întâlneam cu el în spatele magazinului, unde ne dădea o plasă cu carne și încerca s-o sărute cu mustața lui neagră, ea ferindu-se și râzând. Curățenia ei maniacală de sâmbăta la prânz, cum veneam de la școală, aspiratorul ei rusesc Ciaika, zis Racheta, care făcea zgomot ca la Baikonur, spălatul ei de covoare în curte, misiunile pe care mi le dădea: cumpărat pâine, șters praful, udat florile, chiar când începea Gala desenului animat, la ora 1. Ralu și bărbații, victimele ei, și lupta ei nesfârșită cu familia Lucescu, procesele de încredințare și reîncredințare a copilului, procesul de partaj în care au fost disputate cele mai mici obiecte dobândite de tânăra familie în cei doi ani ai ei de existență: casetele audio cu Abba, Beatles și Nana Mouskouri, mașina de spălat, cărțile, biblioteca, pernele decorative, benzile de magnetofon fără magnetofon, albumele cu fotografii și un panou uriaș, din lemn pictat în portocaliu, pe care era reprodus un citat din Lao Zi, în ideograme și în alfabet latin.

Ralu și nesfârșitele ei călătorii prin București de duminica, când eu aveam chef să stau acasă, drumurile cu tramvaiul luat de la Șura Mare până la Sf. Gheorghe, apoi oribila odisee prin magazinul Unirea în căutarea unei căciuli pentru mine, unde presimțeam cu groază ceea ce urma până când inevitabilul s-a produs și ea s-a postat victorioasă în fața galantarului cu căciuli din blană de iepure, rusești, cu urechi și mi-a spus gâfâind că doar una ca asta mă va apăra cum trebuie de frig. Și nu s-a lăsat impresionată de criza mea de nervi, de faptul că am îngenuncheat acolo, în magazin, sub privirile amuzate ale vânzătoarelor (avusesem o profesoară de mare calitate), de lacrimile mele uriașe, de sughițurile printre care îi spuneam că n-o să port niciodată așa ceva, pentru că o să râdă toți copiii de mine. Am plecat spre casă cu căciula în geanta ei, după ce m-a obligat s-o probez de câteva ori, s-a răzgândit tot de câteva ori până când, în final, m-a privit cu un ochi critic și mi-a spus:

— Hai, că ești simpatic!

*

S-a întâmplat într-una din serile în care simțeam un ghem în stomac, o stare de neliniște amplificată de căderea serii și de dimensiunile meschine ale chiliei în care trăiesc, să bat la ușa lui Panțâru, acum Emil, care m-a primit cu un zâmbet (un molar căzut, incisivii înnegriți) în camera lui, aproape identică celei din care tocmai fugisem, m-a invitat să mă așez pe canapeaua de două locuri de lângă peretele din stânga, iar el și-a tras un scaun chiar în fața mea. Pereții erau tapetați cu icoane de lemn sau picturi religioase acoperite cu geamuri de sticlă murdară. Într-un colț ardea o candelă care făcea aerul irespirabil, pentru că fereastra era închisă, deși afară erau, în ciuda orei târzii, peste 30 de grade. Avea puține cărți, dar printre ele am distins un volum de Marius Ianuș, din faza legionară, niște Arsenie Boca, *Filocaliile* și *Faptele Apostolilor*. I-am spus atunci că-l cunosc și mi s-a părut că o umbră îi trece peste trăsături, o aripă de pasăre, o părere doar, pentru că mi-a răspuns calm, cu o veselie deloc forțată:

— Tot ce se poate. Eu nu-mi amintesc nimic dinainte. Mi se întâmplă, când trec pe la Universitate sau pe la Unirii, să mă salute oameni care pretind că fac parte din trecutul despre care zici, dar, oricât m-aș chinui să-mi amintesc fețele lor sau evenimentele pe care mi le invocă, mă lovesc de un bloc din granit care mi-a crescut în ceafă.

Mi-a povestit cum, după ultima criză, care l-a ținut legat și sedat la „Obregia“, Spitalul 9, cum îi spuneam noi în copilărie, s-a trezit pe Bulevardul Metalurgiei, în plin soare, îmbrăcat cu niște haine pe care nu le recunoștea și doar cu amintirea faptului că are o familie undeva, pe Strada Mitropolitul Nifon, într-o casă căreia îi știa toate ascunzișurile și toate cotloanele, pentru că-și petrecuse doi ani din viață alături de echipa de constructori, alături de arhitectul care i-o schițase. Nu avea nici un ban, doar actele și o cunoaștere ezoterică a orașului, așa că a luat metroul de la Big spre Unirii și de acolo a mers pe jos, coborând pe bulevardul larg până a ajuns la intersecția cu Mărășești, iar apoi înspre Parcul Carol, unde a stat ore întregi privind rațele de pe lac sau încremenirea soldaților care păzeau flacăra sfântă a eroilor neamului până când a căpătat curajul de a se îndrepta spre casă. A stat în fața porții, sub privirile unor vecini care păreau să-l cunoască, dar nu-l salutau, a stat cu fruntea lipită de gardul verde cu bază din beton despre care știa absolut toate amănuntele turnării, întrebându-se ce e cu el și cum a ajuns aici. Într-un târziu, a sunat, ascultând trilul vesel al soneriei cu inima cât un purice și lătratul labradorului auriu care-l simțise de ceva vreme și scheuna în grădină. A auzit vocea soției lui întrebând „Cine e?" și chiar în clipa aia și-a amintit că o cheamă Laura, că fuseseră colegi de facultate, la ASE, Finanțe-Bănci, că e brunetă, că are ochii albaștri și o pată din naștere pe coapsa dreaptă, că face dragoste discret, cu pudoare și că au împreună două fetițe, una de 12, cealaltă de 9 ani, iar când poarta s-a deschis și a văzut-o pe Laura, încremenită, cu o expresie înfricoșată pe chip, a înțeles că nu va sta prea mult acolo.

Laura a schițat un zâmbet forțat, dar toată ființa ei îi transmitea că-i e frică, așa cum și lui îi era frică, frică de ceva ce nu înțelegea deloc, și ar fi dat zece ani din viață doar pentru a înțelege frica asta, pentru că încă avea o doză de optimism care-l îndemna să creadă că orice poate fi rezolvat. Laura l-a primit tăcută în casă, în sufragerie, unde au apărut cele două fete, una în spatele celeilalte, aproape imitându-se ca-ntr-un joc, cea mare cu o expresie dușmănoasă, cea mică cu ochii mari, probabil necontaminată încă de frica din jur.

— Acum ai ieșit, Emil? Lăsasem vorbă la spital să fiu anunțată. Am dat și șpagă...

— Da... a îngăimat fără să știe cum poate continua explicația sau povestea, pentru că nici el nu înțelegea nimic, doar tensiunea strivitoare ce-i apăsa pe toți patru, și, cum trupul lui știa mai multe, s-a așezat în fotoliul preferat, privind în gol.

Laura le-a chemat pe fete și le-a spus să pună masa, pentru că „lui tati îi e foame", iar ele au început să se agite prin bucătărie, să pună cele patru seturi de farfurii, de tacâmuri, într-o agitație care îi trezea sentimente confuze, pentru că nu-și dădea încă seama unde aveau să ducă toate astea, așa că, atunci când a trecut pe lângă el, a prins-o de mână pe Laura, care s-a oprit din mers și a rămas încremenită, fără a spune nimic, doar privind înainte, în tăcere. Avea un nod în gât care-l împiedica să vorbească și oricum nu știa ce ar fi putut spune, doar că se simțea ca un copil și orice copil are nevoie de o casă și de o familie, dar nimic din toate astea nu i-au ieșit pe gură. Au stat așa câteva clipe, el ținând-o de încheietura mâinii stângi, ea privind în față, spre scările care urcau la etaj, unde știa că se află trei camere și o baie, unde e dormitorul lor cu patul dublu cu cadru de lemn și salteaua de la IKEA, peste care pusese o suprasaltea de la Dormeo pentru că îl durea spatele, dar așa vara îi era foarte cald și se trezea dimineața leoarcă de transpirație și trist, însetat, se ridica din pat și rămânea în capul oaselor, privindu-și picioarele cu degete rășchirate, de fapt privind într-un loc pe care nici măcar el nu-l cunoștea, dar de unde ieșeau acele episoade de rătăcire ce erau blestemul lui. În secunda cât a ținut-o de mână, și-a amintit copilăria din Rahova, un tată care imediat după Revoluție plecase la muncă-n Germania, de unde nu se mai întorsese („Milică, tată, tot secretul la bicicletă e să pedalezi, să nu te oprești niciodată și să ții ghidonul drept"), o mamă care la câteva luni își găsise un tip care se mutase cu ei și care nu-l suporta, apoi independența lui și echilibrul între două vieți, cea de funcționar la bancă ziua, cu cămăși albe, bine călcate, politețe exagerată și pauză de prânz, și cealaltă seara, o boemă în care-și elibera toate frustrările acumulate ziua. Și-a amintit anii de facultate și fata brunetă cu care ieșea la film și la bere, apoi prima lor partidă de sex, care fusese atât de caldă și de familiară, încât știuse că nu are nevoie de mai mult, nunta la care tatăl nu venise, iar mama făcuse act de prezență alături de omul ăla blond și înalt care vorbea mult și apoi prima criză, celebra aură prevestitoare, primul episod de amnezie după care redescoperise lumea învăluită de o peliculă uleioasă pe care înainte n-o percepuse. Frica, necontenita frică de a trăi așa, știind că în orice clipă se poate stinge lumina, și senzația de respect religios pe care i-o stârnea apropierea asta a nebuniei. Lungile lor discuții legate de copii, de faptul că le-ar putea transmite darul lui, cum îi spunea, hotărârea de a risca, pentru că amândoi își doreau asta.

Tot trecutul i-a revenit în minte în secunda cât a ținut-o de mână și atunci a înțeles că nu poate rămâne, că nimeni nu-și dorește asta, nici măcar el, și că plecarea de acum trebuie să fie definitivă. Au mâncat în tăcere, dar ultima lui revelație îi adusese pacea, o liniște pe care n-o mai simțise de ani buni, așa că a devenit vorbăreț, mai ales cu Ștefana, fata cea mică, cea care părea să nu se fi contaminat de frica generală care domnea în casă. Au mâncat fasole verde cu smântână și friptură de porc la cuptor, apoi înghețată, iar la final el a spălat vasele, în timp ce Laura fuma o țigară în curte. A privit-o pe geamul bucătăriei, cum stătea cu spatele, în dreptul frânghiei de rufe, capul ei profilându-se pe fondul alb al unui cearșaf, în timp ce se întuneca încet-încet, iar dinspre Mitropolie se auzeau clopotele. A așezat vasele la uscat, a băut un pahar cu apă, apoi a urcat spre camerele fetelor și a stat de vorbă cu fiecare dintre ele, așa cum făceau cu ani în urmă, când erau amândouă foarte mici și el revenea fie după un episod de beție, fie după unul de psihoză și hotăra că orice poate fi îndreptat, numai să vrea. A făcut o baie lungă, în timpul căreia a încercat să stea cu capul la fund cât mai mult, ca-n copilărie. Apoi a intrat în dormitorul lor, al părinților, s-a schimbat în hainele pe care le știa și care miroseau a curat și a coborât în sufragerie. Laura îl aștepta, îmbrăcată, cu o cană de ceai în față.

A rămas în picioare lângă masă și de data asta s-au privit în ochi, știind fiecare că asta e soluția cea mai bună.

S-a îndreptat spre ea și a sărutat-o pe frunte, chiar dacă a simțit o timidă încercare de eschivă din partea ei. Apoi a plecat.

A ieșit de pe Nifon și a cotit-o pe 11 Iunie, apoi a urcat spre Mitropolie, unde a rămas câteva luni, cerșind și rugându-se, agățându-se de fiecare sutană și spunând că vrea să se călugărească. Nu i-a fost greu să se adapteze la privirile scârbite sau care mimau mila creștinească a enoriașilor („Băiat tânăr și-n putere...“), pentru că le cunoștea din timpul episoadelor psihotice. A devenit repede o figură cunoscută a complexului religios, mai ales pentru fervoarea cu care se ruga și pentru că se oferea mereu să dea o mână de ajutor. A trăit cu covrigi și apă, în așteptarea unei noi crize, care nu mai venea, și a început să creadă că găsise, în cele din urmă, soluția. L-a cunoscut pe părintele Nicolae, un tip blând, care nu mima milostenia creștinească, căruia i-a povestit toată viața lui de până atunci, care dădea înțelegător din cap, privindu-l cu ochii mijiți, și căruia i-a spus că pentru el călugăria este unica șansă de a îndepărta spectrul sinuciderii. Au intrat în polemici absurde, dat fiind că Nicolae îi spunea că nu se poate folosi de credință și de Dumnezeu pentru a se salva, ci că e nevoie de o dorință genuină de a se dedica unei vieți închinate Domnului, că ce vrea el este o utilizare a credinței, și nu o trăire autentică a ei. Cu toate astea, l-a înțeles și, în cele din urmă, după câteva telefoane, i-a pus în mână un bilet de tren și încă unul, în care erau scrise câteva cuvinte pentru starețul de la Sucevița. A plecat înspre Suceava cu un tren vechi, care făcea mai mult decât oricare altul, cu o carte de rugăciuni în țoșca din lână împletită pe care o căpătase și câteva nuci, plus o jumătate de pâine. A ajuns în orașul moldovean în creierii nopții și a rămas în gară până la lumină. Se simțea plin de o energie entuziastă, pe care ar fi vrut s-o împărtășească, așa că începuse să vorbească singur, să murmure rugăciunea sufletului, așa cum își murmurase pe vremuri mantrele pe plaja din Vama Veche. În mintea lui, îmi spunea trosnindu-și degetele lungi, pigmentate și pătate de tutun, cele două stări de libertate interioară, cea de hipiot care stătea cu lunile pe plajele murdare și cea de viitor călugăr, de credincios recent, erau absolut asemănătoare, de multe ori confundându-se, ca atunci când te întorci dintr-o lungă călătorie, unde ai petrecut mult timp cu străini care ți-au plăcut și care te-au plăcut și alături de care ai dezvoltat un vocabular nou, de vacanță, cu care ai făcut glume ce-și aveau sensul și coerența doar acolo, în pauza pe care ți-ai luat-o din viață, și pe care insiști să le faci și în familie, unde ești privit cu neîncredere și nedumerire.

Aici s-a întrerupt și a rămas privind gânditor pe gemulețul care dădea spre Parfumului, unde becul din piațetă se aprinsese deja, iar eu am înțeles că trebuie să-l las singur. Am ieșit discret, murmurând „Noapte bună!", și am intrat în cămăruța mea, identică, unde m-am întins pe pat și mi-am invocat scara din Trestiana, am urcat cu pași nesiguri la etajul 4, gâfâind, de parcă ascensiunea mea ar fi fost reală, până în dreptul unei uși metalice, pe care scria un singur cuvânt, *Moreno*, și atunci am avut, pentru o clipă, intenția de a mă întoarce din drum, însă mi-am dat seama repede că așa ceva nu se poate, că, odată intrat în scară, trebuie s-o parcurg până la capăt, să deschid toate ușile și să asist la toate filmele. Scaunele sunt elegante, decadente, un pluș vișiniu le învelește și știu că sunt în sala cinematografului Patria, imediat după Revoluție, unde eram și când am văzut, singur de data asta, *Crocodile Dundee*:

AP. 4

Apoteoza lui Iacov Levi Moreno

1. Procesul de încălzire

Legenda spune că Iacov Levi, zis Moreno, zis și Dumnezeu, a levitat prima oară în Cimitirul Sefard din București, când era copil. Ceea ce nu ar fi de mirare, căci într-o stare de plutire și venise pe lume viitorul zeu: se născuse în cala unui vapor, pe Marea Neagră, venind de la Stambul. Tatăl lipsea – de aici avea să extragă Moreno destulă semnificație cât să umple un raft de bibliotecă. Cam asta e legenda spusă chiar de Iacov peste decenii, când a ajuns în America. Și, dat fiind că americanilor le plac poveștile, l-au încurajat să-și țeasă plasa semantică, ochiurile de argint ale plasei de *retiarius*, astfel încât, înainte de sfârșit, când uitase tot și nu mai vorbea decât în română și în ladino, limbile copilăriei, povestea lui se suprapunea celei a sefarzilor izgoniți din Peninsula Iberică la 1492, în vara când navigatorul genovez a ridicat ancora spre Indii cu un sfert din echipaj alcătuit din evrei. Așadar, pe 31 martie 1492, din palatul Alhambra a plecat mârșavul edict care îi obliga pe evreii din peninsulă fie să se convertească, fie să părăsească cele două regate. Legenda, care îi plăcea enorm octogenarului aproape mort Moreno, spune că Isabela de Castilia și Ferdinand de Aragón erau pe cale să se răzgândească, în urma primirii unei sume uriașe de bani din partea comunității evreiești, când Torquemada s-a năpustit în apartamentele regale ținând o cruce de aur deasupra capului, ca pe sabie, și urlând la ei: „Iuda Iscarioteanul l-a trădat pe Hristos pentru 30 de arginți, iar voi o faceți pentru 30 de mii!!!". Ferdinand n-a avut de ales și a trebuit să promulge edictul. În același an, un anume Cristóbal Colón nota în *Jurnalul* său că a primit aprobarea majestăților lor de a pleca în căutarea Indiilor, însoțit de cât de mulți oameni putea lua cu el. Pe data de 3 august 1492, la câteva zile după expirarea ultimatumului dat evreilor, cele trei caravele – *Niña, Pinta* și *Santa María* – părăseau portul Palos. Din multe puncte de vedere, evreii din echipaj au fost norocoși. Restul de peste 200.000 de evrei și-au părăsit căminele și au plecat într-un foarte lung și tragic exil. Cei care trăiau în sudul Peninsulei Iberice au navigat spre nordul Africii: mulți au murit de mâna piraților, alții au pierit în furtuni, au fost capturați de spanioli, iar dintre cei 20.000 care au ajuns în fine la Fez, majoritatea au murit de tifos, care a fost urmat de un incendiu cumplit. Alții au luat calea Italiei: au fost prădați, bătuți și omorâți. Unii dintre ei s-au oprit în Corfu și în alte insule grecești, unde au fost capturați și vânduți ca sclavi. Alții s-au îndreptat spre Turcia otomană: cei care nu au fost omorâți pe drum sau care nu au pierit în burta nesățioasă a mării au fost primiți cu brațele deschise de odiosul Baiazid, care le-a dat bani și pământuri pe care să le cultive. Printre aceștia se numărau și strămoșii lui Levi Moreno, care au ajuns la Istanbul. Povestea aceasta îi era spusă în fiecare seară micului Moreno, care ne-o transmitea nouă, cei care nu aveam norocul unei mame atât de speciale ca a lui: „Levi", îi spunea Paulina, „te tragi din neamul care a descoperit Lumea Nouă!".

Strămoșii lui Levi Moreno au luat drumul Plevnei în timpul Războiului Ruso-Turc, în căutarea unei lumi mai liniștite, apoi s-au stabilit la București, care avea aura unui oraș îndeajuns de rafinat și de viu încât să fie căminul ideal pentru un neam de negustori. Au venit la București urmându-l pe Rabi Haim Bejarano, în încercarea de a fugi din calea războiului. Iacov Levi Moreno s-a născut pe data de 18 mai 1889, în casa de pe Calea Șerban Vodă nr. 50.

2. De fapt, am văzut cu ochii mei

Adunase, cum altfel?, un grup de prieteni de pe Șoseaua Giurgiului, care pe atunci tăia în două pogoanele nesfârșite cu viță-de-vie și livezi de meri și cireși prin care te puteai pierde dacă nu erai atent. Când o luai în jos, spre Calea Șerban Vodă, ajungeai la intersecția de la Șincai și în stânga aveai spitalul de ofticoși, iar în dreapta Valea Plângerii, de care era bine să treci cât mai repede. Cimitirul Spaniol era mai mic decât îl știm noi acum, iar ăsta e un paradox, pentru că atunci în țară trăiau mulți evrei, pe care între timp i-au mătrășit succesiv legionarii, Carol-Sculă-de-Fier și comuniștii (la ei fiind mai mult o problemă de regularizare a cash-flow-ului). Pe Calea Șerban Vodă tocmai se pusese piatră de râu, ce înlocuise trunchiurile de copac cu care podise drumul domnitorul Radu Șerban. Dispăruse în foc și Hanul Beilicului, care dăduse într-o vreme numele zonei, și începuseră să se mute acolo tot felul de oameni aflați în căutarea liniștii. Șerban Vodă era Elveția Bucureștilor, te pierdeai prin pajiștile din jur și nu trebuia decât să ridici mâna ca să culegi un măr sau o caisă. Tramvaiul nu urca pe Giurgiului, ci cotea spre Olteniței. Așa că acolo se termina orașul și începea un sat mai mare unde se retrăgeau obosiți bucureștenii care alergaseră toată ziua prin zgomotul capitalei.

Tatăl lui Iacov Levi-Moreno-Dumnezeu, pe numele lui Moreno Nissim Levi, se ocupa cu comerțul de lemn pentru sicrie. Pe mama lui Iacov o chema Paulina (*née* Iancu) și îi fusese dată (citește „vândută“) lui Nissim Levi la frumoasa vârstă de 14 ani. Îl născuse pe Iacov la 15 ani și jumătate. Așa erau vremurile, s-ar putea spune, însă în spatele căsătoriei stau evenimente un pic mai complexe decât s-ar bănui. Orfană de ambii părinți, fusese aruncată de frații ei mai mari într-o mănăstire catolică, dar apoi, de teamă să nu se convertească, s-au hotărât s-o mărite cu onorabilul comerciant de materie primă pentru coșciuge Moreno Nissim Levi, care nu era chiar bătrân, avea doar 32 de ani la vremea respectivă. În fond, îi plăcea lui Moreno-Dumnezeu să spună, și contele Tolstoi o luase pe Sofia când el avea 34, iar ea 18. De altfel, eu cred că Iacov Levi Moreno s-ar fi înțeles bine cu Tolstoi, s-ar fi distrat de minune împreună, mai ales în epoca de dezmăț a contelui. Problema n-a fost diferența de vârstă dintre cei doi părinți, ci faptul că domnul Nissim Levi era un tip închis, morocănos, care-și ura nevasta. Nu știu de ce o ura, pentru că nu dădeam niciodată peste el acasă când ne chema Levi să ne jucăm de-a îngerii și Dumnezeu. Cum însă tatăl lui Iacov se născuse în același an cu Sigmund Freud, Iacov avea să interpreteze cum se cuvine peste ani de zile ura aceea a tatălui față de frumoasa Paulina. Mama lui, care era o femeie tânără și frumoasă și care avea în ochii noștri și un pospai de pricepere la magie albă, vorbea câteva limbi la perfecție, adică română, ladino, germană, franceză, spaniolă, și știa să ne facă să râdem. Râdea, de exemplu, de propriul fiu când acesta, ajuns la Viena, povestea că s-a născut pe un vas, în plină furtună: „Te-ai născut într-un vas, Iacove, așa e. Eu sunt vasul ăla". Paulina era o figură: spre deosebire de mamele noastre habotnice, care nu ieșeau din cuvântul lui Rabi și care respectau tradiția religioasă iudaică cu înfricoșare, ea își plămădise propria religie, un amestec de tradiție evreiască, educație catolică de mănăstire și superstiții păgâne și medievale. Interpreta vise și ghicea în cărți, folosind tarotul pentru oricine îi solicita serviciile. Prezicea, adesea cu acuratețe, războaie, morți, nașteri, citea în cafea și-n frunzele de ceai, citea în liniile palmei și câteodată ridica nasu-n vânt, ca un câine de vânătoare, și spunea „Ceva-ceva se va-ntâmpla!".

Pe negustorul de sicrie nu-l amuza însă, drept care o bătea crunt când trecea pe acasă, dar ea îi râdea-n față și-l batjocorea. Aveam curtea lipită de a lor și, când se lăsa seara și nu ne mai asurzeau zgomotele de copite și strigătele trecătorilor de pe Șerban Vodă, se auzeau din casă urletele lor, mai ales ale ei, care fugea din calea cioclului și-l ocăra-n *judezmo*, limbă pe care el n-o stăpânea destul de bine cât să-i răspunză, însă o-nțelegea și asta-l scotea din minți. Atunci Levi se strecura din casă cu cărțoiul lui, *Șevet Musar*, se așeza cu spatele rezemat de gard și citea cu voce din ce în ce mai tare. Într-o seară l-a auzit Levi-tatăl și a ieșit din casă, poruncindu-i să tacă dracului din gură, că destul țipă cățeaua de mă-sa. Și atunci am văzut pe micul Moreno cum se ridică în picioare și-l întreabă cu demnitatea unui adevărat învățător: „Și cine ești tu să-mi dai poruncă? Ce drept ai tu? Căci Eu sunt fiul lui Dumnezeu și doar de sus primesc poruncă!". Cioclul a rămas trăsnit, cocoșat cum era, cu ochii sticloși, nevenindu-i să creadă ce-i spunea mormolocul ăla măsliniu, cu părul creț sculat pe cap de parc-ar fi văzut un strigoi.

Spun drept, cu mâna pe Tanah, lui Nissim Levi îi era frică de fiul său, iar din seara aceea a început să-l urmărească cu și mai mare atenție. Probabil că-i încolțise în minte ideea să-l facă rabin, căci era mare minune ca un copilaș de numai 4 ani să agrăiască în felul ăsta. Numai că Iacov așa era, ne uimea pe toți, chiar dacă era cel mai mic din bandă. Nici cei mari nu erau mai puțin impresionați de el, căci întreaga comunitate încă-și amintea cum, la vârsta de 1 an, micuțul Iacov Levi se îmbolnăvise de „boala englezească", cum i se spunea rahitismului pe atunci, care aproape-i deformase picioarele și care-l omora încetul cu încetul. Mama îl ținea, așa cum încă fac țărăncile în partea aceea de lume, pe picioare, întins pe o pernă, și-l legăna cântând un cântec de jale, când prin dreptul curții a trecut o țigancă, care s-a oprit și a privit rânjind la scena aceea tristă, apoi a întrebat tare, fără pudoare, ce se întâmplă. Când a auzit temerea Paulinei că i se va prăpădi băiatul, a izbucnit teatral în râs și i-a zis: „Ăsta se face mare domn, înțelept mare. O să vină la el de peste mări să-l vadă!“. Apoi i-a oferit, fără a-i cere nimic în schimb, și remediul țigănesc al bolii englezești: „Ieai așa, zece-douăzeci de ocale de nisip din ăla mărunt, ca de făcut cafea pe el. Mai bine ieai mai mult, ieai o căruță! Îl torni aicișa-n curte, faci morman din el și aștepți zi cu soare. Și, când e ziua aia, îl așezi pe nisip, ca pe șarpe la soare, să se coacă acolo-n morman. Și îl așezi acolo, să mănânce soare, auzâși, fa?“. Toată vara a făcut Paulina asta, până când băiatul a prins a se întrema și a cere de mâncare, ba chiar s-a putut ridica și-n două picioare, mai târziu decât noi toți, ceilalți copii de pe stradă. Mai târziu, când avea deja vreo 5 ani, Paulina a luat fată-n casă o țigancă unguroaică, Piroșka, o blondă cu ochii verzi, de o frumusețe nepământeană, pe care o urmăream cu toții de la geamuri când urca pe Șerban Vodă spre băcănia dinspre Cărămidari, iar despre ea Iacov spunea tot felul de trăsnăi, apoi însă le spunea atât de des și cu atâta stăruință, încât am început să-l credem. Una dintre ele era că Piroșka, nu mai mare de 15 ani, îl spăla cu atâta abnegație și osârdie între picioare și atâta insista acolo, încât micul Iacov a început să dea dovadă de o precocitate uimitoare, să leviteze, cum ar veni, cu un singur mădular ce altfel nu ascultă la comenzile minții, iar la vederea acelei ciupercuțe vinete, Piroșka a părut să intre într-un soi de transă frenetică, să tremure din toate încheieturile, cu ochii dați peste cap, și, spunea Iacov, ar fi îngenuncheat și ar fi început să sărute dovada aceea inefabilă a existenței lui Dumnezeu, l-a sărutat acolo ca și cum ar fi fost un sigiliu papal sau mâna descărnată a unor moaște, apoi a luat cu totul în gură mădularul acela și atâta l-a plimbat între obraji și atâta l-a atins cu limba încât Levi a povestit că a simțit ca o explozie în miezul capului, care i-a așezat niște flăcări reci în fața ochilor, după care și-a pierdut cunoștința. A avut un somn sfânt, izbăvitor, iar când s-a trezit, după un zbor îndelung printre acoperișurile unei străzi necunoscute, sub care se plimbau femei sulemenite ce-i făceau cu mâna și-l strigau „Moreno“, Învățătorule, s-a trezit cu inima-i palpitând și cu Piroșka deasupra lui, care-l stropea cu apă și se ruga pe ungurește la Dumnezeu să-l readucă-n simțiri pe odorul ei cel precoce.

Acum ne adunam în jurul lui și se vedea că asta-i place, să fie conducătorul unui grup, să ne ordoneze și să ne ordone, să ne înșiruie și să ne alinieze, de la cel mai mare la mine, care-l depășeam doar cu o palmă. Joaca asta, care la început nu avea nume, ci doar prinsese un contur, zi de zi, prin praxis, se întâmpla fie în casa lui Nissim, fie în Cimitirul Spaniol, unde ne strecuram sărind gardul din piatră albă și unde jocul părea mai dulce, fiind însoțit de tăcere, de murmurul fantomelor și de pericole nevăzute și nebănuite. În curând însă, și așa cred că se întâmplă cu toate lucrurile, jocul care creștea organic și se cristaliza sub ochii noștri a căpătat forme mai limpezi și a dezvoltat aspecte care se cereau numite. De exemplu, faptul că Iacov Levi stătea mereu în centrul perfect al unui cerc trasat de trupurile noastre și că încerca să fie mereu un pic mai sus decât noi ne-a făcut să denumim faza asta „De-a Dumnezeu și Îngerii“, lucru ce nu era de fapt decât o mituire a lui Iacov, care ne permitea astfel să-i fim îngeri, căci în rest nu exista vreo îndoială că el ar fi Dumnezeu. Ne-am adunat în pivnița casei din Șerban Vodă, care era goală, cu excepția unor piese de mobilier nefolosite, dar pe care familia Levi nu se îndura să le arunce. Am pus la bază o masă solidă, cu picioare ca labele de leu, apoi am început a aduna unul peste celălalt toate scaunele ce le-am găsit, până când am ajuns aproape de plafon. Apoi Iacov a început a se cățăra, din scaun în scaun, în timp ce aceia dintre noi mai solizi țineam mobilele de picioare, ca să le oprească tremurul. Țin minte și acum, după mai bine de șapte decenii, cum mi-am ținut răsuflarea, iar când a ajuns în vârf, cocârjat ca să nu dea cu capul de tavan, a privit în jos, la noi, și pe fața negricioasă, dar atât de frumoasă, de armonioasă i-a răsărit un zâmbet subțire, hieratic și a vorbit așa: „Acum nu doar eu devin Dumnezeu, căci și Dumnezeu se preface-n om". După care s-a ridicat pe cât a putut în picioare și s-a aruncat cu brațele în lături, amintindu-mi peste ani, când am luat cunoștință de ea, de o gravură ce reprezenta pe Icarus avântându-se-n propria pieire, după care s-a prăbușit la pământ. Din fericire, pe jos chiar pământ era, dar tot am auzit limpede trosnetul osului rupt.

Cât a stat Iacov în convalescență, cu brațul prins de gât, vegheat de Paulina, s-au creat două tabere angelice: pe de o parte, eram noi, cei din tabăra cărora făceam parte și eu, nucleul dur, care susțineam că înainte de a se prăbuși la podea Iacov Levi Moreno plutise o fracțiune de secundă, dacă nu chiar mai mult, îl văzuserăm cu ochii noștri cum se oprește în aer, paralel cu solul, pentru ca apoi, tocmai când pe chip i se așternuse expresia beatitudinii, să se prăbușească la pământ. De cealaltă parte, erau scepticii, în general băieții mai mari, care râdeau și ne batjocoreau, nefiind nici ei însă total lipsiți de un oarecare respect la adresa copilului care se cocoțase acolo doar pentru a se prăbuși. În cazul lor, cred că această pioșenie prost disimulată venea din rușinea pe care o simțeau față de propria slăbiciune care-i îndemnase să creadă, chiar și în derâdere, în modul cel mai teatral, că un puști evreu de pe Calea Șerban Vodă ar fi putut fi Dumnezeu.

3. Cel care cunoaște

După prima încercare de a dovedi consubstanțialitatea lui cu Dumnezeu, parțial validată, Iacov a devenit mai expansiv, mai teoretic chiar în abordarea propriei naturi. De exemplu, pentru el, acel prim exercițiu de psihodramă mistică fusese un succes absolut și, dacă ceva îi lipsise, aceea fusese participarea celor care sunt deja părtași la Ființă, adică cei morți. Drept urmare, jocul nostru se mutase cu arme și bagaje în Cimitirul Spaniol de la începutul Șoselei Giurgiului, unde mergeam înainte foarte rar, fie ca să așezăm o pietricică, un ciocănel, pe o stelă funerară, fie ca să înmormântăm o rudă, fie un membru marcant al comunității. Știam pe de rost toate ritualurile și nu ne era frică de morți, pentru că de mici asistam la ultimele îngrijiri date mortului, care, așa cum spune Talmudul babilonian, este ca o lampă care pâlpâie și care trebuie ajutată să se stingă. Știam cum se spală, cum se unge trupul cu uleiuri cu grijă ca să nu-i muți vreun mădular. Știam cum se depune un trup învelit în giulgiu pe *mita* și cum se adună bocitoarele în curtea panegiricului, *bet hesped*, pentru ca apoi pământul să se așeze peste cel care mai deunăzi râdea ori plângea. Ce nu știam însă și ce ne-a învățat Iacov erau practicile necromanției, pe care le învățase tot de la inepuizabila Paulina. „Duhul morților, yiddeoni, cum zice în Isaia 29,4, comunică prin murmur prin mormânt“, spunea Iacov cu fața luminată din interior și adăugând că morții sunt numiți tot în Isaia, dar și în Regi elohimi, dumnezei, și că e natural ca dumnezeii să-I murmure lui Dumnezeu întrupat. Stăteam sub nucii bătrâni ai cimitirului până când slujbașii ne dădeau afară pe înserate și atunci abia așteptam să ne întoarcem a doua zi, pentru că mereu aceste întreruperi ne lăsau la jumătatea poveștii, ne aduceau pe pământ, care și pentru un copil e greu și sufocant. Un cunoscător al Poveștii i-ar fi putut reproșa lui Iacov că e asemenea vrăjitoarei din Endor, cea care îi vorbește regelui Saul cu vocea profetului Samuel cel mort, dar noi nu știam pe atunci aceste lucruri și nici nu e puțin lucru să vezi un copil de câțiva ani cocoțat pe o stelă funerară care grăiește folosind diferite voci și care spune povestea celor care au putrezit sub el. În fiecare zi ascultam o altă poveste de viață pe care o continua Iacov a doua zi și, când firul vieții se rupea și în poveste, îl vedeam prăbușindu-se pe mormânt, căzut într-un leșin adânc din care-l trezeam cu apă rece de la pompa din fața porții cimitirului. Și de fiecare dată era mai luminos, ca și cum ar fi primit o doză nouă din energia acelor elohimi. Încet, se transforma în cel care cunoaște. Ceremonia însoțitoare a devenit din ce în ce mai complexă, așa că trebuia să ne ținem de mână, formând un cerc în jurul lui Iacov: aduceam cu noi mâncare și apă și ardeam tămâie, ca să înduplecăm adevăratul Elohim să vorbească în numele morților.

Acum, după atâta amar de vreme, bătrân pe un continent atât de îndepărtat, aflat și eu în pragul morții, mă trezesc adesea cu gândul la acele dimineți din Cimitirul Sefard al capitalei unei țări de undeva, din sud-estul Europei. Ca orice bătrân, mă întreb dacă imaginile acelea se sprijină pe ceva real, după care filosofez, întrebându-mă ce e real, și mă ciupesc de pielea moale, pergamentoasă a brațului cu vene proeminente și vinețiі, iar aceasta nu-mi pare nici ea reală.

4. Teatrul târfelor

Când Iacov a împlinit 6 ani, iar cercul nostru psihodramatic devenise deja un obicei cu vechime despre care se știa pe toată Șoseaua Giurgiului, ne-a lovit vestea cumplită a hotărârii lu Nissim Levi de a părăsi Bucureștiul: afacerile lui nu păreau să prospere deloc în praful și mocirla Balcanilor, așa că și-a investit întreaga avere și ultimele rămășițe de energie într-o încercare finală: urma să dea „micul Paris“ pe adevărata capitală a Imperiului, unde atmosfera era mai propice – se zicea – dezvoltării unui afacerist evreu. În ziua dinaintea plecării ne-am adunat cu toții pentru ultima oară în Cimitirul Spaniol, la lăsarea serii, pentru a ne lua rămas-bun de la micul Iacov, care acum era un băiat înălțuț, mai răsărit decât mine, cu chipul măsliniu și un nas ce nu lăsa îndoială în legătură cu neamul din care se trage. În ultimul an, vorbirea i se schimbase, la fel și încrederea în sine, căci acum nu mai făcea referire decât la „religia lui", la „Cărțile lui" și, în cele din urmă, la teatrul lui. Ne-am adunat în jurul obeliscului înalt care semnala existența unei gropi comune unde fuseseră reînhumați de-a valma morții strămutați din mai vechile cimitire evreiești din București, unde eu și Iankel Mizrahi i-am ținut scara cu mâinile făcute căuș și l-am împins cât am putut, pentru a-l privi pe urmă cum se cațără ca o pisică până în vârf, unde s-a așezat turcește, privind ghiduș în jos, la îngerii lui, și a început să ne vorbească, mai întâi cu vocea lui, apoi cu cea a tuturor elohimilor care fuseseră ne-liniștiți sub acel obelisc, și, pe măsură ce vorbea cu amestecul acela de limbi, de glasuri și de timbruri, trupul lui părea să plutească în aer, inițial imperceptibil, apoi vizibil de-a dreptul, încât cu toții ne țineam răsuflarea, amintindu-ne de întâmplarea de acum trei ani, când aproape își pierduse viața. Numai că între copilul acela de 4 ani care bănuia ceva legat de puterile lui și acest băiat înălțuț care vorbea în numele morților era o diferență ca de la cer la pământ. Nu-mi amintesc cum l-am coborât la sfârșit sau cum am ajuns cu toții pe la casele noastre, pare că mintea mea a făcut sforțări uriașe pentru a uita cadrul acesta practic și a accentua dramatismul reîntâlnirii noastre de peste ani.

Familia lui Levi s-a mutat, în culmile disperării și ale sărăciei, la Viena, în 1895. A fost o ultimă încercare a lui Nissim Levi de a reuși în afaceri și de a reuși, totodată, să facă față acestei diade Mamă-Fiu care-l exaspera. Se pare că, într-adevăr, familia îi purta ghinion și că încercările lui eroice de a-i înțelege au fost de la început sortite eșecului. Nu a reușit să se adapteze la Viena sfârșitului și începutului de secol – spre deosebire de Paulina, era tragic de nedotat pentru limbile străine, așa că nu s-a lipit boabă de germană de el. Nici familiile evreiești, câteva mii de refugiați, nu erau primite tocmai cu brațele deschise în capitala imperiului. De fapt, până la plecarea în America, statutul le-a rămas unul de refugiați. Toate astea l-au făcut pe bătrânul Levi – care încă nu era bătrân – să caute să-și facă comerțul de export din ce în ce mai departe de casă și de propria familie, până când a dispărut cu totul. În acel moment au intervenit cei doi unchi din partea mamei, Marcu și Iancu, care și-au asumat întreținerea familiei. Tatăl a mai apărut o singură dată, când Levi avea 14 ani, într-o încercare apocaliptică de a-și recupera fiul, când a forțat mutarea familiei la Berlin. Numai că între timp se întâmplaseră lucruri stranii cu micuțul său Jacques: în primul rând, se îndepărtase de toată lumea, revendicându-și o independență orgolioasă, manifestată simbolic prin faptul că nu-și mai utiliza prenumele și nici nu mai permitea altora să-l strige așa: „Elias, desigur că-ți amintești, e interzis să pronunți numele Domnului!". Așa încât ce s-a întâmplat a fost că adolescentul Levi s-a întors după câteva săptămâni la Viena, unde a decis să se întrețină singur și să înceapă odată viața pe care o tot amâna. A găsit gazdă într-o cameră uriașă din casa familiei Hindler, contra unei sume modice și a obligației de a le medita pe cele două fete, de 9 și 10 ani. Domnul și doamna Hindler erau la serviciu în fiecare zi, în prima jumătate, așa că Levi a început să le inițieze pe cele două fete în tainele dragostei trupești. I-a luat locul adolescentei Piroșka, devenind propria fantasmă. De altfel, îmi povestea că, în timp ce făcea dragoste cu cele două fete, închidea ochii și, când simțea micuțele mâini cum îi ghidau membrul spre buzele acelor găoace fierbinți, își imagina că o are deasupra lui pe țiganca unguroaică, după care începea un transfer amețitor și se trezea cu plăcerile unei tinere fete care încerca să ofere plăcere unei alte tinere. Lucrurile astea au rămas fără urmări, căci pe fata cea mică s-a ferit s-o dezvirgineze, pe când cea mare își pierduse deja fecioria cu propriul tată.

În afară de aceste activități plăcute și periculoase, Levi nu prea mai făcea mare lucru: începuse să trândăvească activ, cum îi plăcea să spună, căci medita intens asupra propriei dumnezeiri, și citea la fel de intens, dar deloc sistematic, amestecând pe Kierkegaard cu Whitman, evangheliile apocrife cu Origen și Augustin, pe Meister Eckhart cu Pascal și Zoharul cu Marx.

Atunci, în anul acela de trândăveală activă, pare să se fi pus în mișcare motorul care l-a împins pe Levi de la spate toată viața: a stârnit în el o revoltă „abstractă" față de lipsa de implicare în acțiune a acestor gânditori și creatori. Cu excepții minore, cu toții se mulțumiseră să observe și să clatine amar din cap. În rest însă acțiunea era abandonată în mâinile politicienilor corupți și oportuniști. Astfel că Levi s-a hotărât să se implice și să devină profet. Nu se știe exact cum a făcut asta, cert e că pe la 1912 familia Levi, alcătuită din Paulina și restul copiilor ei și, ocazional, unchiul Iancu (despre care se spunea că arată o stranie și jenantă devoțiune surioarei sale, drept care nu s-a căsătorit niciodată), a început să primească tot soiul de arătări sosite din Rusia, din România, din Bulgaria sau Turcia, oameni de felurite nații și cu felurite drame, care-l căutau pe Profet. El se afla în fruntea unui grup de evrei anarhiști care storcea bani din piatră seacă și îi ajuta pe acești sărmani să se îmbarce spre destinația lor finală, fie ea New York, Chicago, Montréal ori Buenos Aires.

— Elias, avea să-mi spună un pic mai târziu prietenul meu, Profetul Levi Moreno, așa am scăpat eu de nebunie, așa am scăpat de degetele, limbuțele și pizdulicele celor două fete Hindler, despre care acum nu știu dacă au existat au ba. Spre deosebire de schizofrenici, care-și populează vidul cu fantasme, pe care apoi le cred reale pentru a comunica cu ele, eu am creat teatru cu materialul Domnului.

Și, spunând asta, zâmbea, arătându-și dantura cariată, și deja știa ce are de gând să facă.

— Am creat, spunea învârtind și răsucind în aer degetele subțiri, cu unghii murdare, am creat o supralume, în care mi-am testat rolul de profet într-un mediu controlat.

Îl priveam și-l admiram în anii aceia de nesiguranță și de teroare ca pe ceea ce pretindea a fi, căci eu îl văzusem purtând cuvintele elohimilor în cimitirul din București și nu mă luam doar după bărboiul lui blond-roșcat, ce-i trecea de jumătatea pieptului, nici după ochii lui mari, albaștri, care iradiau iubire și căldură. Nu mă luam nici după mantia lungă, verde cu care mătura caldarâmul, „mantia profetului", după cum i se spunea deja în Viena când mi-am regăsit eu prietenul. Mă luam după imaginea acelui copil care se înălța pe stela funerară de pe Șoseaua Giurgiului copilăriei mele, după atmosfera îmbâcsită a pivniței de pe Șerban Vodă, ce-mi stăruia în nări și acum, când mă aflam bine trecut de pragul adolescenței. Ce straniu îmi pare acum că în tinerețe credem a ne despărți ziduri mult mai groase de etapa anterioară a vieții noastre, care e copilăria, decât la senectute, când găsim chiar mai mult decât confortabil să ne instalăm cu amintirea în prima parte a vieții, când eram la fel de neajutorați!

— Religia mea e una a ființării, Elias, una a bunătății gratuite, e religia anticomerțului, a nonrecompensei! Și, pentru că societatea noastră privește patologia ca pe o crimă, El, Hristosul în numele Căruia vorbesc, va veni ca un nebun, va irumpe gol pe scena lumii și-Și va arăta toate însemnele nebuniei cu veselia unui măscărici!

— Iacove, nu-ți pare că-i o scenă copiată din Marele Inchizitor? l-am întrebat odată, pentru că aveam atunci marota de a părea cu capul pe umeri, lucidul grupului.

Iacov Levi n-a părut uimit de argumentul meu pervers care-i sugera un plagiat neintenționat și și-a continuat predica:

— Iisus auzea voci, Elias! Auzea voci și avea vedenii! Cum îi numești astăzi pe cei care aud voci și au vedenii? ȘTII SĂ-MI RĂSPUNZI? Ei bine, ce vreau eu este să demonstrez că aceia care aud voci și au vedenii sunt normalii societății noastre! Și vreau să semăn semințele unei revoluții creative cum nu s-a mai întâlnit de 2.000 de ani: vreau să testez ideea de Dumnezeu din interiorul civilizației moderne, și nu de la distanța plină de siguranță a deșerturilor Asiei sau Africii. Și vreau să lupt cu psihanaliza modernă și să arăt că un om ce dă dovadă a avea toate bolile mintale poate fi în același timp în deplinătatea minților lui și poate fi un adevărat Schimbător.

Pe scurt, ce spunea atunci Moreno-Învățătorul era că suferă de sindromul Dumnezeu și că unica metodă de a scăpa era să-l exteriorizeze.

*

Între 1908, când l-am reîntâlnit eu pe Iacov, și 1914, anul izbucnirii Marelui Război, a funcționat poate cea mai frumoasă religie necunoscută din istoria modernă a Europei. Eram în total șase, cinci adepți și Profetul, și umblam împreună pe străzile Vienei, cu bărbile noastre răsfirate și cu caftanele care ștergeau pavajul în urma noastră. Numiserăm credința noastră Religia Întâlnirii, plecând chiar de la Casa Întâlnirii, o casă aflată în centrul Vienei pe care o puneam la dispoziția oricărui refugiat aflat în tranzit prin capitala Imperiului. Găseam de lucru pentru acești refugiați pe la ferme, în tâmplărie sau zidărie. În casă singura regulă era că trebuie să împarți ceea ce ai cu ceilalți nenorociți. Bineînțeles că se iscau scandaluri, că apăreau acuzații de viol sau că ni se reproșa lipsa intimității, așa că într-o seară Iacov a venit cu ideea instituirii unor „grupuri de lucru“: sub supravegherea Profetului se discutau problemele zilei ce tocmai se încheiase, se împărtășeau sentimente, se cânta, se dansa, se jucau jocuri. Toți cei ce participau pretindeau că se simt schimbați, că au trăit o experiență cvasireligioasă! Eu mă gândesc însă la viziunile lui Moreno, care a anticipat grupurile de lucru și *coaching*-ul în Viena *Belle Epoque* și nu a bătut niciodată mare monedă din asta.

Când povestesc aceste lucruri despre Viena din vremurile respective, îmi vine în minte un oraș ce părea să se afle pe buza unui vulcan. Nicicând în istoria lumii nu s-au mai acumulat într-un singur oraș atâtea energii intelectuale, atâtea butoaie de pulbere ce, pentru scurt timp, au coexistat în lipsa unei scântei. Tot ce a dezbinat și a scufundat lumea sub torente de sânge în acest secol blestemat își are originea în acei ani, 1910-1913, în Viena noastră. Iacov avea să ne reamintească ani la rândul, până la plecarea în America, cum într-o zi din acei ani, după ce Profetul își expusese ideile și își creionase religia în parc, a venit la el un tânăr pictor de cărți poștale, pe nume Adolf Hitler, care a vrut să-i strângă mâna, impresionat de ceea ce auzise. Mi s-a întâmplat câteodată, în acele ceasuri negre din noapte, când te trezești ca scuturat de o mână misterioasă, dar tenace („M-a plesnit Dracu'", spunea bunica mea când se trezea așa, deși în religia noastră Dracul era un personaj minor, de import, însă ea se contaminase profund de cultura românilor ortodocși în mijlocul cărora trăiam), scăldat în sudoare, cu cele mai întunecate și, îmi dau seama acum, mai realiste gânduri cu putință, cele care-ți pun în fața ochilor propria decrepitudine, moartea celor dragi, maturizarea și îndepărtarea copiilor, apoi boala finală, bisturiul, catgutul, iodul, țevile și furtunașele ce-ți ies impudic din trup și, în fine, acel moment atât de detestat, dar atât de necunoscut, așadar, în asemenea ceasuri din noapte petrecute cu ochii lipiți de lacrimi uscate, ca rășina, m-am întrebat dacă nu cumva lecția lui Iacov a fost într-un fel educativă pentru tânărul Hitler. Bineînțeles că am îndepărtat acest gând ca pe o muscă enervantă, folosind pliciul argumentelor raționale, însă acest gând continuă să mă iscodească și, așa cum m-a învățat propria meserie, când un gând îți intră pe fereastră după ce l-ai izgonit pe ușa rațiunii, e ceva acolo. Adevărul e că Viena acelor ani era cuprinsă de o adevărată manie a teatrului. Viena era, asemenea lui Kafka în *Jurnal*, înnebunită după o actriță căzută, trecută și grasă – arta –, pe când artiștii erau din ce în ce mai sătui de formele tradiționale ale artei și tindeau spre formele prelungite, uscate, demonice ale măștii africane. Parcurile erau pline de profeți, de nebuni, de politicieni și filosofi care își urlau crezul în gura mare. Printre aceștia însă Iacov Levi Moreno se distingea tocmai prin activismul religiei lui, pe când latura ezoterică a acesteia era dezvăluită doar nouă și celor din Casa Întâlnirilor.

Acum nu se mai suia pe mobila veche din vreun subsol, nu mai levita, ci, după ce ne strângeam în jurul său și se lăsa liniștea, începea să vorbească, folosind germana lui relativ recent învățată, care încă purta accentul României părăsite:

— Hristosul care va veni după mine va fi Nebun, va purta la încheieturi stigmatul patologiei și va fi moștenitorul muncii mele: lumea e teatrul nebuniei și în marele ei cerc trebuie să ne jucăm piesele. Suferința umană trebuie pârjolită în grup, în deschidere și-n teatru. (Peste ani, când lucram la un portret al Profetului Moreno și cercetam originalitatea ideilor sale, am dat peste ceva straniu de asemănător la Artaud: „Teatrul este creat pentru a sparge abcese în mod colectiv".)

Deschiseserăm și un teatru special pentru copii, unde Profetul se transforma în păpușar, cânta și dansa în aplauzele celor mici pe care-i lăsau părinții în grija noastră fără nici o reținere. La subsolul clădirii unde ne făceam noi activitatea, își avea sediul însuși Troțki, care le vorbea acolo muncitorilor și studenților. Câteodată, vorbele Profetului se încolăceau în jurul strigătelor pretențioase ale viitorului comisar al poporului. Și iarăși mă întreb... dar în cazul acesta aș spune că s-a întâmplat cu totul invers: Iacov Levi a învățat de la socialiști. Nu mi-am dat seama de schimbarea lui decât prin 1913, când, însoțit de mine și de Chaim, uriașul sionist cu doctorat în filosofie care ținea legământul castității și dădea meditații gratuite în tot orașul, aproape ne-am izbit de o ființă blondă, îmbrăcată provocator, cu o minijupă roșie și o bluză albă, cu fundițe tot roșii, care i-a zâmbit lui Levi, așa cum îi zâmbeau toți oamenii, pentru a fi ridicată pe loc de un polițist care urmărise toată scena și care a dus-o imediat la secția de poliție, urmat de noi și de un mic grup care se formase în jurul nostru. Când au eliberat-o, eram tot acolo, iar Iacov perorase în tot timpul ăsta:

— Elias, dacă au reușit să facă ceva bun ideologii socialismului, Lasalle și Marx, a fost să redea demnitatea unei întregi clase și s-o organizeze în sindicate. Ce s-a întâmplat mai apoi cu sindicatele nu mai e vina lor. Însă a face un grup, oricât de mare, să-și înțeleagă forța de grup, faptul că circularitatea lui închide în ea energii necorupte și capabile să detoneze în societate, asta e minunat!

Nu înțelegeam încă unde bate și așteptam răbdător să ne explice de ce stăm în fața secției de poliție, însă, odată ce tânăra a ieșit, eliberată, și ne-a explicat că în timpul zilei prostituatele nu aveau voie să se îmbrace provocator și să-și atragă clienții, în timp ce noaptea le erau permise aceste lucruri, ochii lui Levi s-au luminat ca atunci când predica, a luat-o de braț și a rugat-o să-l conducă în celebrul Spittelberg, din al șaptelea arondisment, cartierul curvelor. Aici, târfele trăiau în deplină segregare față de oraș, iar asta nu pe considerente de etnie ori de rasă, ci de ocupație. Pe ele nu le accepta nimeni: nici burghezia, nici comuniștii, nici infractorii de drept comun. Însă cu toții se târau noaptea pe la colțurile străzilor cu felinare ca să-și facă treaba cu ele. Erau oameni fără situație socială, fără drepturi civile, ca niște strigoi ori mecanisme al căror unic scop era să strângă surplusul seminal al societății. Ne-am dat seama atunci că munca noastră trebuie să și le ia drept beneficiare și că ceea ce ne propunem noi e mai greu decât să reformezi clasa muncitoare: li se spusese timp de milenii că sunt niște ființe subumane, încât acum cu greu le mai scoteai asta din cap. Am început să ne vedem cu ele, în grupuri de câte zece, și, dacă inițial erau reticente și părea imposibil să priceapă ce vrem de la ele, treptat au început să se deschidă și să-și descrie problemele: hărțuiri, violuri, boli venerice pe care nu aveau unde să le trateze, copii pe care erau silite să-i abandoneze la orfelinat, arestări și câte și mai câte.

Apoi, după ce părea că aspectele practice ale problemei încep să fie rezolvate (am găsit un spital și doi medici mai mult decât fericiți să le ajute, am instituit un fond de ajutor reciproc et cetera), au părut să priceapă și care era adevărata miză a întâlnirilor noastre. A fost, cum avea să-mi spună un coleg mai tânăr, un „moment Aha!“ acela când, fără îndemn propriu-zis, fiecare dintre ele a început să-și povestească viața, apoi, la fel de neașteptat, au acceptat să joace roluri: una dintre ele era victima, alta era polițistul, alta era Împăratul Franz Josef și tot așa. Iacov era în al nouălea cer și, privind în urmă, îmi dau seama că pentru prima oară observa efectul terapeutic al teatrului său început cu ani în urmă, în pivnița de pe Șerban Vodă. Tot atunci i s-a întărit în minte convingerea că nu greșise nici o clipă atunci când își asumase rolul lui Dumnezeu și că, în cadrul acestui grup, al sociometriei sindicatului târfelor, el era Dumnezeu. Atunci s-a îndepărtat de cele două mari credințe care însuflețeau societatea vieneză a vremii: marxismul și psihanaliza.

— Dumnezeu înseamnă spontaneitate și creație, Elias! Dumnezeu este mai mult decât socioeconomic și libido. Iar la baza oricărei existențe fericite de grup stă iubirea. În marxism și-n libido nu există iubire. Există rațiune, respect, mister, dar toate astea sunt subsumate religiei unui Dumnezeu al iubirii și al spontaneității! Metoda mea își are originile în religiile primitive, în acceptarea de către grup a unui Tată, pe când psihanaliza este doar un pui al abordărilor psihiatrice ale lui Charcot și Breuer. Eu sunt un șaman, iar ei niște tehnicieni-hipnotizatori...!

În vremea aceea, Iacov își plimba barba roșcăție pe holurile Facultății de Medicină și făcea și interminabile ore de practică în spital și la clinica de psihiatrie a lui Wagner von Jauregg, cel care avea să câștige Premiul Nobel pentru terapia paraliziei cerebrale prin inocularea malariei. A rămas celebră întâlnirea lui Moreno cu Freud, care, la finalul unei conferințe, l-a interpelat pe tânărul de doar 23 de ani cu barbă lungă și neîngrijită, învăluit într-un caftan verzui:

— Dumneavoastră cu ce vă ocupați?

— Eu încep de unde terminați dumneavoastră, i-a răspuns Moreno. Dumneavoastră faceți pacienții bucăți în laborator și-n cabinet, iar eu îi culeg de pe jos, îi reintroduc în lume și le lipesc bucățile căzute precum a făcut Isis cu Osiris.

Apoi i-a întors spatele și a plecat, dar s-a întors din cadrul ușii și a adăugat, sub privirea uimită a celor ce-l înconjurau pe maturul Freud, ce avea atunci peste 50 de ani:

— E cam ca diferența dintre bărbile noastre, Herr Freud! A mea crește natural, organic, e o anexă a trupului, pe când a domniei voastre e o „barbă socială“!

5. Apoteoza

Spre deosebire de Iacov, eu eram un student așezat, un om Biedermeier, chiar un spirit ancilar care-l urma peste tot, continuându-și în același timp propriul drum firav. Astfel, am izbutit să studiez în liniște, neremarcat și neremarcabil, neurologia și am făcut destulă practică chirurgicală încât la izbucnirea Marelui Război să fiu trimis, la cererea mea, alături de Moreno în tabăra de refugiați italieni de la Mitterndorf an der Fischa, unde, în pauzele dintre operații, ne întâlneam pentru a-i asculta teoria despre Noua Știință, care se îmbogățea zi de zi. Astfel, după modelul lui Dumnezeu spontan și creativ, Moreno venise cu cele două axe, alc proximității: cea spațială și cea temporală. Important era cu prioritate omul cel mai apropiat *acum*. Îi venea ușor să și-o testeze într-un spațiu închis, cum era tabăra, însă se lovea de opreliști din partea polițiștilor germani, niște brute care abuzau în special femeile, tiroleze mândre, aprige care-i scuipau între ochi chiar în timp ce erau violate. Asta nu împiedica însă numărul de avorturi sau de nașteri ilicite să crească de la o zi la alta. Moreno a început să trimită scrisori de protest către Herr Winter, ministrul de Interne, pe care le semnam și eu, dar singurul rezultat a fost că ne-am trezit mutați peste noapte într-un loc mult mai rău, și anume în tabăra de la Zsolna în Ungaria, sub comanda unui medic nebun din Budapesta, dr. Wragasy, al cărui panaceu era trepanarea creierului și turnarea de iod asupra țesutului cerebral. Eram lipsiți de putere în fața acestui monstru a cărui existență și al cărui comportament m-au făcut să nu fiu absolut deloc mirat când am citit, mult mai târziu, despre experimentele altui nebun, Mengele, dintr-un război și mai absurd. Traiul în acel lagăr ne-a ajutat să înțelegem mai bine mecanismele puterii și felul în care, într-o instituție precum spitalul, unde deciziile fac diferența dintre viață și moarte, aceasta devine cumva o posesiune ocultă, cum ar fi o vrajă în mâinile unui mag. Atunci l-am simțit pe Moreno că se clatină și că trebuie să plece de acolo cât mai repede. Într-o dimineață a venit să mă vadă în cortul unde operam și a fost cât pe ce să nu-l recunosc: se bărbierise și avea privirea goală.

— Fug, Elias, mi-a spus.

Purta un costum de burghez și-și ținea pălăria în mâini.

— Ne revedem la Viena, dac-o vrea Dumnezeu.

Și dus a fost. La Viena și-a luat licența imperială, printre ultimele semnate de Franz Josef, apoi a abandonat medicina, întemeind un cenaclu și o revistă expresionistă, *Daimon*, în jurul cărora se adunaseră o sumedenie de nume mari, ca Franz Werfel, Martin Buber, Robert Musil și, în general, cam oricine avea ceva de spus în perioada aceea. În anii de după război a reușit să adune într-un teatru peste o mie de spectatori pe care i-a invitat pe rând pe scenă pentru a juca rolul de rege înscăunat. Am fost acolo și știu că zâmbeam în sinea mea, pentru că singurul capabil să fie rege în sala aia era tocmai el, doar că sociometric nu-și putea aroga două roluri atât de importante simultan: acela de Dumnezeu și cel de rege. Au fost șase ani în care a făcut de toate: a fost animator cultural, a fost în continuare Dumnezeu, a fost socialist, a fost evreu, austriac, regizor, medic, inspector sanitar, filosof, polemist redutabil (l-a acuzat pe Martin Buber că-l plagiază), amant platonic și satir în toată regula și, înspre final, Marele Anonim. Iritat de toate implicațiile diferitelor nume pe care le purta, a hotărât să renunțe la orice identitate socială. Prin 1924, se retrăsese în Bad Vöslau, unde a practicat medicina fără a solicita vreo plată, trăind din ceea ce-i aduceau oamenii în natură (inclusiv câte-o tinerică), până când s-a îndrăgostit de blonda și profund ariana Marianne, o învățătoare de 18 ani, micuță ca un copil, pe care a luat-o pe lângă el într-o sfântă comuniune nonsexuală. I-a devenit asistentă, îl urma peste tot, așa că-i deveniserăm amândoi umbre, *animus* și *anima*, ariana și jidanul, lucru ce a ținut departe de noi gura lumii, care altfel l-ar fi căsăpit pentru că spurca o asemenea minunăție blondă. Și adevărul e că, din câte știu, nu s-a atins de ea în perioada Bad Vöslau, trăiau într-o pură comuniune spirituală de care doar eu îl credeam capabil. Propovăduia succesiunea ciclică a perioadelor de sexualitate intensă, urmate de unele ale purificării, infuzate de adevărata iubire, ce nu e trupească. În iarna lui 1924 însă, când ne întorceam de la cabinet încărcați cu „plata“ pentru munca zilei – ouă, cartofi, o pâine și un pui jumulit –, pe strada întunecată ne așteptau câțiva adolescenți, membri ai frățiilor naționaliste care apăruseră ca ciupercile după ploaie în siajul dezmembrării Imperiului. Unul dintre ei, cel mai înalt, a pășit în față și a arătat spre Marianne:

— Tu mișcă acasă.

În mâna stângă ținea ceva ce atârna pe lângă picior, un obiect lunguieț și dur, probabil o rangă.

Am pășit și eu înainte, dar micuța Marianne a fost mai rapidă:

— Nu ți-e rușine, Filli? Chiar vrei să vorbesc cu taică-tu? Dați-vă la o parte.

Am admirat-o atunci, cum stătea, micuță și hotărâtă, în fața noastră, cu pieptul înainte. Avea părul blond buclat, cam ca al drăcoaicei de Dietrich în *Der Mönch von Santarem*, și ochii îi luceau de furie. Însă băieții nu păreau prea intimidați. Cel numit Filli a înaintat în lumină și atunci am văzut că, într-adevăr, ținea o rangă în mână. Ceilalți, nu-i distingeam prea bine, păreau o adunătură de grimase, de trăsături schimonosite, ca-n arta spaniolului Picasso.

— Tu să taci, târâtură! Ești vrăjită de jidan, *Wunderdoktor*! *Wunder* curu' meu! Sau al tău? Ia zi, ți-a tras-o-n cur?

Și atunci s-a întâmplat: Levi în mijlocul lor, Levi cu o mână în gâtul șefului de gașcă, apoi un pumn direct în piramida nazală, sânge țâșnind în toate părțile și în final Levi, singur între ei, privindu-i în ochi, pe rând. Am încercat să văd dacă tălpile îi atingeau pământul, dar era prea întuneric. Tinerii și-au ridicat șeful și s-au îndepărtat în tăcere.

Evenimentul aceasta a grăbit o hotărâre pe care cred c-o luase deja în secret. În câteva zile a lichidat tot ce-l mai ținea legat de Austria și a cumpărat bilet pe vasul *Mauretania*.

*

— Elias, avea să-mi spună în ultima noastră noapte petrecută împreună, la Hamburg, în port, cu cât Îl joci mai bine pe Dumnezeu, cu atât devine mai puțin important sexul.

Se maturizase, nu-și mai lăsa barba să-i crească, însă avea aceiași ochi arzători, cu care putea să fascineze sau să irite pe oricine. Pielea măslinie îi era uleioasă, dar nu într-un fel neplăcut. Stăteam într-un bar doldora de imigranți, majoritatea evrei galițieni și germani care înțeleseseră ce se întâmplă în Austria anului 1925, Austria atât de nevinovată și de victimizată, Austria care n-a știut nimic, care a învelit usturoiul în ciocolată...

— Am visat, Elias, mi-a spus și mi-a prins mâna dreaptă între palmele lui grăsuțe, știi că nu visez decât arareori, am visat o stradă, un bulevard larg, înconjurat de clădiri imense, luminate zi și noapte, iar la geamul fiecărui apartament era agățat câte un difuzor, la fel, fiecare mașină de pe bulevardul acela aglomerat avea în loc de goarna claxonului tot un difuzor, iar din toate acele difuzoare se auzeau vocea unui bărbat și cea a unei femei repetând, repetând ca-ntr-un coșmar: „Cea mai rapidă navă de pasageri spre Statele Unite este *Mauretania*" și „Cumpărați țigări Camel". A fost singurul meu vis din ultimii ani, Elias, trebuia să ascult de el. Când m-am trezit, am făcut pentru prima oară sex cu Marianne. Am luat-o așa, dormind, după doi ani de abstinență și iubire platonică și m-am simțit exact cum mă acuzau tinerii ăia naționaliști care au vrut să ne omoare: ca un țap de evreu! Un țap cu o țigară Camel în bot!

A început să râdă: avea dinții stricați și, când dădea capul pe spate, închidea ochii, iar tu, cel din fața lui, intrai cu totul în gura aia larg deschisă, ca Iona în burta chitului. Spre 3 dimineața ne-am ridicat amândoi, destul de beți și ne-am îmbrățișat.

— Ne vedem mâine, în port, Profetule, i-am spus și, înainte să se opună, i-am ridicat mâna dreaptă în dreptul buzelor.

Atunci am simțit degetele celeilalte mâini cum mi se răsfiră pe ceafă și mă trag spre el și am primit sărutul cast al lui J.L. Moreno.

Am fost acolo, în septembrie 1925, când vasul *Mauretania* s-a desprins de dana portului Hamburg, plecând înspre New York. Îl fixasem cu ochii doar pe el, stătea în picioare pe puntea superioară, între doi evrei ortodocși, cu paltonul deschis și o mână în buzunar. Mi se părea că se uită în ochii mei sau în ai lui Marianne, pe care o țineam de după umeri și care se zguduia de plâns. Transatlanticul a tremurat, ca o bucată de pământ ce se desprinde dintr-un continent bătrân, pârâind din toate încheieturile, scoţând fum și urlete de sirenă, apoi a început să se îndepărteze oblic, din ce în ce mai mult. Apoi, când ne despărţeau mai bine de 50 de metri și nu-l mai distingeam pe Profet, apa de sub acel monstru de fier a prins să clocotească, să fiarbă ca-n basmele lui Andersen și, invizibil, apoi din ce în ce mai limpede, chitul acela s-a ridicat de pe suprafaţa apei, urcând, ca un fuior de fum, mai sus, tot mai sus, până când singura dovadă a existenţei sale au mai fost doar aburii formaţi din stropi minusculi de apă pe care i-am șters ușor, cu mâna.

În Casa cu Lei
(continuare)

Ovidius joacă într-o scenetă pe care a regizat-o chiar el. Începe cu o stare de ușor vertij, ca atunci când unul dintre maturi mă ridica în brațe și apoi înspre tavan, cu mâinile întinse, numai că de data asta stăteam singur acolo, sus, aș zice că pluteam, doar că nu era asta, sub mine se afla un tărâm ferm, iar ochii îmi ajungeau la nivelul unui calendar care știu că se afla mereu lipit de tocul ușii, cum intrai în bucătărie, pe zidul opus tejghelei pe care de obicei Meri gătea. Stau așadar cu fundul pe blatul bucătăriei, cineva m-a așezat acolo, probabil ea, și am un balans imperceptibil, care e o joacă, îmi testez curajul așa, cum stau cocoțat acolo, sus, probabil ea îmi spune „Michi, ai grijă, ține-te bine", în timp ce trebăluiește alături, la aragaz, iar când întoarce fața spre mine, văd că-mi zâmbește, amuzată probabil de jocul meu, fiindcă scot niște sunete ascuțite, de încântare, ca un delfin. Iar la un moment dat apare el, ca prin magie, în cadrul ușii de la bucătărie, purtând una din hainele lungi de militar („Ovidiu, ia-ți balonul"), celebrele balonzaide verzi, stă așa și râde la mine, are părul negru și lins pe spate (Camil Petrescu interbelic) și pare fericit. Stă încotoșmănat în cadrul ușii și mă întreabă dacă-s gata pentru o surpriză, eu încep să trepidez pe blatul bucătăriei, așa că Meri mă ia în brațe, ca să nu cad de acolo, și din cuibul ăla cald îl văd cum scoate de sub poala mantalei militărești două obiecte cafenii, două cilindre organice terminate cu niște unghii supradimensionate, și mă sperii îngrozitor de copitele alea retezate, urlu din toți rărunchii și amândoi încep să mă oblojească, încă râzând, explicându-mi că nu-s decât două picioare de porc din care vor face varză cu carne, dar asta nu mă ajută, ba chiar mă cuprinde o jale și mai adâncă, acum sunt sigur că mâinile lui Ovidiu se termină în două picioare de porc pe care le vor reteza, le vor jupui și le vor pune pe varză.

A doua scenetă, la fel de vie, e din clasa I, când lupta dintre familia Lucescu și Ralu ajunsese la Stalingrad, când nu se mai ținea cont de drepturile omului și ambele tabere dăduseră drumul armelor neconvenționale, gazului sarin, bombelor cu hidrogen, armatelor de zombi și operațiunilor psi. Nu sunt convins că eu eram pricina sau mașina de spălat, însă Ralu luase hotărârea de a pune embargo familiei din Tineretului asupra ființei mele materiale, deci nu mai avea voie să mă vadă nici unul dintre ei, pedeapsă care se răsfrângea mai ales asupra celor bătrâni, pentru că Genu primise primul lui post în străinătate, într-o țară exotică, așa încât ceea ce se întrerupsese de fapt erau vizitele duminicale la Ovidius, iar în cazul acela și o scurtă vizită a lui în Casa cu Lei, de ziua mea. Ieșeam de la școală, unde tovarășa Miroslav ne predase litera D și țin minte asta pentru că ne ceruse exemple de cuvinte care încep cu litera respectivă, iar eu am avut imediat în minte imaginea animalului ciudat de pe cărțile de joc ale doctorului Nicolau, așa că am urlat din ultima bancă „Dromader!!!", astfel încât tovarășa a fost genuinamente impresionată și la final m-a anunțat că m-a propus pentru insigna de Pionier Inventator, deci eram de două ori fericit când am ieșit pe poarta Școlii nr. 188 de pe Strada Rafiei și mă alergam cu Tonciu, fostul meu coleg de grădiniță, adică eu îl alergam și încercam să-i dau cu ghiozdanul în cap, când m-am auzit strigat, așa cum mă strigau doar maturii familiei, „Michi!!!", și l-am văzut pe trotuarul de vizavi, purtând tot o manta militară, de data asta cea cu guler îmblănit și nasturi mari, maronii, ca niște cărăbuși, l-am văzut zâmbind vesel, cu mâinile ridicate, dar neîndrăznind să traverseze spre mine, iar în spatele lui stătea Meri, coafată toată și reținută, ba chiar aș jura că plângea și ținea în mână o cutie mare, învelită în hârtie de cadou, adică maro-închis. Și, privindu-i cum stăteau așa pe trotuarul de vizavi, am simțit o emoție puternică, din altă lume, pentru că nu era deloc limpede, ci avea labe de leu, cap de pasăre și burdihan de gorilă, era o stare compusă din sentimente contradictorii, fericire că-i văd după o perioadă foarte lungă de timp, teroare pentru că bănuiam că-n cutia din mâinile lui Meri se ascundea un cadou de ziua mea, care fusese cu o zi înainte, când Ralu dăduse ordin pe front să nu se răspundă la telefonul care suna încontinuu, iar noi știam cine era la capătul celălalt al firului, iar sunetul ascuțit al aparatului îmi trecea prin creier ca un fier înroșit, pentru că o parte a ființei mele îmi spunea că nu e bine să nu le răspund la telefon de ziua mea, iar cealaltă parte știa că în situații de urgență nu mai contează ce e și ce nu e bine și că imperativul categoric e să nu-i ies din vorbă lui Ralu. Calitatea de aliat al ei în războiul cu familia Lucescu impunea niște reguli stricte de conduită cerute de intransigență și modelate după codurile nescrise ale luptei de gherilă. Așa că m-am convins că acel țârâit care-mi răscolea stomacul de dor și neliniște nu exista decât în imaginația mea și m-am prefăcut toată ziua că sunt un copil ascultător, matur și fericit, care a înțeles prioritățile vieții de familie.

Dar, când i-am văzut acolo, în fața școlii, poate pentru că nu erau în mediul lor obișnuit și de aceea păreau fragili și caraghioși, nu m-am mai putut abține și am alergat spre ei cu ochii usturându-mă, chiar atitudinea protocolară a lui Ovidius părându-mi o expresie a acelei fragilități, pe când plânsul lui Meri („Meri dragă, stăpânește-te, nu-i bine să te vadă copilul așa!“) mă rănea parcă mai puțin. M-au condus pe stradă până am ieșit în Șura Mare și de acolo mult mai precaut, el uitându-se mereu la ceas, de grijă ca nu cumva să întârzii suspect de mult acasă, ea căinându-mă că sunt prea slab și că pantoful stâng e găurit, apoi, când am atins granița teritoriului matern, presărată cu mine antipersonal și sârmă ghimpată, cu gropi pe fundul cărora se găseau țepușe din lemn și tigri înfometați, m-au îmbrățișat pentru ultima oară, iar Ovidiu, omul de la protocol, mi-a spus că în cutia aceea se găsea cadoul din partea lor și mi-a întins-o, iar eu mă uitam aproape rugător în ochii lui și-mi venea să-l iau la palme, să-i sar la gât și să-l mușc de față, pentru că nu suportam inocența deloc jucată care mie-mi făcea viața imposibilă: ce om normal la cap ar fi crezut că pot primi cadouri din partea inamicului fără a fi adus în fața Curții Marțiale? Și atunci de ce să-mi pună în brațe cutia aia mare, în care bănuiam că se ascunde un joc, din moment ce se știa limpede că, dacă aș fi intrat pe poarta Casei cu Lei purtând-o în brațe, ochii dotați cu infraroșu ai lui Ralu ar fi marcat-o pe loc, transformându-se din ochi de mamă în raze laser de asasin. Pentru că Ralu-cea-emotivă-și-impulsivă nu mai cunoștea în momentele de criză finețuri care ar fi făcut-o în mod normal să se abțină și să abordeze problema delicat. Nu, pe fruntea mea ar fi scris TRĂDARE, iar trădătorii trebuiau executați cu un glonț în ceafă. Așa că, după ce ne-am despărțit, m-am ascuns la colțul străzii noastre, unde Aleea Solca se întretăia cu Bulevardul Pieptănari, și am rupt hârtia care învelea cadoul, iar ochii mi s-au umplut de lacrimi când am văzut că înăuntru era jocul „Dacii și romanii“, pe care mi-l dorisem atât de mult, așa că am stat acolo, neștiind ce să fac, uitându-mă la cutia nouă-nouță. Până una-alta, am deschis-o și am aranjat toți soldații în două șiruri, apoi am montat cele două cetăți și am început să-mi imaginez cum, într-o lume mai bună, m-aș juca cu Sergiu, dar ceasul îmi ticăia, trebuia să mă hotărăsc repede ce e de făcut. Până la urmă am ascuns soldații în ghiozdanul meu maro cu cangur, iar cutia cu tot ce mai rămăsese, peisaj, cetăți, apă de carton, poduri, am aruncat-o la tomberonul din fața casei aflate-n capul străzii.

Nici cu soldații nu era treabă ușoară, așa că, după ce am intrat și am mimat comportamentul obișnuit, ca un adulterin care vine acasă mirosind a femeie străină, m-am furișat în camera mea, i-am scos și i-am învelit într-un tricou vechi, de șters praful, pe care l-am legat bine și apoi l-am aruncat în curtea din spate, înspre gardul Cimitirului Evreiesc, în tufa de măceșe, unde era ascuns capacul de canal. Am coborât scara fluierând și m-am învârtit prin jurul lui Ralu, care era foarte veselă, lucru care avea darul de a lumina toată casa, pentru că rar se întâmpla să nu aibă un motiv secret și grav de supărare, așa că am luat-o în brațe și am plâns, iar ea a crezut că ghicește în plânsul meu o izbucnire năvalnică de dragoste pentru ea, așa că m-a strâns la piept și m-a alintat Chiț-Chiț, ca pe vremuri, apoi mi-a spus „Dragu' lu' mama", iar eu nu m-am mai simțit ca un impostor, pentru că eram totuși bucuros că nu am distrus starea asta a ei de fericire, la fel de fragilă și de rară ca un fluture exotic. Dar sufletul îmi plângea de mila acelor cetăți aruncate la gunoi, de mila fluviului și a podurilor din carton care urmau să putrezească în tomberon sau să aducă fericire unui copil norocos care le-ar fi găsit acolo. După ce am mâncat ciorba de roșii cu găluște și am spus „Sărumâna pentru masă", i-am zis că ies la joacă și m-am tupilat pe scara principală, am mângâiat pe limbă leul din stânga și am cotit-o pe după casă. După ce m-am asigurat că nu mă poate surprinde nimeni, m-am băgat în tufa de măceșe, unde am găsit bocceaua cu soldați. Erau toți acolo, câte cinci soldați daci și cinci romani (dacii erau albi, iar romanii roșii), plus câte un comandant călare. Am încercat să-mi amintesc desenul de pe cutia jocului, în care cele două căpetenii, probabil Decebal și Traian, se înfruntau pe un pod de lemn, în spatele fiecăruia ițindu-se câte o fortificație. Am improvizat un joc pe capacul de canal, ieșit în afară, ca un cub pe trei sferturi îngropat în pământ. Suprafața era brăzdată de modele săpate în metal, care, privite de sus, formau un desen pe care atunci l-am observat pentru prima oară, când m-am ridicat în picioare, uimit că-n fața ochilor mi se deschidea ceva nou, ca atunci când, ani mai târziu, după ce citisem deja de câteva ori *Iliada*, sărind peste descrierea scutului lui Ahile, pentru că mă plictisea, urma să am revelația frumuseții acelei lumi înghițite de lumea poveștii pe care, la rândul ei, o înghițea. În stânga capacului, în partea de sus, adică cea dinspre Cimitirul Evreiesc, era săpat în metal conturul unei case cu acoperișul bombat, o cupolă în care am recunoscut-o imediat pe cea a Casei cu Lei. De sub casa aceea pornea un drum îngust care șerpuia spre baza capacului, unde făcea o burtă, ca și cum s-ar fi deschis într-o piațetă, pentru ca în partea opusă a acestei deschideri să-și continue traseul șerpuit până urca din nou sub o casă asemănătoare cu cea de unde plecase, dar mult mai mare, ca reflexia din una dintre acele oglinzi care amplifică imaginea. Sub desenul gravat în metal era ștanțată o semnătură de mână, pe care m-am chinuit în zadar s-o înțeleg. Petreceam foarte mult timp singur, pentru că Ralu lucra într-o fabrică, unde intra la 6 dimineața, iar Sergiu dispărea și el la restaurant. Eu mergeam la școală de la 8, iar la 12 eram liber, așa că mă întorceam acasă, fie pe Șoseaua Giurgiului, fie pe partea cealaltă, pe Bulevardul Pieptănari, îmi încălzeam mâncarea lăsată de Ralu în frigider, apoi ieșeam în curte, unde-mi făceam temele sau improvizam tot soiul de jocuri de unul singur. De pe stradă se auzeau voci de copii, dar Ralu îmi interzisese să ies din curte sau să primesc pe cineva până la 4, când se întorcea ea. De multe ori citeam sub nucul stufos dinspre zidul cimitirului, dând câte o fugă în casă în căutarea altei cărți când mă plictiseam. Țineam în permanență un ochi pe ușa casei, gaura neagră care se căsca între cei doi lei, pentru că doar de acolo ar fi putut veni pericolul, care era însă anulat de lumina soarelui. Au trebuit să treacă ani buni, până când, în adolescență, am început să devin curios în legătură cu vila veche în care trăiam: toate casele din jur erau normale, cu un singur nivel – toate erau vechi, bineînțeles, dinainte de Război, dar nici una nu avea arhitectura ciudată a celei în care locuiam noi. Casa cu Lei era sperietoarea copiilor de pe stradă, care nu de puține ori se adunau în fața porții și ne urmăreau mișcările prin găurile gardului de beton pe care crescuse viță sălbatică. Odată ce am început să-i aflu povestea, am devenit tot mai fascinat de casă, de istoria ei stranie, care, mi se părea atunci, modelase propria noastră poveste, a familiei de ciudați care trăia acolo.

Casa fusese construită în 1930 chiar de Duiliu Marcu, celebrul arhitect ce realizase cu șase ani înainte planurile mult mai celebrului Crematoriu Cenușa, eveniment ce iscase un mare scandal în epocă, fiind primul crematoriu european construit într-o țară ortodoxă. Construcția crematoriului fusese precedată de înființarea, în 1923, a Societății „Cenușa", ce număra în primul an 14 membri, pentru ca în 1939 să aibă spre o mie de entuziaști, aproape la fel de mulți ca susținătorii Partidului Comunist la acea vreme. În vara lui 1925 a început construcția crematoriului, finalizată abia în 1934. Ceva s-a întâmplat în acei ani cu Duiliu Marcu, un eveniment care l-a forțat să abandoneze proiectul, deși toți cei care-l cunoșteau spuneau că era efectiv obsedat de acea clădire pe care n-o părăsea nici ziua, nici noaptea: în mintea lui, spun cei care-i stăteau prin preajmă, era un amalgam egiptean, asirian, babilonian, poate în dorința de a sublinia păgânismul asumat al construcției. Despărțirea lui blestemată, o fugă ce nu-i era deloc caracteristică, a avut loc după ce Biserica Ortodoxă a început o ofensivă acerbă împotriva incinerării, susținând că membrii Societății sunt discipoli ai zeului Baal, susținători ai revenirii la o practică păgână. Însă cea mai impresionantă parte a Crematoriului o constituia capela interioară, unde cei ce veniseră după Marcu au încercat să armonizeze scopul practic al construcției cu anumite oficii religioase: catafalcul era realizat din granit de Suedia, pereții și coloanele din marmură belgiană, iar pardoseala din marmură și mozaic roman. Capela era luminată uniform de 12 ferestre, iar sticla lor galbenă arunca o lumină aurie asupra celor ce așteptau ca trupul celui drag să fie înghițit de flăcări. Altarul era executat în stil bizantin, iar cupola era o copie în miniatură a celei de la Sfânta Sofia. După prima incinerare, din 1928, când construcția clădirii nu era finalizată (cupola era „spartă“, părând celor de la baza dealului ca un cuptor deschis special ca să lase fumul sufletelor să se înalțe la cer), au apărut mărturii ale participanților care susțineau că morții arși se văietau în momentul arderii, că se ridicau în capul oaselor și-și blestemau soarta. Poate această presiune l-a făcut pe Marcu să se retragă, deși ar mai exista câteva variante, bazate tot pe zvonuri, susținute însă de evoluția ulterioară a acestui templu caldeean: se spunea că poliția îl folosea pentru a se descotorosi de victime, că era un furnal al Siguranței și al puterii. Faptul că legionarii-asasini conduși de Miti Dumitrescu care l-au împușcat pe Armand Călinescu au fost arși în secret acolo, în toiul nopții, a contribuit la consolidarea imaginii de cuptor al Diavolului pe care a căpătat-o crematoriul.

Casa noastră era o combinație arhitectonică între clădirea crematoriului și distinsa Casă cu Lei din Constanța, construită pe final de secol XIX de Ion Berindei pentru bogatul armean Dicran Emirzian, având însă elemente ce-o deosebeau radical de cele două: acoperișul casei în care avea să se mute familia mea disfuncțională o sută de ani mai târziu era boltit, era o cupolă îmblânzită care purta în vârf o ghioagă fultuită îndreptată spre cer, iar leii, care în orașul de la mare sunt cocoțați pe capitelurile unor coloane ce ajung până la baza acoperișului, erau aici postați la baza celor opt trepte care urcau pe sub marchiza cu sticlă colorată până la ușa masivă ce dădea în vestibulul larg, unde lumina era filtrată prin rozeta „cu povești“, cum îi spunea Sergiu, dar pe care explorările mele ulterioare aveau să le găsească și în alte clădiri ale arhitectului tras pe dreapta de comuniști, căruia i se mai permisese doar să predea. Marcu își construise această casă pentru uzul propriu, deși nu locuise în ea niciodată. Rămăsese în proprietatea lui în tot acest timp și bănuiesc că nici dacă ar fi vrut s-o vândă nu ar fi putut, dată fiind învecinarea ei cu Cimitirul Evreiesc, inaugurat exact în același an în care el terminase construcția acestei case. Respectiva vecinătate o salvase și de comuniști, care se izbeau de refuzul isteric al tuturor securiștilor cărora li se propunea să se mute în ea. Marcu a obținut astfel, în 1955, concesionarea clădirii pe care n-o dorea nimeni, așa că până în 1966, când a murit, se spune că sosea aici, pe Aleea Solca, câteodată însoțit de echipe de muncitori înfricoșați, și făcea misterioase lucrări de întreținere și de reparație. După moartea lui, Casa cu Lei a intrat în patrimoniu și a rămas, în mod misterios, în administrarea armatei, de unde Ovidius, care în anii '80 lucra la Marele Stat-Major, a reușit să ne obțină permisiunea de a o locui. De fapt, opțiunea a fost a lui Ralu, care a preferat această casă din coasta cimitirului unui apartament nou, din cartierele muncitorești dinspre Brâncoveanu sau Piața Sudului. Mi-am dat seama târziu că își făcuse un calcul simplu, în care a cântărit enorm faptul că urma să locuiască într-o bijuterie arhitectonică pe care n-o dorea nimeni și nici n-avea s-o dorească cineva vreodată, pentru că frica oamenilor de strigoi e la fel de mare ca teama lor de moarte, iar asta nu va dispărea în veci. Deci calculul Prințesei era unul foarte simplu: avea să devină proprietăreasă, chiar dacă nu cu acte, într-o epocă fără proprietate. Iar dacă pentru asta trebuia să împartă casa cu niște fantome, atunci prețul i se părea chiar mic.

Vestibulul colorat prin care soarele intra filtrat de rozeta „cu povești" dădea în sufrageria vastă, cu parchetul vechi, care, atunci când ne-am mutat noi, scârțâia îngrozitor, o cameră de cel puțin 80 de metri pătrați, cu trei ferestre înalte, una dând înspre grădina laterală, cu atelierul lui Ralu și masa de plastic adusă mai apoi de Sergiu, unde obișnuiam să mâncăm vara, sub o foaie de cort militar, alta înspre zidul Cimitirului Evreiesc, cu nucul bătrân și tufele de măceș care-l extaziau pe Sergiu („Marocane, fac un vin din măceșele-astea, de rămâi țuț!"), iar a treia în spatele casei, unde Ralu plantase doi arbori de paulownia care crescuseră repede, ascunzând astfel zidul din spate. În partea opusă vestibulului răsărea scara cu balustrade din lemn vechi, care urca în spirală la etaj, unde se aflau două camere mai mici, a mea și a lui Ralu, dar și micul ei „atelier de iarnă", improvizat într-un colț al holului. Tot etajul mirosea a uleiuri și terebentină, dar camera mea, pe care o închideam cu grijă, trăgând ușa mare, albă și încuind-o cu cheia, avea o fereastră mică în care, când bătea vântul, se izbeau crengile nucului. Tot la etaj se afla camera de baie, imensă, în mijlocul căreia trona o cadă mare, din fontă, așezată pe patru labe de grifon, locul unde Ralu obișnuia să citească, în apa caldă, cu degetele picioarelor îndoite pe marginea albă a acelei vane metalice. Am recunoscut cada aceea în tabloul lui David care-l înfățișează pe Marat ucis de Charlotte Corday. Faianța și gresia care îmbrăcau podeaua și pereții camerei de baie erau împodobite cu desene alb-negru, care-i dădeau o sobrietate pe care arareori o găsești într-un asemenea loc unde ne despuiem. De lângă atelierul de iarnă al lui Ralu, la capătul holului, pornea o scară mai mică, tot din lemn, care ducea în podul casei, ca o cupolă îngropată, unde arareori urcam și doar însoțit, ca să privesc peste cimitir prin gemulețul ca un hublou de submarin. Trăia o tristețe aparte în acel loc, care mă înhăța când deschideam ușa podului și pentru câteva minute puteam urmări volutele firelor de praf în fâșia de lumină ce trecea prin acel hublou și se proiecta pe podeaua din lemn mat, negeluit. Podul era susținut de căpriori din lemn masiv, iar forma lui circulară îmi amintea de circ, de cortul imens sub care femei cu pălării înalte călăreau în picioare pe cai albi cu zorzoane în frunte sau lei îmblânziți răgeau și dădeau cu laba printre gratiile unei cuști fragile. De multe ori, în visul meu cu ochii deschiși, leii noștri din piatră se trezeau la viață, își scuturau coamele din care săreau steiuri și scântei, apoi deschideau cu lovituri leneșe de labă ușa vestibulului, traversau sufrageria și urcau treptele din lemn spre etaj, de unde-și continuau drumul hipnotic spre pod, unde se așezau pe burțile de piatră și-și lingeau coamele, adormind într-un altfel de somn decât cel etern, de la baza scărilor, un somn organic, în care-și digerau visele de piatră.

În pod am găsit o bibliotecă lipită pieziș de peretele curbat, plantată acolo și ancorată de zid cu sârme ruginite, iar peste rafturile cu cărți fusese așezat un covor vechi, care cădea până-n podea. L-am dat jos împreună cu Ralu, tușind în norul de praf care s-a iscat în jurul nostru și al fasciculului de lumină aruncat de lanterna pătrățoasă pe care și-o agățase ea de gât, apoi, după ce norul acela s-a risipit, am văzut cotoarele unor albume groase, vechi sau mai puțin vechi, mari sau mici, de la niște cărțoaie imense, legate-n pânză și până la șirurile perfect ordonate de albume mici, Skira. Atunci am rugat-o pe Ralu să mă lase să iau cu mine unul dintre acele cărțoaie, pe al cărui cotor albastru scria cu litere aurii *Journal du symbolisme* și pe care l-am răsfoit în curte, în lumina alburie a înserării, fascinat de acei păianjeni cu labe de grifon, al căror corp era de fapt, după ce te obișnuiai cu imaginea, un ochi imens, sub care scria „Odilon Redon“, așa că am întrebat-o pe Ralu despre ochiul Redon, iar ea mi-a vorbit în seara aceea despre simbolism, în poezie și în pictură, și am simțit că am intrat într-o pădure unde ei îi plăcea să se afunde, o pădure întunecată și umedă unde se cuibărea departe de mine, de familia Lucescu, de Sergiu sau de maică-sa. Am frunzărit albumul vechi împreună și, deși în amintirea mea culorile acelor reproduceri sunt vii, când l-am deschis de unul singur, ani mai târziu, am văzut că toate erau alb-negru. Fie imaginația a venit cu tăvălugul ei peste acele reproduceri misterioase, fie le-am văzut, de-a lungul anilor, în alte locuri, iar memoria a prelucrat fiecare nouă informație cromatică, pe care a pus-o la locul ei, în puzzle. Așa că acum, în amintire, le văd color, fără nici o șansă de a mai ajunge la imaginea originară. Albumul a dispărut de mult, fie aruncat, fie vândut la anticarii care prin anii 2000 începuseră să lase bilețele cu numerele de telefon în poartă, alături de informația „Cumpărăm biblioteci". Iar vânzarea cărților făcea parte din noua ei atitudine față de viață, îmbrăcată după căderea guvernului Constantinescu și revenirea lui Ion Iliescu și a democraților originali la putere. Un antiintelectualism feroce, manifest în tot comportamentul ei, ca și cum ar fi vrut să spele agresiv toate păcatele ultimului entuziasm politic de care se făcuse vinovată. Când mă vedea citind, în ultimii ani de facultate și apoi, după ce intrasem la cea de-a doua, pufnea și făcea cale-ntoarsă, scuipându-mi printre dinți un „Mai bine faci ceva folositor!", apoi începea să trântească prin bucătăria de vară oale care păreau să se atragă reciproc într-un dezastru domestic inevitabil.

Dar atunci, în acea seara de dinainte de '89, eram departe de orice amor politic, iar eu descopeream acele picturi stranii bine ascunse în podul casei și urmăream înfrigurat linia sinuoasă a gâtului unui portret de Dante Gabriel Rossetti, linie pe care o căutam mai apoi coborând printre sânii abia ghiciți și pierzându-se mai apoi în hățișuri care de atunci începuseră să-mi dea amețeli.

*

Pictura ei era îndatorată simbolismului, pe care simțeam însă că încearcă să-l atenueze, poate din ura ei față de pictorii oficiali ai epocii, în special Sabin Bălașa, căruia îi spunea Bășin Sălașa, și, în general, față de exploatarea suprarealismului de către toți semidocții vremii. Nu verbaliza toate astea, comunicarea ei era de multe ori sincopată, abruptă, lătrată, ca și cum s-ar fi jenat de orice scăpare demnă de epitetul „intelectual". Probabil că în altă epocă ar fi fost o artistă revoluționară, m-am gândit, și confirmarea mi-a venit mult mai târziu, când am văzut-o lăcrimând la biopicul *Frida*, deși nu eram sigur dacă acolo n-o atinseseră destinul unei femei puternice, ura pentru bărbatul acela talentat și, ca orice bărbat, infidel. Își apropria orice destin nefericit al eroinelor din literatură, o surprindeam lăcrimând la *Anna Karenina*, iar când îi reproșam că acolo eroina înșală, o vedeam aprinzându-se dintr-odată, ca o bucată de iască, vituperând atât împotriva soțului molâu și tiranic, cât și a amantului care vrea un singur lucru.

Foarte târziu, în adolescență, mi-am dat seama că, deasupra tuturor neînțelegerilor ei cu familia Lucescu, „blestemul vieții mele, mai bine-mi băgam un băț în cur decât să mă mărit cu porcu' ăla“, îi unea incapacitatea de a vorbi. Aveau cu toții o reacție aproape fiziologică în fața verbalizării coerente a marilor emoții, li se punea un nod în gât și începeau să gâlgâie ca niște curcani, cu variațiuni în funcție de cel care le emitea: Genu se pornea să urle și să repete același cuvânt, într-un mod aproape comic, dacă n-ar fi fost înfricoșător, Ovidius și Meri se sufocau la propriu și li se bulbucau ochii în cap, iar Ralu devenea obscenă.

Înjurăturile Prințesei Ralu. Câtă diversitate era acolo, câtă inventivitate se ascundea sub poleiala uniformă a educației și a artisticărelilor ei! Ce repede trecea ea de la atitudinea urbană și superioară la ridicarea fustelor în cap, cu clăbuci făcuți în colțul gurii și o violență fizică greu reprimată! Abia atunci ieșea la suprafață Zeița răzbunătoare, de sub învelișul muritoarei, când punea mâna pe telefon și-și suna o prietenă care făcuse greșeala, probabil, de a respira: „Auzi, Dora, noi ne știm de mult... Știi că te bag în pizda mă-tii una-două! Nu, nu, nici o Ralu, futu-ți morții mă-tii de curvă penală! Să vii să-ți iei...“. Iar aici putea fi orice: o bluză uitată de victima ingenuă care probabil se uitase mai lung decât era prudent la cealaltă victimă, bărbatul casei din acea vreme, un album împrumutat, un cort pe care ni-l dăduse ca să mergem la mare, o pereche de sandale uitate la o beție comună din Casa cu Lei.

Gelozia lui Ralu. Câtă inventivitate se ascundea în ea când trebuia să-și provoace mânia care-o aprindea! Fără scânteia geloziei nu putea trăi mai mult de câteva luni, iar singurul care a înțeles asta a fost Sergiu, crețul flegmatic și ațos care-a intrat în dimineața aceea de sâmbătă pe poarta casei noastre. Sergiu îi tolera toate damblalele pentru că știa cât de dulce putea ea să facă împăcarea mai apoi, iar eu eram singurul martor al acelor împăcări care-și trimiteau gemetele prin geamul deschis al dormitorului peste ținutul celor morți, răscolind mormintele evreiești, apoi planând pe deasupra Șoselei Viilor, peste șinele de tramvai, peste Parcul Libertății, unde atunci odihneau eroii comunismului, pe care mai apoi, după '89, i-au scos și i-au trimis să se odihnească în altă parte. Când simțea că energiile cele rele se adunaseră și că o scenă era inevitabilă, Sergiu dispărea oportun, întorcându-se peste câteva zile, când încerca să repare stricăciunile provocate de walkiria Ralu. Se întorcea zâmbind, intra pe poartă, ea se făcea că nu-l aude, în atelierul ei, unde picta cu furie (atunci toate picturile ei erau sălbatice, fovismul îi venea ca o mănușă), o îmbrățișa pe la spate, o săruta pe gât și îmi făcea cu ochiul, semn că trebuia să mă retrag în partea cealaltă a grădinii, de peste casă, de unde însă zgomotele din dormitor puteau fi auzite cel mai bine.

Nu am avut niciodată (din ce îmi pot da seama acum) vreo inocență legată de sex, mi-a fost greu chiar s-o și mimez. Casa noastră mustea de așa ceva, chiar și atunci când era absent, pentru că trupul mare al lui Ralu purta semnele bătăliilor trecute. Și fără acele vânătăi sau semne de supt, corpul ei era ca un poster sau o reclamă la produse destinate iubirii. Sânii o precedau întotdeauna când intra într-o încăpere, cracii ei lungi și solizi, pe care-i suia, în plin ceaușism al plății datoriilor externe, pe platforme din lemn ori plută, o purtau cu o legănare impudică, bucile ei ca două lubenițe coapte se bălăngăneau deasupra acelor piloni nesfârșiți și dădeau amețeli bărbaților de pe stradă, niște pigmei care purtau pantaloni de stofă largi peste pantofii negri care abia se ițeau de sub ei și cămăși albe cu mânecă scurtă și cu o lalea neagră brodată pe buzunarul de la piept. Îi vedeam, când mergeam împreună pe jos până la metrou, cum li se așterne pe față o visare plină de cutremur și înfiorare, cum deveneau din nou copii și întindeau mânuțele, plini de poftă, spre acea tanti încă tânără, dar numai coaptă, care-și plimba trupul ăla aproape obscen printr-un oraș toropit de foame și de căldură. Străbăteam așa orașul și sunt convins că un urmăritor, un apaș ca Winnetou, de exemplu, ne-ar fi putut lua urma cu ușurință, mergând din victimă în victimă, legând firul creat de masculii ăia neputincioși, căzuți, leșinați pe stradă. Nu îndrăzneau să facă mai mult decât să privească, pentru că ochii ei erau inabordabili, ațintiți undeva spre orizont, pe față afișa un zâmbet arogant și, cel mai important, mă ducea pe mine de mână, dovada cea mai vie a fertilității acestei amazoane. Așa băteam galeriile de artă, unde ne certam cu alte victime, de data asta femei care purtau halat și care erau mai mereu bănuite că tăinuiesc bani sau tablouri. Atunci, din pieptul ei făcut anume pentru asta, răbufnea un strigăt exasperat, un țipăt de zeiță a indignării care chema în ajutor armiile cerurilor și lua ca martori pereții plini de tablouri ai galeriei. Cu mâinile ridicate spre tavan, cu fața și gâtul înroșite de accesul acela furios, cu părul lung și negru zbârlit, era imaginea pedepsei divine, iar la asta nu putea rezista nici o amărâtă de galeristă cu părul făcut permanent în chiuveta de acasă. Imediat ce înșfăca banii din mâna bietei femei, chiar în avans pentru picturi nevândute, îi mai arunca o ultimă ocară, arătând spre mine, care asistam încântat la spectacol:

— Lăsați un copil fără tată să moară de foame?!? Dar-ar canceru-n gâtițele voastre! Să nu vă pună dracu' să vă blestem, că zece ape nu vă mai spală!

Iar scena asta se repeta de trei, patru ori într-o zi, după care plecam mulțumiți spre piață, cu destui bani pentru două săptămâni. Câteodată se simțea generoasă și ne opream la un restaurant, de cele mai multe ori la Cina, unde o știau toți ospătarii, care se scurgeau onctuoși la picioarele mesei și aduceau, spre ciuda celorlalți clienți, lapte condensat, pui afumat și cașcaval, pe care eu trebuia să le înghit recunoscător, după care îi mai dădeau și pentru acasă, „pentru ăsta micu'!".

Spre deosebire de răbufnirile ei teatrale, Genu avea incapacitatea somatică de a purta o discuție în contradictoriu: aveam, de cele mai multe ori, senzația că i se pune o pâclă pe creier și că nu mai poate răcni decât două, maximum trei cuvinte, pe care le repeta ilar, dar care pe noi ne împietreau. De cele mai multe ori repeta numele oponentului, al meu, de exemplu:

— Cuuuuummmm, Mihai!!! Mihai! Mihai! Mihai!

Când se ajungea în situația asta, iscată de un pretext minor, cum ar fi fost o neglijență pe care bănuiesc că mi-o provoca însăși frica de el, nu exista cale de scăpare, pentru că orice aș fi răspuns era greșit. Am avut zeci de ani, cu intermitențe, în care să încerc toate variantele. Răspunsul calm, detaliat era întrerupt de un răcnet indignat, de o precipitare fizică, amenințătoare, moment în care începeai să te îndoiești de integritatea ta fizică din momentele următoare. Replica dură, pe măsură, poate chiar pe un ton la fel de agresiv, nu făcea decât să precipite lucrurile, îl făcea să sară ca propulsat de un arc, să dea din mâinile subțiri și să se apropie cu ochii ieșiți din orbite, ochii aceia afectați de o sensibilitate evidentă, care se înroșeau la oboseală sau la supărare, iar atunci când își apropia fața de a mea, începeam să-i număr vinișoarele sparte și ramificate pe albul ochiului, încercând în același timp să păstrez o figură umilă, ca un câine care întoarce burta spre colții unui dulău mai mare și mai puternic, în semn de supunere. Din fericire sau din nefericire – asta n-o s-o știu niciodată –, ne vedeam doar o dată la două săptămâni, după cum hotărâse judecătoarea ce pusese capăt interminabilului proces de reîncredințare. În acel sfârșit de săptămână, care începea sâmbăta dimineața, când el venea și parca Dacia crem („Zambilica") în fața porții noastre, unde aștepta cuminte să ies la poartă, după ce claxona o singură dată, timid, și se termina duminica seara, la ora 18.00, când mă aducea în același loc, încerca să-și tempereze ieșirile și de cele mai multe ori reușea, dar între noi stăruia mereu o umbră, pentru că, tot ca un câine, simțeam pericolul care lâncezea în bărbatul ăla slab și înalt, cu chelie pronunțată și mustață neagră, și, mai mult, simțeam că toți cei din jurul lui o cunosc și se feresc de ea. Nu am întrebat niciodată un alt băiat ce simte față de tatăl lui, ca să înțeleg dacă amestecul ăsta de duioșie tragică și frică teribilă este normal sau e cumva doar al meu. Odată cu vârsta însă, odată cu venirea pe lume a frățiorului meu vitreg, izbucnirile lui au devenit din ce în ce mai dese și firea mea ascunsă a devenit și mai ascunsă, așezându-se ca o peliculă de praf peste tot ce fusese natural și, poate, frumos în mine. Acum ieșirile lui puteau fi cauzate de orice, de multe ori de nimicuri, așa încât cel mai înțelept din partea mea era să merg cu capul în pământ și să aștept ca ziua să treacă. Foarte târziu, după vârsta de 30 de ani, am înțeles că trecea printr-o perioadă grea, că noua familie îi îngrădea insațiabila poftă de sex, despre care avea să-mi vorbească mai târziu, cu mândrie („Sunt scorpion. Noi, scorpionii, trebuie să înțepăm").

Dar acest moment nu a venit încă. A venit însă momentul de a-i pune pe acești doi protagoniști alături: femeia desprinsă din scena aranjată de Wagner la Bayreuth, rece ca o amforă pe fundul mării, care folosea sexul pentru a obține ce-și dorea și care a vrut să-și unească destinul cu acest băiat slab și chelios, un nevropat violent obsedat de futut. Și au făcut-o. Iar eu sunt produsul lor. Urăsc determinismul de orice fel și știu cât de mult haos se ascunde sub pojghița aparent pozitivistă a vieții sociale, dar de multe ori, de-a lungul interminabililor ani de degringoladă pe care i-am trăit, am simțit că duc în cârcă fantomele lor furioase.

*

O altă încăpere ce mă atrăgea în Casa cu Lei era pivnița, la care se ajungea din bucătăria de iarnă, cea aflată în spatele sufrageriei, mascată de niște șiraguri de bile din lemn, care coborau până-n pământ și zornăiau amenințător, mai ales când Ralu se pornea intempestiv spre victima care-i spusese cuvinte imprudente din partea cealaltă a casei. Ralu cumpărase șiragurile cu rol de ușă pe vremea când era pasionată de „arta africană", adică sosiseră la pachet cu tot soiul de măști cu buze groase, ochi bulbucați și cercei, pe care i le comandase sculptorului Savian, un fost prieten, așa cum erau toți prietenii ei, cantonați într-un trecut incert, unde fuseseră maziliți după ce făcuseră vreo „măgărie". Savian le lucrase după modelele din reproducerile șterse ale unei cărți mici, cu titlul *Cultura africii*, de Leo Frobenius, așa că fusese obligat să suplinească incertitudinile cu propria imaginație: unii dintre acei papuași sau pigmei aveau priviri șugubețe, de bețivi puși pe șotii, surprinși chiar în momentul în care tocmai venise nevasta să-i ia acasă de la cârciumă.

Cu timpul, unele dintre acele bile crăpaseră și-și dăduseră obștescul sfârșit, lăsând să treacă prin perdeaua aceea fâșii de lumină și de imagine din bucătăria unde Ralu gătea bocănind, trântind sau spărgând farfurii. Și, de fiecare dată când trecea prin perdea, iar pe parchet se auzea căzând un nou produs savianesc ratat, venea și blestemul princiar, rostit cu năduf: „Saviane, fi-ți-ar băutura a dracu'!".

În mijlocul bucătăriei se afla masa mare, din brad nelăcuit, opera aceluiași Savian, înconjurată de scaune sculptate tot din lemn grosolan, la care mâncam iarna, după ce dădeam drumul la cuptor ca să se încălzească în încăpere, ba chiar și în sufragerie. În partea opusă tejghelei de gătit, unde erau chiuveta și frigiderul Fram, cuptorul și aragazul Metalica, se găsea o ușă din fier, cu un zăvor solid, care trebuia tras cu amândouă mâinile și care dădea în pivniță. În primii ani pe care mi-i amintesc, mergeam acolo doar cu Ralu, pe care o imploram să mă ia cu ea, pentru că altfel mi-era frică de întuneric și de mirosul de pământ reavăn și de râme. Scara care ducea în pivniță era din beton, fără balustradă, așa că trebuia să mergi ținând în minte firul drept al traseului, apoi, când simțeai pământul rece sub tălpi, să întinzi mâna în dreapta, unde se găsea întrerupătorul vechi, din plastic negru, un bumb care trebuia răsucit și pe care mulți ani nu am avut forță destulă ca să-l întorc singur. Odată ce reușeam să aprindem lumina, se deschidea o încăpere largă, care acoperea întreaga suprafață a casei, străbătută de piloni paralelipipedici din cărămidă, groși, gri-deschis, care fragmentau priveliștea. Pe jos era pământ jilav, iar din loc în loc câte o scândură care intrase pe jumătate în acel cernoziom unde ani mai târziu, împreună cu Sergiu, săpam după râme, ca să mergem la pescuit. Râmele din pivnița noastră erau uriașe, de multe ori prea mari pentru a le pune în cârligul fin, de roșioară. Erau adevărați șerpi și le găseam încolăcite în mănunchiuri cât brațul, de unde trebuia să extragem câte una care se zbătea cu frenezie, încercând să se încolăcească în jurul mâinii.

Dar nu râmele erau punctul de atracție al pivniței. Nu. De-a lungul și de-a latul ei, aliniate la perete, se găseau membre, labe, capete, trunchiuri de leu.

*

De fiecare dată când o întrebam pe Ralu despre toate părțile acelea anatomice de felină din ghips, piatră, lemn care stăteau cuminți aliniate pe lângă pereții pivniței, prefera să schimbe vorba, cu aceeași mișcare disprețuitoare a capului, cu privirea misterioasă (snoabă, prefăcută) aruncată unui public care tăcea în fundal, dar îi urmărea cu nesaț orice mișcare. Dar nici eu nu mă dădeam bătut și profitam de fiecare dată când mă trimitea „jos", după murături, pe care începuse să le facă și să le depoziteze împreună cu Sergiu acolo, și îmi imaginam, seara, la culcare, cum toate părţile acelea prindeau viaţă odată cu întunericul, se lipeau contra naturii, labe lipindu-se de trunchiuri, cozi de piepturile îmblănite, capete care ieşeau direct din fund, aşa cum văzusem în nişte desene medievale cu vrăjitoare şi ţapi. Iar animalele alea fantastice îşi înmuiau boturile în borcanele enorme, în butoiaşele cu castraveţi muraţi în saramură, în damigenele cu afinată învelite-n îmbrăcămintea lor din răchită, după care se hârjoneau cu mişcări leneşe, de lepidoptere uriaşe, plutind prin beznă, mârâind şi scheunând. Ziua însă coboram acolo, în izul rânced, umed, de pământ şi încercam să nu mă uit înspre pereţii de cărămidă, ci înaintam tremurând direct spre borcanele de zece litri cu murături, ţinând cu ambele mâini crăticioara în care trebuia să scot castraveţii de sub pojghiţa de mâzgă alburie care-i proteja, şi câteodată mi se părea că simt mişcare în spate, dar nu mă întorceam, ci mă opream, cu inima bubuindu-mi în piept, până când doar liniştea se mai auzea – şi de undeva, de sus, zumzetul familiar al vieţii din bucătărie.

Misterul s-a risipit într-o seară de vineri, când Ralu era plecată în provincie, unde avea o comandă la o biserică de machidoni din Dobrogea, unde se ducea şi stătea pe schele zi-noapte, pictând cot la cot cu alţi semeni ai ei care puteau face rost de produse la care în oraş nici nu visam. Ştiam că urmează să se întoarcă încărcată cu lucruri pe care nici nu mi le imaginam şi că-n casă o să se răspândească mirosul de supă sau de tocană cu carne, dar nu asta mă bucura, mi-am dat seama în ziua aia, ci, pentru prima oară am înţeles, deşi aveam probabil 8 sau 9 ani, că, imediat ce Ralu ieşea pe poarta casei, simţeam o uşurare şi o bucurie pe care până atunci nu le conştientizasem. Şi am mai înţeles tot atunci că şi Sergiu simţea la fel, deşi probabil că din alte motive. Ne-am dat târcoale unul altuia până la amiază, când ne-am întâlnit în bucătărie şi am pus împreună masa, în deplină tovărăşie, ascultând sunetul muzicii populare de jale ce venea de la televizorul mic şi roşu care prindea bulgarii. Am mâncat amândoi în liniște, privindu-ne din când în când, și am simțit că mă furnică pe la colțurile ochilor, că-s gata să plâng și că în tot timpul acesta mă gândisem la Genu, pe care nu-l mai văzusem de mult, pentru că eram în mijlocul unei bătălii crunte din Războiul Rece al reîncredințării, așa că nu ne puteam întâlni sau poate că nici nu avea chef să mă vadă, așa că eram aici, în bucătăria Casei cu Lei, alături de bărbatul ăsta slab, cu părul creț, care mestеca zgomotos, părând că se bucură de tocana de cartofi și de salata de varză, așa cum se bucurau câteodată Bugs și Duffy de un pui fript după ce fuseseră naufragiați în mijlocul oceanului timp de o lună. Iar când am terminat și am adunat împreună vasele murdare, pe care eu eram gata să le spăl, i-am simțit mâna pe umăr:

— Auzi, Marocane, hai să le lăsăm pe mâine. Noi hai afară la un șpriț.

Știam foarte bine că, dacă Ralu ar fi fost acolo, amândoi am fi respectat protocoalele, așa că am intrat brusc într-o stare asemănătoare cu cea din prima zi de vacanță și l-am ajutat să ducă în grădină două pahare, sticla de apă minerală și apoi a venit și Sergiu cu o sticlă de vin alb, căruia-i spunea „13 țâțe“, pentru că pe etichetă erau șase folcloriste și jumătate, așezându-se la masă cu un „Așaaa“ bătrânesc, dar numai după ce a vorbit la telefonul din sufragerie timp de cinci minute.

— Marocane, facem o chindie, ce zici?

Nu știam ce-i aia o chindie, dar, când la poartă au început să oprească tot felul de Dacii, am început să pricep. Jidanu chemase gașca. „Nepoții gornistului“, cum le spunea el, făcând-o pe Ralu să zâmbească vag amuzată, „Frații Petreuș“, cum le spunea ea, făcându-l pe el să râdă. Cap de afiș era chiar Savian, sculptorul gras care avea brațele și picioarele scurte și puternice, purta mereu o cămașă albă cu mâneci scurte pe care se afișa în permanență meniul zilei și lista de vinuri și avea o barbă neagră care-l distingea în peisajul tipologic masculin al epocii. Începuse să chelească și peticul de piele din frunte i se înroșea când se enerva sau când exagera cu șprițul. Era fonfăit și peltic, o combinație fatală, mai ales când se îmbăta, iar toți cei din jurul mesei se vedeau obligați mai mult să ghicească ce spune. Domnul Bebe, alt membru al formației de asalt, era pitic, dar asta nu îndreptățea pe absolut nimeni să-i arate condescendență, pentru că acel nimeni se izbea din prima de aerul lui grav, de figura exagerat de matură și de ținuta lui marțială. În plus, Domnul Bebe avea respectul misterios al tuturor, ca și cum ceva din trecutul lui ar fi chemat prezentul la ordine: mi-l imaginam fie dirijând pe scena Ateneului, fie ordonând unui batalion de cavalerie să atace o ultimă și inexpugnabilă redută, călare pe un căluț de lemn sau pe un țap ascultător. Era extrem de ceremonios, chiar și cu mine („Dar să trăiască tovarășul inginer Michi! Ce mai spuneți, domnul meu?"), iar lui Ralu îi săruta mâna cu un aer religios, aplecându-se, deși chiar nu era cazul, într-o poziție în care sânii ei grei erau gata să i se odihnească pe ceafă. Pășea grațios pe picioarele lui mici, încălțate cu pantofiori negri cărora le ieșeau doar vârfurile de sub pantalonii maro, iar torsul drept îi era ascuns de sacouri care-i veneau prea mari.

Cel de-al treilea membru al găștii era Viorel, un țigan lăutar care apărea mereu cu întârziere, rânjind fără oprire, și pleca primul pentru că avea câte o cântare. Lui i se spunea fără excepție „țigane", dar în gura mare, aproape ostentativ, nu cum i se adresau câteodată lui Sergiu cu „Jidane", când pronunțau porecla cu servilism, invocând parcă o intimitate care le dădea dreptul, dar de care erau hotărâți să nu abuzeze prea des. Ultimul, Gigi Bălașa, era un tip de vârsta lui Sergiu, înalt, bine făcut, cu o chelie amplă și care îndrăznea să poarte ghiul de aur pe mâna dreaptă și pantaloni albi, evazați. Gigi Bălașa mirosea bine, a spumă de ras, avea unghiile curate și adidași originali, de la mama lor, ba chiar uneori, vara, îl puteai vedea și în sandale din piele. Avea un ceas Casio cu multe butoane, la care îmi punea melodiile de alarmă când voia să mă distreze. Vorbea rar și fuma Kent din pachetul pe care-l purta la buzunarul de la pieptul tricoului Lacoste, cu crocodil verde. Sergiu și Gigi Bălașa se respectau mai mult decât o făceau cu ceilalți membri ai găștii și de multe ori se retrăgeau să vorbească lucruri serioase în bucătărie. În seara aia s-au adunat cu toții în grădina lui Ralu, unde-și ținea atelierul de vară, și fiecare a adus câte ceva de băut, chiar și Domnul Bebe, care a venit cu o sacoșă cu mânere tubulare din cauciuc pe care o ținea în brațe, ca pe un bebeluș, care-i acoperea tot corpul și de unde au ieșit o sticlă de căpșunică și un sifon îmbrăcat în armătură de sârmă. Pe masă a apărut o sticlă de Johnnie adusă de Gigi Bălașa și s-au așezat cu toții în liniște până când Sergiu a venit cu ideea să scoatem radioul pe geam, ca să ascultăm niște muzică. La un moment dat, același Gigi, aparent scârbit de Savian, care îi vorbea în față, de la mică distanță, explicându-i cum fusese într-o tabără de creație în Valea Vinului în 1973 cu Sabin Bălașa, care atunci era băiat bun, l-a întrebat pe Sergiu dacă e cazul să cheme niște balerine.

Sergiu l-a privit serios și a făcut un semn discret cu degetul spre mine, iar Gigi mi-a zâmbit patern și s-a lăsat pe spate, suflând fumul înspre cer, apoi, pe măsură ce firul se subția, a început să facă niște rotocoale perfecte care intrau unul în celălalt, apoi se destrămau pe pânza întunecată a nucului din grădină.

— De unde le aduce, Sergiu? îl întreba Domnul Bebe pe bărbatul de lângă mine, care mă ținea de gât.

— Cred că din Germania sau din Austria, le trece prin Ungaria și de la graniță le preia Sile. Le aduc băieții lui la București și le lasă la Pescarul, în depozit.

— Și cu cât le dăm?

— 6.000 JVC, 6-7.000 Panasonic. Dacă e recorder, mai pui o mie, două.

Au continuat așa, vorbind liniștit, în timp ce la radio susura vocea Angelei Similea, și m-am pomenit gândindu-mă la Ralu și la cât de mult îi plăcea ei melodia „Casa mea“, pe care o fredona în rarele momente în care era liniștită sau când picta un tablou seren, în culori pastelate. Am simțit că asist la ceva interzis, că seara aceea face parte dintr-un Sergiu secret, care însă îmi lăsase acum și mie o portiță prin care să-l văd cu adevărat, ca semn de încredere. Am ațipit pe genunchii lui, ascultând vocile indivizilor ciudați din jurul meu, aproape fericit că fac parte dintr-o frăție.

La un moment dat m-am trezit și în grădină se întunecase, iar cei din jur probabil că-și terminaseră discuția serioasă, pentru că acum se spuneau bancuri cu Bulă, se vorbea tare și cu toții își pierduseră figurile compuse de la început. Chiar și Gigi Bălașa părea puțin șifonat, așa cum stătea aplecat peste masă și privindu-l fix în ochi pe Sergiu, cu țigara arsă între degete:

— Jidane, da' tu mă crezi că eu n-am bulănit-o? Te minte pe tine vreodată fratele tău?

Sergiu stătea lăsat pe spate, cu ochii mijiți, cu tricoul ud de transpirație lipit de pieptul păros, și rânjea cu toți dinții lui stricați:

— Gigione, tu minți și când dormi, frățioru' meu mai alb. Și da, cred c-ai bulănit-o. Dar nu mă interesează. Un singur lucru ți-am zis: de Raluca nu te atingi, în rest nu mă mai interesează nimic. Păi, fata asta știe cinci limbi străine, băi, bulache!

Bălașa îl privea cum văzusem că se uitau unul la altul pistolarii din Rio Bravo înainte să scoată pistoalele:

— Da' tu crezi că m-aș da la femeia ta, Jidane? Eu?

Chelia lui Gigi lucea în lumina care venea din casă, pe fereastra din dreptul căreia trăseserăm draperia, ca să vedem în curte, și nu-i zăream ochii, pentru că stătea cu spatele la lumină, avea două găuri negre săpate sub frunte și mâinile groase, care-i ieșeau din mânecile tricoului cu un crocodil mic și verde pe buzunar, îmi păreau două trunchiuri noduroase, dar lipsite de forță, uscate și purtate încoace și-ncolo de vânt sau apă.

Pe Sergiu îl simțeam încordat, așa cum stăteam, la el în brațe, avea un tremur foarte ușor, care-l traversa dinspre pulpe în sus, până în ultimul punct în care corpurile noastre se mai atingeau, și am simțit cum mâna care mă îmbrățișa, pe care o ținuse în jurul mijlocului meu, mă eliberează, ca o invitație, apoi l-am auzit vorbindu-mi:

— Michi, gimi ma pulis, dă tu fuga până-n pivniță și mai adu o sticlă de vin. Hai, fuguța!

Știam că e un pretext, dar vocea avea o nuanță pe care arareori o scotea la suprafață, ceva metalic, ca și cum gâtul i-ar fi fost blocat de o pană ruginită. M-am lăsat să alunec în jos și am străbătut grădina în tăcerea care se lăsase peste toată întâlnirea aia, apoi, ajuns chiar la colțul casei, m-am uitat scurt în spate și am văzut că absolut toți se uitau la mine, cu excepția lui Gigi Bălașa, care privea în masă, ținând țigara între degete, cu capul plecat, ca un câine care presimte pedeapsa.

Sergiu știa că mi-e frică să cobor singur în pivniță, mai ales noaptea, de fapt era prima oară când mă trimitea de unul singur, de obicei Ralu fiind cea care susținea sus și tare că trebuie să mă călesc, să devin bărbat, nu cârlig de rufe, iar atunci Sergiu îmi făcea cu ochiul și fie cobora cu mine, fie spunea „Lasă, că are timp să-l fută viața, o să vadă el ce-l așteaptă mai încolo! Deocamdată-i copil...". M-a mirat că-mi impune tocmai acum să cobor, dar știam că oamenii gândesc și se poartă altfel când beau, așa c-am pus-o pe seama vinului și a sticlei de whisky. Am stat în fața ușii din fier, respirând greu, cu mâna parcă blocată pe clanța rece, apoi am tras adânc în piept izul răcoros care se ițea prin poarta aia întunecată, am tras de zăvor cu toată forța și, în timp ce scârțâitul ușii abia se făcea auzit prin melodia Mihaelei Runceanu („Iartă"), am început să cobor, cu genunchii tremurând, până la ultima treaptă, mi-am întins rapid mâna în dreapta, unde era întrerupătorul negru, ceramic. Am întors butonul ăla vechi de două ori spre stânga, răsucindu-mi încheietura până când mi-au dat lacrimile de durere, pentru că nu voiam să mai stau deloc în întuneric. Când am reușit, prima privire am aruncat-o spre bucățile de leu aliniate la peretele din dreapta și, ca de obicei, mi s-a părut că prind o ultimă mișcare, o alunecare pe care a întrerupt-o lumina, apoi iarăși am știut că pozițiile acelor părți anatomice de felină erau schimbate, așa cum fiecare coborâre în pivniță nu făcea decât să-mi confirme temerea pe care n-o mărturisisem nimănui, dar care devenea încet o adevărată credință.

Am încercat să ignor de data asta mișcările discrete din dreapta și să mă concentrez pe stânga, unde erau aliniate, lângă murături, sticlele și damigenele cu băutură. Am ochit-o pe cea mai apropiată, am făcut un calcul în minte și am luat-o la goană, urlând cât mă ținea gura cântecul Mihaelei Runceanu („E timpul să pleci/ Și ușa se-nchide/ Să-ți spun «te-am iertat»/ Ceva mă oprește!"), am înhățat sticla de gât și m-am răsucit pe călcâie, dar m-am împiedicat de prima treaptă, am căzut și în zbor am scăpat sticla, care a luat o traiectorie ciudată, s-a izbit de treapta de sus, nu s-a spart, apoi a ricoșat înapoi și mi s-a făcut zob la picioare, îmbibându-mă din creștet până-n tălpi de căpșunică. Am rămas acolo tâmpit („Iartăăă, tu, inimă, iartă!/ În dragoste trebuie să ierți!"), în ochiul drept îmi intrase un strop de vin și mă ustura, dar știam că nu pot să apar între bărbații ăia înlăcrimat și fără vin, așa că m-am întors și, de data asta, urlând un „Futu-ți pizda mă-tii!", am pășit țeapăn și demn spre rastelul de vinuri, m-am aplecat și am ales altă sticlă. Am urcat scările cu mare grijă, am tras zăvorul, apoi am trecut printre cei doi lei de strajă (am mângâiat botul celui din dreapta, care acum îmi venea pe stânga) și am dat colțul casei.

Aparent, situația era la fel cum o lăsasem, unica diferență fiind că Gigi nu mai stătea la masă, ci undeva în spate, în atelierul cu streașină al lui Ralu, cumva într-o parte, ca și cum s-ar fi ascuns, iar Sergiu ținea mâna dreaptă sub masă, fumând cu stânga. Ceilalți trei vorbeau foarte tare și se pare că discuția se mutase în jurul unei povești de-a Domnului Bebe, care spunea ceva legat de blugi, de Iugoslavia, dar asta nu mai conta, pentru că în toată scena era ceva artificial, ca la teatru. Am alunecat spre masă și am pus sticla sub ochii lui Sergiu, care mi-a zâmbit, apoi m-a privit mai atent și a pufnit pe nas:

— Da' ce-ai făcut, Marocane? Te-ai spălat în damigeană?

— Ia uite-l p-ăsta micu', Dom Bebe! a început Viorel Țiganu să ragă. Parcă ești matale când te-ai ascuns în butoi, la Cotnari.

Au început cu toții să râdă, iar când din spate s-a auzit și un soi de schelălăit dinspre Gigi Bălașa, m-am întors să-l privesc și avea o pată roșie pe pometele drept, iar ochiul era roșu, i se spărseseră vasele de sânge de pe albul ochiului și, când mi-a rânjit, am văzut că-i lipsea și-un dinte din față, iar restul erau năclăiți de sânge. Eram singurul care se uita la el și a continuat să stea acolo încă vreo oră, cât timp la masă s-a spus povestea cu Domnul Bebe, care, în timpul unei operațiuni la Cotnari, când furaseră câteva butoaie cu vin într-un camion cu prelată, trebuia să stea în spate, de pază. Au oprit într-un camping de lângă Târgu Frumos și, cât restul găștii încerca să facă rost de ceva de mâncare și stătea la beri pe terasa campingului, Domnul Bebe rămăsese de șase, sub prelată, iar când a venit garda cu lanterne și tot tacâmul, a sărit într-un butoi pe care-l goliseră până la jumate cu tot felul de șpăgi și a stat acolo, în vin până peste cap, respirând doar cât se putea ține pe vârfuri. Garda s-a prins că e rost de șpagă, așa că s-au dus și ei spre terasă, siguri că hoții sunt acolo, și, într-adevăr, Sergiu și Gigi Bălașa, plus Viorel, care deja cânta la vioară și din gură („Te-am iubit, să moară mama, te-am iubit cu foc/ Te-am iubit, să moară mama, n-am avut noroc!"), erau la locul cu pricina și s-a ajuns repede la înțelegere, dar, când au deschis butoiul de șpagă, ca să umple câteva sticle pentru milițieni, dinăuntru a răsărit vânăt la față Domnul Bebe, demn și ud ca o nurcă, ba chiar și mort de beat. Cam de asta râdeau toți acum și știam, iarăși, că Viorel a adus povestea în discuție ca să abată atenția de la ceva și, când ultimul schelălăit s-a stins, am auzit vocea calmă, insidioasă a lui Sergiu, pronunțând fiecare silabă neobișnuit de limpede:

— Gigione, dar tu nu stai cu noi la masă? Te rog!

Gigi Bălașa a apărut din întuneric și nimeni nu se uita direct la el, iar în momentul în care s-a așezat, Sergiu i-a umplut paharul cu mâna lui și i l-a împins peste masă.

În noaptea aia, după ce s-au îmbătat cu toții și afară au început să roiască țânțarii, am intrat în casă și acolo au continuat băuta, iar eu m-am culcat pe canapea, toropit de plictiseală și de căldură. Hainele îmi miroseau a vin și întreaga casă se umpluse de fum, așa că am ațipit imaginându-mi un djinn care se ridică pe o tulumbă de fum, cu brațele încrucișate la piept și un cercel de aur în ureche, ras în cap și zâmbăreț, care mă ia de acolo și mă duce peste Cimitirul Evreiesc, peste Tineretului, Unirii, Universitate, Romană, Victoriei, apoi sus, înspre Băneasa, unde o face la dreapta, intră în pădure, apoi trece de gardul grădinii zoologice și mă lasă în fața țarcului elefanților clăpăugi, care molfăie fân și iarbă, dar care se bucură să mă vadă.

Când m-am trezit, Savian stătea călare pe un trunchi de leu și pentru o clipă am continuat să trăiesc în starea aceea febrilă din vis, amestecată cu fericire, până când am înțeles că scenele din fața mea erau reale, pe cât se poate de reale, și că oamenii ăia mari aduseseră din pivniță bucățile mele de leu din piatră, ghips și lemn și că se jucau ca niște copii, dar ca niște copii proști și răi, pentru că bucățile alea de leu erau vii și nu-ți trebuia mult creier ca să-nțelegi asta. Savian călărea trunchiul de leu chiuind și ținând în mâna dreaptă un cap de felină din ghips, pe care-l ridica spre tavan. Viorel stătea cu curul pe un alt trunchi și cânta la vioară și din gură („Erai frumoasă ca regina nopții") rânjind dinții ăia de aur la Sergiu, care se moleșise și stătea într-o rână, iar Gigi Bălașa era în picioare, cu o sticlă în mână, și dansa singur, iar tot obrazul drept i se învinețise ca o bucată de carne macră. Ochiul îi era roșu ca soarele ăla care-o înspăimânta pe Ralu, la apus, și acum avea o privire rea și urâtă. Ce făceau ei cu bucățile mele de leu mi se părea scârbos, ca atunci când Sergiu se retrăgea cu Ralu în camera ei și auzeam oftaturile și gemetele alea, după care ieșeau tăcuți și cu o relaxare de feline mari care se întind pline de lene în savană. Lenea aia mi se părea mie scârboasă, mulțumirea lor după ce mușcaseră unul din celălalt, ca niște mârtani uriași care se trezeau în plin soare și o luau tacticos spre bolul cu mâncare. M-am repezit urlând la Savian și l-am dărâmat de pe leu și am continuat să urlu sub ochii lui Sergiu până când s-au ridicat toți în picioare și am fost în cele din urmă dus cu forța în patul meu și schimbat în pijama. Am adormit mirosindu-mi degetele lipicioase, știind că din noaptea aia leii mei și-au pierdut magia care-i făcea să se adune noaptea în întuneric, ca fluturii despre care Ralu-mi spunea să nu le ating aripile, pentru că au pe ele o pudră care-i face să zboare.

*

Dimineața, Sergiu mă aștepta în bucătărie cu buna dispoziție a omului care muncește de ceva ore bune și am știut că așa era, pentru că totul strălucea de curățenie, nu mai rămăsese nimic din cleiul care învelea bucătăria în amintirile mele adormite din noaptea trecută, nici membrele de feline nu mai zăceau aruncate prin casă, iar în aer plutea un miros de nes și de omletă.

— Hai la masă, Marocane. Neața! S-a sculat musteața?

M-am așezat morocănos și cumva nedumerit la masa înaltă, din lemn nelăcuit care fusese tot opera lui Savian și am așteptat până când Sergiu mi-a pus în față o farfurie mare cu omletă, pe care a presărat pătrunjel proaspăt, (fusese la piață?) și o cană cu lapte rece.

— Bagă la ghiozdan!

Mi-am dat seama că muream de foame și am început să înfulec așa cum nu-i plăcea lui Ralu să mă vadă, dar acum ea nu era acolo, am dat bătaie și am șters tot din farfurie, apoi am dat pe gât cana aia mare, din lut, altă pradă de-a lui Ralu, de prin deplasările din provincie. Sergiu își ținea mâinile păroase pe masă, purta tot tricoul marinăresc, care era la modă în anul acela, și am vrut să-l întreb despre tatuajul de pe umărul stâng, care abia se ițea de sub mânecă, dar m-am abținut, așa cum de multe ori mă abțineam pentru că-mi imaginam, înainte de a pune întrebarea, toate răspunsurile posibile, toate variantele de reacții, apoi momentul oportun trecea și rămâneam să mă întreb, iarăși, să mă minunez de tot și toate. Tatuajul lui Sergiu începea de la baza gâtului, fără să se vadă de sub cămașă sau tricou, și ajungea până în locul unde deltoidul lăsa locul tricepsului și îmi plăcea de muream, pentru că desenul nu reprezenta pe altcineva decât pe lupul din *Nu, pogodi!*, dar care părea să aibă trăsăturile omului care-l purta, adică ale lui Sergiu, iar sub picioarele lui mari, cu gheare, scria foarte clar, cu litere de tipar, JIDANU BENGAILO, apoi, imediat sub cele două cuvinte dintre care înțelegeam doar unul (și nici pe acela total), era trasat un fulger, cam ca acelea de pe panourile electrice de pe Aleea Solca, unde seara mă vedeam cu Danezu, cu Pișchi și Mucea și deschideam ușa din metal pe care era pictat un craniu galben, iar Mucea, al cărui tată era electrician la IMGB, lega firele casetofonului sovietic Sputnik 403 și ascultam radio acolo, sub cireșul lui nea Gromik, pensionar basarabean, ascultam radio și mâncam cireșe, iar câteodată, când apusul ăla de soare ne sufoca și simțeam că, dacă nu ne mișcăm în vreo direcție, ceva foarte rău se va întâmpla, ne luam la bătaie în joacă până când urletele îi scoteau la porți pe bătrânii care ne trimiteau de urgență în curțile noastre. Cam așa arăta fulgerul lui Sergiu, dar asta nu mă lămurea deloc și atunci, cu gura încă plină, pentru că simțeam că-mi datorează ceva, am îndrăznit să-l întreb ce înseamnă cuvintele alea și, desigur, ce legătură au cu fulgerul.

Și atunci a părut că-l părăsește aerul visător și șmecher, poate de la mahmureală sau poate pentru că asistasem noaptea trecută la întâlnirea lui cu băieții, dar a început să-mi povestească o scenă de la orfelinatul unde crescuse, lângă Reșița, îmi povestea sincopat, dar nu lipsit de eleganță, pentru că Sergiu avea o oarecare noblețe necizelată, iar eu știam asta și el știa că eu știam, așa că-și permitea să fie cu mine așa cum băieții nu-l văzuseră probabil, iar Ralu cu siguranță nu.

Mi-a povestit despre prima noapte pe care și-o amintește de la orfelinat, care în mod sigur nu era prima, dar pentru el este prima amintire, de întunericul în care s-a trezit, mi-a descris o cameră în care erau zece paturi și cum dormeau câte doi în pat și mirosul care l-a izbit, „Știi cum, Marocane? Ca la sfinții ăia, care sunt păcătoși, preacurvesc, fac cămătărie, de-alea grele și la un moment dat văd un cerb sau o pasăre și din clipa aia sunt alți oameni, știi cum? Ca la Sfântul Pavel. Numai că la mine n-a venit Dumnezeu, eu mi-am dat seama unde sunt și, la câți ani aveam eu, 6-7, am înțeles și mi-am zis: Jidane, dacă nu te faci băiat deștept, aicea mori". Mi-a povestit cum a deșurubat o bară de la patul în care dormea și a înfășurat-o într-o cârpă, apoi a început să-i bată pe toți de-a valma în special pe cei despre care își amintea ca prin ceață că-l atinseseră noaptea sau că încercaseră să-i bage pula pe gură. Mi-a povestit despre băiatul cel mai mare din camera lor, care avea unșpe ani și era înalt, mai înalt decât el, și cum i-a învățat mișcările pe de rost, până le visa și până când a știut exact la ce oră din noapte adoarme, și cum s-a ridicat din pat și s-a îndreptat spre acel băiat adormit („ca o stafie, Marocane!") și cum l-a lovit cu bara în cap până când urletele lui neomenești au adus supraveghetoarele în cameră, dar atunci el era deja departe, în alt colț al camerei, și, chiar dacă toată lumea știa cine e vinovatul, nimeni nu a scos un cuvânt, iar de a doua zi nu a mai trebuit să doarmă cu frică („Deși, de dormit, nu dormeam cu adevărat niciodată, Marocane, mă înțelegi? Eu nu am dormit până la șaișpe ani“), nici să mănânce mai puțin decât alții și că începuseră să-i spună pe la spate, dar și-n față Bengailo, Nebunu, alături de Jidanu, așa cum îi spuneau supraveghetoarele care, probabil, știau ele ceva.

— Când am fugit de la orfelinat prima oară și am început să muncesc cu șmecherii adevărați, m-am dus la unu care făcea tatuaj din ăsta, marinăresc, și i-am zis să-mi facă lupu' ăsta și să scrie cum mă cheamă sub el. Eu cu tatuajul ăsta mă descurc oriunde, înțelegi? Doar ridic mâneca și se liniștesc băieții.

Și-a aprins o țigară și m-a privit cumva ciudat și am știu că are legătură cu aseară:

— Marocane, asta așa... un șmecher adevărat nu ajunge la bătaie decât rar de tot. Dacă ajungi să te bați, ești fraier.

Apoi a continuat, pe alt ton, mult mai relaxat, de parcă tocmai ar fi terminat o treabă care-i dăduse emoții:

— Să știi că mama ta e o femeie deosebită. Una ca ea se naște la o sută dă ani. Nu știu ce-o fi văzut la mine, dar îți zic eu că n-o merit. Și ar trebui s-o respecți mai mult, am văzut cum te uiți la ea cu ciudă. S-a sacrificat pentru tine... putea să fie prințesă-n Germania de zece ori...

Apoi a revenit la prima poveste, parcă vorbindu-și lui, nu mie sau altcuiva, cu ochii împăienjeniți:

— Știi ce mă seacă pe mine, Marocane? Că nu-mi amintesc nimic până la noaptea aia. Mă trezesc noaptea, de vreo două ori pe an, și-mi vin, așa, niște imagini și niște mirosuri și încep să mă frec pe antebrațe, știi, ca atuncea când ți-e scârbă maxim, după ce ai văzut o coropișniță sau ți s-a urcat un gândac pe gât. Văd un țarc cu bări albe din metal, mai înalt ca mine, și stau în picioare în el, mă țin cu mâinile de bările alea care-s mai înalte decât mine și, când mă-ntorc, văd mulți copii în jur, stăm înghesuiți unu' în altu' și miroase a căcat, iar printre noi mișună șobolani mari, cât pisicile, dar nu știu dacă visez, Marocane, asta mă seacă. Mă-nțelegi?

Am dat din cap și mi-am văzut de treabă, dar în minte continuase să-mi ruleze textul acela despre femeia deosebită pe care n-o merita nici un bărbat și despre mine, care nu-mi puteam stăpâni ciuda din priviri. Era deja vremea în care idila dintre mine și Ralu se apropia de final, nu mai eram leoaica și puiul care i se joacă prin coamă în timpul lungii sieste din savană, dar continuam să ne prefacem, pentru că starea de simbioză în care trăiserăm ne obliga să continuăm în virtutea inerției. Eu nu mai eram băiatul cuminte și speriat de bombe care-i convenea atât de mult, numai bun de purtat între fuste și de folosit la extorcarea sumelor de bani în avans de la Fondul Plastic, ci începusem să dau cu nasul prin afara curții, să vânez fiecare prilej de a ieși cu băieții de pe alee cât mai departe de casă, înspre Pieptănari mai întâi, apoi am început să sărim gardul cimitirului și să jucăm acolo Gardiana 10, printre pietrele de mormânt pe care erau așezate mai mereu pietricele mai mici, cărora nu le înțelegeam rostul. Au urmat jocurile mai periculoase, când așteptam să se oprească tramvaiul 34 în stație la Șura Mare, acolo unde schimba macazul (vatmanul cobora cu o mărășească între dinți, pe jumătate fumată, cu vergeaua de fier în mâna cu mănușă, și o introducea în pământ, acolo unde bara aia făcea minuni, impunea viermelui uriaș, din fier roșu, s-o ia la stânga, pe lângă Cimitirul Eroilor, pe lângă Parcul Copiilor, apoi pe lângă Geamuri Multe, și să meargă până hat, la Big Berceni), iar cât stătea acolo, câte unul dintre noi, tras la sorți („Pe o bară,/ stai în pula goală", „An tan te", „Din Oceanul Pacific"), se urca pe tamponul din spatele ultimului vagon, îl încăleca și se ținea cu mâinile de el, stând cu spatele la tramvai, ca să fie văzut și să vadă, și apoi pleca, mai repede și mai repede, iar când acela eram eu, în piept aveam un ghem de mândrie și de frică pentru că știam că, dacă mă vede Ralu sau dacă mă recunoaște cineva și mă toarnă, o să mă calce-n picioare. Dar nu m-a prins nimeni niciodată și drumurile pe tamponul tramvaiului, mai ales pe porțiunea dintre Cimitirul Eroilor și Brâncoveanu, erau cea mai mare bucurie a vieții mele, pentru că viteza, vântul care-mi aducea părul de după urechile clăpăuge peste ochi, poveștile despre oameni tăiați de tramvai, toate astea erau ceva ce sigur ar fi scandalizat ambele tabere ale familiei mele, lucru care le unea pentru câteva minute într-un front comun. Și, bineînțeles, dacă mă vedea vatmanul și se dădea jos în stație să mă alerge cu vergeaua („Păi, futu-ți mama mă-tii de borac, mă bagi tu pe mine la pârnaie!!?!"), atunci ziua era completă. Când eram sigur că nu mă mai ajunge din urmă, o luam pe străzi, înapoi, dar pe ocolite, pe lângă casele de pe Strada Padeșu, unde erau cișmele cu pompă din zece-n zece metri, și mă opream la fiecare să beau apă și să mă spăl pe față, pe păr și mereu era vară, în jurul copacilor creștea iarbă, soarele se strecura curat printre crengi și abia acolo parcă reușeam să uit ceva ce mă sâcâia și să mă întorc acasă ușurat.

O altă distracție din categoria celor mortale era să mergem cu metroul înspre IMGB, iar asta însemna să sărim peste turnichete sau să ne pitulăm pe sub ele și de multe ori reușeam, dar câteodată femeia care păzea și le schimba monede călătorilor își punea mintea cu noi și ieșea din cușca ei ca să ne alerge pe scări, până îl prindea pe vreunul dintre noi, de cele mai multe ori pe mine, pe care-l spurca și-l trăgea de urechi, dar apoi îi dădea drumul amenințându-l că-l dă la miliție. Dar asta era rar de tot: de cele mai multe ori se făcea că nu vede, așa că ne strecuram, coboram scările până în stația pictată-n roșu sângeriu, Pieptănari, și luam metroul mereu înspre IMGB, niciodată spre Pipera, pentru că între stația IMGB și Depoul IMGB metroul ieșea de sub pământ și mergea așa, preț de două minute, prin porumb sau grâu, iar în vagon mai eram doar noi, care ne agățam de bare și făceam concurs de tracțiuni și de flegme, iar drumul ăla de două minute cu metroul pe afară era ca partea finală a drumului cu trenul spre mare, când pe geam intra mirosul de aer sărat. La depou coboram și luam metroul în sens invers și, deja obosiți, începeam să discutăm despre secretul stației Brâncoveanu, prin care metroul trecea fără să oprească, despre care Danezu ne-a zis că știe el de la mă-sa că e stația personală a lui Ceaușescu, că acolo fuge el cu metroul lui pe care-l ia de sub casă.

— Prost ești, Danezule, îi zicea Mucea, stația nu e gata, fraiere, o s-o deschidă la anu', mi-a zis mie mama.

— Proastă-i mă-ta, Muceo, îi răspundea Danezu, care la 9 ani era mai înalt decât noi toți și blond-blond, de unde și porecla, despre care se spune că i-o dăduse chiar ta-su, la o aniversare, când s-a-mbătat și s-a enervat pe maică-sa: „Auzi, fă, ia zi, tu cu cine te-ai futut de-a ieșit ăsta așa? Cu vreun danez, hai?“, Ceaușescu are multe stații din astea peste tot, are stație secretă sub Casa Poporului, are case prin munți, unde așteaptă elicopterele, și aici, la IMGB, face bomba atomică.

— I-auzi, bă, la ăsta! Bomba atomică! behăia Mucea, prefăcându-se terminat de ilaritatea ipotezei.

— Da, prostule, dacă o au indienii, crezi că e greu s-o facă Ceaușescu?

Și tot așa. Eu nu prea participam la discuțiile astea pentru că nu eram deloc informat. Ralu avea întotdeauna grijă ca eventualele discuții politice să se poarte pe un ton cât mai scăzut și niciodată în prezența mea, de când, în clasa I, când se luase, ca de obicei, lumina, pe la ora 8 seara, și orbecăiam amândoi după o lumânare, am produs următoarea replică pe un ton amar, de bătrân hârșit, care le-a văzut pe toate:

— Iar ne-a tăiat Ceaușescu curentu'!

Nu știu cum m-a nimerit prin bezna aia, însă în mod sigur a avut o lovitură de geniu, cu palma ei cu degete terminate-n unghii roșii peste gura păcătosului care tocmai afirmase omnipotența Satanei, dar în amintirea mea a fost prima palmă pe care mi-a dat-o Ralu, urmată de dibuirea păcătosului prin beznă și câteva cuvinte șuierate chiar în față, ca să fie sigură că în nămolul întunecat o să știu prea bine cine îmi vorbește:

— Dacă mai zici o dată așa ceva, te omor cu mâna mea! Vrei s-ajungem toți la pârnaie? mă întreba folosind chiar cuvintele vatmanilor de la Șura Mare.

Am trecut repede peste replica cea mai facilă, că erau cuvinte pe care le auzeam de la ea în fiecare seară când se tăia curentul sau când nu era apă caldă, când ne puneam, la culcare, ciorapii groși și două, trei pulovere, pe sub plapuma imensă, matlasată de la Psihi Mu și ea mă lua în brațe, pe la spate, cu genunchii strânși sub genunchii mei, și adormeam în poziția „scăunelului". Nu i-am spus toate astea pentru că-mi dăduse borșul pe nas sau așa bănuiam, un lucru fierbinte mi se agita în tot capul și-și căuta căi de ieșire, magma izbucnea pe nas, pe gură, prin ochii care nu vedeau nimic, îmi pocneau urechile și simțeam ceva cu totul nou, un amestec de furie, umilință și, da, o pornire pe care o dibuiam ca pe o furnicătură în coșul pieptului și care-mi spunea să caut cu mâna pe consola bibliotecii din lemn masiv din spate, să găsesc sfeșnicul din cositor și să încep să lovesc în întuneric până când aș fi nimerit-o, pentru că doar izbitura metalului în carnea ei m-ar fi liniștit atunci. Atunci mi-am cunoscut întâia oară violența și ea nu m-a mai părăsit, a rămas de multe ori adormită, dar mereu acolo, ca un șarpe sau un urs în hibernare.

Danezu era cel mai înalt dintre noi și pe la 13 ani a început să crească și mai mult, așa că ne-a părăsit destul de devreme, când a pornit să caute tovarăși pe străzile din jur, sufocat parcă de micimea noastră și de a Aleii Solca. Ne saluta din cap și o lua pe Giurgiului, spre blocuri, pentru că acolo erau găștile mari și erau și gagici. Taică-su lucra și înainte de Revoluție în afară, era inginer de șantier în Israel și-i trimitea tot felul de lucruri, blugi Lee, tricouri cu Michael Jackson și mitraliere din plastic, cu baterii, care scoteau zgomote ca-n *Noi, cei din linia întâi*. Așa că, atunci când ne-a părăsit Danezu, deși era după Revoluție și nu ne mai interesau așa tare lucrurile alea, pentru că-ncepuseră să apară și pe la noi, chiar dacă erau nasoale, aduse din Turcia, am început să ne uităm la el cu ciudă și nostalgie, presimțind că dezertarea lui avea legătură cu o trecere mai importantă, într-o zonă inaccesibilă nouă.

*

După palma aia dată de Ralu, cel mai limpede îmi amintesc iarna lui 1989. Chiar dacă Ralu și Sergiu se duceau într-un colț al bucătăriei și vorbeau în șoaptă, simțeam că ceva ciudat se întâmplă, pentru că-i vedeam mai îngrijorați ca de obicei, se adunau ca niciodată la știri, seara, și urmăreau fața ca de ceară a lui Cornelius Roșiianu, care vorbea, ca de obicei, despre producția record la grâne sau despre inaugurarea noului șantier de lângă Alexandria, dar apăruseră cuvinte noi în discursul lui, care până și mie îmi zgâriau urechea: *elemente huliganice, atacarea unor instituții de stat, terorism*. Erau ca niște pocnitori care plesneau în liniștea mării de vorbe cunoscute, pe care nu le mai auzeam: *sentimente de adâncă prețuire, tovarășul, tovarășa, prim-secretar general, alți tovarăși, lucrări, sesiuni, Marea Adunare Națională*. Pe 20 decembrie, când a luat cuvântul chiar Ceaușescu, întors de urgență din Iran, și am auzit din gura lui cuvintele alea, am început să fiu mai atent la ce discutau cei mari în bucătărie, inventându-mi motive pentru a trece pe lângă ei când vorbeau în șoaptă. Prindeam din ce în ce mai des cuvântul *Timișoara* și l-am căutat în *Atlasul geografic*: era acolo, undeva spre gura peștelui (care pește, în funcție de cine vorbea, putea fi câteodată și un buchet de flori), dar mai multe nu am putut afla din carte. În seara aceea, s-a strâns toată gașca în curtea noastră, iar de data asta Ralu n-a protestat deloc, ba chiar s-a așezat și ea la masă, cu o cană de cafea în față, ascultând informațiile aduse de Savian. Îi auzeam din casă, pe geamul sub care mă ghemuisem, și mintea mea începuse să înregistreze noi cuvinte, care aduceau cu ele o exaltare și o violență ce păreau să vorbească direct celei din coșul pieptului meu: *baricade, morți, tras în mulțime, cadavre, Securitate.* Am adormit acolo, sub pervaz, în murmurul care se strecura din grădină, și m-am mai trezit abia a doua zi dimineață, în patul meu, încercând să rememorez traseul nocturn pe care ajunsesem acolo.

În bucătărie i-am găsit la fel de îngrijorați, inclusiv pe Savian, care stătea în Balta Albă și rămăsese peste noapte la noi, de frica controalelor. Sergiu a ieșit la cumpărături, dar s-a întors cu mâna goală, cu excepția unor ouă cumpărate de la o vecină care creștea găini în curtea din spate. Mi-au făcut o omletă și ei au băut câte un nes, apoi, în liniștea adâncă, a sunat telefonul. Ralu s-a repezit și a răspuns, iar în timp ce vorbea („Mda, dăm acum, hai, stai liniștită, taci din gură, nu mai vorbi așa, ai înnebunit?"), a început să pocnească din degete pentru a-i atrage atenția lui Sergiu, care oricum era cu ochii pe ea, și să-i arate televizorul cu insistență. Sergiu a deschis televizorul și punctul din centrul ecranului s-a deschis în ceea ce am crezut la început că sunt purici, dar puricii ăia aveau pancarte pe care scria *Socialism, Pace, Progres* și căciuli rusești din blană de miel sau de iepure, apoi imaginea l-a avut în centru pe Ceaușescu, eminentul revoluționar patriot, după cum l-a anunțat cineva la microfon, suit la un balcon, care a început să vorbească, folosind acele cuvinte care mă adormeau, care-mi erau atât de familiare și de calde: nimeni nu spunea atât de frumos „tovarăși și pretini" sau „muncipiu", „salut revoluționar împreună cu cele mai bune urări de succes" cum o făcea el, nimeni nu-mi dădea sentimentul că sunt apărat așa cum reușea el, în nici un caz Ralu cea furtunoasă. Totuși, m-am așezat la picioarele ei, din obișnuință, mi-am rezemat capul de genunchii ei și i-am simțit degetele cum îmi umblă prin păr, apoi se opresc asupra gâtului, pe care-l cuprind și rămân așa, fierbinți, puțin prea strânse pe ceafa mea. Nu am înțeles de ce ne uităm cu atâta încordare și atenție la încă un discurs de-al lui Ceaușescu până când nu l-am văzut pe Sergiu ridicându-se brusc în picioare, apoi îndreptându-se spre televizor și dând sonorul la maximum. Abia atunci am început să percep, sub vorbele tovarășului, care adresa mulțumiri organizatorilor mitingului de susținere, un vuiet care venea de undeva, de departe, din spate, și creștea, se apropia ca un val și în mine creștea același val, pe care doar mâna lui Ralu, din ce în ce mai rigidă, îl mai ținea înăuntrul meu, îl împiedica să țâșnească pe gură, în urlet sau poate într-un jet de vomă. Și tot atunci l-am văzut pe Ceaușescu cum se uită nedumerit în zare, cum șovăie, nu se mai uită în hârtii, ci încearcă să-și continue vorbele acelea adormitoare, cuvintele care mă legănaseră încă de la naștere, dulcile lui vorbe rârâite care prefațau filmul de miercuri seara și care aduceau somnul de la ora 10. Apoi s-a oprit și în ochii lui s-a citit înțelegerea, o înțelegere pe care eu n-o aveam, așa că încercam să pricep ce a înțeles oare tovarășul, de ce în locul privirii cețoase, ușor speriate de până atunci căpătase una ironică.

Atunci Sergiu, care era în picioare, lângă televizor, s-a întors spre Ralu și a spus doar:

— L-au halit!

Prin spatele lui Ceaușescu au început să alerge tot felul de oameni și să se audă mesaje pe care nu le pricepeam, apoi un bărbat gras, cu palton și pălărie, a deschis ușa mare dinspre balcon și se uita la spatele tovarășului, spunând ceva, invitându-l să părăsească balconul.

Iar tovarășul a mai spus, cu vocea unui bătrân surd „Ceee?“ și apoi „Nu, mă, ho!“ și imaginea s-a mutat spre o clădire mare, de vizavi, în timp ce vocea lui își recăpătase forța și acum urla, făcând să ne zbârnâie geamurile din casă: „Alo! Alo! Alo! Alo! Alo!“, iar degetele lui Ralu se strângeau pe gâtul meu, pulsând în ritmul acelui ALO!, aproape sufocându-mă, în timp ce Sergiu tresărea la fiecare urlet. Elena Ceaușescu urla și ea: „Liniște! Liniște!“, așa cum mai urla câteodată tovarășa învățătoare la noi când intra în clasă, apoi Ceaușescu a început să le spună puricilor cu căciuli din blană să se așeze liniștiți și eu am întrebat cu voce tare: „Unde să se așeze?“, dar gheara lui Ralu m-a redus la tăcere. „Asta e o provocare“, a mai spus tovarășul și a reînceput să vorbească despre independență, suveranitate, apoi a anunțat că de la 1 ianuarie va mări retribuția minimă a oamenilor muncii de la 2.000 la 2.200 de lei, iar Sergiu a început să râdă, apoi a mârâit un „Căca-m-aș pe leii tăi, nea Nicule!“. Numai că nea Nicu nu era în apele lui, se bâlbâia din ce în ce mai des și făcea greșeli, iar în mine începuse să crească ceva nou, ceva ce nu mai simțisem vreodată față de El, ci poate doar când vedeam un pisoi mort: milă. Milă și ură față de oamenii ăia din piață care-L chinuiau și-L făceau să pară fragil și ridicol. „Vom majora...“ („alocațiile“, s-a auzit șoapta Elenei, Leanța, vrăjitoarea care era de fapt capul răutăților, pentru că el era un om bun, se știa asta, dar ea-l ducea de râpă, și țara, de altfel) „alocațiile pentru copchii“, a continuat el ascultător, „cu 30 sau 50 de lei“. „Uraaaaaaaaaa!“ s-a auzit iar din mulțimea care părea din nou să fi revenit la sentimente mai bune, apoi semnalul s-a oprit și pe televizor a apărut ceasul rotund, cu secundar. Sergiu s-a întors spre noi și ne-a anunțat că iese puțin:

— Hai, Saviane, tată, că avem treabă!

Savian și-a pus cu greu cojocul de miel peste cele trei pulovere pe care le purta încă din octombrie, s-au încălțat amândoi și au ieșit pe ușa păzită de cei doi lei. Ralu și-a desprins și ea cu greu mâna de pe gâtul meu, lăsând în urmă răcoarea transpirației care se răcea și un iz de frică pe care-l puteam simți, așa cum simțeam întotdeauna cele mai mici schimbări de atitudine ale ei, supărări, furii sau o pace atât de rară, încât părea sărbătoare.

*

E vară, foarte cald și probabil duminică seara, am mâncat ceva la terasa Riviera din Parcul 23 August, iar acum am ajuns în centru, la micuțul cinematograf Corso, și știu că va fi o seară stranie, deși nu e film de groază, însă ceva din titlul *Noaptea generalilor* mă face să cred că o să asist la ceva murdar.

AP. 5

Iarna generalilor

Într-o revoluție nu se umblă cu scrupule juridice, într-o revoluție se ucide.

Gelu Voican Voiculescu,
președintele Organizației
pentru Apărarea Drepturilor Omului

Pe data de 18 decembrie 1989, începând cu ora 7 dimineața, în jurul Spitalului Județean Timiș s-a organizat un cordon format din milițieni și forțe de Securitate, menit să împiedice intrarea oricărui civil. La ora 14 a sosit tovarășul autopsier Traian Bodonea, care a descărcat din portbagajul Daciei lui crem (unde ținea și un bidon cu vișinată, învelit în răchită împletită) câteva baloturi de saci din nailon, de genul celor în care se transportau în secret porcii tranșați sau mieii de Paște. A cărat baloturile în spital, fiindu-i permis accesul. Dr. Golea a deblocat intrarea în morga spitalului, pe ușile căreia fuseseră aburcate pături, pentru a obstrucționa vederea din exterior. Au intrat în morgă cinci ofițeri de miliție conduși de colonelul Ghircoiaș, doi medici legiști și procurorii militari, care au început împreună să separe apele, adică să adune separat cadavrele care prezentau urme de moarte violentă. Până la ora 23.00, treaba era terminată, adică morții prin împușcare sau cei omorâți în bătaie fuseseră îndesați în sacii de nailon.

La 0.45, luminile din spital și din jurul spitalului au fost stinse și în fața morgii a tras o mașină frigorifică Comtim, folosită pentru transportarea carcaselor de porci în afara țării (căci interiorul țării nu mai văzuse de ceva ani carne de porc), și a început o vânzoleală străbătută sporadic de înjurături, în timp ce milițienii și securiștii încărcau în mașină cele 43 de cadavre.

La 4.15 mașina a demarat, însoțită de o Dacie albă, plină cu securiști. Aceasta a fost Operațiunea Trandafirul. De la km 36 de pe autostrada București-Pitești, unde Dacia albă a fost schimbată cu una a Securității din București, operațiunea s-a numit Acțiunea Vama. La ora 17.00, autoizoterma a ajuns în curtea Crematoriului Cenușa, templul persan străjuit de grifoni din Parcul Tineretului, unde au început imediat descărcarea și incinerarea cadavrelor, sub supravegherea șefului Administrației Cimitirelor, securist în rezervă. Cei cinci fochiști care au muncit fără întrerupere până a doua zi dimineață au primit câte un plic cu 2.000 de lei. Pe 20 decembrie, la ora 10 dimineața, au fost încărcate patru tomberoane cu cenușă într-o dubă, apoi au fost duse pe raza comunei Popești-Leordeni, unde rămășițele au fost deversate într-un canal.

*

În timp ce eu mă țineam de brațul Prințesei Ralu și urmăream emisiunea de varietăți de la televizor, unde bărbați în costume gri, mototolite, pulovere cu mâneci suflecate, oameni cu părul zburlit se îngrămădeau ca să ocupe cât mai mult spațiu în câmpul vizual al poporului de-abia eliberat din somnul comunist, din sediul USLA se pregăteau să plece spre clădirea MApN din Drumul Taberei trei ABI-uri, mașini de teren ARO modificate, cu blindaj ușor, trei „conserve“, după cum le spuneau uslașii aflați înăuntru; conservele ar fi urmat să intre pe porțile Ministerului, unde se aflau masate destule trupe cât să invadeze o țară de dimensiuni mici, peste o mie de soldați, câteva zeci de tancuri și tot pe-atâtea transportoare blindate, plus două baterii de antiaeriană. Cei 12 uslași conduși de locotenent-colonelul Gheorghe Trosca fuseseră scoși din cazarmă printr-un ordin straniu: trebuiau să vină cu cele trei cutii de conserve ale lor și să lupte cu forțele teroriste care trăgeau din blocurile aflate în Drumul Taberei asupra armatei comasate în curtea MApN. Fuseseră chemați, mai exact, să stârpească „teroriștii din tufișuri". Eu, care urmă-ream atunci la televizor vânzoleala revoluționară, mi-aș fi putut aminti bancul care circula pe la petreceri, în care Tovarășul Nicolae Ceaușescu iese la vânătoare însoțit de o trupă de securiști și se enervează când, după o oră, nu împușcase nimic serios, așa că Securitatea trebuie să vină cu o idee. Bancul se încheia cu un locotenent de Securitate stând amenințător deasupra unui tovarăș rătăcit prin pădure, care-și deșerta mațele într-un tufiș. „Recunoști că ești mistreț?" era replica finală a creativului ofițer.

*

În timp ce uslașii lui Trosca se echipau cu priviri goale, afară se lăsa noaptea. Singurul supraviețuitor din ABI-ul cu numărul 2 a povestit că Trosca, după ce le-a ordonat echiparea, a spus printre dinți, destul de tare cât să fie auzit: „Ăștia pe mine mă vor!". Era greu de explicat unor luptători din brigada antitero a Securității, în acea clipă instituția cea mai urâtă dintr-o țară care trăia o adevărată psihoză întreținută artificial, de ce trebuie să străbată tot orașul noaptea pentru a salva peste o mie de soldați înarmați de război și perfect capabili să se salveze și singuri. Trosca în mod cert n-avea chef să le explice, pentru că era el însuși ros de îndoieli. Știa sigur că în tot ceea ce se întâmpla avea un amestec Uniunea încă Sovietică, iar el, ca locțiitor al conducătorului organizației antiteroriste a Securității, avea de ce să se teamă. Cu atât mai mult cu cât chiar Trosca fusese cel care demascase cuibul de cârtițe infiltrat de KGB în cadrul armatei, la începutul anilor '80, când cea mai răsunătoare cădere fusese cea a generalului Militaru, deconspirat ca agent GRU și trimis să-și ispășească pedeapsa în calitate de simplu civil pe la Ministerul Construcțiilor Industriale. Prins în dosarul „Corbii“, cariera generalului părea că s-a încheiat în plin avânt: aflat la conducerea Armatei a II-a, pe atunci general-locotenent, s-a dovedit că era implicat în planificarea unui atentat la viața lui Nicolae Ceaușescu, instrument intern al KGB și GRU, care-l recrutaseră încă de pe vremea când își făcuse studiile la Academia Militară „Frunze“, de la Moscova. A fost umilit în fața foștilor subordonați, ba chiar supus la o experiență și mai înjositoare, a percheziției la domiciliu, percheziție pe care a condus-o chiar tânărul subofițer Gheorghe Trosca, de la Direcția 4, care pe atunci urma și cursurile Academiei Militare, pentru a putea deveni ofițer. Mai bine de zece ani a trăit așa, experiență mai rea chiar decât moartea pentru un om ale cărui energii vitale erau puse în mișcare doar de orgoliu. În seara de 23 decembrie era deja de o zi ministru neoficial al Apărării, așezat în funcție de omul cu care împărțise dizgrația regimului, Ion Iliescu. Avea în spate credința că e sprijinit de aceleași forțe din cauza cărora fusese mazilit cu zece ani în urmă și nutrea speranța că-l va înlătura cu ușurință pe Iliescu, care nu era decât un civil. Era un bărbat palid, înalt și ciolănos, cu ochii înfundați în cap și cu un puternic accent țărănesc. Chipul lui, văzut acum pe înregistrările din timpul Revoluției, exprimă satisfacție, amor propriu și siguranța rudimentarului ajuns într-o poziție de putere.

*

Pe 22 decembrie, la televizor, revoluționarii în pulovere lasă loc unui căpitan de armată cu ochelari cu lentile heliomate, care începe să vorbească frenetic, făcând apel la unitate, liniște și calm. Căpitanul Lupoi, căci așa îl chema, a declarat atunci că la conducerea armatei nu se află nimeni și că nici un cadru al armatei române nu ar trage în populație. Mai târziu apare figura de strigoi a exilatului general Militaru, care face apel la generalii aflați în funcție să oprească măcelul. În acel fel straniu, jalnic de paradoxal și cinic al logicii revoluționare, până în acea clipă muriseră 162 de persoane. Din momentul în care generalul Militaru a oprit măcelul, au fost ucise alte aproape 1.000.

*

Sergiu pleca și venea o dată la câteva ore, iar la un moment dat a apărut cu un pistol Carpați, pe care-l ținea în buzunarul larg al hainei lui verzi. În celălalt avea trei încărcătoare pline, pe care le-a pus pe masa din lemn de brad montată de sculptorul Savian în bucătărie, apoi a rămas în picioare, holbându-se la ele. Televizorul era dat la maximum, ca să-l audă Ralu din orice colț al casei, mai ales acum, când pusese musacaua la încălzit și tăia pe bufet o varză, ca să facă salată. Am mâncat fără să vorbim, apoi ne-am oprit toți din mestecat, ca la un semn, când s-a auzit vocea zbierată a unui bărbat care implora populația să nu bea apă de la chiuvetă, pentru că e otrăvită. „Nu dați apă la copii, să nu-i ucidem noi“, a continuat să implore. Sergiu s-a uitat la Ralu, apoi la mine, din nou la Ralu, apoi s-a ridicat, s-a dus la chiuvetă, a lăsat apa să curgă îndelung, după care a umplut o cană de lut pe care ne-o adusese Psihi Mu de la Olănești și mi-a pus-o-n față:

— Ia și bea, Marocane, să nu te deshidratezi.

Ralu a pufnit în râs, absentă:

— Nebun ești, Sergiule.

Sergiu a mângâiat-o pe mână cu două degete, de la încheietură înspre vârful degetelor, așa cum împaci o pisică zburlită. De la televizor se auzea vocea isterică a lui Teodor Brateș, care ne spunea că trupe teroriste de asalt trag în cazărmi și în bieții militari, că armata poporului abia mai face față. „Să punem mâna pe arme!“ Toată amiaza pe la microfoane s-au perindat fie bărbați în pulovere, fie bărbați în sacouri, nu se vedeau deloc femei, iar mie asta-mi dădea o stare de neliniște și simultan o somnolență care aproape mă paraliza pe canapea, unde adormeam și mă trezeam doar ca să merg la baie sau să mănânc. La un moment dat, Sergiu s-a ridicat oftând, și-a pus geaca verde, apoi a verificat pistolul și încărcătoarele și a ieșit fără să privească înapoi. Ralu stătea și ea cu spatele. Părea încordată și era țeapănă ca o scândură.

*

Au existat două mișcări subterane împotriva lui Ceaușescu, care s-au întâlnit pe la sfârșitul anilor '70 și începutul anilor '80. Mișcarea militară, o cârtiță verzuie, condusă de generalul Ion Ioniță, secondat de generalul Militaru a săpat o galerie care a întâlnit-o pe cea civilă, o cârtiță cafenie, condusă de disidentul Ion Iliescu și de Virgil Măgureanu, secondați de Petre Roman. Prima încercare de lovitură de stat a fost deconspirată în 1984, iar urmarea a fost că generalul Ioniță a dezvoltat un cancer galopant, care l-a ucis în trei luni. Generalul Militaru a întreprins iute o vizită clandestină la Constanța, la consulatul URSS, vizită care probabil l-a salvat de la cancerul galopant, o boală de profil. Cele două mișcări subterane fuzionau periodic în casa lui Valter Roman, unde nu se trasau doar planuri revoluționare, de detronare a Conducătorului, ci și unele constructive, ce aveau în vedere lumea postrevoluționară, care avea să fie cu adevărat comunistă sau nu avea să mai fie defel. În urma unui asemenea brainstorming la care participau câțiva foști ilegaliști, comuniști fanatici și oameni ai Moscovei, printre care celebrul Silviu Brucan, cunoscut mai apoi drept dom Profesor, după cum îl numea slugarnic un prezentator de televiziune cu aspect de miel, ci bine, în urma unei asemenea ședințe s-a ajuns chiar la denumirea organului politic ce avea să preia conducerea atunci, în 1984, și care trebuia să se numească Frontul

Salvării Naționale. Lucrul acesta contrazice toate vorbele disprețuitoare despre caracterul repezit, aplecat spre improvizație al poporului român. Iată o conspirație care a început înainte de 1980 și care a fost bine dusă la capăt, iar aproape toți regizorii ei au ajuns să joace rolurile trasate în urmă cu aproape un deceniu.

*

Cât timp a lipsit Sergiu și noi am stat lipiți de televizor, au început să apară zvonurile despre teroriștii care erau de fapt oameni ai Securității *gone rogue* sau arabii ori africanii trimiși în teritoriu de conducători de republici, prieteni de-ai lui Ceaușescu, așa că, deși nu vorbeam între noi, simțeam cum mâna lui Ralu tremură ușor, așa cum o așezase pe perna canapelei, cu palma în sus. S-a ridicat de câteva ori și a mers la geamul din vestibul, cel din dreptul statuii-leu din dreapta scărilor, de unde se vedea strada prin gardul înalt, apoi s-a întors la canapea și a continuat să se holbeze în televizor, cu coatele pe genunchi. Am dormit împreună, cu televizorul deschis, și-mi amintesc noaptea aceea ca pe un vis foarte agitat, încărcat de simboluri pe care nu le știam descifra. Adormisem cu capul în poala ei și-mi amintesc că la un moment dat m-am trezit înțepenit, iar ea privea în gol, înspre puricii care invadaseră ecranul televizorului. Dimineață a apărut Sergiu, murdar, cu ochii roșii și un tremur al bărbiei care nu era deloc al lui. Nu mai avea nici pistol, nici încărcătoare și m-au trimis amândoi sus, în camera mea, ca să stea de vorbă. Era întuneric și frig, crengile nucului care atârnau deasupra Cimitirului Evreiesc erau învelite-n gheață, luceau în lumina becului pe care-l țineam aprins deasupra ușii, iar mai departe pietrele tombale păreau apăsate de lumina înserării.

*

În timp ce ABI-urile, două la număr, pentru că al treilea se defectase pe drum, în dreptul Gării, se apropiau de zona MApN-ului din Drumul Taberei, în interiorul ministerului se aflau, în același birou, Ion Iliescu, Silviu Brucan, Gelu Voican Voiculescu, generalul Iulian Vlad, generalul Stănculescu, generalul Militaru și colonelul Ardeleanu, conducătorul USLA, care venise mai devreme în cursul aceleiași zile pentru a încerca să dezvinovățească corpul pe care-l conducea de acuzațiile care i se aduceau la televizor. Iliescu, care avea nevoie de armată ca de aer în acele zile, drept care îl așezase pe Militaru în fruntea ei, a asistat absolut pasiv la tot ce s-a întâmplat în acea noapte. Iar primul lucru întâmplat a fost că generalul Militaru i-a ordonat lui Ardeleanu să cheme o unitate de intervenție USLA condusă neapărat de locotenent-colonelul Trosca, șeful Statului-Major al USLA și locțiitorul lui Ardeleanu, care să ajute forțele din jurul MApN să se apere împotriva „teroriștilor din tufișuri și din balcoane". „Să vie Trosca, neapărat Trosca", a ordonat, cu accentul lui de țăran din Gorj, noul ministru al Apărării Naționale. Ardeleanu a încercat să schimbe de două ori această hotărâre, susținând că Trosca era singurul său locțiitor aflat în cazarmă, care astfel ar fi rămas fără ofițer superior. Militaru s-a dovedit a fi impasibil în fața acestor argumente.

Când cele două ABI-uri, conservele ARO cu plăci metalice sudate pe capotă, se apropiau cu prudență de zona Ministerului, era întuneric deja de câteva ore, iar în biroul lui Militaru stătea aprinsă doar o lampă, penumbra subliniind dramatic tensiunea în care se scălda încăperea. La un moment dat, Trosca a apelat linia directă pentru a-și întreba superiorul care e consemnul. „Să aprindă și să stingă pozițiile de două ori", a venit răspunsul primit direct de la Militaru. A fost momentul în care toți cei prezenți au realizat ce se va întâmpla, pentru că forțele numeroase care apărau clădirea Ministerului aveau un cu totul alt consemn. Colonelul Ardeleanu i-a transmis subordonatului său exact ceea ce i s-a dictat. Aici există două poziții divergente: fie știa, dar i-a fost frică să miște în front, dat fiind că Militaru părea capabil de orice în acea zi, fie nu a știut, el fiind sosit destul de recent în incintă.

În plină beznă, cele două blindate rămase au intrat în curtea MApN și au oprit între două tancuri, cu luminile stinse, după care au acționat conform consemnului. După o perioadă nefirească și tensionată de tăcere, cele două tancuri au deschis focul asupra blindatelor. Ordinul primit a fost „suprimarea teroriștilor prin foc și călcare de șenile". Blindajul subțire al vehiculelor a fost străpuns de focul încrucișat și atunci au murit cei mai mulți dintre uslași. Cei care au reușit să coboare și să se adăpostească au fost striviți sau sfârtecați. Câțiva răniți, supraviețuitorii, au fost capturați și ținuți în interogatoriu câteva zeci de ore, fără a li se asigura nici un fel de îngrijire a rănilor.

Există variante ale aceleiași povești în care colonelul Ardeleanu cade în genunchi, plângând, în fața lui Militaru și-l imploră să oprească măcelul. Sau în care Stănculescu face o ultimă încercare, înainte ca ABI-urile să intre în curte, de a împiedica măcelul, printr-o parafrazare eufemistică a situației: „E haos, e beznă, tovarăși...". Dar în toate variantele se întâmplă același lucru: întregul birou ascultă zgomotele războiului fratricid de afară, dar și transmisia disperată a lui Trosca, practic ultimele lui cuvinte: „Ne omoară, faceți ceva!... Se trage" (un alt uslaș strigă: „Tată, nu trage, mă...!"), Ardeleanu începe să plângă, iar Militaru, care probabil devine conștient de propria importanță în angrenajul tectonic al Marii Istorii, îi spune: „*À la guerre comme à la guerre*, Ardelene!". Aici intervin voci pline de cinism care nu pricep aspectul romantic al replicii și susțin că Militaru era totuși un țăran needucat și o brută și că ar fi spus de fapt: „Ei, așa e la război, Ardelene, mai curge și sânge...!".

Există și elemente ale poveștii care vin în sprijinul unei versiuni separate, care l-ar absolvi pe Militaru de orice vină, ba chiar l-ar transforma într-un soi de erou. Toți uslașii veniți cu cele două ABI-uri purtau peste uniforma contratero uniforme militare, de geniști. Teoria este că Iulian Vlad și o aripă naționalistă a Securității ar fi reușit să le transmită uslașilor ordinul de a se infiltra la adăpostul întunericului în clădirea MApN și de a-i lichida pe toți conducătorii civili ai CFSN-ului. Operațiunea ar fi fost în mod strălucit dejucată.

*

Tot pe 22, o zi mai lungă decât toată viața pe care o trăisem până atunci, am ieșit de pe improbabila alee Solca, de mână cu Sergiu, pe care-l sunase sculptorul Savian cel gras să-i spună că vin legiunile de muncitori de la IMGB și că trebuie să le vedem neapărat, că o să înțelegem noi de ce, așa că ne-am îmbrăcat rapid și, în ciuda protestelor lui Ralu („Măcar lasă copilu', că oricum nu-nțelege nimic"), am ieșit în Bulevardul Pieptănari și am mers repede, zgribuliți, prin ceață, până am ieșit la Șura Mare. Îmi amintesc ceața joasă care plana ca-n mlaștini, la nivelul gleznelor, frigul ascuțit, de decembrie fără zăpadă, foamea și mâna aspră a lui Sergiu, care fuma în tăcere, sprijinit de cupola gurii de metrou. Am stat așa mai bine de jumătate de oră, pentru că sculptorul Savian locuia pe la Big, până când vuietul a început să se distingă din ce în ce mai tare, apoi și mai tare și apoi s-a transformat în cuvintele scârboase care îmi făceau sufletul să sângereze, în special „Jos Ceaușescu!". „Jos comunismul!" nu mă interesa deloc, comunismul era un cuvânt fără sens, însă numele Ceaușescu avea chip și era sfânt, ba mai mult decât atât, era numele care-mi spunea seara, la culcare, că mă voi mai trezi a doua zi, că totul era bine, liniar și previzibil. A început să se audă și scârțâitul ferestrelor deschise deasupra capetelor noastre, pentru că oamenii începuseră să-și facă curaj și să iasă-n balcoane: era unica lor șansă de a vedea Revoluția în direct, dar altfel decât la televizor. Apoi i-am văzut, au apărut legiunile perfect încolonate, cu pancarte albe, lungi, venind în marș dinspre Brâncoveanu, dând colțul în dreptul Cimitirului Eroilor și, deși încă nu suportam (aveam senzația că-mi rănesc urechile, că mi le însângerează) acele scandări în care numele tovarășului era batjocorit, am fost impresionat de disciplina acelor coloane, de cadența acelui marș și m-am lipit de Sergiu și am vrut să-mi ascund privirea, era insuportabil să-i privesc când se aflau la doar câțiva metri de mine, dar Sergiu m-a obligat să mă uit și avea acea fermitate a gesticii pe care știam că nu e bine s-o provoc, așa că am privit, deși nu puteam izola un om în mulțime, iar mulțimea mă speria și așa avea să fie întotdeauna. „Uite, Marocane, uită-te bine: băieții ăștia ordonați numai ieri treceau cu pancarte cu Tovarășu'. Și tot de la el au învățat ordinea. Uite-i ce ascultători sunt!"

*

În dimineața de 24 decembrie, cei care au reușit să adoarmă în zona MApN, după ce în noaptea trecută din fața blocului se auziseră zgomotele unui război despre care la televizor li se spunea că e dus de forțele armate împotriva teroriștilor, au putut să vadă, când s-au trezit, cele două vehicule blindate făcute ferfeniță, unul dintre ele răsturnat pe-o parte, iar în jurul lor, în plină stradă, cele opt cadavre pe care le scuipase noaptea. Iernile fără zăpadă din cartierele bucureștene cu blocuri au un chip aparte, pe care și-l dezvăluie cu zgârcenie alogenilor. Sunt uscate, dar aerul acela deșertic pe care-l percepe ochiul neavizat e înșelător și criminal. Zgura blocului, mica aceea sclipitoare, poate înhăța oricând pielea, o zgârietură se transformă ușor în rană deschisă, supurează, iar gerul e purtătorul unor microbi unici și ai tristeții care se învelește în pielea victimei. Iernile fără zăpadă din București se hrănesc cu sufletele oamenilor, trec prin gecile lor de fâș, prin puloverele tricotate, trec de maieul lipit de corp, străpung sternul osos, descărnat și acolo, în locul unde credința populară așază sufletul, încep să sugă viața omului, care dispare mai întâi din ochi, din privire. Toate privirile întâlnite la cozile unde așteptăm să se dea carne sau lapte sau unt sau, în ultimul an, pâine și zahăr sunt goale sau sunt rele, dar răutatea lor nu e umană, e răutatea unei conserve goale, e răutatea unei caroserii abandonate de mașină. Apoi viața dispare din membre, din mâinile care tremură pentru că sunt teci fără sabie, care abia ridică paharul de vodcă la gură, apoi abia îl așază pe masa din tablă, cu grijă să nu se atingă de ea, pentru că masa aia jupoaie pielea. Și ochii aflați imediat sub căciula din blană de iepure privesc în păhărelul cu striații ca niște meridiane, dar privirea lor de fapt se scurge înăuntru, acolo unde frigul suge oasele de măduvă, suge sângele care abia dacă mai e cald și apoi va urca înspre creier, creierul păstos, înecat în tristețe, tristețe metalică, corp straniu ce nu-și găsește locul în craniul părăsit de curentul electric al vieții. Omul acela, aflat la limita îndobitocirii, iese din scara blocului din Drumul Taberei, sunt mulți asemenea oameni ca el, abia merg, își scot țigări Carpați cu degetele tremurânde, și le aprind unul altuia fără vorbe, merg împiedicat, se îndreaptă fără frică spre câmpul de luptă părăsit, pentru că frica ar presupune că iubesc ceva din viața asta, și-o feresc pentru că țin la ea, o vor prelungită, cu prețul lașității, dar ei sunt morți vii, sunt teroriștii din tufișuri, sunt teroriștii din blocuri, morții vii din Drumul Taberei care înconjoară teatrul de operațiuni al nopții și pipăie cadavrele expuse impudic pe trotuar și în stradă, mașinile răsturnate, crâmpoțite pe care scrie, cu vopsea sau cretă albă (Cine a scris? Cine o fi fost Scriitorul?), TERORIȘTI, pentru că identitatea unui cadavru trebuie să fie precizată, cel puțin inițial, trebuie să ne implicăm într-o anumită vânzoleală, să chemăm legistul, să ne declare moartea, dat fiind că noi nu suntem specialiști într-ale morții, ci ne îndeletnicim îndeobște cu viața, cu propria noastră viață, așadar de unde să știm noi că un mort e un mort e un mort sau, și mai mult, că acel mort e un terorist e un terorist e un terorist? Avem nevoie de un Scriitor care să-și așeze rândurile fie pe mașinile ARO blindate, fie pe certificatele de deces și astfel să ateste o anumită identitate sau alta. Fie că e vorba despre mort (Decedat), fie că vorbim despre Teroriști (care, fiind teroriști, nu mai pot fi și morți, cele două identități se exclud reciproc). Iar dacă un Terorist nu este mort înseamnă că el trebuie privit în continuare ca un agresor, însă unul trecut într-o stare diferită de agregare a sufletului, una care nu-i mai permite să terorizeze activ, ci în moduri mult mai subtile, mai insidioase, să amenințe chiar sfânta celulă de bază a societății, adică să ne înfricoșeze fragilele neveste și copiii nevinovați ca niște ghiocei. Teroristul este un vampir, așa cum noi, cei ieșiți din blocurile din Drumul Taberei, suntem morți vii, numai că în noi încă mai arde flacăra violenței, încă suntem capabili să îndoim moneda de cinci lei între două degete.

*

Când locatarii blocurilor din jurul MApN au coborât de dimineață, ceața aceea ca o întrupare a miasmei se ridicase de la nivelul gleznelor înspre capete, văzuți de la distanță, păreau corpuri fără cap care se conduceau prin pâclă unele pe celelalte. S-au îndreptat cu precauție, mai întâi doi bărbați curajoși, adică tineri, apoi câțiva adulți cu ochii roșii, spre cele două ABI-uri răsturnate care încă fumegau sau scoteau aburi și spre cele opt cadavre răspândite haotic în jurul blindatelor din metal găurite și rupte. Locul arăta ca scena unui fantast atac carnasier, numai că felinele acelea uriașe își consumaseră furia asupra blindatelor, parcă dorind să le demonstreze fragilitatea, apoi lăsaseră în mod nefiresc cadavrele răsfirate pe asfalt. S-au răspândit fiecare pe lângă un cadavru, au admirat literele trasate cu alb care formau cuvântul *Teroriști*, apoi, văzând că nu se întâmplă nimic, ba chiar că dinspre curtea Ministerului nu se aude nimic, primul, unul dintre tineri, a dat cu gheata în capul protejat de cască al unui uslaș mort. Casca era prinsă cu o curea, astfel încât, în afara unui balans straniu, cam cum e orice mișcare provocată corpului înțepenit, nu s-a întâmplat nimic. Unul dintre maturi s-a întors spre bloc și a strigat. Și-a chemat familia întreagă să-i vadă pe teroriștii morți. Atunci au început să iasă din scări tot felul de oameni, femei, copii, adolescenți, bătrâni, lași, precauți, oameni gălbejiți, iar în curând s-a format o mulțime în jurul câte unei insule de interes reprezentată de un cadavru. Unul dintre ele era retezat în două, prins între conserve, un altul carbonizat, arsese sub o mașină Dacia 1310 sub care se târâse într-o ultimă încercare de a supraviețui. Nu se știe exact când s-a dezlănțuit mulțimea, pentru că acțiunea ei s-a întins de-a lungul mai multor zile, atâta timp cât cadavrele au fost lăsate în stradă. Nu există nici o repartizare statistică pe genuri a celor care au profanat cadavrele, deși sunt mulți martori care spun că femeile și bătrânii au fost ființele cele mai crude cu teroriștii. În ultima zi în care au stat mărturie luptei împotriva terorismului, cei opt uslași au trecut prin diverse metamorfoze cauzate atât de acțiunea lentă a putrefacției, cât și de cea dură, rapidă a elementului uman. Li s-au scos ochii, diverse persoane s-au pișat pe cadavre (în special pe al locotenent-colonelului Trosca, pentru că, din pricina gradului, inspira o ură de nedescris), li s-au stins țigări pe piele, au fost tăiați, inscripționați, tatuați post-mortem cu noua lor identitate (teroriști, arabi, africani) și, în cele din urmă, ca o încununare a spectacolului, doi bărbați i-au tăiat capul lui Trosca și l-au înfipt în osia unui ABI răsturnat. I-au scrijelit cuvântul *terorist* pe frunte și i-au înfipt o țigară în gură.

*

Toate aceste scene au ajuns în mintea mea mulți ani mai târziu și, fiind atunci tânăr și ușor indignabil, mi-am jignit părinții și cunoscuții mai în vârstă, acuzându-i de lașitate, de tăcere în fața unor dovezi evidente ale măsluirii acelui eveniment. Eram în perioada aceea, în deceniul de viață dintre 20 și 30 de ani, aplecat spre a dramatiza totul, de la iubire la mica și marea istorie, așa încât cei care mă cunoșteau m-au lăsat în pace, știind c-o să-mi treacă. Și, într-adevăr, intensitatea revoltei a scăzut, însă nu a dispărut. Imaginile – inclusiv cele proiectate chiar de mine pe peretele alb al propriului creier – au făcut parte dintr-o maturizare târzie, pe care am amânat-o din răsputeri. Am trăit tot timpul cu credința că scenele din noaptea de 23 spre 24 decembrie 1989 constituie o bornă pe care acea cretă albă ce scrijelise *Teroriștii* pe mașinile ARO scrisese de data asta: *Așa s-a născut Răul!* Da, deși un copil al Revoluției, pentru mine aceeași Revoluție coincide cu nașterea Răului. Și am resimțit acest lucru chiar de atunci, din iarna uscată și friguroasă când m-am chircit de groază văzând cum un pluton de monștri îi ucide pe Elena și pe Nicolae Ceaușescu, părinții mei din televizor, după un proces pe care și eu, la cei 10 ani ai mei, îl resimțeam ca nefiresc și crud. Nu citisem despre *Teatrul cruzimii*, dar, când am făcut-o, eseul lui Artaud m-a trimis imediat la acel proces al cuplului Ceaușescu și apoi la scenele din fața MApN. Pentru că, așa cum scrie Artaud, teatrul cruzimii îl transformă pe spectator în actor, îl proiectează în mijlocul scenei. Cum altfel, o întrebam pe Ralu, aprinzându-mi o țigară, prima formă a revoltei mele adolescentine, cum altfel poate fi copilul unor părinți uciși în fața lui, la televizor, dacă nu dezaxat, violent, alcoolic, ca mine? Și, punând această întrebare, scuipând cuvintele înspre propria mamă, deveneam la rândul meu actor, cu toată știința înmagazinată după zecile de înmormântări privite de pe gardul Cimitirului Evreiesc. Iar ea, cu ochii măriți de furie, cu cuvintele blocate în gâtlej, îmi arăta ușa străjuită de cei doi lei, pe care dădeam buzna pentru a mă mai întoarce doar a doua zi, după ce arsesem tot combustibilul revoltei. Și, când mă trezeam, o luam de la capăt, îi reproșam că nu se dusese-n Piață în '90, îi reproșam că ratase orice ocazie de a lupta, că marele ei spirit artistic nu era decât calea spre iluzorii câștiguri materiale, îi reproșam că-i permisese lui Sergiu să se lase doborât de „capitalismul original", că-l lăsase să plece-n Germania și astfel îmi pierdusem al nu știu câtelea tată. Îi reproșam că votase cu FSN, că râdea de Rațiu împreună cu Psihi Mu, că erau adeptele salamului cu soia ca probă obligatorie pentru noul politician, îi reproșam că mănâncă din ce în ce mai mult, că se îngrașă sub ochii mei și că pictează din ce în ce mai rar, iar atunci când pictează, o face prost. Îi reproșam că îmbătrânește și că zeița nemiloasă a copilăriei mele coboară implacabil o scară care o așază pe pământ, într-un teatru al cruzimii muritorilor. Dar cuvintele mele nu ajungeau la ea, pentru că atunci aveam senzația că i se întorc ochii pe dos, că recită (eufemistic vorbind, dat fiind că urla și pe gură îi ieșeau jigniri care ar fi scos din minți și un campion al răbdării) un text neîntrerupt pe care-l clocește în ea de ani de zile și pe care mi-l aruncă-n față ca pe un cazan cu zoaie, iar asta mă frângea, mă rupea-n două, pentru că-n cazanul ăla al ei se găseau firișoare de sânge, mici zăcăminte de iubire pe care altfel nu mi le mai putea arăta. Așa că fugeam sus, în camera mea, și, privind înspre Cimitirul Evreiesc, începeam să plâng, pentru că încă nu înțelesesem că amestecul acesta nu e ceva improbabil, e chiar cimentul care ne unește pe noi doi.

*

Teroriștii din grupul Trosca au fost declarați eroi ai Revoluției române. Câțiva ani, familiile lor, care trebuiseră să le adune cadavrele mutilate din stradă, au avut amara consolare de a beneficia de o pensie. În anul 2011, președintele Traian Băsescu, cel care a patronat Condamnarea Comunismului în România, le-a retras acest statut, pe motiv că cei opt uslași ar fi practicat poliție politică, deși pe rol se aflau câteva dosare care contraziceau acest lucru.

Câțiva ani mai târziu, a ieșit la iveală despre același președinte că mai purtase, cel puțin în arhivele Securității, și un alt nume, fiind colaborator al acesteia. În acei ani au ieșit la suprafață dosarele mai multor scriitori români care turnaseră sau, dacă n-o făcuseră, semnaseră cu Securitatea în urma câte unui șantaj. Deja viața publică se mutase pe platformele de socializare și astfel erau distribuite jelaniile celor curați, ale impecabililor, texte îndurerate care purtau titlul „De ce, X?". Iar X tăcea vinovat, era dat afară de la locul de muncă și se angaja în altă parte. După ceva timp scria un eseu în care povestea că fusese șantajat, că avea doar 18 ani, că lăsase gravidă o fată care avortase apoi, iar asta se aflase... Tot în acei ani am aflat de la un binevoitor prieten de familie că Ovidius știuse și el despre complotul Securității și că astfel își putuse premedita pensionarea cu câțiva ani înaintea Revoluției. De la același binevoitor am aflat că Genu fusese un entuziast colaborator și turnător, lucru ce-i facilitase ieșirea din țară înainte de '89. Asupra lui Ralu, a fostei Prințese a Pieptănarilor, n-a planat niciodată această bănuială, iar acum, când zace într-o garsonieră din Apărătorii Patriei, întinsă într-un pat care abia o mai încape, cu niște pernuțe ale picioarelor groase de zece centimetri, nici că mai contează. Vizitele mele se răresc, pentru că mă doare s-o văd și simt că-i produc aceeași durere și ei. Nu-mi mai fac iluzii legate de o unică și originară izbucnire a răului, știu că e peste tot, difuz ca un jet de apă proiectat dintr-o stropitoare peste frunzele unei plante. Am avut ocazia să-l cunosc în mine și în alții, l-am văzut chiar în propriii mei copii și atunci am întors capul în altă parte. Am cunoscut inconștiența care naște Răul, brațul care pleacă înaintea gândului sau a sentimentului chiar, am lovit, am înfipt și cuțitul în carne și întotdeauna, ajuns acasă, între pături, dârdâind de vinovăție și de remușcare, mi-am spus că e vina altuia, că Răul e material și totuși străpunge granițele ființelor, se întrupează după bunul plac sau, și mai rău, aleatoriu.

*

Foarte târziu, aproape în perioada în care eu deja mă izolasem în mansarda din Strada Parfumului, a început să circule un film realizat în dimineața de 24 decembrie 1989. Trosca încă nu e decapitat, însă se poate observa foarte limpede gaura făcută de glonțul care i-a perforat fruntea perfect simetric, la jumătatea liniei imaginare dintre cele două tâmple. E urma unei răni care poate face pe oricine să se întrebe cum ar putea fi ea rezultatul întâmplării, al acelui aleatoriu morbid care ar fi îndrumat un glonț în plină beznă în chiar centrul osului frontal. Cadavrele sunt în mod evident mutate din poziția în care au căzut pradă morții și lăsate în posturi stranii, ca niște manechine aruncate-n stradă într-o criză de nervi. În jurul lor mișună cetățenii furioși și nu mai puțin curioși. Se distinge vocea unui bătrân care spune „Ăștia nu-s români, se vede. Uite la ăsta ce față are!". Apoi, ca de nicăieri, vocea unei femei tinere: „Hai să le luăm cizmele, fir-ar mama lor a dracu'!".

În Casa cu Lei
(continuare)

Imediat după Revoluție, Genu a plecat din țară, și-a părăsit postul bun de la ONT unde-l băgase Ovidius și s-a angajat la firma de turism a unor frați indieni foarte grași și milionari din New York, pe care-i cunoscuse slujind Republica Socialistă România și comerțul exterior. Dacă până atunci numele lui însemnase pentru mine lungi absențe întrerupte de sosiri din străinătatc, cu valize Samsonite burdușite cu cadouri, pe care le primeam în vizitele pe care aveam voie să i le fac o dată la două săptămâni, acum dispăruse cu totul și știam că trăiește în orașul ăla mitologic, în care se întâmplau numai lucruri groaznice (King Kong atârnat de un turn, incendii teribile, apocalipsa înghețului). Nu mai venea în țară decât vara, când stătea câte o lună, și atunci mergeam la mare, cu mașina lui, care nu mai era o Dacie crem pe nume Zambilica, ci devenise un VW Golf albastru, micuț, în care ne îngrămădeam eu, Mariana-Cur-de-Fier („Dar-ar canceru-n gâtu' ei, că a lăsat un copil fără tată!"), noul lor copil, Traian („Michi, noi o să avem un copil, o să ai un frate", ochii umezi ai Marianei, el cu mâna sprijinită pe portiera mașinii și uitându-se la mine cu ochii mijiți în soare), și câinele Joy, cockerul spaniel cu halenă care avea boală pe mine. În anii aceia, imediat după Revoluție, m-a chemat chiar o vară întreagă la el și Ralu a trebuit să cedeze în fața rugăminților mele și ale lui Sergiu („Raluca, tu-ți dai seama ce șansă e pentru băiatul ăsta? În primul rând c-o să învețe engleză"), așa că am petrecut două luni în Manhattan alături de soacra lui, în timp ce el și Mariana erau la slujbă, iar Traian la grădiniță. Bătrâna era în regulă, numai că avea o obsesie pentru produsele naturale, așa că, după ce a cercetat cu minuțiozitate de *mad scientist* harta agroalimentară a Manhattanului, a găsit o piață de legume și fructe până unde mă târâia la fiecare două zile, ca să cumpere cartofi și ceapă, după ce treceam pe lângă câteva zeci de magazine care vindeau exact aceleași produse, dar ambalate.

Pe el îl vedeam seara, când bea două cutii de Coors light în apartamentul de hotel unde trăiam și mă punea să-i povestesc ce făcusem toată ziua, iar eu mare lucru nu aveam să-i spun, pentru că descoperisem cele câteva sute de canale de televizor și în fiecare zi urmăream serialul *The Incredible Hulk*, apoi ieșeam eventual să duc niște saci de cutii reciclabile la centrul de colectare, pentru care primeam câțiva dolari. Ca să mai rupem monotonia, o înduioșam pe bătrână, pe tanti Tuța, să mergem la un film și așa am văzut *Terminator 2* pe Broadway, imediat după lansare, film care a oripilat-o, sau *Double Impact*, cu Van Damme, film care a îngrozit-o și mai tare, mai ales că la un moment dat se sărutau acolo două tipe, drept care a povestit acasă că am dus-o la un film porno, iar eu a trebuit să demonstrez că nu, nu e un film porno, ci unul de acțiune în care se înfruntă Binele și Răul, care bineînțeles că viețuiesc în aceeași persoană, de unde și gemelitatea din prim-plan. Primisem de la el un Game Boy, la care aveam două casete, așa că nu-mi trebuia nimic altceva. În weekenduri ne plimbam prin oraș, câteodată înspre Battery, de unde luam vaporașul fie spre Statuia Libertății, fie spre Ellis Island, iar o dată am fost cu mașina chiar până la ocean. După câteva zile, uitasem complet de Casa cu Lei și mă puteam preface că asta e viața mea acum, că sunt un copil care trăiește în America. Noaptea mi se făcea frică de toate schimbările și de ușurința cu care eram gata să uit de propria mea viață și-mi strângeam genunchii la piept, atent să n-o trezesc pe tanti Tuța, cu care împărțeam patul.

Apartamentul avea trei camere, o sufragerie mare, cu bucătărie deschisă, un dormitor unde dormeam eu cu tanti și încă unul, unde își petrecea nopțile tânăra familie. Era situat la etajul 23, chiar vizavi de cel mai mare magazin de jucării pe care-l văzusem vreodată, Toys „R“ Us, iar noaptea îmi jucau pe față luminile colorate ale reclamelor. Și în clipele acelea, într-una dintre nopți, stând cu ochii închiși, peste care treceau dungi luminoase, verzi, roz, albastre, mi-am dat seama că mă înstrăinasem complet de bărbatul care dormea în camera de alături, împreună cu familia lui, și care mă punea pe mine în pat cu o bătrână, care nici măcar nu era bunica mea, Psihi Mu, ci mirosea așa cum miroase un om străin, un oposum sau un câine vagabond. Din noaptea aia am început să-l urmăresc cu atenție, așa cum își urmărește bărbatul femeia înșelată, să-i pândesc gesturile, să nu mă mai las emoționat ca până atunci de gesturile lui discrete de tandrețe, care deveniseră oricum foarte rare. Mă prefăceam și, în același timp, eram mult mai puțin fals, mai direct, mai rigid în construcția mea interioară, deși până la suprafață acest nou miez dur avea de străbătut falduri molatice de sentimentalism, de cărnuri parfumate și mătăsuri fetide, țesute din mângâierile copilăriei, ale unor speranțe nemărturisite și dintr-o dragoste fără rădăcini și neadresată nimănui. În nici un caz femeii bătrâne care sufla greu în spatele meu, nici bărbatului cu chelie și mustață din camera de alături ori femeii care dormea cu el în pat sau copilului dintre ei. Dar nici femeii înalte cu pieptul plin din Casa cu Lei, nici măcar bărbatului vânos, cu tatuaj, care fuma în curtea aceleiași case. Cu toții erau manechine spre care mă puteam îndrepta, dar alegerea se dovedea a fi de multe ori prea lucidă și limitată.

Cele două luni petrecute într-un oraș atât de îndepărtat, încât părea imaginar, chiar și atunci când pășeam pe străzile lui, m-au distanțat de toți adulții care mă vizitau în vis, oricât de ciudat ar fi părut, iar îndepărtarea mea s-a produs lucid, fără nici o îndulcire copilărească, așa cum o insectă închipuită și-ar înveli corpul într-o armură chitinoasă, presimțind atacul termitelor ucigașe. Numai că acțiunea de pietrificare nu era totală, ci lăsase niște supape neștiute, pe care aveam să le descopăr de-a lungul anilor, în timpul unor crize venite din senin, izbucniri isterice care mă zguduiau și mă curățau de toată zgura sentimentală acumulată în timp.

Am crezut că transformarea mea din acea noapte, sub lumina reclamelor de pe 34th Street, o să rămână un secret atâta timp cât o să vreau eu, dar Ralu, vrăjitoarea Ralu, și-a dat seama din clipa în care am intrat pe poarta Casei cu Lei că s-a întâmplat ceva, nu cu mine, ci cu relația de putere dintre noi doi. Bineînțeles că acum bărbatul singur și înmormântat în aer, claustrat într-o celulă din podul casei vechi din fostul cartier evreiesc al Bucureștiului, știe că reacția ei a fost una irațională, de femeie geloasă care se teme că-și pierde bărbatul cel mai constant din viața ei. M-a așteptat, reținută, pe trepte, între cei doi lei, și m-am gândit atunci că femeia aia mare, cu părul ridicat în vârful capului, care purta o salopetă copiată din vreo *Burda*, cocoțată pe tocuri de 12, venea și ea de departe, așa cum și eu mă întorceam dintr-un oraș de la capătul lumii. Ne-am îmbrățișat cu aceeași răceală prost mascată de amândoi, iar când am intrat în casă, pe lângă ea, i-am simțit privirea înfiptă-n ceafă, așa cum îi simțeam mâna pe piept când eram mult mai mic, locul unde-și punea palma chiar în centrul sternului atunci când eram bolnav și tușeam. În sufragerie am găsit-o pe Psihi Mu, aranjată toată, rujată, cu părul alb ridicat în clasicul permanent, care a sărit din fotoliu și s-a repezit spre mine, acoperindu-mă cu sărutări și strângându mă în brațe să mă sufoce:

— Psihi Mu, dragu' lu' bunicuța, pe unde-ai umblat, măi, băiete?

Și vaiete, și urlete, și pe unde-oi fi rătăcit eu, în loc să stau acasă, acișilișe, iar peste toate trona zâmbetul ironic al Prințesei Ralu, de undeva, de sus, din Împărăția Durerii.

O altă surpriză a fost că Sergiu nu era acasă, iar când am întrebat de el, am primit niște răspunsuri evazive, din care am înțeles doar că o luase și el pe urmele celorlalți bărbați învinși. De fapt, Sergiu fusese învins dinainte, iar cel care-l doborâse la pământ fusese chiar Ceaușescu, care-l trăsese după el în ziua de Crăciun a lui '89, când se hotărâse să ne părăsească pe noi, copiii lui. În anii '90, Sergiu a plecat pentru câteva luni în Germania, iar când s-a întors, era cu totul alt om. Foarte târziu am înțeles că avusese probleme cu poliția, dar asta după îndelungi anamneze, după ore de pus cap la cap frânturi de conversație și aluzii. Când a revenit, din el mai rămăseseră doar ticurile verbale și silueta, dar se purta de parcă fierul ăla care-l străbătea s-ar fi topit. Stătea vara în grădină în fața unui șpriț cu vin alb („de vară, Marocane“) și se uita în gol. Chiar când vorbeam, aveam senzația că-l deranjez, că-i întrerup un film pe care-l urmărește cu lentoare în spatele pleoapelor. Schimbarea lui venea în contratimp cu tot ce se întâmpla în jur, pentru că în zilele acelea trăiam într-o țară care exploda în fiecare seară. Imediat după Revoluție, la primul lui drum cu Ralu la Istanbul, când eu am rămas la Psihi Mu, au cumpărat un televizor color GoldStar, care devenise repede idolul la care se închina toată casa. Televizorul ăla mergea neîntrerupt, dat foarte tare, iradiind în toată casa viermuiala unei țări care părea să reintre în istorie după decenii de adormire. Câteodată mă trezeam murmurând în patul meu fraze din discursurile lui Nicolae Ceaușescu, încercând să amuțesc vacarmul care venea de jos, din sufragerie. Adoram însă reclamele, așa că fugeam în jos, pe scări, de fiecare dată când auzeam că începe un calup nou: devenisem un foarte abil imitator al vocilor din reclame și nu o dată îi amuzasem pe Ralu și pe Sergiu strecurându-mă în camera lor și urlând „V-am prins, vrăjitoarelor!“, ca-n reclama la calculatoarele Felix, sau râgâind după masă și susurând inocent „Titan Ice“ ori, când apărea vreo problemă, sfătuindu-i să cheme oamenii de la Minolta. În 1990, imnul Aleii Solca fusese „Un'estate italiana“, melodia Giannei Nannini, care răsuna din toate televizoarele și radiourile până la metroul de la Pieptănari.

*

Tot atunci însă, la trecerea în clasa a V-a, Ovidius a sunat-o pe Ralu și, luându-și toate măsurile de precauție, i-a spus că poate aranja să fiu mutat la o școală mult mai bună, „să-l scoatem din cartier, Raluca, dragă“, iar școala aceea se afla undeva între Tineretului și Piața Unirii, pe o străduță paralelă cu bulevardul, Strada Oițelor, zisă, bineînțeles, Coițelor. Și așa a debutat cariera mea de tânăr supus sfârtecării cu ajutorul celor patru cămile, pentru că dimineața plecam de la Pieptănari, coboram pe la Cuțitul de Argint, pe lângă Adesgo (unde pe ziduri începuseră să apară reclame care-mi făceau sângele să fiarbă, picioare lungi, învelite-n ciorapi lucioși, rujul roșu-aprins al Janinei sau cel portocaliu al Danei Săvuică, trupuri mature, cărnoase, mâini molatice ținând între degete șiraguri de perle care se scurgeau printre sâni abia ascunși de sutienele Triumph și care indicau, ca niște cascade minerale, zona secretă și totuși atât de vizibilă dintre coapse), traversam în intersecția mare de lângă Tineretului, apoi o coteam printre blocuri spre Trestiana și intram în holul ca o piscină, unde stăteam câteva minute cu privirea pironită la picioarele lungi și caste ale lui Brigitte Bardot. Iar privirea pe care i-o ofeream ei, mi-am dat seama, avea o cu totul altă calitate decât cea concupiscentă pe care o rezervam Janinei sau Danei Săvuică de la Adesgo, pentru că aici, în piscina bătrânilor, eram gata s-o salvez pe fata blondă, cu picioare-n ciorapi cu model, s-o scot din rama cu peisaj de toamnă și să urc cu ea la etajul

4, s-o prezint bunicilor și să le spun, plin de curaj: „Ea e! Ne iubim!".

În schimb, urcam și sunam la ușă, iar Meri sau Ovidius îmi întrerupeau reveria cu micul dejun, mereu același, cereale cu lapte, cereale pe care le trimitea Genu din America și-n cutiile cărora se găseau cartonașe cu mari jucători de baschet, pe care le colecționam și le adunam într-o carte mică, despre pigmei, scrisă de Horia C. Matei. Îi aveam deja pe Larry Bird, pe Magic Johnson, pe Michael Jordan și așteptam cu sufletul la gură să termin o cutie ca s-o pot deschide pe următoarea, pentru că lui Ovidius nu-i plăcea deloc să desfacem cutii aiurea, doar ca să ne uităm după surprize. Era, pur și simplu, împotriva crezului său.

Încă eram un copil cuminte, speriat de noua școală, de blugii colegilor și de pantofiorii cu broderie pe care îi purtau atunci toate fetele. Intram la ore de la 12 sau de la 1 și Ovidius insista să mă ducă el la școală, pentru că nu se știe niciodată ce se poate întâmpla, așa că mergeam pe bulevardul Dimitrie Cantemir, fost al Pionierilor, așa cum și Pieptănarii Casei cu Lei deveniseră Eroii Revoluției, mergeam ținându-ne de mână, iar el încerca să vorbească cu mine, eventual să repetăm câte ceva la orele pe care le aveam, dar eu cădeam invariabil în reveriile mele până când renunța, întrebându-se probabil ce se va alege de copilul ăsta, în timp ce copilul visa că se află într-un iglu la Polul Nord, alături de câțiva colegi, că afară e o furtună cumplită de zăpadă și un urs-polar încearcă să dărâme zidurile impenetrabile din gheață.

La clasă eram ceea ce s-ar numi un elev bunicel, fără excese de inteligență sau talent, mă strecuram printre primii cinci-șase, depunând toate eforturile să nu ies în evidență. Eram terifiat de profesoara de istorie, doamna Mihu, o femeie ca un butoi de bere, cu păr negru, cârlionțat, care-și începea ora identificând o victimă sau povestindu-ne prima ei ieșire din țară, care avusese loc în Franța, într-un orășel înfrățit cu orașul ei natal. Nu se putea desprinde de vraja acelei excursii, așa că ne povestea cu încântare nu ceea ce văzuse, ci glumele pe care le făcea un alt profesor din grup, fără să-și dea seama că-n asemenea excursii se nasc glume și intimități pe care ți-e imposibil să le transmiți în alt grup. Într-o zi a pus ochii pe mine pentru că ascundeam sub pupitru un unicorn din cauciuc pe care mi-l adusese Sergiu din Germania, probabil în pană de inspirație sau pentru că asta mai găsise într-o ultimă benzinărie înainte de a intra în țară. Nu-mi plăcea neapărat, dar era moale și avea părul în toate culorile curcubeului și, când îl strângeam în mână, îmi dădea aceeași senzație de căldură sufletească pe care o simțeam în fața pozei color cu Brigitte Bardot din casa scării celor bătrâni.

— Lucescu, i-a vino-ncoa cu calu' ăla!

Am crezut că n-o să pot străbate cei câțiva metri care despărțeau catedra de banca a doua, unde stăteam împreună cu Simona, o fetiță minionă și brunetă de care încercam din răsputeri să nu mă ating, deși mai mereu făcea parte din grupul expediționar alături de care suferеam în reveriile mele polare. I-am pus unicornul pe catedră și am așteptat cu mâinile la spate, iar ea l-a luat în mâinile grase, cu unghii vopsite maroniu, și a început să-l strângă și să-l răsucească pe toate părțile.

— Păi, ce face ăsta, Lucescu? Nu chițăie, nu face nimic? Ce cal îi ăsta?

Mă aflam în pragul unui cumplit incident diplomatic. Puteam s-o corectez și probabil aș fi devenit ținta ironiilor ei pentru tot restul vieții sau aș fi putut să tac, însă atunci nu ar mai fi rămas nimic din eroul care se lua de piepți cu urșii-polari. Am simțit o furnicătură la nas și înțepături în ochi, așa că am hotărât să vorbesc repede, până nu mă bușea plânsul:

— E un cal fermecat, doamna profesoară!

A început să behăie de se zguduiau ferestrele:

— E fermecat, Lucescule? Fermecat, hă? Și ce știe să facă?

Și atunci a intervenit Michi-artistul, Michi fermecătorul, vrăjitorul Ralucăi și prestidigitatorul care putea reda din memorie slujbele de înmormântare din Cimitirul Evreiesc:

— Face să dispară dorul de tata!

Dacă i-aș fi tras o flegmă între ochi, ar fi fost mai puțin șocată. I s-au înmuiat trăsăturile ca și cum cineva i-ar fi injectat un litru de apă sub piele, mai avea puțin și-și scăpa fața pe jos:

— Deschideți manualele la lecția despre Mesopotamia și citiți în gând! Să n-aud musca, că vă ia mama dracu'! Lucescu, trage, mamă, un scăunel aicea, să stăm de vorbă.

Mi-am târșâit adidașii rupți în vârf spre șirul de scaune care stăteau aliniate sub tablă și am început să trag unul după mine, pentru că nu-l puteam ridica. A sărit imediat în picioare și a zdupăit spre mine cu grația unui rinocer:

— Stai să te ajute mama, că ți-e greu, nu vezi că ești cât o păsărică?!

Așa am vrăjit-o pe doamna Mihu, spaima școlii, știma cancelariei, și atunci am înțeles ce puteri zac în mine. La fiecare oră de istorie, până când a murit – au găsit-o abia după șapte zile, intrată-n putrefacție, corpul ăla imens –, mă chema lângă ea și vorbeam cam 20 de minute despre foarte complicata mea situație familială, iar ea mă asculta așa cum vulturii, leii și toate animalele fioroase se adunau în jurul lui Orfeu când își zdrăngănea lira. Ca să prelungesc starea de grație, îmi induceam o reverie asemănătoare celei polare, așa că poveștile mele căpătau accente terifiante, grotești, în care eu, bietul pui de cuc, părăsit în cuib, stăteam și tremuram în așteptarea vreunei păsări adoptive. Iar din ochii doamnei Mihu se scurgeau lacrimi mari, picături translucide de emoție, esența sufletului ei mare de pachiderm. Am intuit, cu perversitatea oricărui povestitor înnăscut, fiu al lui Anansi, creatură a lui Odin căzută din copacul Yggdrasil, că doamna Mihu, femeia asta cu trup Michelin și suflet feciorelnic, e și ea o fiică a lui Manicheu, așa că am delimitat foarte limpede taberele care se înfruntau, în bune și rele, lăsându-mă pe mine la mijloc, sub năpasta acestui *Ragnarök*. Am înmulțit numărul de tați vitregi, le-am schimonosit trăsăturile, i-am făcut să mă lovească, să mă calce-n picioare, iar lui Genu i-am dăruit caracterul lui Loki. Din Ralu n-am schimbat nimic. Nici nu era nevoie, pentru că Ralu își găsea oricum locul în orice galerie cu personaje dickensiene. Ralu, ready-made, moartea ficțiunii.

*

Dacă talentul meu de povestitor m-a salvat în fața femeilor, cu bărbații nu a mers așa ușor. Primul dușman care mi-a demonstrat că e imun la farmecul meu de sirenă a fost profesorul de matematică, domnul Coman, un tip tânăr, a cărui mare pasiune, pe lângă algebră și profesoara de franceză, erau blugii. Când eram în clasa a V-a, venea îmbrăcat cu pantaloni de stofă, călcați la dungă, și o cămașă albă cu mâneci scurte și îi scotea la tablă doar pe cei care purtau blugi. Dat fiind că proviziile aduse de Ralu și de Sergiu din Turcia includeau și câteva perechi de prespălați Pyramid, inclusiv cămăși, eram unul dintre cei umiliți și scoși mereu la tablă. Din acel an am început să mă îndepărtez de matematici, de fiecare dată când îi auzeam vocea perversă scandând:

— Lucescu, ia-n să vedem! (Așa vorbea, credea că stâlcirea limbii e un semn de originalitate.)

Simțeam cum mi se coboară o pâclă peste creier și că nu-mi rămâne la dispoziție decât un rest de inteligență, primar, care mă ajuta să ajung la tablă și să scârțâi ceva cu totul greșit pe ea. Seara o imploram pe Ralu să nu mă mai îmbrace-n blugi, să-mi ia ceva de stofă, ca uniformele de dinainte de „Lambada", însă ea era necruțătoare, pentru că puiul îmbrăcat tot în prespălați era semn al bunăstării clanului, așa că mă trimitea împachetat în blugi Pyramid din cap până-n picioare, lucru pe care domnul Coman l-a luat ca pe o sfidare supremă. Tocmai începuse să-mi mijească un soi de mustăcioară, câteva fire negre ce răcneau pe fața mea palidă, așa că domnul Coman își făcuse un ritual din a mă umili și altfel, ajungând însă invariabil la subiectul blugi:

— Lucică, tată, da-n ce s-a-ntâmplat? Ți-a dat mustața? Nu cumva ți-a dat și peru' de pe piept? Măi, bărbate, da-n dășchide cămașa de blugi la piepți, să vedem și noi blana!

Și deschideam cămașa de blugi ca să-i arăt că pe piept încă nu aveam nimic, apoi ieșeam la tablă, unde mă făcea de râs până-i trecea toată ura iscată de materialul prespălat din Turcia. Noaptea plângeam în pat, gândindu-mă cu groază la umilința de a doua zi, și mă rugam cu înfrigurare să se întâmple ceva, eventual să moară. Aveam atâtea scenarii legate de moartea domnului Coman, încât înlocuiseră cu totul reveriile mele polare, ba chiar și pe cele mai recente, cu siluete feminine pe care începusem să le zăresc pe la tarabe, unde apăreau primele reviste porno. Dar niciodată nu mi-a trecut prin cap că nu luasem în calcul scenariul ideal, cel mai blând și mai puțin violent. Într-o zi de primăvară, a trântit ușa de perete, așa cum făcea de obicei, înainte de a arunca de la distanță catalogul pe catedră, urmărindu-l cum glisează de-a lungul mesei și oprindu-se exact la timp ca să nu cadă în partea cealaltă, apoi a apărut și el, într-un costum complet de blugi: pantaloni, cămașă și, o, Zei, o haină de blugi trei sferturi cu guler din blană sintetică. De atunci s-a liniștit și, până în clasa a VIII-a, când m-am despărțit de el, nu a mai ieșit niciodată din acel costum. Însă răul era deja făcut: mie mi-era rușine de părul care-mi creștea pe buză, dar și între picioare și mă despărțisem definitiv de matematică.

*

În anul acela Ralu a decis ca Psihi Mu să se mute la noi, fără să ne dea vreo explicație, iar cum Sergiu încă dormea cu ea, acela fiind anul dinaintea plecării lui definitive, au cazat-o în camera mea de sub nucul din Cimitirul

Evreiesc, lucru care a început să mă deranjeze foarte repede, pentru că nu mai era femeia veselă de deasupra Ciclopului de la Scala, care gătea și cânta muzică grecească, ci o creatură umflată, cu picioare și mâini groase, care sforăia și zbiera în somn. Ziua vorbea în dodii și se certa cu persoane imaginare, în principiu cu fiul ei cel-din-nou-dispărut pe care-l vedea în mine, așa că nu o dată am devenit ținta unor atacuri care mă speriau. Noaptea se repeta același vis înfiorător, în care cei doi lei părăseau postamentele de lângă scară, intrau pe ușa sufrageriei, apoi urcau scara spiralată din lemn și deschideau cu boturile ușa camerei mele. Îmi dădeau târcoale, de fiecare dată când se încovoia piatra maleabilă din care erau făcuți, ființa lor de noapte trosnea și norișori de praf săreau în aer, ca fumul din pipa omizii lui Alice. Mă înconjurau de câteva ori, pe mine și patul meu, în care eram singur, apoi se așezau, ca pisicile, unul în spate, celălalt la picioare și începeau să toarcă, iar în acel moment întreaga mea teroare se risipea și lăsa locul unei liniști toropitoare, în care se dizolva totul.

Eram atunci îndrăgostit în secret de Simona și, de multe ori, reveriile mele alungau orice altă prezență umană, îngăduind doar spiritului ei să mă însoțească în călătoriile imaginare ce-mi ocupau cea mai mare parte din timpul în care nu citeam sau nu-mi făceam temele. Îmi imaginam că-i sărut obrazul care se ivea de sub tunsoarea bob, acolo unde linia fină a maxilarului lăsa loc prăpastiei ce ducea înspre gâtul alb și subțire. O mângâiam, îi luam mâinile într-ale mele, o asiguram că totul va fi bine, că am să fac astfel încât să ne vedem scăpați din cumplita primejdie a urșilor-polari și a frigului. De fapt, împotriva frigului aveam o soluție chiar pe moment: o luam în brațe și ne ghemuiam strâns unul într-altul, iar când căldura începea să se răspândească în corp, se auzea un mârâit insalubru, deloc simonic, și mă trezeam c-o strângeam de mama focului în brațe pe Psihi Mu, care mă privea cu ochi măriți de groază.

— Săi, Raluco, c-a înnebunit ăsta micu'!

— Taci, Psihi Mu, că visam, nu trezi pe toată lumea!

Am făcut la un moment dat greșeala să-i mărturisesc lui Sergiu dragostea mea secretă, iar el a dat informația mai departe spre Ralu, care a început să mă privească cu atenție, când credea că n-o observ, apoi să-mi controleze chiloții pe care-i dădeam la spălat, apoi probabil i-a spus și bătrânei, care repede s-a transformat în trâmbița ideologiei comune. Așa că seara, când veneam de la școală, mă aștepta cu o mână-n șold și cu cealaltă aranjându-și cele trei baticuri de lână, bumbac și in pe care le purta unul peste celălalt și-mi arunca de lângă masa greoaie din bucătărie:

— Iar ai întârziat pe la curvili tăli?

Mă cuprindea furia, o furtună pe care o îmblânzeam de regulă cu ușurință, dar care acum se dezlănțuia fără a mai putea fi zăgăzuită și mă simțeam umilit, minuscul, pentru că iarăși căzusem în plasa lui Ralu, știam că la ea am vrut de la bun început să ajungă zvonul iubirii mele nevinovate, iar pentru asta Prințesa m-a pedepsit, și-a asmuțit câinii de vânătoare asupra mea, căci ce e mai grav, ce lezmajestate mai cumplită decât aceea de a o înșela cu altă femeie?

Iar pedeapsa nu se oprea aici, ci, ca să nu uit cumva că Prințesa este, în fond, o artistă, pe șevaletul mare din atelier apăruse un tablou de un kitsch jucat, în care un satir care-mi purta chipul ca pe o mască era hărțuit de ființe lubrice, cu sâni imenși pe trupuri de copil, care purtau în mâini colți ca de rechin, însângerați, lucind în lumina lunii. Îl lăsa acolo, acoperit cu o folie transparentă, apoi, când credea că am prins mesajul, tabloul dispărea ca prin minune, lăsând osatura lemnoasă sub bătaia vântului.

În clasa a VI-a, Ralu și Psihi Mu s-au certat așa cum se certau ele, certurile fiind urmate de ani în care nu-și vorbeau, așa că bunica s-a mutat înapoi deasupra Ciclopului, mai ales că unchiul Mircea se întorsese și el din a nu știu câta expediție erotică, însoțit de o țigancă mai bătrână decât el, așa că avea cine s-o îngrijească. Atunci a plecat și Sergiu în prima lui Germanie, de unde avea să se întoarcă prea târziu, îmblânzit și rănit. De fapt, odată cu Revoluția, cronologia pe care o respectă cu sfințenie memoria mea se estompează, mai ales în ce-i privește pe Sergiu și Psihi Mu: au plecat, s-au întors, au plecat din nou trântind ușile, s-au întors cu coada între picioare, apoi au dispărut definitiv, fiecare în propriul Iad. Nu pot spune cu precizie în ce an s-a întors Sergiu pentru a doua lui descălecare în viața noastră, așa cum nu pot spune cu precizie ce fel de tristețe și de neputință erau acelea care-l învăluiau. Anii '90, anii 2000 sunt niște făcături, imaginile se suprapun, se amestecă și se întrepătrund. Dansul, care puncta revenirile din Turcia ale încă tinerilor comuniști ce se adaptau la capitalismul sălbatic, sunt fie ritualuri erotice, fie rituri de despărțire, cert e că ambele variante sunt valabile: erau ca doi bâtlani înaintea împerecherii sau ca două animale incerte care se luptă. Atât dansul lor împreună, de vrăjeală, cât și cel solo, lasciv al lui Ralu au avut loc cândva în acei ani de tranziție a patriei spre democrația originală, dar nu știu exact când. Pentru a-mi da însă impresia unei coerențe normale clinic, o să-mi tot repet: „atunci", „în anul acela", „tot atunci", deși știu foarte limpede că singura constantă a acelor ani a rămas Ralu. Iar Ralu a început să lucreze atunci pentru o firmă de import-export a unor iordanieni, de unde se întorcea acasă abia seara, târziu. Am rămas singur.

*

Bineînțeles că acum, când gândesc „În anul acela a început totul", sunt conștient că mintea mea construiește atât mesajul, cât și conștiința care stă la originea lui. Nu a început nimic dintr-odată, dar memoriei îi e mult mai ușor să înfigă borna aceasta într-un spațiu a cărui desfășurare e imposibil de acoperit, așa că pliază harta până când toate stegulețele care marchează victoriile și înfrângerile, incursiunile în teritoriul inamic și retragerile strategice se apropie unele de celelalte, pentru a da acestui creier obosit senzația că a existat un moment decisiv. Acel moment a existat și mi-l amintesc cu precizie, însă nu a avut nimic de-a face cu evenimentele exterioare, cu Ralu, cu Psihi Mu sau cu noua școală, ci a răsărit din mine cu forța unei explozii atenuate de amorțeala unei materii greoaie, vâscoase. S-a întâmplat într-o după-amiază de duminică, toamna, imediat după începerea școlii, când abia mă întorsesem din America lui Genu, aparent schimbat, dar lepădând cu uimitoare ușurință pielea pe care mi-o trăsesem peste cap în cele două luni de vacanță. Stăteam în camera mea, de unde Psihi Mu plecase, și, așezat turcește pe covorul de la capătul patului de sub etajerele cu cărți (*Animalele și cutremurele de pământ*, *La Peste*, *Ce știa Maisie*), încropeam două armate din ghinde pe care le culesesem din Cimitirul Evreiesc, unde deja săream gardul când Ralu era în atelier. Strângeam zeci, poate chiar sute de ghinde, străduindu-mă să găsesc din cele care încă-și păstrau pălăria – dacă nu, colectam pălării separat, pe care apoi le alocam în efortul de război câte unui soldat chelbos –, apoi organizam soldații aceia burtoși în două armate care urmau, într-un viitor apropiat, să se înfrunte într-o încleștare teribilă. Aranjam strategic efectivele celor două armate și, dat fiind că eram comandantul suprem al amândurora, trebuia să fiu cât mai obiectiv și să le dau aceleași șanse în lupta care urma. Nu aveam voie să aleg nici o tabără, ci, asemenea unui zeu, trebuia să găsesc o formă de hazard care să guverneze desfășurarea ulterioară a lucrurilor. Eram prins ca într-o hipnoză de aranjamentul marii bătălii, puteam rămâne acolo până când îmi înțepeneau picioarele sub mine sau până când simțeam că trebuie să merg urgent la toaletă. La început, Ralu păruse iritată de jocul meu, așa cum o iritau toate apucăturile mele solitare ce-i dădeau indicii despre bărbatul nevolnic care aveam să devin, însă în cele din urmă a trebuit să se resemneze. Era o după-amiază însorită, probabil în octombrie, deși în anii aceia toamna venea atunci când trebuia – toamnele acelor ani sunt ploioase, aduc cu ele mâzga frunzelor putrede, care te face să aluneci, mirosul de râme și noroi care-mi lăsa gura apă, încât m-aș fi întins pe jos și mi-aș fi umplut gura cu amestecul ăla de materie neagră și viermi roșii, așa cum, la școală, îmi lăsa gura apă cuvântul *cernoziom* –, și-mi amintesc umbra nucului proiectată prin transperante pe covorul verde, peste cele două armate care așteptau un simplu ordin din partea mea, când ceva a irumpt în mine, o senzație atât de puternică, atât de scârboasă, încât mi-am înfrânat cu greu pornirea de a vomita peste oștenii mei. Am rămas cu ochii pironiți în covor, apoi m-am ridicat tremurând și m-am întins pe patul din pal, cu lădiță, unde am stat cu genunchii la gură până când, reluată, derulată, analizată și reproiectată, senzația s-a estompat destul încât să mă pot preface chiar și față de mine că pot continua. Am încercat, mai ales în anii din urmă, să revizitez și să înțeleg acea senzație de viol venit de niciunde, *coming out of thin air*, senzația că în mine a pătruns o ființă străină, agresivă, primitivă, cu o forță și o brutalitate care nu aveau nimic din caracterul străinilor pe care-i cunoscusem până atunci și care, oricât de violenți, puteau fi înțeleși. În după-amiaza aceea de duminică, așezat pe covor, în camera mea de la etaj, de unde se auzea slab, murmurând, zgomotul televizorului acoperit de oalele pe care le trântea Ralu jos, în bucătărie, de zgomotul ușilor izbite când ieșea în curte sau spre atelier, am avut cumplita senzație că sunt. Eu sunt eu, separat de Ralu, de Sergiu, de Ovidiu, de Genu, învelit în straturi pe care nu le înțeleg, plin de tumultul pe care iarăși nu-l înțeleg, și această descoperire, a existenței mele unice, așadar a morții mele, care avea să coincidă cu Apocalipsa, a continuat să mă uimească în fiecare zi începând de atunci.

*

Decojirea pielițelor de pe ochi. Un bisturiu care se apropie de retină până când lama subțire pare mai masivă, mai amenințătoare decât moartea însăși. Apoi, o nouă vedere, nu neapărat mai limpede, ci însoțită de sentimentul că până acum n-ai văzut nimic, ai privit doar umbre chinezești. Lipsa totală a protecției, pentru că o știi iluzorie. Teama de moartea celorlalți.

Era anul 1990 și în oraș descinseseră armate care, asemenea batalioanelor mele de ghinde cu șapcă, purtau căști cu lanternă în frunte. Ciclopi murdari, gri, înnegriți de praf de cărbune, plantând panseluțe în Piața Universității, acolo unde urcam de la metrou cu Ralu ca să-l vizităm inopinat pe Sergiu la Pescarul sau să mergem la bulevard, la Cinema București. Maturizarea mea politică a început cu asasinarea cuplului Ceaușescu, văzută la televizor, a continuat cu *Ferma animalelor*, filmulețul dat la TVR în aceeași iarnă însângerată, cu trupurile întinse în lăzi, cu penisurile acelea flasce și înnegrite de moarte, apoi s-a încheiat cu minerii-ciclopi care au dat iama în mijlocul cinematografului meu, unde loveau femei cu picioarele-n burtă și apucau bărbați tineri de barbă ca să-i mângâie duios cu bâtele-n gură. Duioșie – am învățat duioșia de la mineri. Stăteam pe canapea alături de Ralu, care tremura ca varga și înjura ca un birjar, și nu reușeam să-mi explic sentimentul straniu că ceea ce vedem e un film de dragoste: loviturile nu pocneau, ca-n westernuri, nu plescăiau ca-n *Rio Bravo*, nu aveau sunet, însă păreau să mângâie cu blândețe. Am regăsit blândețea aia la „Teleenciclopedia“, când am văzut un leu care îmbrățișează o antilopă gnu, gâtul întins ca-n extaz al erbivorei, ochii ei umezi și gura deschisă. Conștiința teribilă că-n lume, în timp ce eu încerc să înțeleg ce simt, animalele sunt devorate de vii: sunt vii și în același timp trăiesc din plin trecerea în moarte, o trăiesc pe viu.

A venit apoi cea de-a doua mineriadă, de data asta însă armatele de ghinde se revoltau împotriva creatorilor și cereau demiterea guvernului. Pentru un profan într-ale politicii, era absolut de neînțeles cum poate exista o asemenea trădare.

Din decembrie 1989 și până târziu, spre 1994, lucrurile se amestecă în asemenea hal în capul meu, încât nici o scară a memoriei nu mă poate ajuta. E nevoie de hipnoza unui zeu al psihanalizei pentru a pune ordine în supramintea unei națiuni care a trăit în acei ani o psihoză generalizată. Anii aceia au însemnat, pentru copilul Michi Lucescu, maestru al spectacolelor funebre iudaice, nu doar educația politică, ci și una a violenței. Întreaga Alee Solca era bântuită de spectrul violenței, iar faptul că Sergiu nu mai era mereu lângă noi ne transformase în victime sigure. Bineînțeles, la asta se adăugau orgoliul și gura spurcată marca Ralu, care nu putea pleca la alegeri fără să urle pe stradă „Fir-ați ai dracu' cu neocomuniștii voștri!", când știa clar că-n majoritatea caselor domnea cultul trandafirilor înfloriți în mai, că femeile se umezeau în fața pozei lui Petre Roman, iar bunicuțele și bărbații priveau cu chipuri luminoase figura plină de amenitate a lui Ion Iliescu.

În ciuda acestei isterii naționale, care nu s-a stins niciodată, ci doar s-a estompat, așteptând parcă o scânteie care s-o reaprindă, viața mea continua aparent neschimbată. Dimineața devreme coboram pe lângă Adesgo, trăind fiorul erotic în fața picioarelor Danei Săvuică, apoi mâncam la Ovidius și Meri, îmi făceam temele, citeam și apoi plecam la școală, unde-l rugasem pe Cel Bătrân să nu mă mai conducă, pentru că observasem privirile ironice ale colegelor când ajungeam cu el de mână în fața clasei. Odată cu fiorul acela nepământean se născuse și un orgoliu pe care nu-l știam: se schimbase și caracterul reveriilor mele, care acum nu mă mai purtau spre Polul Nord ca să mă așeze într-un iglu protector, ci căpătaseră un caracter eroic, în care jucam rolul principal. Eram un centurion roman, așezat fie pe zidurile unui castru asediat de barbari (care purtau în mod straniu căşti de miner), fie într-o formaţie perfectă de testudo, sub zidurile unei cetăţi galice, comandând cu voce groasă centuria mea care avea să spargă împrejmuirea aparent impenetrabilă. Începeau să apară acolo şi colege, în frunte cu Simona, bineînţeles, pe care le salvam din diverse situaţii disperate, după care făceam ceva încă nelămurit cu ele: fie le sărutam pe obraz, fie le luam de mână şi le conduceam în siguranţă. Lucrurile începuseră să se schimbe şi în clasă, unde se formaseră câteva grupuri distincte de forţă. În fundul clasei apăruse o clică organizată în jurul lui Pateu, băiatul prea dezvoltat pentru vârsta lui, *ahead of his time*, ai cărei membri îndrăzneau, spre deosebire de noi, ceilalţi, să intre în vorbă cu fetele din alte clase, să se ia la bătaie cu băieţii din şcoală şi ascultau muzică, nu aşa cum o făceam eu la Ovidiu, adică la Radio Actualităţi, sau aşa cum o făceam acasă, la Ralu, unde schimbam în continuare discurile moştenite de ea din mariajul cu Genu, de tipul şlagăre celebre disco sau Nana Mouskouri ori Demis Roussos, ci ascultau ceva ce voiau ei. Adică îşi cumpărau casete, lucru care mi se părea atunci dovada unei maturităţi şi a unei independenţe de care nu credeam că eu aş fi vreodată capabil. În faţa clasei se formase un alt grup, alcătuit din cei care învăţau foarte bine, condus de Alin, şi el un băiat foarte bine dezvoltat, care făcea atletism şi scrimă. Cele două grupuri se aflau în conflict deschis, iar eu, neutru prin natura educaţiei mele, eram undeva la mijloc. Şi am rămas neutru atâta timp cât ultimele rămăşiţe ale copilăriei mi-au dictat să rămân aşa, într-un limb al indeciziei. Tremurul acela dinăuntrul măruntaielor mele devenea însă din ce în ce mai puternic, se localizase undeva deasupra pubisului, acolo unde mă ustura când simţeam că trebuie să fac pipi, dar avea o calitate aparte, era un tremur ale cărui reverberaţii ajungeau câteodată până-n coşul pieptului, altă dată urcau până-n gât.

*

Mulți ani am păstrat doar din sentimentalism ieftin puloverul cu cerbi și guler pe gât, l-am luat după mine prin garsonierele unde mă mutam, apoi în apartamentele în care mi-am trăit educația sentimentală, apoi pe cea matrimonială, ca și cum simpla lui prezență în acele dulapuri din camerele mobilate, din lemn masiv cu intarsii, mai apoi din placaj ieftin și subțire, mi-ar fi asigurat o legătură, chiar și firavă, cu anii primelor mele experiențe politice. Adevărata ruptură nu a avut loc, așa cum s-ar putea crede, odată cu Revoluția, nu s-a schimbat nimic esențial, substanțial în aerul respirat de noi în Casa cu Lei, nici în mișcările tectonice ale trupului lui Ralu, nici în cele unduioase, fluide ale lui Sergiu. Nu s-au schimbat după-amiezile de sâmbătă, când, adunați în jurul televizorului, înlocuiam filmele alb-negru în care John Wayne intra jovial într-un bar și juca totul pe cartea tăcerii cu primele videoclipuri pe care Ralu le trăia fremătând, afișând însă un dispreț suveran, în timp ce Sergiu își savura din ce în ce mai desele kentane lungi, pe care apoi le-a înlocuit cu Rothmans și mai apoi cu Davidoff, fumate alături de niște șprițuri interminabile de vară. Eram înconjurați de aceeași tăcere ca de vată pe care o sfâșiau acum doar Phil Collins, Sinéad O'Connor, The Pogues și Michael Jackson. Vara, ușile masive de la intrare stăteau larg deschise, chiar dacă intrau în zbor cărăbuși greoi, veniți dinspre Cimitirul Evreiesc, sau libelule refugiate din calea înserării, atrase de ecranul televizorului. Nu Revoluția a schimbat ceva din calitatea colocviilor noastre tăcute, ci excursia la Istanbul, când Ralu și Sergiu Jidanu s-au întors cu un televizor GoldStar, color, care ne-a făcut pe toți să descoperim cu uimire că desenele animate se umpleau de culori violente și că Sabrina nu purta peste sânii ei maiestuoși un costum de baie roz sau bleu, cum îmi imaginam eu, ci pur și simplu alb, iar buzele ei, care susurau fermecatul vers *„Everybody, summertime love!“*, erau conturate cu roșu, un roșu aprins care rima perfect cu cel de pe mingile de plajă ce țopăiau în jurul ei, prin piscină.

Când s-au întors, după o săptămână de negocieri prin bazarul din Istanbul, au tras mașina în fața porții, iar eu, care anticipam cu emoție sosirea lor, am țâșnit de lângă Psihi Mu, chemată să aibă grijă de mine cât lipseau ei, am izbit cu umărul în poarta de fier vopsită în verde și m-am proptit în portiera din spatele Daciei 1310, de unde se revărsau pungi imense, pe care Sergiu („Ce faci, Marocane, ai supraviețuit?“) a început să le care imediat cu eficiență în casă, în timp ce Ralu mă strângea la sânii ei ocrotiți atunci de o geacă nouă de piele din petice, care mirosea puternic a chimicale și a ceva ce simțeam câteodată când treceam prin dreptul brutăriei, sâmbăta, ziua pâinii proaspete. Când au început să deschidă pungile alea cât niște dulapuri, negre cu desene orientale aurii, în mijlocul parterului, Ralu îmbujorată, cu o roșeață care se întindea până jos, la baza gâtului, când au început așadar să scoată obiectele care umpleau sacii negri, parterul s-a umplut de mirosul acela chimic și apetisant, pentru că nu se mai vedea petic de mochetă, ci călcam pe haine din piele neagră, maro, blugi Pyramid, geci de blugi, haine lungi cu guler din vată, tricouri și pulovere pe care scria *Simply Red* sau *Boyz*. Și am călcat în seara aia cu voluptate peste roadele muncii lor de o săptămână, pe care Sergiu avea să înceapă să le vândă de a doua zi, și tot Sergiu a scos o sticlă de Jim Beam și și-au turnat în păhărelele de coniac cu bule de aer în bază, ca niște ciuperci care ar sta cu pălăriile-n pământ, au băut și au dansat când la televizor s-a dat un videoclip (și știu chiar și acum că era vorba de Sandra, „Everlasting Love“, iar ei îl dansau ca pe un tangou, o melodie de pe discurile lor cu șlagăre internaționale) și numai când, într-un târziu, s-au oprit, obosiți și rușinați poate de privirile noastre uimite, Jidanu și-a dat cu palma peste frunte, însă, de vorbit, a vorbit Ralu:

— Băi, Sergiule, da' noi nu-i dăm, mă, cadoul?

Iar el s-a repezit afară, la mașină, unde se pare că mai avea o geantă albă, din pânză, de pe care se ștersese scrisul și pe care a trântit-o peste covorul acela din piele, apoi a băgat mâna într-un buzunar de-al ei și a scos de acolo o punguță din care a răsturnat pe tejgheaua mesei un morman de lanțuri și cercei din aur care arătau acolo ca un mănunchi de râme, cum găseam câteodată în pământul reavăn din pivniță. Abia după ce a lăsat râmele de metal pe placa de lemn s-a întors la geantă și de acolo a mai scos un pulover gri, cu guler pe gât, pe pieptul și spatele căruia se alergau perechi de cerbi, doi albi, doi negri, și mi l-a aruncat în brațe, lăsând-o tot pe ea să-mi spună:

— Ia, Chiț-Chiț, să ai și tu pulover de bărbat, că nu mai merge cu alea vechi, te duci de-acuma la gagici...

L-am tras emoționat pe cap și abia atunci și-a luat și Psihi Mu mâna de la gură, unde și-o ducea când vreun lucru nemaivăzut o scotea din demența ei, iar acest lucru nu era acum decât dansul bolnav al democrației originale, al capitalismului incipient și sălbatic care se instala în Casa cu Lei și pe care sufletelul ei de comunistă grecoaică îl vedea ca pe un Iad unde bărboșii Karl și Friedrich se perpeleau la foc mărunt. Sunt convins că în mintea ei s-a născut atunci ideea de a-i omorî pe cei doi exploatatori și de a le ascunde cadavrele sub covorul din piele vopsită care trimitea spre cerul tavanului miasmele bunăstării.

Într-adevăr, puloverele mele erau toate croșetate și împletite de Ralu, urmând niște tipare ezoterice decupate din reviste străine, odinioară lucioase: pulovere galbene cu cămile pe piept, pulovere roșii cu oameni de zăpadă, pulovere albastre cu gărgărițe roșii. Dar noul meu pulover cu cerbi era cu totul altceva, era sobru, era jucăuș, emana masculinitate și o singurătate aventuroasă. De atunci înainte puloverul m-a însoțit peste tot, chiar din zorii educației mele politice, când puteam deja să plec în explorări ale orașului, de unul singur, și îmi extindeam aria de înțelegere a topografiei necunoscute, *finis Africae*, care se forma de una singură în mintea mea. Dar n-am avut timp să mă bucur prea mult în ziua aia de puloverul meu moale, că Sergiu, după ce m-a măsurat din cap până-n picioare, mi-a zis rânjind, făcând cu ochiul spre Ralu, Prințesa-Mamă, că „Marocane, îți stă bine, să moară Biba, parcă ești Humphrey Bogart“ și abia peste vreo zece-cincisprezece ani mi-am dat seama că văzuse *Casablanca*, pe drum sau chiar la Istanbul, și că puloverul stătea pe corpul meu famelic ca paltonul ăla pe Bogart, pentru că-mi curgeau mânecile până la genunchi și poalele îmi ajungeau până aproape de glezne, dar asta n-a contat atunci și m-am îndrăgostit de noua mea haină pe viață, așa că am purtat-o până hăt, târziu, spre 40 de ani, când trebuia să rulez mânecile pe braț ca să ascund găurile lăsate de molii și faptul că-mi rămăsese mic. Am purtat puloverul când au venit prima oară minerii în București, iar Sergiu și Ralu au închis bine poarta și au stat să șușotească în curte, printre răzoarele de trandafiri, după care el a plecat în noapte fără nici o teamă, pentru că știa foarte bine cine face legea la Universitate și că el nu are ce să pățească, ba mai mult, era chemat acolo să dea oamenilor huilei băutură gratis din restaurantul Pescarul, în timp ce ăia izbeau femeile și pletoșii în gură, lângă fântâna din centrul orașului, am purtat puloverul când Ion Iliescu și FSN i-au spulberat pe toți contracandidații la primele alegeri, la care nimeni nu avea să recunoască că a votat, dar de fapt au făcut-o cu toții, pentru că e normal să votezi cu ai tăi, băieți în pulover, și nu cu capitaliștii caraghioși care poartă papion sau care abia ce au ieșit din temniță și arată ca niște mumii, am purtat puloverul la a doua mineriadă, când Sergiu se afla din nou la datorie, cu zâmbetul pe buze și boxul pe pumn, l-am purtat când a murit Psihi Mu și a trebuit să-i veghez cadavrul suit pe masa din apartamentul ei de deasupra Ciclopului, blocul gri cu un singur ochi, blocul Nimeni, unde am rămas singur cu ea și mi s-a părut că momâia aia umflată a oftat, iar asta m-a întristat mai abitir, pentru că nu mi-era frică de ea, ci, mai curând, de oglinzile acoperite.

Dar mai des l-am purtat prin clasa a VI-a, a VII-a, când eram un băiat mut și cuminte, iar Sergiu se afunda din ce în ce mai mult în băutură, pentru că steaua lui se stingea, iar răbdarea lui Ralu nu mai avea să țină mult, ea nu putea sta cu „cârlige de rufe", cu „purtători ilegali de pulă", ci doar cu bărbați adevărați. Numai că în Sergiu apăruse ceva nou, o melancolie pe care n-o pricepeam atunci, o capitulare premeditată în fața vieții, deși aparent nu se schimbase nimic, ba chiar lucrurile păreau să-i meargă din ce în ce mai bine, Dacia se preschimbase în Cielo, blugii Lee aduși din Germania erau prespălați, pantofii cu vârf bont și parcă retezat deveniseră ascuțiți, cu ciucurel. Dar tot ce fusese neclasat în el, toată nebunia la care mai mult făcea aluzii și de care se temea toată gașca Nepoții Gornistului, părea să fi fost înnobilat și transmutat, devenind acum o înțelepciune suicidară, ca a unui câine de tracțiune care se oprește în timpul cursei, deși e conștient că va fi mâncat de viu de celelalte javre din atelaj. Pentru el, comunismul fusese Luna Park, fusese Orășelul Copiilor, simulatorul de rachetă care se dădea peste cap stând pe loc; după '89, viața era o sălbăticie care-l scârbea și care acum cred că-i amintea de copilăria trăită la cămin. Iar ceea ce-l scârbea mai tare era tocmai politica: „Marocane", spunea, făcându-și un șpriț de vară, în curte, cu curul pe treptele de piatră dintre cei doi lei, „să-mi bag pula dacă mai înțeleg ceva... Vin ai noștri, pleacă-ai noștri! Știu bagabonți și colo, și colo, știu mari bandiți și la PNL, și la PNȚCD, și la liberalii tineri și peste tot, pe șpagă, sunt tot vechii. La Poliția Capitalei, tot la băiatu' dau șpaga, dar peste tot răcnește televizorul despre libertate, capitalism, valori, toți banii pe care nu i-am făcut sunt căcat acum. Investesc totu-n haine de piele și-n aur, ca la fanarioți, Marocane!".

Știam că nu tocmai asta-l măcina, era mai curând un lucru rușinos, de nespus sau cel puțin ceva ce nu mi-ar fi povestit mie.

În tot timpul ăla însă ceva se petrecea și cu mine, se năștea în pieptul meu o neliniște care mă făcea să plec pe străzi în după-amiezile de sâmbătă, s-o iau prin Parcul Libertății printre tunurile sub care se odihnea Gheorghe Gheorghiu-Dej, apoi în jos, pe pod, și apoi s-o tai înspre Lânăriei, printre casele vechi, toate astea fără a mă plictisi, dar și fără a gândi vreun pic, derulând doar imagini în minte și purtând dialoguri imaginare cu Sergiu, cu Ralu, cu Psihi Mu cea moartă, dialoguri în care eram cu totul altfel decât în realitate, eroic, elocvent, după care treceam la imagini erotice, aproape fără legătură, imagini infuzate de un romantism lubric, în care colege de clasă cărora abia le „înmuguriseră sânii" („Marocane, și ia zi, mă, le-au înmugurit sânii, la tine-n clasă?") mă sărutau pasional, bălos, strecurându-și palmele umede, reci, ca niște șopârle, pe sub cămașa mea din blugi, apoi îmi șopteau în ureche cuvinte dulci, cuvinte politice, despre importanța rezistenței împotriva neocomunismului.

Dar cel mai adesea o luam prin Parcul Tineretului, atent să nu trec linia care despărțea zona noastră, a săracilor de la Șură-Brâncoveanu, de Tineretului, unde știam că sunt alți lei, ba chiar că se află acei lei dușmănoși pe care-i cunoscusem și eu. Dacă înainte de '89 discursul plin de ură, de înjurături al lui Ralu despre tatăl meu și întreaga lui familie se referea la monstruozități biblice, la amantlâcuri, loviri, avorturi provocate, viermi cu cap de leu și gheare de pește la dește, acum se restrânsese exclusiv la bani:

— Păi, jigodia aia, dar-ar canceru-n gâtu' lui, care ține un copil în foame, cu pensie alimentară de căcat, și el stă în TINERETULUI...

Și tot așa. Drept care noua mea lecție de educație politică a fost că, dincolo de linia imaginară ce separă Sala Polivalentă de partea noastră, începe teritoriul unor nababi criminali, a mâncătorilor de copii săraci, care eram noi, cei dinspre Berceni, Șura Mare, Șoseaua Giurgiului. Asta mă făcea adesea să mă plimb de-a lungul ei, pe pajiștile ce urcau spre Polivalentă, însă nu ajungeau chiar la pasajul din beton ce dădea în podul de peste lac. Iar acolo, între pinii care simulau o pădurice aerisită, Sils Maria din Berceni, mă așezam pe iarbă și fumam țigara pe care fie o furasem de la Sergiu – chiar dacă își păstrase instinctele de copil crescut la cămin și număra din ochi țigările din pachet sau îl purta mereu în mână, pliat pe antebraț, ținut în degetele lui lungi făcute căuș ca un cuțit –, fie o cumpărasem la bucată de la gura de metrou Pieptănari, devenit între timp Eroii Revoluției. Mă opream câteodată pe marginea micului bazin cu fundul placat cu gresie albastră, pe care se roteau umbrele aruncate de bărcuțele legate prin brațe metalice de un ax central aflat în trupul și-n sufletul unui Donald Duck ca la carte, cu batic la gât, cum purtasem și eu cu doar câțiva ani în urmă, când fusesem un Pionier al Patriei, făcut cavaler la casa lui Bacovia, în a doua tranșă valorică. Dar amintirea aceea era atât de îndepărtată acum, se prăvălise undeva, în genunile unei copilării care nici nu bănuia că va privi cu uimire cadavrele aruncate impudic unul peste altul în pivnițele Timișoarei, căpițe umane cu părul pubian dezvăluind mici bucăți de carne flască și cu flori negre apărute pe frunte sau pe piepturile scofâlcite, nici copiii descoperiți în căminele din toată țara, unde trăiau în propriile excremente, ca-n altare subpământene închinate abominabilului uman, peșteri unde acei copii, înlănțuiți cu fața spre zid, nu aveau nici un foc aprins în spate, nu urmăreau cu ochii lor urduroși umbrele ideii, nu urmăreau nimic, își pipăiau cu gândirea încă opacă foamea, setea și, probabil, dorul de mângâierea maternă pe care o puteau doar imagina. Pionierii Patriei nu aveau habar de ce urma să le pregătească viitorul, care atunci era prezentat doar ca luminos. Luminos era și soarele care se izbea în suprafața lucioasă a apei din bazinul cu bărcuțe și priveam în sclipirile ca niște pietre prețioase până când mă dureau ochii, pe care apoi îi închideam și-i strângeam, în timp ce lumea părea să se oprească în jur.

Într-una din diminețile de primăvară când încercam să număr cercurile colorate pe care le desenau ochii mei închiși, am simțit mișcare, așa cum ghicești trecerea unei fantome prin preajma ta, noaptea, când te duci să bei apă, la bucătărie, în picioarele goale, după ce ai visat că cineva drag tocmai ți-a murit și te-ai trezit transpirat, cu gâtul umflat, uscat și dureros și cu lacrimi uscate pe obraji, am bănuit mișcare, dar nu una amenințătoare, ci pur și simplu existentă, care se îmbăia în propria ființă, atunci am deschis ochii și l-am văzut, la vreo 20-30 de metri, o siluetă înaltă și slabă, înfășurată în ceva ce numeam pe atunci parpalac, unul crem, bufant înspre tibii, dar bine strâns în jurul taliei și explodând pe torace ca un balon cu aer cald. Venea înspre mine zâmbind, era blond, cu părul destul de lung, căzându-i peste jumătate din fața rotundă, în timp ce bălăngănea în mâna dreaptă un diplomat cu o bandă metalică ce trecea pe sub mâner și o înconjura, apoi, după ce s-a mai apropiat, am observat cu uimire că nu putea avea mai mult de 15-16 ani, ceea ce făcea să pară și mai nepotrivită îmbrăcămintea aia, ca și diplomatul.

Când a ajuns la mai puțin de cinci metri, mi-a zâmbit prietenos, dezvelind un șir de dinți mici și albi, cu excepția celor doi din față, proeminenți ca la șobolan sau la iepure, și a întins o mână care inițial părea să parcurgă spațiul mai repede decât posesorul ei, mână care a ajuns prima la mine, înaintea sunetului însoțitor:

— Salut!

Avea o voce moale, dar formată, matură, ca o bucată de material plăcut care-ți trece alunecând pe brațul gol. Am dat neîncrezător din cap și am șuierat un fel de răspuns:

— Sss't!

A continuat să mă privească cordial, cu ochi cenușii, apoi a rotit privirea, cam cum ar proceda un excursionist ajuns pe vârful Moldoveanu, încercând, cu sentimentul datoriei împlinite, să oprească momentul, întipărindu-și pe retină imaginea pe care o va pierde în curând:

— Ce liniște!

Era, într-adevăr, liniște, cu excepția zgomotului făcut de o ciocănitoare ascunsă prin apropiere, care perfora de zor, și a două, trei ciori grive care se hârjoneau și foșneau prin iarbă. Am dat din cap că așa e, apoi, ca să fac ceva, am scos una dintre cele patru țigări pe care le aveam și am aprins-o cu un Zippo fals pe care-l luasem de la Danezu, pentru care-i dădusem la schimb un poster cu Prince și două *Rahanuri* vechi.

— Auzi, te superi dacă-ți cer și eu o țigare?

A continuat să vorbească, în timp ce i-o întindeam, și de atunci nici nu s-a mai oprit din vorbit:

— ...că de la țigări mi se trage tot ghinionul, fii atent ce ghinion! Am oprit aici, la intersecție, am tras pe dreapta ca să-mi iau țigări de la magazinu' ăla mic, cu TEC în față, da?, am un BMW negru, am oprit vizavi, zic ce poate să se întâmple, înțelegi, nu?, măi, și las acolo tot, pașaportul diplomatic, talonul, tot, iau cu mine doar diplomatul, pentru că, înțelegi, nu?, sunt obligat să-l port tot timpul cu mine, măi, și trec în goană să-mi iau țigări, intru-n magazin, stau la coadă și, când să cer un pachet de Kent, îmi dau seama că n-am banii, i-am lăsat în mașină, în torpedou, dau să mă-ntorc și, acolo unde lăsasem mașina, era locul gol, gol, înțelegi, nu?

În timpul ăsta îi aprinsesem țigara și, cât vorbea, fuma așa cum o văzusem pe Ralu că fumează, la petreceri, de vreo două ori pe an, cu mișcări prețioase, nenaturale, și am observat că avea pielea gălbejită, cumva nepotrivită pentru un băiat de vârsta lui, semăna cu pielea tumefiată din jurul unei operații și m-am gândit că mâna aia în care ține țigara ca o cocotă, spre vârful degetelor, e de fapt mâna unui bătrân, care i-a oferit-o în lipsa altui donator, așa că undeva, poate de la cot sau de la umăr, e prinsă de restul corpului cu niște cusături grosolane...

— ...eu sunt consulul României la Berlin. Tata e ambasadorul. Și mama e atașat cultural. Frati-miu, care e mai mare decât mine, e ambasador în Mexic, dar săptămâna asta am venit toți acasă și uite ce ghinion, să-mi ia mașina chiar aici.

Se uita fix în ochii mei, continuând să zâmbească, iar în ochi i se reflecta Sala Polivalentă, din spatele meu, avea părul blond, lins și eu mă simțeam paralizat de neputința de a-i spune ceva și de presimțirea unui eveniment catastrofal ori neobișnuit precum izbirea iminentă a unui meteorit de Pământ...

— ...noroc că am luat diplomatul cu mine, că am aici tot ce-mi trebuie pentru supraviețuire. Suntem toți patru în concediu acum, avem o vilă mai sus, pe Giurgiului, ține așa, te rog...

Mi-a întins diplomatul maro cu bandă metalică, așa că-l țineam cu mâinile transformate într-o tavă sau în brațele unui motostivuitor, în timp ce el deschidea geanta cu un pocnet și scotocea înăuntru cu un aer preocupat, foșnind în timp ce eu îndrăzneam să-i privesc în sfârșit trăsăturile și vedeam cu uimire că tenul lui pare prea mat, prea cremos ca să fie adevărat și că probabil e dat cu ceva, e machiat, însă machiajul destul de gros tot nu reușește să-i mascheze cearcănele vineții, cu atât mai evidente în contrast cu părul lung și lins.

— ...Uite: ăsta-i tata, asta-i mama, ăsta-i frati-miu mai mare, ambasador în Mexic, și aici sunt eu.

Îmi întinde un polaroid color, în care se văd patru personaje profilându-se pe un fototapet montan, cu un covor de frunze multicolore la poale. Cel mai în vârstă, chelbos, poartă pantaloni din stofă gri și o cămașă cu mânecă scurtă, iar femeia o fustă plisată, maro. Băiatul cel mare e îmbrăcat în trening și pe piept are desenat șarpele Glykon, o serie de treninguri făcute la Pionierul în anii '80. Cel mic poartă în picioare sandale și ar putea fi tânărul din fața mea, dacă părul nu i-ar fi izbitor de negru și de creț. În clipa în care îi întind fotografia, atent să nu-mi tremure mâna, unghia degetului său mare îmi zgârie pielea de pe dosul palmei, un mic accident din neatenție, însă unghia aia se dă imediat peste cap, se smulge din rădăcină ca și cum ar fi fost prinsă acolo cu o balama și, când ridic ochii spre el, înfricoșat pentru că nu aud nici un scâncet și pentru că soarele a intrat brusc în nori, ca o draperie trasă peste unica sursă de lumină, chiar în clipa când a înălțat diplomatul între noi, după ce terminase țigara, și îl ținea așa, ca pe o măsuță, și începea să-l închidă, când umbrele aruncate de pinii din jur s-au lungit până când au acoperit toată pajiștea, cele trei ciori s-au ridicat brusc, croncănind amenințător, peste noi s-a năpustit razant o pală de vânt, îl priveam fix în ochi și mi s-a părut că văd în ei ceva atât de sumbru și de vinovat, încât mi-am adunat tot curajul și am luat-o la goană spre Orășelul Copiilor, acolo unde la ora aia găseam vânzători, zarafi, femei ușoare răstignite în tonetele de vată pe băț, pitici reali costumați în cei de poveste, m-am năpustit urlând pe aleea principală a parcului și am alergat așa până la gura de metrou, unde m-am adăpostit de furtună și acolo am stat până s-a sfârșit potopul, ușurat că picăturile grele de ploaie îmi ascundeau teroarea. Aveam pe mine puloverul cu cerbi, ud leoarcă, dar înăuntru eram uscat, uscat ca o șopârlă strecurată afară din miezul sec al pământului.

AP. 6

Mic manual de nefericire perfectă

— Haideți, tovarășu' Richter, că stăm aicea toată noaptea. Mai avem și noi familie, copii, nepoți, animale de pripas...

Cel care vorbește e un om cenușiu, îmbrăcat în haine cenușii, din care ies niște brațe cenușii; doar ochii roșii pun o pată de culoare pe imaginea asta. E așezat la un birou rudimentar, cu placajul umflat și crăpat, sub un bec care atârnă spânzurat de firele electrice smulse din tavan. În afara unui fișet metalic, în încăpere nu mai e nici o altă piesă de mobilier.

De partea cealaltă a biroului, pe un scaun fără spătar, un taburet din lemn, stă așezat tovarășu' Richter, un bărbat ciolănos, trecut bine de 50 de ani, cu o frunte înaltă, acum încruntată și cu tâmplele albe, aspect dezolant sporit de faptul că părul nu i-a mai fost tuns de mult și-i stă vâlvoi, ca vălătucii sârmei ghimpate din războiul care abia se încheiase de șase ani. Are obrajii supți și privirea febrilă a omului nedormit, ba chiar ceva pe deasupra. Arată ca un soldat capturat de inamic și silit să trădeze. Ceea ce nu e departe de adevăr, dacă în cazul lui trădarea nu ar fi un act structural, o descălecare a spiritului. Ridică privirea spre omul gri și vorbește cu o voce stridentă și răgușită, împleticit:

— V-am spus, tovarășe locotenent, în 1930, la Enache. Era un spectacol, un manifest avangardist, și el tocmai citise pe scenă, cu un pahar în mână, spusese atuncea, dacă-mi amintesc, de culturalizarea rațională a maselor.

Era înainte să-l excludă pentru că tipărise la Cultura Națională, încă era vioara întâi, nu amușina să intre în SSR.

— Să devină scriitor burghez, adică.

— Oarecum, deși l-am bănuit mereu că atât grijile materiale l-au mânat de la spate, cât și o neliniște ce nu-l mai răbda în grup. Erau fricțiuni mari acolo, cu Roll, cu alții, și aceia nu văzuseră de la început cu ochi buni căsătoria lui cu Colomba Spirt, madam Spirt sau Chimista, cum îi ziceam noi pe la spate.

— Deci se întorsese de la Paris...

— Da, locuia atunci în Strada Parfumului, la etaj, deasupra lui socru-său, unde ne întâlneam de obicei cu toții, cu Pană, Roll, Bogza. Încă era tânăr, înalt și ciolănos, cu fața de cal cu cearcăne, și-i plăcea să-și umfle mușchii, era tare mândru de gimnastica pe care-o făcea. După aceea însă s-a melancolizat, îl măcina ideea că eram băieți de bani gata care se jucau de-a literatura, pe când grosul poporului murea de foame și de epuizare.

— Deci s-a îmburghezit sau a trecut de partea poporului, că nu-nțeleg?

Omul gri nu are deloc mina unuia care nu înțelege, pare doar că se joacă plictisit.

— Nici eu n-am înțeles sau mi s-a părut că înțeleg, după mintea mea de atunci, că s-a săturat de joaca avangardei și ar dori s-o cotească spre modernism, cumva. Era mai curând atras de Fondane decât de nesfârșitele noastre programe. De fapt, el era neliniștit și lângă Colomba, care-l adora, era neliniștit printre noi, mi-a părut în anii ceia un om care nu știe ce vrea, dar cu siguranță vrea ceva.

Omul gri face o grimasă scârbită și expiră zgomotos:

— Tovarășu' Richter, da' dumneata crezi că te-am chemat aici ca poet? Sau ca element activ al vechii și noii Siguranțe a poporului? Dumneata crezi că io de mistere de-astea, sufletești, am nevoie? Eu am nevoie de Adevăr, tovarășu' Richter! Adevăru', asta ne interesează pe noi.

Se ridică din spatele biroului, care scârțâie îngrozitor când omul corpolent se sprijină de blat, apoi face câțiva pași în jurul piesei de mobilier, oprindu-se în fața bărbatului osos, cu ochii gălbui.

— Spune-mi, ai ceva ADEVĂRAT de împărtășit?

Celălalt ridică privirea foarte încet:

— Da.

— Și? Ce aștepți?

— E complicat.

Din spatele ușii metalice se aud zgomote înfundate, ca prin câlți, dar se distinge și muzica nepotrivită, sfâșietoare a unei romanțe.

— Complicat, hă?

Omul gri schițează un zâmbet, apoi se îndreaptă spre fișetul metalic, se apleacă și trage un sertar, de unde extrage un top de hârtie îngălbenită, pe care îl așază în fața celuilalt.

— Dacă-i așa complicat și cum tot ai fost matale un fel de scriitoraș, ia scrie aici tot. Dar ține minte: Adevărul ne interesează și tot el te va elibera. Care-i numa unu', ca mama, da?

Bagă mâna în buzunarul larg al caftanului gri și de acolo scoate un creion pe jumătate consumat, pe care-l aruncă cu dexteritate pe topul de hârtie:

— Uite plaivazu'. Hai, să vedem adevărul.

În spatele omului cocârjat, cu ochii gălbui, se aud scârțâind și trântindu-se, ca o placă de mormânt, ușa metalică, apoi un zăvor care pecetluiește liniștea. Richter se prăbușește în sine, face implozie și timp de multe secunde pare că nici nu mai respiră. Apoi ridică fruntea cât să vadă acel top, așază școlărește cotul drept pe birou, mâna stângă, fără unghii, în stânga hârtiei și începe să scrie tremurat.

*

„M-am născut la 1902, în mahalaua Dudești. Tata era negustor de plăpumi, mama avea grijă de noi, cei mici. Am avut patru frați și surori, din care trei au decedat la vârste fragede, până ca eu să împlinesc 10 ani. Eu eream cel mai mare. Am fost un copil cuminte, pe care tata a vrut să-l facă rabin, însă, pe măsură ce m-am săltat în vârstă, am devenit zbuciumat, fiindu-mi mai dragi fetele de țigănci de prin mahala, strigătul sacagiului de pe stradă și mirosul primăverii decât Talmudul. Am respectat însă dorința bătrânului, care se spetea și construise două caturi la casa noastră pentru ca la parter să fie un magazin de coloniale, și am început a lua note bune, astfel că am intrat la liceu de elită, la «Matei Basarab», unde am urmat umanioarele, fiindu-mi întotdeauna scârbă de matematici și de științele așa-zis exacte. În 1920 am devenit student al Facultății de Drept, dar urmam și cursuri la filosofie, pasionat fiind de prelegerile lui P.P. Negulescu despre Renaștere și Școala neoplatoniciană. Am început a scrie poezie și schițe și, în 1926, când s-a construit Sinagoga Credința, chiar alăturea de casa noastră, am început a sluji pe lângă lăcașul de cult, ca ajutor al rabinului, pentru a mai câștiga un ban. Activam, în același timp, la «Sburătorul» lui Lovinescu și-mi luasem pseudonimul Max Petrescu, căci vremurile nu erau tocmai potrivite pentru un scriitor evreu, așa cum nu sunt nici acum. Am fost lăudat de Lovinescu pentru versurile «colții însângerați ai verii/ mușcă/ mușcă/ nucile izbesc tabla acoperișului/ contemplu lumea din cădere». Am cunoscut acolo pe Sașa Pană, care făcea naveta Iași-București și doar vinerea, câteodată joi seara poposea în capitală, iar atunci m-a luat cu el prima oară la Enache, unde tânărul Roll, fiul Secolului, făcea scrob și fluiera printre dinți «moarte burghezului», pe ritmul ariei «Toreador». Era pentru fiul plăpumarului, ajuns sluj la sinagogă, altă lume, aceea unde fierbea încontinuu ceva și se puneau bazele atâtor reviste pornite să schimbe lumea și, mai mult decât lumea, Literatura. Într-o seară am cunoscut pe Edy (Ilarie Voronca), băiat tânăr, înalt și în putere, care abia întâlnise pe Colomba Spirt și era îndrăgostit fără speranță, așa că, pe la spatele lui, Roll, care-l invidia – pentru că era mai înalt, mai chipos și, de ce să n-o spun, mai norocos –, spunea că «a căzut în Spirt». Câteodată sosea Bogza, pus mereu pe a crea chaos, înalt cât o prăjină, dar blând și revoltat, entuziasmat și obsedat de sex, drept care se împărțea între noi și tot felul de țigănci care-i cădeau în plasă în cele două zile cât stătea prin București. Într-o amiază de sâmbătă, toropită, de vară, mahmuri după o noapte petrecută pe la Oacheșa, o admiratoare de-ale lui Cosma (viitorul Claude Sernet), care stetea pe lângă Cișmigiu, pe Str. Șipotul Fântânilor, ne plimbam la braț prin parc, pe malul lacului, iar Bogza își făcuse un cornet de hârtie și-l băgase-n pantaloni, scoțând prin șliț doar capul ascuțit, când din sensul opus au venit două domnișoare scufundate-n conversație, care însă au privit simultan la acel vârf alb ce se ițea dintre picioarele bărbatului înalt ca o girafă și au început a țipa, luând-o la goană, în timp ce Bogza striga după ele: «Bogza, un mare poet al sexului, cu un mare sex al poetului!». Edy nu participa la aceste farse, ba chiar se ținea deoparte și la Lăptăria lui Enache, unde impresiona prin seriozitatea lui înfierbântată și prin felul cum frământa mâinile Colombei. Doar când venea vremea unei recitări, a enunțării vreunui program nou, se trezea la viață și se urca pe masă, sub ochii îngroziți ai tatălui lui Roll, aruncând condamnări mesianice împotriva artei burgheze. Când întrecea măsura cu băutura, dădea jos haina și cămașa, rămânea la maiou și-și exhiba brațele prelungi, vânoase, pe care le antrena cărând gălești cu apă în Str. Parfumului, de la fântâna din piațetă și până în curtea familiei Spirt, unde era mai mult tolerat decât iubit. Dar Colomba era și ea topită după el, nu neapărat după brațele și torsul lui cu mușchii precum șerpii lui Laocoon, ci mai curând după ochii aceia pătrunși de un foc care-l făcea să semene cu unul dintre caii Apocalipsei. Aspectul acesta sacru al său, cum eu n-am văzut la alt poet, a atras invidia lui Roll, cred eu. În 1927 Colomba și Edy s-au căsătorit și au plecat la Paris, unde Edy cerca să-și ieie licența în drept, dar unde s-a ocupat mai mult de opera sa poetică și de a celorlalți din grup, așa că-n '29 s-au întors așa cum au plecat, cu experiențe mai mult de pe *Rive gauche* decât dintre cele avocățești. S-au instalat în cele două cămăruțe de la etaj ale familiei Colombei, de fapt în două din trei, pentru că-n a treia stătea Mihail, adică Ernest, adică Spirt, adică Claude Sernet, fratele, și au transformat etajul, care avea intrare separată, în cuibul de întâlnire al neisprăviților, cum ne numea *pater familias*, doctorul Janțu, un conservator elegant și citit, care scria articole de istoria evreilor la *Adevărul* și la *Curierul israelit*. Era mereu revoltat și nemulțumit că Edy păpase banii Colombei fără rezultat și acum mai venea să-i stea și pe cap, cu liota de revoluționari după el. Cel mai mult îl enerva Bogza, când îi vedea capul înălțându-se de după gard, fără să stea pe vârfuri. Atunci însă, în nopțile petrecute la etaj, Voronca ne citea versuri ca acestea, pe care nu le pot uita: «obrazul tău desface lungi câmpuri de secară/ în ora ce se-alungă cu haite de lumini/ plimbi degetul prin coaste ca albii de secară/ o treaptă-n amintire te-ntârzie-n ruini» și aveam senzația că tinerețea noastră se va prelungi cum umbrele se întind în înserare, *entre chien et loup*. Aveam mai apoi să aflu că ele nu se prelungesc și că ceea ce credeam eu a fi magie e doar Efectul Purkinje, adaptarea vederii la întunerec. La fel și tinerețea noastră, n-a fost decât adaptarea și răsuflul omenirii aflate între două mari crime, numite în mod elegant războaie mondiale.

Colomba își luase doctoratul în științe la Sorbona, chiar dacă trebuise să și muncească pentru a se întreține, pe ea și pe Edy, mai mult preocupat să citească și să-și perfecționeze franceza. Stătea acasă, în garsoniera minusculă unde trăiau împreună, și deslega cuvinte încrucișate sau citea reviste umoristice, cum erau *Ric et Rac* sau *Le Canard enchaîné*. Și deodată ridica privirea pierdută dintre paginile revistei, se repezea la hârtie și nota un vers excepțional, precum cel emblematic din «Brățara nopților»: «Acum în tipografii mașinile dorm ca niște pești uriași». Era și el un pește uriaș, Voronca, cu gimnastica lui, cu fața prelungă, cu tristețile și absențele lui, cu sensibilitatea exagerată la părerea celorlalți. În acel an însă am căzut în dragoste cu Colomba, care mi se dezvăluia în cu totul altă lumină de când se returnase din Paris. Ca orice tânăr bărbat, eram cu privirea ațintită spre acele femei eclatante, nechezând în jurul grupului, care-și puneau la dispoziție casele și banii ca să asigure subzistența unora ca Bogza (din toată gruparea de la *unu* doar Pană și Roll munceau, unul în armată, celălalt lăptar la tac-su). Și, privind așa, în sus, nu văzusem ființa discretă, cu pometi înalți, care se așeza benevolent în umbra lui Edy cel zgomotos și elastic. De acolo nu ieșea decât ca să muncească sau să servească cu discreție și ironie. Dar discreția ei avea un nu știu ce atât de senzual, ca de gheișă niponă, părea să ascundă o tulburare pasională, o epidermă ce ușor s-ar fi înfiorat sub sărutare. N-am realizat de la bun început, a fost o boală discretă, care își face simțită prezența mai întâi printr-o ușoară iritare a pielii, apoi prin apariția unor eczeme ce nu mai dispar, anunțându-și existența ca niște semne pe o tablă, de neșters, care însă își trag seva prin rădăcini ce pătrund din ce în ce mai adânc în carnea contaminată, până foarte adânc, în organe.

Să fie clar: n-am fost eu unul dintre marii poeți avangardiști, deși o vreme am tras speranța că voi deveni. Eram însă un tânăr bărbat foarte atent la ce se întâmpla în jurul lui, la jocurile de putere și am știut a urca în trenul cel mai nou și mai rapid ce pleca din stație. Se cocea în lumea mea o nemulțumire pe care am știut s-o simt atunci, una atât socială, cât și literară: chiar și literatura așa-zisă modernă era mâncată în interior de boala insidioasă a mulțumirii și a unei «așezări» mic-burgheze care nu se deosebea prea mult de tradiționalismul asumat. Pe de o parte, erau dinozaurii fericiți veniți dinspre pacea bovină de dinainte de război, de cealaltă, erau moderniștii lui Lovinescu ce nu știau mai mult decât «urban», «automobil», «dans» și alte soluții de suprafață ce nu reușeau să acopere rana deschisă a unei societăți bolnave. În fond, nu trecuseră mai mult de 15 ani de atunci de când țăranii morți de foame omorâseră și violaseră, pentru a fi apoi împușcați în masă de armata trimisă de guvern. La șosea domnișoarele debutante se băteau cu flori, dar, dacă mergeai spre periferie, chiar spre Dudeștii mei, șobolanii călăreau carcasele de oaie atârnate în cârlige, țigăncile mergeau în picioarele goale, încă clisoase de mustul pe care-l călcaseră, tâlharii pășcau orgolioși cu șișul la brâu și din ce în ce mai des ura față de cei ca mine, evreii tineri, prima generație cu studii înalte, izbucnea cu o forță pe care o crezusem stinsă de război. Am înțeles atunci că puroiul scos la iveală de război nu secase, ba chiar că rezervele îi erau infinite acolo, în boala adâncă. Împotriva acestei întregi ipocrizii asumate luptam noi, la *Integral*, la *unu*, nu neapărat cu literatura oficială aveam a ne război. Ipocrizia cu ștaif, aceea a unui Camil, care pretindea că rupe cu tradiția, însă nu făcea decât să perpetueze fondul pe care-l combătea, a unui Crainic, care sub aspectul unui ortodoxism de peșteră propovăduia antisemitismul, ura și intoleranța. Ne scoteau din minți și noile vedete ale literaturii, cum ar fi legionarul de Eliade, autorul de cărți pentru domnișoare care se masturbau citindu-i porcăriile ușurele, sau Cioran, revoltatul de estradă care tot amenința că se sinucide fără să o facă vreodată. Față de toate măștile astea ambulante, sănătatea tinerească a calului Voronca era mai autentică – un cuvânt pe care ajunsesem să-l urăsc – și mai vie, gimnastica lui, prospețimea unor versuri pe care i le-am intuit de la bun început a fi mai curând suprarealiste decât dadaiste, toate astea mă atrăgeau cu un farmec irepresibil. Dar Colomba! Colomba era tot ce visase tânărul student din Dudești care ajuta la sinagogă: discretă și oacheșă, cu piciorul mic, cu sâni potriviți, niciodată destul de ascunși în cămașă, rujată cu gust, cu o șuviță de păr ce i se desprindea și-i cădea pe obraz, în toiul nopții, când ne asculta vorbind aiurea pe balconul de la etajul casei din Parfumului, Colomba-mi împlinea nopțile și diminețile când ajungeam în casa tatălui meu, plăpumarul, gata să mă culc la cântatul cocoșului, sub privirea lui plină de reproș, privire ce-mi venea ușor s-o ignor pentru că era privirea tatălui de vârstă mijlocie aruncată tânărului revoluționar de vârsta mea și, dacă nu începeam prin a sfida pe tată, atunci sigur nu aveam să reușesc a sfida umbra masivă a lui Commendatore. Acum însă, după aproape 25 de ani, îmi dau seama ce supărare îi cream plăpumarului care reușise să-și ridice casa cu două caturi la stradă, în Dudești, care-și ținea negoțul numai pentru ca eu și frații și surorile mele să putem, după caz, să ne luăm o diplomă sau să ne facem familiile noastre. Dar asemenea idealuri îmi păreau atât de meschine atunci, atât de friabile și de insignifiante în fața visurilor mele revoluționare, încât am putut să calc cu ușurință pe sufletul lui. Și nu mi-am dat seama de greșeală decât în timpul pogromului din 1941, când am rătăcit pe străzile Bucureștiului, în timp ce umbrele înghițeau pereții albi, iar flăcările lingeau trupurile despuiate ale jidanilor mei, și abia într-un târziu mi-am dat seama că ce se întâmplă ne privește pe mine, personal, dar și pe ai mei și am alergat într-un suflet spre casă, pe care am găsit-o în întuneric, ferecată, iar de la Sinagoga Credința rabinul mi-a spus cu vocea gâtuită de groază că mama și tata plecaseră să prindă rugăciunea de seară la Templul Coral, așa că am alergat într-acolo, însă, când am ajuns, Templul era în flăcări și-n beznă, părăsit de orice suflet, dar și de orice va fi fost de valoare, și doar un vânt rece sufla peste focul acela și peste mine, iar când am dat să plec, tremurând și clănțănind dinții, o umbră s-a desprins de după clădirea de vizavi și m-a strigat încet, pe numele real, ce nu-l foloseam decât în familie, și atunci l-am recunoscut pe Emil, băiatul lui Ozias Copstick, care mi-a povestit că toți cei surprinși la rugăciune de legionari au fost încărcați în camioane și ar fi auzit spunându-se că-i duce la Centrul Legionar din Calea Călărași, care era aproape, așa că l-am lăsat vorbind și am luat-o la goană într-acolo, iar când am ajuns, am stat pitit peste Cale, în spatele unui copac mai gros pe care mi s-au lipit mâinile de frig, și am simțit cum îmi cad lacrimi înghețate direct pe bombeurile pantofilor. Acolo am stat și am urmărit forfota din curtea mare a Centrului Legionar, care era o casă cu două etaje, cu acoperiș de țiglă, iar în curte soseau întruna camioane din care erau împinse mogâldețe de tot felul, în care legionarii dădeau ca-n niște saci plini cu cârpe, așa de înfundat suna, apoi le mânau în sediu, de unde nu se mai auzea nimic și era ca și cum porțile iadului s-ar fi trântit în urma lor, numai că din când în când mai ieșeau niște băieți tineri, înfofoliți, care trăgeau câte o țigare și vorbeau veseli. Am stat acolo, cu mâinile dogorind de frig prinse pe coaja unui copac pe care nu-l voi uita cât oi trăi, apoi, cum a dat să mijească o geană de lumină, a pornit forfota în curte și au început să iasă grupuri de tineri ale căror chipuri nu se vedeau decât vag, când trăgeau din țigare, unii au dus camioanele cu rampa de urcare chiar în fața intrării și apoi am putut doar ghici că pe acolo erau urcați oamenii care fuseseră descărcați în toiul nopții, pentru că se auzeau gemete și plânsete amestecate, de bărbați, femei și copii, apoi am auzit portierele trântite și cele trei camioane au demarat în lumina tăioasă a dimineții. În urma lor, prin gazele de eșapament s-au decupat două siluete, iar unul dintre băieți a strigat în batjocură: «Mazel-tov!».

Nu am mai văzut niciodată pe tata, pe mama sau pe sora mea. Au fost împușcați în Pădurea Jilava, după o noapte de tortură în Calea Călărașilor nr. 37. Am aflat asta când am fost chemat, după înăbușirea rebeliunii legionare, să recunosc cadavrele mutilate, goale ale rudelor mele. Mi-am îndeplinit datoria cu o răceală care m-a surprins, apoi, când am ieșit din clădirea morgii, mi-am dat seama că sunt dezlegat de tot ce mă ținea legat de țara asta nenorocită. În două luni am părăsit-o, îmbarcat spre Palestina, însă vaporul a fost oprit în port la Istanbul, apoi deturnat și trimis la Pescara, unde probabil că m-ar fi așteptat deportarea în lagăr și, mai mult ca sigur, moartea dacă nu aș fi mituit un ofițer de bord care m-a făcut scăpat în creierii nopții. Am străbătut clandestin Italia întregul an 1942, bazându-mă pe bunătatea oamenilor, apoi, ajuns la Torino, în nord, am aflat de mișcarea de rezistență ce speram să mă treacă-n Elveția, în patria Dada. Am stat în munți alături de un grup de șase bărbați, patru evrei italieni, un francez și un maltez, alături de care m-am antrenat să trag cu pușca și să-mi sap adăpost în zăpadă, până când, într-o noapte, am fost trădați și am auzit zgomotul făcut de câinii și de soldații care urcau spre refugiul nostru. A urmat un schimb de focuri în care eu n-am apucat să trag, pentru că-mi tremurau degetele pe trăgaci, așa că am luat-o pur și simplu la goană și am fugit până dimineața, când m-am oprit să mănânc ce aveam în raniță, să beau puțină apă, apoi am luat-o iarăși la goană până când s-a înserat și m-am urcat într-un copac ca să ațipesc puțin. Nu știu cât am dormit, însă la un moment dat am fost trezit de foșnetul unor pași pe zăpadă, așa că am tresărit și m-am strâns mai tare de tulpina copacului, holbându-mă în întuneric și ținându-mi răsuflarea. La început n-am văzut nimic, apoi am distins pe pătura albă umbrele negre ale unor ființe care nu erau oameni și mi-a luat ceva timp să înțeleg că sub copac dădeau roată lupi. Erau pe puțin zece, dintre care unul foarte mare stătea nemișcat și privea fix în sus, spre mine, iar ochii îi scânteiau reflectând lumina lunii. Nu știu cât am rămas așa, om și animal, apoi însă am adormit de epuizare.

Când m-am trezit, spre dimineață, încă era întuneric, iar lupii dispăruseră și aș fi crezut că am visat dacă nu aș fi văzut că zăpada de sub culcușul meu suspendat era răscolită. Dar am hotărât că e bine să mă mișc, deci am mers prin pădure înspre nord, cum credeam eu că voi intra în Elveția, și abia a doua zi, la amiază, când am dat de un lac mare și frumos, care sclipea sub primele raze văzute de o săptămână, am dedus că nu puteam fi decât în Franța, iar harta din raniță îmi indica că acela era Lac du Mont-Cenis. Am schimbat atunci planul și am mers spre sud-vest, pentru că francezul din grupul de la Torino îmi vorbise pe larg despre Centrul Rezistenței de la Marsilia și eram hotărât să fac acolo joncțiunea. Nu am să mai vorbesc acum despre greutățile acelui drum care parcă nu se mai sfârșea, despre călătoriile făcute noaptea, în timp ce ziua mă piteam prin hambare, unde furam și mâncam ouă crude, apoi ațipeam iepurește. Am ajuns la Marsilia mai mult mort decât viu și am reușit să găsesc grupul condus de americanul Varian Fry, care ajutase o mulțime de artiști să fugă în America. Printre ei chiar și pe André Breton, însă în acel an mie arta nu-mi mai spunea nimic, pe primul loc fiind ura, apoi frica de moarte și, în cele din urmă, foamea. Am reușit s-o cunosc, cu puțin timp înainte să fugă, pe Simone Weil, dar nu ne-au legat confidențe filosofice sau literare, ci activități clandestine, în care trebuia să fii, mai presus de orice, om practic. Era o femeie mică și tăcută, cu privire arzătoare și o atitudine ca de călugăriță fugită din mănăstire. Pe 11 noiembrie 1942, Wehrmachtul a invadat Marsilia, ca represalii pentru debarcarea aliaților în Africa de Nord. Jean Moulin a trebuit să reunească atunci toate grupurile de rezistență sub conducerea creierului de la Lyon, așa că am plecat într-acolo, gata de o nouă aventură. Acolo, sub numele Mr. Blanchard, am putut duce o viață aparent liniștită, noaptea lucrând sub conducerea lui Marc Bloch la impunerea unei ordini ce lipsea organizației. În timpul unei întâlniri din miez de noapte, la care participau Moulin și restul conducătorilor, într-un colț îndepărtat al depozitului am văzut o siluetă vag cunoscută. Nu mai avea fața de cal, căci se îngrășase. Nici gimnastică probabil că nu mai făcea, judecând după burtă, iar părul i se rărise bine. Avea însă aceeași privire înflăcărată și atitudinea unui om poate prea nechibzuit pentru o activitate clandestină. M-am bucurat să-l văd și, în timp ce-l strângeam în brațe, nu m-am abținut să mă-ntreb pe unde o fi Colomba.

Dar toate acestea au avut loc la zece ani după cele ce povesteam despre noi. Începutul anilor '30 încă însemna nopțile petrecute la Lăptăria lui Enache, descinderile scandaloase ale lui Bogza, lupta lui cu Siguranța, însemna tipărirea unor reviste care au rezistat unele mai mult decât am crezut noi posibil, a însemnat câteva amoruri și mult sex, droguri și alcool, multă-multă vorbă și, peste toate, sentimentul că tinerețea noastră e legătura care ne înfrățește cu cei asemenea nouă, Breton, Vallejo de peste munți și oceane. Și, poate, speranța că încet-încet, nu mai suntem «jidani», ci oameni noi. A fost ca o îndrăgostire avangarda noastră: fulgerătoare, nechibzuită, lăsând în locul ei dezamăgiri, maturizări și un război care a pustiit lumea.

Eram animați de un suflu antiburghez care venea nu doar din tinerețea noastră, ci și din ura sinceră a celor mai mulți împotriva unei stări de lâncezeală și risipă în care se scufunda Europa după ce degeaba fusese zguduită de Marele Război. Așa i se spunea în epocă, pentru că nimeni nu bănuia că după perdeaua timpului se ascunde chipul hâd, putrezit al unuia și mai mare, și mai distrugător. Aș îndrăzni acum să spun că, față de cel de-al Doilea Război Mondial, Primul, cu toate excesele sale tanatice, gazele, zeppelinele, bombele și putreziciunea lui, încă a ținut de o epocă umană a istoriei. Milioanele lui de cadavre au avut parte de groaza unei morți digerabile rațional, nu de execuții automatizate, de camere de gazare sau de comisari care să stea cu pistolul lipit de ceafa soldaților. Iar aceste două stări istorice atât de diferite în esența lor au fost despărțite de epoca cea mai descreierată, cea mai excesivă din povestea omenirii, de parcă destinul ne-ar fi îngăduit, știind ce ne așteaptă, acești 20 de ani de jazz.

Nu, n-am fost unul dintre marii poeți avangardiști. Nu am fost nici măcar unul dintre poeții de pluton ai interbelicului. Numele meu o să aibă loc doar în istoriile literare mai generoase, la capitolul «și alții», cum de altfel m-a încadrat și lepra de Călinescu. Mi-am dat seama de lucrul acesta cu amărăciune încă de pe la jumătatea anilor '30, când, în camere pline fum, noaptea, îmi venea rândul la cetit și observam cum privirile se pleacă rușinate ori atenția grupului se lasă ușor distrasă de orice altceva. Doar Colomba avea delicatețea de a se preface absorbită de ceea ce citeam, iar asta m-a făcut s-o iubesc chiar mai mult și să rămân alături de ea și de Voronca atunci când toți îi evitau ca pe ciumați, în urma trădării lui ordinare. Într-o noapte, cuprins de desperare erotică, incapabil de furia de a merge chiar și la bordel, am băut din greu cu Fundoianu, cu Aderca și Barbilian, care era în mare formă, și alături de o negresă splendidă, Lilith, ce tocmai se dezbrăcase pe scenă și apoi venise la masa noastră, înfășată doar într-un boa mov, sclipitor. Priveam prin dânsa și-mi amintesc glumele celor doi amici, care-i explicau bietei martinicane, ce înțeleg că-mi făcea ochi dulci, că nu are nici o șansă. «Lilith, lasă stăpânul tablelor, lasă Legiuitorul să se-adape din iubirea seacă a fanteziei!» Îmi amintesc cuvintele acestea ale lui Barbu, dar și versurile pe care le-a scris atunci pe colțul mesei, pe un șervet, și pe care mi le-a dedicat: «E greu/ Biet Nastratin flancat de-o damă și-un evreu/ Să lupt cu duhul Iudei și șoldurile late». Iuda, evreul, eram eu, și nicicând n-a fost Barbu mai aproape de adevăr.

Până la trădarea lui Edy, trebuie să vorbesc despre a mea. În 1931, primăvara, într-o dimineață de duminică, după ce petrecusem toată noaptea la Enache, m-a trezit bătând sfios în ușă tata, care nu s-a lăsat până nu m-a văzut că mijesc ochii și-i arunc un răcnet alintat, la care mi-a spus pe un ton rugător: «Moișe, trezește-te, tată... Te caută un domn».

Ăsta nu era un lucru foarte obișnuit, dat fiind că nu spusesem nimănui din grup unde locuiam, fiindu-mi rușine cu familia mea de plăpumari și negustori, de tatăl meu cel religios, de mama mea cea supusă și de sora mea fără studii, care râdea ca proasta din orice. Așa că am aruncat un halat pe mine și am ieșit în curtea din spate, unde mama așezase o măsuță, la care am văzut așezat un bărbat masiv, cu mustață și monoclu, care-și dăduse jos haina și rămăsese doar în vestă și în cămașa albă prin mânecile căreia i se vedeau jucând mușchii de pe brațe. Purta o pălărie albă, care-i acoperea fruntea și-i umbrea trăsăturile. Fuma și avea în față o cafea adusă de tata, care stătea în picioare lângă el și-mi arunca niște priviri disperate, care m-au enervat pe loc, așa că m-am așezat fără un cuvânt în fața străinului și am zis tatei, fără să mă uit la el măcar: «Mi-aduci și mie cafea? Sau doar la necunoscuți faci sluj?». L-am simțit mai mult decât l-am văzut cum se retrage târșâindu-și papucii de casă, din pâslă, pe care-i purta de pe la 40 de ani, ca și cum ar fi încercat din răsputeri să se îmbătrânească, ieșind cu bucurie în întâmpinarea unei vârste care să-l scutească de orice trăsătură bărbătească. Abia când am auzit ușa de la casă trântindu-se în urma lui, deși știam că s-a oprit în spatele ei și că trage cu urechea, m-am uitat la bărbatul acela nonșalant, care mă privea pe sub borurile pălăriei zâmbindu-mi prietenos, și i-am zis: «Cum să vă ajut așadar?». N-a părut prea interesat de tonul meu agresiv, nici de atitudinea ostilă, pe care i-am marcat-o stând cumva într-o rână, ca să-i ofer doar un umăr peste care-l priveam fix. Nu pot nega că nu bănuiam despre ce e vorba. A tras cu sete din țigară, apoi a stins-o în scrumieră, a sorbit din cafea și abia apoi a răspuns cu o voce nefiresc de plăcută. Avea timbrul unui om pe care vrei să ți-l faci prieten tocmai pentru că știi că vor urma seri nesfârșite de taclale, în care o să-l asculți cum spune povești: «Domnule Moișe Richter, mă prezint: Alexandru Călătorescu. Locotenent». Am încercat să nu clipesc: «Locotenentul cui?». A rămas la fel de impasibil și de prietenos: «Importante sunt gradul și numele, deocamdată».

În mai puțin de un ceas, toată colțoșenia mea pierise, ba chiar trebuie să recunosc că devenisem de-a dreptul slugarnic, iar la finalul conversației căzusem de acord să devin colaborator al Siguranței, în fața unor amenințări voalate, dar destul de serioase și de ferme, care vizau retragerea autorizației de funcționare a magazinului de familie, ba chiar și propria mea punere sub acuzare pentru complot împotriva statului. Urma să ne întâlnim săptămânal într-un apartament conspirativ din blocul-turn de pe Str. Doamnei, acolo unde-și avea hogeacul și Maria Tănase. Tot ce aveam de făcut era să dau informații despre eventualele legături dintre avangardiști și mișcarea comunistă, în încercarea de a descoperi Cominternul ca sursă finanțatoare a mișcării. Trebuia să fiu cu asupra de măsură de atent la cuplul Voronca-Colomba, misiune care-mi venea ca o mănușă, lucru pe care l-a remarcat și Călătorescu («Spune-mi Sandu, Moișe!»), care mi-a dat de înțeles că știe ceea ce le scăpase, credeam eu, tuturor prietenilor cu care mă înconjuram: că ochii mei erau ațintiți zi și noapte asupra Colombei, aerul și lumina vieții mele.

În acel an, al primei mele trădări, a comis Voronca propria sa trădare: a scos volumul *Incantații* la editura de stat Cultura Națională, apoi a depus dosar să fie primit în SSR, căreia Roll îi spunea în batjocură Societatea Senililor Români. Acest lucru l-a îndepărtat definitiv de echipa de la *unu*, iar eu am devenit, timp de aproape doi ani, singurul musafir al cuplului din Str. Parfumului. În 1933, Colomba și Edy au plecat definitiv în Franța și am crezut atunci că-mi voi pierde mințile, din gelozie, din cauza distanței ce mă separa de ea. Căci, deși poate vă e greu să înțelegeți, ajunsese să-mi fie destul a sta la câțiva metri de ea, ba chiar mi-era suficient să știu, din Dudeștii mei, că ea e în Parfumului, lângă taica Spirt, în timp ce Edy cutreiera orașul, ca un cal turbat, încercând să demonstreze cui îl asculta că nu a trădat, ci că îi e imposibil să ducă această viață fără căpătâi, trăind în spinarea socrului și a Colombei. Dar anarhismul e intransigent, nu acceptă dezertarea, indiferent de motive, și-și extirpă celulele canceroase fără milă, așa că într-un târziu unica soluție găsită de el a fost să încerce a deveni poet francez.

Între timp a avut loc însă a doua mea trădare, poate mai gravă decât prima, prin care mă angajam să supraveghez niște prieteni: am acceptat să-mi trădez țara. Cum vă spusesem, întâlnirile mele săptămânale cu Călătorescu aveau loc în blocul-turn de pe Doamnei, cel de lângă Pasagiul Villacrosse, la etajul 3. De fiecare dată când mergeam, dădeam nas în nas cu un tip încă tânăr, pe la vreo 35-40 de ani, în mod evident străin, cu care am ajuns să mă salut, eu reticent – având în vedere de unde ieșeam –, el foarte volubil, într-o română stricată. Într-o seară m-a urmărit pe Doamnei spre Universitate și, imediat ce am dat colțul străzii, am simțit cum mă apucă de cot cu blândețe, dar ferm și mă invită în franțuzește la o cafea. «*C'ést pour votre interes...*», mi-a șoptit și m-a condus spre ceainăria lui Tighel, din spatele Parcului Colțea.

Așa cum am aflat, făcând mai apoi câteva conexiuni în minte, aveam de-a face cu un jurnalist francez, Alexandre Moran, trimis al France Presse și agent secret, care-mi oferea o sumă considerabilă de bani lunar pentru a-i comunica exact ceea ce-i spuneam lui Călătorescu, încercând, în plus, să-i vând aceluia ce gogoși îmi spunea el. Am acceptat pe loc. O să vă întrebați de ce, dar răspunsul nu e deloc complicat, pentru că natura umană nu e neapărat complexă, ci, cred eu, un mecanism alcătuit din resorturi ce se influențează și se manipulează unele pe altele. Astfel, dacă Alexandru Călătorescu nu mi-ar fi amenințat familia și nu m-ar fi făcut să mă simt, din nou, după ani buni, micuțul jidan din Calea Dudeștilor, fiul plăpumarului căcat pe el de frică, atunci poate că l-aș fi respins pe celălalt Alexandru, pe Moran, agentul unei puteri străine, pentru că în mine ar fi funcționat încă minciuna patriotismului. Dar, dat fiind că pentru mine «patria» erau prietenii mei, membrii generației mele, faptul că acest agent al Siguranței (despre care aveam a afla târziu, pe când eram în Franța, că a scris chiar și un «manual» de comportament al agentului secret) m-a obligat să-mi torn prietenii pe mine m-a făcut să-mi rup cordonul ombilical ce mă ținea legat de patrie și m-a ajutat să devin cu adevărat un trădător, pentru că de data asta o făceam cu pasiune. Mai pe șleau spus, am turnat francezilor cu mare plăcere, l-am mințit pe Călătorescu cu și mai mare plăcere, în timp ce Siguranței îi ofeream numai piste false. Am dus-o așa până la plecarea lui Voronca în Franța, timp în care am fost unicul confident al familiei și martorul rătăcirilor lui Edy, care părea rupt între dorința de a deveni scriitor oficial, acceptat de rândurile «senililor», și de a fi acceptat din nou în rândurile revoluționarilor. Aici însă se lovea de intransigența lui Roll, care manipula din umbră întreaga mișcare, poate și fiindcă taică-su ținea Lăptăria, unde ne strângeam. Însă bănuiala mea cea mai neagră – și în care cred și acum – este că iubea și el pe Colomba. Atunci a scris Voronca superbul lui *Petre Schlemihl*, în care desena autoportretul unui poet respins de societate, a poetului Ahasverus, condamnat la rătăcire eternă. Nu voi uita vreodată versul acesta: «M-ați lovit cu bice în piețele publice ca pe un cal bătrân», care scotea la suprafață toată amărăciunea unui om sfâșiat pe dinăuntru de un cancer ce avea să-i aducă și pieirea. Și n-o să uit nici furia ce m-a cuprins când, într-o noapte, în Lăptărie, Sașa Pană n-a avut altceva de remarcat decât că «a spus *piețele publice* ca să evite cacofonia». De atunci am devenit și eu rupt între falsa apartenență la grupurile literare în care mă formasem și intuiția unei dureri autentice, profunde, ce chinuia pe vechiul meu prieten, soțul singurei mele iubiri. Steteam serile doar noi trei, în cămăruțele ca niște jocuri de copii tapetate cu tablouri sau gravuri semnate de foștii lor prieteni, dintre care se distingea premonitoriu portretul ce i-l făcuse Brauner, în care capul unui Voronca divin și cabalin plutește peste hăuri, iar pe obrazul drept i se scurge sângele dintr-o tăietură groaznică. Brauner avea această credință în caracterul divinatoriu al propriilor picturi, credință de care noi râdeam, dar care acum trezește în mine o neliniște ca aceea pe care o simți în fața unei case părăsite despre care ți se spune că e bântuită.

Plecarea lor din 1933, oricât de mult m-ar fi îndurerat, mi-a părut așadar o mișcare logică, normală în raport cu desfășurarea lucrurilor din viața celor doi. Voronca devenise un om foarte agitat, cu priviri nestăpânite, vorbea foarte repede, aglomerând idei, imagini, proiecte care mai de care mai donquijotești, iar Colomba se transformase într-o mică ființă tristă, care întreținea familia și care suporta reproșurile propriului tată la adresa acelui ginere care nu reușea să facă nimic, ba mai mult, care era făcut de râs în presa literară de către corifeii literaturii oficiale. Mai mult, Voronca se apropiase într-adevăr de mișcarea comunistă și mie mi-era din ce în ce mai greu să ascund acest lucru de Călătorescu, care devenea și el cam nemulțumit de prestația mea într-ale spionajului. Așa că plecarea lor într-un fel m-a eliberat: m-a eliberat de vinovăția de a fi turnător la Siguranță, chiar dacă unul fals, și m-a eliberat de chinul de a sta mereu în prezența Colombei fără a putea s-o prind de mână, s-o trag spre mine și să-i sărut ochii de japoneză.

I-am condus la Constanța când au plecat și am stat în port până când vaporul de Marsilia, același ce avea să aducă înapoi pe Edy în 1946, a dispărut în zare. Era o vară indiană, Adolf Hitler devenise de câteva luni cancelarul Germaniei și în iulie toate partidele, cu excepția celui nazist, fuseseră scoase în afara legii. În iarnă, ca urmare a micșorării salariilor cu 20% și a condițiilor groaznice de muncă, începuse greva muncitorească de la «Grivița». În America, dirijabilul *Akron* s-a prăbușit în New Jersey, omorând 73 de oameni. Iuliu Maniu a demisionat și de la șefia Partidului Național-Țărănesc, urmat fiind de Vaida-Voevod, Malraux a publicat *Condiția umană*, iar Camil *Patul lui Procust*. Eu am pierdut-o pentru totdeauna pe singura femeie pe care am iubit-o și căreia nu i-am mărturisit acest lucru niciodată.

Am regăsit schimbat pe Voronca, așa cum am scris mai înainte. Suferința lui era și sufletească, și trupească. Se îngrășase, avea burtă și o privire stinsă. Arăta ca un burghez de vârstă mijlocie, chiar dacă era, ca și mine, membru activ al maquis-ului și ducea o viață periculoasă. Era măcinat de ideea funestă că și-a pierdut vigoarea poetică și credea cu sinceritate că doar împlinirea erotică îl poate salva. Am aflat, în noaptea în care ne-am revăzut, pe care am făcut-o albă, în fața mai multor sticle de mastică, că mai fusese în țară, incognito, în 1940, încercând să o aducă în Franța pe mama Colombei, care însă refuzase să plece. Fusese foarte periculos, pentru că era deja la acea vreme cetățean francez, iar francezii nu erau tocmai bine văzuți în țară în acel an. Știam asta foarte bine, dat fiind că și contactul meu de la serviciile franceze fusese expulzat, nu înainte de a-mi lăsa o adresă și un număr de telefon, pentru orice eventualitate. În fine, în acel fatidic 1940, Edy stătuse o săptămână ascuns în Parfumului 20, ieșind mai mult noaptea, când cunoscuse, într-un moment în care probabil Diavolul își îndreptase privirea spre colțul acesta de lume, o violonistă de la filarmonică, ce sta așezată lângă Roll, Harry Brauner și Maria Tănase, într-un jazz bar din Villacrosse. Roll a fost foarte afabil și cu toții l-au înconjurat cu prietenia de care-l lipsiseră cu ani în urmă, poate și fiindcă în tot acest timp, până la război, Edy făcuse enorm ca poeții avangardei noastre să fie traduși în Franța. În noaptea aceea, Edy Voronca s-a îndrăgostit teribil de Rovena. Violonista brunetă, ca o țigancă andaluză, l-a dus, într-o ironie a sorții care nu mă mai uimește de mult, în apartamentul Mariei Tănase din blocul-turn de pe Str. Doamnei, unde au făcut amor toată noaptea aia și în toate cele cinci nopți ce au urmat. Au stat nedespărțiți săptămâna întreagă, îmi povestea în fața sticlei de mastică și în ochi i se aprindeau luminile pătrunzătoare ale poetului fremătător care închina cu un deceniu înainte un imn secolului mediocrității. Atunci, ascultându-l cum vorbește despre pasionala violonistă Rovena, în care ghiceam instinctiv o ființă rapace, am simțit, pe de o parte, bucuria de a revedea pe vechiul meu prieten cum iese din masa aia de grăsime și de carne decăzută, așa cum statuia iese din stâncă în opera târzie a lui Michelangelo, pe de alta însă, cu groază, am simțit fiorul unei speranțe, pe care l-am înăbușit până când n-am mai putut rezista și, prinzându-l de mână, am întrebat: «Dar Colomba...?».

Instantaneu, ființa aceea a fost rechemată în bărbatul trecut de 40 de ani, privirea i s-a stins cum sufli într-un lămpaș, a lăsat-o-n jos și mi-a răspuns cu voce ca de pe altă lume: «Am părăsit pe Colomba. Moișe, mai bine decât tine nu m-a cunoscut nimeni. Știi că, atunci când iubesc, o fac cu tot sufletul, când scriu, îmi las sângele pe foaie. Cum puteam eu să trăiesc în minciună și cum s-o las, mai ales, pe Colomba mea în întunericul ignoranței? Am hotărât în acea săptămână, de comun acord cu Rovena, că ne vom anunța consorții în același timp, pentru a ne putea savura pasiunea în liniște». «Cum a primit Colomba?» În ochi i s-a aprins o scânteie ironică: «Așa cum mă așteptam, cu o noblețe strivitoare. Printr-o telegramă în care-mi spunea unde mi-a lăsat cheia apartamentului din Paris». «Și de atunci...?» «De atunci ne-am văzut de multe ori, pentru că iubirea mea pentru Colomba trece dincolo de pasiune, iar ea știe asta. De altfel, și ea trăiește acum cu un poet francez pe care l-a cunoscut prin mine.»

Auzind asta, toată speranța care începuse a se clădi (mărturisesc că devenisem nerăbdător să aflu unde locuiește Colomba, pentru a mă strecura incognito în Paris ca s-o vizitez) s-a năruit ca o clădire firavă și înaltă. Aproape că nu l-am mai ascultat, deși o parte infimă a minții mele înregistra povestea întoarcerii lui în Franța, apoi fuga din fața ocupației germane și mai apoi refugierea în Rezistență și în existența petrecută în permanentă frică, ținut în viață doar de corespondența cu Rovena și de visul unui viitor alături de ea.

Am înțeles în noaptea aceea cât de mult îmi stătuseră în minte cei doi foști soți în ultimii ani în care nu mai auzisem nimic de la ei, cum viața mea, în ciuda unei aparente autonomii, se derula ca-n vis, trecând pe lângă mine, pe lângă miezul ei fierbinte. Am vrut atunci, când, spre dimineață, a căzut cu capul pe masă, să-l strâng de gât sau să-l leg fedeleș și să trimit o anonimă la biroul Gestapo. Dar rămășițele conștiinței nu m-au lăsat, așa că a trebuit să suport poveștile despre curbele apetisante ale Rovenei până la debarcarea Aliaților, când drumurile ni s-au despărțit iarăși, eu plecând din nou spre Marsilia, în timp ce el întovărășea armata americană și trupele de eliberare ale generalului de Gaulle spre Paris. Victoria ne-a regăsit însă împreună, în capitală, alături de Colomba și de iubitul ei, un bărbat șters, cu un neg imens pe obraz, care o cocoloșea și o înconjura cu o dragoste sufocantă. Edy nu se jena și făcea în public planuri despre reuniunea lui cu Rovena, în timp ce eu trăgeam cu coada ochiului spre o Colomba care-mi părea că se maturizase frumos, îmi plăcea chiar mai mult așa, ușor împlinită, cu degetele fine purtând trecerea anilor ca pe niște inele cu diamant. Privea spre Edy cu aceeași dragoste maternă, cu un amestec de admirație și îngrijorare pe care-l regăsești de regulă în ochii unei mame care-și admiră băiatul adolescent. Poate atunci am înțeles că nu am chiar nici o șansă împotriva acestei iubiri materne, așa cum nu avea nici bietul poet francez cu care împărțea culcușul și la pieptul căruia plângea noaptea, gândind că Edy e singur în fostul lor apartament. Bietul Edy, sărmanul cal bătrân, gras și chelios, visând la sânii voluptuoasei Rovena, la arcușul viorii ei care i se strecoară între pulpe și taie în carnea vineție pe care o ivește despicând buzele umezite de dorință.

Am lungit-o prea mult și cred că a sosit și momentul pe care inconștient am vrut a-l evita. Toate ocolurile mele au fost grațioase piruete făcute spre a nu opri dansul, pentru că-n acel moment se oprește și muzica, iar în carnea crudă a liniștii, ca-ntre picioarele Rovenei, se simte mai întâi mișcare de cârtiță, apoi se aude crănțănitul unui vierme grăsun și puhav. Port viermele ăsta în mine din 1946: la 20 ianuarie, în portul Constanța debarca un

Voronca dărâmat, însă vitalizat de dorința frenetică de a strânge în brațe pe Rovena, femeia patimilor lui, la care visa de șase ani de zile, pentru care părăsise femeia femeilor, cea căreia îi închinase minunatul poem «Colomba». Erau trecute toate astea, Europa se dezmeticea și ea din pumni, era ca un muribund care începe să-și revină chiar când preotul îi șoptește la ureche și aș jura că aerul duhnea a hoit în serile cu vânt. Pe 14 februarie se îmbarcau împreună spre Franța, la clasa I, și chiar din acea zi începea tragedia finală a acestui om neliniștit, care parcă și-a căutat nefericirea cu lumânarea întreaga viață. Deși orbit de dorință, de imaginile pe care îndelungata despărțire le aplica asupra siluetei acestei femei, a avut luciditatea de a observa încă de la început că relația lor nu s-a cuplat la varianta pe care o lăsaseră în urmă cu șase ani în apartamentul Mariei Tănase din blocul-turn. Mi-a vorbit la întoarcere, cu puțin înainte să moară, că se simte ca un om închis într-un castel întunecat ce se afla înfundat în interiorul lui, o punere în abis care însă exprima senzația apăsătoare, cleioasă care-l sufoca. De altfel, după coșmarul acelui voiaj maritim, în care a văzut-o pe Rovena cu totul alți ochi decât cei ai imaginației, a căzut pradă unei grave nevroze ce-l împingea la gesturi necugetate, ce nu-i stăteau în fire. Îmi povestea cum toată furia, gelozia, obsesia se revărsau în violuri repetate la care o supunea în micul lor apartament, timp în care ea hohotea, urlând numele celui de care spunea că e îndrăgostită. Aveam parte de aceste povestiri de groază în micuța cafenea din josul străzii, unde eu și, ironie supremă, Colomba ascultam fără a fi capabili să schițăm un gest. De altfel, care ar fi fost acel gest? După ce făcea Jurnalul zilei, îl conduceam sus, ca pe un bolnav, și stăteam cu el până când Rovena se întorcea din oraș și ne privea cu căutătura cea mai urâtă și mai disprețuitoare ce am văzut în viața mea. Era, într-adevăr, o femeie frumoasă, cu pomeți înalți, brunetă, mai înaltă decât Colomba și cred că ar fi făcut o pereche bună cu fostul Voronca, cu acel cal de curse ce făcea gimnastică. Pentru calul bătrân și gras de acum, era însă prea mult. Picioarele ei lungi, ușor de ghicit prin fustele a căror despicătură descoperea ciorapul lucios, erau stâlpii unei spânzurători de care bărbatul ce fusese odinioară perla avangardei românești se agăța în fiecare noapte până în punctul sufocării finale, în care însă nu găsise curajul necesar să se scufunde.

Întâlnirile noastre din bistroul de pe strada lui, unde stăteam și-l ascultam debitând ororile la care se supunea singur, în timp ce bea din ce în ce mai mult, bea cu o voracitate de hipopotam, deveniseră de o monotonie sinistră. Dacă la început fusesem șocat să aflu până unde se scufundase în mocirla acestei relații, acum simțeam o iritare ce creștea din zi în zi în intensitate, cu cât grozăviile ce-mi povestea se adunau. În prima lună îmi relata cum disprețul Rovenei, care în sfârșit îi mărturisise că s-a îndrăgostit de alt bărbat, rămas blocat la București, un violonist, se manifesta printr-o răceală amicală. «Amice», îi spunea, iar în el se rupea câte o fibră a sufletului, «e un bărbat frumos, deștept și talentat, e un geniu». «Dar și eu sunt un geniu», replica un Voronca gras și transpirat, apoi dădea fuga în camera de alături, de unde se întorcea cu niște foi pătate pe care începuse să scrie un nou volum de poeme, pe care îl dedicase iubirii pentru ea și căruia-i spusese *Petit manuel du parfait bonheur*, construind involuntar poate cel mai ironic titlu dintre toate posibile. M-am întrebat de multe ori de atunci dacă nu cumva disperarea lui Voronca nu era legată total de Rovena, ci avea de-a face și cu subțierea focului care-i ținea mintea trează în anii tinereții. Ce știu însă cu certitudine – dacă poate exista vreo certitudine în domeniul acesta – e că despărțirea de Colomba, inutilă, sinucigașă și fără de rațiune în afară de cea a freneziei sexuale, i-a grăbit sfârșitul și i-a secat curgerea acelui foc. Ținea paharul de vin, pe care-l umplea când se apropia de jumătate, între degetele care i se îngroșaseră și arătau acum ca niște viermi bolnavi, gălbejiți și murdari de tutun și vorbea repede, pe ton scăzut, pentru a acoperi cumva zgomotul groaznic pe care-l trezeau cuvintele lui. «Noaptea, după ce stau închis în bucătărie și încerc să scriu la acel *Manuel*... Moișe, în creierii nopții, când simt că mă sufoc, dau buzna peste ea și o iau cu forța în timp ce încă doarme. Am senzația că doar așa mă pot răcori, că o pot întoarce la mine, dar, în timp ce-mi dau drumul în ea și încerc să mă uit în ochii ei, așa cum făceam acum șase ani, în săptămâna din apartamentul guristei, când, în acel moment, ne fixam cu intensitatea pe care o are privirea unei feline și ne șopteam TU!, atunci văd privirea ei plină de... nu de ură, ura ar fi bună, m-ar liniști, de dispreț. Apoi mă aruncă de pe ea și se duce la lavoar unde disprețul e spălat cu furie, se leapădă de mine, de trupul meu, de homunculii pe care-i las în ea în speranța de a o lega iremediabil de mine. Atunci mă întorc în bucătăria mea, unde beau, amestec cafelele cu lichiorul, iar spre dimineață mă întorc și o violez din nou. Am pofta unui adolescent, hrănită de gelozie, de incapacitatea dementă de a pricepe că nu pot stăpâni femeia asta. Mă schimb pe zi ce trece într-un monstru. Noaptea trecută am lovit-o, am izbit în ea cu palmele, cu pumnii până nu s-a mai putut apăra, apoi am legat-o de pat și mi-am scufundat gura între picioarele ei și am lins-o, am mușcat-o, am mâncat-o, Moișe, am avut pofta de a mușca cu adevărat, de a-mi umple gura cu buzele ei vineții, cu sângele ei negru. Dacă nu ar fi început să vomite, întorcând capul într-o parte, scuipând și gâlgâind de ură și de neputință, mi-aș fi croit drum în corpul ei ca un lup în carcasa vânatului.»

Inutil să spun că poveștile acestea m-au îngrozit și că mi-au amintit de privirea înghețată a acelui lup ce-mi cruțase viața când eram un transfug cocoțat în arborele iernii. Poate atunci m-am hotărât, poate nu. Știu însă că apropierea lui, simplul fapt că omul acesta era în viață și în afara casei ducea o existență aproape normală, m-a făcut să înțeleg câte ceva despre umanitate. Nu am luat o hotărâre conștientă, însă fiecare fibră din corpul meu s-a întărit ca înaintea unei bătălii.

În seara când l-am văzut mai dărâmat și mai scârbit de propria ființă, ruină în mijlocul unui oraș ce revenea la viață și părea să-și tragă sevele din chiar cenușa războiului, asemenea unei plante de vară, precum aceea cu frunze mari cât o tavă de cofetar și cu flori albe, ca trompetele, în care putea intra un cap de copil, care creștea în curtea din spate a casei noastre evreiești din Dudești, de multe ori cu rădăcinile hrănindu-se din pământul unde se scursese sângele unui cocoș tăiat sau unde murise vreun șobolan pe care-l lăsasem să putrezească acolo până ce devenise subțire ca o foaie de hârtie, în seara aia de primăvară cu cerul limpede, pe care înserarea părea să fie doar o iluzie, o coală de calc albastru, am acceptat să-l conduc acasă, cu un braț petrecut pe după mijlocul lui umflat, de broscoi, și cu celălalt ținându-l de mâna ce și-o petrecuse pe după umerii mei. Am bătut în ușa masivă, din lemn, însă nu a răspuns nimeni și a trebuit să-l buzunăresc până am găsit cheia, în timp ce Edy râdea sau plângea, în orice caz hohotea și din nas îi atârnau mucii care se prelungeau până pe pieptul alb al cămășii. Am intrat în vestibul, unde l-am descălțat, apoi l-am condus până pe canapeaua camerei de zi și atunci, spre uimirea mea, a apărut Rovena, somnoroasă, ieșind pe ușa dormitorului într-un halat de baie ce abia îi cuprindea sânii, și a rămas acolo, în cadrul ușii, privind cu un rictus scârbit scena în care eu încercam să-i scot lui Edy cămașa și pantalonii, în timp ce el își continua hohotele și se zbătea ca un copil care nu vrea să doarmă. Între ei exista o comunicare lipsită de cuvinte, se simțeau ca două animale, era o legătură atât de profundă cum numai ura poate stabili între doi oameni. Mi-am dat seama că circul pe care-l făcea Edy nu-mi era adresat și atunci am renunțat să mă mai agit și am luat loc în fotoliul de lângă canapea, plin de arsuri de țigară și pătat indecent.

«Uite-oooooo! O vezi?» A întins înspre femeie un deget lung și osos, prelungit de umbră, o ultimă rămășiță fantomatică a calului de curse Voronca. «Uite târfa Babilonului:

vioara la care au cântat toți bărbații Bucureștiului și coarda pe care-o mângâie scursurile Parisului. N-o vrei și tu o tură, Moișe? Nu vrei s-o iei în pula ta frumos decalotată?»

M-am prefăcut că nu-i aud provocările și am privit jenat spre Rovena, care însă părea mai curând însuflețită de ură decât impresionată de aceste cuvinte. Probabil le mai auzise. Își aprinsese o țigară bărbătească, fără filtru și fuma fixându-l ca o felină, cu ochii mijiți ca să-i apere de fum. A întors apoi capul spre mine și m-a întrebat cu vocea guturală care-i păruse atât de excitantă lui Voronca timp de șase ani, în peșterile memoriei și ale imaginației: «Stai tu cu el până adoarme? Trebuie să ies». Am dat din cap și am privit spre bărbatul transpirat, pe chelia căruia se scurgeau broboane mari de sudoare toxică. Apoi am urmărit-o amândoi, ca niște mari animale de casă, cum se aranjează, cum trece dintr-o cameră în alta, cum se dezbracă impudic, felin, în fața noastră, parte dintr-un spectacol vesperal la care mi-am dat seama că-l supunea pe Edy la fiecare cădere a soarelui, cum se rujează, cum își face bujori, mascând vânătăile ce-i înconjurau ochii transformându-se, dintr-o femeie trecută de 40 de ani, încă foarte atrăgătoare, într-o ființă a nopții fără de vârstă. Ochii mei și mintea o suprapuneau Colombei, micuței japoneze, iar creatura asta malefică, cu privirea urâtă, nu-mi părea decât o caricatură a feminității, trimisă din adâncurile Iadului, deși în anii aceia încă nu cunoscusem decât tangențial Iadul, eram departe de a-i bănui geografia subpământeană. Înainte să plece, după ce-și pusese mantoul cu labele de vulpe, roase și înnegrite, atârnându-i pe umeri, s-a întors ultima oară din drum și mi-a spus pe un ton îmblânzit, care însă mi-a înghețat sângele în vine: «Sunteți cuminți, da? Faceți niște poezii, desenați ceva...»

Când a trântit ușa în urma ei, Edy a tresărit ca și cum zgomotul acela l-ar fi trezit din visare, deși starea febrilă, transpirația care-i curgea pe frunte, privirea care sărea de la un obiect la altul îmi spuneau că urmărise totul cu mare atenție. A căzut însă imediat într-o stare catatonică, din care ieșea doar pentru a murmura cuvinte amestecate în română și-n franceză. Apoi s-a ridicat și a început a-și croi cărări prin micuța cameră de zi, dărâmând ce-i ieșea în cale și ocolindu-mă de parcă aș fi fost o piesă stranie de mobilă, care nu-și avea locul acolo, dar care trebuia respectată. A fost cea mai lungă noapte a vieții mele, mai lungă decât cea a Pogromului, și atunci am înțeles cât de insignifiantă e pentru ființa umană Istoria, cu toate izbucnirile ei notate în manuale, în comparație cu marile cutremure ale sufletului. Am înțeles că tragedia interioară a unui om poate isca găuri în suprafața timpului celorlalți, în care îi atrage așa cum vârtejurile enorme ale mărilor sug în adâncuri corăbii de metal aparent indestructibile. Așa îmi explic, dar nu-mi justific actul din acea noapte, când m-am transformat inițial în martorul mut al evoluției acestui strigoi care fusese prietenul meu, adversarul meu sentimental, mai apoi în actant fără voie al unei tragedii pe care ar fi trebuit s-o anticipez sau măcar s-o împiedic. Traversa camera de-a curmezișul, apoi se oprea la masa de lângă fereastră și ordona hârtii, mai adăuga cuvinte, cu un scris uluitor de îngrijit și de elegant pentru cineva aflat în starea lui. Într-un târziu, când aproape ațipisem – poate am și dormit –, le-a adunat într-un plic, după ce le-a legat cu sfoară, și a plecat spre bucătărie, scena dramelor casnice pe care mi le povestise de atâtea ori. L-am urmat ca prin vis, dar închisese ușa după el, așa că am rămas acolo, urmărind vinișoarele lemnului care ne despărțea, cu o acuitate a auzului dată de oboseală și de liniștea nopții: îi auzeam pașii, am auzit foșnet de hârtie, l-am auzit cum trage un scaun, apoi un scârțâit metalic ca un croncănit de cioară și apoi am auzit, înțelegeți, liniștea.

Nu am să susțin că n-am știut de la început ce face, doar îmi spusese chiar el că practică acest joc de ceva vreme, micul joc al morții care nu mai impresiona pe nimeni. Nu am să susțin că nu am simțit mirosul sau că am vrut să intru să-l salvez. Nu, am stat acolo, de partea cealaltă a morții, și am urmărit dansul vinișoarelor de lemn ce au început a palpita în fața ochilor mei pe măsură ce timpul trecea. Nu o să ascund nici că am auzit bufnitura sau târșâitul unui trup care se trăgea probabil în mâini spre ieșire, într-un ultim act lucid sau o manifestare a instinctului de conservare.

Am auzit zgârietura fină a unghiilor care încearcă să se agațe în lacul ușii, apoi bufnitura trupului care se sprijină în ea și o folosește ca pe un parapet. Apoi, când clanța a început, imperceptibil, să coboare, mâna mi s-a ridicat, în timp ce mintea îmi exploda într-o realizare finală a ceea ce sunt cu adevărat, s-a așezat pe bucata impersonală de metal și a opus ultimelor sforțări ale muribundului toată forța unui îndrăgostit. Am ținut de clanță până când nu am mai simțit nimic din partea cealaltă, până când nu i-am mai auzit respirația și singurele zgomote din jur mai erau cele făcute de păsările dimineții, o ciocănitoare aflată într-un copac din fața clădirii, o mierlă care anunța noua zi, poate un graur.

De multe ori, în ultimii ani, ani pe care i-am trăit ca o fantomă, prelingându-mă pe lângă ziduri, am încercat să-mi reiau viața în posesie, să redevin martorul tăcut al celorlalți, așa cum fusesem întreaga mea tinerețe. Dar de fiecare dată am observat că întreaga Istorie a acelor decenii, cu războaie, tragedii colective, cuptoare enorme care au înghițit milioane de oameni, populații strămutate, rasa mea îngenuncheată și decimată, cu victorii și isterii de masă, pălește în fața unei singure imagini în umbra căreia am trăit: Edy Voronca, tânăr și înalt, cu fața de cal, la braț cu micuța japoneză Colomba, intrând în Lăptăria lui Enache. Stephan Roll se ridică de lângă mine și-i îmbrățișează, apoi se întoarce și mă prezintă. Voronca îmi întinde mâna osoasă, prin care trece tensiune, ca de sportsmen, apoi Colomba își scoate mănușa și îi ating pielea, îi țin între mâinile mele mâna evanescentă, o privesc în ochi, incapabil a spune ceva, știind că în ochii aceia o să rămân pentru totdeauna, ca un om din vechile legende germanice care întâlnește, noaptea, în pădure, o ființă ce nu poate fi văzută și nici atinsă, ci doar iubită cu disperare.“

Tovarășul Richter lasă creionul pe foaia mare, pătată, acoperită acum de scrisul lui mărunt, își îndreaptă umerii, apoi privește pe geamul cocoțat aproape de tavan. Prin ochiurile de sârmă ce filtrează lumea, o lumină murdară, leșioasă pătrunde în încăpere, atingând cu sfială colțul mesei, așa cum pâlpâie o lumânare înainte să se stingă de la sine.

În Casa cu Lei
(continuare)

Trecut bine de 30 de ani, am început să caut în amintire semnele manifeste ale unei intervenții decisive. Și mi-am amintit că așa am hotărât eu, atunci – că întâlnirea aparent banală, dar cutremurătoare, scăldată într-o ploaie ca un potop biblic, a fost semnul declanșării unei curse în care mă aflu și acum, pironit în scaunul cu plușul ros de la Cinema Europa, pentru că, în mod evident, ăsta e un film european, unul de artă, probabil scandinav sau polonez.

N-am povestit nimănui despre întâlnirea mea cu Consulul, pentru că așa ar fi trebuit să adâncesc discursul și să vorbesc despre groaza simțită atunci, când am privit în ochii lui și am văzut întunecimile propriei mele nebunii, însă cumva proiectată într-un viitor neclar. Iar dacă am stabilit acea întâlnire ca pe un punct de început a ceva, totul se reorganizează în amintirea mea în jurul acelei întâlniri, chiar și istoria, care devenea din ce în ce mai tulbure, fie ea mică sau mare.

Tăcerea și tristețea lui Sergiu se adânceau și în gesturile lui se simțea o nerăbdare ce părea să se potrivească corpului ăluia slab și vânos ca un odgon, însă puteam ghici mult mai mult în spatele gesturilor lui decât un simplu dor de ducă și bănuiam că la originea acestei nerăbdări se afla tot Ralu, care trecea, la rândul ei, prin schimbări de natură capitalistă. Odată cu primele câștiguri din excursiile lor otomane, pe tejgheaua din bucătărie se adunau grămăjoare verzui de hârtie, despre care aveam să aflu că sunt dolari, alături de care mai era un săculeț din piele-ntoarsă roșie, unde se strângea aurul.

Numai că cei doi afaceriști atât de întreprinzători, mai ales Jidanu, atât de adaptați la economia neagră ceaușistă s-au dovedit a fi victime perfecte ale haosului cu ștaif de după '89 și au picat la cele mai dure examene date de noua societate: au pierdut la Banca Religiilor, au pierdut la Bancorex și, mai mult decât atât, ceea ce avea să rămână o pată rușinoasă pe blazonul afaceristei Ralu, au pierdut la Caritas, unde au jucat cu atâta entuziasm și lăcomie, încât nu s-au oprit după ce au câștigat o dată, ci au vrut mai mult, într-o frenezie de cazinou. Dispariția lui Sergiu a coincis cu prăbușirea Caritasului și doar știind acest lucru îmi dau seama că prima lui plecare „definitivă" din Casa cu Lei a avut loc prin toamna lui 1994. Tot în anul acela, când președintele schemei piramidale îi încuraja pe jucători, adică aproape jumătate din familiile României, să depună, să-și încaseze câștigul, de opt ori mai mare decât suma depusă, apoi să depună din nou, eu am început să lărgesc cercul pe care-l trasau plimbările mele solitare pe harta Bucureștiului, mai întâi înspre capătul cel mai îndepărtat al Parcului Carol, după Muzeul Tehnicii, apoi pe străzi prăfuite, străjuite de case vechi, interbelice sau chiar mai vechi, și să-mi continui rătăcirile, așternându-mi pașii pe piatra cubică așa cum părinții mei își depuneau averea recent câștigată într-un joc: rapid, fără a privi în urmă și într-o amețeală vecină cu leșinul. Simțeam tot mai apăsătoare atmosfera de sub tavanele înalte ale Casei cu Lei, simțeam tremurul ușor al ușii dinspre pivnița unde membrele retezate ale leilor se îmbinau și se alipeau în forma unui animal străvechi și putred, care acum se scutura și-și lepăda blana ciuruită de molimă și se pregătea să izbucnească din adâncurile plumbuite ale casei. Aveam credința inocentă că plecările mele, din ce în ce mai dese și mai rătăcitoare, aveau să mă ferească de momentul ieșirii lui la lumina soarelui, a leului furios, desprins de pe zidul porții lui Iștar, și credeam că înfruntarea dintre lumina solară și metalul nobil, strălucitor urma să se soldeze cu un cutremur universal, de care mă vor feri delirurile mele peripatetice.

Plimbările fără țintă sunt cele care mi-au rămas în minte din acei ani de dinaintea filmului Garrone, cercurile trasate înspre Piața Coșbuc, mai apoi printre fântânile din centrul civic, unde într-o vară am văzut o țigăncușă de vârsta mea căreia în mod sigur îi înmuguriseră sânii și care se îmbăia într-un maieu alb-murdar și mi-a zâmbit, ștanțându-mă cu bara înroșită în foc a privirii ei și lăsându-mi o cicatrice stacojie care pornea dinspre plexul solar și se termina între picioare.

Am mers ani de zile, pentru că doar mergând îmi potoleam teama de Leul lui Iștar, cel ce stătea să spargă ușa pivniței, dintre borcanele imense cu murături, apoi doar mergând îmi alinam usturimea care contura cicatricea prelungă din corp. Și, când încerc să recompun anii aceia, în care Ralu, Sergiu și jumătate din România își câștigaseră primii dolari, apoi îi pierduseră, laolaltă cu tot ce avuseseră dinainte sau cu tot ce le adusese liberalizarea în cercul cu margini străvezii al posesiunii personale – casele pe care primiseră permisiunea să le achiziționeze de la stat, mașinile pe care începuseră să le aducă din străinătate, hainele de blană și aurul –, când încerc să recompun figura acelor ani (pentru că în mintea mea perioadele importante din viața mea au chipuri distincte, contururi arcimboldești alcătuite din diverse obiecte, imagini, evenimente), nu faptele, nu tragediile politico-economice se adună laolaltă ca să redea trăsăturile chipului respectiv, ci mirosul prafului stârnit de tenișii mei găuriți pe străzile din jurul Parcului Carol, cel al ierbii pârjolite, mirosul salcâmului înflorit, contopit alandala cu putreziciunea suavă, energizantă a frunzelor călcate toamna și înmuiate în apa primei ploi care le transforma într-o mâzgă caleidoscopică. Aceste două mari anotimpuri ale experiențelor mele peripatetice se îmbină într-un chip monstruos, ca din ceară topită, cu trăsăturile șterse și scurse, care emană un miros puternic și căruia, dacă trebuie să-i dau un nume, o să-i spun probabil „tinerețe".

Am început apoi să capăt curaj și să lărgesc cercul, pătrunzând în zone și mai îndepărtate, unde ajunsesem până atunci doar de mâna lui Ralu, înspre centrul orașului, spațiu al negoțului și al golănelii cu ștaif a lui Sergiu, al filmelor văzute la bulevard (Cinema București, Cinema Corso) și al după-amiezilor de duminică petrecute pe terasa de la Lido, lângă piscina cu valuri artificiale, unde briza verii aducea cu ea câteodată izul îmbietor al puiului fript, cu mujdei, care se pregătea în bucătărie sau al salamului de Sibiu tăiat în feliuțe subțiri pe platoul din fața noastră, la care atunci mă uitam cu scârbă.

Fără să realizez, ocoleam însă axa Bulevardului Brătianu și o luam pe căi lăturalnice, temându-mă încă de haosul acelui *nexus* al maturilor, care începea la Hotel Intercontinental și se termina, pentru mine, la Cinema Patria. De la Inter mă întorceam la ceasul de la Universitate și o luam în jos, pe Bulevardul Elisabeta, înspre Casa Armatei, dădeam târcoale prin fața Teatrului Mic, apoi o tăiam prin față pe la Universul și o coteam la stânga, pe lângă magazinul Steaua – având grijă să trag o flegmă discretă pe geam –, ca să ies din nou la bulevardul luminos, larg și să mă opresc în fața cinematografelor, admirând afișele filmelor, fără să îndrăznesc să intru la început. Ajungeam la Cișmigiu și priveam cu jind înspre lacul care abia se ghicea peste gardul viu, apoi traversam și o luam iarăși înspre Izvor, apoi pe lângă Casa Poporului, spre Piața Coșbuc, pe la Robingo și în sfârșit, cu un oftat de ușurare, ajungeam în *terra nostra* când zăream falusul măreț al Mausoleului. Parcul Carol era o altă făptură decât cel al Tineretului, deși se afla aproape, la câțiva pași, era parcă lipsit de misterele de acolo, cu toate că ascundea și el destule ciudățenii demne să-mi aprindă imaginația. Pierdeam ceasuri întregi citind inscripțiile în latină din dreptul arborilor cu tulpini încârligate, privind de pe podul lung și luminat apele puțin adânci ale lacului, o jucărie de lac în comparație cu Cociocul care ascundea cimitire, mănăstiri blestemate și spirite vindicative însetate de sânge. Lacul din Carol era o oglindă în care-mi priveam fața suptă, care ezita între copilărie și ceva nedefinit, începutul de mustață, părul ciufulit de cele trei vârtejuri („O să ai trei neveste, Marocane!“) și gâtul slab ca o tijă de mac, cu mărul lui Adam proeminent. Dacă Tineretului era locul sălbăticiei, unde știam că-mi pot pierde cu ușurință și fără pedeapsă uzul rațiunii bine strunite, în Carol eram calm ca un zeu imperturbabil al Eladei, unul străvechi, netulburat de țipetele muritorilor.

*

Am început încet-încet, după ce am trasat îndeajuns cu tălpile acele cercuri din ce în ce mai largi, să urmez ramificațiile de care-mi era frică, să trec pe Brătianu pe lângă primul sex-shop, să mă opresc la Scala, lângă scara lui Psihi Mu sau, mai târziu, a unchiului Mircea, să urc mai întâi până spre Pitar Moș, apoi mai departe, până când, într-o sâmbătă, pe o ploaie torențială, am ajuns la Romană și, înainte de a coborî la metrou, m-am întors mai satisfăcut decât Alexandru după Gaugamela și am privit disprețuitor spre Cinema Patria, unde rula *Basic Instinct*. Atunci am simțit că victoria mea nu e deplină până nu pun mâna pe Darius și am luat-o la galop spre cinema, unde m-am adăpostit lângă casa de bilete și apoi am cumpărat unul la suprapreț de la un bișnițar, apoi am intrat ud leoarcă. M-am așezat în spate de tot, lângă un grup de trei bărbați care vorbeau tare și râdeau ca de o glumă bună pe care numai ei o știau. N-am înțeles nimic din film, pentru că la fiecare apariție a actriței blonde cu chip de vulpe din miturile japoneze câte unul dintre ei striga la ceilalți: „Ia zi, Fane, să moară mă-ta că n-ai vrea s-o fuți?!“, la care celălalt juca pe cartea unei false pudibonderii: „Dă-o, bă, dreacu', nu vezi că-i urâtă?“. „Fane, da' nu seamănă, mă, cu Doina de la C?“ „Unde să semene, mânca-mi-ai pula? Poate răsare...“ Doar la scurta și mitologica secvență a încrucișării picioarelor s-a lăsat o tăcere sacră peste sală și atunci am simțit că tremurul meu era și al adulților de lângă mine, îmbrăcați în prespălați și dați violent cu spray Malizia verde, care se îndemnau să spună ceva, dar scena fusese atât de șocantă, încât nimic din ce ar fi putut scoate pe gură nu ar fi întrecut-o.

*

Pe măsură ce Danezu, Pișchi și Mucea se transformau, mai strident și mai rapid decât mine, în niște animale înalte, slabe și dure, ne îndepărtam din ce în ce mai mult, mai ales că odată cu înălțimea creșteau în ei plante cu spini, idealuri pe care nu le înțelegeam, pentru că în cazul meu Casa cu Lei era ca un clopot de sticlă care nu mă lăsa să scot capul. Începuseră să vorbească despre mașini, despre discoteci și gagici, ba chiar Danezu susținea că făcuse deja sex cu Gina, o țigancă de la B-uri, blocurile de peste Pieptănari, că o făcuseră în parcul Ferentari, într-un pâlc de copaci, din picioare. Așa povestea Danezu și-l rugam mereu să ia povestea de la capăt, cum Gina l-a văzut de peste bulevard și l-a strigat, iar el a traversat în fugă, printre mașini, și asta, Gina, se uita la el rânjind și, când a ajuns gâfâind lângă ea, i-a zis, clefăind gumă: „Ia zi, Danezule, nu vrei să ne simțim și noi bine?". „Și tu ce-ai zis, mă?", îl întrebam atunci fără să-i spun foarte limpede ce vreau de la el, dar de fapt punându-mi mie întrebarea. Ce aș fi zis în acea situație? Probabil aș fi luat-o la goană. „Ce pula mea să zic, Michi? Am zis hai!" „Și?", făcea Mucea. „Și m-a luat de mână și-am luat-o printre blocuri până-n parc." „Și?", făcea Pișchi. „Și-am intrat în parc și ne-am băgat pe dupe copacii ăia, unde-s în centru acolo mai mulți laolaltă, așa." „Și?", întrebam eu. „Și ne-am futut, ce pula mea vrei să zic mai mult?" Aici se termina povestea și trebuia să recurgem la imaginație noi, ăștia, rămași neinițiați, numai că în curând grupul ăsta s-a micșorat, pentru că toți aveau undeva „o țară" unde dispăreau în fiecare vară și iarnă, iar de acolo se întorceau cu asemenea experiențe și povestiri erotice care îi transformau în ochii mei în ființe de altă natură decât cea comună, când fuseserăm pe vremuri vecini de suferință. Același lucru se întâmpla și la școală, unde Pateu strânsese în jurul lui un grup destul de mare de colegi care cu un an în urmă citeau cuminți în bancă *Aventurile lui Sherlock Holmes*, însă acum se retrăgeau misterioși în veceu la fiecare pauză, de unde ieșeau înconjurați de o aură eroică. La metrou începuseră să aducă benzi desenate pe care mi le cumpăram cu nesaț din mărunțișul pe care-l furam de la Ralu sau de la Sergiu și pe care le citeam pe sub bancă, în ora de fizică, apoi benzile acelea s-au transformat în niște cărți stranii, în care polițiști celebri de la Poliția Capitalei luau interogatorii unor homosexuali care povesteau cum își dau întâlnire cu băieți foarte tineri în șantiere neterminate, cum era cel al Circului Foamei, de la Șura Mare, unde practicau lucruri pe care nu le înțelegeam, dar care îmi lăsau o senzație nelămurită, un tremur interior care abia aștepta să iasă la suprafață: felații, masturbări, rimming și alte asemenea cuvinte. Mi se părea ireal să văd descrisă iubirea fizică dintre doi bărbați între paginile unor cărți sau reviste, chiar dacă le condamnau, pentru că pe Aleea Solca nimic nu putea fi mai urât decât un poponar.

Apoi, într-o oră de sport când mă învoisem și stăteam în clasă, m-a chemat Pateu, care stătea în ultima bancă, înconjurat de alți trei colegi, și mi-a zis „Hai, Michi, stai cu noi aicea, hai să te uiți cu noi", mi-a făcut loc între ei, a scos pe masă revista cu paginile alb-negru și atunci, chiar în acea clipă, în viața mea a irumpt oficial sexul. Odată cu el am primit și eu cheia de acces în grupul de băieți care ascultau muzică și, pe lângă conspectarea zilnică a revistelor porno, am început să fiu preocupat de întocmirea unor topuri pe care la început le copiam după ceilalți și le scriam cu creionul pe bancă, pentru ca elevul sau eleva mai mare care stătea în același loc dimineața să-mi lase propria versiune. În imaginația mea, era vorba de o tipă de a VIII-a, inteligentă, brunetă și care devenea treptat atrasă de mine prin intermediul acestor topuri. În mare, era vorba de zece melodii care își schimbau locurile între ele, pentru că eu nu ascultam muzică și doar ciupeam din auzite câte ceva de la Pateu, de la Lupu Mircea sau de la Găină Bogdan, așa că începeam cu „Innuendo“ pe locul 1 (pe care începuseră de fapt s-o dea la TVR), Phil Collins, „Another Day in Paradise“, Bryan Adams, „Everything I Do“ (cuvinte scrise tremurat, pentru că mi-era teamă ca nu cumva mesajul să fie prea direct), Mr. Big, „To Be with You“ (la fel), Rod Stewart, „Rhythm of My Heart“ (*oy, oy*), Roxette cu „Joyride“ și „Spending My Time“ la egalitate, pe 6, Cypress Hill cu „How I Could Just Kill a Man“ („All I Wanted Was a Pepsi“), Depeche Mode cu „Enjoy the Silence“, Sinéad O'Connor, „Nothing Compares 2 U“ și un MC Hammer pe poziție finală. În jumătate de an, când Prințesa Ralu și-a dat în mod miraculos acordul și am plecat în tabără, topurile astea aveau să se schimbe radical sub influența unor băieți cu care am împărțit camera la Timișul de Sus și care cântau la chitară și m-au amenințat că mă aruncă pe geam dacă mai ascult așa ceva, după care m-au intoxicat timp de 12 zile cu ceea ce a devenit un mod de viață până târziu, spre vârsta de 30 de ani: muzica rock. Era ca și cum aș fi trăit într-o pivniță și cineva mi-ar fi deschis pentru prima oară ușa, lăsând să se năpustească înăuntru niște păsări cocoțate pe picioroange. Și aici însă, în ciuda abdicării mele totale în fața unui nou stil de viață, îmi păstram anumite rezerve care țineau în mare parte de caracterul meu duplicitar și însetat de dramatism ieftin. Chiar dacă afișarea unei noi personalități născute din muzică și afilierea la un grup social distinct îmi ofereau tot acest dramatism kitsch, inima mea, hrănită cu spectacole funerare, tânjea după alinarea *soft* a altor muzici. Așa că, în ciuda bocancilor de armată, cu trei numere mai mari, a tricoului cu Eddie și a vestei de blugi pe care îmi desenasem simbolul anarhiei la care aderam oficial, în ciuda casetelor cu Cannibal Corpse, Sodom, Obituary, Slayer pe care le căram în geantă, noaptea adormeam ascultând baladele Scorpions, la Metallica săream direct la părțile cele mai muzicale, din Accept decupam doar rarele eufonii, iar câteodată mă surprindeam căutând în plină noapte caseta cu Cindy Lauper. Eram la fel de fals în această nouă iubire cum aveam să fiu și în viața de adult. Ca să fac față acestui clivaj, încercam să fiu imbatabil în cunoașterea datelor, a versurilor (acolo unde era cazul), puteam recita numele tuturor membrilor formațiilor, de la Jethro Tull la Erasure, în timp ce sufletul meu lăcrima pe „November Rain" (dar da, recunoșteam fiorul și în piese ca „Civil War", unde se întâlneau dorința mea de violență și goana după senzațiile stârnite de ascultarea unei „leșinături") sau pe „Since I've Been Loving You", pentru că visam la o femeie fără chip care mi-ar fi acceptat invitația la dans, la un Woodstock imaginar, unde eu parazitam un trup la fel de imaginar, eram înalt, pletos, cu eșarfe atârnându-mi de încheieturi, iar ea doar un fuior de fum. Cu sâni. Duplicitatea mea cu iz romantic avea să fie anihilată de apariția MTV-ului și a dominației grunge, care împăca în mine toate sfâșierile și lipea la loc membrele desprinse de cele patru cămile care mă trăgeau fiecare încotro. Am fost, ca toată generația mea, o victimă fără rețineri a Nirvana și întreaga mea biografie funcțională e sfâșiată în două de glonțul plecat din țeava puștii lui Cobain. Durerea mea, reală de altfel, comparabilă cu cea de la execuția soților Ceaușescu și, mult mai târziu, de la moartea lui Michael Jackson, era amplificată de ura față de neonirvaniști, adică de legiunile aduse în club de *Unplugged*-ul MTV. În mod demonstrativ, țineam în buzunarul de la spate doar *Bleach*, afișând un dispreț suprem față de uteriști. În același timp descopeream Pearl Jam, pe care i-am venerat de la *Ten* la *Yield*, Soundgarden, Alice in Chains, Therapy? sau Stiltskin și mă despărțeam discret de heavy metal, pregătind trecerea spre ultima iubire, din anii 2000, pentru Live și apoi pentru liniștea deplină. Toată recircuitarea creierului meu muzical se desfășura însă pe fondul unui zgomot permanent, pe care doar o atenție deosebită – nu eram încă deprins să mă analizez –, venită ca de nicăieri înainte de a adormi, îl descifra a fi de fapt melodiile înlănțuite ale anilor '80, pe care le ascultam la pick-upul roșu, rusesc al lui Ralu: 14 noi șlagăre mondiale („Ob-La-Di Ob-La-Da" – shake, „Son of a Preacher Man" – shake moderat), Nana Mouskouri, Demis Roussos („Dragul de el!"), Smokie, pițigăiații frați Gibb și, desigur, Elvis the Pelvis. Era muzica pe care o punea Ralu, mai ales vara, când picta afară, lăsând ferestrele deschise, ca să audă mai bine. Nu aveam deci cum să nu fiu în adâncul sufletului un sentimentaloid vândut melosului de ani '60-'70, oricât s-ar fi străduit Led Zeppelin sau Ozzie să mă schimbe.

Dar, până la tabăra din Timiș și ale ei revelații, am trecut prin inițierea politico-sexuală a lui Pateu, care avea pasiunea masturbării în grup, drept care ne încolonam în fiecare pauză în șir indian și mergeam așa, disciplinat, spre toaleta băieților, pe care o închideam, apoi ne înghesuiam câte patru, cinci într-una dintre toaletele individuale și, după o scurtă negociere legată de cine urma să țină revista, începeam să ne-o frecăm frenetic până când: 1) terminam, 2) se suna. La început frecarea a fost doar o obligație pe care mi-o asumasem ca să fiu admis în grup, după aceea însă usturimea plăcută care se răspândea în tot bazinul și care iradia apoi în tot corpul, ca un halou încins, mi-a devenit indispensabilă și am început s-o practic acasă, în baie, fără a avea însă material literar sau fotografic, așa că mă bazam exclusiv pe imaginație și scriam în minte povești în care una dintre colegele cărora „le înmuguriseră sânii" juca rolul principal, de femeie adoratoare, pe care o strângeam sălbatic în brațe și o sărutam, imaginând și un soi de copulare abstractă, unde intrau în rol penisul meu turgescent, chinuit, flagelat și un vagin decupat mental dintr-o revistă alb-negru. Începusem să trag cu ochiul din ce în ce mai insistent la tarabele de ziare de la metrou, unde se desfășura un adevărat rai al onaniștilor, de la reviste color importate la cele autohtone alb-negru, care abia apăruseră și care ofereau și o cantitate apreciabilă de text, dacă erai genul labagiului intelectual: *Șocul vieții*, *Sex 2000*, *Sexy Show*, *Pur Sex*, *Cupluri*, *Extaz* și preferatele mele absolute, *Bordelul Mov*, *Prostituția*, *Infractoarea Mov*, *Țâțe* sau *Occident*. În curând îmi făcusem destul curaj cât să mă ridic pe vârfuri, să-mi dreg vocea și să cer degajat „O infractoare" sau un pachet de cărți cu ilustrații porno, care arătau tot și erau color. Cărțile de joc le ascundeam în tufa de măceș de la baza nucului din curte și, de fiecare dată când simțeam nevoia s-o iau de la capăt sau să condimentez poveștile imaginare cu ceva material vizual, dădeam o fugă până-n curte și mă prefăceam că îngrijesc măceșul. Începusem să mă atașez emoțional de unele dintre fetele acelea dezbrăcate și penetrate din toate pozițiile, așa că reveriile mele includeau și plimbări romantice, discuții intelectuale și, de ce nu, mutarea împreună. Mai exista și varianta lecturii, mai ales a povestirilor din *Prostituția*, dintre care una mi-a stat în minte ani de zile, pentru că era vorba despre o fată inocentă, Nicoleta, prinsă și dezvirginată de șeful ei, tovarășul inginer Marian, cu un salam de Sibiu, în timp ce victima, care era sâsâită, striga din toți rărunchii „Milissia! Milissia!".

Prima ejaculare. O coloană deschisă în creștetul capului.

*

Deși eram mai popular ca niciodată și începusem să pricep câte ceva din lume, cu vârful penisului, cu urechile sau cu privirea, îmi continuam plimbările din ce în ce mai îndepărtate de casă, mai ales în weekenduri, când fie mergeam la Teatrul Mic, purtând puloverul cu cerbi, fie la cenaclul SF ținut de Mihai Bădescu și Alexandru Mironov la Sala Dalles, duminica după-amiaza, unde se punea un film SF, urmat de discuții care de multe ori mă pasionau mai mult decât filmul, pentru că mi-era greu să înțeleg tot ce citeam. Priveam cu jind tarabele nu doar pentru revistele porno, ci și pentru cărțile pe care începusem să le citesc, foarte diferite de ceea ce găseam în casă, unde Ralu dotase biblioteca cu un set aproape complet de „Biblioteca pentru toți“ și câteva zeci de „Meridiane“. Cărțile astea noi erau colorate și pe coperte se desfășurau scene care rivalizau la nuditate cu prima pagină din *Infractoarea Mov*, unica diferență fiind că aici femeia purta o platoșă incompletă și un bikini din piele sau avea sânii prinși în două sfere metalice, înfruntând cu îndrăzneală fie un orc imens, fie un robot. Descoperisem SF-ul și plăcerea de a disparea cu orele într-o altă lume, eventual Non-A. Iar cum grafica acelor coperte îmbina lumea Non-A cu lumea penisului, intrasem într-un circuit închis masturbatoriu, în care lectura unui SF mă trimitea la revista ascunsă de ochii Prințesei Ralu sub saltea, care la rândul ei mă trimitea la veceu, unde poveștile sau pozele mă exilau într-o nouă reverie, unde personajul poveștii devenea colega mea Simona sau chiar Florentina, așa că de multe ori treceau zeci de minute de masturbare fără finalizare, pentru că mintea mea rămânea blocată într-o reverie tandră, nici science, nici fiction, ci o autoficțiune romantică, deloc propice ejaculării. Nu-mi era greu să devin detectivul din *Eu, robotul*, la fel cum nu-mi era greu s-o introduc pe Simona în carcasa unui asemenea robot, dar de aici regulile roboticii erau încălcate flagrant, pentru că acel robot cu trăsături feminine se îndrăgostea de detectivul din ce în ce mai nedumerit și mai maleabil, așa că până la urmă ciudatul cuplu fugea în afara granițelor civilizației, unde avea loc o stranie partidă de sex, de fapt, mai corect ar fi spus că cei doi „făceau dragoste“.

Duminica mergeam la cenaclul ținut de Mironov și Bădescu și urmăream fascinat episoade din *Star Trek* sau din *Tales from the Crypt*, însă ședința care s-a întipărit pe vecie în hipocampul meu a rămas cea mult așteptată a proiectării ecranizării lui David Lynch după *Dune*. *Dune* era lumea imaginară în care trăiam de luni bune, citisem primul roman de opt ori, apoi trecusem la *Mântuitorul Dunei* și la *Ereticii Dunei*, după cum se nimerise, și, deși nu-mi puteam ascunde dezamăgirea, *Dune* rămânea spațiul de fugă, lumea în care mă puteam strecura în timpul orelor, acasă, cu Ralu, și chiar și atunci când vorbeam, anodin, cu Ovidius. Nu știam că există o ecranizare, ceva mai frumos și mai ofensator nu se putea imagina, pentru că spațiul *Dune* îmi aparținea doar mie, așa că, atunci când am ajuns, la ora 3 după-amiaza, la Sala Dalles, eram pradă unei sfâșieri lăuntrice, de nerăbdare și de gelozie, mai ales când am văzut câtă lume se adunase. Se aflau acolo sefiști bătrâni, care-l citiseră pe Herbert în original, înainte să fie tradus, erau ciudați în parpalace, cu lațe lungi la spate și prespălați bufanți, erau adolescenți ca mine, cu coșuri supurânde și marca labagelii pe figură, erau homleși care știau că vreo două-trei ore puteau să stea la căldură. Bădescu a început să prezinte filmul cu o voce monotonă, în rumoarea crescândă a sălii, și mi-am amintit chiar atunci, poate pentru a face să treacă timpul mai repede, de noaptea când Prințesa Ralu traducea pentru niște bărbați înalți aduși de Sergiu *Războiul stelelor*, de sentimentul pe care l-am avut atunci, că mi se deschide creștetul capului și că pe acolo intră o coloană de lumină care pătrunde până în adâncul pieptului, în miezul meu. Era și acum aceeași senzație pe care o trăiam, de așteptare erotică, de entuziasm al perspectivei, al unei așteptări fecunde. Și am trăit acea așteptare, mi-am pipăit coloana luminoasă din creștet cât timp a ținut filmul acela plin de defecte, de stângăcii, atât de slab, dar minunat pentru mine, care nu voiam decât o confirmare a viziunilor pe care le trăisem de unul singur, în camera mea umbrită de nucul vecin cu gardul cimitirului. Iar *Dune* se hrănea din acea viziune, o mesteca, o ingurgita, o digera și apoi o scuipa la loc altfel decât îmi imaginasem, dar puternică, ritmată, plină de poezie, deși atunci nu știam ce e poezia, plină de politică, deși încă nu înțelesesem nici politica.

Atunci când s-a terminat și s-au aprins luminile, am rămas tăcut, într-o stare de prostrație, privind în gol, spre pânza albă pe care fusese proiectat filmul. Întreaga sală era scufundată într-o liniște mormântală – eu știam cel mai bine dintre toți ce înseamnă această liniște a sepulcrului –, chiar și Bădescu se prefăcea că verifică niște notițe într-un caiet dictando. Nu-mi venea să cred ce tocmai văzusem și, pentru prima oară în viață, nu puteam crede că un spațiu ficțional își poate permite să fie finit, să fie o operă atât de josnică, de ofensatoare încât să se încheie după ce te-a atras în vintrele ei.

Apoi s-a dezlănțuit Iadul: primul s-a ridicat un bărbat la vreo 50 de ani, despre care puteai jura că e din branșă, că e ascultat cu respect de mai mulți de acolo, din sală. S-a ridicat cu capul în pământ, ca și cum ar fi purtat pe umeri o povară care-l încovoia, și-a scos ochelarii mari, cu rame maro, a șters lentilele, una după cealaltă, cu poalele puloverului gri cu model de fulgi – atât de înrudit cu al meu, cel cu cerbi –, apoi a tras adânc aer în piept și a spus:

— Tovarășu' Bădescu, sper că sunteți de acord cu mine când vă spun cu cea mai mare responsabilitate de care sunt capabil – și cred că mă știți drept un om responsabil, 20 de ani am păstorit Cenaclul Nebuloasa Andromeda –, deci sper că veți fi de acord cu mine când vă voi spune așadar, fără pic de exagerare și cu maximum de spirit de răspundere, judecând axiologic, dar și etic, pelicula pe care am vizionat-o, că am asistat la o mare, dar mare, universală MĂGĂRIE!

Din spate s-a auzit, ca și cum emitentul ar fi pregătit de la început replica, mârâit:

— Măgar ești tu, bă, bășinosule, pișa-m-aș pe Andromeda ta, că vă adunați toți securiștii acolo. Așa a văzut domnu' ăla...

Intervine Bădescu:

— David Lynch...

— David, așea, Lynch... așa a văzut omu' cartea. Ce pula mea ai făcut tu la viața ta?

Bărbatul cu ochelari maro s-a întors lent spre cel care vorbea, un individ chelios la vreo 30-40 de ani, nu știu exact, pentru că atunci toți maturii aveau aceeași vârstă pentru mine, l-a privit lung, coborând ramele pe nas, și a început:

— Auzi, mă, nesimțitule...

De aici totul se suprapune.

Bădescu:

— Domnilor, hai să ne liniștim!

Cheliosul:

— Nesimțită-i mă-ta aia securistă, te-a făcut tac-tu cu Pauker, futu-te-n creastă!

Ochelari maro, încercând să iasă pe intervalul dintre rânduri:

— Ia, las' că pun eu gheara pe tine!

Bădescu, dând cu o carte de la Nemira-n masă:

— Domnilor! Tovarăși!

Cheliosul, ținut dramatic de cei de lângă el:

— Voi nu știți să citiți, mă! Voi vreți mură-n gură! Comuniștilor, huo! Libertatea de opinie! Libertatea de expresie artistică!

Ochelari maro, reușind în final să iasă pe interval, se prăvălește ca o stâncă spre Chelios, cu pumnul tras în spate, gata pentru o lovitură din fundul grădinii, cum se zicea atunci, urlând, aproape declamând:

— Cum să plouă?! Cum să plouă!!!???? Cum să plouă pe Arrakis!???

Cheliosul, aproape plângând, sare în picioare și se avântă cu pieptul înainte, gata s-o-ncaseze:

— Pentru că s-au eliberat depozitele subterane de apăăăă!!!!!

Au urmat pumnii, majoritatea dați pe alături, o comoție generală, au început să sară pantofi, să se zbiere din toate colțurile sălii, apoi totul a dispărut sub pelicula care acoperea ochii și-mi îneca privirea. Pentru mine fuseseră cele mai frumoase două ore din viață.

Pe drumul spre casă mi-am repetat neîncetat mantra pe care o învățasem citind cartea, dar care acum ieșea din gura lui Paul Atreides cel cu chip: frica omoară mintea!

*

Deschid ușa indiferent, poate ușor nerăbdător să intru din nou într-o sală veche, cu mirosul de pluș, însă de data asta sunt cu adevărat surprins, pentru că mă regăsesc singur într-o sală minusculă, cu scaune ale căror spătare au placaj din lemn, crăpat pe margine, ca o broderie care agață hainele, și-mi dau seama că e cinematograful din Breaza, unde, după Revoluție, m-am refugiat timp de două săptămâni, când a trebuit să le petrec, adolescent fiind, alături de Ralu și de Psihi Mu, în stațiunea pensionarilor, pe când gândurile mele erau pe deplin captivate de imaginea sânilor plini ai unei frumoase brunete pe care o decupasem dintr-o revistă porno nemțească și pe care, oroare!, o uitasem ascunsă sub mașina de spălat, acasă. Eram cazați în căsuța unui medic pensionar, prins, bineînțeles, de farmecele lui Ralu, pe care o scotea la înghețată pe șoseaua principală, în timp ce eu o însoțeam pe Psihi, semisenilă, prin curțile tuturor bisericilor posibile din oraș, unde-și găsea câte o companioană cu care putea să vorbească cu orele. Eram nevoit să mă ascund printre tufișurile de fragi din grădina doctorului ca să mă pot deda la plăcerile solitare ce-și aveau ca motor primordial imaginea brunetei care devenea, în acele scurtmetraje, o tovarășă de viață plină de compasiune, de admirație pentru mine și, bineînțeles, o expertă în *fellatio*. Când am ajuns într-o stare vecină cu epuizarea, a trebuit să caut o altă modalitate de petrecere a timpului liber, așa că am plecat în plimbări singuratice nesfârșite, până am găsit acest cinematograf care, spre surprinderea mea, funcționa, chiar dacă rula acolo un singur film, pe care aveam să-l văd de peste 15 ori, și anume *Noaptea cometei*, o comedie romantică horror SF fantasy din 1984, probabil cel mai prost film făcut vreodată, de aceea și fascinant. Pământul este survolat de aceeași cometă care a ucis dinozaurii în urmă cu 65 de milioane de ani, iar lumea o așteaptă cu brațele deschise, cu excepția câtorva prevăzători, care se izolează și așteaptă Apocalipsa. Omenirea este transformată în praf roșu, însă cei parțial afectați se transformă în zombi. Eroii noștri se luptă atât cu oamenii de știință malefici, cât și cu acești zombi, până când rămân în viață doar două cupluri și vreo doi copii.

Eram singurul spectator al filmului și proiecționistul îmi devenise deja un bun prieten, așa că, văzând cu câtă scârbă mă îndrept spre ieșire, mi-a pus filmul de două ori într-o zi. Stăteam cu picioarele aruncate peste spătarul din față și, după a șasea, a șaptea vizionare, iubita mea brunetă cu sâni mari și sfârcuri țuguiate apărea și ea acolo, alături de mine, care eram un poet destul de priceput la karate.

Mă așez la fel și închid ochii, dar nu-mi mai amintesc nici chipul iubitei mele de atunci (sânii da!), nici cum arătau personajele din film. În schimb, îmi amintesc foarte limpede asta:

AP. 7

Arta fugii

Circula prin școală legenda asta că Papuș o să fugă-n Thailanda, că are un plan beton, că totul e pus la punct, că doar urmărește momentul potrivit și vestea că vaporul pe care-l așteaptă urmează să tragă-n port la Constanța, dar pe mine nu mă prea interesase chestia asta, pentru că nu eram din aceeași gașcă, adică eu învățam la a VIII-a F, el era de la D și eu nu eram genul care să treacă granițele. Numai că s-a-ntâmplat ceva atunci, în 1993, nu mi-am dat seama pe loc, așa cum nici acum nu pot spune ce s-a schimbat în chimia și fizica lumii sau, mai mult, ce anume s-a alterat în chimia și fizica sufletului meu, însă lucrurile au început să se precipite.

S-au întâmplat multe lucruri deodată și totul atât de repede, încât m-am trezit într-o dimineață cu totul alt om: dacă aș fi genul care să creadă în echilibrul dintre bine și rău, aș spune că într-o stare de adormire, de animal în hibernare, s-a născut în mine o creatură plină de energie carnasieră, înfometată și grăbită să sfâșie.

În 1993 sau '94 Ralu a divorțat de Sergiu, prietenul meu tată vitreg plecat în Germania, și s-a angajat la o firmă arăbească de import-export, unde muncea până seara târziu, Genu, tatăl meu natural, a plecat la muncă în America, Psihi Mu, bunica mea, s-a îmbolnăvit și a venit să locuiască cu noi în Casa cu Lei din Aleea Solca, adică să doarmă în pat cu mine, care începusem deja să mă masturbez și să ascund prin casă foile cu tipar șters ale revistelor pline de imagini și imaginație, precum *Prostituția*, *Pasiunea* sau *Bordelul Mov*, foi ale unor cărți care mi-au modelat caracterul, precum romanele lui Emmanuelle Arsan, Dumnezeu s-o ierte!, și, colac peste pupăză, tot în 1993 am fost și la primul meu concert de rock, la Sala Polivalentă, unde, după o seară întreagă în care au cântat trupe ca Neurotica, Altar sau Celelalte Cuvinte, organizatorii s-au gândit să ne-o ofere și pe Daniela Györfi, care atunci era, vorba scriitoarei, *in her prime* și care s-a urcat pe scenă într-o pereche de pantaloni scurți, din piele și a aruncat în public cu prezervative, apoi ne-a pus să urlăm pe rând, mai întâi fetele și apoi băieții, dar a fost nemulțumită de băieți și ne-a întrebat dacă nu cumva ducem lipsă de coaie, chiar așa: „Bă, dar voi n-aveți coaie, ce pula calului?". Așa a fost și multe nopți am adormit, în camera mea cu vedere la Cimitirul Evreiesc, gândindu-mă la Daniela Györfi și la o herghelie de cai sălbatici care străbat tundrele deschise la capul patului meu...

Apropierea mea de Papuș s-a petrecut tot datorită revistelor de profil, care ne adunau pe toți, în timpul pauzei, în veceul băieților, unde ne masturbam în cerc privind pozele alb-negru, șterse și prea puțin porno sau ascultând vocea unuia dintre noi care citea din povestirile scrise de redactorii revistelor și prezentate ca reale la „Poșta Redacției". Mi-a rămas întipărită în memorie nelămurirea Marianei B. din Constanța, care scria acolo că are 17 ani și că de doi ani face sex oral cu fratele ei geamăn, ca să-și păstreze virginitatea pentru viitorul soț, și care întreba îngrijorată dacă e adevărat ce a auzit, cum că sexul oral poate cauza cancer al gâtului, mai ales că pe ea fratele geamăn o obliga să înghită. După acea povestire, care ne-a aprins imaginația, Papuș a intervenit și ne-a spus că în curând n-o să mai piardă timpul cu labagii ca noi, pentru că Thailanda, unde urmează să fugă în scurt timp, e un rai pentru bărbați, că fetele de acolo sunt fascinate de Omul Alb și că pică așa, pe stradă, când văd unul ca noi, că o să-și facă un adevărat harem acolo, după ce o să strângă destui bani ca mus pe vapor. Nu pot să spun că imaginea asta, a raiului sexual, a fost cea care m-a atras, ci mai curând ideea de a deveni marinar și m-am gândit să profit de cunoștințele lui Papuș, de faptul că unchiul lui lucra pe un vapor care andoca în portul Constanța și apoi pornea spre Thailanda, pentru că mă hrănisem în copilăria care tocmai se încheia numai cu Jules Verne, cu poveștile lui despre copii de vârsta mea care pleacă în aventuri pe mare, sau cu Jack London și adolescenții lui săraci care dau dovadă de dârzenie și tărie de caracter. Am început să leg pe cât de strâns am putut relația cu Papuș, adică să ies după el în pauze în curtea seminarului teologic, acolo unde ne adunam la fumat, să râd la poantele lui cam stupide și, într-un târziu, să-i mărturisesc că aș vrea să-l însoțesc în aventura lui thailandeză. La început nici n-a vrut să audă, că e planul lui, că totul e calculat pentru o persoană, că în cala vaporului un singur băiat are mai multe șanse să stea ascuns până ieșim din apele teritoriale, că el are și o sumă de bani pregătită, adică a furat de la maică-sa 200 de dolari pe care-i ține ascunși într-o pungă pe care a pus-o într-o groapă săpată-n curtea blocului, și alte rahaturi din astea, dar i-am demontat eu toate argumentele și i-am spus că mi-e dor de taică-miu, că de fapt mi-e dor și de maică-mea, ba chiar mi-e dor și de tatăl meu vitreg, care a plecat de-acasă, și că n-o mai suport pe bunică-mea, care și-a pierdut mințile și, pe lângă faptul că doarme cu mine-n pat, îmi fute și serile, când mă boscorodește că vin târziu de la școală, că probabil „umblu cu toati curvili". Și i-am mai promis că o să șutesc și eu niște bani, pentru că știu unde-i ține mama. În 1993, oamenii nu prea știau ce să facă cu banii: cei mai mulți îi băgau în jocuri piramidale care le promiteau să se îmbogățească rapid, alții cumpărau acțiuni la tot felul de fonduri de stat, iar alții deja pățiți, ca Ralu, mai adunau și în spatele bibliotecii, într-o cutie, unde țineau și bijuteriile.

Și așa, în dimineața zilei de 4 octombrie 1994, în loc să fim în curtea școlii, la poștit țigări și făcut schimb de cartonașe Garbage Pail Kids, eu și Papuș eram în Gara de Nord, unde, în loc să luăm primul tren de Constanța, ca să ajungem pe puntea vaporului care urma să ne ducă-n Thailanda, ne-am urcat în primul personal spre Bacău, ca să ni se piardă urma – asta a fost ideea lui Papuș –, de unde plănuiam să luăm un accelerat de Mangalia, iar de acolo ne descurcam noi cumva. Eu, spre deosebire de Papuș, dezvoltasem o formă incipientă de conștiință, așa că-i lăsasem lui Ralu un bilet pe cutia de pâine, în care-i scriam așa: „Să nu te sperii. Am plecat în Thailanda. Ți-am luat zece mii de lei și un lănțișor de aur, dar o să-ți trimit de zece ori pe-atât. Pup-o pe bunica!". Papuș nu lăsase nimic, pentru că avea boală pe maică-sa și pe taică-su, care tocmai se despărțiseră și care erau securiști.

Ne-am aprovizionat din gară cu 20 de cutii de vodcă Scandic, cu un pinguin albastru care-ți făcea cu ochiul ștrengărește, și ne-am cumpărat fiecare câteva pachete de țigări, eu Viceroy, Papuș Kent lung. Personalul de Bacău era gol și făcea zgomot ca un spărgător de gheață, în compartimentul nostru era frig ca-n Curmătura Buzăului, așa că ne-am hotărât să dăm cep la vodcă și apoi, văzând că nu ne deranjează nimeni, am început să fumăm. Părul cârlionțat, blond al lui Papuș se proiecta pe turnurile din Grant ca pe fundalul unui tablou simbolist de-al lui Ralu, în care aducea laolaltă elemente organice și tot soiul de mecanisme industriale comuniste, cum ar fi furnale gigantice care se încheiau într-un cap rozaliu de penis sau sonde de petrol care introduceau în pământ trompe ca de țânțar. Mă gândeam din ce în ce mai serios la ea, ba chiar și la arta ei, la ce-o făcea să meargă mai departe, deși devenise ceea ce se numește o ratată, cărcia nu i se mai vindea nimic. Și ce mă durea mai mult era că în gândurile care o aveau pe ea ca personaj principal nu se mai regăsea decât foarte puțină duioșie, cam aia pe care i-o rezervi unui fost prieten, alături de care ai înfruntat zăpezile unui traseu periculos, iarna, dar pe care nu l-ai mai văzut de mult timp și despre care auzi accidental că e însurat, are patru copii și e inginer-șef la Automobile Dacia. Asta încercam să-i explic lui Papuș, cum mă doare absența unui sentiment pe care-l crezusem veșnic acolo, și el sugea din Kentul lui lung ca un lord englez, ținând țigara afectat, ușor ridicată în aer, ca una din femeile decadente ale lui Otto Dix, care-i plăceau atât de mult lui Ralu.

Când a oprit la Ploiești, s-au urcat mai mulți oameni, și la noi în compartiment au încercat să intre două doamne cu niște coșuri din nuiele împletite, dar deja nu se mai vedea plafonul din cauza fumului, iar capul lui Papuș plutea prin acest nor precum Duhul lui Dumnezeu pe deasupra apelor, așa că și-au făcut cruce și au ieșit repede, iar când trenul s-a urnit, mi-am dat seama că am să fac o comunicare importantă, esențială chiar, așa că am început *ex abrupto*:

— Papuș!

— Ă! a răspuns Duhul Domnului, care se oprise din plutirea lui și se stabilise pe un gât subțire, care ieșea dintre doi umeri înguști, pe care cădea, ca de pe un umeraș, un tricou cu *Dragon Ball Z*.

— Băi, Papuș, fratele meu!

— Ă! a articulat Duhul și a ridicat cutiuța cu pinguin spre gură, pe care a ratat-o, băgându-și paiul în nas, apoi a început să horcăie, pentru că era răcit Duhul.

— Fii atent, frate: tu crezi că o să mori?

— Nu mor, bă, am luat piramidon cu mine. Am și baton de nas.

— Nu acuma, prostache! Așa, în general. Adică vreodată, mă-nțelegi?

Acuma, cum am mai spus, eu și Papuș nu eram tocmai frați, ne știam de la țigară, dar acolo mai mult ne țineam de bancuri sau analizam curul Crinei, de la el din clasă, care pe vremea aia purta blugi cu talie înaltă și ciocate.

Așa că n-avea tovarășul meu chef de din astea cu mine, a ridicat din umeri și a început să se uite pe fereastră.

— Papuș!

— Zi, mă, zi!

— Bă, eu, fii atent! Eu, adică eu...

— Tu, mă!

— Da, mă, eu. Eu o să mor!

— Ce-ai, mă, dilimache, ești sandilău? De ce să mori? Eji bolnav?

— Nu, mă, Jurvale, fii atent: eu odată și-odată o să mor. Eu, înțelegi?

— Păi, toți mor, tâmpitule.

— Da, mă, dar nu știam că și eu!

— Hai, că ești dus, du-te-n pula mea, mai bine taci.

Și Duhul a lăsat capul pe spate, cu țigara aia lungă și albă între buze, și arăta așa, cam ca Frieza din *Dragon Ball Z*, împăratul Universului 7, un urmaș al zeilor frigului.

Eu aș fi tăcut, numai că revelația asta a mea nu-mi dădea pace și am început să-i povestesc cum m-am trezit într-o noapte furtunoasă, când crengile nucului dinspre Cimitirul Evreiesc au început să lovească furioase geamul camerei, iar eu am înțeles tot, că o să mor la un moment dat, iar asta va însemna sfârșitul a orice. Sfârșitul lumii. Sfârșitul lumii este cert, mi-am dat seama, nu e invenția unui nebun sau al unui fanatic religios. Și i-am explicat toate astea lui Papuș, punctând cu mirarea mea autentică în fața dispariției a orice. Apoi, când trenul a oprit scrâșnind la Buzău, mi-am dat seama că sunt foarte, foarte beat și că mi-e rău, iar Papuș nu se mai vedea deloc, pentru că alunecase sub pâcla aia, așa că m-am ridicat ținându-mă de grătarele alea pentru bagaje, am deschis ușa cu chiu, cu vai și m-am izbit de pereții culoarului până spre budă, iar acolo erau mămăile alea cu coșurile lor din nuiele împletite, care s-au făcut că nu mă văd, ceea ce mi-a întărit credința că sunt cu adevărat invizibil și că poate am murit, așa cum realizasem că se va întâmpla odată și-odată, iar asta mi-a stârnit o stare de bucurie explozivă, chiar când vomitam peste tot, în buda trenului care oprise pentru două ore în gara Buzău. Am stat sprijinit de perete, transpirat și tremurând, înșfăcat brusc de o luciditate pe care-o abandonasem încă de la ieșirea din casă, adică m-au năpădit tot soiul de regrete, prin fața ochilor mi se derulau filme în care Ralu umbla despletită pe străzi, mă striga cu voce tragică, tot ca-n filme, probabil un film spaniol, rătăcea pe Bulevardul Pieptănari, chiar pe linia de tramvai, cu ambele mâini înfipte în coama părului, și-mi rostea numele, în cele din urmă, șoptit. Așa că m-am repezit pe coridorul întunecat spre compartiment, hotărât să-i spun lui Papuș că mă întorc acasă, dar, când am ajuns, nici Papuș, nici bagajul lui nu mai erau acolo, dispăruseră probabil într-o dimensiune paralelă, drept care am decis să intru și eu în ea, iar singurul portal probabil rămânea ușa de ieșire din tren, pe care am năvălit cu capul înainte și m-am prăbușit pe peron, chiar sub un felinar, și de acolo, de jos, am văzut clădirea gării, proiectată pe cerul întunecat de nori, și gara asta semăna cu un *dojo* al unui senior japonez, așa că am decis că mai mult ca sigur acolo se află portalul, deci m-am ridicat și, după ce am constatat că în mod straniu îmi fusese afectat centrul echilibrului, pentru că piciorul stâng se încăpățâna să se așeze în mod nepotrivit în fața celui drept, chiar când cel drept executa un pas, așa am parcurs drumul spre gară mai mult târâș decât mergând, dar am reușit în cele din urmă să traversez portalul și m-am trezit într-o lume inundată de lumină galbenă, unde nu existau ființe vii, ci doar voci care se auzeau întrerupt de la un megafon și vocile alea mă sfătuiau pe mine, adresându-mi-se direct, să încerc să dorm puțin, pentru că o să-mi fie mai bine, așa că m-am întins pe o banchetă, am supt puțin dintr-o cutiuță de Scandic și am închis ochii, promițându-mi că, atunci când mă voi trezi, o să-l caut pe Papuș în universul ăsta misterios, ectoplasmatic și diafan. Era ținutul Ulro, am visat sau poate doar am visat că visez, însă în acest ținut, al luptei dintre orgoliu și umilință, eu trebuia să pășesc sfios, să-mi număr pașii, să-mi drămuiesc eforturile și să-mi folosesc armamentul din dotare pentru a-mi găsit prietenul răpit de posesorii vocilor Dominante!

M-am trezit nu foarte bine, însă, după ce m-am ridicat de pe bancă, am observat că nu-mi mai e imposibil să parcurg câțiva metri, apoi în raza mea vizuală și-au făcut apariția câțiva aborigeni, care mai de care mai maronii și care-și ascundeau chipurile sub căciuli și baticuri și purtau în picioare cizme grosolane din cauciuc, iar pe lângă trupuri purtau papornițe, coșuri împletite, ba chiar și păsări ce semănau izbitor cu găinile din lumea mea. M-am îndreptat spre un asemenea aborigen, hotărât să stabilesc un contact cu el, operațiune ce-mi părea esențială pentru a avansa în teritoriu, mai ales că intenționam să smulg de la ei, prin viclenie, detalii despre Papuș, prietenul meu pierdut. M-am postat în fața unei creaturi care purta o haină din postav albastră, iar pe cap o căciulă din blană de miel (sau dintr-un animal echivalent cu mielul terran) și am început să-i semnalez prin gesturi că vreau să aflu de la el detalii legate de ceva important. Ăsta a ridicat capul spre mine, s-a uitat apoi în stânga, unde se afla o creatură de sex feminin care a făcut spre el niște semne ce mi-au părut descifrabile, apoi s-a ridicat și m-a ocolit ca o zvârlugă, după care s-a așezat în partea cealaltă a sălii. Eu am înțeles mișcarea ca pe o invitație la intimitate, așa că m-am luat după el și m-am postat iar în fața lui. Mi s-a părut că din spate se aud râsete, ceea ce credeam că e un semn bun, care arată că ființele din această Zonă sunt binevoitoare. Omul a hârâit ceva la mine prin cavitatea bucală, dar nu l-am înțeles, așa că am continuat să-i explic, de data asta hârâind la rândul meu, că-mi caut prietenul pierdut în Regatul lor. La un moment dat s-a ridicat în picioare și a început să se împingă cu pieptul și cu umărul în mine, ceea ce probabil era o formă de salut sau o formă de a face cunoștință, așa că m-am împins și eu în el și mi s-a părut că-l văd zâmbind, însă imediat am simțit că-mi vâjâie urechile și mi-am pierdut echilibrul, apoi s-a făcut negru și probabil am căzut înapoi în lumea noastră, fără nici o șansă de a mai da de Papuș.

M-a trezit vocea din megafon care anunța sosirea la peron a acceleratului de Constanța, cel pe care urma să-l luăm eu și Papuș înainte de dispariția lui misterioasă. Am sărit în picioare, mi-am adunat cutiuțele de Scandic și am fugit afară, unde deja se înserase și plouase, așa că aerul avea mireasma împuțită de sedativ a orașului provincial care a făcut atâția oameni cu mințile la locul lor s-o ia razna. Am urcat în tren, l-am căutat pe naș și i-am dat dreptul, apoi m-am întins pe o banchetă și am adormit, am căzut într-un somn greu, plin de vise în care Adam și Eva dezmembrați cădeau din cer în ținutul Ulro, unde pitici diformi țineau plase întinse în care le prindeau membrele.

Când am coborât în gara din Constanța, spre dimineață, și am pornit încet spre clădirea gării, ca să ies și să iau un taxi spre port, eram un pic buimac. Îmi pierdusem tovarășul într-o dimensiune paralelă, călătorisem și eu prin portaluri, fusesem aruncat înapoi, călătorisem de la București la Bacău și de acolo la Constanța, fusesem beat, dar și treaz, aveam obrazul umflat și mă durea toată partea dreaptă, mă ustura stomacul și mă îndreptam spre port, unde trebuia să apelez la unchiul lui Papuș, apoi să-i explic cum se pierduse nepotul lui. Când am deschis ușa de la clădirea gării și am intrat, am observat un grup statuar din mijlocul căruia se ridica pieptul umflat al lui Ralu, înconjurat de mutrele încruntate a vreo șase polițiști. M-am îndreptat spre ei cu pas tremurat și am întins mâna hotărât să pipăi realitatea.

În Casa cu Lei
(continuare)

Îmi vine din ce în ce mai greu să ies din cameră. Mi-e frică și simt apăsarea norilor plumburii care se adună deasupra Bucureștiului de fiecare dată când mă uit pe fereastra celulei din podul în care trăiesc. Într-una din zile, când îmi adunasem destulă voință și energie pentru a risca o coborâre, hotărât să mă mișc din perimetrul delimitat de canapeaua desfundată, chiuvetă și ușa dinspre holul comun, m-am uitat pe fereastră și acolo, în piațeta de la intersecția celor trei străzi, chiar sub felinar, trei bărbați stăteau îngenuncheați în jurul unui obiect care inițial mi s-a părut imobil, pentru ca apoi, când ochii mi s-au obișnuit cu penumbra de iarnă, să-mi dau seama că e o pisică sau un câine mic pe care-l țineau șase mâini, dintre care una meșterea ceva, ca și cum animalul ar fi fost un mecanism, un automaton dintr-un cabinet de curiozități, numai că rațiunea îmi spunea că nu poate fi vorba de așa ceva, ci de un lucru mult mai sumbru, pentru că i-am recunoscut, erau trei dintre țiganii care colindau străzile din jurul casei mele, scormonind prin gunoaie, trei oameni care câteodată se transformau și ei în mecanisme umblătoare, când făceau rost de heroină, și începeau să bântuie pe Strada Anton Pann aplecați în față, ca Michael Jackson în „Smooth Criminal“, cu brațele mișcându-se caricatural pe lângă corp, ca-ntr-un marș militar, cu trunchiul îndoit, privirea goală – din care dispar atunci chiar și foamea și viclenia din perioadele de luciditate – și o pliere a genunchiului ca de cocostârc care pășește prin apă. Am lăsat să cadă perdeaua prăfuită și m-am ascuns după ea.

Iar când m-am întors cu spatele, sprijinit de bucățica de perete care mai rămăsese liberă între fereastră și canapea, am primit amintirea – așa am ajuns să cred, că amintirile îmi sunt trimise – a unei după-amiezi de iarnă, când stăteam la o terasă din Predeal – probabil terasa celei mai în vogă discoteci din acei ani, Meteor –, iar de partea cealaltă a mesei erau așezați Genu și alți doi bărbați, toți trei având atunci în jur de 40 de ani, vârsta mea de acum. Lângă masă era așezată o găleată ori o frapieră, în care cineva renunțase să mai pună sticlele la rece și turnase direct vinul alb, împreună cu bucăți de gheață, apoi tăiase câteva lămâi peste. Pe masă trona un platou cu brânzeturi și mezeluri, ceapă roșie, slănină și-mi reînvie în corp foamea de animal, probabil pentru că schiasem toată dimineața și pentru că eram foarte tânăr, încă nu împlinisem 20 de ani. Era prea cald pentru ianuarie, acum îmi dau seama că era după Revelion, fie prima, fie a doua zi, și o rază ascuțită de soare tăia masa în două. Genu stătea cu capul sprijinit într-o mână și zâmbea, apoi soarele s-a deplasat înspre el, pentru că pământul și-a continuat mișcarea de rotație, nu s-a oprit, așa cum credeam eu atunci că face în momentele importante. Are mustața ușor încărunțită și vorbește agitat cu ceilalți doi bărbați, se întrerup să râdă, nu încerc să-i urmăresc, probabil mă gândesc la ale mele – care or fi fost ale mele pe atunci? –, eventual la o sesiune de care trecusem cu bine, un prim 10 curat la istoria literaturii române, îmi amintesc clar examenul scris de final de semestru, din Hasdeu, când am fost singurul care citise monografia chinuitor de plictisitoare scrisă de profesor și luasem nota maximă, apoi plecasem direct la gară, spre munte, unde urma să stau cu Genu și cu familia lui, iar exaltarea de după examen a rămas în mine în toată perioada următoare și a tremurat acolo când m-am combinat cu o monitoare de schi mai mare decât mine, care nu-mi plăcea neapărat, dar care avea un corp frumos și cu care m-am îmbătat de Revelion și am ajuns în pat în cabana unde ea avea grupa de copii aflați în tabără, noi doi și o sticlă de vin, fumând între cei patru pereți căptușiți cu lambriuri din lemn, vorbind – despre ce? – și ascultând muzică (abia aici se face declicul, pentru că era o hipioată atipică, așa că am ascultat *Led Zeppelin I*), apoi ne-am băgat în pat și, în timp ce-i sugeam sfârcurile, ea vorbea, într-un abandon ridicol, despre logodnicul ei, care se pare că n-o futea bine, așa că de la un punct nu mă mai gândeam decât că trebuie să repar această eroare a naturii și să fut eu bine și tocmai gândul ăsta, suprapus nopții de beție, mă făcea aproape impotent și așa ne-am chinuit câteva ore, iar când lumina a început să se strecoare pe fereastră și să se audă zgomotele făcute de micii schiori și ea – probabil Rodica – a făcut: „Hiii, s-a trezit copiii!“, abia atunci mi s-a sculat și am intrat în ea, care se ridicase deja într-un cot.

De obicei, Genu nu mă lua cu el în misterioasele escapade în care pleca însoțit de tovarășii lui trecuți de 40 de ani, bărbați cu slujbe bune, unii dintre ei chiar foarte bogați, încă arătând tineri, care se grupau în două mașini de teren și dispăreau în noapte, după care nu mai auzeam nimic de ei până a doua zi, când circulau deja de dimineață legende despre striperițe comandate din Brașov sau Ploiești, dansuri pe masă, beții de pomină, lucruri care nu se suprapuneau în mintea mea cu ordinea și disciplina lui Genu, cu imaginea monolitică a familiei lui perfecte, cu intransigența în fața greșelilor mele monstruoase. Nu puteam asocia în ruptul capului mustața lui, chelia și cămășile care ieșeau de sub pulover cu un club de noapte, nu-l vedeam rânjind lubric sau dansând cu o minoră, lucruri pe care însă le puteam lega de o proiecție a mea peste 20-30 de ani. În același timp, când fac pașii ăștia în trecut, îmi dau seama că vorbesc despre anii 2000, când începuseră să iasă bani în România, să se facă averi din nimic, să se nască așa-zisa pătură de mijloc a națiunii, iar bărbații ăștia de 40 de ani care nu reușiseră să fure sau să pună pe picioare afaceri cu statul sau cu hălci din stat în anii '90, pentru că avuseseră ghinion sau nu fuseseră destul de securiști, acum dădeau de mirosul prosperității, iar asta-i excita. Nu erau mafioți, dar cunoșteau mafioți, nu făceau parte din celebrul top 300, dar în mod cert intrau într-un nerealizat vreodată top 50000. Erau bărbați care conduseseră Dacii până-n '89, care cumpăraseră apoi Volkswagenuri Golf sau BMW-uri E32 în anii '90 și care acum conduceau Wrangler sau Range Rover, din care priveau lumea de la înălțime și siguranță. Erau bancheri, asiguratori de top, medici cu propriile cabinete sau, în cazul lui Genu, aveau propriile agenții de voiaj. Își făceau vacanțele în Grecia, în Spania, vorbeau despre Ibiza ca despre Constanța sau Mamaia, iar iarna se întâlneau în cabana care aparținea unuia dintre ei, situată chiar la poalele pârtiei din Predeal. Pentru mine, excursiile de iarnă erau ca o călătorie pe Lună, mă simțeam la fel de dezorientat ca exploratorii bărboși ai lui Méliès care pășesc cu grație și teamă pe solul selenar, sub privirea unui Saturn violent. În două-trei zile uitam de sărăcia din Casa cu Lei, de tocănița de cartofi cu salată de varză sau de pilaful cu aripioare de pui și comandam ca un nabab de la barul cabanei, unde nu trebuia să plătesc, apoi mă suiam pe schiuri după berea de dimineața și urcam la Clăbucet Plecare, de unde coboram pe traseele cele mai periculoase, în plină viteză, pe potecile înguste delimitate de brazi, jucându-mă mereu cu tentația de a vira brusc și de a mă-nfige într-un trunchi de copac. Nu s-a întâmplat niciodată, dar continuam să-mi sfidez soarta, mă aruncam cu schiurile-n picioare din telescaun, pe pârtia cu bilă neagră, cu cagula care-mi acoperea fața zgâriindu-mi barba, cu ochii ascunși de ochelari de soare, nu de schi și coboram drept, fără carv sau cristiane. La poalele pârtiei comune, unde ieșeam dintre brazi, era o trambulină din zăpadă de pe care mă aruncam direct, ca un spirit al pădurii, și aterizam elegant, flexând genunchii, apoi frânând brusc în fața gardului de sârmă dincolo de care era șoseaua neagră pe care se scurgeau claxonând sutele de mașini. Ajungeam doar seara la cabană, înghețat și înfometat, și începeam să servesc la bar, turnându-mi și mie din când în când o bere sau un Jägermeister. În săptămânile scurse așa nu citeam nimic, nu ascultam muzică, iar când o sunam, o dată la câteva zile, pe Ralu, încercam să amorțesc senzația de jenă pe care mi-o trezea vocea ei. În anii aceia, Sergiu, zis Jidanu, nu se întorsese încă frânt din Germania, așa că o știam singură, puteam jura că știu ce face ea în fiecare moment al zilei, știam gestul cu care abandonează pensula în fața unei pânze începute cu ani în urmă, pentru a se așeza în fața televizorului și a nesfârșitelor talk-show-uri politice. Pasiunea lui Ralu pentru televizor, din anii '90, se transformase în dependență, petrecea toată seara, apoi și noaptea, până spre 2-3, urmărind cele mai grotești puneri în scenă televizate, emisiuni în care spiritul lui Mihai Viteazu era invocat și intervenea în direct pentru a vitupera la adresa inamicului politic al celor care cauționau televiziunea respectivă. Eram atunci prea tânăr și prea egoist ca să citesc în anularea oricărui simț critic al lui Ralu semnul unei tristeți adânci. Abia mult mai târziu m-am întrebat dacă nu atunci începuse să-și simtă bătrânețea și moartea, pe care le combătea printr-o conectare neîntreruptă la nebunia tranziției românești.

— Mamă, dă televizorul ăla mai încet! îi strigam de la etaj, unde răsuna vocea pelticului Dan Diaconescu, aflat, alături de invitații săi, în plină căutare a averilor de peste granițe ale lui Ceaușescu.

Se făcea că nu mă aude – sau probabil că nici nu mă auzea –, așa că trebuia să cobor scara în melc până la ea și o găseam ațipită pe canapeaua din fața televizorului, un Grundig mic, cu culori șterse, care înlocuise GoldStarul de după Revoluție, care la rândul lui înlocuise televizorul mic, Sport, cu două antene lungi în spate. Întreaga noastră viață de familie se construise și se destrămase în jurul acestor televizoare: probabil că locul acela, neschimbat în 40 de ani, ar fi fost cel al șemineului dintr-un serial american. Mulți dintre colegii mei își stabileau, alături de familii, cartierul general în bucătărie, acolo unde se fuma, unde era mai cald iarna și se sta sprijinit de celebrul dulap de bucătărie cu două geamuri sus și două uși din lemn jos, vopsit în toate culorile, când dădeau drumul la cuptor și la cele patru ochiuri de aragaz, însă la noi, în ciuda celor sub zece grade din sufragerie, vatra casei era întotdeauna televizorul. Chiar și atunci când se oprea curentul, câteodată în mijlocul „Telejurnalului" la care ne uitam hipnotizați în timp ce cuplul prezidențial dădea indicații pe la niște termocentrale sau Tovarășul îi strângea mâna unui președinte-rege african, cu care se înțelegea foarte bine, chiar și în beznă, chiar și după ce aprindeam lumânările, continuam să ne holbăm în ecranul negru al televizorului. Într-o seară de iarnă, după ce colindaserăm toată ziua pe la alimentarele din Berceni, la Big, la alimentara de la Geamuri Multe, la piața Progresul și în final chiar la noi, la Pieptănari, după ce ne-am oprit la toate alimentarele unde băgaseră portocale și am stat la coadă toți trei, prefăcându-ne că nu ne cunoaștem, ca să luăm fiecare câte două kile, după ce am încărcat portbagajul Daciei 1310 a lui Sergiu, după ce i-a murit motorul în intersecție, chiar la Șura Mare, și am împins mașina – eu cu Ralu din spate, Sergiu din lateral, pe stânga, cu o mână dând de volan – și am intrat în casă, ne-am descărcat marfa pe bufetul verde din bucătărie și ne-am așezat la televizor, imediat după ce a apărut figura cadaverică a lui Cornelius Roșiianu, s-a luat curentul. Imediat s-a auzit un „Futu-ți morții mă-tii" dinspre Sergiu, urmat de un „Taci, măi, Sergiule, că te aude ăsta mic", Ralu a scos lumânările roșii, groase, din bufet, din sertarul de jos, cel în care se mai găseau și acte, fotografii și niște bile colorate din sticlă, le-a aprins după multe încercări, pentru că se umeziseră chibriturile, și ne-am adunat în jurul televizorului stins, pe care Ralu așezase un sfeșnic din alamă, mare și încărcat cu scene verticale, gravate în metalul înverzit. Era liniște, se auzea din când în când sfârâitul flăcării și zăpada care se tasa pe acoperiș – erau niște pași acolo, sus, un Yeti de Șura Mare mergea pâș-pâș pe Casa cu Lei sau poate chiar leii de la intrare se dezmorțeau și făceau câteva ture de curte ca să se-ncălzească –, iar eu mă așezasem cu o portocală chiar în dreptul lumânării, stăteam acolo ca Maria Magdalena a lui de La Tour, însă nu priveam melancolic în flacăra lumânării, ci decojeam pe cât de încet posibil acea primă portocală a anului și-mi amintesc acum, în podul mansardat prin care suflă vântul, în timp ce afară niște bărbați drogați probabil omoară o pisică, cum căldura flăcării îmi încingea fața, pornind dintr-un punct central, pentru ca apoi aceeași căldură să se răspândească din ce în ce mai puțin intens, pe tot obrazul, pe când celălalt era rece. Aveam mâinile înghețate, unghiile lungi și murdare, numai bune să se înfigă în armura cornoasă, portocalie, și îmi impusesem să nu folosesc cuțitul, pentru că nu reușeam niciodată să fac incizia atât de bine încât să nu atingă carnea fructului. Mușcam de undeva de lângă capăt, apoi înfigeam unghiile atent și trăgeam în jos, desprinzând o fâșie lungă, până-n celălalt pol al portocalei, apoi reluam procesul de sus până când rămânea albă, cu zone mici de portocaliu, pe care le vedeam mult mai aprins, mai vii în lumina lumânării. Prelungeam pe cât posibil procesul, prins între căldura ascuțită a flăcării și arsura frigului din celălalt obraz. Acolo, între cele două senzații, era o amețeală plăcută, asemenea celei dinaintea somnului, sub plapumă, când îmi trăgeam genunchii spre gură și încercam să respir prin gaura lăsată deasupra capului.

După ce decojeam portocala însă venea etapa cea mai dificilă, cea în care încercam să las la lumină doar portocaliul, carnea fructului, adică să scap de ațele albe, care mie-mi rămâneau în gât și mă făceau să vomit, așa cum mi se blocau în gâtlej cojile de roșie din ciorbă sau ficățeii de pasăre. Cu ațele, lupta era și mai grea – aici trebuia procedat în dezordine, aleatoriu: de oriunde se ițea un capăt liber, trebuia tras destul de fin încât să nu se rupă, ci să angreneze după el o întreagă plasă de ațe, ca și cum portocala aia ar fi fost învelită-ntr-o pânză de păianjen, un animal rotund, victimă a unei insecte harnice.

Cât decojeam, eram atent la ce vorbeau Ralu și Sergiu, dar le acordam o atenție vagă, îmi îmblânzeam acuitatea auzului până când discuția lor devenea un murmur îndepărtat, ca dintr-o cameră diferită, nacela unui balon care se înălța deasupra casei, ieșind pe hornul inutil, care pornea din pod, dintre albumele de artă, care, așezate turn, alcătuiau o sobă fantastă.

La un moment dat – nu știu de când decojeam portocala, îmi amintesc doar că arsura din obrazul drept devenise aproape insuportabilă – mi-am dat seama că murmurul se oprise și că cei doi oameni mari, din fotoliile aflate la vreo doi metri de mine, mă priveau din întuneric, că eram ca un fluture pe o lampă, sub ochii ucigași a două șopârle. Mi-am văzut de treabă, dar frica începuse să-și clocească ouăle în mine și mă întrebam, așa cum mă întreb acum, gândindu-mă la bărbații de afară, ca o adiere a minții, dacă au de gând să mă omoare și, tocmai când încercam să înțeleg întrebarea și frica pe care o năștea, Ralu a izbucnit într-un urlet:

— Da' mănânc-o, mă, animalule!

*

Când sosea Psihi Mu într-una din vizitele ei de împăcare, ce durau câteodată și o lună, întindeam canapeaua din fața televizorului și de multe ori ne uitam așa, întinși pe lat, toți patru, „ca sardelele“, la un nesfârșit serial care a început prin 1988 și s-a terminat odată cu moartea ei, la câțiva ani după Revoluție. Actorii se schimbau, la fel peisajele, televizorul Sport roșu a fost înlocuit de GoldStarul color adus de Sergiu și Ralu de la Istanbul, din prima lor excursie de bișniță, din 1990, când s-au întors încărcați și cu geci din petice de piele, maro, bufante, în care arătau ca niște curteni din cartea *Trei grăsani*, pe care o citeam eu în sâmbetele petrecute la Genu, s-au întors cu aur, au cheltuit toți dolarii pe care-i avea Sergiu strânși încă de pe vremea Piticului Otrăvit, bancnotele verzi, pe care le ascundeau în pod, între filele albumului Chagall – de unde visam uneori că prind viață păsările, oamenii ăia slabi și melancolici, vițeii cu flori între coarne și fug cu dolarii noștri rânjind malefic –, deci au luat banii de acolo și, într-o joi seara, m-au anunțat că lipsesc câteva zile, pleacă în Turcia, la Bazar, și chiar așa au făcut, au dispărut cu noaptea-n cap, după ce o aduseseră pe Psihi Mu pe post de paznic. S-au întors duminică seară, Sergiu cumva îngândurat (când era așa, parcă i se înnegrea toată fața, i se afundau ochii-n cap și evita să se uite-n ochii celorlalți, fuma mult, în bucătărie, sprijinit de bufetul verde, uitându-se adânc în întunericul unde poate că se aflau mormintele celor de-un neam cu el sau poate că dansau ființele din albumul Chagall, care-o tăiaseră pe geamul podului), iar Ralu exuberantă, fericită într-un fel cumva tâmp, întinerită și emoționată și aveam să înțeleg doar peste un an, când m-au luat cu ei, că insistențele turcilor, pupăturile mâinilor, emoția lor copilărească în fața brunetei înalte, cu țâțe maiestuoase îi făceau să cedeze la negociere și că Ralu a mea dăduse pentru prima oară cu nasul de capitalism și poate că întrezărise un oarecare viitor în asta, o prosperitate pe care nu-mi mărturisise niciodată că și-ar fi dorit-o. Din contră, făcea parte din discursul ei să vitupereze împotriva arivismului de tip Lucescu („Sunt morți după bani, mă, altceva nu știu oltenii ăia, băga-i-aș în pizda mă-sii"), să pozeze în artista care a ales calea sărăciei de dragul picturii, și nu orice pictură, ci „de-aia adevărată", drept care nici nu se prea vindea. Excursia în Turcia s-a concretizat, pe lângă gecile oribile, de saltimbanc, de blugii Pyramid, de hainele „trei sferturi" din blugi cu guler din blană sintetică, albă, și într-un dublu casetofon International și câteva casete audio, dintre care una a devenit vedeta noii noastre vieți din Casa cu Lei. Era o melodie care făcea ravagii pe la tarabele de la Piața Sudului și de la Șura Mare, „Lambada“, iar pe caseta lui Ralu ea curgea fără pauză și, din prima seară când Sergiu cel înnegurat s-a retras în bucătărie, Ralu a dat noul casetofon la maximum și a dansat în sufragerie, singură, într-un fel care mi se părea obscen, la fel cum mi se părea și bucuria ei în prezența unui om trist, care nu eram eu. Până la urmă însă m-a contaminat și pe mine, pentru că rar o vedeam atât de fericită, și am reușit să uit și eu de Sergiu, așa cum dansam acolo, pe mocheta noastră grena, pe melodia unei formații dintr-o țară despre care nici nu auzisem până atunci. La puțin timp după ce am instalat televizorul GoldStar și TVR-ul a început să dea videoclipuri, neașteptat, aproape la întâmplare, am alăturat și o imagine acestei melodii și am început să am necontenit în față imaginea acelor buci bronzate care se mișcau lubric, rapid sub niște fustițe albe, ba de multe ori se suprapuneau fundului generos al lui Ralu, până când mi-am dat seama că ceea ce mă atrăgea de fapt era fetița blondă din clip, cea care servea în barul de pe plajă al tatălui ei, cu un tricou de marinar și cu privire tristă. Îmi făcusem un obicei din a mă gândi la ea noaptea, înainte de a adormi, înlocuind-o pe Corina, colega mea din banca a doua, rândul de lângă haine, prima fată din clasă care a venit îmbrăcată cu blugi după Revoluție. Luam de multe ori locul băiețelului negru cu care dansa pe plajă și eram, spre deosebire de realitate, flexibil, talentat, cuceritor. În același timp cu „Lambada“ însă, pe TVR apărea figura demonică a Belindei Carlisle, iar „La Luna“ trezea în mine un alt fel de visare, ce-mi părea mult mai curată, lipsită de fiorul rușinos al „Lambadei“. Era o durere plăcută, o sfâșiere ce se petrecea în piept, mi se punea acolo un nod care-mi dădea o nerăbdare, o senzație de alertă care se potolea mult mai greu decât cea infamă a „Lambadei“.

De la dansul de vrăjitoare al lui Ralu cea preschimbată-n cadână de excursia sub zidurile Constantinopolului, Sergiu s-a îndepărtat vizibil de ea și de noi, deși cu mine-și păstra glumele și atitudinea de tată-prieten-mai-mare. Faptul că locuia cu noi și Psihi Mu nu avea cum să îndrepte lucrurile, deși dormea în pat cu mine, pentru că din fala ei de Gorgonă nu mai rămăsese decât gura, însă aia era neobosită. Pleca dimineața de acasă și lua la rând întregul areal hieratic al capitalei, pornind de la Patriarhie, apoi trecând pe la Sfântul Anton, și își încheia ziua la Cimitirul Reînvierea, acolo unde se afla mormântul lui Ianakis, bunicul meu „din Eterie", comunistul fugit din Grecia pentru a se alătura Lumii Noi pe care o construia în România Coloana a Cincea. În mintea mea nu mai rămăsese nimic din Ianakis, se risipise în beciurile unei prime memorii pe care nu reușeam să o mai ating, oricât aș fi orbecăit, așa că-l recompuneam din poveștile care lui Ralu îi aduceau mereu un zâmbet misterios pe buze – „Tata? Păi, bărbat mai haios ca Tata n-am cunoscut!" –, poveștile despre țigările Plugarul, despre plecările lui cu lunile „în teritoriu", la colectivizare, ziua în care a venit în casa nouă, de la Ciclop, cu un somn de doi metri pe care l-au băgat în cadă și care a dat din coadă toată noaptea, iar a doua zi a împărțit din carnea lui albă și grasă întregului bloc, apoi despre drumurile lui, după serviciu, la cârciumă, unde-i plăcea să se pilească, dar mai mult să vorbească și să asculte, dar și dintr-o fotografie îngălbenită în care mă ridică la tavan și-mi surâde cu ochii, încerc să recompun scena aia, pentru că am nevoie de ea ca de o ancoră în mlaștina primilor doi ani de viață. „Lasă-l, tu, că-l scapi, fi-ți-ar băutura a dracu'!", îi răcnea Psihi Mu în ureche, ea fiind de pe atunci tare-n gură și năpastă pentru toți purtătorii de pantaloni. Ianakis făcuse parte din tranșa de eroi comuniști care fugiseră din Grecia după războiul civil, membru ELAS care luptase cu arma-n mână și pentru eliberarea de sub nemți, iar apoi, din 1946, și împotriva englezilor și americanilor. În 1949 fugise, împreună cu mai bine de jumătate de milion de greci, hotărându-se să se oprească în prima țară comunistă care-o să-l primească. În 1950 a ajuns pe la Buzău și, pentru că pe drum o cunoscuse pe Psihi Mu, care era cu părinții – hotărâți să se stabilească în țara asta care fusese recent îmbrățișată de Stalin –, și-a zis că e la fel de bună ca oricare alta. Grecii refugiați în România au fost bine primiți de comuniști, li s-au dat case și ajutoare bănești, așa că 1954, anul nașterii Prințesei Ralu, a găsit tânăra familie la București, în blocul Ciclop, ocupând apartamentul unui dușman al poporului expropriat și trimis la închisoare, omorât sau reeducat. În biblioteca lui Ianakis am găsit cărți care m-au fascinat fără să le înțeleg la început și care apoi m-au fascinat tocmai pentru că le înțelegeam și înțelegeam ce căutaseră în casa grecului comunist convins: Bakunin, memoriile lui Herzen, Kropotkin, Proudhon, *Biblia hazlie*, Feuerbach, *18 Brumar*, *Manifestul Partidului Comunist*, *Originea speciilor*, dar și *Aventura Marelui Raid* sau *Piatra Lunii*. De la el mi-au rămas imaginea acelor două, trei rafturi pe care le-am citit în vacanțele de iarnă și amintirea, probabil construită mai apoi, a mirosului plăcut de tutun care-i învăluia bărbia, părul și hainele, precum și spiritul donquijotesc care bănuiesc că a sărit o generație, așa cum se întâmplă: deși putea să ajungă mai departe în Ministerul Agriculturii, a devenit repede dezamăgit de forma pe care o căpăta comunismul naționalist, a refuzat să pupe-n fund superiori și a început să afișeze o nonșalanță alcoolică ce cred că l-a și scăpat de necazuri. Nu l-a scăpat de un infarct masiv care l-a doborât în C.A. Rosetti colț cu Pitar Moș, când se întorcea, într-o seară, de la cârciuma cu mese de tablă unde-i plăcea să vorbească, să râdă și să asculte. De fiecare dată când treceam pe lângă locul fatidic, Psihi Mu se înnegrea și scuipa un fel de răzbunare verbală: „Fiți-ar băutura a dracu', Ianakis!", după care-și făcea cruce, pe care el o interzisese de altfel în casă.

Deci Psihi Mu a abandonat apartamentul de deasupra Ciclopului, de la etajul 2, unde mă mai ducea Ralu să stau vara și iarna sau când pleca în vreo tabără de creație, apartamentul rechiziționat de la burghezi, o familie care a trebuit să se restrângă, apoi să se mute într-un cartier mărginaș, o casă mereu umbroasă, unde vara ațipeam pe cuverturile răcoroase, ascultând bâzâitul melancolic al unei muște izbindu-se de transperantele roșii sau vișină putredă, cu firul auriu care le străbătea vertical, apartamentul cu tavane înalte, pe care urmăream evoluția elegantă a petelor de igrasie care ajungeau să se unească dacă închideam ochii aproape de tot, privindu-le prin gratiile genelor. Psihi Mu tropăia prin casă încoace și-ncolo, nu putea merge normal – „Are greieri în talpă", spunea Sergiu când era sigur că nu-l aud decât eu –, era mai apoi calul Bator în mintea mea, pentru că venea încărcată de la Obor, doar de la Obor, altă piață nu suporta și, când voiam s-o stârnesc, o întrebam de Oborul tinereții ei, când abia venise în țară și se cunoscuse cu Ianakis, iar ea începea să-mi spună aceleași povești despre Zidul Morții, pe care nebunii mergeau cu motocicletele, despre femeia cu barbă, despre ursari și mai ales despre Vasilache și Mărioara, marionetele soț și soție care se cafteau, mai ales ea pe el, pentru că lui îi plăcea băutura și de aici ajungeam la Ianakis și în mintea mea ei doi treceau în rolul păpușilor mari, pentru că Psihi Mu era învrăjbită cu alcoolul, având chiar un set de vorbe pline de înțelepciune pe care mi le picura-n ureche de fiecare dată când mă prindea, pentru că eram un viitor bărbat, iar bărbații sunt cu toții potențiali purtători de microbi, poartă în suflet morbul pierzaniei, așa că au nevoie de o femeie puternică, care să recurgă la orice metodă pentru a-i ține-n frâu. „Mai bine să fumezi decât să bei", îmi repeta ridicând în aer un deget contorsionat de artrită, tot așa cum îmi spunea că apa e mai periculoasă decât focul, pentru că focul îl mai stingi, dar, când vin apele, pieirea e sigură. Și mintea mea nu putea să înțeleagă exact ce e greșit acolo, abia amintirea îmi spunea mai târziu că îmi făcuse introducerea la primul meu chiasm, oricum, nu trebuia decât să dau ascultător din cap și să-mi văd de ale mele, așa încât Psihi Mu, pe numele ei straniu Caleopatra, să-i spună lui Ralu că am fost un băiat cuminte, „ca o fată". Iar numele acela, Caleopatra, în loc să mă ducă cu gândul la ultima faraoană a Egiptului sau la frumusețea elenismului, despre care încă nu știam nimic, împreună cu zdupăitul ei pe parchetul vechi, moșieresc, tot la cal mă făcea să mă gândesc și nici chiar mai târziu, când am fost fascinat de bețivul, desfrânatul, îndrăgostitul Marcus Antonius și, prin contaminare, de ultima lui tovarășă de viață, tot nu mi-am amintit de Psihi Mu și de părul ei creț, grizonant, apoi complet alb, de pălăriuțele pe care și le croșeta singură, folosind un instrument din metal („Măi băiete, dă-mi croșeta mică, de fier") care mă ducea cu gândul la un bisturiu – deși încă nu văzusem un bisturiu –, pălăriuțele de care râdeam când mă făcusem mai mare și mă golănisem, cum îi plăcea lui Ralu să-mi spună, și pe care le comparam cu niște meduze, „mieduze" le spuneam, tot atunci când râdeam și de mersul ei ca de țăran la ogor și când între noi izbucnise un război rece cumplit, din care unul nu avea să iasă în viață, iar acel unu a fost chiar ea, moartă într-un azil alb de pe Strada Caragiale, lipit chiar de biblioteca de unde peste alți câțiva ani aveam să fur cărți în fiecare săptămână, fără a mă mai gândi la ea decât în treacăt și atunci cu o strângere de inimă pe care o izolam și o înăbușeam.

Dar, când s-a mutat la noi, în zilele Revoluției, nu ajunseserăm încă la cuțite, încă eram băiatul bun ca o fată, iar ea Psihi Mu cea zdupăitoare, și la început nu m-a deranjat nici măcar ideea de a dormi în același pat cu ea, pentru că stăteam la gargară pe întuneric, ea-mi spunea nesfârșitele povești despre colectivizare și-mi vorbea despre popor, iar câteodată, când era odihnită, îmi povestea despre Grecia, despre casa părinților ei de pe insula Aegina, în curtea căreia creșteau măslini, despre războiul pe care l-a trăit când era mică, despre ofițerii naziști și atunci am început să înțeleg că era altfel decât ceilalți bătrâni pe care-i cunoșteam, decât Ovidius și Meri, că fusese mai aventuroasă, dar într-un fel care-mi era străin.

Descopeream, mi-am dat seama mai târziu, politica, iar asta în mijlocul euforiei generale de după Revoluție.

Psihi Mu era ființa politică a familiei și asta i se datora lui Ianakis, comunistul convins care nici măcar nu ajunsese mare sculă în Partid pentru că era gură-spartă, calitate pe care i-am moștenit-o, și despre a cărui intransigență în fața ipocriziei umane circulau nenumărate legende. „Păi, toți tovarășii lui de luptă“ – așa zicea ea, tovarăși de luptă – „au ajuns cu mașină la scară, vile în Primăverii, numai tontu' de bunică-tu, marele agronom comunist, cu gura aia spurcată a lui, abia trăia din salariu“. Adormeam cu spatele la ea, pentru că-mi plăcea să las un spațiu între mine și poveștile de seară, să-mi vină de la o oarecare distanță, ca la cinematograf, și, când închideam ochii, vedeam măslinii care-n mintea mea erau niște copaci înalți, niște plopi crescând într-un ținut ploios, deși Psihi Mu îmi spusese că Aegina e o insulă uscată ca o creangă ruptă. Tot ea-mi povestea despre foametea din anii '50, când ea și prietenele ei mâncau, sub ochii străbunicii Lucreția, furnici, iar eu îmi imaginam furnicile alea roșii, grăsane, prinse pe o felie de pâine, în mâzgă de unt, ceea ce-o făcea să râdă și să-mi spună că nici nu știa cum arată untul pe vremea aia.

Relația lui Psihi Mu cu Sergiu nu era ca-n basme, pentru că bătrâna nu avea destulă încredere în el: „Cum adică șef de sală? Și ce face ăsta, adică e ospătar, nu? Păi, și tu de-aia ai făcut facultatea și te-ai făcut artistă, ca să umbli cu ospătari?“. Ralu prefera să nu-i răspundă, avea față de ea o atitudine protectoare despre care mi-am dat seama că apare între doi oameni care-au trecut împreună prin situații pe care nici nu vor să și le mai amintească. Iar frontul lor comun se închega în jurul unei fantome care nu era nici Ianakis, nu eram nici eu, ci Cel al Cărui Nume nu-l Rostim, un El care-și băga câteodată capul pe ușă în timpul unei discuții scăpate de sub control și dispărea la fel de repede, lăsând în urma lui o tăcere religioasă. A trecut un înger, spun anumiți oameni. La noi trecea Diavolul, se strecura pe sub ușă și le plesnea pe cele două femei care-l pomeniseră fără să vrea. Mulți ani la rând am simțit că ceva nu era în regulă, așa cum doar un copil simte și i se face pielea de găină, i se ridică părul pe ceafă, îl trece un fior de-a lungul șirei spinării. Apoi a intervenit inteligența pubertății, care punea cap la cap bucăți de informații disparate, iar mai apoi, în timpul explorărilor mele prin Casa cu Lei, când mințeam că sunt bolnav, când adunam ca un om de știință date despre bolile copilăriei, pentru a putea să mimez sau să contrafac simptomele, așadar, când rămâneam singur în casă, pironit pe canapeaua din fața televizorului, în pijamaua mea tip pinguin, țintind îngrozit ușa care ducea înspre pivniță și scările ce urcau la etaj, după ore de încremenire, mă ridicam și începeam să scobesc prin toate cotloanele, cu radioul dat la maximum, de frică, până ajungeam inevitabil la cutiile de carton colorat în care-și ținea Ralu bijuteriile, suvenirele și tot soiul de mărunțișuri, unde am descoperit câteva fotografii, printre care una foarte mică, roasă, cu îndoituri care-o traversau pe lungime, în care o adolescentă, probabil liceană, cu bentiță albă de sub care se revarsă deja părul negru, ondulat al lui Ralu, îl ține de mână pe un băiat mai mic decât ea, încă un copil. Fata poartă niște tocuri îndrăznețe și rânjește la aparat, iar în spate se ridică gigantic piciorul țăranului-erou care simbolizează lupta martirilor Răscoalei de la 1907. Băiatul, îmbrăcat în uniformă de elev, cea de zi cu zi, cu pătrățele, privește încruntat înspre obiectiv. În fundal, între cei doi frați și statuia de la Obor, e o femeie între două vârste, în mod cert Psihi Mu, cu brațele în șold, cumva marțială și sumbră în spatele diadei fraterne. Privirea ei e una maternă, inconfundabil protectoare și drăgăstoasă, însă îi acoperă cu raza ei pe ambii copii, nu decupează un singur personaj de acolo.

Misterul s-a risipit într-o duminică de iarnă, când îmi făceam temele la masa lungă din bucătărie, unde Ralu dăduse drumul la cuptor, stăteam cu ușa deschisă, ca să se-ncălzească mai bine în casă, plus că erau aprinse toate cele patru ochiuri ale aragazului alb Metalica și în bucătăria congelată a răsunat țârâitul telefonului. Ralu era singura care avea dreptul inalienabil de a răspunde și s-a îndreptat spre el, zdupăind prin sufragerie, spre măsuța din lemn traforat, „măsuța japoneză", la care dacă te uitai cu atenție, vedeai scene de pescuit, bărci lunguiețe, pirogi și țărani japonezi cu saboți în picioare, bâtlani, cormorani, lebede, nuferi, stuf, iar în zonele decupate, prin care trecea lumina, îți puteai imagina pești grozavi, somni, rechini și balene care rânjeau la undițele amărâte ale pescarilor. Pe ea stătea cartea de telefoane, iar pe cartea de telefoane trona telefonul alb, al cărui receptor se înnegrise în zona în care se așeza mâna lui Ralu ca să-l cuprindă. A ridicat receptorul și am auzit cum i se schimbă vocea, cum capătă acele inflexiuni urbane pe care le adopta când nu era sigură cine o sună, un „Alo" foarte elegant, care purta înainte un „Ă", care se oprea în gât și sugera că persoana aceasta foarte civilizată tocmai fusese întreruptă dintr-o activitate nobilă, cum ar fi ascultarea concertului pentru vioară de Beethoven sau lectura câtorva pagini din Sfântul Anselm de Canterbury. Deci „Ă... Aloo?", apoi am auzit cum i s-a frânt vocea, cum i se pune la baza gâtului gheara care o sufoca atunci când era emoționată, o gheară care își trimitea semnele și la exterior, pentru că, în locul unde gâtul se lega de clavicule, se înroșea pielea, iar ea-și ducea mâna acolo, prinzându-și acea zonă între degetul mare și restul palmei, o pavăză de piept traforată ca măsuța japoneză, pentru că printre degete puteam ghici epiderma roșie ca racii pe care Sergiu îi adusese într-o seară din Obor și care la început erau negri, cât îi ținuserăm în cada plină cu apă ca să le acopere antenele, iar eu mă duceam îngrozit să mai arunc câte un ochi la gândacii ăia gigantici, înveliți în armură, care încercau să se cațăre pe marginea căzii, dar alunecau înapoi cu un scârțâit care-mi sfâșia urechile și-mi făcea părul de pe ceafă să se ridice, apoi l-am urmărit de după ușa întredeschisă pe Sergiu, care-i transporta într-un lighean mare, din tablă, smălțuit, albastru, îi ducea în bucătărie, așa că m-am luat după el, iar acolo vrăjitoarea Ralu îl aștepta rânjind și veghind cazanul pentru rufe, gri, cu două mânere, în care bolborosea apă, iar ea arunca din când în când sare grunjoasă, Sergiu a pus ligheanul pe masă, și-a aprins o țigară – Kent lung –, apoi, după ce s-au privit în ochi pentru doar o fracțiune de secundă, iar eu ajunsesem în mijlocul bucătăriei, a început să ia racii unul câte unul, de carapace, și să-i scufunde în apa care fierbea, până i-a terminat pe toți și a rămas să se uite așa, la ei, cu filtrul țigării în mâna stângă, unde-l freca până când se destrăma, obiceiul lui, și, când m-au văzut, Ralu mi-a făcut semn să vin mai aproape, iar eu am dat din cap că nu, dar ea insista și nu era bine să n-o asculți când insista, pentru că trecea ușor de la blândețe la indignare, apoi la furie, așa că m-am apropiat încet și am simțit cum mâna lui Sergiu mi se așază pe umăr și mă împinge ușor, apoi m-am cățărat pe scaunul verde de lângă tejghea, de pe care se lua vopseaua și lăsase în locul ei insule de maroniu, deci m-am ridicat mai întâi în genunchi și atunci am văzut o antenă mișcându-se lent și am simțit că se va întâmpla ceva rău, apoi m-am prins de blatul bufetului și m-am ridicat în picioare și acolo, sub ochii mei, erau toți gândacii ăia mari, dar acum erau roșii, aproape îmbietori și mi-a fost scârbă de pofta pe care o simțeam, iar când m-am uitat spre Ralu, am văzut că-mi zâmbea în timp ce pisa usturoiul în mojarul de lemn și pieptul ei se înroșise la fel, era carcasa unui rac, m-am gândit, mama mea e un rac și probabil că sub carcasa aia roșie se ascunde carne albă, fiartă, numai bună s-o dai prin mujdei.

„Ă... aloo?“, apoi vocea a coborât și a devenit o șoaptă, o șoaptă strigată, nu înțelegeam nimic din ce spunea, dar știam că e furioasă, că i s-a așezat pe creier ceața care preceda nebunia, și atunci a coborât Psihi Mu și mi-am dat seama că și ea știe că ceva nu e în regulă, pentru că a rămas în picioare, cu mâinile în poală, cu cea dreaptă așezată în căușul celei stângi, ca o țărancă la poartă, uitându-se fix la Ralu, așteptând, iar în ochi avea o sclipire stranie, parcă de fericire. Când a terminat convorbirea, Ralu s-a întors spre noi, a trecut cu privirea peste mine și i-a spus, scurt și rece:

— E fi-tu. Vine-ncoace.

*

Masa din lemn era afară, în curtea Meteorului, înconjurată de nămeții strânși toată noaptea, și doar două cărări duceau la ea, una dinspre intrarea în club, cealaltă către ieșirea dinspre parcare, dar, cât am stat acolo, ospătarii s-au dezmeticit după noaptea lungă de Revelion și au început să curețe toată terasa și să elibereze și alte mese. Era cald, se putea sta în tricou, iar Genu, care era neobișnuit de vesel, le turna tuturor vin în pahare după ce scufunda o carafă în lichidul din frapieră, la suprafața căruia pluteau bucăți de gheață și jumătăți de lămâie. Scufunda carafa, care bolborosea ca batiscaful lui Cousteau când executa o imersiune sub gheţurile arctice, și gândurile mele se duceau la urșii-polari, la rechinii de Groenlanda, care trăiesc atât de mult, și la gemetele monitoarei de schi cu care mă sărutasem și mă îmbrățișasem cu câteva ore în urmă, la tandrețea cu care mă ținuse de ceafă, la suspinul pe care reușisem să i-l smulg, în jur zăpada sclipea neplăcut, era bine să te uiți doar pe masă, la toată mâncarea aia, să te concentrezi asupra râsului acelor bărbați de 40 de ani, niște coloși cu joburi, plini de bani și de experiență, care păreau acum să fantazeze, să vorbească pur și simplu aiurea, poate și pentru că eram eu acolo, iar ce și-ar fi dorit mai mult ar fi fost să-și amintească ce făcuseră noaptea trecută, când plecaseră doar ei, cu două jeepuri, pe la 1 noaptea, spre Meteor, lăsând la cabană nevestele singure și copiii care nu prea mai erau copii, dar încă nu aveau voie să vadă goliciunea taților lor, așa cum fiii lui Noe știuseră că nu se cade să vadă pe tatăl lor beat și gol.

Când s-au creat destule cărări și mesele au fost curățate, în spatele nostru s-au așezat două tinere înalte, prea bine îmbrăcate ca să sper vreodată că aș putea-o ține de mână pe vreuna dintre ele sau că i-aș putea povesti despre nebunia lui Hasdeu, despre enciclopedism sau despre lupta facțiunii anti-Junimea cu posteritatea, dar, din clipa în care s-au așezat și au comandat o sticlă de Moët, am simțit privirea lui Genu ațintită peste umărul meu și am râs amuzat, binedispus de zăpadă, de mâncare, de nota finală de la istoria literaturii române și de Jidveiul cu lămâie din carafă, așa că l-am privit cu blândețe și duioșie, ca atunci în avionul transatlantic, dar după o vreme am înțeles că era ceva greșit în privirea aia care nu se mai desprindea de cele două tinere, că o privire trebuie să fie mai discretă, dar a lui era agresivă, neclintită, cerea sânge atunci, pe loc. Iar privirea asta devenea din ce în ce mai întunecată și mi s-a făcut jenă, pentru că, urmărind linia imaginară ce pornea din ochii lui, înțelegeam că se termină chiar în ochii uneia dintre fete. Nu știam atunci că satirul care pândește o nimfă de după copaci nu e neapărat agresorul, că e în el o rană șiroind de sânge care-l face să fie chiar victimă, așa că mi-a fost rușine de privirea lui înfometată, care nu ascundea nimic, ca atunci când l-am vizitat după școală, neanunțat, și l-am găsit în pijama, iar de sub poalele bluzei îi ieșea un penis noduros, semierect, iar eu am vrut să fug, să urlu, dar am rămas acolo și aproape mi-au dat lacrimile. Și, tot așa cum vederea cârnatului străbătut de vene m-a aruncat atunci în cea mai neagră disperare – abia ajuns acasă, m-am gândit că bucata aia de carne tare fusese în Ralu, iar ei îi plăcuse, gemuse așa cum o făcea cu Sergiu după ce credeau că am adormit –, privirea lui ațintită cu o poftă de carnasier pe fața fetei mă făcea să-mi doresc să sar în picioare, să-l iau de gât și să-l implor să fie iar vesel, mahmur, indiferent la tot și toate. Dar atunci s-a ridicat, împleticindu-se, și s-a bălăngănit spre masa lor, ocolindu-mă, iar eu am rămas așa, în tăcerea care s-a lăsat la masa noastră, mai mult ghicindu-i pașii care ocoleau colțul mesei, și am simțit cum îmi arde fața, am băgat ochii-n pământ, urmărind vinele de lemn care străbăteau masa, mai închise la culoare, adevărate autostrăzi prin care cursese cândva seva unui copac, am auzit cum unul dintre bărbați îi strigă golănește „Genule, lasă domnișoarele, au venit să se relaxeze după Revelion!", apoi i-am auzit vocea și mi-am dat seama că s-a așezat la masa lor și că le vorbește împleticit, iar dinspre ele s-au auzit râsete, niște sunete vulgare, ca de femelă care copulează sprijinită de bufetul bucătăriei, când soțul i-a venit plin de poftă de la fabrică, erau încântate, nu părea să le pese prea tare că la masa de lângă ele eram eu, fiul lui care suferea și care avusese un semifutai cu câteva ore în urmă, drept care-l dureau coaiele, pentru că-n coaiele alea se strânseseră toată tristețea iernii, toată dezorientarea, balansul continuu între tocănița de cartofi din Casa cu Lei și cabanele, Mercedesurile, mila și bunăvoința unei lumi pe care n-o doream, dar care-mi plăcea, așa cum lor le plăcea șampania scumpă în care-și înmuiau buzele negre. Și mi-am amintit vorba lui Sergiu, care spunea despre câte vreo gagică că, dacă are gingiile vinete, așa are și pizda și să mă feresc de fete pe care le cheamă Doina sau Mariana, pentru că sigur sunt curve, și așa le-am botezat în minte pe cele două schioare, Doina cea șatenă și Mariana cea blondă.

*

Unchiul Mircea a venit la noi chiar în seara acelei zile de duminică, după ce a sunat, și se pare că a venit așa de repede pentru că sunase de pe la Gara Filaret, unde stătuse toată noaptea. N-am avut voie să vin la poartă, de fapt am fost luat de o aripă de Sergiu – „Hai sus, Marocane, că nu e treaba noastră" – și dus la etaj, unde am stat amândoi și am tras cu urechea, eu pe față, el doar prefăcându-se indiferent și fumând nervos Kenturile lungi pe care le scotea din buzunarul bluzei de trening de care era foarte mândru la vremea aia, un trening albastru, Adidas, din care nu mai ieșea nici când plecam la Cinema Progresul să vedem câte un film cu pac-pac, ca băieții. Deschisese geamul care dădea înspre Cimitirul Evreiesc și fuma, iar eu mă uitam de jos la el, la mustața în care vedeam niște fire albe – parcă nu fuseseră acolo cu cinci minute mai devreme sau poate nu le văzusem eu – și care-i tremura în timp ce-și rânjea buza superioară, pentru că avea obiceiul de a mușca din filtru până când îl aplatiza, și scrâșnea din dinții cariați și ciobiți care-l făceau să arate ca un rechin bătrân și nemâncat. De jos se auzeau o voce bărbătească, dar și glasurile celor două femei, câteodată ridicându-se, altă dată curgând într-un unison calm, o muzică de fond pe care intra contrabasul. Nu distingeam cuvintele, așa că m-am așezat pe pat și am început să citesc despre Old Shatterhand, care-mi plăcea atât de mult, încât pipăiam încontinuu foile necitite, dorindu-mi să nu se termine niciodată. Când a terminat de fumat, Sergiu a închis fereastra și s-a plimbat puțin prin cameră, lucru neobișnuit, pentru că avea mișcări domoale, el, care era atât de nervos și nu suporta să stea nemișcat, s-a așezat pe marginea patului și s-a uitat înspre mine:

— Mare panaramă și unchi-tu ăsta, Marocane!

Apoi mi-a făcut cu ochiul.

Am ridicat capul din carte, deși nu mai citeam de mult, doar mă prefăceam, ca să-l urmăresc mai bine:

— Adică cum?

— Așa, e din ăsta, nefericit... O să înțelegi tu mai încolo.

Treaba asta cu „o să înțelegi tu mai încolo“ mă scotea din minți, pentru că știam că sunt gata să înțeleg mai mult decât credeau ei și mereu „mai încolo“ ăla părea să se îndepărteze de mine și să se îngrămădească într-un viitor nesigur. Mă vedeam bătrân, cu oase fragile și păr albit, dând peste un cufăr în podul casei și, deschizându-l, din el ar fi năvălit toate informațiile lipsă, purtând eticheta „mai încolo". Mai încolo urma să-mi spună Genu de ce se despărțise de Ralu, Ralu avea să-mi spună „totul" despre Genu, Sergiu avea să-mi explice ce e cu nefericirea acestui bărbat a cărui voce groasă se auzea de jos, dar și Psihi Mu avea să-mi dea informații lipsă despre Ralu, pe care le ascundea, dar despre care-mi făcea aluzii când se enerva pe ea și o lua gura pe dinainte.

După o vreme care mi s-a părut foarte lungă, când deja nucul din curte nu se mai distingea de gardul din ciment al cimitirului, am auzit pașii târșâiți ai lui Psihi Mu urcând scara și ea a băgat capul pe ușă, uitându-se direct spre mine, ocolind privirea lui Sergiu, care parcă nu era nici curioasă, nici întrebătoare, dar lucea în ea o ironie pe care i-o cunoșteam, hazul negru pe care-l simțea atunci când înțelegea și disprețuia slăbiciunea altora.

— Michișor, hai să cunoști pe cineva.

Avea, în ciuda blândeții, un ton oficial, de parcă m-ar fi invitat într-o emisiune, unde aveam să cunosc un dinozaur pitic de Transilvania, pe nume Relu. M-a așteptat în pragul ușii, cu mâna întinsă, și am luat-o de mână, mi-am strecurat palma în mâna aia groasă, cu degete încovoiate de artrită, și am coborât împreună scările, așa că am putut vedea mai întâi picioarele mesei lungi din lemn, apoi o altă pereche de picioare, ce nu erau din lemn, ci purtau niște bocanci negri, mari, ca de soldat, cu vârful bombat, cu pete de noroi – m-am întrebat cum de nu l-a pus Ralu să se descalțe, urlând la el cum făcea cu gașca lui Sergiu –, apoi, coborând, am văzut un bărbat care stătea așezat și care s-a întors imediat spre mine, cu ochii negri, în care sclipea o veselie rea, și cu un nas mare și coroiat, care semăna cu al druidului din *Asterix și Obelix*, apoi s-a ridicat și a tot continuat să se ridice, am crezut că va da cu capul de tavan, dar s-a oprit la timp, ca și cum și-ar fi controlat înălțimea, ar fi dictat propriului trup când să fie mai înalt și când nu, apoi s-a repezit înspre mine și m-a ridicat de subțiori, cu o mișcare ce nu m-a surprins, mi s-a părut cumva familiară, deși nimeni nu-mi mai făcea așa, pentru că eram deja prea mare pentru ghidușii și-mi mijise un fel de mustață care-l amuza cumplit pe Sergiu („Marocane, ai una la fel și jos?"), dar omul ăsta girafă m-a luat de subțiori fără nici o greutate și m-a ridicat până dincolo de becul care atârna din tavan și abia atunci am auzit că răcnea:

— Uite-l pe nepoțelu' lu' unchiu'!

Când m-a pus jos, am văzut că Psihi Mu plângea de-a binelea, iar Ralu se înroșise toată de emoție și, deși purta un pulover pe gât, știam că roșeața se întinde pe tot pieptul. Stăteau ca două țăranci, cu mâinile în poală, capetele înclinate ușor într-o parte, îmbujorate și înlăcrimate, o imagine care începea să mă irite deja când parcurgeam drumul înapoi, spre podea.

În noaptea aia, deși era duminică și a doua zi unii aveam serviciu, alții școală, am stat până târziu și am ascultat poveștile lui Mircea, care a băut singur o damigeană de vișinată, iar eu vedeam cum cele două femei abia se abțin să i-o ia de lângă scaun, le știam și privirile, și gesturile întrerupte, dar de data asta ceva le făcea să-i lase toată libertatea. Sergiu, care făcuse cunoștință cu el discret, rece, a stat și a fumat în liniște și am văzut și la el o reținere, pe care o legam de cuvintele de sus, din camera mea. Numai că Mircea nu-mi părea nefericit, pentru mine nefericirea era Ralu prăbușită deasupra chiuvetei, în baie, plângând în pumni, sughițând și icnind, nefericirea era Sergiu urlând noaptea, în somn, „Stai, mă, nu da, mă, că nu mai fac, să moară mămicuța mea!", nefericirea erau evreii bătrâni și spectacolele lor din cimitirul de lângă casă. Or, Mircea era prea înalt, prea mare și zgomotos, își aprindea țigările Viceroy cu niște gesturi regale, ample, prea teatrale ca să fie nefericit. S-a culcat târziu, pe canapeaua de jos, din sufragerie, iar a doua zi, când am plecat la școală, nu mai era nici urmă de el, fusese un vis, un vis cu uriași mustăcioși.

De a doua zi am început s-o prelucrez pe Psihi Mu, s-o trag de limbă cum numai eu știam și am aflat lucruri pe care nu le înțelegeam pe deplin, dar pe care le puteam ordona cronologic, le putea înșira pe ață, așa cum făceam noaptea cu toate informațiile pe care le primeam peste zi. Numai că ceea ce-mi spunea Psihi Mu era de multe ori cu totul altceva decât aflam de la Ralu, care scăpa și ea niște aluzii, cel mai des adusă-n discuție fiind că ea-l crescuse pe Mircea, care era cu zece ani mai mic, așa că pe ea căzuse responsabilitatea de a-l spăla, de a-l schimba, de a merge cu el la joacă mai întâi în casa de la Obor, apoi în apartamentul de deasupra Ciclopului, o fetiță împingând un cărucior, apoi o fată ținând de mână un băiețel, o tânără înaltă, brunetă luând după ea la petreceri un adolescent care după două pahare de vin devenea violent și trebuia dus acasă ca să nu ia bătaie.

La Psihi Mu, povestea era plină de suferință și de regrete: „Mircea, ce băiat bun și cuminte era Mircea și ce-a ajuns!...". Nu înțelegeam prea bine ce-a ajuns Mircea, pentru că mie-mi părea un bărbat cum și-ar dori oricine să fie, cu părul lui negru, lins și dat pe-o parte, cu ochii negri, înalt până-n tavan, cu nasul ăla coroiat care nu făcea decât să-i sporească farmecul. Mircea jucase baschet în liceu, luase treapta cu note mari, apoi, parcă într-o singură seară, totul se dărâmase în el și-n jurul lui și hotărâse că se angajează în construcții, nu vrea să facă facultate, nici sportul nu-i mai place, iar hotărârea fusese anunțată în bucătăria de deasupra Ciclopului, după câteva pahare de băutură, când venise acasă cu o fată care râdea foarte mult („o curvă"), așa că Ianakis se enervase și-i dăduse pe amândoi afară („ca pe-o mâță căcăcioasă"), iar de atunci Mircea apărea și dispărea, de fiecare dată venind din altă parte a țării, de pe alt șantier, cu o altă gagică („niște curve"), ultima dată la înmormântarea propriului tată, când se îmbătase și începuse să trântească lucrurile prin casă și să urle la cele două femei îndoliate, acuzându-le că-l omorâseră pe taică-su: „L-ați băgat în mormânt, fă, nebunelor, cu cicăleala voastră, bagă-mi-aș pula-n neamul vostru! Păi, ăsta a fost un mare om, bă, un mare om, da?“. Și cu aceste cuvinte, spuse când eu aveam câteva luni, a dispărut până-n acea după-amiază de duminică, când i-a cerut lui Psihi Mu să-i dea apartamentul de trei camere de deasupra Ciclopului, pentru că vrea să se mute acolo cu o femeie.

*

Încerc să nu întorc capul spre „Doina și Mariana“, spre masa unde tatăl meu vorbește cu o voce pe care nu i-o cunosc, încleiată de băutură și mieroasă, și aș vrea să mă ridic și să pornesc prin zăpadă spre cabană, dar simt că am amețit și eu, așa că mă las ușor într-o lâncezeală melancolică și atunci am revelația faptului că i-am mai auzit o dată vocea asta, cu mulți ani în urmă, pe vremea Piticului Otrăvit, într-o zi de sâmbătă, ploioasă, când venise să mă ia cu mașina din Casa cu Lei, în perioada zilelor de vizitare, și când mi-a spus că avem puțină treabă înainte de a merge acasă, dar pentru mine nu conta, pentru că eram împreună și mă lăsa să stau pe scaunul din față, lucru care-mi plăcea la nebunie, ba chiar, când traversam zone pustii, mă lua în brațe și mă lăsa pe mine să țin volanul Daciei 1310, crem, pe care o alinta Zambilica. Dar în sâmbăta aia nu era cazul, în mintea mea se suprapun imagini din sâmbete asemănătoare, pentru că era foarte sobru și-și mușca mustața, cum făcea când era preocupat, așa că am mers în liniște tot drumul, la un moment dat a întins mâna și mi-a ciufulit părul, nu aveam căciulă, dar nici foarte cald nu era, deci ne situam cândva în primăvară sau toamnă, într-un așa-zis anotimp de trecere, ce în zilele alea chiar făcea trecerea între extremele toride ale verii și nămeții unor ierni fabuloase. Mi-a ciufulit părul, cum foarte rar o făcea, și mi-a spus, folosind vocea lui plăcută, cea aproape prea subțire pentru un bărbat cu mustață neagră, care-i venea peste buză, mi-a zis fără a-ntoarce capul spre mine, aparent concentrat la un drum pe care nu-l identific, însă-l pot așeza undeva între Tineretului și Unirii, tocmai pentru că el anticipase nedumerirea mea că în intersecția de la Șincai nu făcuserăm la dreapta, nu o luaserăm nici înainte, ca să virăm dreapta la Piața Norilor, ci făcuse acea curbă largă, spre stânga, o curbă largă care-mi apare câteodată în vis, când șofez și am tot Bulevardul Cantemir liber în față, așadar acolo făcuse la stânga, era drumul spre Centru, când mi-a spus:

— Mihai, eu mai am o treabă-n oraș înainte să mergem acasă, bine?

Și eu am dat cuminte din cap, pentru că nu mă interesa neapărat să ajung acasă, la Mariana-Cur-de-Fier, deși nu-mi era nici antipatică, mi-era de ajuns să stau acolo, în mașină, și să-l urmăresc cum conduce, smucit, ca-n filmele polițiste, fără acea degajare a bărbaților puternici pe care aveam s-o observ mai apoi la Sergiu, care fuma și ținea mâna stângă scoasă pe geam, ba chiar câteodată ținea volanul doar cu vârful degetului mare de la mâna dreaptă și-l lăsa liber din când în când, ca să schimbe vitezele cu aceeași mână în care nu ținea țigara.

— Pe tine te las în mașină, nu stau mult, da? Îți pun niște muzică...

Am dat iar din cap și am început să picotesc pe scaunul din față, unde mă lăsase în mod excepțional, după ce-mi spusese că, dacă văd un echipaj de miliție, trebuie să „bag capul la cutie“. Când a oprit, mi-am dat seama că suntem undeva foarte aproape de Cinema Doina, acolo unde se dădeau numai desene animate și unde erau blocuri vechi, din cărămidă care ieșea la suprafața fațadei cicatrizate ca o rană, iar la poalele acelui bloc era umbră sau poate se înnorase, pentru că era încă dimineață, el venind să mă ia de la Casa cu Lei întotdeauna la ora 13, deci umbra aceea putea fi cauzată fie de aspectul înghesuit al străzii cu blocuri vechi, fie de o indispoziție trecătoare a vremii. Genu a urcat mașina cu două roți pe trotuar, s-a uitat în oglindă, apoi mi-a zâmbit, pentru că-l urmăream cu atenție când își aranja mustața, a deschis torpedoul, a scos de acolo o casetă audio și mi-a întins-o, apoi mi-a făcut cu ochiul:

— Uite, ascultă asta cât lipsesc, o să-ți placă.

Mi-a luat-o iar din mână, a scos-o din carcasă, pe care mi-a aruncat-o-n poală, și a băgat-o în casetofon.

— Nu lipsesc mult, a spus, apoi a dispărut într-o scară întunecată, aproape alergând.

La început n-am perceput muzica, pentru că era ceva la imaginea de pe carcasă care mă bloca, erau litere care nu reușeau să se aranjeze inteligibil, fiind în același timp prezentă acolo o calitate enigmatică a lor: *Axis. Bold as Love*. Înțelegeam de acolo cuvântul *Love*, dar restul refuzau să graviteze în jurul lui sau măcar să se organizeze circular. Nici numele cântărețului nu era mai ușor de circumscris: multe consoane aspre care se încălecau, parcă aduse la lumină de acel mister al titlului, iar în centru imaginea multiplicată a unui zeu Vishnu negru, care se oglindea în propria imagine. Apoi am început să aud muzica și în mine s-a schimbat ceva ce avea să se trezească abia mulți ani mai târziu, după Revoluție, când, într-o tabără de la Timișul de Sus, un băiat avea să mă oblige să ascult cap-coadă *Master of Puppets*. Dar, dacă în cea de-a doua situație aveam să particip conștient, acum eram tras de mâini nevăzute într-un ținut față de care simțeam nevoia să mă opun. Am rămas acolo, țintuit de spătarul scaunului, până când s-a terminat Fața A, apoi, ca-n transă, am întors caseta și am ascultat și Fața B, iar când s-a terminat, eram vlăguit de puteri, mă simțeam ca și cum mi s-ar fi desfăcut o floare mare, carnivoră în creștet. Și atunci, abia atunci a apărut Genu, care mă lăsase atâta timp acolo, cu o privire oarecum vinovată, și a zis, întinzând mâna:

— Hai până sus, să te prezint cuiva.

L-am urmat până la scări și apoi încă un etaj, pentru că blocul vechi nu avea lift, iar în cadrul unei uși deschise stătea o femeie drăguță, brunetă, care-mi zâmbea și ea ușor vinovată și care a întins mâna gângurind ceva, m-a tras în casă, mi-a scos puloverul, m-a așezat într-un fotoliu și aproape instantaneu mi-a plantat în mână o sticlă de Pepsi. S-a așezat și ea, iar fusta i s-a ridicat pe coapse destul de sus cât să am premisele unei atenții absolut normale, dar eu nu puteam fi atent pentru că eram încă în brațele unui Vishnu negru. Stăteam toți trei acolo, Genu în picioare, sprijinit de bibliotecă, doamna și cu mine în fotolii, și tăceam, iar Genu zâmbea, privind fix la acea femeie, o privire pe care atunci n-o decodasem, nu știam încă ce înseamnă privirea de carnasier a acestui bărbat, dar acum, când stau la soare, în prima zi a anului, când am făcut sex și-l văd cum le privește pe tinerele de la masa unde s-a dus, acum știu tot, am o știință a bărbatului pe care nu mi-am dorit-o. Închid ochii și mă las pe spate, ținând paharul de șpriț pe piept, în echilibru. Întâi apare mirosul, mirosul de semințe prăjite pe care le cumpăram, până ajungeam la Cinema Progresul, de la țigăncile din curți, care stăteau la poartă pe scăunele și cele mai bătrâne priveau în gol, într-un punct aflat spre centrul trotuarului și nu-mi era greu să-mi imaginez că privirea lor proiecta raze laser care trasau capcane invizibile omului normal și atunci fie făceam un pas mare, ca de barză, când ajungeam în dreptul lor, fie mă opream și-mi cumpăram semințe la un leu, adică un pahar, paharele din lemn, înăltuțe, dar care aveau scobitura mai mică, până pe la jumătate, și-mi vărsam pumnul ăla amărât în buzunarul pantalonilor de trening, așa ajungeam la Progresul, unde lucra Fane Nebunu, un tip de pe Giurgiului, de la blocuri, care mai venea pe Aleea Solca, pe la Sergiu, și care avea două surori, Gina și Doina, două fete blonde, urâțele, dar care se uitau în ochii băieților și aveau un mers care ne făcea să privim lung după ele, mai ales că se zvonea că ar fi făcut deja sex, deși nu puteai fi niciodată sigur de zvonurile alea, pentru că ficcare dintre noi mințea, mințeam foarte mult, așa că îi bănuiam și pe cei din jur de același lucru. Bebe lucra la Progresul la casă și în schimbul unor favoruri, cum ar fi fost, de exemplu, niște numere lipsă din Garbage Pail Kids, ne lăsa să intrăm după ce începea filmul, de fapt când nu se terminase încă grupajul de știri de la început, și așa apare izul de semințe, care se insinuează dinspre mocheta roasă, arsă de țigară, de unde vine și izul de pișat, de picioare murdare, dar și unul necunoscut, mirosul unei aventuri neconsumate, căci nimic nu egala în acei ani tremurul pe care-l simțeam în piept când mă pregăteam de începutul unui film, când se închideau luminile în sală și cei câțiva spectatori își dregeau vocea sau făceau ultimele glumițe.

AP. 8

Lucia

În zilele acelea mi se întâmpla adesea ca, atunci când mă gândeam la tata, să am în fața ochilor chipul fiului meu, de parcă o generație ar fi sărit peste cea care-i urmase și s-ar fi întrupat într-o a treia, dar nu o întrupare care să adune în sine o sumă de asemănări sau de trăsături comune, ci era vorba despre ceva mult mai subtil, despre faptul că pentru mine fiul meu chiar era Tatăl, că devenisem fiul propriului meu copil și că micile lui derapaje infantile îmi provocau o dezamăgire comparabilă doar cu cea pe care ți-o cauzează contemplarea greșelilor unui părinte, așa cum dezamăgit fusese Ham la vederea lui Noe, beat și gol în cortul lui după potop. Din cauza asta devenisem foarte aspru cu el, pentru că-mi permitea să văd, ca în povestea beției lui Noe, goliciunea tatălui meu. Eram Anchise și Enea într-unul, duceam povara și eram purtat în cârcă, iar acest sentiment nu-i e cunoscut decât celui ce are norocul sau ghinionul de a fi tată și fiu totodată. Și poate că lucrul ăsta mi-a pus capac, poate din acest punct am simțit responsabilitatea acestui rol dublu prea apăsătoare pentru umerii mei. În anii aceia am simțit cum crește în mine bila neagră din fontă învelită-n sucuri acre, a tristeții pline de furie, o furie care uneori urca din plexul solar înspre plămâni și mă sufoca, alteori mă gâtuia, dar niciodată nu se mai retrăgea în adâncurile intestinelor, așa cum o făcea în anii tinereții. Au fost ani întunecați și leșioși în care singura cale de a uita miezul compact și incandescent din intestine era să fug noaptea din casă, să mă plimb din bar în bar, să încerc să agăț femei necunoscute și câteodată să reușesc, să mă trezesc diminețile în paturi cu cearșafuri creponate, mototolite, mirosind a tutun și a fluide uscate, a transpirație nocturnă și remușcări pe care lumina nu reușea să le risipească. Dar scurta și penibila mea relație cu Lucia, studenta de la masterat cu un ochi căprui și unul negru, a părut să aibă o doză mai mare de puritate, o apropiere neobișnuită de curățenia diurnă, solară după care alergam.

Erau și seri bune, în care ajungeam acasă devreme (mi le amintesc pe cele de iarnă, când frigul și ploaia, câteodată ninsoarea mă împingeau în scara blocului, mă făceau să mă adun de prin barul de lângă Universitate) și le găteam copiilor, mă lăsam periat de lumina din ochii Ioanei, de recunoștința pe care știa că nu e bine să și-o rețină, mâncam împreună în jurul mesei înghesuite din sufragerie și poate că vorbeam despre ziua fiecăruia la școală, la grădiniță, la orele de la facultate sau la firma ei, în casă era cald (masa stătea lipită de calorifer), mă puteam vedea din afară, Unchiulețul Scrooge din Tineretului, apoi strângeam masa, eu așezam farfuriile una peste alta după ce încărcam fiecare copil cu câte o lingură murdară sau vreo cârpă, ca să se facă folositori, apoi porneam spre bucătărie și acolo, în pragul care despărțea sufrageria de micul hol, toată ușurătatea și căldura se concentrau în coșul pieptului și se întrupau în ghemul din stomac și abia puteam pune un picior în față, abia suportam ideea că tot ceea ce mi se păruse minunat în proiecțiile viitorului era deja aici și asta însemna tot restul vieții mele, că am trecut de punctul în care mă mai așteaptă vreo aventură, că viitorul meu e un drum de țară prăfuit, lung, previzibil, presărat cu borne din lemn cariat, iar singurele evenimente imprevizibile rămân moartea celorlalți mai bătrâni și, într-un final, propria mea dispariție. Iar imaginea asta, pentru că nu era un gând, ci o imagine prea rapidă, alcătuită din alte imagini mult mai mici, concatenate caleidoscopic, era teribilă și trebuia s-o șterg, numai că evadarea din mine se dovedea a fi imposibilă și atunci tot ce-mi rămânea era să mă îmbrac sub privirile mirate și îngrozite ale copiilor și ale Ioanei și să ies pe ușă. Câteodată mă abțineam cu greu, gâlgâind de unul singur în balconul închis al sufrageriei și fumând turbat până când știam că au adormit, că Ioana nu se va mai trezi ca să avem o nouă discuție penibilă și mă strecuram afară, în ploaie, în zăpadă, în noroaie până în Centrul Vechi, în barurile unde, amestecat cu atâția oameni care păreau să-și trăiască ultima noapte pe pământ, puteam să hrănesc piatra aia încinsă cu otravă, să beau până când mai întâi uitam, apoi eram din ce în ce mai ușor, apoi viața își recăpăta calitatea aventurii pe care mi-o promisesem în tinerețe. Numai că eu nu mai participam la aceste aventuri, eram în mine, mă încovrigam în locul bilei negre și dormeam ca-n copilărie, cu palma sub obraz, în timp ce corpul unui bărbat de 35, de 36, de 37 de ani umbla printre turiști italieni veniți la futut și dădea noroc cu ei, le recita terținele lui Paolo și-ale Francescăi sau se arunca între englezi veniți după echipa lor de fotbal, chitiți să facă scandal, apoi pleca în căutare de bordeluri. Citeam cu sete în perioada aceea un roman gigantic al unui scriitor francez, despre un ofițer SS care participă la asediul Stalingradului, și mă impresionase pasajul în care descria un soldat german al cărui picior e retezat de un obuz și care, de foame și de sete, își strânge în gamelă propriul sânge care-i șiroiește din ciotul rămas, apoi îl toarnă în gură. Bănuiam că exact asta fac și eu, doar că nu mă pot opri, asemenea fumătorilor canceroși care-și dau masca de oxigen la o parte ca să tragă din țigară. Mi-era groază de momentul când ființa de fontă din mine se trezea și mă trăgea spre ea și pe care doar aventurile astea nocturne o mai puteau ameți. Așa că am continuat, am continuat să-mi beau propriul sânge, să apăs pedala până-n podea, curios să văd și cât poate rezista Ioana, până unde va merge abnegația ei care mă scotea din sărite, dragostea ei sufocantă și plină de fidelitate. Câteodată, nervos din pricina epuizării, o acuzam că se folosește de mine, că-și construiește propriul templu pe ruinele vieții mele, iar pe copii îi uram, nu le mai toleram nici un alint, nici o ieșire din cuvânt și aproape că ajunsese să mă ungă pe suflet privirea rănită a lui Matei când țipam la el sau când îl bruscam sau tresărirea Mariei când vocea mi se rupea și devenea subțire, vocea de vrăjitoare, cum îi spunea ea. După ce se culcau, mă cuprindeau remușcările și intram tiptil în dormitorul nostru, unde dormeau cu Ioana, în parte de frică, dar și ca să nu le intre în nas fumul țigărilor mele, și îi sărutam pe păr, plângându-mi de milă, ca orice bețiv, și știam că-n timpul ăsta Ioana nu doarme, dar nici nu vrea să-mi dea un semn, stă acolo, în întuneric, între cei doi copii ai noștri care o îmbrățișează strâns, și are, spre deosebire de mine, totul.

*

Față de anul al treilea, terminal, unde țineam seminarele, cursul de master era parfum. Veneau studenți care scăpaseră de povara licenței și care aparent erau interesați de materia predată de mine. Cursul se intitula, sec, „Propagandă și adevăr istoric în literatura Antichității", iar în perioada aceea disecam *De bello Gallico*, încercând să distilăm manipularea cezarică din memoriile cuceritorului. Nu era un curs tezist, nu încercam să le demonstrez monstruozitatea campaniei lui Cezar în Gallia, mai ales că „femeia tuturor bărbaților și bărbatul tuturor femeilor" îmi rămăsese la fel de simpatic ca la prima lectură, din fotoliul lui Ovidius, în anii '90, singurul loc din lume unde mă simțeam în siguranță, departe de Casa cu Lei, de privirea ironică și dușmănoasă a lui Ralu, chiar și de afacerile din ce în ce mai dubioase ale lui Sergiu. Plecam dimineața, la 8, din Casa cu Lei, ieșeam la Șura Mare, apoi coboram pe Șerban Vodă, pe lângă Parcul Libertății cu mausoleul lui ca o navă extraterestră înconjurată de mormintele eroilor neamului (alți eroi deja, pentru că și mormintele își schimbă funcția după cum bate vântul istoriei), apoi pe lângă Adesgo, unde traversam pe partea cu Crematoriul Cenușa, coboram în Tineretului, o luam prin parc și ajungeam la trecerea de pietoni care ducea înspre blocul bătrânilor. La 9 eram acolo, în fiecare dimineață, și începeam să-mi fac lecțiile cu Ovidius, adică să le fac sub supravegherea lui, franceză, latină, română, unde compunerile mele școlărești îmi luau cel mai mult timp, căci Cel Bătrân insista să-mi pună în față, în funcție de subiect, toate cărțile pe care le avea în bibliotecă, așa că scriam, de multe ori reformulând texte de prefețe, cu privirea în studiile introductive de la „Biblioteca școlarului", unde fiecare carte purta semnătura lui Ovidius, data achiziției și dedicația lui „Pentru Eugen, cu drag, de la Mama și Tata". În funcție de viteza cu care terminam compilațiile mele iezuite, prindeam o oră sau două de citit în fotoliul lui Meri, care în timpul ăsta trebăluia prin bucătărie. În acele două ore stăteam încovrigat în fotoliu, cu genunchii la gură și cartea sprijinită pe ei, ascultând Radio România Actualități, și nimic nu-mi revine în amintire cu mai multă forță decât sunetul secundarului de la radio care bipăia numărătoarea spre ora exactă, iar eu mă rugam să fie doar ora 12, nu 1, ca să mai am o oră de citit. Și atunci era mereu ora 12, așa că știam că-mi rămâne o oră întreagă și mă întorceam la Dumas sau la *Atacul cesiumiștilor* ori, după ce apăruseră tarabele de la metrou, de la Tineretului, la SF-urile pe care le împrumutam cu promisiunea că i le returnez lui Gigi a doua zi, așa că trebuia să le termin până a doua zi la prânz. Am început să citesc cu mare viteză și să-mi descopăr memoria vizuală, care mă ajuta, apoi, pe drumul spre școală, să rememorez pagini întregi, așa că drumul ăla era o prelungire a cititului, care devenea acum lent și dilatat. Descopeream că pot savura paginile pe care le înghițisem în fotoliu, că-mi reveneau în minte pasajele în italice din Cioran, scenele îngrozitoare din Dean R. Koontz (copacul ale cărui crengi intră noaptea pe fereastra copilului) sau poeme întregi de Eminescu și Arghezi. Acum, privind ecranul pe care se desfășoară și se înlănțuie imaginile, știu că Genu era plecat în America, că liniștea mea avea o legătură simbiotică cu absența lui, așa cum perioadele în care el era prezent erau haotice, tulburi, umede și viscerale. Era absent, dar în același timp prezent în efigie, prin toate dedicațiile primite de la părinții lui pe pagina de titlu a fiecărei cărți din bibliotecă. Era și nu era el, pentru că scrisul elegant, îngrijit al lui Ovidius nu îi era destinat lui Genu, bărbatul dur și violent din realitate, ci imaginii unui copil care trăia doar în memoria părinților lui, Copilul de aur, băiețelul cu buclă și cu rochiță din fotografiile pe care Ovidius mi le arăta câteodată. Și acolo, prins între Copilul imaginat și liniștea prelungită de absența Copilului real, eu mă îngrășam ca un vierme într-o piersică răscoaptă. Atunci am citit prima oară *De bello Gallico*, dar adevărata lectură a avut loc pe drumul spre școală, când îmi imaginam triumvirul care mergea în fruntea legiunilor, mărșăluind ca un robot, stârnind admirația centurionilor, și care încăleca doar când trebuia să scrie. Iar imaginea asta a bărbatului chel, ca Genu, călărind absorbit de ceea ce nota cu *stilus*-ul în *codex* trezea în mine o duioșie pe care o atribuiam atunci propriilor aspirații.

Când citeam despre negocierea cu triburile galilor, despre trădare sau despre victoria de la Alesia, nu Caesar era principalul actor al imaginației mele, ci Genu, iar eu un centurion fidel, care-l urma și-l păzea cu prețul vieții. Nu-mi imaginam scena istoriei fără el în rol principal, cu mine pe post de mână dreaptă. Eram Batman și Robin, numai că Batman era mereu absent și, în mod paradoxal, era mai bun și mai eficient așa, când eu îi preluam sarcinile și luptam în numele lui.

*

Masteranzii erau majoritatea fete, iar cei doi masculi ai grupei stăteau de obicei în ultimele bănci, fiecare cu câte o gagică, singurele semne de viață pe care le dădeau fiind niște chițcăituri lubrice sau câte un nechezat strident când îi ridicam în picioare și încercam să scot ceva inteligent de la vreunul dintre ei. În prima bancă stăteau obișnuitele tocilare, incapabile să producă o interpretare a textului – pretenție absurdă din partea mea, venită, bineînțeles, în urma experienței mele cu Facultatea de Litere –, așa că întreaga speranță se îndrepta spre secțiunea de aur, spre partea mediană a sălii, unde în general se așezau fetele inteligente, care nici nu țineau să iasă în evidență, dar care, nemaisuportând câteodată imbecilitatea generală, îndrăzneau să vorbească. Lucia nu era nici cea mai deșteaptă, nici cea mai proastă dintre ele, însă în mod categoric era cea care ieșea în evidență fără vreun efort, cu ochii ei de culori diferite, părul creț, umflat și o piele străvezie prin care am văzut, când mi-a întins prima lucrare, o venă albăstruie palpitând acolo unde fâșia mătăsoasă a antebrațului se întâlnește cu palma. Vena subțire tremura ca un șarpe, ca un fir de apă care curge din munte și ea a observat privirea mea blocată asupra mâinii, după cum mi-a spus mai târziu „arătai ca un nebun“, și a stăruit cu palma întoarsă, ca pentru a-mi prelungi starea de transă religioasă. Dar, când îi observasem șerpii de sub piele, eram deja îndrăgostit de ea, mintea mea nu făcea decât să adauge noi piese de mobilier în templul pe care începusem de ceva timp să-l construiesc sub domul baroc al craniului.

Am început s-o caut cu privirea din ce în ce mai des, apoi s-o evit, știind însă că e acolo, că mă privește cu un interes pe care nu-l mai simțisem de ani buni. Bărbatul matur ce are în fața lui o tânără vag interesată e contaminat de prostrația satirului care pândește nimfe ascuns în lăstăriș sau de extazul de pe chipul lui Holofern atârnând în mâna Iuditei. Iar Iudita era chiar fiica mea, al doilea ei nume, predestinat. Asta era privirea mea „de nebun“, pe care încercam s-o ascund sub severitatea ipocrită a profesorului. Lucia purta fuste lungi, sobre, de fapt întreaga ei ținută era anacronică, deși nu bătrânicioasă.

Scotea la lumină destul cât să trezească interesul, dar prea puțin în comparație cu fufele din ultimele bănci care-și așezau țâțanele pe pupitre și-și scuturau din când în când cerceii ca să le testeze clipocitul metalic. Părea izolată de restul grupei, cu o demnitate impenetrabilă în mișcări, genul de fată care nu înghite rahat de la nimeni și care evită discuțiile inutile. Aerul din jurul ei căpăta o vibrație deșertică, părea să fie dislocat de un câmp magnetic care o înconjura și o proteja de prezența noastră murdară. Purta ochelari cu ramă neagră, groasă și-și vopsea cu negru unghiile scurte, care m-au făcut, alături de întreaga ei atitudine, să mă întreb dacă nu cumva e lesbiană, iar imediat ce mi-am pus întrebarea, mi-am dat seama că treaba asta ar fi fost de-a dreptul insuportabilă pentru bietul Holofern în care mă transformam de bunăvoie.

*

Ieșea prima din sală când se încheia seminarul, după ce-mi adresa un „La revedere" scurt, mitraliat, fără a saluta pe nimeni altcineva, preferând doar să mă mai privească o dată, peste umăr, direct și agresiv. Iar toate aceste ritualuri strânse la un loc îmi deveniseră indispensabile, erau cârligul de care mă agățam o săptămână întreagă, dezinteresat, pentru că nu-mi permiteam luxul de a mai fantaza la altceva. Pentru mine, toate socotelile fuseseră încheiate și, chiar dacă se mai ivea câteodată o mică scânteie de viață, o stingeam privindu-mă gol în oglindă: disprețuind picioarele subțiri, păroase, burta umflată de la deceniile de băutură și lâncezeală, chelia care nu mai era de mult incipientă, ci de-a dreptul năvalnică, ochii cu pungi întunecate și mâinile ca două bețe atașate la sacul ăsta impudic. Îmi era evident că singura reacție naturală a unei femei în fața acestei creaturi nu putea fi decât de repulsie.

Încercam să condimentez seminarele cu divagații din literatură, ca să-i fac pe studenții plictisiți să uite că se află la facultate. De obicei aici marșau fetele de la mijlocul sălii, pentru că ele mai citeau câte ceva, și câteodată se isca o discuție care-mi amintea de prima mea facultate și de singurele momente plăcute din timpul ei, adică de serile petrecute cu colegele prin baruri, doar între noi ori împreună cu tânărul prof de teoria literaturii. Au fost ani în care am pus o paranteză alcoolului, fără să-mi propun asta, ci pentru că începuse să-mi placă amețeala pe care mi-o dădea cafeaua băută seara sau noaptea târziu, prin barurile liniștite și ascunse care tocmai apăreau și în care mă ascundeam în fuga mea de Casa cu Lei. Încă nu exista Centrul Vechi, cel puțin nu în forma actuală, dar găseam localuri care nu erau semnalate nici măcar de vreo reclamă exterioară, cum era cel de la subsolul unui bloc din spatele muzeului de istorie a Bucureștiului, unde existau camere în care fuseseră montate leagăne și unde ne certam până la închidere, mult după ce fiecare își terminase cafeaua și banii, în legătură cu al doilea *Orbitor* al lui Cărtărescu, care avea admirația necondiționată a tuturor colegelor, drept care mă simțeam obligat să fiu eu avocatul diavolului și să-l atac cu energie viscerală, pentru că la mine admirația pentru el se împletea cu o invidie groaznică. Scrisesem un articol într-o revistă studențească, de care nu mulți ani mai târziu avea să-mi fie foarte jenă și în care atacam postmodernismul cu argumentele unui pensionar pasionat de Eminescu-antum, de fapt apărând realizările modernismului înalt, pe care le vedeam anulate de întoarcerea la poveste și de joaca-cu-scheletul-la-vedere a optzeciștilor. Nu eram destul de inteligent ca să-mi dau seama că sunt blocat într-o vârstă biologică și intelectuală pe care la un moment dat o voi depăși, dar intuiam în Cărtărescu un pericol, un scriitor care-mi macula propria proiecție asupra viitorului. Scriam poeme-fluviu pe care nu le arătam nimănui, pentru că le intuiam proaste, știam că sunt genul de om care înaintează foarte greu, care suplinește lipsa unui talent excepțional prin multă muncă, așa că-mi dădusem repede seama că e imposibil să ajungi un mare scriitor în epoca lui Cărtărescu. Dar nu asta e important, ci amintirea acelei false camaraderii, care se rupea când colegele se duceau acasă, la cămin sau în garsonierele pe care le împărțeau cu iubiții lor, iar eu trebuia să mă întorc cu ultimul metrou la Pieptănari, care acum se numea Eroii Revoluției, sau, dacă cumva îmi pierdeam luciditatea în ultima oră, să mă întorc acasă pe jos, pe la Unirii, apoi Tineretului, să urc pe la Cuțitul de Argint, pe lângă Adesgo, apoi s-o iau la dreapta, să ics în Bulevardul Pieptănari și din nou la stânga, pe lângă zidul cimitirului, până ajungeam la poarta Casei cu Lei. De multe ori, dacă era vară, preferam să nu intru, ca să n-o trezesc pe Ralu, ci să rămân acolo, în grădina din față, în balansoarul pe care-l montase Sergiu cu ani în urmă și pe care-l ungeam cu ulei de floarea-soarelui ca să nu scârțâie. Scrisesem un poem foarte lung, inspirat de Valéry, ale cărui catrene începeau invariabil cu versul „val după val" și a cărui eufonie aducea la mal câte un animal marin, straniu și preistoric, poemul pierzându-se în descrierea țepilor, cochiliilor, aripioarelor învelite-n ghimpi, a ochilor orbi, a organelor care luminau în întunericul abisului. Urmasem modelul „Cimitirului Marin" și îi jucam perfecțiunea neoclasică, calmul aparent al formei care aducea la suprafață, așa cum valurile o făceau cu acele creaturi, o stranietate dezordonată. Sergiu, care nu mai dădea de mult doi bani pe noblețea Casei cu Lei, adusese și montase în grădină pitici din ghips, șase la număr, toți zâmbind *unheimlich* sub lumina lunii, spiriduși malefici ascunși între ierburile înalte pe care de ani de zile nu le mai smulsese nimeni. Acolo, între lictorii kitsch-ului și cu fața la cei doi lei din piatră, citisem într-o noapte, devorând-o, *Nașterea tragediei* a lui Nietzsche, dar asta fusese cu ani în urmă, în liceu. Acum mă scufundam în *Paideuma* lui Frobenius sau în *Grecii și iraționalul* lui Dodds sau, rupt de simbolismul copilăriei, răsfoiam albumele cu reproduceri după Lucian Freud sau descifram textul lui Foucault despre *Meninele* lui Velázquez, ținând reproducerea sub un felinar de noapte.

Ralu își dezlănțuia întregul dispreț împotriva noii mele vieți, iar pornirea ei beneficia de energii comparabile cu ale unui vulcan în plină erupție.

— O să mori de foame, măi băiete! De foame!!! răcnea când mă vedea lâncezind în grădină cu o carte în față. Faci facultatea asta de pizde numai ca să mai stai patru ani pe capul meu. Ce-o să faci după? O să te faci profesor de liceu?

— Da, îi strigam de prin iarbă, exact asta o să mă fac! Profesor pedofil! Sau poet ratat, oricum ar fi, e mai bine decât zugrav...

Apoi o auzeam pufnind și trântind ușile după ea sau bocănind cu tocurile la care nu renunțase încă, deși începuse să capete proporții, și parcă vedeam gropile care se cască sub fiecare cui pe care-l înfige-n podea.

Ralu, ale cărei tablouri nu mai aveau căutare și le vindea doar uneori, când vreun galerist o suna și-i spunea că o pânză lăsată la el cu ani în urmă, de care uitaserăm cu toții, se dăduse cu o sumă ridicolă, din care își luase și el comisionul, muncea acum la o firmă de import-export deținută de niște iordanieni, dintre care se distingea Dinți-de-Fier, un arab micuț la vreo 50 de ani, cu dantura îngrozitoare, încălecată și înnegrită pe care-l invita duminica la masă, moment în care Sergiu trebuia să dispară, fie pe străzi până la lăsarea întunericului, fie în pod, unde citea în fotoliul pe care-l duseserăm acolo.

— Avem și noi Nebuna noastră din pod, glumeam de față cu arabul, iar Ralu se făcea stacojie de nervi, pe când inocentul Dinți-de-Fier, care nu citise nici *Jane Eyre*, dar nici *O mie și una de nopți* și nici simțul umorului nu îl prea avea, se uita la mine cu privirea unui bebeluș căruia i se arată degetul.

Ralu trăia cu teroarea unui mare cataclism apocaliptic deasupra capului. Imediat după Caritas începuse să-și cultive obsesia pentru această amenințare, așa că devenise caricatural de zgârcită. Își ascundea banii prin cotloane pe care însă i le ghiceam imediat, laolaltă cu bijuteriile moștenite de la Psihi Mu, mâncarea noastră era invariabil pe bază de cartofi, iar eu trebuia să trăiesc exclusiv din banii primiți săptămânal de la Genu, care mă chema duminica la el, în vila din Strada Orizontului, ca să-mi dea cei 15 lei pe care-i stabilise împreună cu soția lui, Mariana-Cur-de-Fier, că ar trebui să fie de ajuns pentru subzistența mea. Asta până în anul al doilea de facultate, când m-a tras deoparte, la înmormântarea socrului lui, la mănăstirea Căldărușani și mi-a spus pe un ton protocolar în care am ghicit parcă și o nuanță de jenă, ceea ce m-a jignit și mai tare:

— Michi, va trebui să sistăm alocația ta. Nu e o perioadă tocmai bună și am și eu destule probleme acasă.

Când avea mai multe motive decât de obicei să se simtă ca un căcat, lua tonul ăsta fals și peremptoriu, în fața căruia plecam capul în pământ și mă lăsam cuprins de rușine și de milă față de propria mea ființă. De data asta, discursul venea pe fondul unei înmormântări de un fast faraonic, la care participa toată mănăstirea, de la stareț la ultimul novice, după ce abia se stinsese dangătul jeluitor al clopotelor și lumea se îndrepta spre mașinile de teren trase pe o pajiște, în buza mormântului, la liziera livezii de pruni care fusese sădită de mort și pe care familia încă o deținea.

Am dat din cap c-am înțeles, apoi ne-am îndreptat amândoi, maturi și înțelepți, spre Mercedesul lui, care avea să ne ducă la vila lui, unde trăia cu soția lui, cu fiul lui cel mic și cu un câine negru cu halenă și blană sârmoasă, dar și cu o pisică grasă pe nume Vichi.

În lipsa oricărei alternative, am început să caut de lucru, iar prima ocazie găsită a fost să traduc pentru o editură cu care mai colabora Ralu din când în când. Traduceam romane de dragoste ale căror coperte erau toate variații pe aceeași temă: o femeie puternică (îți dădeai seama că e puternică pentru că avea părul foarte înfoiat, ca o coamă, tapat în stilul anilor '80, dar și pentru că nu se sfia să-și arate sânii bombați prin cămașa care stătea să plesnească) ezita între a-i ceda și a i se împotrivi unui bărbat la fel de puternic (cămașă de blugi descheiată la primii trei nasturi, pectorali lucrați, păr negru tăciune/blond ca de armăsar bălan, dantură sclipitoare, zâmbet de carnasier). Interiorul cărții nu aducea multe amănunte în plus. Difereau numele și meseriile protagoniștilor, în rest, aveam de-a face doar cu permutări și cu o engleză atât de săracă, încât le-ar fi putut traduce și un copil de școală generală. Mai apărea, atunci când scriitoarea probabil se rătăcise în meserie de prin alte orizonturi, un personaj negativ, de cele mai multe ori fostul iubit al protagonistei, un *stalker* netrebnic căreia femeia îi cedase în trecut pentru că fusese vulnerabilă în fața minciunilor și falsei lui declarații de dragoste. Protagonistul, în schimb, era un tip dintr-o bucată, el nu stătea să lingușească ființa fragilă (dar puternică) din fața lui și la început o repezea (de multe ori el era patronul ranch-ului unde ea se angaja femeie bună la toate, un administrator ce se dovedea repede a fi excepțional, în ciuda faptului că era o mână de om – cu sâni plini însă), o punea la munci umilitoare, dar seara, când își sorbeau ceaiul pe verandă, armura lui începea să se crape, pentru că: 1) avea un copil pe care-l iubea ca pe ochii din cap, iar în eroina noastră ghicea un instinct matern salvator; 2) calul lui preferat, un mustang pe nume Bolt, tocmai fusese diagnosticat cu cancer testicular, iar presimțirea morții acelui animal superb, ai cărui mușchi jucau sub lumina lunii, îi aducea lacrimi în ochii albaștri și impenetrabili. Personajul negativ era mai mereu brunet sau roșcat, uscățiv (ca mine) și era foarte priceput cu vorbele. El revenea din smârcurile trecutului, fie pentru că amintirea sânilor imperiali ai protagonistei nu-i dădea pace, fie pentru că punea la cale un complot ca să înhațe banii eroului. De cele mai multe ori era avocat, alteori psiholog, în funcție de problemele pe care scriitoarea le avusese în viață.

Traduceam cu pasiune, sughițând, și, din când în când, dădeam buzna peste Ralu, care stătea în sufragerie, la televizor, și povesteam câte-o scenă în care autoarea își dorea să fie picantă („S-a aplecat deasupra mea, i-am inspirat parfumul bărbătesc cu iz de mosc, mâna lui puternică mi-a înconjurat mijlocul și i-am simțit buzele acoperindu-mi gura, apoi limba lui aspră, ca de motan, pătrunzându-mi printre dinți și am simțit că mi se moaie genunchii și am oftat, cedându-i acelui necunoscut puternic și frumos, spunându-mi în gând: Sally, ai făcut-o din nou de oaie!"), spre amuzamentul lui Sergiu, dar atrăgând privirea furioasă a lui Ralu, care simțea că-mi bat joc de noua ei meserie, pe care o practica cu aceleași gesturi snoabe cu care citea sâmbătă seara în cadă.

Toate amintirile astea se învălmășeau în mintea mea când intram în sala mică, de la etajul 3 al Facultății de Istorie, unde știam că mă așteaptă chinul de pe pământ, dar și fata ceacâră pe care o visam în rolul personajului negativ din cărțile traduse în urmă cu ceva vreme. Probabil că am făcut-o intenționat, însă în după-amiaza aceea am deviat puțin de la analiza *De bello*... și am început să le vorbesc despre instituția căsătoriei la romani, apoi am coborât un pic în timp și le-am vorbit despre poziția femeii în polisul grec și am glisat la o discuție despre relația discipol-maestru, la erosul paideic, la omul-disc platonician, iar când am ridicat privirea, am văzut că mă fixează cu un zâmbet ironic în colțul gurii, așa că m-am întrerupt și i-am zâmbit, apoi am hotărât să risc și s-o întreb direct:

— Aveți vreo nelămurire?

Iar în liniștea care s-a lăsat, străpunsă doar de chițcăielile venite din spate, mi-a răspuns cu voce groasă, de fumătoare, nebănuită de sub pielea strävezie, străbătută de vene ca șerpii lui Laocoon:

— A, nu, dom profesor, mă întrebam doar dacă relația asta, maestru matur – discipol tânăr, e valabilă și între bărbați și femei.

S-au auzit râsete și cineva a completat în surdină cu un comentariu despre bătrânii milionari și amantele lor mult mai tinere.

Am simțit că pierd controlul, așa că am virat-o rapid spre literatură, unde mă simțeam mult mai bine:

— Da, oricât de ciudat ar părea, nu și dacă luăm ca etalon cazul aruncat din public. Bănuiesc că ați citit *Lolita*...

Un cor de confirmări și de chicoteli, ba chiar și un val de hăulituri indignate.

— Și, iarăși, bănuiesc că sunteți de părere că ați citit un roman despre un pedofil și micuța lui victimă, nu?

M-am uitat în ochii ei și am văzut că nu mai zâmbea, doar mă privea cu o atenție nedisimulată, în timp ce din jur veneau tot soiul de completări, toate având însă în centru indignarea la adresa lui Humbert Humbert.

Am ridicat mâna, încercând să fac liniște (inutil), și am continuat să vorbesc mai tare:

— Mai știe cineva cum se termină romanul?

Liniște.

— Vă amintesc eu. Humbert o regăsește după mulți ani pe Lo, pe Dolores, care acum e o tânără femeie, mamă, și, în ciuda a tot ceea ce știm și știe el însuși despre natura lui „monstruoasă", e gata să rămână cu ea, dacă-i va permite. Viciul lui Humbert s-a transformat în iubire. Iar aici nu văd altceva decât acea relație maestru-discipol despre care vorbeam, care e bidirecțională.

Vorbeam și, pe măsură ce-mi auzeam vocea pierită, tot ce spuneam îmi părea fals, tocmai pentru că, deși îmi susțineam părerea sinceră, nu spuneam tot, nu-mi permiteam să intru cu capul în zid.

— Iar asta-l absolvă pe Humbert?

Nu vorbea cu nerv, dar era tăioasă, simțeam c-o irită subiectul și că are o părere clară, așa că am încercat să deviez, ca să nu rămân pe terenul acela mlăștinos.

— Nu, nu-l absolvă, numai că nu condamnarea sau achitarea fac obiectul romanului. Un roman ca ăsta e imens, are o plajă de semnificație atât de largă, încât a spune că...

— Deci moralitatea trebuie exclusă total din literatură?

O simțeam din ce în ce mai pornită și aveam senzația neplăcută și totuși incitantă că nervii ei îmi erau cumva adresați.

— Nu exclusă, dar nici mutată în dulapul cu instrumente de interpretare. Sunt foarte multe cărți străbătute de fiorul moralității, care însă nu fac doi bani.

— Și cărți imorale proaste nu sunt?

— Ba da, tocmai de-aia am spus că moralitatea unei opere de artă trebuie lăsată în afara discuției. Numai că în cazul de față obiectul muncii e foarte delicat. Dacă aș spune că e vorba despre o declarație de dragoste pentru limba engleză, de exem...

— De ce vorbiți despre *Lolita* la un seminar de istorie antică?

Am simțit că mă înroșesc și că o să mă bâlbâi. Iar când am privit-o, am înțeles că-și bătuse joc de mine și că toată sala urmărise cu sufletul la gură dialogul ăsta în care eu jucam rolul interogatului.

— Adică eu am înțeles legătura, a reluat ea și am început să sper că-mi va arunca un capăt de frânghie, ceea ce a și făcut. Dar eu cred că moralitatea nu poate fi exclusă din domeniul istoriei, nu-i așa, dom profesor?

Purta o cămașă albă, masculină, largă, care-i stătea mai puțin bine decât helanca neagră pe care o îmbrăca de obicei și care contrasta cu tenul ei cadaveric.

— Cred că moralitatea e exterioară mișcării istorice, un construct atașat mișcării istorice, ca un fel de dovadă fabricată după stabilirea sentinței. Marile forțe istorice nu au în vedere factorul moral al acțiunii politice decât în scrierea discursurilor. În plus, puneți-vă întrebarea asta: de ce ne pasionează atât de mult moralitatea artei, în schimb în istorie ne lasă indiferenți? Adică... – încerc să-mi ordonez gândurile – de ce nu suntem, cum să zic, indignați ontologic de izbucnirile infernale ale istoriei. Pentru că asta ar atrage necesitatea unei sinucideri colective. Dar asta e o abordare metonimică a istoriei...

Am simțit-o nemulțumită.

— Priviți istoria ca pe o narațiune. Cu personaje necreditabile. În care cunoaștem doar părți din viziunea obiectivă, totală, care nu e decât un construct. Moralitatea istoriei e un adaos extern care vine în siajul evenimentelor. De câte ori n-ați auzit spunându-se sau chiar ați șoptit dumneavoastră, privind la televizor știri despre un atentat terorist sau un masacru, „Cum au putut face niște oameni așa ceva?". Gândiți-vă la evreii dintr-un ștetl galițian, care aud pașii mulțimilor de creștini apropiindu-se... Gândiți-vă la frumosul și admiratul Alexandru, care face prăpăd în Teba sau în Tyr... la creștinii care rad întregi comunități de catari de pe fața pământului. E cum îi spunea Freud într-un eseu despre război: o interdicție atât de puternică, precum e cea de a ucide, nu poate semnala decât o pulsiune la fel de puternică împotriva căreia se ridică. La fel, schimbând domeniul, indignarea împotriva lui Humbert Humbert și a întregii lui paradigme nu semnalează vreo delicatețe morală înnăscută a cititorilor, mai curând lipsa ei. La fel de înnăscută...

— Și atunci ce căutăm aici? mi-a retezat discursul cu o mină serioasă.

M-am uitat la ceas și mi-am dat seama că am scăpat, mai aveam două minute:

— Același Freud o spune: etica este rezultatul istoriei umanității. Încercăm să înțelegem, căutăm modele, citim povești. Dar acum, că am iscat discuția asta aprinsă, îmi dau seama că probabil am exagerat vorbind despre *Lolita.* Poate ar fi trebuit, mai curând, să vă dau alt exemplu, *Vestibul...*

Am văzut-o nedumerită și roșind, probabil că nu citise.

— E cel mai bun roman al lui Ivasiuc... deși e primul, pe cât se poate de depolitizat și de uman.

Am început să-mi strâng lucrurile și am ținut capul în pământ cât timp am simțit că studenții ies, rând pe rând. Când am ridicat privirea, era acolo, în bancă, cu părul creț explodat în toate direcțiile și cu privirea ei bicoloră ațintită asupra mea.

— V-am supărat?

Vocea bărbătească s-a înmuiat și m-am simțit murdar, ca și cum aș fi plănuit întreaga ceartă, apoi m-a izbit gafa monumentală pe care o făcusem cu *Vestibul*, gafă care nu era probabil decât o capcană stângace a unui bărbat de 40 de ani ce are drept atu doar o carte veche, citită în anul al doilea de facultate.

— Nu, deloc, e plăcut să mai ai dovezi de inteligență și curiozitate în timpul unui seminar...

A zâmbit.

— Cum spuneați că se numește romanul lui Ivasiuc? Am încercat să citesc *Apa* și nu l-am putut termina...

Mi-am înfipt unghiile în palmă:

— *Vestibul.*

Sec, gura uscată.

— Vă mulțumesc și vă cer scuze încă o dată.

S-a răsucit pe călcâie și a luat-o spre ușă cu un mers hotărât, bărbătesc, fluturând în jurul corpului fusta neagră, înfoiată, de sub care apăreau converșii albi. Am rămas așa, uitându-mă după ea, până când a ieșit pe ușă fără să privească înapoi.

*

În seara aceea am mers direct acasă, cu o pauză doar pentru a cumpăra câteva beri și țigări, purtând în ceafă prezența strivitoare a propriei prostii, dar și senzația iritantă că alunec într-o situație fatală. Relația cu Ioana ajunsese în cel mai de jos punct al ei, dormeam fiecare pe partea lui, atenți să nu ne atingem, așa că, atunci când se trezea noaptea și n-o auzea nimeni strigând, Maria găsea mereu destul loc între noi în care să se strecoare. Dimineața plecau toți trei fără să mă trezească, dar știind că mă prefac că dorm, că stau cu pleoapele strânse și că aștept să rămân singur. Mă simțeam obosit, sleit și primii pași pe care-i făceam, spre toaletă sau direct în balcon, unde-mi fumam primele țigări, erau grei de parcă aș fi urcat un munte. Câteodată însă ne trezeam amândoi în toiul nopții, probabil fiecare din coșmarul lui, și ne îmbrățișam de frică, leoarcă de transpirație, cu gurile duhnind de putregaiul nopții și pipăindu-ne unul celuilalt crăpăturile uscate și mai străine ale bătrâneții, într-o căutare jalnică ca o excavare arheologică. De obicei îmi venea foarte greu să adorm după câte un episod din acesta de pavor nocturn și mergeam în sufragerie, după ce treceam prin camera minusculă unde dormeau copiii în două paturi suprapuse, Matei răstignit în cel de sus, răscrăcărat, respirând pe gură, cu mâinile aruncate-n lături în abandon, iar cea mică, Maria, strânsă ghem, un *armadillo* rătăcit în cartierul Tineretului prin cine știe ce misterios transfer biologic. Mă ghemuiam ca ea, pe canapeaua pătată din sufragerie, și mă uitam până dimineață la seriale polițiste, analizându-mi fiecare respirație, fiecare înțepătură a plămânilor sau fiecare tresărire a viscerelor. Reușeam să adorm odată cu lumina și mă trezeam cu dureri cumplite de cap, cu senzația stranie că sunt făcut din bucăți disparate lipite prost.

În seara aceea însă mi-am dat seama că nu-mi pot stăpâni o veselie care risca să pară suspectă în mica noastră bucătărie unde ne adunam să gătim masa de seară. În timp ce tăiam ceapa pe tejgheaua de lângă aragaz, am început să fredonez o melodie tâmpită care se auzea din radioul de pe masă. M-am simțit ca spionul venit din ceață, care e gata să se dea de gol printr-un derapaj sentimental, așa că m-am abținut și mi-am asumat privirea posacă cu care-mi obișnuisem familia.

După ce am culcat copiii, am încercat să fac câteva flotări, sub privirile ironice ale Ioanei, dar am renunțat și mi-am reluat programul obișnuit: berile, țigările, cearta legată de fumul care invada casa și ajungea în camera celor mici, apoi derapajele micului conflict înspre zone neguroase care invariabil ajungeau la viața noastră sexuală inexistentă sau atât de firavă, încât abia mai pâlpâia.

— Ai adunat atâta dispreț față de mine, încât s-a transformat în scârbă! mi-a aruncat înainte de a se retrage-n dormitor, un reproș pe care-l auzeam așa de des, că nici nu mă mai întrebam dacă e real sau nu.

— Iar citezi din căcaturile alea de cărți?

Știam că o enervează să mă leg de bibliografia ei de doctorat, pentru că, la rândul ei, bănuia că-i reproșez chiar existența acelui doctorat, reproș născut din chiar misoginismul meu adânc înrădăcinat. Și nu era departe de adevăr, în sinea mea uram acest doctorat care venea la doi ani după al meu, uram serviciul ei în PR, care aducea mai mulți bani decât al meu, uram teoriile feministe pe care le citea seara, în pat, cu un creion în mână, deși nu sublinia nimic cu el.

— Căcaturi de cărți! Te auzi cum vorbești? Te uiți la tine? Când vii acasă, parcă intră moartea pe ușă!

Și pleca trântind ușa, ăsta era apogeul certurilor noastre. Aveam de ales: puteam să merg după ea și să vorbesc singur, pentru că nu-mi mai răspundea, sau să mă înfund în baia de 2 pe 2, unde aveam voie să fumez noaptea. Așa că am ales varianta a doua. Eram prea vesel pentru o ceartă.

*

Abia a doua zi, când pregăteam seminarul opțional de istorie antică, unde deviam pe cât posibil spre literatura clasică – azi *Antigona* –, mi-am dat seama că-mi stă pe creier *Vestibulul* lui Ivasiuc. După cum se comportase la seminarul anterior, adică inteligent și intransigent, recomandarea unei cărți despre dragostea unui bătrân profesor pentru o studentă avea să fie destul de transparentă. Și mai ciudat era că titlul îmi venise în minte fără nici o intenție ascunsă, uram genul ăsta de profesori libidinoși. Totuși, creierul îmi jucase o festă. Ceea ce-mi făcea și acum, pentru că, în timp ce reciteam discursul Antigonei, personajul lui Sofocle nu mai era silueta albă, însângerată din imaginația mea, ci o fată cu părul negru, creț, cu pielea străvezie prin care palpitau șerpii lui Laocoon. Am hotărât să vorbesc din amintiri la seminar și am început să caut *Vestibul* în bibliotecă. Nu l-am găsit și, așa cum mi se întâmpla în asemenea situații, m-am enervat și am trântit rafturi întregi la podea, căutând coperta galbenă pe care o aveam în minte din facultate. După o oră de căutări, nereușind să dau de ea, a trebuit să mă îmbrac și să plec la curs. Era primăvară și în jurul universității studentele începuseră să poarte fuste scurte, ceea ce pentru un bărbat de aproape 40 de ani care nu a mai făcut sex de câteva luni e o încercare de multe ori cumplită. Urcam scările cu capul în pământ înspre etajul 3, acolo unde mă mazilea marele istoric, șef de catedră, când am ridicat capul, presimțind ce avea să se întâmple, și, într-adevăr, am văzut-o coborând, ne-am privit în ochi în timp ce străbăteam simultan cele șapte-opt trepte care ne despărțeau și, când am ajuns aproape unul de celălalt și am dat din cap în semn de salut, mi-a zâmbit și a ridicat spre mine o carte cu copertă neagră și mi-a spus încet:

— Bună ziua, domnule profesor. Ia uitați ce discipol cuminte sunt!

În mână ținea *Vestibul*, iar când am văzut cartea, mi-am dat seama că are coperta neagră, nu galbenă, că doar literele titlului erau galbene, așa că toată căutarea mea fusese aiurea și, cât am gândit lucrul ăsta, ea m-a depășit, iar mie mi-a fost rușine să mă întorc și să mai spun ceva. M-am gândit tot cursul doar la coperta neagră și, în timp ce vorbeam sau tăceam privind în gol, am simțit că nu mai suport ziua aia, așa că le-am dat drumul mai devreme, apoi m-am înfundat în restaurantul din pasajul de lângă Teatrul Odeon, unde am băut repede două beri reci și am fumat uitându-mă prin ecranul televizorului unde cânta inevitabil Delia și ignorând apelurile și mesajele de pe telefonul mobil, până când am putut să-mi tolerez din nou realitatea, dar asta a durat foarte puțin, pentru că imediat mi-a zburat gândul la nopțile din anii primei facultăți, pierdute sau câștigate în aceeași zonă, și mi-a trecut prin minte că Bucureștiul e o hartă a durerilor mele, am câte un steguleț roșu înfipt prin fiecare bar, restaurant, club de noapte, bibliotecă, cartier de blocuri, cartier de vile.

Era evident însă că toate acele răni și evenimente bine ancorate în harta orașului au o calitate a prezenței, o acuitate a trăirii, care lipsește prezentului, că-mi ies din amorțeala meseriei și a căsniciei doar când încerc să rememorez nopțile interminabile de discuții și vodcă, din vremea când mergeam prin orașul cufundat în noapte fără a încerca să îmblânzesc un vulcan pe care-l simțeam în coșul pieptului și pe care-l prețuiam mai mult decât viața în sine, decât bunul-simț, prestigiul profesional sau opinia celorlalți despre mine.

Am continuat să mă fofilez pe lângă ziduri, s-o evit pe studenta Lucia, cea cu sânii mari și cu fustele ei plisate ce-i acopereau bocancii negri, Lucia, cea cu pielea străvezie și cu un tremur ușor al mâinilor (pe care le bănuiam mereu înghețate, pentru că ar fi avut circulația proastă, la fel și picioarele, iar când ajungeam acolo, trebuia să găsesc imediat un loc în care să mă ascund și să mă masturbez, pentru că mereu am găsit fascinante picioarele femeilor, pornind de la labele mitocănești, oribile ale vecinelor de pe Aleea Solca, pe care le urmăream cu ochii holbați cum se târâiau prin praf, cu degetele încovrigate ieșind din papucii de cauciuc, și până la sandalele romane din prezent, care arătau linia elegantă a piciorului, așa că de multe ori mă trezeam fixând, vara, în metrou, asemenea picioare, indiferent de privirea indignată a posesoarei), Lucia cu părul negru, creț și ochii ceacâri.

Dar, așa cum se întâmplă într-un asemenea joc al seducției (când ești, fără s-o conștientizezi, victimă cu mult înaintea primelor gesturi compromițătoare), cu cât o evitam mai mult, cu atât mă gândeam mai mult la ea și așteptam seminarele la care știam că vine cu o emoție pe care o credeam moartă în mine, iar când, foarte rar, se întâmpla să lipsească, dezamăgirea mea se dovedea a fi cruntă, ineluctabilă, mă simțeam pustiit și lipsit de energie. Într-o asemenea zi, când lipsa ei transformase întregul seminar despre *Catilinare* într-o jalnică tragere de timp, mai precis într-o tăcere asurzitoare, în care studenții se uitau pe geam, iar eu mă prefăceam că aștept răspunsul la o întrebare relativ simplă („Explicați rolul retoric al incipitului primei *Catilinare*"), s-a deschis ușa cu o violență care ne-a scos pe toți din visare și ușa dată de perete a făcut loc siluetei ei înfoiate, unei fuste negre cu multe voaluri și straturi, o tornadă neagră, care în zona bustului lăsa loc, contrapunctic, unei bluze negre, mulate, ce-i scotea în evidență torsul jignitor, și atunci am crezut c-o să fac un gest greșit de emoție, ba chiar am realizat că așteptarea mea, pe lângă stratul erotic evident, începea să aibă și un substrat emoțional aparent nesexual. Mi-a cerut scuze într-un mod foarte matur (maturitatea ei, prin contrast cu oile behăitoare din jur, îți sărea în ochi), dar nu și-a putut ascunde un vag amuzament, surâzând probabil în fața încremenirii mele (aveam, pesemne, figura personajului care stă cu spatele în tabloul lui Caravaggio, *Cina din Emaus*, cel care ia contact, violent, cu numinosul) pline de ușurare, stupoare, adorație și ridicol.

Irumperea ei în clasă a fost, cred, momentul în care mi-am dat seama că există o urgență biologică și psihologică în a acționa: a nega acest imperativ, precum și semnalele unui joc al seducției însemna să neg și să anulez prin negare un colac de salvare esențial supraviețuirii. Era, poate, ultima șansă pe care o mai aveam de a fute o asemenea ființă miraculoasă și nu aveam de gând să mi-o refuz. Principala problemă însă era că jucasem încă de la început rolul victimei în acest joc al seducției. Toate mutările mele, oricât de agresive ar fi părut, fuseseră fie inconștiente, fie călăuzite de ea, așa că trebuia să-mi accept în continuare pasivitatea, să stau la primire, încercând în același timp să facilitez cât mai multe întâlniri, să-i dau ocazia de a-și face mutările cu agresivitate.

Am observat că după seminar se îndrepta invariabil spre sala de lectură și, chiar dacă statutul îmi permitea să împrumut cărți aflate la fondul de sală, mi-am schimbat programul astfel încât să fiu în sală atunci când era și ea acolo, așezat la o distanță sigură, concentrându-mă asupra cefei ei subțiri, asupra mișcărilor cu care-și dădea părul într-o parte sau a gestului bărbătesc cu care-și scotea ochelarii cu ramă groasă, neagră și apoi își masa ochii și șaua nasului cu indexul și degetul mare, pe care purta un inel gros, gravat cu rune.

Și, inevitabil, gândul îmi fugea la iubirea mea din facultate, începută în același loc neschimbat (apăruse un computer nou, existau lămpi la fiecare masă), înghețat la propriu în timp și-n spațiu. Și mi-am dat seama că e cu neputință să nu se întâmple același lucru și că nu are absolut nici un sens să mă împotrivesc, pentru că, atunci când asemenea evenimente sunt pe cale să se întâmple, îmi sunt impuse, nu mai au nici o legătură cu voința mea sau cu bunul-simț burghez pe care mi-l injectasem în ultimii ani, dar care mă făcea profund nefericit, ca și pe întreaga mea familie. Iar când am înțeles lucrul ăsta, am simțit o eliberare, probabil cea pe care o simte sinucigașul care știe că după gestul lui nu mai sunt durere și nici îndoială. De fiecare dată când am schimbat cursul evenimentelor, când am cotit la dreapta atunci când drumul indica cu certitudine un traseu care să înainteze sau să cotească la stânga, când am hotărât s-o iau prin pădure, să părăsesc traseul clar marcat, de fiecare dată lucrurile s-au schimbat radical și nimic nu mi-a făcut vreodată mai mare plăcere. La fel cum invazia Rusiei din 1941, celebra Operațiune Barbarossa, a consternat întreaga lume, la fel cum cruciada condusă de Frederic Barbarossa nu a fost decât o sinucidere glorioasă, cum amândouă au fost autodafeuri care au angrenat în focul lor întreaga lume, ființa mea netrebnică și divină își cerea dreptul la dramă, un mic rol pe scenă. M-am redescoperit mereu micul spectator al scenelor mortuare din Cimitirul Evreiesc, la mai bine de un deceniu după ce am părăsit Casa cu Lei.

*

Se întâmpla ca în unele nopți, sătul de fumatul și reveriile alcoolice din baia noastră de 2 pe 2, să mă îmbrac și să ies în oraș, să încerc să-mi reinjectez viața cu amintirea unei tinereți nocturne, așa că ajungeam prin cluburi sau baruri unde nu mă mai potriveam deloc, ca un dinozaur în menajeria de sticlă. Nu făceam decât să beau și să ascult o muzică pe care n-o înțelegeam, să dau bezmetic din cap cu o bere în mână printre alți oameni care dădeau și ei din cap cu beri în mână până când intram într-un *bardo* satanic ca un uter supradimensionat, din vată de sticlă, până când cădeam pe sub o masă și mă trezeau ospătarii care începeau să strângă cioburile și bețivii în buza dimineții. Atunci mă ridicam și priveam primele semne ale noii zile din stradă, optimist, alert, indiferent la imaginile care-mi reveneau în minte, rănit doar de lumina care se năștea printre vârfurile clădirilor. Ajungeam acasă pustiit, obosit, dar gata s-o iau de la capăt.

De cele mai multe ori preferam vechile cluburi din studenția mea, care încă mai funcționau și unde întâlneam alți golemi asemenea mie, bărbați trecuți bine de 30 de ani care reveneau să-și lingă visele și sexualitatea pierdută și care tânjeau în mod evident după o aventură romantică „ca pe vremuri“, cu o studentă săracă, din provincie, pe care s-o impresioneze cu salariul lor stabil și cu o știință blazată a vieții care să compenseze părul rărit și burta ce plesnește de sub tricoul cu Slayer. Așa că ajungeam adesea în Club A și de multe ori cădeam într-o reverie tristă, privind cururile bombate de sub blugii tăiați, paietele pe care cu zece ani în urmă le-aș fi considerat de prost-gust, converșii universali și gențile ieftine de damă. Mă simțeam mai bine aici decât în orice alt loc de fițe și la modă, pentru că aici puteam continua să mă bălăcesc într-o tristețe generalizată, într-o sărăcie nefardată. Chiar dacă trecuse mai bine de un deceniu de când veneam aici, nu se schimbase absolut nimic, nici muzica (anii '90, MTV-ul și VIVA), nici măcar veceul în care stăteam aliniați ca niște vite la furajat, stropindu-ne unii altora încălțămintea.

Aici am întâlnit-o pe Lucia, într-o noapte în care mă simțeam îngrozitor, plecat de acasă în mijlocul unui scandal. Începusem să cântăresc, pentru prima oară, ideea de a mă despărți de Ioana, iar perspectiva de a-mi părăsi copiii mă fragiliza și-mi dădea niște bufeuri emoționale pe care le ascundeam după niște ochelari de soare negri. Ca de obicei în asemenea situații, eram paralizat de milă față de propria persoană și refăceam scenarii după scenarii, toate desprinse, ca imagine, din filme pe care le văzusem cu Ralu în copilărie, filme de unde ea ieșea zguduită, cu pieptul frământat de icnete și suspine, care mă aduceau și pe mine în pragul lacrimilor, și mergeam așa, ținându-ne de mână, de la Cinema Patria sau Scala până la stația de metrou Pieptănari, uniți de o durere autentică și în același timp artistică, durere ce ne învăluia în toată ziua respectivă și ne făcea să fim blânzi unul cu celălalt, așa cum personajele filmului, cele negative, ar fi trebuit să se poarte cu eroii năpăstuiți. Când am văzut *Gară pentru doi* prima oară, la Cinema București, a trebuit să așteptăm în gangul care dădea în strădușa din spate câteva minute bune pentru ca Ralu să se liniștească destul cât să putem ieși la lumina zilei. Scena în care bărbatul întemnițat pe nedrept, care se sacrifică pentru o soție bețivă și nerecunoscătoare, și iubita lui cea inimoasă cad în nămeți lângă gardul pușcăriei și încep să cânte la acordeon, sprijiniți spate-n spate... o, Zei! Tot patetismul din sufletele noastre, însetate de ceva ce n-am știut să ne descriem niciodată unul altuia, să-i spunem „dragoste“ în lipsă de ceva mai bun, se regăsea acolo, în siropul acelui film rusesc. Tot acolo era și situația noastră – singuri împotriva tuturor, înconjurați de granițe amenințate, izolați într-un luminiș dintr-o pădure întunecată din desișurile căreia se zăreau strălucind ochii înroșiți de ură ai unor bestii necunoscute. Și în amintirea mea din acea seară, când ieșeam de la Cinema București, ningea și viscolea, iar Ralu purta o haină din blană de nutrie și avea niște cizme de eschimos, uriașe, care-i ajungeau până la genunchi, și mergeam împotriva vântului, ținându-ne de braț, plângând și strigând unul la celălalt, ca să acoperim simfonia dezlănțuită a vântului, spre stația de metrou Universitate.

Un alt film care ne-a satisfăcut nevoia de tragedie a fost *Love Story*, pentru că acolo puteam să ne identificăm cu situația bieților îndrăgostiți: și la noi, adică în istoria întunecată a lui Ralu cu Genu, familia lui fusese bogată și lipsită de suflet, împotrivindu-se uniunii odorului cu tânăra frumoasă, dar cu origine nesănătoasă. Nu trebuia să-mi explice, pe măsură ce urmăream derularea dramatică a evenimentelor de pe ecran, vedeam în minte filmul iubirii ei cu tânărul fiu de colonel, relația ei spinoasă cu familia de nomenclaturiști din Tineretului care nu a vrut-o de la bun început, poveștile ei se suprapuneau cu cea a filmului, iar mintea mea era pregătită să decupeze, să strunjească colțurile care atârnau flenduri, astfel încât cele două fire narative să se potrivească perfect. Peste părul creț, blond al lui Ryan O'Neal așezam o chelie care urca până-n creștet, îi închideam tenul, deasupra buzei îi creștea mustața neagră, îi luam vreo 30 de kile și îi întunecam privirea. Frumusețea delicată a lui Ali MacGraw lăsa locul celei fruste, solide a lui Ralu, cu sânii ei ca două mingi de fotbal și picioarele lungi și țapene, de iapă bine hrănită, și așa tragedia americană devenea în mintea mea o comedie care rula tot pe muzica înfiorătoare a lui Francis Lai. Ralu plângea în hohote, iar finalul filmului ne găsea întotdeauna emoționați și rușinați de propriile sentimente, eu de amuzamentul pe care mi-l producea filmul din cap, ea de mila față de propriul destin pe care pelicula văzută timp de o săptămână la Cinema Patria, apoi încă una la Cinema Aurora i-o răscolea. Serile erau dedicate discuțiilor și paralelelor fine trasate între tragedia americană și cea din Tineretului.

— Că și Ovidius, pe care-l ții tu de mare om, să știi că ăla mi-a făcut mie cel mai mult rău. Cel puțin cât am stat la ei, când eram borțoasă cu tine, mi-a făcut viața un iad.

Iar de aici începea povestea puiului la cuptor, adevărată digresiune homerică destinată să ne poarte în mijlocul iadului unei căsnicii sortite eșecului de la bun început. Povestea puiului la cuptor spunea că în 1978, iarna, Cel Tânăr prinsese prima lui detașare în străinătate, într-o țară exotică, șansă de neratat în acei ani, așa că hotărârea comună fusese ca Ralu să se mute cu Ovidius și Meri, care locuiau pe aceeași stradă, în blocurile ce străjuiau Bulevardul Pionierilor, ca să fie îngrijită de socri. Aici însă descoperise adevărata față a rigorii cazone după principiile căreia se ghida existența apartamentului de trei camere: mese la ore fixe, culcarea la oră fixă și un meniu care funcționa prin rotație, fiind, de altfel, destul de puțin variat. Ieșea în evidență, în principal, celebra mâncare rece a lui Meri, care putea fi gătită fie cu limbă de vită, fie cu pește sau, în cazul cel mai comun, cu pui. Era un sos rece, gros, cu măsline și lămâie, în care pluteau bucăți de carne, toate ingredientele fiind destul de greu de găsit, procurate însă de Ovidius de la popotă. Masa de dimineață însemna invariabil ouă ochiuri, la prânz se începea cu două felii de brânză și o roșie, urma o ciorbă de legume, după care veneau fie mâncarea rece, fie un pilaf cu aripi de pui. Seara, după cum decretase Ovidius, se mânca ușor, adică fie griș cu lapte, fie un sendviș cu unt și o cană cu ceai sau lapte. Chiar dacă afară s-ar fi dezlănțuit apocalipsa, chiar dacă mongolii ar fi invadat cartierul Tineretului, clădind în scuarul dinspre metrou o piramidă uriașă din țeste de oameni, meniul lui Meri ar fi fost același. Ralu însă nu era genul de om care să accepte un program inflexibil, mai ales culinar, pentru că-i plăcea să mănânce (la bătrânețe plăcerea ei avea să devină pasiunea care a transformat-o într-o masă de carne de 120 de kilograme, un munte de pofte și de povești pline de ură), așa că vorbea pe ascuns la telefon cu tatăl ei, Ianakis, care într-o vizită inopinată i-a strecurat un pui făcut la cuptor, pe care l-a ascuns în camera ei (cameră care fusese a lui Genu și care mai apoi avea să devină a mea), sub pat. Noaptea scotea puiul și mânca din el câte puțin, iar în aceste povești puiul devenea interminabil, un corn al abundenței din care se înfrupta sărmana gravidă ostracizată.

Ralu nu putea vedea filme care n-o ajutau să se identifice cu o eroină chinuită: durerea i se părea atât de interesantă, încât cu vremea a început s-o joace, apoi s-o creeze cu adevărat. Gonea după dramă, se vedea prăbușită în curtea Casei cu Lei, răcnind spre cerurile din care se revărsau puhoaie, cu mâinile ridicate înspre zei: De ceeeee!!!????

Filmele și cărțile trebuiau atunci să-i ofere modele de identificare, oricât de îndepărtate, ca mintea ei să parcurgă înapoi drumul spre evenimente din trecut pe care să le modifice în așa fel încât paralela să devină evidentă publicului, adică mie, unicul ei spectator. Pentru asta, *Love Story* era ideal: familia de bogătani (micii nomenclaturiști Lucescu) nu înțelege povestea reală de dragoste dintre tânărul student sportiv (Genu cel cu chelie de la 18 ani, cu brațe ca niște picioare de porumbel era antrenor-jucător al echipei de baschet a ONT-ului) și tânăra superbă, dar săracă, obligată să lucreze la biblioteca facultății (Ralu era deja divorțată de primul soț, misteriosul Michi-cel-fugit-în-America, așadar posesoarea unui dosar pătat, care locuia singură într-o garsonieră de pe Bulevardul Metalurgiei), și face tot posibilul să împiedice căsătoria, asta însemnând chiar o eventuală dezmoștenire (aici intervenea o discrepanță, și anume că Ovidius și Meri nu s-au opus căsătoriei, ci au devenit personaje negative abia după ce căsnicia s-a consumat și apoi s-a încheiat în mod tragic). Moartea tinerei, răpusă de o boală cruntă la 25 de ani, va stârni, prea târziu, regretele mogulilor lipsiți de suflet: aici aveam de-a face deja cu o proiecție în viitor, nelămurită, opacă, un viitor ce va scoate la lumină hybrisul familiei Lucescu și îi va aduce răzbunare și alinare (cele două fiind similare, dacă nu identice pentru Ralu) femeii nedreptățite, aruncate pe drumuri cu un copil în brațe.

*

Am văzut-o coborând scările în melc care aduceau încontinuu tineri în sala cu mese lungi și joase din lemn, tejghele paralele, aranjate simetric astfel încât să creeze cât mai mult spațiu, așadar i-am văzut mai întâi picioarele coborând ultimele trepte, cu acea tresărire pe care o avem când știm că un lucru imposibil, nesperat tocmai se va întâmpla, am urmărit cu groază picioarele lungi care coborau, treaptă după treaptă, anticipând ce se va întâmpla, o desfășurare a evenimentelor care numai fericită nu avea să fie. Mi-am dat seama foarte târziu, peste patru luni (doar atât a durat povestea mea clișeu), că în clipa aceea, când ea cobora scara, eu știam deja tot ce avea să se petreacă între noi, ba chiar știam că întreaga mea exaltare-clișeu de îndrăgostit avea să pună capăt adulterului-clișeu și avea să mă întoarcă la familia-mea-clișeu.

Când de sub streașina care acoperea ultimele trepte a apărut figura ei albă, străvezie, înconjurată de părul negru, sârmos, pe care peste o săptămână deja aveam să-l strâng în pumn în timp ce-i șopteam că-mi amintește de Gorgona lui Caravaggio și apoi să intru cu putere în ea, dorindu-mi să mor în pizda ei care se desfăcea ca o floare carnivoră și mă sugea înăuntru, în timp ce ochii ei mă priveau fix, dar absent, iar eu înlemneam, tremurând de vinovăție, de ură, deci când i-am văzut în cele din urmă chipul, deja ne despărțiserăm.

Mi-am petrecut fie multe momente nocturne, fie după ce m-am trezit brusc, înspre dimineață, asudat, înfricoșat, cu inima bătând să-mi spargă pieptul, gândindu-mă la asemenea clipe cruciale, când aş fi putut proceda altfel. Nu neapărat alegerea greșită e cea care-mi aducea cele mai mari regrete, nu plângeam după un viitor alternativ, așa cum Ralu își construia un trecut paralel, ci mai curând reconstrucția acelei clipe care avea să mă ducă spre autodistrugere îmi dădea o voluptate de neînțeles. În zilele și nopțile de după scena de sex oral din curtea seminarului teologic, de unde a început lungul meu declin, când eram trezit doar de pașii ușori ai lui Meri sau ai lui Ovidius, care intrau tiptil să verifice, probabil, dacă mai trăiesc, am reluat, ca într-o sală privată de cinematograf, toate evenimentele care au dus acolo, le-am văzut și le-am revăzut cu încetinitorul, încercând nu să înțeleg, ci să mă bucur, senzual, de tragismul unui determinism absurd. Îmi trăiam ratarea cu voluptatea lui Hitler care, în 1941, ordona invadarea Uniunii Sovietice, deși știa foarte bine că asta va atrage sfârșitul celui de-al Treilea Reich. Nimic nu se compara cu voluptatea ratării, cu măreția unei prăbușiri spectaculoase.

Dar în pâcla alcoolizată și vag sentimentală a acelei nopți toate gesturile căpătau proporții imateriale, cosmice, iar faptul că la 3 dimineața eu – un bărbat de aproape 40 de ani care cu câteva ore în urmă se simțea ca un sac de cartofi ce a stat în soare câteva zile dansa încet, fără să audă muzica, cu o fată de 20 de ani care-i zâmbea ironic și totuși îl strângea de după umeri cu o forță care-i contrazicea aparenta indiferență, că apoi cei doi s-au sărutat în întunericul clubului în timp ce în jurul lor se dezlănțuise un pogo violent, care anunța închiderea, că apoi cei doi s-au urcat într-un taxi și au pornit spre o adresă din Cotroceni pe care bărbatul n-a înțeles-o, pentru că era inundat de un val de euforie, că, ajunși în camera ei cu chirie, după ce au băut un pahar de vin, cei doi au făcut dragoste și încă una destul de reușită, toate astea mă fac să-mi spun acum că începutul acestei fraze, în care așez semnul egalității între mine și acel bărbat, este cu totul fals. Nu eu am fost protagonistul episodului-clișeu și nici nu dau vina pe zburdălnicia testosteronului care și-a adunat ultimele forțe pentru un ultim dans, nici pe dulceața pizdei acelei fete, pe care mi-o amintesc vag, ca-ntr-un coșmar, nici pe dezinhibarea ei care-mi injecta energie în vene sau pe discuțiile de după, care nici măcar nu erau tâmpite. Nu, toate astea sunt amănunte. Vina aș vrea s-o arunc, așa cum am făcut-o toată viața, asupra unui demon amoral care mi-a spus că justificarea neconformității cu normele, fie ele și sentimentale, e apanajul plebei. Și că, în fond (și la urma urmelor, cum ar fi adăugat Ralu în zilele ei bune), eu eram cel care dansase cu membrele leilor din pivnița casei, eu eram cel care îl văzuse pe bătrânul cu ochii albi și unghiile ca niște gheare sub Crematoriul Cenușa și mie îmi era hărăzit un rol important în halca de istorie universală care era propria mea viață.

Corpul Luciei avea o ciudățenie generală de care era conștientă, părea să fie aruncat pe cadrul osos al unui animal preistoric din care se ițeau țepii coloanei – un stegozaur –, claviculele (și scobitura dintre ele și gât, unde-mi plăcea să-mi afund limba) erau proeminente, triunghiul de deasupra feselor, mereu transpirat ca o cavernă căptușită cu pluș, unde ejaculam după ce o futeam pe la spate privind cu o plăcere amuzată cum se strângea sperma ca-ntr-un lac vulcanic, genunchii și rotulele masive și, ca dintr-un alt film, sânii grei, asemănători cu ai lui Ralu, mai potriviți poate pe alt trup. Era, ca majoritatea colegilor ei, absolut indiferentă la cursul ulterior al vieții, spre deosebire de generația mea, amenințată de spectrul foametei și al șomajului, indus de părinții noștri supraviețuitori ai comunismului, dar dădea de multe ori dovadă de un placaj la realitate și o duritate care mă șocau. Avea opinii ferme care mă enervau, mai ales cele politice, și nu părea dispusă să se piardă prea mult în sentimentalisme, ceea ce-mi pica numai bine, pentru că scurta noastră relație a stat tot timpul sub semnul despărțirii. Spre dimineață, când gâfâiam întinși în patul ei îngust de o persoană, apoi îmi beam cafeaua înainte de a pleca acasă, se așeza turcește lângă mine și mânca pâine goală, mesteca bucata aia de coajă ca un cal, cu părul creț căzut peste ochi, prin perdeaua căruia îmi examina corpul și remarca cu voce tare lucruri stânjenitoare, cum ar fi că pielea destinsă a cotului meu începea să arate ca la bătrâni, că după sex coaiele îmi atârnă ca la moșnegi, sau mai descoperea câte un fir de păr alb care se ițea pe la ceafă. Îi plăcea să-și bată joc de procesul acesta tragic al îmbătrânirii mele, dar o făcea cu detașarea teoretică a unui copil. Era mai atentă decât mine la păstrarea aparențelor, așa că pe la 5 mă expedia cu un „Hai, dom profesor, acăsică, că se crapă de ziuă“, iar detașarea ei era cel mai puternic afrodiziac, așa că o întindeam iarăși pe spate și eram uimit, cu aceeași intensitate, s-o descopăr umedă, mătăsoasă, în timp ce-i căutam cu limba printre dinți resturi de cocă rămase de la pâinea aceea matinală. Plecam, ca să-mi provoc destinul, fără să fac duș, mirosind a pizda ei, a pâine îmbibată de salivă și a subțiori de femeie și în taxi îmi miroseam degetele cu ochii închiși până când vocea dogită a șoferului îmi spunea că am ajuns.

Ioana înțelesese totul și, chiar dacă nu mai dormeam de câteva luni împreună, iar ea nu-mi mai reproșa nimic (cu excepția fumului de țigară care intra în camera copiilor), știam că mă aflu pe buza unui nou început, lucru care-mi accentua starea de euforie. Dimineața îmi prelungeam somnul pe cât posibil, ca să nu ne întâlnim, după care, când auzeam trântindu-se ușa de la intrare, mă repezeam în duș cuprins de energia unui tânăr îndrăgostit. Dar nu eram îndrăgostit, doar ce descopeream dimineața, aurora, cum ar spune nebunul din Torino, și savuram toate clipele din buza eșecului.

De obicei, seminarele pe care le aveam împreună constituiau preludiul nopții, toate semnele discrete, toate aluziile (începusem să vorbesc la seminar îngrijorător de mult despre viața sexuală în Grecia și Roma antică, lucru ce mă transformase într-un soi de atracție pentru pițipoancele din ambele serii, drept care aveam *full-house*) pe care doar ea le putea pricepe, condimentate cu amănunte legate de corpul ei strecurate în descrierea unei statui (îi spusesem că aș vrea să-i tai sânii, să i-i decupez ca un criminal sadic, pentru că astfel s-ar fi transformat într-un kouros), construiau dorința care se manifesta noaptea în garsoniera din Cotroceni. Ne întâlneam ca doi infractori într-un bar vizavi de Grădina Botanică, pentru ritualicele *sex-drinks*, apoi plecam, ținându-ne de mână la adăpostul întunericului, până în camera ei de la mansardă din blocul cu patru etaje, unde mai beam un pahar de vin, apoi mă așezam în genunchi în timp ce-i trăgeam blugii negri, tăiați, în jos și-i lingeam labiile vineții, atât de întunecate față de pielea albă de pe restul corpului. Se întindea pe covor, cu capul dat pe spate și atunci coastele îi ieșeau cel mai mult în evidență, o viziune atât de erotică, încât îmi venea să plâng și chiar plângeam, cu capul înfundat în pizda udă, lingându-i sucurile amestecate cu lacrimi și rugându-mă la ceilalți zei să prelungească puțin fericirea asta.

Și fericirea nu se termina, pentru că de cele mai multe ori plăcerea mea lacrimogenă nu era decât preludiul sexului anal, precedat de imaginea acelui monstru preistoric care-și întorcea țepii spatelui spre mine, cu coapsele depărtate, oferindu-mi ochiul maro al dragostei noastre, o smochină coaptă căruia îi ofeream cel mai dulce și mai sacru rimming de care eram capabil, înainte de a intra în ea, cu privirea blocată pe tatuajul care-i acoperea tot spatele și care se oprea chiar deasupra feselor, în triunghiul acela moale care înnebunește orice bărbat. Era o sabie florentină al cărei tăiș fin urca până spre baza gâtului, unde tăia în carne și isca două picături de sânge albăstrui ce cădeau liber, una pe omoplatul stâng, în gura deschisă a unui arhanghel lubric și androgin, cu pletele înfășurate în jurul torsului, cealaltă pe buzele pline ale unui demon aztec care ținea într-o mână Soarele și în cealaltă Luna. Lama însoțea până la bază coloana vertebrală, fiind străbătută de țepii aceia proeminenți, iar în dreptul feselor făcea loc unei gărzi duble, cu lucrătură fină, alambicată.

Erau și nopți în care cruda Lucia nu-mi oferea plăcerile acestea, ci se suia deasupra mea, fără să mă lase s-o pătrund, și mă strângea de gât cu o mână puternică, pe care mușchii se înfășurau ca vița-de-vie sălbatică pe lemnul unui gard, și mă privea cu ochii ei ceacâri, de sus, mă fixa cu asemenea intensitate, încât mă înfricoșa, printre șuvițele de păr negru, sârmos, ca de pudel, iar privirea ei mioapă putea atunci focaliza ca prin miracol și, când simțea că sufocarea e deplină, că lipsa de oxigen mă va face să mă zbat și să scap din strânsoarea ei, îmi picura în gură o flegmă groasă, pe care o înghițeam avid, dimpreună cu prima gură de aer care-mi reda viața. Beam lichidul acela spumos ca pe ambrozie, îmi recâștigam tinerețea și simțeam cum îmi zvâcnește penisul prins între coapsele ei, o răsturnam pe spate și nu apucam decât s-o pătrund, apoi îmi dădeam drumul pe crucea malteză care-i încadra buricul. Adormeam apoi, timp de câteva minute, pe sânii ei, care, așa cum stătea, întinsă pe spate, purtau marca adolescenței târzii, fermi, de un orgoliu batjocoritor. Iar când mă trezeam, tresărind, și mă descopeream acolo, între ei, în timp ce Lucia își odihnea un braț pe capul meu, în ceea ce se apropia cel mai mult de un semn de tandrețe, cu mâna cealaltă scrollând ecranul telefonului, mă năpădea o asemenea bucurie de animal mic, încât trebuia să mă bată pe spate și să-mi arunce, cu vocea ei groasă, „Hei, chillează-te!“.

*

Nu am fost fericit de prea multe ori în viață, dar scurta mea experiență cu Lucia face parte dintre acele câteva instantanee. Nu am de gând să-mi cer iertare pentru asta, așa cum Papillon nu-și cerea iertare pentru bucuria de a îmbrățișa o indigenă de pe insula unde eșuase ca un cadavru viu. De fapt, nu-mi cer iertare pentru nimic, fiindcă întregul traseu al vieții mele s-a desfășurat pe o scenă invizibilă.

Legătura noastră s-a terminat așa cum a început: brusc, fără nici un avertisment, iar inițiativa i-a aparținut tot Luciei. Într-una din acele nopți petrecute în camera ei din Cotroceni, când îmi dădeam drumul pe garda sabiei florentine, m-am aplecat deasupra spatelui osos, lăsând țepii aceia de dinozaur erbivor să-mi intre-n stern, i-am prins sânii grei cu ambele mâini și, după ce am mușcat-o de urechea lunguiață, ca de elf, i-am grohăit că „acum" aș putea să-i fac un copil, că mă simt pregătit și sunt gata să-mi asum orice responsabilitate. Da, eram gata să-mi părăsesc familia și să cresc una nouă, cu doi copii ceacâri și părul sârmos, să uit de viața mea de până atunci, care-mi părea atât de lipsită de intensitate. A zvâcnit imediat de sub mine, s-a rostogolit pe spate și m-a privit cu intensitatea pe care o aveau ochii ei când mă sufoca. Vocea a părut să-i vină de departe, dintr-o regiune înghețată unde doar urșii-polari și mamuții blănoși pot trăi: „Cred că trebuie să te cari! Acum!". Era oricum târziu și mă simțeam obosit, mă durea fiecare mușchi din corp, așa că am ascultat-o, m-am ridicat cu coada-ntre picioare și am chemat taxiul, în timp ce ea se ferea să mă privească, uitându-se încordată pe geam, fumând o țigară. Ultima imagine din acea noapte e a tibiei ei prelungi, urcate pe pervaz și lucind în lumina becului de pe stradă, în întunericul total al încăperii. La următorul seminar n-a apărut, lăsându-mă să mă întreb dacă o face dinadins sau dacă nu cumva e bolnavă. La sms-uri nu-mi răspundea, nici pe chatul de

FB, unde-i lăsam pledoarii și scuze, în care-i spuneam că m-am lăsat dus de val și că nu trebuie să ia în serios un bătrân epuizat, apoi reveneam susținând că, dacă totuși propunerea mea a pus-o pe gânduri, eu sunt la fel de deschis ca în acea noapte.

S-a întors la ore după o săptămână și părea cumva proaspătă, fericită, îmbrăcată în culori vesele, total atipic pentru ea. Am fost euforic timp de câteva minute, apoi am observat că-mi evită privirea, ba chiar că e foarte prinsă în discuția cu Vlad, tânărul actor din grupa ei, despre care nu am aflat niciodată de ce făcea și Istoria, dar care în mod cert era un tip feminin de frumos, de-a dreptul scârbos. Mi-a fost jenă să le fac observație, așa încât cele două ore s-au scurs ca-n coșmar, interminabile. Aveam senzația că trebuie să fac ceva, fără să fi învățat din experiență că-n situații de acest gen voința nu joacă nici un rol. Când, în final, le-am dat tema de citit (Toynbee), am adăugat ex cathedra că aș vrea să discut ceva cu ea. S-a oprit, vădit deranjată, i-a zâmbit reținută lui Vlad, trăgându-și rucsacul pe umăr, săltându-l, apoi m-a privit direct în ochi, în timp ce ultimul coleg ieșea pe ușă, și atunci am știut că s-a terminat. Avea în privire teama jenată a celui care deja a părăsit, teama de scandal, de punere a poalelor în cap mai degrabă decât cea de a răni. Cine oare ar fi putut ști asta mai bine decât mine?

Am încercat s-o iau în brațe și mi-a pus palma în piept, peremptoriu. „Nu!“ „Lucia...“ „Nu, Michi, m-ai speriat, chiar n-am nevoie de treaba asta. A fost OK cât a fost, hai să ne revenim.“ „Să ne revenim?!“, am urlat, teatral ca-n Cimitirul Evreiesc, și-n sufletul meu s-au dezlănțuit furtunile celor nouă regate ale cerului, ploile s-au adunat în norii puhavi și săgețile au zburat din arcuri. Atunci mi-a întors spatele, aruncându-mi peste umăr „Te rog mult, nu-mi mai scrie!“, și m-a lăsat acolo, cu muniția neirosită și cu părul zbârlit. Am vrut să alerg după ea, să fac o scenă, dar mi-am dat seama că ar fi totuși prea mult, așa că am rămas acolo, în clarobscurul sălii de la cucurigu, stors și în același timp încărcat, ca o marionetă fără stăpân.

Noaptea aceea a fost una epică, din care mi-au rămas foarte puține în minte: umbre, greață, lumini crude, apeluri și sms-uri de la Ioana la care nu răspundeam pentru că eram ocupat să le scriu pe ale mele către Lucia și s-o sun, maniacal, de zeci de ori, deși nu-mi răspundea nici ea. Mi-a răspuns într-un final, pe la 5 dimineața, când eram deja prea beat și prea obosit ca să mai pot discuta rațional, mi-a răspuns urlând și îmi amintesc ca prin ceață că-mi interzicea s-o mai sun și că, la implorarea mea finală, mi-a spus cu o cruzime rece că tocmai s-a futut cu altcineva și că l-a lăsat să-și dea drumul în ea, că stă pe spate, cu sperma curgându-i din corp, așa cum n-a făcut niciodată cu a mea. Era vulgară, intenționat, îmi plăcea mie să cred, vulgară și dominatoare, mă scuipa iarăși în gură, pentru ultima oară. M-am prăbușit în mine, pentru că urletele ei nu mai lăsau nici o urmă de îndoială, nici o cale de a ocoli deznodământul și pentru că știam că din acel minut pentru mine începe bătrânețea. Am ajuns acasă dărâmat, am izbit cu pumnii în ușa pe care nu mai eram în stare s-o descui, până când mi-a deschis Ioana, girafa Ioana, cu cămașa ei de noapte interminabilă și sânii ei minusculi pe care-i uram ca pe ramuri neroditoare, am luat-o în brațe și i-am hohotit pe umăr, ca unei maici bune: „M-A PĂRĂSIT!!!“.

În Casa cu Lei
(continuare)

Nu-mi amintesc de când nu am mai pus nimic solid în gură. Știu însă că, dacă aș încerca să mănânc, aș da imediat totul afară. Chiar și poziția bipedă îmi dă amețeli, așa că am renunțat la orice efort și stau întins, cu mâna sub cap, deranjat de apelurile telefonice la care nu răspund decât dacă văd că e Ioana, căreia îi mimez un ton sprințar și urban, cât să ascund adevărul. În schimb, telefoanele de la Catedră, de la prietenii din viața de dinainte nu ajung până la mine. Îmi petrec ziua întreagă imaginându-mi ședințele de Catedră în care strălucitul Richard Gere al istoriei contemporane îmi rostește numele cu subînțeles, încrucișându-și picioarele în ghete Geox, *che respirano*, și scrumând în cutiuța din argint pe care o cară după el prin buzunare. Am observat că narațiunile interioare se fragmentează pe zi ce trece, transformându-se din proze ample în schițe, apoi în simple imagini, frânturi lipsite de coerență epică. Țin lângă mine, la îndemână, jurnalul lui Voronca, din care citesc în timpul zilei, dar tot inconsistent, de multe ori fără a face legătură între segmentele semantice.

*

E vară, foarte cald, știu că am băut apă rece de la robinetul din bucătărie, ținând gura sub el, am băut până a început să mă doară gâtul, apoi, în ridicare, am scăpat un jet de apă pe piept, pe tricoul cu un băiețel și o fetiță care se țin de mână. Apoi am auzit-o pe Ralu strigându-mă din atelierul de vară, tare cât s-o aud, tare cât s-o audă toată lumea:

— Vezi c-a venit tac-tu. E cu curva aia!

Și fără altă pregătire dau buzna în curte, alerg printre cele două parcele cu trandafiri ce însoțesc cărarea spre poartă, bag mâna printre frunzele de iederă sălbatică, dibuiesc zăvorul, îl trag, apoi deschid portița și ies în stradă, unde, așa e!, mă așteaptă Genu zâmbind, sprijinit de portiera Daciei crem. Mă duc spre el și-l iau în brațe, mă ridică de subțiori și mă strânge în brațe, apoi mă lasă și mă îndreaptă spre locul mortului, unde e așezată Mariana, care are lacrimi în ochi, deși zâmbește și ea. Sunt ciudați amândoi, ca și cum ar fi dimineața de Crăciun, iar eu trebuie să observ cadourile de sub brad. Dar e vară, nu e nici un brad prin preajmă, așa că rămân stânjenit, în așteptare.

— Michișor, începe Genu cu vocea lui de diplomat, ca atunci când vrea să-mi spună ceva important și eventual neplăcut.

Mă întreb de ce nu iese Mariana din mașină și de ce plânge, de ce plânge și zâmbește, e la fel de straniu ca atunci când plouă cu soare, așa că rămân blocat, cu ochii la ea.

— Michișor, noi o să avem un copil. O să ai un frate sau o soră.

Asta e bine, nu? Încerc să-mi dau seama cum ar trebui să mă comport, niciodată nu știu ce trebuie să fac în prezența lui, după fiecare gest se ascunde o posibilă eroare, o crimă de lezmajestate, așa că mai bine tac, o să tac tot timpul, o să ascund.

— Nu zici nimic?

Vocea lui eliberează deja gazul nobil al iritării, știu că poate să explodeze oricând, așa că trebuie să zic ceva. Ce? Ce să zic? Orice, numai să nu tac.

— Și unde o să-l țineți? Aici?

*

— Pentru că vreeeeaaauuuu cevaaaaaaa!!! i-am urlat în față, stropind-o cu salivă, și am simțit o satisfacție necunoscută când i-am văzut ochii măriți de groază, groază pentru că dibuia în urletul meu și-n cuvintele lui că spun de data asta ceva adevărat, că nu mă ascund, nu mormăi, nu mint, nu lingușesc, nu încerc s-o iau în brațe și să închid ochii sperând că, după ce-i voi deschide la loc, totul va fi bine, adică normal, o viață de cuplu matur, cu doi copii, cheltuieli ținute riguros în carnet, mașină și drumuri de weekend la munte, cu nervi pe DN1, cu talpa piciorului așezată impudic pe geamul din față al mașinii, ca să nu se spargă când sar pietricele din drum, cu îngrijorări legate de examenele lui Matei, cu griji legate de siguranța Mariei, pentru că o fetiță într-o țară de țărani violatori e un risc asumat.

Toate astea și nimic mai mult. În schimb, urletul ăla plin de spută îi spunea și ei la fel de multe pe cât îmi spunea mie. Ceva atât de vâscos, de insațiabil, creștea în noi ca un cancer, nemulțumirea mea hrănindu-se din carnea macră a dorinței ei umane de a fi mulțumită. Sau măcar liniștită. De aici veniseră cuvintele pline de oboseală, de epuizare sastisită a omului care a încercat, a tăiat din el zi de zi până când a ajuns la os. *A pound of flesh.* Ea dăduse mult mai mult, iar urletul meu ascundea și arăta în același timp un reproș care-o făcuse să vadă în oglinda lui spectrul puhav al adevărului meu: că, pusă alături de acel ceva pe care mi-l doream, ea și copiii nu erau nimic. Nimic. Că ea își tăia din carne și-mi dădea să mă hrănesc, iar eu tăiam din a mea și-o aruncam într-un colț al camerei, unde putrezea zi după zi, acoperită de muștele negre care ne intrau în noua casă venite parcă după noi din apartamentul vechi, atrase de schimbul acesta mirositor de carne macră.

La un an după clișeistica și ratata mea aventură cu masteranda al cărei nume nu avea să mai fie rostit vreodată, chiar dacă el numea o cu totul altă persoană, de unde și situații absurde sau amuzante în care copiilor li se spunea să tacă, fără nici o explicație, când vorbeau despre un personaj din desene animate care purta acel nume blestemat, am revenit la starea de năuceală permanentă, mi-am redescoperit bila de fontă care-mi atârna în vintre și am reluat șirul peregrinărilor nocturne, de data asta descurajat, smochinit și cocârjat de ultima înfrângere, capitulând în fața unui viitor cert și tern. Nu mă mai revoltam și nici nu mai speram, lăsându-mă pur și simplu purtat de zoaiele negre ale nopții bucureștene pe care începeam să n-o mai recunosc după un an de claustrare. Plecam din Strada Remus, coboram pe melancolica și murdara Cale Călărași, cu foișoarele caselor gata să se prăbușească („Atenție! Cad țigle!"), traversam în fugă șina tramvaiului prin claxoanele furioase ale mașinilor, strângând în jurul burții geaca de piele „de motor", simbolul unei generații care trăise cu fervoare anii '90, iar acum se găsea stânjenită și nepotrivită în mijlocul unei alte lumi, cu mult mai mulți bani, cu lucruri la care nu am fi visat în urmă cu 20 de ani, acum disponibile la orice tarabă, treceam pe lângă El Comandante, unde intram câteva minute, cât să beau o bere la bar, în picioare, cu căștile în urechi, apoi ieșeam în goană și o tăiam pe Hristo Botev, de unde o coteam spre Colțea, treceam pe lângă fosta cârciumă underground unde îmi petrecusem nopțile în facultate și care acum era o șaormărie, așteptam la stop lângă clădirea de la Universitate pe care scrie de ani de zile „Iisus vine!", apoi o luam pe Doamnei, unde bănuiam că ar fi fost într-o vreme, acum aproape 100 de ani, cinematograful la care era acționar Joyce, și mergeam în pas grăbit, frenetic până la Argentin, alt loc sfânt al studenției, unde iarăși mă opream să beau o bere, de data asta recunoscând pe la mese figuri familiare, alte capsule ale timpului asemănătoare mie, epave de 40 de ani sau mai mult, negustori de antichități, jurnaliști șomeri, alcoolici bătrâni, dar și studenți care-și făceau încălzirea înainte de a intra în cluburi, așa cum făceam și eu acum mult timp, înainte de a coborî în Club A.

După ce terminam halba și-mi ștergeam pelicula udă de pe buza superioară, stingeam țigara pe jumătate fumată în scrumieră și plecam, deja mai ușor, spre tunelul ce lega Strada Blănari de Lipscani, un tunel plin de pișat care făcea trecerea între liniștea relativă a anticamerei și iadul luminat al vieții de noapte care se născuse în absența mea. Intram în Lipscani ca un nou-născut, însoțit de durere și uimire, timp de o secundă, doar una, atât cât îmi lua până când mi se obișnuiau ochii cu lumina, urechile cu zgomotul, epiderma cu privirile celorlalți, iar penisul îmi tresărea între picioare, primind impulsul de la creier, care la rândul lui fusese izbit de râsul excitant al unei femei, apoi recădeam în propria greutate, pentru că pe colțul cu Șelari încă se afla un vechi bar unde acum 15 ani, poate, plânsesem cu sughițuri într-o noapte, atunci când o primă criză de nervi m-a anunțat că ceva se întâmplă. Mă duceam glonț într-acolo, deși știam că nu poate fi bine, mă așezam la singura masă liberă, în general departe de bar și de lumina răspândită spiralat pe sub pălăria largă a unui abajur metalic, de unde începeam să privesc fără să văd, încercând să-mi amintesc de ce am plâns în noaptea aia și de ce în amintirea mea centrul ăsta isteric al distracției era gol și eu păream a fi unicul om de pe pământ, cu excepția unor siluete aflate la câtiva metri, niște ființe ciudate care mă priveau de sub o streașină, fără ca vreuna dintre ele să intervină, așa cum mi-aș fi dorit, să mă ia în brațe și să mă liniștească.

*

O bună parte din vacanța de vară și din cea de iarnă, Ralu sau Ralu și Sergiu mă lăsau acasă la Psihi Mu, în blocul vechi de deasupra Ciclopului, unde tavanul era mult mai înalt chiar și decât cel din Casa cu Lei și unde camerele imense erau despărțite de uși pe șină, care intrau în perete și la care nu aveam voie să umblu când eram singur. Psihi Mu era o mare bucătăreasă și poate ar fi fost și o bunică bună dacă nu ar fi trăit fascinată de propriile acte narative încâlcite ce porneau invariabil de la Ralu. Mă prindea mereu pe picior greșit capacitatea ei de a trece de la conversația anodină („Și Mama ce mai face?") la destăinuiri care aveau pentru mine aceeași atracție pe care o simțeam pentru povestirile din *Almanahul Anticipația*. „Aaaa, păi, mă-ta e nebună, nu știi?", începea cu o asemenea luxurianță retorică. „Nebună cu acte...", completa gura ei cu buze supte înspre interior, ca atrase de un vacuum, de unde ieșeau zgomote anorganice, pe care le asociam chiuvetei sau pompei de desfundat veceul. De acolo răsunau un clănțănit metalic, un pocnet ușor (care-mi suna foarte plăcut), un clinchet cu ecou care mă ducea cu mintea la un mecanism de ceasornic și atunci mă uitam înspre ceasul ei imens, de perete, de unde la oră fixă ieșea un cuc ce anunța victorios și melancolic cât timp mai trecuse de la ultimul cântec. Nu aveam voie să umblu la ceasornicul ăla, căruia-i dădeam târcoale când Psihi Mu ațipea pe sofa, cu gura deschisă, iar eu mă simțeam sfâșiat între dorința de a mă repezi la ceas și aceea de a mă uita în gura ei, ca să descâlcesc mecanismul cloncănitor de unde ieșeau poveștile. Până la urmă fructul interzis învingea și deschideam ușa dreptunghiulară, din sticlă și-mi strecuram capul înăuntru, întorcând privirea în sus, pentru a vedea locul unde-și petrecea cucul răstimpul dintre un cântec și celălalt.

Povestea nebuniei lui Ralu era mai mult legenda unei mânii zeiești și avea la origine ghemul încâlcit al unui amor interzis. Așa am aflat că în viața ei existase un mariaj anterior celui cu Genu, anterior mie, iar bărbatul acela, un tânăr pe nume Mihai, căruia colegii îi spuneau Michi, fusese pus în fața unei alegeri, însă, spre deosebire de Hercule, alesese calea cea ușoară. Avea rude în America și, la jumătate de an după căsătoria cu Ralu, după ce se mutaseră împreună într-un apartament cu două camere de pe Bulevardul Metalurgiei („Pe lângă spitalul de nebuni", completa aici cloaca cloncănitoare), a pus-o și pe ea în fața alegerii respective, a unei „chemări", la care ea a răspuns cu un refuz categoric. Aici, discursul se bifurca, asemenea unei limbi de șarpe, de varan care-și strecoară botul într-un ou de pescăruș. Pentru că varianta lui Psihi Mu, cea brutală, era că Michi Anteriorul o părăsise pe nepusă masă, fugind în State. Nu se spunea cum „fugise", important era că zeița părăsită de muritor își smulsese părul, își pusese cenușă-n cap și plânsese nopți și zile până când fusese nevoie de intervenția familiei, care se ocupase de vânzarea apartamentului, apoi o internase într-un sanatoriu de boli nervoase și o repusese pe picioare. „Da' ea normală la cap n-a mai fost de-atunci!", conchidea Psihi Mu, apoi se ridica și lipăia cu picioarele ei mari (niște labe) spre bucătăria unde mereu se clocea ceva. În casa ei mare, cu tavan înalt, mirosea tot timpul a mâncare, a borș, a vinete umplute, a musaca și salată de vinete cu ceapă. Și, peste toate astea, mirosul acrișor de mucegai, care venea din colțurile tavanului înalt, pe care urmăream în după-amiezile lungi de vară sau în cele scurte de iarnă basorelieful ca un cordon ce mergea în paralel cu unghiurile clădirii, ca niște pâinici lungi și împletite, cum le făcea tot Psihi Mu când era veselă și frământa aluatul în bucătăria răcoroasă unde se afla și cada, o alăturare fascinantă pentru mine, drept care glumeam cu ea că poate să facă baie și să mestece în ciorbă în același timp, dar pe ea n-o amuza, pentru că făcea baie foarte rar, ca să nu răcească, iar atunci când făcea era un adevărat ritual la care-mi plăcea să asist: începea cu dezghiocarea celor trei baticuri pe care le purta, ca Papa de la Roma, unul peste celălalt – la suprafață cel mai gros, din lână, grena, sub el unul mai subțire, din bumbac, verde, iar imediat pe cap unul foarte subțire, din in alb-murdar („Chiloții Izabelei, Marocane!"), iar când pica și ăla, de sub el răsărea coama albă, leonină, care la început stătea lipită de pielea capului și o făcea să arate ca un câine trist, iar apoi se ridica și se înfoia, ceea ce era și mai amuzant, pentru că nu mai era Psihi Mu, ci comunista fugită de guvernul de dreapta impus de americani, era marxista convinsă că poate repara nedreptățile lumii, pe care acum le repara gătind musacale, zacuște, dovlecei umpluți, vinete scobite și umplute cu carne tocată, piperată, ciorbă de pește moldovenească, pentru că fuga ei din Egiptul elen trecuse prin Basarabia, însoțindu-și mama, pe Lucreția Cristoforu, pe care vecinele de la Orhei o strigau „Coanî Lucrețiouuu!!!“, cea mai bună ciorbă de tacâmuri din lume, cele mai gustoase sarmale pe care le-am mâncat vreodată, pentru că le făcea cu varza pe care o punea chiar ea la butoi și nu doar le fierbea, ci le trăgea și la cuptor, după ce le acoperea cu frunze de varză, care se posomorau, dar care le păstrau acolo, înghesuite una-n alta, așa cum visam și eu, tot în vremea aia, să stau înghesuit și protejat între șiruri bine orânduite de sarmale.

Înainte de sărbătoare, când Ralu mă depunea alături de bagajul meu plin cu izmene iarna și pantalonași scurți și sandale roșii de Paște, Psihi Mu făcea ritualica baie, la care trebuia să pun umărul, pentru că era un ritual cooperativ, așa că, după ce fierbea apa în cele două găleți mari de tablă înnegrită pe fund, îmi dădea o pereche de cârpe și ne opinteam amândoi să ridicăm cazanele alea de pe aragazul cu trei ochiuri care abia pâlpâiau, pentru că butelia trebuia cruțată, așa că apa atingea punctul de fierbere în mai bine de-o oră, deci ne opinteam amândoi, eu mai mult de formă, dar îmbătat, amețit de aburul fierbinte care-mi ardea fața (și, mereu când călătoresc în timp spre aburul abluțiunilor lui Psihi Mu, îmi revine în minte scena dintr-un film istoric văzut poate în aceeași perioadă, în care un bărbat scufundat într-o baie romană e ucis prin fierbere), apoi sprijineam baza găleții de marginea căzii aflate-n mijlocul bucătăriei înghețate, după care îmi intram pe deplin în rol și începeam să car apă rece de la chiuvetă, în diverse recipiente, care mai de care mai nepotrivite, ca să completez apa care nu umpluse nici jumătate din vană. Rămâneam uimit, o uimire metafizică, pentru că logic nu îmi puteam explica, de faptul că găleţile acelea imense, cu toartă din metal, care se încingea ca o bară ţinută-n foc, aşa că trebuia apucată după ce înfăşurai o cârpă pe ea, găleţile alea care păreau imense nu reuşeau să aducă destulă apă încât Psihi Mu să se scufunde mai mult decât până la brâu. Căram apă rece în pahare, glastre în formă de peşte cu buzele senzuale în sus, din care apa curgea gâlgâind şi stropind, în palme, în gură – asta când Psihi Mu nu era atentă –, până când îşi sufleca mâneca pulovărului verde, din lână, de sub care se iţeau nenumărate alte bluze, pulovere de diverse culori, şi dădea cu mâna prin apă, desenând opturi evanescente, ale căror granițe se izbeau de marginea albă a căzii şi se întorceau asupra centrului, într-un resac de laborator, şi o scotea apoi, roşie, cu palma în sus, şi-mi zicea:

— Gata, Psihi Mu, e bună apa, ieşi afară!

Treceam în camera de zi, unde era cald, pentru că soba duduia, şi mirosea a măr copt şi a altceva înţepător, care venea de la cojile de portocală lipite pe uşa din fontă, alături de melcii negri, scorojiţi ai cojilor de măr, şi mă aşezam acolo, în faţa tăvii din aluminiu unde cădeau cenuşa şi bucăţelele de tăciuni, privind fuiorul de fum care se pierdea în dreptul ochilor mei, iar căldura care venea dinspre uşa aia de pitici îmi ardea faţa aşa cum o făcuse mai devreme aburul. Stăteam acolo cât timp făcea baie, dispersat într-o pace pe care n-o cunoşteam decât aşa, în prezenţa căldurii solitare, în timp ce de dincolo de uşa masivă, cu opritoare de curent la bază, nişte râme uriaşe, pline cu câlţi, se auzeau zgomotele unei petreceri acvatice, unde pinguinii se zbenguiau în cadă alături de foci şi urşi-polari. Eram înlemnit acolo, între foc şi apă, la jumătatea drumului, încercând să-mi imaginez scena acelei îmbăieri pline de sunete, de pufnituri, de plescăituri, de zgomotele pe care le scotea nasul ei mare, ca o trompă, pe care-mi imaginam că și-l scufundă sub apă, apoi îl scoate și stropește prin el spre tavan, un elefant care ajunge în oază de două ori pe an. Dar mai important era refugiul meu dintre lemnele sau cărbunii care trosneau și apa ei fierbinte. Mă simțeam acolo ca-n camionul zburător pe care-l visam înainte de culcare sau ca-n acel iglu pe care-l construiam în vis, cu pereții înveliți în blănuri de urs. Apoi Psihi Mu își anunța ieșirea cu un ultim pleoscăit de proporții, oftând din rărunchi, o balenă albastră care izbucnea la suprafața genunilor, apoi ateriza pe burtă și arunca un jet glorios de apă, după care ușa se deschidea și mai întâi năvăleau norii groși de abur, apoi ea, într-un halat vechi, dungat, care-o acoperea până-n bărbie și-i dădea un aer regal, era La Reine Margot cu un prosop pe cap, iar în picioare purta niște târlici din petice din care-i ieșeau doar călcâiele înroșite și rotunde, niște picioare de cățel din desene animate, fără glezne, ieșea cumva sfioasă, parcă rușinată de tot spectacolul radiofonic pe care-l oferise, asemenea celui pe care-l ascultam noaptea cu ea și râdeam cu nasu-n pernă. Vacanțele și weekendurile alături de ea erau, pe lângă gătitul împreună, pe lângă decojirea portocalelor și a merelor, un spectacol divers, de fapt multe asemenea piese care se legau una de alta și din care nu mai pricepeam într-un târziu nimic altceva decât viitoarea amintire a unei bucurii trecute și-ngropate. Seara, de exemplu, după ritualul schimbării în cămașa lungă de noapte, când rămânea pe cap doar cu baticul numărul 3, cel lipit de păr, ne băgam amândoi în patul care se năștea din canapea, pe lada căruia trona un radio enorm, cu multe clape și luminițe și cu nume exotice de orașe scrise cu litere chirilice, apoi eu mă dădeam jos și fugeam în picioarele goale pe parchetul care scârțâia până la întrerupător, care nu era ca acasă, o clapă pe care să apeși, nu, era ca un cărăbuș negru, frate cu cel din pivnița Casei cu Lei, pe care trebuia să-l răsucești din răsputeri până când se auzea un pocnet și în cameră se făcea mai întâi un întuneric gros, pentru că Psihi Mu mereu lăsa storurile înainte de culcare, ca să nu ne vină în ochi luminile dinspre Lido sau de la mașinile care treceau noaptea pe Bulevardul Magheru, iar eu mă gândeam la toți oamenii înalți și bronzați care stau noaptea pe marginea piscinei cu valuri de la Lido, unde mă dusese Sergiu de atâtea ori și unde mâncaserăm salam de Sibiu și băuserăm Pepsi, așadar mai întâi era bezna pe care apoi o străpungeau sunetele, un fluier auzit din depărtare, de la Piața Romană, un lătrat venit din spatele blocului Ciclop sau, dacă era încă devreme, zgomotele și vocile oamenilor care ieșeau de la Cinema Scala, după ultimul film. După acele zgomote începeam să disting luminițele aparatului uriaș ca o rachetă, care păreau să danseze în aer, peste gâlma care era capul bunicii și care-mi vorbea ca să-mi găsesc drumul spre canapeaua întinsă, de fapt spre „studioul cu ladă“, cum am auzit-o că-i spune o dată, când a întrebat madam Canalli de ce nu doarme în camera cealaltă, unde se afla un pat mare, ce însă-l aștepta pe Mircea, călătorul dispărut în ceața tinereții: „Da' ce-are, madam Canalli, studioul ăsta cu ladă?“. Iar mâna ei, cu degetele groase și încovrigate, ca niște cârnați rupți din centimetru-n centimetru, chinuiți de artrită, dar care pe mine mă amuzau, mâna s-a avântat spre canapeaua lată, arătând-o ca pe un Tițian care tocmai s-ar fi ivit din perete.

— Hai, Michișor, vină odată, că răcești!

— Nu răcesc, Psihi Mu, că am pinguin, îi răspundeam mai mult ca să-mi aud vocea în beznă, ca un liliac ce scoate acele sunete ascuțite care-i sosesc înapoi după ce se izbesc de conturul lucrurilor, de conturul altor vietăți, al unor insecte care nu bănuiesc că scurta lor viață a devenit și mai scurtă.

Eram în pinguin, în pijama groasă, din prosop, care se închidea în față cu un fermoar („Ai grijă, Michișor, să nu-ți prindem puța aici, că s-a zis cu viitorul familiei“) și care trecea peste cap, lăsând la aer doar fața, și poate mai potrivit ar fi fost să-i spunem Costum de Scafandru sau de Astronaut, dar Ralu îi zisese Pinguin și Pinguin i-a rămas, ca în fotografia color pe care știu că, dacă merg acum în Casa cu Lei, o s-o găsesc în pod, în albumul cu *Arta simbolismului european*, o fotografie în care sunt ridicat în capul oaselor pe o altă canapea, de acasă sau poate din casa lui Genu, unde am vânat gândacii cu spray-ul și bricheta și unde am găsit păsări moarte și coronițe cu păr de om, sunt ridicat în capul oaselor și zâmbesc înspre cineva (cine?), mi-am tras gluga, capul de pinguin, pe spate și am deschis un pic fermoarul la piept, sunt îmbujorat, probabil din cauza febrei pentru că se aude vocea Prințesei Ralu, aceeași de fiecare dată când ne uitam la acea poză: „Uite, mă, ce băiat frumos și cuminte erai! Aveai febră 41!", de unde concluzia mea că cel mai bine ar fi fost să bolesc neîntrerupt, să mă las în grija mâinilor ei puternice și dibace, să tac și să înghit medicamente, eventual un sân plin cu lapte clocotitor.

Urmam luminițele aparatului și vocea lui Psihi Mu până dădeam cu coapsa de marginea patului, iar de acolo era mult mai simplu, pentru că intram în teritoriu comanș, pipăiam plapuma rece până când dădeam de suprafața matlasată care ieșea din rombul apretat, apoi ridicam un colț și mă strecuram în zăpada afânată unde dârdâiam până când, ca prin minune, din radio se auzea melodia care puncta începutul teatrului radiofonic. Ascultam *Visul unei nopți de vară*, *Nora*, *Richard al III-lea*, *Gaițele*, *Jocul de-a vacanța*, stând cu fața-n sus, știind că alături și Psihi Mu își ține respirația, ca și mine, și că probabil se gândește la colțul de stâncă numit Aegina, unde crescuse capre când era fetiță, apoi la Atena războiului, unde lucrase într-o fabrică de armament, apoi la intrarea în ilegalitate, la lupta de convingere, apoi la fuga din calea unei morți sigure și întâlnirea cu Ianakis. La blestemul de a iubi un bărbat prea binedispus și deloc dispus să facă vreo concesie, care mergea la colectivizare fluierând și se întorcea de acolo bătut, dar la fel de binedispus, un inginer agronom care sosea câteodată cărând în brațe un somn de zece kilograme (și 40 de minute, adăuga rânjind Sergiu), învelit în *Scânteia* și în *Gazeta sporturilor*, pe care-l punea în cadă și-l mângâia sub mustăți, apoi pleca lăcrimând de acasă, pentru că-i era milă să-l omoare, așa că treaba asta o făcea tot Psihi Mu, blestemându-l într-o limbă străveche, pentru că toată lumea îl văzuse debarcând din *Operațiunea Monstrul*, așa că trebuia să-l tranșeze și să-l împartă prin tot blocul Ciclop, blocul cu un ochi uriaș la parter și cu fațada desprinsă parcă de pe 5th Avenue.

Apoi, când se termina piesa, mâna ei se ridica și apăsa o altă clapă, răsucea un buton gălbui până când se auzea vocea gravă care anunța Vocea Americii, iar ea dădea un pic mai încet și eu știam deja că nu am voie să vorbesc despre lucrul ăsta și nici nu mă interesa prea tare, așa că mă întorceam cu spatele, lipit de ea („Cur în cur și noapte bună!“), trăgeam plapuma peste cap, bucurându-mă de ultimele zone încă reci, și alunecam fie în iglu, fie în acel camion zburător.

Erau și evenimente unice, cum ar fi seara în care Dinamo a bătut pe SC Bacău cu 7-1, când am adormit și auzeam ca prin vis urletele lui Cornel Pumnea, fără să încerc să mă dumiresc dacă e vis sau realitate, până a doua zi, când am fugit să iau ziarul și am citit înlemnit de bucurie cronica acelui meci grozav.

Tot la rarități prețioase se înscriau serile noastre de Revelion, când Prințesa Ralu și Sergiu plecau pe la prieteni, iar eu eram predat blocului Ciclop, așa că începeam pregătirile alături de Psihi Mu, care producea de nu se știe unde un pui sau o găină pe care o jumuleam împreună în bucătăria înghețată, în timp ce ne ieșeau aburi pe gură, iar mâinile se mișcau dibace pe pasărea care fusese vie cu doar câteva ore înainte. Apoi, iar partea asta-mi plăcea cel mai mult, pârleam pasărea jumulită pe aragaz, îi ardeam puful și penele rămase și atunci se isca în mine o foame cum nu avusesem tot anul și-mi înfigeam dinții într-un copan crud până când mă descleşta Psihi Mu cu greu, ca pe un câine, ca pe duşmanul lui Colţ Alb, cel care-l învinge prin tenacitate. În bucătărie fierbeau deja sarmalele, pentru că Psihi Mu se trezea de la ora 5 şi începea să zdrăngănească oalele în timp ce eu îmi prelungeam somnul sub plapuma care se răcise în zonele neatinse de corp în timpul nopţii, aşa că dădeam din picioare ca un biciclist în Turul Franţei, alergând după peticele reci, până când mă răzbea foamea sau trebuia să merg la toaleta aflată şi ea tot în bucătărie şi acolo mă loveam de cortina de mirosuri, mucegai, mâncare clocotită, ceapă tăiată, usturoi şi bătrâneţe. În dimineaţa zilei de 31, Psihi Mu îmi dădea să mănânc foarte puţin, poate o felie unsă cu unt şi sare presărată deasupra sau, dacă o convingeam, pâine cu unt şi cu zahăr şi un pahar cu lapte, după care începeam să muncim cot la cot şi ea mă ţinea acolo, în bucătăria cu pereţi din cărămidă, pentru că ştiam amândoi că undeva prin casă, de obicei în camera sfântă a lui Mircea, ascunde ceva pentru Revelion, deci trebuia să fiu sechestrat printre mâncăruri, lângă oala cu ciorbă unde fierbea găina pârlită şi făcută bucăţi, unde speram să fie şi câte un ou galben găsit în cloaca moartă şi o inimă, dar mai presus de orice anticipam momentul în care o să-i mănânc capul, mai ales creasta, să-i sparg ţeasta şi să-i sug creierul. Dacă Sergiu avea noroc în luna aia decembrie, urma să mâncăm şi şorici şi o friptură de porc.

Seara, după „Telejurnal", după primele urări ale tovarăşului Nicolae Ceauşescu şi ale tovarăşei Elena Ceauşescu, ne apucam să punem masa în sufragerie, s-o întindem până când înghiţea toată camera, ajungând cu o latură până în buza canapelei extinse, cu cealaltă până sub televizor, cu latura îngustă din stânga la dulăpiorul cu glasvand, bibelouri şi fotografii din care zâmbea Psihi Mu tânără, probabil abia trecută de 50 de ani, Ianakis rânjea cu mine în braţe, la câteva luni înainte să moară pe drumul de întoarcere de la terasa cu mese înalte din tablă care încă se găsea în spatele blocului, pe unde treceam cu Psihi Mu în drum spre Parcul Icoanei și o auzeam blestemând în limba aia ciudată și melodioasă, pentru că ăia îl băgaseră în groapă, cu băutura și țigările lor, fotografii cu Prințesa Ralu în rochiță de vară, ținând de mânere o roabă din care râdea ghiduș Mircea, cu zece ani mai mic, fotografii cu Ralu la 18 ani, purtând o fustă amețitor de scurtă și o bluză mulată, cu mâneci scurte, suită pe niște saboți cu platforme uriașe, undeva într-un parc („Mergeam cu ea așa, de i se vedea curu', o fluierau bărbații pe stradă"), fotografii cu oameni pe care nu-i cunoșteam, tot soiul de nași, veri, nepoți îmbrăcați ciudat, și o poză mare cu insula Aegina văzută de sus, din avion sau din elicopter.

După ce se terminau știrile și știam că urmează o oră de umplutură până la programul de Revelion, Psihi Mu începea să care pe masă tot ce gătise, până o umplea ochi și atunci ne îmbrăcam frumos, eu cu hainele pregătite de Ralu, pulovere roșii, pantaloni călcați la dungă, pantofii de școală, iar ea își punea o fustă și un sacou maro și își dădea jos ultimul batic, de sub care răsăreau bigudiurile din metal în care își prinsese șuvițele albe după baie și pe care începea să le scoată, unul câte unul, până când rămânea cu sarmalele albe ridicate-n vârful capului, după care se ruja, își făcea bujori și începea să arate ca Mărioara, din cuplul de păpuși Vasilache și Mărioara, și puteam să ne așezăm la masă, așteptând înfrigurați programul și mâncarea de Revelion.

Când terminam de mâncat sarmalele, apăreau fetele cu picioare lungi și cu boa din pene și jobene, cu tocuri înalte, fetele cu permanent așa cum și-l făcuse și Psihi Mu, și începeau să danseze, să învârtă panglici pe care mi le imaginam în toate culorile, să-și arunce pălăriile negre în aer, iar din mijlocul lor răsărea Angela Similea, pe care Psihi Mu o adora și care cânta „Casa mea", după care intrau toți artiștii invitați ai serii și cântau în cor:

La mulți ani, iubită țară,
Țară dragă, la mulți ani!
Fie-ți inima de dor, ca o ciocârlie-n zbor,
Și destinul, primăvară.

Și acum doar băieții:

Dragi mi-s plaiurile taleee,

Apoi fetele:

Țara mea, România mea...

După acest moment de grup, venea mesajul Conducătorului către patrie, prezentat de Ilie Ciurescu, un om îmbrăcat în negru, cu voce groasă, care părea să anunțe Apocalipsa, dar de fapt spunea: „Cu prilejul Anului Nou, vorbește Tovarășul Nicolae Ceaușescu, Secretar General al Partidului Comunist Român, Președintele Republicii Socialiste România", moment în care Psihi Mu, bolborosind ceva în limba ei, se ridica și intra în camera rece ca o cămară a lui Mircea, de unde venea cu o sacoșă plină și, privindu-mă ghidușă pe sub sprâncene, mă întreba:

— Ia zi tu, Michișor, ce crezi că am io aici?

Eu știam ce are ea acolo, dar tot așteptam cu înfrigurare până când termina de aranjat pe masă doi ciorchini de banane verzi, vreo zece portocale, bomboane de pom în staniol colorat și, în sfârșit, o sticlă de vin spumant. Știam că n-am voie să mănânc acum banane, ca să nu mă doară burta, și că urma să le urcăm pe mobilă, cât mai sus, pe ziare întinse, până când se îngălbeneau, așa că mă aruncam asupra unei portocale sub privirea ei emoționată. Urma paharul de vin spumant și abia atunci începea cu adevărat programul nostru de Revelion, pentru că strângeam masa și ne așezam în fund pe canapea, cu spatele sprijinit de ladă și cu capetele lăsate pe clapele netede ale radioului din spate („Ăștia-s dinți de nurcă, Marocane!"), și urmăream toate scheciurile cu Dem

Rădulescu, Nae Lăzărescu, Tamara Buciuceanu-Botez, Stela și Arșinel sau reluările cu Nea Mărin, la care nu înțelegeam de ce Psihi Mu lăcrimează, apoi intrau să cânte pe rând Mirabela Dauer, Mihai Constantinescu și preferații mei, Gabriel Cotabiță și Adrian Daminescu. Exista un conflict plin de amărăciune în sufletul meu între cei doi, pe care l-am tranșat hotărând că mie de fapt îmi place Daminescu, mai ales după ce am remarcat că Sergiu simte o aversiune reală față de Cotabiță, despre care spunea că rage, nu cântă. Era singura noapte din an în care aveam voie să stau până târziu, să beau vin spumant cot la cot cu Psihi Mu și să râd cu gura până la urechi de ceea ce vedeam la televizor, pentru că râdea și ea, și știam că a doua zi o să dormim până la 12, apoi o să punem iarăși masa și o să mâncăm tot sarmale, tot ciorbă de găină, o să decojim o nouă portocală, iar cojile le vom lipi de gura sobei. Programul era întrerupt de diverse reportaje, cum ar fi cele despre nașterea, chiar de Anul Nou, a Alexandrei, fetița unei familii de muncitori din București, familia Giurcoi, mama frezor, tata mecanic. Să vă trăiască! Erau apoi reportaje din fabrici și uzine, cum ar fi cel despre brigada condusă de Anton Nastasia, care în primul schimb al anului raporta că a extras 200 de tone de cărbune peste sarcinile trasate de Partid. Și așa ațipeam cu capul pe umărul lui Psihi Mu, care sforăia de mult, cu paharul de spumant în mână, și, ațipind, pășeam în sala elegantă a cinematografului de lângă blocul nostru, Scala, unde se dădeau cele mai faine filme, în special coreene, dar unde văzusem cu siguranță *Filiera franceză*. Și, în timp ce pășeam în sală, înțelegeam că am trecut de o ușă, că, din păcate, nu am făcut-o de acolo, din noaptea de Revelion, ci de aici, din noaptea propriei mele vieți, din Strada Parfumului. Intrasem pe o ușă groaznică, ca o placă din carne rozalie, palpitândă, pe care venele sparte trasaseră aceste cuvinte:

AP. 9

Tannenbaum

Era prin noiembrie când Pisi a sugerat că ar fi cazul să ne mutăm împreună. A făcut-o în stilul ei și eu am luat-o-n barbă ca de fiecare dată, fiind la vremea aceea prea apucat pentru a supune analizei o manipulare grosolană, mai ales când venea însoțită de o muie viguroasă – deși, spunea Pisi, nu era specialitatea ei, ba chiar îi repugna, pentru că sculptorul Maci, cel mai tânăr vlăstar al familiei de artiști Maci, obișnuia s-o supună la acest ritual sexual, iar ea se lăsa înduplecată, plasându-i ofranda cam o dată pe săptămână, moment al narațiunii în care eu simțeam cum se zvârcolește-n piept viermele puhav al geloziei retroactive și mă porneam să o descos („O dată pe săptămână? În rest era sex normal, muncitoresc? Și ăla cât de des se întâmpla?“) –, adică în noaptea cea mai grea, când învățam pentru examene la istorie antică după ce fusesem plecat toată ziua pe la câte-un job și știa că termin pe la 2-3 și nici de telefon nu am prea mult timp, s-a dus în Jumbo cu cel mai bun prieten al ei, pictorul avangardist Petcu, o trestie gânditoare, cu plete negre ca petrolul plutind pe Marea Nordului, și o seamă de alți asemenea oameni dedicați artelor frumoase care implică penelul, dalta, pânza și piatra, deși știa foarte bine că numai gândul c-ar fi singură noaptea între artiști bețivi mă înnebunea și nu mă mai puteam concentra la literele alea mici de pe xeroxul după care învățam, deci s-a dus cu ăia și mesajele ei de pe telefon deveneau din ce în ce mai îngălate și mai agresive, indicând o stare vecină cu transa, transă care în cazul ei se putea transforma însă imediat în acțiune, după cum știam foarte bine, pentru că așa o cunoscusem și eu.

Asta era în urmă cu șase luni, când veneam de la interviul pentru un job la Institutul de Statistică și făcusem pasul înspre un salariu civilizat, după ani de zile în care evoluasem de la „Ia și tu 50 de lei să ai de Cola" la niște bani care intrau pe cartea de muncă, așa că mă hotărâsem să merg la terasa de lângă Universitatea de Arte, unde știam că se adună băieții, și, într-adevăr, acolo erau băieții, iar printre băieți era și Pisi, care râdea foarte zgomotos și era beată, deși eu nu știam atunci că e beată, apoi m-am amețit și eu și n-a mai contat, așa că am mers cu toții la mine, eu stăteam singur în trei camere, prin bunăvoința lui Genu, care se hotărâse să-mi dea apartamentul lui din tinerețe, unde totuși mă născusem și pentru care se luptase cu Ralu prin tribunale, deci am mers la mine și am ascultat muzică, iar ea era singura fată și la un moment dat, când am pus INXS, ceea ce făceam în faza a doua a beției, s-a ridicat de pe canapea și a început să danseze și abia atunci am remarcat că sub puloverul ăla lung avea un corp frumos, m-a nedumerit însă setul ei de mișcări lascive care nu se potriveau neam cu muzica și nici cu anturajul, erau decupate dintr-un roman polițist din colecția „Cheia", se ținea cu mâinile de tocul ușii și-și unduia curul în exterior, ca la bară, dar eu eram mai atent la mișcările romancierului Ionuț, care se matolise și el și clădea pe mochetă, în fața lui, un munte din coji de semințe, și mă întrebam de ce oare nu folosește o farfurie sau măcar masa, dar la un moment dat am adormit și, când m-am trezit, am văzut că vorbea cu poetul Marcu, un băiat frumos și ăsta, înalt și subțire, care scria versuri ermetice, și păreau că se ceartă, de fapt el schița gestul de a o apuca de cot, ca și cum ar fi vrut s-o ia de acolo, în timp ce restul erau îmbrăcați de plecare, iar pictorul avangardist Petcu, cu pleata căzându-i hristic pe frunte, îl căra pe romancierul Ionuț, aflat într-o stare avansată de blegeală bahică, apoi ea a schițat un gest ușor de îndepărtare a brațului poetic și atunci m-am ridicat și i-am întrebat dacă pleacă, iar ea mi-a spus că ar mai sta un pic, dacă sunt și eu de acord, iar eu m-am uitat la poetul Marcu și i-am spus rânjind „Selecție naturală, moșule!" și chiar atunci mi-a trecut prin cap că poate nu e o treabă tocmai cușer să mă-ncurc cu fata asta care râde prea tare și care nici genul meu nu e, dar era prea târziu și asta se unduia în continuare pe ușă și nu știam cum s-o opresc, așa că m-am dus la ea și am luat-o-n brațe și imediat mi-a pus mâna pe pulă, după care mi-au dispărut toate grijile.

*

În noaptea cu învățatul pentru examene, am terminat toceala pe la 3 și, după ce am condus-o acasă pe colega mea Alina, care fumase un pachet de Marlboro roșu uitându-se în tavan în timp ce îi citeam din Mommsen, am chemat un taxi pe Sfinții Voievozi, pe care l-am așteptat sunând-o pe Pisi, care nu răspundea, așa că în minte începuseră iar să mi se deruleze toate scenariile negre și porno în care o călărea tot anul terminal de la Arte Plastice, cu contribuția câtorva poeți ermetici și cuminți, dar cu niște penisuri cât Stephansdom. Când m-am suit în taxi, a venit și mesajul ei care-mi spunea să merg la ea acasă, că ea s-a pornit deja încolo, așa că i-am zis domnului Puiu Savu, după cum scria pe eticheta din parbriz, să mă ducă-n Dristor, pe Aleea Schitului, deși nu-mi plăcea să stau la ea peste noapte. Tatăl lui Pisi, domnul Pisi, era director de școală de arte și meserii și mare bandit pesedist, iar familia era structurată ierarhic în jurul lui, o familie mare și unită, trei frați, toți căsătoriți, care stăteau pe același palier, la același etaj al aceluiași bloc de pe aceeași Alee a Schitului. Când vorbeau între ei, nu-și spuneau pe nume, ci „frate" („Te ocupi tu, frate, de treaba aia?"). Erau scunzi și îndesați, aveau capete mari, membre scurte și groase, torsul bombat nefiresc și împărtășeau aceeași pasiune pentru pescuit. În al patrulea apartament de pe palier, domnul Pisi îi cumpărase lui Pisi casă, dotată cu perdele grele, care cădeau în falduri moi pe covoarele mițoase, ca niște aripi de molie scufundate-n apele unui lac negru, de la care aveau cheie toți cei trei frați, pentru a-i face fetei aprovizionarea când se golea frigiderul. Doamna Pisi era mama vitregă a fetei, cea naturală fiind dispărută în condiții neclare pe undeva prin Italia. Când ne certam, adică zilnic, îi urlam că cei trei grăsani i-au tranșat mama și i-au aruncat cadavrul ecartelat în Tevere, să îngrașe somnul italian, și atunci se înfuria, scotea ghearele și sărea la bătaie, pentru că arareori lucrurile astea se petreceau pe stomacul gol.

De fapt, stomacul era foarte important în familia Pisi: când intra câte un frate în apartament, purtând papuci de pâslă și halat pompos din mătase, aducea sacoșe pline cu carne, pulpe de pui, fructe pe care le îndesa în frigider și lăsa un bilet, după care pleca discret, la fel cum venise, lăsându-mă să adorm la loc în patul ei mare, cu un cadru metalic, care scârțâia atât de impudic noaptea și mă făcea să-mi imaginez cum unul dintre frații Pisi stă și ascultă la perete, ca-n desene animate, cu o pâlnie. Niciodată nu văzusem pe viu alăturarea de natură moartă a cărnii și fructelor, așa cum se materializa ea în sacoșele mari, din plastic, pe care unul dintre domnii Pisi le îndesa în frigiderul fetei.

De-aia preferam să mergem la mine sau, câteodată, insistam să rămân singur noaptea, deși atunci îmi imaginam tot felul de grozăvii, o Pisi răstignită pe masa din bucătăria vreunui poet ermetic cu ochelari rotunzi sau a unui sculptor cu palme grele, pline de bătături, care-i frământă țâțele (pe o masă similară). Și atunci o sunam pe Pisi, care-mi spunea că e acasă, cuminte, și că se gândește la mine și că-i pare rău că nu suntem împreună, pentru că mi-ar fi făcut o muiță. „Nu spune asta“, urlam la ea, „nu vreau să-mi amintesc de sculptorul Maci!“. Dar ea mă liniștea, explicându-mi că sculptorul Maci fusese un tip nasol și agresiv, care noaptea o lega de pat ca să nu fugă în *clubiț*, însă asta nu mă liniștea deloc, pentru că mi-o imaginam legată, într-un racursi à la Mantegna, cu sculptorul Maci amușinând-o peste tot și turnându-i ceară fierbinte pe sfârcuri.

Am ajuns pe palierul lui Pisi plin de frământări și de bănuieli legate de noaptea petrecută de ea în Jumbo, așa că eram cam ciufut și de fapt gata să încep o ceartă, mai ales când am văzut cât de beată era, așa că am început să ne pizduim și atunci Pisi mi-a spus pentru prima oară că e dreptul ei să meargă prin orice bar vrea, la orice oră, atâta timp cât eu nu vreau să ne mutăm împreună, atâta timp cât țin la libertatea mea de a sta câteodată singur. „Am și eu libertatea de a ieși cu prietenii, nu?" „Da", i-am urlat, „problema e că eu simt nevoia să stau singur câte-o noapte, pe când tu ieși cu grupuri de hăndrălăi din care jumate te-au futut și jumate vor să te fută!". „Da, și eu ce știu despre ce faci tu noaptea, singur?" Aș fi putut să-i mărturisesc că mi-o iau la labă gândindu-mă la ea și la băieții ăia despre care-mi povestea tot (cum într-o tabără de studiu la Roma pictorul avangardist Petcu s-a aplecat spre ea, chiar lângă *Apollo și Dafne*, în Galleria Borghese și a sărutat-o, iar ea s-a retras indignată și i-a spus ritos că are iubit, cum în noaptea de acum două luni, când am rugat-o să aibă înțelegere, pentru că e ziua fostei mele, Elena, și că vreau să mă văd cu ea absolut prietenește, o oră, două, a sunat-o poetul neoexpresionist Marcu, care era megadeprimat și avea porniri suicidare, iar ei i s-a făcut milă și l-a chemat la o cafea, că eu oricum nu răspundeam la telefon, iar Marcu a venit și era ca vai de el, așa că *au făcut dragoste*, dar pentru ultima oară), în schimb am tăcut și, după ce am inspirat adânc, i-am spus că bine, vreau să ne mutăm împreună, dar la mine, pentru că vreau să fiu alături de bunici, deși de fapt mă feream ca de dracu' de Frații Pisi, care veneau noaptea să ne umble prin frigider.

*

Pentru că, din toată familia Pisi, doar domnul Pisi avea carnet, ceilalți doi frați nu mai puteau veni să-mi umple frigiderul, așa că rolul acesta l-a primit șoferul Ghiță, angajatul domnului Pisi, care bătea sfios la ușă, pe la ora 10 dimineața, și aștepta cu câteva sacoșe pline de carne, fructe și legume pe care le depozita în hol, după care făcea o temenea scurtă, trei sferturi și băga mâna în buzunarul de la piept, de unde scotea un plic cu bănuți pentru Pisi, de la Tati. Asta se întâmpla cam de două ori pe săptămână, dar banii oricum nu ajungeau, pentru că ea venea în fiecare zi cu câte un nou album de artă, în fiecare seară scotea din geantă câte trei sticle de vin roșu, moldovenesc, pentru că asta era rația noastră nocturnă, se așeza pe canapea și răsfoia un Tiepolo imens, cu picioarele ridicate pe măsuța de cafea, cu o țigară aprinsă în dreapta și o cană plină ochi cu fetească neagră în stânga, dând din degetele de la picioare, niște degete mici și groase, ca niște viermi. Nu apuca să răsfoiască prea mult, pentru că-i suna telefonul și începea o interminabilă conversație cu Momo, pe care o chema Claudia de fapt, iar discuțiile lor erau adesea conversații de ore, timp în care eu stăteam și beam, enervându-mă lent, dar sigur, pentru că știam că telefoanele lui Momo vin însoțite de invitații pe la tot felul de petreceri unde nu aveam chef să merg, pentru că eram rupt de oboseală și de băutură, și așa era, iar când închidea telefonul, începeam să ne certăm, în timp ce ea se îmbrăca, dar n-o lăsam să plece înainte să ne futem, așa, de siguranță, după care rămâneam în casă și răsfoiam câteva minute Tiepolo, terminam eu vinul rămas, fumam câteva țigări, deschideam câteva cărți, ieșeam pe balcon, intram în casă și mă prindeau zorile ascultând muzică prea tare, uitând cu totul că aștept pe cineva, pentru că în noaptea aia se succedau anotimpuri cu viteza filmului, treceau prin sufragerie armatele lui Mitridate în drum spre Atena și-mi palpam torsul cu mâinile încrucișate la piept, într-un gest de o duioșie pe care nu le-o arătam străinilor. Simțeam că încep să-mi caut o retragere fără torțe din zbuciumul ăsta, dar rămâneau în mine zone de murdărie pe care doar un gest grandoman, eretic le mai putea șterge. Pisi venea dimineața beată, iar eu mă trezisem deja și o auzeam de sus cum trântește portiera taxiului, îi ascultam tocurile pe scări și-i deschideam ușa știind ce o să văd și ce o să simt, iar ea-mi zâmbea vinovat și purta o bluză foarte decoltată, care cădea-n falduri până spre plex, știam alunița de pe stern, acolo unde s-ar fi întâlnit sânii, dacă i-ar fi avut, iar asta-mi prelungea nebunia și o îmbrățișam acolo, în hol, o întrebam dacă m-a înșelat, iar ea-mi spunea că nu, a fost cât pe-aci, dar nu, doar a sărutat-o un tip la baie, însă acum eram generos și o duceam în dormitor ca s-o fut înainte de a pleca la serviciul meu de statistician și ea intra în jocul ăsta și-mi șoptea la ureche exact ce voiam să aud, că n-o mai futuse nimeni ca mine. Îi lingeam cearcănele maronii, cadaverice, coboram pe gât, acolo unde miroseam saliva uscată a altui bărbat, și apoi urmam dâra aia olfactivă ca un câine de vânătoare, pentru că mai mereu ea se ducea între sânii foarte mici, se încolăcea în jurul aluniței care ar fi putut fi, într-un portret idealizat, chiar la mijloc, însă în cazul ei era așezată mai mult spre sânul drept, puțin mai sus de linia imaginară care unea cele două sfârcuri, așa cum o lamă foarte ascuțită, a unui magician de scenă poate, ar fi despicat trunchiul acela, lăsând vederii organele secționate perfect, încă pulsând, chiar înainte de izbucnirea sângelui. Și doar viziunea aceea, a despicării ei, mă oprea să fac chiar eu acel lucru, s-o strâng de gâtul subțire pe care-l băloșise un alt bărbat, să-i zdrobesc fața cu ochii mari, căprui, cu nasul coroiat, de *Cleopatră* a lui Waterhouse, s-o mușc de pomeții obrazului până la os.

După ce ne futcam, se ridica jucăușă din pat și fugea spre baie, de unde se întorcea goală și atunci îi puteam vedea fesele printre picioarele prea subțiri, iar imaginea asta mă însoțea toată ziua, cât coceam în mine planuri de răzbunare, de abandonare și violență. Dar după câteva ore aceeași imagine se preschimba în fum, aliindu-se cu gelozia, și, oriunde mă aflam, trebuia să găsesc repede un loc ascuns unde să mi-o iau la labă, pentru că doar așa mă puteam vindeca de pornirea de a o căuta chiar în clipa aia.

*

În decembrie, spre mijloc, domnul Pisi a anunțat-o pe Pisi că-i trimite prin Ghiță un brad frumos, odată cu jumătate de porc și alte asemenea, și mi s-a părut minunat, pentru că eram în plină fază Greenaway și tot amestecul ăsta de haleală grea, falduri, covoare, prăjeală, sex, murdărie mi se părea foarte artistic. Așa că pe 15 decembrie, la ora 11.15, domnul Ghiță a sunat la interfon și, până ne-am ridicat din pat, până am strâns în grabă sticlele din sufragerie, chiloții aruncați pe fotolii și restul urmelor unei nopți obișnuite, deja suna la ușă.

Stătea acolo, în spatele unui brad care s-ar fi potrivit foarte bine și în Piața Parlamentului, al cărui vârf era îndoit pe tavanul holului, înfășurat în plasă ca să arate ca o torpilă năpădită de alge. Avea un trunchi imens, care nu intra în suportul meu din lemn, dar Ghiță venise pregătit cu un suport special și cu o toporișcă, așa că, după ce l-am dus în sufragerie și am mutat fotoliile și masa de cafea, ca să facem mai mult loc, m-a rugat să-l țin drept, apoi a aranjat pedant niște ziare în jurul trunchiului, s-a așezat în genunchi și a început să cioplească în lemnul verde, al cărui parfum s-a întins repede în toată casa, omorând jegul țigărilor și mirosul de sex și alcool vărsat.

Pisi stătea în poziția ei preferată, pe canapea, cu picioarele întinse pe măsuța de cafea, fuma cu un album în brațe și eu o priveam printre crengile bradului frumos, aproape lăcrimând de ură, cu pula sculată, pe care o înfigeam în coronament, la nici 15 centimetri de capul domnului Ghiță. Noaptea trecută ne certaserăm ca la ușa cortului, apoi ea începuse să plângă isteric, eu să urlu și, la un moment dat, când m-am îndreptat spre ea, a scos la iveală securea de luptă și a urlat mai tare decât mine, aducând în discuție subiectul care mă durea cel mai mult, anul ei de prostituție profesionistă, când umbla prin hotelurile de lux ale capitalei și se futea pe bani buni, mai ales că era minoră, lucru care-i dădea o cotă bună. Începusem să mă obișnuiesc cu ideea, mai ales în fazele ei casnice, când gătea o mâncare oribilă, pe care o numea sufleu, și atunci, cu terciul ăla între măsele, mă simțeam iarăși generos și parcă întrezăream un viitor acolo, dar imediat interveneau imagini cu tineri evrei veniți special în București la cazinouri și futut, cu ea prinsă în DP între patru brațe păroase, cu ea sugând pula unui arab chelios, în timp ce prietenul lui, Ali, o fute-n cur (deși lucrul ăsta era imposibil, din moment ce sexul anal îl descoperise alături de mine, ca parte a unui abandon amoros, a unui jurământ demn de niște Tristan și Isolda dezmățați). Și atunci începeam s-o provoc, să încerc să aflu cât mai multe amănunte despre fiecare partidă plătită, despre aspectele practice ale vieții de prostituată (pește, loc, dans la bară, tarif, procent, costumație) și, ascultând poveștile ei lăcrimoase, mă îmbătam iremediabil, apoi ne futeam, după care începea cearta care ajungea din ce în ce mai des la violență: ea mă scuipa și-mi dădea prima palmă, eu îi răspundeam cu o carabă, după care o luam în brațe și îi spuneam că-mi pare rău, că ar fi ultima oară, ea se prefăcea cuminte, dar mă zgâria pe față și urla până când începeau să bată-n calorifer cei doi bătrâni Calomfirescu, de la 4, care erau perfect surzi, așa că puneam muzică și ne poceam pe *The Division Bell*, câteodată chiar în ritmul clopotelor din „High Hopes“.

Așa se face că printre acele bradului îi priveam cu îngrijorare vânătaia din jurul ochiului drept, pipăindu-mi cu mâna liberă zgârieturile adânci care-mi traversau fața și care începuseră să facă o coajă timidă.

— Gata, domnu' Michi, gata, domnișoară, cre' că stă acu.

Domnul Ghiță s-a ridicat oftând și a privit de la distanța de-un braț sculptura-n brad.

M-am prefăcut interesat și m-am aplecat: printre crengi îi vedeam burta, de pe care se ridicase puloverul maro, pe care scria *Boyz*, iar de sub buric îi pornea o linie neagră de păr sârmos și atunci mi-am dat seama că domnul Ghiță e și el activ sexual și că probabil visează noaptea la Pisi, care-l privește ca o *dominatrix* de pe canapea, cu fața pocită, cum se chinuie să-i facă bradul.

— V-a trimis Tata și globuri!

— Păi, aveam, am început timid.

— Ei, lăsați, că nu strică, a aruncat peste umăr, în timp ce zdupăia ca un bursuc ștrengar spre holul unde lăsase câteva sacoșe (carne, fructe...) și de unde s-a întors cu trei cutii cu globuri roșii și beteală de aceeași culoare.

— Uite, Pisi, culoarea ta preferată. Felinare n-ați adus?

Mi-a scăpat, fitilul meu era din ce în ce mai scurt. Ăsta se uita nedumerit la mine:

— Nu cred, domnu' Michi, nu cred...

— Face glume proaste, domnu' Ghiță, spuneți-i lu' tata că-l pup!

Avea vocea mieroasă pe care o scotea la înaintare când vorbea cu domnul Pisi sau despre el și care mă scotea din minți.

Ghiță și-a făcut temenelele obișnuite și a dispărut în spatele ușii. Mi-am turnat un pahar de vin și m-am apucat să ornez bradul. Ocupa cam toată camera, rămânând loc de-o palmă în jur. Sufrageria se transformase într-o pădure. Atunci mi-a trecut prin cap că, dacă aș tăia-o și aș îngropa-o sub brad, aș avea șanse să scap nepedepsit. Dar m-am gândit să-i mai dau o șansă: putea fi seara de sufleu, cu film, vin și futut, nu una de clubiț.

Am luat-o prin învăluire:

— Pisi – m-am așezat în genunchi în fața ei și i-am prins picioarele în mâini –, îmi pare foarte rău...

M-a surprins și pe mine sinceritatea din vocea mea.

— Te iubesc! Tocmai de-aia, mă întrebam, nu crezi că ar fi mai bine să ne despărțim?

S-a lăsat să alunece de pe canapea, acum stăteam amândoi sub crengile împodobite pe jumate, mi-a luat fața în mâini și a început să traseze cu degetele liniile cicatricilor lăsate noaptea de aceleași membre.

— Pisoi, și mie-mi pare rău. Hai să mai încercăm! Eu chiar nu pot să trăiesc fără tine. Nu înțeleg de ce ne facem atâta rău, dacă ne iubim.

Plângeam amândoi sub brad și atunci m-am gândit că poate ar trebui să-mi iau un câine.

*

N-a fost seara de sufleu, ci din aia de clubiț, pentru că a sunat Momo și i-a spus că la ea-n hrubă cântă Robin and the Backstabbers, ceea ce era fantastic, numai că pe mine muzica aia leșinată și pretențioasă mă scotea din minți, așa că am refuzat-o și am implorat-o să stea acasă, deși știam că asta-i declanșează automat reacții violente, pentru că se simțea sufocată, ca de sculptorul Maci (care o lega de pat). A ieșit pe ușă urlând, în casă urlam și eu, era vis și armonie, așa că am rămas singur cu bradul ăla uriaș și am continuat să beau, pentru că alte opțiuni nu prea aveam. În prima jumătate de oră am reușit să blochez filmele noir din minte fiindcă mirosea a rășină și cele două nu mergeau bine împreună, apoi m-am îmbătat și am început s-o sun. Mi-a dat reject de șase ori, ceea ce putea însemna orice, dar în mintea mea însemna un singur lucru, așa că am început să construiesc pe acel lucru. Am coborât la non-stop ca să mai am material de construcție. Aerul rece m-a liniștit un pic, dar știam că, ajuns înapoi la căldură, cu primele pahare o să încep din nou să derulez înainte și napoi. Pe la 3 fără 10 m-am hotărât să mă despart de ea, i-am scris un mesaj: „Pisi, așa nu se mai poate, vreau s-o terminăm!". Am așteptat zece minute să-mi răspundă, dar asta nu s-a întâmplat, așa că m-am enervat cumplit, am terminat sticla de vin (Sâmburești, cabernet sauvignon) și am chemat un taxi.

Șoferul Nelu Stamate avea o chelie care mergea până-n vârful capului, de unde începea o coamă albă, purtată vâlvoi.

— Domnu' Nelu, vreau la curve, unde știi matale.

După șocul inițial, s-a întors spre mine pansiv:

— Păi, haideți să vedem, că-i frig și stă și ele la cald, că le-nghează fofoloanca. Nu știu dacă găsim. Vreți la gară sau la Universitate?

— Haideți la Universitate. Unde, la Batiștei?

— Acolo, pe colț...

Mă năpădește întotdeauna optimismul când merg cu taxiul noaptea prin București. E aceeași senzație ca atunci când plecam în tabără și trebuia să iau primul metrou spre gară, când ieșeam singur dintre blocurile care dădeau la Șura Mare și pe străzi nu era nimeni, poate vreun înfofolit care intra în tură la prima oră sau poate vreun bețiv care venea clătinându-se dintr-un loc întunecat, unde dormise pe jos, visând la copilărie. Taxiul rula încet pe Magheru, am trecut de intersecția cu Elisabeta și domnul Stamate a încetinit și mai mult, ca nu cumva să ratăm curvele. La colț cu Batiștei era pustiu și întuneric ca-n cur, vorba lui Céline, dar domnul Stamate a avut ideea să mergem mai sus, spre strădușa pe care o luam în studenție către Pitar Moș, iar acolo era o siluetă înghețată bocnă, înfofolită-ntr-o geacă pufoasă și lungă până la genunchi, care se sprijinea de un stâlp. Am oprit mașina în dreptul ei și domnul Stamate mi-a coborât geamul. Asta a venit spre noi. Era și ea neagră ca noaptea, iar când a deschis gura, i-a sclipit un dinte de aur.

— Ce-i, băiatu', vrei ceva frumos?

M-am abținut:

— Păi, cât?

— O sută...

— Scurta?

— Cu muie-nainte.
— Hai.

*

La început am crezut că pute doar a tutun, era un miros acru, acid, dar mi-am spus că probabil nici eu nu miros a flori, așa că am continuat să privesc când înainte, când spre domnul Nelu Stamate, care tăcuse brusc și părea foarte concentrat la condus, deși pe stradă nu era nici o mașină.

— Și, unde stai?

Avea o voce groasă și am încercat să-mi dau seama, după ea, după dintele de aur și după mâinile negre, cu unghii vopsite violet, scorojite spre capăt, dacă are 35 sau dacă bate-n 40.

— Tineretului.
— La bloc?
— Îhî.
— Da-mi chemi taxi să mă aducă-napoi?
— Da, da.

A părut să se liniștească. M-am despărțit cordial de domnul Nelu, pe care-l îndrăgisem și cred că sentimentul era reciproc, și am intrat tiptil în scara blocului, dorindu-mi emoționat să nu dăm peste vreun vecin, apoi mi-a fost rușine de gândul ăsta, dar frica a rămas acolo și, când am intrat în casă, am răsuflat ușurat.

În hol și-a dat geaca jos și am văzut că era cel puțin în luna a cincea. Asta m-a blocat:

— Păi, și ai voie să te fuți așa?
— Da, lasă tu astea, n-ai tu treabă.

Am hotărât să mă gândesc puțin. Dacă ideea era s-o înșel pe Pisi, trebuia să fac ceva, nu se punea să aduc o curvă acasă și s-o las să plece așa... Am pus apă la fiert și am dus-o pe tânăra mămică sub brad. La lumină părea mai puțin neagră și bătrână, am scăzut vârsta spre 30, dar munciți.

— Și?
— Și ce?
— Și ce e?
— Ce e ce?
— Copilu', fă!
— Da' de unde pula calului să știu eu? Da' ce facem, discuții acu?
— Stai, fă, să se facă cafeaua. Vin vrei?
— Nu servesc alcool.
— Țigară vrei?
— Ce ai?
— Kent.
— Dă.

Și-a aprins țigara lungă și a început să privească curioasă bradul:

— Da' tu ai copii, mă?

M-am uitat și eu spre brad:

— Nu, e a' lu' gagică-mea...
— Și aia unde-i?
— În club.
— Auăleu, păi, și nu vine?
— Nu, că m-am despărțit de ea.
— Și ți-a lăsat ție bradu'?
— Nu știu, da' cine dracu-l mai scoate de aici?

Am auzit sfârâitul din bucătărie și am luat-o la goană să aduc cafeaua. Când m-am întors cu două căni, asta se întinsese pe canapea și fuma cumva aristocratic, privind visătoare înspre globuri. I-am întins cafeaua și am început să bem în liniște, fumând.

— Parcă-i la mall aicea, la tine, să moară biba. Muzică n-ai?

I-am pus Radio Romantic. Eram buni prieteni, cred că și domnul Nelu Stamate s-ar fi simțit bine cu noi. A stins țigara, s-a lăsat în genunchi – crengile de brad îi veneau deasupra capului – mi-a desfăcut șlițul și a început să-mi ruleze prezervativul cu gura. Ceva nu pușca cu situația. Am închis muzica, ca să-i aud plescăiturile și horcăiala din gât. Tot nu mergea.

— Auzi, mă, tu ai băut?

— Când?

— Nu știu, azi!

— Păi, beau de-o lună, fă!

— Și cum pula mea vrei să ți se scoale? Ce crezi că-s io, vrăjitoare?

— Nu știu ce pula mea ești, ai luat banu', suge-o!

Nu aș fi vrut să recurg la asta, dar am închis ochii și mi-am imaginat iarăși scenele de la Hotel Marriott, cu Pisi prinsă de data asta între patru bărbați, doi evrei și doi palestinieni, Pisi a mea – fâșia Gaza pacificată și răstignită, tărâm comun al plăcerii și al concordiei falice. Și abia așa am obținut o semierecție, dar și o iritare la care n-aș fi vrut să mă-ntorc.

Am luat-o de mână și-am dus-o-n dormitor, unde s-a întins pe-o parte, cu curul spre mine, și am intrat în ea mai ușor decât mă așteptam, apoi am început să ne legănăm sub privirea neutră a lui Dionysos cu fața mea din adolescență, al cărui portret îl țineam agățat deasupra patului. Sub portret, un citat din opera înțeleptului Confucius, pe o foaie A4 lipită cu ciungă de perete: „Când pornești pe drumul răzbunării, sapă două morminte!". M-am gândit, în timp ce mă legănam înainte și-napoi în corpul ăla negru care adăpostea un alt corp, că asta fac, intru într-un mormânt, și mi-am dorit pentru o clipă să intru cu totul în pizda aia vânătă, să mă adăpostesc alături de copil și să stăm amândoi acolo, în lichidul amniotic, liniștiți și fericiți, până când va trece totul. Și, chiar când acest proiect începea să capete dimensiuni reale, am auzit gongul Apocalipsei, soneria.

— Asta-i gagică-ta? a întrebat femeia, al cărei corp se crispase tot, părea o menghină rece în jurul pulii mele brusc scofâlcite.

— Probabil, i-am răspuns în șoaptă și în același timp m-am felicitat că lăsasem cheia-n ușă, pe dinăuntru.

— Auăleu, a făcut ea și a avut o voce atât de speriată, că m-a pufnit râsul.

Între timp, soneria încetase, iar Pisi trecuse la pumni. Tăceam și m-am cuibărit mai aproape de femeia care tremura ușor, am trecut mâna stângă peste ea și i-am pus-o pe burta umflată, apoi i-am șoptit la ureche:

— O să plece...

Numai că Pisi a trecut la picioare și atunci chiar m-am temut că ușa din placaj o să cedeze și o să mă trezesc cu Gorgona deasupra capului, în timp ce cocoșelul meu stătea cuibărit în pizda vânătă a unei țigănci cu dinte de aur. Dar n-a spart-o, a urmat o clipă de tăcere și s-a auzit un vaiet prelung, ca de animal, un animal cântător, melancolic și rănit:

— Pisoooiiii, răspunde, Pisoooooiii!

Atunci am știut c-o să plece. Am strâns femeia de umăr, încercând parcă să-i transmit puțină încurajare și i-am simțit pielea caldă, mirosul aspru, bărbătesc, mi-am cuibărit nasul în ceafa ei, care duhnea a fum, imaginându-mi că desișul de păr era o junglă în care mă ascundeam, o junglă de brazi, unde popoare de maimuțe și păduchi uriași mă ocrotesc de gorgone, de sirene și de lumina încă timidă a dimineții.

*

Există mecanisme perverse care acționează pârghiile regretului și ale remușcării la bărbații naivi și sentimentali cum sunt eu. Mi-a luat mulți ani să le pot percepe ca atare, să pot face distincția între bunătate și sentimentalism. Am crezut, până târziu, în maturitate, că sunt un om bun, că strângerile mele de inimă, violența energiilor puse-n slujba mântuirii sunt semne ale unei calități fantomă, pe care probabil am avut-o-n prima copilărie, dar de care m-am debarasat așa cum un șarpe își lasă pielea veche pe stânci, în soarele verii.

Am deschis ochii în plină lumină, eram întins pe patul răvășit, umărul drept îl simțeam amorțit și am început să pipăi camera mai întâi mirosind-o, apoi încercând să stabilizez imaginea, să suprapun contururile, amintirile mai vechi mi-au revenit primele, începutul serii, frământările din noapte, muzica, apoi drumul cu taxiul, mirosul de porc pârlit al femeii însărcinate pe care o ținusem în brațe, burta bombată ca o minge de 400, unghiile crăpate, jungla părului de pe ceafă și, în cele din urmă, încununarea, apoteoza acelui „Pisoooooiii!“, urlat pe holurile blocului. În mod straniu, simt cum curge prin mine un flux de emoții primitive, copilărești, sunt Dionysos ieșind din coapsă, Loki pus pe joacă, gata să destabilizez ordinea lucrurilor, lucru care mă miră, pentru că în mod normal aș fi năpădit de regrete.

Soneria urlă ca la balamuc și îmi ia ceva timp până să pricep că e un sunet prezent, contemporan secundarului, și nu un reziduu al nopții, așa că mă ridic pe marginea patului și pornesc pe hol ținându-mă de pereți: în lungul drum spre ușa de la intrare, privirea periferică prinde spații goale, absențe care se transformă agresiv și iute în prezențe nedorite, mai întâi cele două tablouri de pe peretele din dreapta, în locul cărora au rămas contururi deschise la culoare, apoi în sufragerie, în jurul bradului care s-a lăbărțat în voie, ca o bacterie malignă, lipsesc televizorul, combina, de pe masă a dispărut laptopul, le scutur din minte, ca să mă pot concentra pe drumul spre ușă, dar de pe cuier văd că-mi lipsește geaca de aviator pe care mi-o dăduse Genu la 18 ani și asta mă înfurie, dar hotărăsc să-mi continui eroic drumul, ca Amundsen prin zăpezi. Și, în timp ce parcurg drumul acela interminabil, organul memoriei se dereglează total și revăd o imagine similară, un basorelief metalic atârnat la capătul holului identic, al lui Ovidiu, spre care mă repezeam în copilărie, când mă trezeam din somnul de după-amiază și știam că mai e puțin până vine Ralu să mă ia după serviciu, iar centurionul acela cu cască împenată, cu brațul drept ridicat, în al cărui pumn ține strâns o *spatha*, el ar putea să mă scape de groaza care mă scutură în gheare, groaza somnului, groaza despărțirii de casa celor bătrâni și intrarea prea puțin dorită în lumea aventuroasă pe care o reprezenta Prințesa Ralu, mama mea.

Ușa e descuiată, așa că o dau la perete numai ca să-l văd acolo pe domnul Ghiță, cu privirea simultan furioasă și spășită, cu mâna ridicată-n aer, gata să apese iarăși pe sonerie. Încremenește așa, cu laba în aer, cu obrajii bucălați și ochișorii duși în fundul capului. După cum se uită la mine, îmi dau seama că ceva e din cale-afară de greșit, așa că-i urmăresc privirea și văd că sunt complet gol, cu excepția unui prezervativ de culoarea cimentului, pe care s-a uscat o pojghiță de sânge maroniu, care-mi atârnă comic între pulpe. Mă hotărăsc să joc cartea nepăsării:

— Să trăiți, domnu' Ghiță. Ce s-a-ntâmplat?

— Trăiți, domnu' Michi!

Face o semitemenea, încercând din răsputeri să mă privească în ochi.

— Îmi cer scuze că vă deranjez...

— Nici un deranj, îmi făceam o cafea. Vrei și matale una?

— Nu, nu, mulțumesc frumos! Am venit să iau bradu', am ordin.

Mă dau la perete, ca să-i fac loc, el se strecoară cu privirea-n pământ, încercând să nu se atingă de mine. Îmi sug burta și-i fac un semn cu mâna, foarte urban, spre sufrageria goală, în mijlocul căreia stă copacul cu globuri roșii și beteală roșie. Și atunci, când a trecut deja de mine și știu că a ajuns la poalele bradului, care e acum imens, un brad-pădure, Pădurea Neagră, Teutoburg, marea înfrângere a lui Varus, vâscul druizilor, varza murată, mușchii umezi ai copacilor, deschid larg gura și urlu spre centurionul Ghiță:

— *Torna, torna, fratre!*

În Casa cu Lei
(continuare)

Așa cum stau aici, întins pe micuța canapea ca un coșciug, pe care dansează în lumina lămpii niște cerbi sau niște rădaște uriașe pe care imaginația artizanului le-a așezat în povestea spusă de materialul matlasat, acum ros, murdar, dar păstrând pe alocuri zone intacte, acolo unde contactul uman nu a reușit să răzbească și să tocească, așa cum stau cu ochii ațintiți în povestea vișinie a cerbilor-rădașcă, am impresia că totul s-a petrecut în vis. Este un clișeu cutremurător, simt cum mi se ridică părul de pe mână de groază, însă mai exact decât o face expresia „ca-n vis/ în vis“ nici o altă formă „originală“ de regurgitare a memoriei în cuvinte nu poate descrie senzațiile de exaltare și teroare ce m-au însoțit în zilele alea două petrecute în Iași și apoi în timpul fugii mele cu moaștele înghesuite în geanta de sport Adibas. Orice încercare de a ordona acțiunile mele și ale lui Emil se izbesc de neputința pe care o simte orice om trezit din somn pus în fața obligației de a-și povesti visul avut în urmă cu câteva clipe.

De exemplu, nu pot aduce în povestire plecarea din Gara de Nord, nici, dacă încerc să fac un pas înapoi, noaptea dinaintea plecării. Sunt fâșii de timp care au dispărut total din mintea mea și, cred, au dispărut cu totul din plierea lumii pe masa de călcat a timpului trăit. Amintirea acestor două zile începe abrupt, cu primul pas făcut în gara din Iași, dar odată cu ea memoria face să renască încetinirea trenului, apoi oprirea lui scrâșnită în Gara Nicolina și tristețea care m-a învăluit în minutul acela, pentru că imediat mi-am amintit o noapte din urmă cu 15 ani, când plecam din Iași, după ce ajunsesem prima oară acolo pentru o conferință universitară despre Ștefan cel Mare și Sfânt și rolul lui crucial în politica internațională a Renașterii târzii, așadar în mintea mea răsare o noapte de acum aproape două decenii, când stăteam pe culoarul vagonului și țineam în brațe o fată mai înaltă decât mine care mă strângea puternic la piept, iar când mi-am pus palmele pe obrajii ei, ținând-o așa cum ții un pui de pisică sau orice alt animal mic care-ți dă senzația de fragilitate, și i-am coborât fața spre a mea, am înțeles că e Ioana, că după despărțirea aceea din tren aveam să vorbim în fiecare zi, să facem, cu jenă și fără experiență, *phone sex*, să ne vizităm la fiecare final de săptămână (mai mult ea pe mine, venind cu trenul acela format din două vagoane, în care rula un singur CD cu muzică pe care ajungeai să-l înveți pe dinafară în cele șapte ore pe care le făceai de la Iași la București sau invers), după care ea a făcut pasul (tot ea) și a părăsit Iașiul pentru a ne muta împreună în București și apoi totul a început să se desfășoare cu o viteză de care parcă îmi e rușine, pentru că dinamismul acelui Eu trecut vine să contrazică parcă romanesc letargia în care acum mor.

Ioana era verișoara singurului tip de la masterul de studii medievale cu care mă împrietenisem și venise să-l aștepte la gară, pentru că nici unul dintre noi nu știa orașul destul de bine ca să ajungem nevătămați la Hotelul Unirea, unde ne cazase Universitatea. Așa cum mi se întâmpla în anii ăia, nici nu am catadicsit să mă uit la ea, am observat doar că purta o pereche de mănuși gri, din piele și asta mi s-a părut ceva extraordinar, pentru că întotdeauna o fată care poartă mănuși din piele mă emoționează, apoi și pentru că eram încă îmbuibat de toată zgura literară a primei facultăți și poemul lui Botta încă îmi venea adesea în minte, mai ales pe la petrecerile unde-l recitam când mă îmbătam:

A fost odată
o doamnă
și ce mănuși avea,
frumoase mănuși
din piele de suedez.
Nu piele de
Suedia,
ci piele de suedez, ai să vezi.
Și gândul o cheamă
și ea se arată.
Ea, din depărtare venea,
din
Suedia.

Poemul lui Botta mergea la sigur, pentru că întotdeauna la bairam se găsea o fată care simțea că ar putea juca rolul nemiloasei Ingrid, suedeza, și care mă vedea pe post de mănuși din piele numai bune de investit în ele nu doar pentru o noapte, ci pentru câțiva ani, până când acea piele ar fi început să-și arate crăpăturile și să capete aspectul casnic, aproape simbiotic pe care-l au hainele purtate cu anii. Treaba e că Ioana n-a marșat când i-am recitat prima strofă acolo, în gara din Iași, ci mi-a întors spatele, luându-și vărul în brațe (s-a întors așadar cu spatele, s-a aplecat ușor, și-a aruncat brațele în jurul umerilor lui – el s-a ridicat puțin, ca într-un joc de copii, și paltonul ei s-a desfăcut la spate, iar atunci i-am văzut cizmele cu talpă plată pe care le purta în anii aceia ca să limiteze acea înălțime intimidantă, atât de intimidantă, încât ea era prima victimă, părea că-și poartă corpul ca pe un stigmat neelucidat, și i-a spus cu voce guturală, probabil din cauza emoției, „Ce dor mi-a fost de tine, văruțu'!“, iar eu am împietrit acolo, în gara înghețată, pentru că am putut vedea o scenă din viitor, care acum a devenit trecut, în care aceeași fată, acum o femeie al cărei păr cu fire albe are o altă nuanță, una roșcată, se apleacă și mă ia în brațe, punându-și bărbia pe umărul meu, așa cum face un câine în momentele de melancolie ale acestei specii, în pragul ușii, și-mi spune, cu aceeași voce sugrumată de emoție, „Mi-a fost dor de tine, Michișior!“) și ignorându-mă total, tot drumul până în Piața Unirii, apoi cât am făcut formalitățile de cazare, cât am urcat într-o tăcere asurzitoare cu liftul până la etajul 7, cât am mers pe holul hotelului și apoi în camera noastră cu două paturi, o cameră cu geamuri mari (mai curând înalte) de unde se vedea întreaga piață și mai departe, peste clădirile întunecate ale unui oraș străin.

Că m-a ignorat toată seara mi se pare acum un lucru normal, pentru că băusem tot drumul, dintr-un obicei căpătat în liceu, pe drumurile spre mare sau spre munte, drumuri care trebuiau să transforme întreaga călătorie în legendă, poem epic, iar transmutația asta nu putea avea loc decât cu ajutorul unui incipit glorios.

La masa organizată de facultate în restaurantul Panoramic din vârful clădirii turn nu a venit, iar locurile erau distribuite de organizatori, așa că m-am trezit (un eufemism) așezat între o profesoară de istorie de la un liceu local și un tânăr asistent de la facultate însărcinat cu organizarea (genul de băiat bun la toate, care aduce cafele, face printuri, urlă la studenți și brusc devine conferențiar la 30 de ani, cu lucrări publicate prin reviste obscure, bine cotate însă în sistemul Bologna, pentru ca la 40 să fie prof plin fără să fi scris vreo carte). Eram într-o stare avansată de beție, destul de pătruns de alcool încât să fiu locvace, așa că, sub ochii măriți de groază ai doamnei profesoare, care purta probabil hainele cele mai bune din dulap și care-și pregătise pentru ocazia asta un permanent cu aspect ud (arăta ca Sabrina când iese din piscină cu țâțele în bătaia simunului și urlă după băieți puternici și bronzați, numai buni s-o tragă pe marginea piscinei și s-o fută pân-o lasă lată, însă în cazul de față Sabrina era trecută bine de 50, iar anii ăia fuseseră grei, plini de mâncare uleioasă și de slugărit un soț care era probabil popă, dacă nu chiar funcționar la primăria din Iași), așadar, sub ochii ei mici, dar beliți înspre explozie, mi-am rezumat prezentarea de a doua zi, exagerând, bineînțeles, în care lansam ipoteza că Ștefan cel Mare și Sfânt ar fi fost agent secret otoman.

Asistentul mesteca în tăcere, agresiv (m-am simțit întrupat pentru o clipă în pulpa de pui pe care o zdrobea între dinți), până când s-a aplecat spre doamna aflată-n pragul apoplexiei (privirea lui urmând un arc de cerc care mă ocolea) și i-a strecurat, mai tare decât ar fi fost cazul și mai inutil decât dacă ar fi executat un menuct pe masă:

— Doamna Zamfir, domnul Lucescu e și scriitor... E la a doua facultate...

Iar doamna Zamfir a răsuflat ușurată, pentru că primise singura explicație valabilă pentru comportamentul meu delirant, cu excepția celei că aș fi fost evadat de la Socola. Și-a dus cu pudoare mâna la gură (ca să nu-i văd pilaful țâșnind printre dinții mici, de șoarece), o gură cu buze subțiri augmentate artificial de un ruj vișiniu (vișină putredă), și mi-a strecurat printre degetele încărcate cu inele din aur (un aur vechi, probabil moștenire de familie):

— Da' ci facultati aț mai făcut, domnu' Lucescu?

Eram prea euforic și prea nerăbdător să trec la pasul următor ca să nu prind ocazia asta de aur:

— Litere, doamna Zamfir, era să-mi dau licența în Eminescu. Luceafărul poeziei românești! am adăugat pe un ton conspirativ.

— Apăi tre sî mergiț șî la Teiu' lu' Eminescu zâlili astea!

— Scumpă doamnă (aici am făcut o pauză lungă, efect teatral, pieptul înainte, aer în foalele plămânilor), Teiul lui Eminescu trebuie tăiat. De fapt, ăsta e și scopul venirii mele la Iași: pun la cale un atentat împotriva teiului!

Mai mult nu se putea, a fost valul care a umplut cada și a vărsat zoaiele pe podea. Mi-am dat seama că pe o rază de câteva mese se lăsase o liniște mormântală, spartă doar de râsul isteric al lui Sorin, care se înecase cu o bucată de pui și se făcuse stacojiu la față. M-am ridicat în picioare, brațul meu drept s-a ridicat și el cu tot cu paharul plin cu vin alb (Cotnari) și am început să țin discursul care mi se derula de ceva vreme în minte:

— Doamnelor, domnișoarelor și domnilor, literatura și istoria noastră trebuie să aibă parte de un Holocaust. Suntem o națiune tânără, care de mică s-a-nvățat cu apele călduțe ale protectoratului. Trebuie să o luăm de la zero, iar asta nu se poate atâta timp cât ne agățăm de relicvele unei tradiții dulcege și pseudoromantice. Suntem o națiune de copiști și de duplicitari a cărei mâncare totemică ar trebui să fie pilaful, după cum spunea marele nostru scriitor Paul Georgescu.

— Un securist! a urlat din fundul sălii un bărbat trecut de prima tinerețe, îmbrăcat la costum cu dungulițe.

— Vă contrazic! Stalinist da, dar nu securist. Securitatea, spunea marele nostru scriitor, e o proteză care a înlocuit brațul retezat al legionarilor. Așadar, am dat să continui, însă n-am mai apucat, pentru că m-am simțit tras cu blândețe în spate, așezat pe locul meu.

M-am întors și am văzut-o pe Ioana, care nu se știe de unde apăruse și care mă privea îngrozită:

— Nu vrei să ieși puțin la aer? Ești cam încins.

M-a luat de mână și m-a tras după ea (bluză crem pe gât, o pereche de reiați de aceeași culoare, iar în picioare aceleași cizme cu talpă plată, avea aerul unei girafe rătăcite între hipopotami) printre mesele peste care se așeza iarăși zumzetul de convivialitate, în timp ce toți ochii mă petreceau cu reproș și vag amuzament.

Am coborât în stradă, unde mi-am dat seama cât de rău îmi e, la contactul cu aerul rece de iarnă. Se întunecase și dinspre Strada Cuza Vodă se năpustea asupra lumii vântul turbat al viitorului, purtând cu el zăpezi, cotoare de măr și miros de vin fiert. Ioana m-a luat de brațul drept, rigid din cauza frigului, și m-a întors cu spatele la urgie:

— Hai să-ți arăt un anticariat mișto.

*

Am mers în tăcere, cu vântul bătând din spate și doar muzica bannerelor plesnind în rafale tăia bezna, laolaltă cu reclamele luminoase ale barurilor de pe Lăpușneanu, dar toate chioșcurile buchiniștilor păreau închise, din cauza vremii probabil, așa că m-a luat iarăși de mână, puțin încurcată, și am făcut o voltă, ne-am întors iarăși spre Cuza Vodă, care în noaptea aia mi se părea cea mai frumoasă stradă din lume, mai ales când a început să ningă și un tramvai micuț a trecut pe lângă noi, aproape de trotuar, ștergându-mi mâneca, iar ea m-a tras cu grijă, fiecare felinar stradal desena o elipsă luminoasă pe trotuar și pentru câteva minute am vrut să nu se termine niciodată drumul nostru împreună, să ne petrecem viața mergând spre un anticariat probabil închis, pe Strada Cuza Vodă afundată în întunericul iernii care tocmai începea. Încet, mi se risipeau aburii alcoolului și începeam să regret iarăși întreaga situație, așa că m-am întors spre ea și, deși nesigur că-mi poate auzi cuvintele, i-am șoptit:

— Pot să te iau în brațe?

Nu știu dacă mi-a citit pe buze sau dacă i-am cerut ceva ce-și dorea sau dacă asta era normal să se întâmple oricum, însă ne-am îmbrățișat pe trotuarul întunecat și am stat așa câteva zeci de secunde și i-am mirosit părul pe care-l mângâiam, apoi am rugat-o frumos să nu-mi mai clefăie gumă în ureche și a izbucnit în râs. Când ne-am desprins unul de celălalt, am sperat să rămân în coconul protector pe care-l țesuseră îmbrățișarea și bezna și felinarele și vântul cu lupii lui urlând în jurul nostru, dar tot ce-am simțit a fost răceală și un pic de dezamăgire că lucrurile, iată, nu durau, nici măcar în decorul ăsta feeric, că asta e soarta omului pe pământ, decât să futã vânt, vorba lui Sergiu, zis Jidanu. Dar ceva tot a rămas pentru că ne-am continuat drumul ținându-ne de mână și a fost bine, chiar dacă la un moment dat, când o fată cu palton negru a ieșit dintr-un magazin, am simțit cum Ioana vrea să-mi dea drumul, ca și cum noi doi am fi fost niște infractori, și atunci am avut pentru prima oară bănuiala că are pe cineva, că nu e tocmai cușer ce face cu mine, și aproape că am vrut să schițez un gest teatral acolo, în mijlocul trotuarului, să ridic mâinile la cer și să-i spun că renunț, deși încă nu am la ce renunța, că n-am spirit de competiție, că mi-a repugnat întotdeauna lupta bărbaților pentru femei și a femeilor pentru bărbați, ba chiar și a femeilor cu bărbații pentru copii, că mi se par toate atavisme, iar eu sunt Spirit și Spirit e în mine, *te lo juro!* Dar n-am făcut-o, poate pentru că mi-era rău și pentru că mâna ei îmi părea fermă, o mână pe care te poți baza într-o bătaie de bar, chiar dacă ea era subțire și înaltă, iar lumea mare și rea.

Anticariatul nu era mișto, era mediocru, dar, spre deosebire de cele bucureștene, ți se dădea ceai cât umblai printre rafturi și aveau destule cărți rare, așa c-am pierdut timp pe acolo, dar mai mult ca un preludiu pentru ce știam că urma, o prelungire a așteptării și o potențare a incertitudinii, prelingându-ne fiecare pe lângă rafturi diferite, eu la cărți polițiste de cinci lei bucata printre care am găsit *Piatra Lunii* și mi-am luat-o, pentru că eu cumpăr mereu *Piatra Lunii*, măcar ca s-o fac cadou, iar ea peste drum, la raftul de socioumane, frunzărind un cărțoi despre ideologiile politice ale secolului XX, dar de fapt privindu-ne pe furiș și pe mai puțin furiș, apoi am ieșit și am fost curios dacă va mai vrea să ne ținem de mână, dar imediat palma ei s-a strecurat într-a mea, palma îmbrăcată în mănușa ei din piele gri, piele de suedez.

*

În noaptea aia am dormit împreună, iar ăsta nu e un eufemism, ci chiar am dormit, pentru că eu n-am fost bun de nimic, deși-mi plăcea de ea, și, după a nu știu câta încercare nereușită, a izbucnit în plâns și am luat-o în brațe, iar ea mi-a răspuns la îmbrățișarea aia cu disperare, m-a strâns ca pe o păpușă de cârpă și mi-a plâns la piept, iar eu, în spiritul dramei înmormântărilor mele evreiești, am cerut-o de nevastă. Până să adormim, ne trasaserăm toate planurile de viitor, care includeau mutarea ei la București și doi copii, Matei și Maria. Nu am planificat și divorțul de peste ani, pentru că eram amândoi foarte optimiști în patul de la Hotelul Unirea, așa că nu ne puteam gândi la aspecte mai puțin plăcute ale vieții. Tot atunci mi-a spus vorba ei preferată, pe care avea să mi-o repete de nenumărate ori de-a lungul unei căsnicii grele: „Numai moartea nu are rezolvare". S-a dovedit până la urmă că existau și alte lucruri lipsite de rezolvare și că doar hotărârea și încăpățânarea ei nu puteau face față trecutului meu ca un sac plin de viermi.

De fapt, în noaptea aia am fost prea ocupați să ne cunoaștem ca să dăm vreo importanță acestor amănunte. I-am povestit despre Ralu, despre Casa cu Lei, despre Cel Bătrân și despre Cel Tânăr și familia lui perfectă, despre prima mea facultate și apoi despre renunțare, dar i-am jurat că nu renunțarea ar fi neapărat trăsătura de bază a caracterului meu, ci mai curând o stăruință în inutilitate, în derizoriu. Apoi au început să iasă la iveală amănunte din viața ei pe care nu le-ai fi bănuit sub masca aia de optimism, pe care o purta cu atâta naturalețe: mama îi murise când Ioana nu împlinise încă 12 ani, iar ăsta era evenimentul care-i fracturase viața în două. Chiar dacă numărul anilor petrecuți fără mamă era mai mare acum decât cel îmbibat în prezența ei, acel deceniu și ceva părea să atârne mai greu decât orice ar fi pus pe talerul celălalt al balanței. La nici opt luni după înmormântarea mamei, tatăl se recăsătorise, iar pe ea o trimisese la un internat din Iași, unde n-o vizita niciodată, apoi, imediat după Revoluție, plecase-n Germania, cu tot cu familie, lăsând-o-n grija bunicii materne, care trăia în Iași. Vizitele ei acasă, unde noua mamă se grăbise să-i ofere doi frați vitregi, unul după celălalt, nu erau o plăcere, așa că a întrerupt total legătura cu familia, cu excepția bunicii dinspre mamă, care trăia într-o casă evreiască din Copou și care murise cu câteva luni înainte să ne cunoaștem. Așa că pentru ea plecarea din Iași nu a fost propriu-zis o ruptură, nici măcar profesional, pentru că postul de PR al Universității „Cuza“ nu-i mai oferea nici o satisfacție și știa că în București poate găsi ceva mult mai bun sau cel puțin mai bine plătit.

Dimineața, după duș, s-a îmbrăcat și m-a lăsat întins în pat, doborât de o mahmureală atroce, chinuit de remușcări și terifiat de chipurile celor în fața cărora trebuia să-mi susțin lucrarea, după ce mă făcusem de căcat cu o seară în urmă.

S-a întins lângă mine, îmbrăcată, m-a strâns iarăși în brațe și mi-a șoptit la ureche:

— Dă-i dracu', trece și asta. Fă-te că nu s-a întâmplat nimic.

Apoi, după o pauză, gânditoare:

— Nu știu cât de serios ai vorbit... Eu am fost foarte serioasă.

Și atunci, pentru prima oară după mult timp, am știut că și eu trebuie să fiu serios, și nu doar să asist la filmul care începuse, ci să mă sui pe scenă și să intru în ecran, ca-n *Trandafirul roșu din Cairo*.

*

Conferința, așa cum mă așteptam, a fost penibilă, nimeni nu asculta pe nimeni, însă în mod cert cam toți ochii erau ațintiți asupra mea, spre amuzamentul cumplit al lui Sorin, care nu rata nici o ocazie să învârtă cuțitul în rană. Mi-am bâlbâit prezentarea despre Ștefan cel Mare și despre simulacrul total al domniei lui, într-o tăcere deplină, apoi am rupt ușa și am sunat-o. Mi-a răspuns la jumătatea primului apel. Ne-am văzut la barul Hotelului Unirea, unde am ras niște beri, fericit că scăpasem din iadul acelei prefăcătorii sinistre, apoi a sosit și Sorin, cu mersul lui șleampăt, deșirat și el ca o girafă, cu urechile clăpăuge. Aveam tren la 7 seara, așa că am petrecut acolo cele câteva ore care ne mai rămăseseră, apoi am mers toți trei la gară. Și ea s-a urcat cu noi în tren și eu n-am întrebat-o ce face, pentru într-un fel speram să fugă cu mine la București, unde în apartamentul cel rău mă așteptau amintirea unui schelet de pasăre și o singurătate apăsătoare. Ne-am sărutat acolo, în spațiul dintre vagoane, în mirosul de pișat și fum, apoi ea a coborât la Gara Nicolina și a rămas așa, sub un felinar de gară, în cercul de lumină pe care-l decupa din noapte. Apoi trenul s-a pus în mișcare și ne-am privit în ochi până când n-am mai văzut-o, până când am rămas din nou singur cu sacul meu plin de viermi. Aveam atunci 26 de ani, renunțasem la o facultate, o făcusem pe a doua, muncisem în vreo patru locuri fără să-mi placă ce făceam și pentru prima oară presimțeam că există un viitor, o oarecare promisiune care să nu se asorteze cu atelajul funebru al minții mele.

*

La nici doi ani după evenimentele din Iași, eram căsătoriți, iar Ioana aștepta un copil, asta după ce mai făcuserăm un avort cu ceva timp în urmă, într-un cabinet de la parterul unui bloc de pe Șoseaua Mihai Bravu, și ne rămăsese întipărită în minte doctorița vârstnică, vopsită roșcat, care-o condusese în așa-zisa sală de așteptare și, uitându-se la fețele noastre supte, nedormite, ne ținuse un discurs despre iubire și despre felul cu totul fals în care se pune problema libertății de alegere: „O să vă gândiți mereu cu regret la copilul care ar fi putut fi“, urmat de enumerarea binecuvântărilor care însoțesc copilul. Când s-a întâmplat a doua oară ca Ioana să rămână însărcinată, n-am mai stat pe gânduri și am decis să-l păstrăm.

Era un contrast izbitor între fragilitatea Ioanei și forța pe care o purta în ea. În primele luni în care am locuit împreună, a reușit să-mi dea iluzia că pot face orice. Devenisem aproape ambițios, mă înscriam la toate conferințele și am dat concurs pentru postul de preparator la istorie, m-am înscris la doctorat și renunțasem în mare parte la lungile episoade alcoolice de dinaintea ei. Un copil părea să fie un alt element care vine firesc în siajul acestor schimbări. Ioana reușise să scoată la lumină apartamentul îmbâcsit și mizerabil, scufundat în sticle goale și scrumiere pline. Nu dispăruse atmosfera apăsătoare și întunecată ce băltise întotdeauna acolo, dar prezența ei aducea o energie care părea destul de puternică încât să se lupte de la egal la egal cu umbrele unui trecut care ieșea din ce în ce mai rar la suprafață. Mi-a luat mai puțin de un an să înțeleg că forța care punea toate acțiunile ei în mișcare venea din voință, o voință aproape maniacală de a reuși. Nu accepta ideea de eșec, nu accepta pesimismul și, cu o încredere aproape țărănească în valoarea muncii, se hotărâse să pună toată magia ei albă în slujba mea. În nici două luni de la mutarea în București, deja se angajase ca PR într-o firmă de publicitate, așa că ne crescuse și nivelul de trai. Eu mă luptam cu emoțiile vieții universitare, dar în paralel încă lucram la Institutul de Statistică, iar seara ne întâlneam obosiți în bucătărie și, în timp ce unul dintre noi gătea, povesteam fiecare despre ziua care tocmai se încheiase, despre șefi idioți, despre superficialitatea lumii de publicitari, despre mâncătoria ei și exact aceeași superficialitate din Facultatea de Istorie. Și invariabil îmi spunea c-o s-o scoatem la capăt și că o să fie totul bine, știe ea foarte sigur treaba asta.

Sexul era ciudat, aveam senzația că pentru ea e o activitate neplăcută, care trebuie terminată cât mai repede și care e musai să se concretizeze printr-un orgasm feminin obținut mecanic, stahanovist. Mai corect spus ar fi că muncea pentru obținerea orgasmului, așa cum muncea în orice capitol al vieții noastre, din convingerea profundă că nimic nu poate fi obținut fără efort în viață. Preludiul era un moft peste care trebuia trecut foarte repede, imediat ce se obținea o idee de lubrifiere, urmat repede de acele mișcări despre care știa că duc cu siguranță și rapid la orgasmul ei. Cât despre al meu, nu prea conta, pentru că era inevitabil. Experiența ei sexuală se limita la o relație stupidă cu un interlop din Iași care voise să-și schimbe viața alături de ea, apoi la cea cu un tânăr absolvent de Arhitectură, alături de care trăia când mă cunoscuse pe mine, dar ale cărui ciudățenii sexuale o deranjau, așa că eliminase pe cât posibil sexul din relația lor. Cât despre mine, eram atât de vrăjit de viața noastră calmă, liniară, de liniștea pe care mi-o aducea noaptea, când mă lua în brațe, încât acceptasem repede ideea că sexul va fi un capitol rezumat la urcarea ei pe mine, la mângâierea sânilor ei foarte mici, de adolescentă, urmate de o scurtă explozie violentă (când am văzut-o plângând de durere pentru prima dată, m-a izbit asemănarea trăsăturilor ei schimonosite cu cele din timpul orgasmului), în care-mi repeta numele sau mă alinta.

Am renunțat destul de repede și la viața mea socială haotică, pentru că Ioana pica de oboseală seara, era evident că nu-i plăceau petrecerile zgomotoase și era foarte critică la adresa oamenilor cu care umblam. Nu o spunea, dar vedeam cum privește la gașca de pseudointelectuali pentru care noaptea perfectă era o beție cruntă petrecută-ntr-un club cu muzică care ei nu-i plăcea (a fost primul om apropiat mie pe care l-am văzut să se bucure efectiv ascultând un concert pentru pian de Mozart sau Bartók, care să închidă ochii și să viseze *Rapsodiile ungare*, să le viseze în viu, încât puteam vedea umbrele, imaginile născute de acel vis ridicându-se spre tavanul bucătăriei, unde se alipeau de petele de ulei, ca-ntr-un acvariu). Iar eu eram obosit, atât de obosit, încât am renunțat la aceste obișnuințe, le-am adunat într-un buzunar interior și le-am lăsat ascunse pe acolo. Eram mulțumit să beau câteva beri cu ea, seara, s-o urmăresc cum își leapădă hainele office și se schimbă într-un trening vechi, cum își toarnă, la început, un pahar cu vin, pe care-l ține ridicat, ca și cum ar avea o etajeră sub cot, apoi, după câțiva ani, cum acel pahar cu vin se transformă în două, în trei, într-o sticlă.

Când ne-am decis să-l păstrăm pe Matei, am luat și hotărârea să ne căsătorim, apoi, surprinzându-i fiecare celuilalt umbra de panică de pe chip, ne-am dat seama că ne îngrozea tot ce însemna asta: în mare, era punerea laolaltă a tuturor familiilor destrămate, din toate colțurile lumii, adunarea acelor oameni care ne înspăimântau și care se urau între ei, ca-ntr-un portret de Arcimboldo, numai că nu unul tematic, ci un amalgam de elemente disparate, din domenii diferite, adunate să alcătuiască portretul teratomorf al unei ființe necunoscute. Ioana își ura cu pasiune mama vitregă, își disprețuia (și-și iubea în egală măsură) tatăl, nu-și cunoștea frații vitregi, tineri cetățeni germani, iar în partea mea, Genu era divorțat deja de doi ani de Mariana-Cur-de-Fier, în urma unui scandal care-i distrusese viața de familie (câinele Joy încă trăia), Ralu se despărțise de mult de Sergiu – care a trăit o perioadă singur în Casa cu Lei, mai mult în grădina unde-și bea șprițurile de vară, privind în gol, până a dispărut în Germania – și se măritase cu un individ negricios despre care-mi spunea la telefon că „are case în București și la Comana". Ovidius și Meri erau în continuare fascinați de Genu cel nedreptățit, căruia fosta lui soție, a doua, acum directoare în Ministerul Economiei, îi adusese bagajele la ușa lor și le trântise acolo. Ne-am dat seama că a-i aduna la un loc pe toți ne terifia și că singura soluție ar fi fost să ne căsătorim civil în secret, doar cu martori și un fel de naș în persoana fostului meu mentor de la teoria literaturii, urmând să le dăm vestea atunci când sarcina ar fi devenit prea avansată pentru a fi ascunsă.

*

În pacea indusă de degetele lungi ale Prințesei Ralu din vis, degetele adormite pe ceafa mea transpirată, mă cufund și acum, pe canapeaua desfundată din Strada

Parfumului, vizavi de casa lui Voronca, pe care încă o bântuie strigoii unei morți rele. Intru pe ușa din lemn gălbui și pășesc din acel loc rău în sala veche a cinematografului Volga, cu cariatidele ce străjuiesc ecranul pe care văzusem cândva, demult, *Al șaptelea cartuș*. Mă așez în sala înghețată, iar prin răsuflarea plină de aburi încerc să disting ceva pe pânza albă din fața ochilor:

AP. 10

Adorabilii etrusci

— Mai ții minte povestirea aia cu pandemia și cu animalele din oraș?

Nu răspunde și-mi aud vocea sunând sec, fără umbră de corp sau ecou. Dintre blocuri vine o pală de vânt, un prădător viclean care a stat la pândă și a profitat de neatenția mea, îmi ia vorbele și le duce pe suprafața apei tulburate tot de el, peste cercurile pe care le-a desenat și acum le aruncă înspre orizont. Mă apuc de marginea luntrii și strâng din dinți. Foaia de tablă care învelește lemnul e rece și îmi arde pielea. Silueta ei ghemuită la capătul celălalt al bărcii începe să se piardă în asfințit. E înfofolită în pelerina albastră de ploaie pe care mi-am cumpărat-o când am împlinit 40 de ani, când râdeam că am vrut să-mi marchez maturitatea cu un parpalac de bărbat. Pe cap i-am înfășurat un fular roz, l-am potrivit ca pe un batic, așa cum purtau bătrânele îngrozite de curent. Are 52 de ani, părul e albit în întregime, dar asta nu mă mai șochează, ca la început, pentru că vopseaua a dispărut treptat, mai întâi la rădăcini, apoi s-a retras lent înspre vârfuri, lăsându-mă să mă obișnuiesc cu imaginea asta. Mi-a rămas doar amintirea propriei priviri care se întorcea jenată în lături când se dezbrăca să-și facă igiena intimă pe marginea bărcii, în spatele unui bloc care încă se mai ițea de sub apă, departe de ochii curioși ai altor barcagii. Privirea care fixa vârful capului ei: albul, de fapt un gri frumos, liniștitor, a invadat tot creștetul. A trebuit să-mi spun că albul părului a coborât, pentru că de fapt situația era cu totul altfel: vopseaua se retrăgea și lăsa la vedere ravagiile vremii și ale durerii. În cazul meu totul a fost mai simplu și mai direct: am albit instantaneu, atât barba, pe care nu m-am mai sinchisit s-o tund, cât și părul rar din creștet, pe care înainte îl rădeam ca să nu fiu chel, ci doar un bărbat încă tânăr care se rade-n cap. Acum însă sunt un barcagiu de 50 de ani, cu barbă albă și niște lațe pe care le petrece peste cap.

De undeva din stânga aud un clipocit. Urmăresc direcția indicată de sunet, sperând să nu fie alți barcagii, și, într-adevăr, am noroc: un cârd de balene își face loc prin spațiul larg dintre blocuri. Le văd spinările negre, pe care joacă reflexele roșietice ale înserării: sunt doi masculi, vreo șase femele și câțiva pui. Ne ținem respirația cât timp străbat fostul bulevard Magheru, înotând lent, implacabil înspre Parcul Tineretului. De fiecare dată când asist la trecerea unui cârd de balene, trăiesc un sentiment religios, poate e tăcerea lor, poate e presimțirea cântecului pe care-l aud câteodată noaptea. Îmi amintesc râsul copiilor când am văzut împreună *Finding Nemo*, iar peștoaica aiurită Dory încerca să vorbească cu o balenă exact așa, cântând cuvintele. Asta îmi amintesc mereu când văd balene, râsul lor și cum ne prefăceam în bucătărie că vorbim balieneză.

Așteptăm în luntre să se facă întuneric: de obicei barcagiii se adună în grupuri, leagă bărcile cu lanțuri și abia apoi se culcă. E foamea lor de trecut, altfel nu-mi pot explica, pentru că tocmai în acele insule plutitoare au loc cele mai multe jafuri, violuri și crime. Noi evităm cu totul alți barcagii și ei ne evită pe noi: țin la vedere cele două puști recuperate din magazinul de arme de pe Strada Burghelea, când apa încă nu urcase decât peste nivelul caselor. Au fost zile teribile, fiindcă nu înțelegeam încă ce se întâmplă și nici nu aveam timp să înțelegem, trebuind să acționăm repede, înaintea altora. Atunci mulți dintre noi au făcut greșeli care i-au costat viața, cum ar fi să se încarce cu alimente fără să aibă însă o barcă solidă, după care au plutit așa, pe ușile caselor, înconjurați de conserve și de baxuri cu sticle cu apă, până când s-au scufundat epuizați. Foarte puțini au înțeles de la început ce se întâmplă, iar orașul ce dispărea încet sub apele care năvăleau implacabil din sud murea fie în hohote de râs, fie în zbierete disperate.

Înainte de Potop, când de-abia ne mutaserăm în cartier, ne plimbam câteodată seara pe Strada Vasile Lucaciu până la intersecția cu Strada Traian și de fiecare dată le arătam o casă splendidă, pe care era lipită o placă ce-o data la începutul secolului trecut și-n curtea căreia se afla barca noastră de acum, albă, cu trei dungi albastre, cu velele strânse, o barcă de agrement așezată pe un șasiu cu roți. Le arătam barca aia și le spuneam că așa o să ne luăm și noi una când o să câștig mai bine. Sau măcar după moștenire. Era gluma lor preferată, pentru că le povestisem despre un unchi aproape fictiv care ar fi cântat în formația The Mamas & the Papas, apoi ar fi înființat o casă de discuri în America și pe care speram să-l moștenesc în urma unui cataclism ce ar fi șters de pe fața pământului toate celelalte rude care se aflau înaintea mea la coada testamentară. Și râdeam în timp ce se stingeau ultimele raze de soare în spatele blocurilor înalte care delimitau cartierul de case de Strada Traian, care era granița noastră, așa că făceam drumul întors, puțin întristați că urmează o nouă săptămână de muncă, în care vom sta mai puțin împreună și probabil noi doi vom fi nervoși, ei doi vor avea teme și ne vom împăca doar seara, la culcare, când Maria se va alinta puțin în legătură cu lumina ei de veghe, cea care proiecta universul pe tavan, iar Matei va veni de patru ori să ne spună noapte bună și să ne sărute, deși are deja, în amintire, 13, 14, 15 ani.

La început apele au ajuns să băltească în stradă și prima schimbare a fost de natură olfactivă: cum deschideam ferestrele, intra același miros care mă întâmpina când mergeam la mare cu Ralu, în copilărie, și trenul avansa paralel cu marea, înspre Halta Neptun. Acel miros de vacanță și de fericire venea acum încărcat cu moarte, pentru că aducea cadavre și gunoaie, apoi avea să aducă animale marine nemaivăzute, pentru că nu mai existau granițe naturale, ci doar un imens ocean planetar perforat de vârfuri muntoase. Cât timp au funcționat televiziunile, mai întâi ne-am uitat terifiați, seară de seară, la început la reportaje pornografice în lipsa lor de reținere, care arătau cum orașe din zonele de litoral încep să dispară unul câte unul, sperând tot timpul că apele se vor retrage din năvala lor, că ploaia va înceta, că acel surplus de apă ce purta carcase de mamuți ținuți până atunci milioane de ani închiși ca-ntr-un chihlimbar își va găsi un recipient miraculos în care să se liniștească. Apoi am încetat să mai privim, pentru că scenele deveniseră prea crude. Ce am înțeles însă atunci a fost că trebuie să fac ceva repede și că avem nevoie de un plan. A fost momentul în care a început Răul pentru mine și nu de puține ori m-am acuzat singur că aș fi creat viitorul de coșmar pe care-l trăiesc acum. Sunt lucruri pe care nu le vorbim, adică eu, pentru că ea oricum nu vorbește, nu a mai spus de mult un cuvânt.

Am nopți în care mă perpelesc singur pe fundul bărcii, acolo unde mi-am pus izoprenul, lăsându-i ei locul mai comod, pe covertă, ascult clipocitul sinistru al apei, picăturile și mai sinistre ale ploii pe vela întinsă deasupra bărcii, le ascult cum îmi trasează, ca în jocurile copilăriei, când uneam numerele pentru a descoperi figura lui Bambi, scena din acele zile când îmi spusesem că tot ce fac este pentru familie.

Cu mult înaintea Potopului, prin 2021, am publicat ultima mea carte, un volum de poeme care avea ca nucleu un ciclu postapocaliptic, în care-mi imaginam că vâslesc alături de ea, printre vârfurile clădirilor înalte din București. Imaginam acest cuplu de vârstă mijlocie vâslind printr-un deșert acvatic, după ce-și pierduse ambii copii într-un înec. Atunci nu mă interesase altceva decât să captez tăcerea acestei scene. Nu știam că Potopul nu e niciodată tăcut și că moartea unor ființe vine la pachet cu înflorirea altora, că masticația animalelor marine se aude de sub apă, prin fundul de lemn al bărcii. Mai scrisesem un poem în care bărbatul cuplului găsește plutind pe apă un volum cu *Procesul* lui Kafka, ediția BPT, pe care-l salvează și-l usucă, pentru a-i citi seară de seară femeii. Dar cărțile nu plutesc, așa că acum sunt nevoit să-i spun cum în pușcărie intelectualii povesteau cărți și țineau cursuri. Nu am bănuit niciodată că am o memorie atât de bună, aș fi jurat că rețin foarte puțin din ce citesc. Evit cărțile care au legătură cu marea sau cu apele de orice fel, ceea ce mă întristează, pentru că întotdeauna, când nu știam ce să citesc, mă duceam la povestirile cu Nick Adams sau la alt Hemingway. Acum trebuie să decupez de acolo apele și să vorbesc despre deșerturi, sete, soare arzător. Soarele îl vedem câteodată și noi, atunci când doi nori negri se despart și lasă înserarea să alunece peste ape, momente în care viziunea blocurilor aflate sub ape devine mai spectrală ca niciodată. Întotdeauna mi-a fost teamă de adâncuri și de înălțimi. Îmi amintesc de duminica aceea când am mers cu Matei pentru prima oară la Muzeul Antipa și a trebuit să trecem peste o podea de sticlă sub care, la nici un metru, se afla amenajat un sit arheologic unde din nisip ieșeau colții unui mamut. Eram amândoi îngroziți și a trebuit să-mi adun toată forța ca să fiu eu maturul și să-l desprind de bara pe care se încolăcise. Nu e amuzant că tot eu am devenit acum scufundător, căutător de perle? Sunt puțini barcagiii care au curajul să se arunce în ape cu o greutate în brațe și să reziste câteva minute, destul cât să intre în magazinele cufundate și să revină de acolo cu o conservă prețioasă.

Îmi vine în minte adesea un poem pe care l-am citit, ba chiar l-am tradus, în care o poetă chinuită de relații amoroase nefirești și rele fuge într-un orășel celebru pentru păpușile lui din lemn, apoi se angajează într-o asemenea fabrică de jucării, iar seara se refugiază în parcul pustiu al orașului, într-un luminiș numit Grădina Contesei.

Într-o asemenea seară dă acolo peste o femeie stranie, alături de care tace, într-o și mai stranie senzație de „comuniune". O dată am trecut cu barca printr-o zonă cu un nivel neobișnuit de scăzut al apei, exact când norii erau sparți de un soare violet, și am văzut că sub noi se afla un pâlc de pini. Atunci, când razele soarelui au luminat acea grădină subacvatică, am simțit nevoia acestei comuniuni alături de străina din barcă, deși știam că nu mai e posibilă. A fost singurul moment în care m-am înmuiat și eu și am început să fredonez în surdină, rușinat, *Octopus's Garden*, în același timp întinzând mâna spre vârful unui copac din apropiere, pe care am crezut că-l pot mângâia. Apoi soarele a intrat în nori și a început instantaneu să plouă, iar dintre două tulpini s-a avântat spre suprafață o umbră masivă și iute, așa că m-am aruncat pe fundul bărcii ca fript, tremurând din toate încheieturile, apoi am auzit o bufnitură care însemna că nu fusese vis și am întins pânzele care ieșeau prin prelate, plecând iute de acolo.

În noaptea aia, ascultând iarăși ploaia pe copertină, mi-am amintit o excursie făcută în vara unui an de liceu, probabil în clasa a XI-a, împreună cu mai mulți colegi și cu prima mea iubită serioasă, Diana, prin Munții Apuseni, când, bolnavi, cu bătături, nemâncați, fără bani, ne-am rătăcit prin munți și, ca printr-un miracol, am fost găsiți în faptul serii de pădurarul sau paznicul unui ocol silvic care ne-a pus să jurăm că nu vom povesti ce vedem, apoi ne-a trecut printr-un gard des, sălbatic, după care am descoperit un lac imens, artificial, înconjurat de păduri. La mal erau trase trei bărcuțe metalice, ca niște lighene, în care ne-am suit fiecare cuplu și am vâslit deasupra brazilor pe care lacul îi acoperise. Apa aceea verzuie, înspăimântătoare și izbăvitoare a rămas pentru mine un mister al adolescenței și al trecutului. În rest e mâzgă.

În fiecare seară, când vâslesc spre adăpost, o privesc pentru ultima oară, proiectată pe fundalul asfințitului, ca o statuie cocoșată. Apoi mă așez pe fundul bărcii și mă învelesc și fie tăcem amândoi toată noaptea, ascultând corul deja monoton al clipocelii apei și al picăturilor care cad pe copertină, fie eu îi povestesc cărți, de multe ori inventând sau înlocuind finalurile. Mă întrerup câteodată când aud foșnetul amplu, ca o rolă de mătase, al unui animal care trece pe lângă noi sau pe sub apă. Au trecut cinci ani de la Potop și mintea mea, captivă a unei imaginații bolnăvicioase, a născut monștri marini descătușați din genunile oceanelor, care populează apele nopții. Ziua îmi e mult mai ușor să mă abțin și să ating realitatea, pentru că îmi fac scufundările și pot pune mâna pe blocuri de ciment, pe bare ruginite din metal sau, dacă am noroc, pot străbate holurile întunecate, pline de alge ale unor foste supermarketuri. Adun cât pot în minciogul modificat pe care-l leg de brâu și mă ridic trăgându-mă cu brațele de funia agățată de barcă. Am învățat să-mi țin respirația mai bine de trei minute, mai ales că nu am mai fumat de cinci ani. Încă cinci și riscul de cancer e redus la nivelul unui om sănătos.

De multe ori îmi spun că ea, ghemuită așa la prova, e un galion și că simpla ei prezență mă apără mai abitir de alți barcagii decât puștile pe care le țin încărcate. Altădată îmi spun că nici un zeu nu ar trebui ținut atâta în ploaie. Ofrandele pe care i le las seara rămân neatinse.

În fiecare duminică mergem să vizităm copiii. Din cauza lor am rămas aici, legați de oraș, în timp ce supraviețuitorii au fugit spre munte, unde sunt ultimele localități. Am auzit povești despre apele care se opresc după Sinaia, de unde începe uscatul, despre un oraș nou organizat pe platoul Bucegilor, unde trăiesc înghesuiți oameni și animale. Noi ne-am înțeles ca-n fiecare duminică să mergem la copii și așa facem. Oprim deasupra casei, un bloc vechi, de două etaje, interbelic pe care l-a proiectat și l-a construit un arhitect evreu care a făcut parte din înecații de pe *Struma*. Arunc ancora ruginită, barca mai alunecă o vreme, câtiva metri, apoi e trasă înapoi, un du-te-vino progresiv în lentoare, mă gândesc că joaca asta, balansul sunt echivalentele simbolice ale târguielii cu popa lângă mormânt, băgatul mâinii în buzunar, gestul popii de a refuza, dansul mortuar. Când se stabilizează deasupra ancorei, încerc să străpung suprafața apei, dar aici e prea adâncă pentru a vedea măcar acoperișul. Mă întreb dacă-ți face rău vizita asta ritualică; singurul indiciu sunt degetele cu unghii strânse pe copastie, inutil să mai încerc să te ghicesc. Privesc în apă, în cafeniul ei tulburat de picăturile care cad ritmat și nasc cercuri întrepătrunse, inspir duhoarea, mirosul pe care încă nu l-am asimilat, amestecul de putrefacție, apă sărată și încă ceva nedefinit, pe care-l asociez cumva animalelor marine mari ascunse de luciul apei.

Sub barcă e îngropată casa noastră din vechiul cartier evreiesc, pe care copiii o explorau, din pivniță până-n pod, uimiți și fascinați de aerul vechi și misterios al unei construcții atât de diferite de blocul ceaușist cu zece etaje din care ne mutaserăm. Ca de fiecare dată, mi-i imaginez pe fiecare în camera lui, plutind deasupra patului, fiecare într-un cavou subacvatic de nepătruns, adormiți în densitatea vegetală a algelor roșietice, și simt impulsul de a mă lăsa să alunec în apă, să cobor pe frânghia ancorei, ca un fachir, să-mi croiesc drum prin geamurile probabil sparte ale camerei din față și să mă strecor pe hol, apoi în camerele lor, să dormim împreună, bucuria lor de copii, pe care le-am refuzat-o mereu. Ceva mă împiedică însă, probabil tu, înnegurată, mereu cu spatele la mine.

În Casa cu Lei
(continuare)

Mulți ani, până târziu, în ultimii ani de facultate (prima), am fost la fel de orb în fața lui Genu cum erau și părinții lui. Mi-era frică de el, de vocea care putea străbate un diapazon emoțional uriaș într-o secundă, de la bunătatea miorlăită la urletul care-mi îngheța sângele în vine, eram manevrabil ca o păpușă de cârpă, însă nu-l vedeam. Pentru mine era mai mult un contur, o ectoplasmă urlătoare ce venea de la serviciu, unul important, care asigura bunăstarea vilei în care se mutaseră după întoarcerea lor din SUA, alături de părinții Marianei, proprietarii de drept ai casei. Era bărbatul care venea seara de la serviciu, manevra telecomanda porții automate, își parca Mercedesul, apoi urca în vestibul, unde-și lăsa paltonul, apoi intra în sufrageria mare, unde câteodată îl așteptam ca să-mi dea banii pe săptămâna în curs, alături de Mariana, cu care vorbeam nimicuri, și de fiul lor, pe care nu-l cunoșteam. Intra oftând, mă saluta rece și, după ce dispărea în dormitorul lor, ca să se schimbe, reapărea într-o pijama cu dungi verticale, albastre, se trântea oftând pe canapea și întreba:

— Îmi dai și mie o țuică?

Apoi mă întreba încruntat ce am mai făcut (atunci munceam pentru dom Profesor la Academie și-mi pregăteam licența), la care orice aș fi răspuns suna aiurea, împiedicat, stupid și forțat. Iar când ieșeam de acolo, câteodată noaptea târziu, simțeam o eliberare comparabilă doar cu cea din sesiune, după vreun examen reușit, pentru care mă pregătisem timp de câteva săptămâni.

*

Ce știa Emil și mi-a povestit cu voce joasă, în nopțile noastre petrecute în chilia lui din mansardă, unde ni se atingeau genunchii, era legenda pasajului care ducea de sub anticariatul din Iași, acela unde intrasem cu atâția ani în urmă, dus de mâna Ioanei, până sub Catedrala Mitropolitană. Mi-a povestit despre planul lui de a fura moaștele Sfintei la câteva luni după ce am început să stăm de vorbă noapte de noapte, după ce mi-a povestit experiența lui monastică, pe care acum o simțea ca pe un episod psihotic, comparabil cu cele care l-au pustiit cu ani înainte. Nu am reacționat cum trebuie, probabil că se aștepta să-l iau la mișto sau să fiu scandalizat, însă planul lui se suprapunea perfect celui care încolțise în mintea mea în nopțile petrecute pe canapeaua desfundată. Nu i-am spus nimic despre asta, însă l-am luat de mână, am întins propria mea mână în spațiul dens care ne despărțea, aproape am auzit fâșâitul materiei care înghițea membrul intruziv, și am așezat-o pe umărul lui, apoi i-am spus că-i sunt alături în tot ce vrea să facă. I-am ascultat explicațiile toată noaptea, iar spovedania asta, cea nouă, mi s-a părut mai reală, mai atroce decât tot ce-mi povestise până atunci. Actul lui nu era al unui anarhist care-și varsă protestul asupra unui ortodoxism în care crezuse, ci se înscria în sfera mai largă a violenței mistice: exista, mi-a explicat, o tradiție întunecată a furtului moaștelor, *furta sacra*, care făcea din acest act al apropierii sacre unul de credință.

— Ce facem noi, Mihai, e să plănuim o cruciadă. Ne luptăm cu noii sarazini, mă-nțelegi?

Se uita la mine cu ochii lui cenușii adânciți în cap și mă prinsese de mână cu cele două ghcare în care i se transformaseră membrele după tot traiul printre păsări, sub acoperișul din Strada Parfumului. Așa, ținându-mi mâna strâns, mi-a vorbit despre episcopul Geilo de Langres, care, după cum povestește călugărul Theobaldus din Bèze, la întoarcerea sa din pelerinajul de la Santiago de

Compostela, trecând prin ținutul pustiit al Aquitaniei, a petrecut o noapte în satul unde se afla biserica ce adăpostea rămășițele Sfântului Prudentius. În miezul nopții, neputând dormi, episcopul s-a dus în capela bisericii, unde se aflau relicvele sfântului, pentru a se ruga, însă a descoperit că locașul de rugăciune era o ruină, deloc pe măsura importanței relicvelor pe care le adăpostea. Atunci și-a exprimat dorința de a lua cu sine rămășițele sfinte, pentru a le depune la Bèze, acolo unde aveau să primească onorurile cuvenite. Primind acordul paznicului bisericii, a luat cu sine relicvele, care, odată depuse la Bèze, au înfăptuit nenumărate miracole. Mi-a vorbit despre călugări și preoți care, aflați în pelerinaj au dat peste moaștele unor sfinți de ale căror fapte s-au îndrăgostit (chiar așa a spus, „s-au îndrăgostit", și atunci mi-am dat seama că vorbește serios și că marele jaf pe care-l punea la cale era într-adevăr un act mistic, un act de iubire, de ingurgitare sacră) atât de profund, încât au simțit nevoia să intre în posesia acelor oase, pe care să le replanteze în propriul spațiu sfânt. Călugări care se furișau noaptea, la adăpostul ploii întunecate, în biserici ferecate, care forțau lespezile de pe morminte vechi de sute de ani, îndesau în desagă oasele putrezite ale sfinților iubiți, devenind așadar iubitori, apoi goneau spre propria biserică, unde erau întâmpinați cu urale de enoriași, care-i primeau ca pe generalii romani în triumf sau ca pe niște sportivi din zilele noastre. Mi-a vorbit și despre umilirea moaștelor, despre ritualurile de pedepsire a sfântului ineficient, ale cărui oase erau învelite-n ghimpi și așezate pe pardoseala înghețată a bisericii, în care fuseseră stinse toate lumânările. Vorbea și scuipa, tremura din toți rărunchii și abia atunci mi-am dat seama că nu știe ce vrea să facă cu oasele sfintei: să le iubească sau să le pedepsească? Am așteptat să se liniștească fără să-l las singur vreo clipă, pentru a putea să-i smulg toate detaliile planului pe care-l punea la cale, probabil de când părăsise mănăstirea. De altfel, planul nu era foarte complex, dat fiind că elementul decisiv, adică existența tunelului secret care lega pivnița anticariatului de pe Strada Cuza Vodă și osuarul aflat în subsolurile Mitropoliei, rezolva practic aproape totul. Tunelul din cărămidă, ale cărui origini Emil nu le cunoștea, dar bănuia că se pierd undeva, prin secolul al XIX-lea, când avea probabil rostul unei căi de evadare din spațiul monastic. Cum ne țineam de mâini, în camera lui cât o baie dintr-un apartament normal, mi-am pus următoarele întrebări: a) cât de nebun e omul din fața mea?; b) cât de nebun sunt eu?; c) de ce simt în jurul meu duioșia nedeterminată din timpul Crăciunului copilăriei?

L-am lăsat adormit pe jos și m-am retras, mergând cu spatele, până când am ajuns în partea comună a podului, în întuneric, iar acolo am luat hotărârea să duc planul până la capăt.

*

Fusesem invitat la o conferință despre evoluția statelor din spațiul ex-comunist de după căderea Cortinei de Fier. Trebuia să ne rezolvăm individual cazarea în Frankfurt, așa că am găsit, cu greu, un hotel cu prețuri convenabile undeva în zona gării, pe Taunusstrasse nr. 38, între două bordeluri sau cinematografe cu filme porno. Pereții erau ca din carton și nu-ți trebuie multă perspicacitate să înțelegi că era vorba despre un hotel de futut, un loc unde clienții duceau prostituatele care-i agățau jos. Prima noapte am petrecut-o ascultând gemetele venind dimprejur și, când închideam ochii eram chiar în plină orgie, trirema fantoșă din *Caligula* lui Tinto Brass, așa că mi-am petrecut ultimele ore dinaintea dimineții masturbându-mă în serie, până când n-am mai putut smulge nimic din mine. Am ieșit pe la 5 din cameră, cu gâtul uscat și o durere de cap apocaliptică. Peste drum, în fața unui cinematograf cu mochetă roșie la intrare și cu scări lucioase, ale căror trepte aveau muchiile învelite-n metal găurit, doi indivizi, despre care mi-am dat seama că erau români, îl băteau pe un al treilea, un bărbat mult mai în vârstă, cu o barbă lungă și murdară, îmbrăcat într-un pardesiu gri, care se clătina abia ținându-se cu o mână de ușa de la intrare.

— Băăiiiiii! urla și aproape vedeam prin mâzga filtrată de felinare cum îi săreau stropi de salivă din gură. Băăăiiiii!

Iar acest urlet avea ceva atât de copilăresc, de nepotrivit acolo, în răsăritul sângeriu, încât m-am apropiat, am călcat pe strada plină de cioburi și prezervative ca să ajung mai aproape de gura aia pe care o bănuiam fără dinți. Ceilalți doi îi dădeau șuturi în cur și aveau aerul fals agresiv numai al lor, atunci când știu că victima e mult mai slabă.

— Vrei să fuți, tataie, ă? îl întreba unul dintre ei, care-l apucase cu o mână de guler și cu cealaltă îi dădea pumni în cap. Vrei să fuți? Bani ai?

— Băăăăiiii! urla bătrânul, încercând să se desprindă și să fenteze pumnii, însă era prea beat sau tripat.

A reușit să scape într-un târziu și a luat-o la goană pe stradă, în lumina alburie, cețoasă, dezmembrat și caraghios, iar eu am continuat să-l urmăresc pe mijlocul străzii, în timp ce peștii, după ce s-au ținut de formă după el, au abandonat cursa, iar unul dintre ei i-a strigat pentru ultima oară:

— Te prind eu pe aici și mâine. Vezi ce faci, Marocane!

Acel „Marocane“ mi-a risipit orice urmă de îndoială și am continuat să merg după el, încercând să ghicesc prin paltonul lung, sub barba albă și șuvițele de păr gălbui, silueta subțire, nervoasă a unui tată puternic, a unui mafiot cu oase tari. L-am văzut oprindu-se la un moment dat în dreptul unor saltele așezate lângă zidul unui supermarket turcesc. S-a așezat ciuci și a început să zgâlțâie mogâldeața care stătea acolo, înfofolită într-o geacă de schi. Ființa de acolo s-a trezit, am văzut un cap negru care s-a ridicat, am auzit vorbe într-o limbă pe care n-am ghicit-o, apoi am văzut cum Marocanului i se face loc acolo, pe jos, și cum se strecoară pe saltea, trăgând peste cap un colț de geacă.

M-am înfundat în primul bar cu păcănele și muzică asurzitoare, unde am încercat să aduc argumente pentru varianta unui coșmar prelungit, din care urma să mă trezesc în curând. Atunci am simțit că ghiuleaua din coșul pieptului devine incandescentă și că momentul exploziei nu mai poate fi amânat. Și l-am admirat încă o dată, ultima, pe Sergiu, am invidiat curajul lui de a coborî toate treptele. Mi-am amintit, înainte de a închide ochii, cu capul pe tejgheaua barului, cum îmi cita din cineva despre care el credea că se numește Dolore Sibaruri, când îmi dădea lecții de viață sub nucul de lângă Casa cu Lei: „Mai bine mort în picioare, Marocane, decât viu în genunchi".

*

„Tulburat de un vis pe care-l avusese noaptea (visase că avusese legături cu mama lui), tălmăcitorii de vise îl încurajară, dându-i mari speranțe că va supune întreaga lume, că mama din vis nu este decât pământul, mama tuturor." Stăteam chircit în fotoliul lui Ovidius, în ora magică ce preceda plecarea spre școală, când am citit prima oară povestea lui Suetonius despre visul lui Caesar și mi s-a ridicat părul pe mâini ca atunci când frecam de pulover o riglă din plastic, iar apoi o apropiam de suprafața epidermei, urmărind fericit cum firele de păr se înalță asemenea unor ierburi firave arse de soare, pentru că în mintea mea visul lui Caesar nu putea fi descifrat așa, mama nu era pământul, ci un trup, primul trup, așa că fantezia nocturnă a fiului trebuia luată ca atare și în același timp ucisă, apoi a venit uitarea peste tot și toate, au trecut zeci de ani și m-am regăsit într-o după-amiază de vineri, abia intrat în casa unde mă aștepta Ioana ținându-l pe Matei în brațe, un copil gras de 2-3 luni, am deschis o bere în balcon, mi-am aprins o țigară și iată că încerc să intru în ritmul lent al weekendului însorit, pentru că e aprilie și sub balcon văd trei câini hârjonindu-se, apoi câteva păsări traversează peticul de cer pe care-l zăresc printre blocurile din față, așa că știu cu siguranță că a trecut iarna și mă gândesc că în faza asta, a trecerii, când frigul nu mai e frig, iar căldura are o nuanță răcoritoare, știu că asta e luna în care cei ieșiți din lupta iernii cedează, e luna când bătrânii mor și, chiar când am gândul acesta, îmi sună telefonul și citesc pe ecranul albăstrui MAMA, pentru că mi s-a părut o abordare mai cinică și mai rece decât să scriu în dreptul numărului ei Prințesa Ralu sau pur și simplu Ralu, oricum vorbim rar. Iau o gură din cutia de bere, apoi o așez cu grijă pe marginea consolei care desparte balconul de restul camerei, trag aer adânc în piept și mă pregătesc de următoarele minute pline de ironii, false îngrijorări și interese meschine, de vârtejul nebuniei în care-i place să mă tragă din când în când, ca să nu-mi pierd antrenamentul, probabil.

Acum însă vocea ei e gravă, are urgența pe care i-o conferă mesajele importante și îmi spune pe nume, Mihai, apoi îmi comunică moartea unchiului Mircea, cel care fusese întreaga mea viață ca un vierme de nisip de pe Arrakis, apărând și dispărând în subsolurile timpului. După moartea lui Psihi Mu se evaporase din nou pe undeva prin țară ca să apară după câțiva ani, când eram deja adolescent și fumam, alături de o creatură slabă și negricioasă, căreia îi spunea Jeni și căreia eu trebuia să-i spun tanti Jeni, apăruse însoțit de ea și se mutaseră în blocul Ciclop, în camerele cu tavan înalt unde cu ani în urmă făcusem revelioanele cu miros de ciorbă și sarmale, se mutaseră acolo și aruncaseră toată mobila, el se angajase la un fel de universitate privată care dădea diplome pe bani, dar trimitea și oameni la muncă în Japonia, în special dansatoare, iar ea, tanti Jeni, lucra la fabrica de adidași Pionierul și ieșea de acolo cu ghete de fotbal cu crampoane băgate sub fustă, pe care mi le dădea mie în secret să le vând băieților de pe strada Casei cu Lei, unde Ralu n-o primea, pentru că „e o țigancă borâtă, cu gingii vinete“, așa că venea doar unchiu' Mircea singur în vizită și ieșeam din când în când în curte, unde el îmi pasa o țigară Viceroy și fumam în liniște sub nucul ale cărui crengi, din ce în ce mai noduroase și mai întortocheate, ne aminteau de degetele contorsionate de artrită ale lui Psihi Mu, degete care acum probabil se îndreptaseră sub pământul Cimitirului Reînvierea.

Visul lui Caesar m-a lăsat în pace mulți ani, în perioada de zbucium și nedumerire, însă l-am simțit mereu acolo, plutind în mirodenie ca navigatorii Ghildei, pe când și eu făceam același lucru printr-o realitate urbană, obligat să-mi asezonez viața nocturnă cu aventuri diurne, copleșit de o carieră fragmentară și urmărită de fatumul negru al celor lipsiți de ambiție, ușor de dezamăgit, prădătorii fără gheare și colți, cu blana subțire și jilavă, picioare scurte, niște marmote sentimentale rătăcind prin pădurile urșilor bruni și ale pumelor duioase.

Până în seara care urmat zilei de vineri, când a venit telefonul lui Ralu, vocea ei care m-a anunțat sec că „A murit unchi-tu!“ și că trebuie să las orice, să merg cu ea înspre satul aflat pe malul Dunării unde se pare că murise omul-mister, părăsit de toți („că Jeni era-n tură“), uitat într-o cameră ale cărei ferestre dădeau înspre curtea unde se adunau piramide ca ale lui Ginghis-Han, doar că nu din capetele învinșilor, ci din știuleți de porumb, zăcuse acolo într-o letargie din care ieșea doar ca să plece după băutură. Mergea la cârciuma din sat, unde era privit ca o ciudățenie, bărbatul înalt și brunet, cu mustața încă neagră la 54 de ani, amantul femeii slabe și negricioase care trecea din când în când, în weekenduri, ca să verifice dacă mai trăiește, intra acolo și bea în picioare, la tejghea, din țuica proastă, apoi cumpăra două peturi de câte doi litri, pe care scria *Noroc*, și se întorcea spre casă, deja beat, iar drumul lui se transforma într-un periplu pe care-l înțelegeam și eu atât de bine, pentru că vorbea, spuneau cei care-l spionau de după garduri, vorbea cu umbrele, urla la ele, se certa cu figurile sinistre ale ulucilor din gard ce prindeau viață în mintea lui – deși aici eu am altă părere, că nu mintea e cea care deformează umbrele nopții, ci sufletul, în el zace putreziciunea ce dezvelește copiii nopții –, urla la oamenii negri care-l amenințau de pe o parte și de alta a drumului, se oprea pe câte o băncuță și stătea acolo rânjind, ținând un colocviu păsărilor de noapte și piticilor de grădină care-l înconjurau din toate părțile. Nu simțea frigul, pentru că toată supărarea, toată angoasa aceea purtată înăuntru de-a lungul vieții îi încălzeau inima, așa că mergea în tricou, așa făcuse toată iarna, în frigul lunii decembrie în Bărăgan, când pietrele sunt învelite de o pojghiță aproape duioasă de alb, iar aerul are consistența tăioasă a unor lame de Toledo. L-a găsit o rudă de-a lui tanti Jeni, o curvă care era asistentă medicală în capitala de județ și care mai trecea să-l verifice – iar aici bănuiala mea se îndrepta spre o fostă aventură de-a celor doi, acum stinsă și uitată, care lăsase însă în urmă o cărare sentimentală –, l-a găsit în camera de sub piramide, cu ochii întredeschiși și cu gura strâmbată de un rânjet aprig, ca și cum l-ar fi surprins chiar în momentul în care urla ceva, plin de orgoliu și de sfidare, înspre păsările nopții.

Lucrurile astea nu mi le-a spus Ralu, pentru că ea nu făcea exces de cuvinte decât în timpul unor ieșiri la tribuna politică, atunci când trebuia să-și susțină nevinovăția ori superioritatea morală. Povestea ei a fost mult mai concisă, mai cinică și mi-a schițat, așa cum făcea atunci când dezbătea de una singură în atelier, un tablou ca într-o proză americană, pe care eu am știut însă s-o umplu cu tot ceea ce sufletul lui deja îmi comunica.

Nu-l mai văzusem de ani buni, însă ne auziserăm. Dădea telefoane nocturne, probabil multor oameni, iar la mine ajungea spre miezul nopții, după ce culcaserăm copilul, după îmbăierile acelea în timpul cărora mâinile noastre se mai atingeau pe pliurile cărnii de bebeluș, explorând toate cutele, moliciunile și protuberanțele acelui mic animal – abia când toată corvoada plăcută a serii se încheia, după alăptare și îmbăiere, după ritualul cântecelelor cretine puse la laptopul din camera lor, când mă retrăgeam cu o sticlă de tărie în singurătatea plăcută a nopții, atunci suna telefonul fix și știam că e el, pentru că doar el suna pe fix, apoi îi auzeam vocea dogită de fumat și arsă de băutură, îl auzeam pocind cuvintele, de o veselie isterică:

— Ce faci, unchiulețule? V-ați culcat?

Iar discuția sau ce o fi fost ea se purta în jurul orei de culcare, a ritualurilor și abluțiunilor copilului și părea să nu aibă vreodată un final, pentru că știam amândoi că suna ca să alunge ghearele singurătății, gheare după care omul la care apela tânjea cu disperare. Discuția ajungea, invariabil, la Ralu, iar atunci vocea lui devenea ironică, deformată de rânjetul care i se așeza pe chip – îi știam rânjetul, pentru că era al meu, era masca noastră de apărare în fața prostiei și a răutății altora – și mă întreba cine e acum noul meu tată și dacă îl prinde paltonul în funcție, eu mă prefăceam amuzat și fixam ceasul de pe perete, mai mult ascultându-i vocea ca pe un vuiet al mării tăiat de croncăniturile unor pescăruși decât ca pe vocea unui om care trecuse și el prin Casa cu Lei. Asta se întâmpla cam o dată pe săptămână, câteodată chiar mai des, iar telefoanele lui deveniseră treptat un chin, un eveniment pe care-l așteptam cu groază. Ultimul dintre ele m-a prins, din păcate, într-o stare similară cu a lui, așa că i-am retezat glosolalia și am început să urlu la el, să-i reproșez absențele îndelungate din viața lui Psihi Mu, ieșirile violente, să-i reproșez relația bolnavă cu alcoolul, urlând de fapt în oglindă, pentru că același miros dulceag care-i ieșea lui printre dinții cariați de sub mustața neagră începuse să mă înconjoare și pe mine, iar marea lui narațiune, lehamitea care-l lovise chiar când se pregătea să dea la facultate și era pe val în echipa de baschet unde juca, hepatita ce-i nenorocise viața pentru că statutul de biet absolvent de studii liceale îi păta sufletul și-l înverșunase cumplit împotriva lui Ralu, cea cu Universitatea de Arte la activ și cu un doctorat început și neterminat despre

„Jurnalele pictorilor manieriști“, înverșunase așadar și mai mult un frate și o soră care, atunci când se certau, adică atunci când își vorbeau, de fapt, se purtau ca două feline care își dispută un mic teritoriu. Iar în mijlocul acelui petic de savană eram eu, în pericol de a fi mâncat, nereușind să înțeleg pe atunci cum ratarea se poate așeza în stomacul unui om și cum e aproape imposibil să înțelegi bila aceea de metal incandescent care te trage în jos, care îți cere să arunci peste ea vagoane de băutură, să cauți sexul ca pe șansa de uitare, cu cât mai murdar, cu atât mai bine, să cauți bătaia cu orice preț, să te afunzi în noroaie ca Robinsonul lui Tournier, unde să zaci anesteziat până când moartea te va despărți de povara care a ajuns în tine nu se știe când și cum. Vorbind cu el atunci, când încă nu împlinisem 30 de ani, aveam un copil nou-născut, rămăsesem să predau în facultate, iar noaptea aducea din balconul deschis mirosul de liliac proaspăt înflorit, nu înțelegeam cât de cruntă e ispita aceasta a ratării, cum te poți bălăci în propria umbră ca-ntr-o baie desfătătoare de uleiuri parfumate, lipsit de orice posibilitate de a mai intra înapoi în silueta omului care ai fi putut fi. Nu înțelegeam încă nici farmecul unei asemenea vieți, orgoliul nemăsurat, titanic, pe care-l trezește în tine situarea în afara societății, ba chiar punerea categorică la îndoială a realității.

*

În noaptea aceea a trebuit să dormim împreună în patul unde murise el, unde zăcuse neștiut de nimeni, până când o pungă de puroi gălbui îi cotropise corpul pe dinăuntru, am dormit pe canapeaua aia extinsă, pentru că era singura cameră oarecum încălzită din casă, dar, înainte să ne culcăm, am băut cot la cot cu Ralu, așa cum făceam în ultimul an petrecut de mine în Casa cu Lei, când reușea să mă țină peste noapte alături de ea, spunându-mi „Decât să-ți bei mințile prin oraș, cu tot felul de nenorociți, stai aici și bea cu mine!", așa că ne așezam în grădină, la masa din plastic adusă de Sergiu nu se știe de unde, și a doua zi nu mai știam cum o dusesem sus, în camera ei, pentru că rămășițele nopții, răspândite prin curte, chiștoace, sticle goale, un papuc obscen aruncat în tufa cu trandafiri, nu-mi spuneau prea multe, așa cum nici oasele mele înțepenite nu-mi spuneau decât că mă întorsesem singur în curte, să beau până când amorțeam, până când simțeam că se apropie somnul odihnitor, somnul care ștergea orice urmă de viață din mine. Am băut împreună în bucătărioara casei de țară, vegheați de privirea ironică a lui Jeni, care ne mai aducea câte o sticlă de doi litri din pivniță, un vin roșu, prost și acru ca fierea, care simțeam că-mi face rău, dar am continuat să beau, pentru că ne certam mai rău ca niciodată, eram doi boxeri fără mănuși și ne aruncam acuzații dure peste masă, acuzații care în mod normal ar fi trebuit să ne rănească și să ne jignească definitiv pe amândoi, dar atunci nu făceau decât să ne stârnească și să ne aprindă în ochii înroșiți setea de sânge. Apoi ne-am dus la culcare și atunci am visat că țin Diavolul în brațe, că-i mângâi țâțele pline, iar diavolul era o Uriașă care avea chipul ei, al lui Ralu, și îmi respingea avansurile cu o pudoare rușinată, spunându-mi „Termină, măi, Michișor!". Și am terminat.

*

Am înregistrat scufundarea lui Genu în mocirlă cu coada ochiului, pentru că își pierduse de mult pentru mine poziția de statuie bine înșurubată pe soclu, de când stătuserăm împreună în rezerva de spital a Marianei, care urma să fie operată, să-i fie extirpat uterul mâncat de cancer. Femeia cu fața îngălbenită, modelată în ceară, cu nasul mare și părul rărit de boală sau de lumina ca de laborator a spitalului ieșise, însoțită de o asistentă, pentru niște analize, așa că în rezervă eram doar noi doi, el, soțul care o părăsise, în ciuda acestei boli, pentru a se combina, eternul clișeu, cu o tânără care-i era secretară și a cărei fotografie trona pe laptopul lui pe post de wallpaper, eu, un fost fiu vitreg care uneori o urâse, alteori o simpatizase și pe care-l speriase într-o noapte de vară când intrase în camera lui sub forma unui demon-vulpe. Stăteam ca doi bărbați îngândurați, cu coatele sprijinite pe genunchi, cu capetele în palme, eu încercam să scap de imaginea unui uter extras din pântec și aruncat la gunoi, un uter care adăpostise odinioară un copil, fratele meu pe jumătate, acum licean în Marea Britanie, un tânăr care evita să mă privească în ochi. Atunci a deschis el discuția și a spus cuvintele care, ca o parolă magică din *O mie și una de nopți*, mi l-a scos din minte și din suflet tot așa, ca pe un uter canceros. Mi-a vorbit despre viața lui dedicată muncii încă din tinerețe, despre cum a sosit momentul să se destindă, să „se distreze" (exact așa a spus, că vrea să se distreze), să cunoască viața adevărată acum, când e la apogeul bărbăției. Atunci a scos laptopul din geantă și l-a deschis ca să-mi arate tânăra blondă cu ochi albaștri, în costum de baie siniliu, pe fundalul unei plaje exotice, mi-a arătat-o cu mândrie de tată și m-a întrebat dacă-mi place (chiar așa, „Îți place?"), iar eu am putut doar să întorc capul, nu m-am ridicat să-l scuip în ochi, așa că a luat tăcerea mea ca pe o încuviințare, drept care a continuat și a început să-mi înșire defectele fostei soții, care nu l-a înțeles niciodată, care a fost prea răsfățată de părinți (acei părinți care veniseră cu avere și conexiuni din comunism, motiv pentru care se și căsătorise cu ea), drept care numai ea avea dreptate, ea era măsura tuturor lucrurilor, deci viața lui fusese un coșmar. Apoi, privind din nou spre wallpaperul paradiziac:

— Știi, Michișor, eu sunt scorpion. Noi, scorpionii, trebuie să înțepăm!

Am simțit cum îmi urcă un râs apocaliptic în gât, pentru că nebunia asta a horoscopului era pasiunea Marianei, ființa care-i făcuse viața un coșmar. Avea atunci 57 de ani, iar până la 70 drumul lui a fost o alunecare veselă pe tobogan: au urmat un previzibil scandal profesional, o angajare miraculoasă într-un post călduț de conducere, unde nu ar fi trebuit decât să apară dimineața, dar de unde i s-a oferit șansa unei pensionări pe caz de boală, au venit șiruri de tinere blonde, brunete, din ce în ce mai bătrâne, mai urâte, până când a dispărut undeva, în pădurile Thailandei, până când moartea lui Meri l-a adus acasă, unde a venit, în plin doliu, însoțit de o femeie care era în mod evident o prostituată ieftină și trecută și care nu a rezistat alături de el mai mult de o săptămână. Deși avea o pensie bună, mai mare decât salariul meu, s-a mutat cu Ovidius, sub pretextul că-l ajută pe bătrânul care se apropia de 90 de ani și avea un Parkinson din ce în ce mai agasant. A început să bea zilnic, simulând o depresie care nu putea fi combătută decât prin cumpărături online compulsive, din pensia bătrânului, și prin beții care-și lăsau urmele pe corpul lui din ce în ce mai slab și, paradoxal, mai plin de vitalitate, ca al unui lup înfometat. Își prinsese părul lăsat lung într-o coadă care începea din vârful capului (acolo unde începea și părul, de fapt), cu un inel metalic ce purta rune vikinge, la fel ca acela care-i ținea laolaltă cele câteva fire de barbă. Era în permanență învinețit, plin de coji, escare impresionante și aureole gălbui lăsate în urmă de rănile mai vechi. Stătea nespălat cu săptămânile și emana duhoarea unui țap bătrân, încă în călduri; întreaga casă duhnea, îmbinând într-un palimpsest olfactiv două amprente ale senectuții, una demonică, cealaltă inofensivă. Vizitându-i de câteva ori pe săptămână, la început în virtutea unei inerții familiale în care-mi angrenam copiii, apoi singur, dintr-o obligație pe care nu mi-o explicam și, în ultimii doi ani, cu o strângere de inimă și o groază ce-mi aminteau de copilărie, am detectat noi trăsături în relația lor, care evoluase de la o diplomație bine jucată la război fățiș ce s-a încheiat prin capitularea generalului în rezervă. Semnele au apărut treptat, fie că Genu îl ducea în parc, atâta timp cât a mai putut să stea măcar și pentru puțin timp pe o bancă, promițându-i că se întoarce să-l ia după o oră, oră care se dubla, apoi se tripla și bătrânul era adus acasă de cunoștințe care-l găseau acolo întâmplător, drept și demn pe banca verde de pe care nu se putea ridica, fie că uita să-i dea masa de seară sau îl îndopa cu suplimente și vitamine luate de pe internet, totul pe stomacul gol. Acasă luptele poziționale se transformau în atacuri la baionetă în preajma pensiei, care le sosea amândurora în aceeași zi, bani peșin pe care-i doseau unul de celălalt, Cel Bătrân pentru că pensia lui întreținea casa, Cel Tânăr pentru că nu voia să se știe cât îi luau datornicii din a lui, pentru a putea apoi să se vaiete și să-i ceară tatălui împrumuturi pe care nu i le mai returna niciodată. Plecam de la ei cu sufletul secat și, fără a mă stăpâni, ajuns acasă, le aplicam copiilor corecții marca Genu, constând din urlete și intransigențe inutile, pe care le regretam însutit.

În ultimul an, cel în care a împlinit 95 de ani, a devenit mai întâi evident că Ovidius trebuie să renunțe la plimbarea zilnică din parc, apoi simplul drum dinspre dormitor până la fotoliul din sufrageria-muzeu, ai cărei pereți erau îmbrăcați cu fotografii înrămate în care-mi vedeam figura rânjind nefiresc, a devenit un calvar. Din ce în ce mai neputincios, s-a predat cu arme și bagaje, așa că Genu s-a simțit liber să improvizeze în domeniul unei farmacopei alternative menite a-l ține în viață cât mai mult, motivele fiind strict pecuniare. Comanda de pe Alibaba tonice din sânge de dragon, prelungitoare de viață din corn de rinocer alb, vitamine care-i ardeau gâtul, până când organismul acela a început să cedeze, și-a pierdut pofta de mâncare („Sunt obosiiiit, Michi, sunt așa de obosit!“), apoi s-a prăbușit. Ultimele două săptămâni din viață le-a trăit într-un azil unde am reușit să-l duc împreună cu Ioana, smulgându-l din laboratorul de pe strada Trestiana când era prea târziu. Cântărea un pic peste 40 de kilograme, nu mai putea deschide un ochi și, înainte de moarte, își pierduse complet luciditatea. Stătea pe spate și gemea, dând din mâini ca un gândac, ca-ntr-o cățărare pe muntele care îi era accesibil doar lui acum. Așa l-am văzut ultima oară, când am mituit o asistentă ca să pot arunca un ochi în camera pe care o împărțea cu alți trei muribunzi: pe spate, cu genunchii la gură în întunericul diluat de lumina venită din spatele meu, cu mâinile întinse spre tavan, de unde încerca să apuce, să agațe ceva de esență misterioasă, cu mișcări lente, ca și cum ar fi mângâiat aerul în același timp. Era, în ciuda terorii profunde pe care-o emana scena aceea, o frumusețe sacră în ea, am simțit că asist la ceva ce n-ar fi trebuit să văd, așa că m-am întors și l-am lăsat să-și ducă singur lupta.

*

Intru în cinema, după ce deschid ușa de la etajul 10, în spatele căreia nu e un apartament, ci misteriosul spațiu aflat pe bloc, unde fiecare-și depozita câte ceva, biciclete uzate, cu roți fără spițe, trotinete vechi, ruginite, galerii din lemn, geamuri crăpate, haine murdare și vechi, duhnind a urină și spray de mobilă, ciorapi desperecheați, o mașină de cusut care fusese a lui Meri, un dulăpior care-mi ajungea mai întâi deasupra capului, apoi până la nivelul ochilor, după aceea până sub piept, până la brâu și, în cele din urmă, a rămas biata cutie din lemn lăcuit pe care Meri o deschidea cu mișcările unui alchimist, dezvăluind mosoarele mari cu ață albă, roșie, albastră care înconjurau, ca niște turnuri, castelul în miniatură al mașinii de cusut, după care deschidea și ușa inferioară, care ascundea o pedală, își trăgea scaunul în fața ei și începea să pedaleze, în timp ce acul ca o lance romană împungea tivul rochiei la care lucra cu un țăcănit care-mi dădea fiori.

*

E un cinematograf de vară, o grădină unde Sergiu ne ducea câteodată, pe mine și pe Ralu, duminica, într-un cartier îndepărtat, probabil Bucureștii Noi, plin de case cu pompă de apă în fața curții, case cu garduri din lemn vopsite în verde și zarzări cu crengile încovoiate de fructe vara, care cădeau pe trotuare, de unde nu le ridica nimeni, rămâneau acolo și putrezeau îmbătând aerul serii, prin care treceam de mână cu ei doi.

E o astfel de seară, stăm undeva sus, pe ultimul rând al unui amfiteatru cu bănci din piatră, se sting luminile, se mai aud câteva râsete, apoi un râgâit timid, iarăși râsete, cineva e indignat și apoi întuneric, pe ecran se zbat firicele albe ca niște fulgere și apoi totul se luminează. E o lumină adâncă, groasă, o pot atinge, pot să trag de ea ca de blana unui câine, și apoi disting ceafa, camera îl înconjoară și văd buzele pline, ca de peștan, ale unui băiat care fixează ca un nebun un alt ecran de cinematograf. Mă uit la un film cu un băiat care se uită la un film, deși eu știu că băiatul doar visează că vede acel film în care doi tineri imigranți, el și ea, ies la cină, pentru prima oară împreună, e un film alb-negru și mut, iar secvențele de flirt pe jumătate îndrăzneț, pe jumătate conservator, îmbibat de un bun-simț demodat, pe care amândoi l-au adus din bătrâna Europă, trebuie descifrate cu mare atenție, sunt obligat să cobor lupa asupra filigranului, neuitând nici o secundă să privesc cu coada ochiului spre băiat, pentru că reacțiile lui sunt codul, tresăririle, murmurul acelor buze pline, de crap, părul negru care i se ridică pe ceafă, agitația mâinilor mari, puternice, moștenite de la vreun bunic care a mânat vitele prin ștetl, toate se adună într-un aparat Enigma, unicul capabil să-mi indice că tânăra, invitată la masă, care-și aranjează pedant șervetul pe genunchi, ascunde un temperament nu foarte pașnic, iar bărbatul vesel, aparent fascinat de ea, are ochi pentru toate femeile din restaurant, e genul acela de bărbat care simte până la bătrânețe impulsul de a cuceri orice femeie, pentru că de asta depinde integritatea bărbăției lui.

AP. 11

În vis încep

— Hai, Mary-Anne, acum suflă! Hai, curaj!

Mâna asistentei Susie mă împinge de ceafă, de parcă ar vrea să-mi îndese fața-n tortul de morcovi și cred că nu sunt departe de adevăr. Cu mâna cealaltă îmi trage masca de oxigen de la gură, așa că simt căldura lumânării pe buza de sus și-mi vine să-i strig tâmpitei „Vezi că-mi arzi mustața!". Doar că nu-mi ies cuvintele pe gură, ci doar un firicel de aer pe care-l smulg din plămâni și care zburătăcește flăcăruia încoace și-ncolo, departe de a o stinge însă.

— Bravooo, bravo, fata!

În aplauzele anemice ale băbăciunilor din *cafeteria*, îmi așază masca la loc și mă trage de la masă, apoi se întoarce și începe să porționeze tortul, iar bucile mari și negre – îmi imaginez că-s negre, pentru că acum sunt acoperite de halat – tresaltă sub impulsul mișcărilor energice. În curând o să-mi dea în gură felia mea de tort, linguriță cu linguriță, apoi o să mă împingă înapoi în camera mea. Am împlinit 95 de ani, fac pe mine în fiecare zi, mâinile îmi tremură prea violent ca să mănânc singură, am renunțat de vreo doi ani de zile să mai spun ceva și-mi petrec cea mai mare parte a zilei visând, întinsă pe pat, ba chiar și atunci când mâinile puternice ale asistentelor mă ridică, mă spală, îmi schimbă pampersii, visez încontinuu, visez aceiași ani, anii maturității și împlinirii mele, când l-am cunoscut pe Delmore, când am asistat la prăbușirea unui munte, a unui vulcan care s-a fărâmat sub propria greutate și energie.

*

Mă cheamă Ana-Maria. Așa mă striga Mămica, așa-mi zicea Tăticu și așa mi s-a spus până pe la vreo 7 ani, când am mers de mână cu ai mei la școala din Brooklyn unde mi-am început noua viață, viața ta de americancă, cum spunea Tăticu zâmbind, prima oară când l-am văzut vesel după ce am debarcat pe insula unde ne-au schimbat numele, unde ne-au despăducheat și ne-au croit noi vieți și noi meserii. Blocul de șase etaje din cărămidă, cu scara de incendiu ruginită fixată pe o latură, ca o proteză, și cartierul unde am copilărit erau locuite doar de asemenea oameni, ca noi, care primeau cadou din partea acestei lumi ciudate un nume nou și care se prefăceau cu veselie că totul e cum au visat. Am crescut în zgomotele lumii noi care adunase în burta ei oameni de toate soiurile, și am învățat repede că, deși eram cetățenii unei națiuni tinere, pline de energia începuturilor și de idealuri pe care vechea noastră casă le uitase de mult, de cel puțin două secole, purtam fiecare cu noi răni deschise și orgolii și aduseserăm aici, în fuga noastră disperată, tot Răul de care fugeam. Am învățat repede că evreii sunt murdari și că nu știu altceva decât să facă bani, ba chiar că eu, copilă fiind, trebuia să fug când vedeam vreo kippa sau perciunii fluturând în vânt, pentru că nu se știa niciodată dacă nu era acea perioadă în care ei, jidanii, furau copii ca să facă ostie din carnea și sângele lor nevinovat. Am învățat că italienii au gura mare și sunt iuți la mânie, că nu e bine să zăbovești mult prin zona lor, pentru că odată pun ochii pe tine și te provoacă, am învățat să fug de irlandezi pentru că sunt bețivi și violenți, gata oricând de bătaie, de polonezi pentru că sunt foarte mândri și refuză să învețe noua limbă tocmai ca să stea ei între ei, de ruși pentru că sunt ruși, de armeni pentru că duc povara unui orgoliu etnic și național călcat în picioare, în fine, să mă feresc chiar și de români pentru că-s parșivi și se fură între ei, sunt nația cea mai răzlețită și cea mai dezbinată. Toți acești dușmani între care am crescut făceau un tărăboi teribil în copilăria mea, fiecare venea cu obiceiuri care mai de care mai ciudate și cu mirosuri respingătoare, ieșite din mațele orașului. Mămica, mai ales în anii dinaintea școlii, când stăteam doar noi două împreună, mă învăța să-mi fie teamă și să mă feresc de toate neamurile străine care ne înconjurau și să am încredere doar în cei care vorbeau Prima Limbă. Aceasta era limba casei noastre, în care începea să vorbească Tăticu când venea de la șantierul din port, de la Battery, își dădea jos cămașa în carouri pe care i-o călcase Mămica de dimineață și întreaga cameră se umplea de mirosul lui iute, ca al unui mistreț vânat, îmi spuneam eu mai târziu, când încercam să înțeleg întreaga categorie masculină raportând-o la acest prim bărbat al vieții mele. Odată ce mirosul acela aspru, deloc neplăcut izbea fiecare ungher al camerei, acoperindu-l pe cel de tocană sau de ciorbă, chiar dacă pe masă Mămica tăiase deja o ceapă roșie, de apă, lângă care se urca un munte de sare, Tăticu își aprindea îndată o țigară pe care o rulase în tăcere, rupând o fâșiuță din ziarul de ieri, și stătea așa, cu picioarele urcate pe pervaz, la bustul gol, ciolănos ca un cal de povară, cu țepii bărbii ieșindu-i cenușii din piele, deși chiar în dimineața aceea mă rugase să-i țin oglinda în timp ce se săpunea și întindea zăpada aceea pe față, apoi o lua uniform cu briciul, așa cum tot el, împreună cu vecinii noștri, împingea zăpada cu teul, în stradă, iarna. Fuma prima țigară cu ochii în zarea retezată de blocul de vizavi, tot din cărămidă roșiatică, tot cu rana scării metalice zigzagând pe fațada ei în carouri. Apoi, parcă luminat, se întorcea spre noi și știam că putem să mâncăm, se ridica cortina piesei noastre de teatru vesperale, mama punea ciorba în farfurii, îl priveam prin aburul care se ridica în fața mea, îmi plăcea mișcarea sălbatică, încordată a fălcilor lui musculoase, îmi imaginam că așa se reliefează mușchii fălcilor unui leu care a sfâșiat o antilopă, îmi plăceau și mușchii brațelor lui, care dezmembrau vapoare ruginite, care manipulau macarale și care, după ce tuna tot el când se certa cu mama, ne puneau mâncarea în farfurie. Abia după ce mânca și își punea în pahar, dar și mamei bere din sticla mare, maronie pe care o luase pe drum încoace și-și rula a doua țigară a serii, trăsăturile lui se destindeau, apoi și ale ei și puteam începe și eu să râd, să fiu un pic obraznică, să mă alint pentru că știam c-o să mă cheme la el în brațe și-o să mă zgârie cu barba aia proaspătă, o să mă înghită în burta mirosului lui, în ființa lui iute, de animal care se pitulase prin savană toată ziua. Și atunci, cu mine-n brațe, începea, mai întâi domol, apoi, pe măsură ce sticla se golea, din ce în ce mai repede și mai tare, să-i povestească Mămicii ce se întâmplase pe șantier în ziua aceea. Și limba lui suna mai altfel decât a ei, cea cu care mă alintase sau mă certase toată ziua, părea că e colțuroasă, că sfâșie și că e făcută mai curând ca să jignească, să pună la respect sau să nască spaimă. Îl auzeam câteodată vorbind și în A Doua Limbă și atunci tot așa suna, înainte să-mi dau seama că de fapt o vorbea tot pe Prima, însă îmbrăcată în hainele neîncăpătoare ale celei de împrumut, de unde-i mai scăpa câte un picior, câte o coastă. Nu înțelegeam de ce zâmbește timid când mă aude cerând o apă cu aromă sau *a popsicle* sau *cotton candy*, duminica, când mergeam câte două ore spre Coney Island și ne așezam pe cearșaful nostru în carouri pe plaja cu pietre, zâmbea pieziș, în colțul gurii, și am înțeles de ce când l-am auzit spunându-i mamei, fără să știe că-l aud:

— Vorbește ca o americancă de aici, de la mama lor, nu-i așa?

— Ohoo, și-ncă cum, i-a răspuns Mămica, s-o auzi când se întâlnește cu Katrina, fata irlandezilor... Turuie de abia înțeleg ce spune. Și pare fericită.

Tata a tăcut și a privit în zare, peste apa oceanului tăiată de vapoare din ce în ce mai mici, a tras din țigară și a repetat gânditor:

— Fericită...

*

Când am început școala, direct în clasa a III-a, se putea spune că sunt integrată și asimilată. Eram adesea cuprinsă de rușine când auzeam accentul părinților mei dacă mergeam împreună la cumpărături, dar mă țineam bățoasă, învățasem deja să-mi trag umerii înapoi, să privesc oamenii de sus, deși atunci eram mai mică decât ei. Nu e deloc altfel acum, după mai bine de opt decenii, chiar dacă iarăși am devenit cea mai mică din încăpere și nici umerii nu-i mai pot trage prea bine, pentru că m-am cocoșat și mă doare spatele. Toată mândria mea s-a adunat în acest film pe care-l văd în fiecare clipă de liniște, când lumea îmi permite să mă scufund în mine. N-ar fi deloc exagerat să spun că mă aflu în purgatoriu, unde-mi aștept trecerea definitivă, angajații de la Clinton Gardens nu sunt rău intenționați, ba chiar atenția lor e menită să-mi facă această trecere mai ușoară. Ce nu înțeleg ei, și nici eu nu am făcut vreun efort de a le facilita revelația, e că îmi retrăiesc de câteva ori pe zi viața și că toate aceste filme, care au devenit în ultimul an atât de colorate, de pline de sunet și de emoție, sunt calea pe care am ales-o pentru a scurta chinul. Pentru că, hai s-o recunoaștem măcar noi, babele, bătrânețea nu are nici un haz. Și nici măcar așa de mult lăudata înțelepciune a senectuții nu se apropie de ceea ce îmi imaginam eu în tinerețe, la 40, la 50 și chiar la 60 de ani. Sunt la fel de proastă, de emotivă și de orgolioasă ca în dimineața de duminică în care l-am auzit pe tata lăudându-mi engleza. Dacă viața mea a avut un vârf, dacă a cunoscut vreo perioadă în care să se ridice deasupra mocirlei și să capete strălucirea unei biografii de ecran, atunci asta a fost în cei câțiva ani în care l-am cunoscut, l-am iubit și am fost sclava lui Delmore.

*

Am copilărit în Brooklyn și da, acum, când derulez aceste imagini în spatele pleoapelor închise, revăd acele veri pline de zăpușeală, când noi, copiii, deșurubam capacele hidrantelor și, până la sosirea poliției sau a pompierilor, transformam strada într-un imens parc de distracții în care dădeau fuga tot soiul de adulți, care mai înainte cu vreo jumătate de oră păreau scorțoși. Am continuat joaca asta până târziu, când, tot într-o duminică, am simțit apucătura ca de fiară a mamei, care m-a tras înspre blocul nostru, m-a târâit pe scări până acasă, unde a trântit ușa, mi-a ars două palme și, în fața lacrimilor mele nedumerite și indignate, m-a pus în fața oglinzii, unde am distins, prin pelicula de apă sărată, o fată mai înaltă decât femeia de alături, cu părul roșcat ud și încâlcit, cu picioare mari (am purtat 40 la apogeul ființei mele mature) și cu două sfârcuri ce încununau impudic, aproape scandalos sânii complet vizibili prin rochia udă. Aia a fost prima mea trecere, nu prima menstruație, nu sfârcurile dureroase, nu privirile băieților, ci dublura speculară care s-a îmbujorat violent sub ochii mei plânși. Am început să merg cu mâinile la piept și să privesc „pe sub ochi", cum spunea tata râzând de mine. Tot el spunea că e cazul „să-și cumpere pușcă". N-a fost: spre deosebire de colegele mele de la Brooklyn College Academy, care începuseră devreme să iasă în oraș sâmbătă seara, pe mine orgoliul nu m-a lăsat niciodată să uit că eram primul membru al familiei mele care urma să aibă mai mult de opt clase și că, pentru ca eu să pot face asta, duhoarea cu care venea Tăticu acasă se apropia din ce în ce mai mult de cea a morții, la fel cum fleșcăiala de sub brațele mamei nu mai dispărea nici atunci când spăla albiturile altora în covata din mijlocul casei noastre. Datorită acestui suicid familial eu mă puteam îmbrăca decent, îmi cumpăram cărți de la anticariatul evreiesc de pe strada noastră și speram să merg la NYU, dacă aș fi reușit să intru cu bursă.

La anticariatul lui Abe Peretz am început să lucrez în fiecare după-amiază și să aduc niște bani în casă, lucru ce l-a făcut pe Tăticu să înceapă a mă privi cu alți ochi, cu un soi de respect pe care nu mi-l mai arătase până atunci. Acela a fost al doilea prag și poate cel decisiv, pentru că-n magazinul de cărți vechi al lui Peretz a intrat într-o seară un tânăr înalt, blonziu de la soare, ondulat și castaniu la umbră, cu un cap mare, ca de leu, și pomeți înalți, tătărești, buze pline și frumos arcuite, de statuie grecească, duhnind a băutură ca un poștaș irlandez, care ne-a salutat jovial, ridicând pălăria cu un deget, apoi a început să se uite prin rafturi fluierând fără jenă. N-am să uit niciodată scena în care el se apropie de tejghea, ținând în degetele mari o carte mică, cu copertă roșie, care aproape se pierde în palmele alea ca de maimuță, apoi o aruncă înspre mine, cartea alunecă pe tejghea ca pe gheață și mi se oprește chiar în dreptul sânilor, iar Delmore, pentru că el e, izbucnește în râs și-mi spune, arătând cu un gest din cap înspre obiectul ultragiant:

— *Montaigne, darling... „A man is not hurt so much by what happens, as by his opinion of what happens."*

Nu am știut dacă să mă enervez prea tare sau s-o iau în glumă, dar ce știu e că simțeam cum îmi ard urechile și respir foarte, foarte greu, ca atunci când urcam scările în fugă până acasă. Mă simțeam ca și cum plămânii mi se micșoraseră sau palmele alea imense m-ar fi prins între ele și m-ar fi frământat ca pe o bucată de cocă, pentru a mă arunca mai apoi înspre sânii uriași ai unei zeițe. I-am luat banii în tăcere, cu mâinile tremurându-mi ca niște albituri în bătaia vântului, apoi i-am pus cartea într-o pungă de hârtie și i-am împins-o pe tejghea, încercând să nu-l privesc în ochi.

— *Well, thank you, young lady!*

Mi-a rânjit în față și mi-a trimis un nou damf de distilerie, apoi s-a răsucit pe călcâie, ieșind din magazin cu un pas vioi, prea ușor pentru o namilă ca el. Tânărul acela era Delmore Schwartz, cel mai mare poet american al tuturor timpurilor, cel mai mare prozator pe care l-am cunoscut vreodată, a fost iubitul meu care venea și pleca, namila nebună care adormea deasupra mea și mă lăsa să gâfâi singură, plângând și trăgând adânc aer în piept, ca-n prima zi când l-am cunoscut.

*

Dar, atunci când l-am întrebat pe bătrânul Abe cine e tânărul ăla care miroase a băutură în plină zi și care are piepții cămășii albe pătați cu un întreg meniu de stradă, n-am avut parte decât de un răspuns care să mă pună pe gânduri, dar nu pentru mult timp:

— Delmore, băiatul lui Henry. Un *meșugeș*, abia venit de la universitate. Scrie, e comunist.

Am încercat să-i povestesc tatei, de care mă apropiam din ce în ce mai mult, pe măsură ce creșteam, spre necazul mamei, pe care o surprindeam adesea privindu-ne cu ciudă atunci când credea că n-o vedem. Iar asta a fost altă trecere, pentru că nu mi-aș fi imaginat că între Mămica și Tăticu poate exista așa o prăpastie și că eu trebuie să fiu atentă cât de aproape sau de departe mă țin de oricare dintre ei. I-am povestit lui Tăticu și el s-a lansat într-o poveste de-a lui lungă și tărăgănată despre bunicul lui Delmore, Iosif Nathanson, fugit în al doilea val de refugiați evrei, dintr-un ștetl din Botoșani, care se afla, de fapt, în țara aia blestemată de unde fugiseră și el, Tăticu, dar și Mămica, numai că ei fugiseră din cu totul alte motive, plecaseră în căutarea unui noroc care părea să-i ocolească acolo, în Ardeal. Fugiseră de sărăcie și, deși nu se putea spune că aici deveniseră bogați, simțeau că fac parte din acest proiect măreț – bine, el nu a spus „proiect“, dar nu-mi amintesc exact cuvintele lui, așa că voi povesti, îmi voi povesti așa cum mi-a interpretat mintea acele cuvinte, aceeași minte care acum deapănă firul, care îl toarce și care se va opri doar când Atropos va veni cu foarfecele ei ruginite și-mi va stinge lumina cu totul. Bunicul lui Delmore traversase însă oceanul odată cu acel val uriaș de evrei ce fugeau din calea pogromurilor și torturilor la care-i supuneau bunii lor vecini creștini după asasinarea țarului Alexandru, când a trebuit găsit un țap ispășitor, și cine poate fi mai ispășitor decât Poporul Ales? Iosif Nathanson fusese un *fusgeyer*, un cruciat al fugii. Totuși, spunea Tăticu, care se mândrea cu luciditatea și deschiderea minții lui, faptul că erau evrei conta pentru el mai puțin decât că veneam din același spațiu și că această Nouă Limbă se depusese peste una comună.

— Numai că pentru ei și aia comună era depusă peste alta, a lor, se auzea arțagul mamei din bucătărie. Nu-i mai băga fetei prostii-n cap. Ăia nu-s ca noi, au legea lor, au limba lor.

Tata dădea liniștit din cap spre mine și-mi făcea semn s-o las în pace, ca atunci când știa că e nervoasă și nimic n-o poate îmbuna. Totuși, din seara aceea am continuat să-l descos cu fiecare ocazie, ba chiar să-l trag de limbă și pe bătrânul Abe cel cu mâinile mereu murdare de praf cules de pe cărți. Mergeam adesea cu el prin casele evreilor care aduseseră cu ei cărți de pe continent și care acum se vedeau nevoiți să le vândă. Acolo Abe devenea un cu totul alt om și începea să negocieze cu o ferocitate de care nu-l credeam capabil. Aș putea spune chiar că venalitatea pe care i-o descopeream mă scârbea dacă nu aș ști că avea acasă șapte copii și o nevastă rea de gură (mult mai rea decât Mămica) care-l aștepta în pragul ușii cu palma întinsă.

Intram împreună cu el în case care duhneau a murături și chiftele, ne băgam mâinile până la coate în lăzi de lemn care traversaseră oceanul și scoteam la suprafață cu figuri impasibile ediții de opere complete, legate în piele de vițel, din Heine sau ediții broșate, ferfenițite din Șalom Alehem. Așteptam atunci să-l aud pe Abe, iar eu nu făceam decât să dau din cap, întărind subevaluarea lui, sau să mă strâmb când disprețuia fățiș marfa găsită. Știam că era de fapt încântat de ceea ce descoperise acolo și că nimic nu putea destrăma vraja din mintea lui, nici măcar evreica cu perucă și cu un copil ținut în șold, așa cum văzusem în fotografii că țineau pionierii frontierelor pușca în timp ce mergeau pe cal.

— Doi dolari toate, mormăia, ștergându-și ochelarii și privind miop prin evreul cu barbă și pălărie hasidică, ce izbucnea într-un urlet tragic și ridica mâinile spre ceruri, adică spre un tavan pe care vedeam târându-se viermi de făină și păianjeni uriași.

— Doi dolari? Ești nebun, Peretz? Ți-a luat Dumnezeu mințile sau umbli să-ți înșeli rudele (toți erau rude între ei)? Numai asta face mai mult, spunea și scotea din teanc o ediție ilustrată din *Anatomia melancoliei*, pe care mi-o băga sub nas, iar eu mă prefăceam indiferentă, deși știam că are dreptate, dar că de fapt ceea ce ochise Abe era o altă carte, un exemplar ferfenițit, ferecat din *Hypnerotomachia Poliphili*, a nebunului Colonna, o carte unică, pe care trebuia s-o ignorăm complet, încercând s-o strecurăm în lotul de achiziție, și care probabil ne-ar fi adus o avere într-o licitație organizată subtil, pentru cunoscători.

Abe termina de lustruit lentilele, un Baruch adus de ploaie-n Brooklyn, și-i așeza pe nas, apoi îl privea pe mânios în ochi și spunea cu voce rece:

— 2,50. Mai mult nu am.

În același timp îmi făcea cu ochiul și porneam amândoi spre ușă, ignorând semnele disperate pe care evreica-pionier i le făcea soțului indignat. Atunci știam că bătălia e câștigată și nici nu trebuia să auzim ultimul răcnet ca să ne răsucim pe călcâie:

— Oi vei! Abe, Abe, ți-a luat necuratul sufletul în ocean, căci nici un frate nu se poartă așa! Profiți de greutățile strămutării noastre! Ia-le, ia-le și amintește-ți, când te vei îmbogăți, că ai făcut-o pe spinarea unor sărmani!

Ieșeam în stradă opintindu-ne fiecare de câte un mâner al cufărului și ne opream abia în fața magazinului de delicatese din colțul străzii unde se afla și anticariatul, iar trăsăturile lui se îmblânzeau, lăsa partea lui jos, pe trotuar, și, zâmbind prin barbă și mustăți, mă întreba:

— *Care for an icecream, dear?*

*

Bunicul Iosif Nathanson a traversat oceanul în sala motoarelor, hrănindu-se cu hering sărat, pâine neagră și ceai, până când a fost scos la lumina zilei, pe Ellis Island, ținând Tora într-o mână și *Das Kapital* în desagă. Numai că le-a abandonat repede pe amândouă și a început să meșterească și să vândă tejghele pentru chioșcurile de sucuri, apoi s-a orientat repede spre închirierea și vânzarea de roabe, pentru că tot Brooklynul era prins de febra construcțiilor în acei ani, și repede s-a pus pe picioare, așa că în șase luni a putut s-o cheme pe bunica Hannah, care s-a îmbarcat de la Hamburg împreună cu cei patru copii. S-au stabilit în Lower East Side, nu departe de familia Schwartz, care sosise în America cu mai bine de un deceniu înainte. Fiul cel mare al familiei Schwartz, Harry, era tipul de afacerist evreu dotat cu destulă iritabilitate și nerv încât să reușească în Lumea Nouă. Felul în care s-a lansat în afaceri spune totul despre cel care avea să devină pivotul atâtor povestiri și poeme de-ale lui Delmore: a tipărit cuvinte încrucișate pe cartonașe pe care le distribuia în cartierele „prospăturilor“, ale imigranților abia debarcați: cine reușea să dezlege misterul grafic se prezenta la biroul lui Harry, pentru a-și ridica premiul, însă acolo era îmbrobodit să investească toată averea cu care sosise în pământuri mănoase, care abia așteptau să fie exploatate, dar care se dovedeau, în teritoriu, a fi niște mlaștini fetide. Harry a știut să pună degetul pe rana imigrantului țăran, pe care proprietatea asupra pământului îl transforma în rege iluzoriu.

Adevăratul rege a devenit însă Harry, care, atunci când a cunoscut-o pe Rose Nathanson, în 1909, era un bărbat bogat, de 30 de ani, care, după spusele lui Abe, semăna oarecum cu Rochester din *Jane Eyre*. Rose era și ea o frumusețe de evreică, cu părul negru și ochi negri, pătrunzători. „Ochi de Diavol", își spunea Delmore litania, la White Horse, cu capul prăbușit pe tejghea. Eu, care știam pe dinafară povestirea lui genială, *In Dreams Begin Responsibilities*, știam la ce se referă, așa cum știam să-i interpretez orice gest, să-i alin orice durere și să-i iau de pe umeri povara tristeții care-l ducea în fiecare dimineață, înainte de răsărit, în pragul unor gesturi necugetate. Bine, asta când răsăritul mă găsea alături de el, când nu era prin patul vreunei târâturi agramate pe care o agățase în oraș și pe care o fermecase cu logoreea lui alcoolică, singura armă care-i mai rămăsese. Era o ruină impozantă, ca un castel scoțian prădat de armate succesive, care-și poartă găurile de obuz cu orgoliu. Dar să revin la ora blestemată, între 4 și 5 dimineața, când îl simțeam tresărind și plângând lângă mine, întâi tremurând cuprins de disperare, apoi începând să urle ca un animal prins în capcană, în timp ce locatarii camerelor de pe palier băteau de zor în pereți, pentru că nu de aia plătiseră o noapte într-un *fuck hotel*, ca să asiste la apoteoza inversă a eroului american. Nici eu nu plătisem pentru asta, dar eu rămăsesem fata din anticariatul lui Abe Peretz, care s-a trezit cu inima săgetată de iubire la apariția unui tânăr evreu înalt și dezarticulat, care i-a citat din Montaigne și i-a aruncat o carte peste sâni. Pentru mine, ăla a fost Delmore, nu poetul laureat și adulat, nu tovarășul de băutură al lui Berryman, nici eseistul cartezian. Nu, Delmore era un băiat bun, acel băiat care vede la cinematograf filmul întâlnirii dintre părinții săi și sare în picioare ca aruncat de un arc urlând din toți rărunchii: „Opriți-vă!".

Harry Schwartz era un tip care știa să atragă femeile, părea că le dedică întreaga lui atenție, iar Rose a fost descumpănită de aventurile lui, care au început imediat după ce s-au risipit aburii căsătoriei lor impetuoase. Dar, așa cum el părea să se întoarcă cu o plăcere reală acasă la ea, tot așa Rose voia să aibă o familie cu el, o voia atât de tare, încât s-a supus unei intervenții chirurgicale care s-o transforme dintr-o vrăjitoare stearpă într-o Mamă, iar despre asta el a aflat prea târziu, lucru ce-l făcea pe Delmore să spună despre sine că a fost „un copil nedorit" sau „un copil surpriză". Copilăria nu i-a fost însă neapărat nefericită, pentru că, trebuie să recunosc, Delmore a ajuns la tinerețe un bărbat extrem de robust, iar sănătatea asta – care l-a ținut în viață chiar și atunci când bea într-o zi mai mult decât toți consumatorii unui bar într-o săptămână – și-a clădit-o în copilăria trăită sub soarele unui tată fermecător, ale cărui dispariții lăsau loc strălucirii neptuniene, de vrăjitoare a mamei și ale cărui reveniri reușeau să aprindă toate astrele de pe cerul acelor ani. Când s-a făcut mai mare, a început să-l însoțească pe Harry în decapotabila lui pompoasă, iar acei ani de explozie și viață pe care i-a descris Fitzgerald în opera lui din vârful icebergului au rămas în mintea lui strânși ca niște pietre prețioase în torpedoul mașinii cu interiorul îmbrăcat în piele. Faptul că Harry era ca un magician care apărea și dispărea după bunul plac a făcut ca divorțul previzibil de Rose să nu pară chiar un cutremur pentru cei doi copii pe care i-au avut împreună, ba chiar, spunea Delmore, a adus un strop de onestitate în familie și a eliminat certurile eterne dintre bruneta și intensa Rose și blondul Harry.

Delmore și-a iubit mama. Însă a iubit-o așa cum o fac băicții de vrăjitoare: cu teamă și înfiorare. Iar rezerva lui („De multe ori, când urla, simțeam cum mi se strâng coaiele, Mary-Anne! Ți-o jur, era ca și cum o gheară de gheață m-ar fi apucat de ouă și mi le-ar fi strâns binișor, numai cât să mă cac pe mine de frică...") în fața iubirii ei care pendula între exces („Mă sufoca, mă lua în brațe, îmi strângea obrajii într-o palmă, cu cealaltă mă prindea de gât și mă săruta pe gură, ca o caracatiță“) și o răceală agresivă ce avea în vizor mai curând proiecția lui Harry în fiul său cel solar, în fața acestui demon întunecat, mama lui de o splendoare malefică („Era Atena, era Persefona, era Doamna Lacului“), rezerva lui Delmore se transforma în fugă, așa cum ar fi făcut orice băiat care încearcă să-și păstreze capul pe umeri. Bineînțeles că a fost mai atras de existența *light* a lui Harry, care nu s-a sfiit, în epoca jazzului, să-i arate cam tot ce-i rezerva viața dacă și-ar fi urmat tatăl în afacere: femei splendide, dinamism, goana vântului prin păr, în zborul mașinii, hoteluri scumpe, paharul de bourbon cu trei cuburi de gheață sticlind în inelul cu piatră... Și inițial Delmore a părut să pice în vraja acelor jucării pe care i le arăta Harry, asemenea Diavolului în deșert. „Și ce anume te-a schimbat, Delmore, dragule?“, îl întrebam și-mi treceam degetele prin părul lui rărit și slinos, până spre ceafa unde se strânseseră falduri de grăsime. „Ce te-a făcut pe tine să fii tu, Delmore, iubire?“

Iar Delmore începea să plângă, pentru că era târziu chiar și pentru el, și se dădea jos de pe scaunul înalt de bar, mă lua de mijloc și-mi șoptea la ureche: *Take me home, Maria!* Era jocul nostru, de când aflase că ne tragem din aceeași țară a pădurilor, unde ne imaginam că aleargă haite de lupi și că din întinderile de zăpadă se înalță castele care împung cerul cu vârfurile turnurilor crenelate. Îmi spunea „Maria“, pronunțându-l ca pe un „Maria“ hispanic, nu așa cum îmi spunea Tăticu, care câteodată mă alinta Măriuca, altădată îmi spunea Anuța sau Anișoară și doar când era supărat pe mine, din an în Paște, îl auzeam hârâind un „Ana-Maria“, care mă băga-n sperieți. Deci, când Delmore devenea plângăcios și îmi spunea „Maria“, abia atunci știam că e doar al meu măcar pentru restul nopții și ziua ce urmează, așa că-l duceam în camera lui soioasă din Chelsea Hotel, îi dădeam să bea un ultim pahar, îi duceam țigara la gură, în timp ce cu mâna liberă îl spălam pe spate în cada ce purta contururile maronii ale unor mări și oceane care secaseră acolo în precambrian, când mlaștini verzui și demoni acvatici se perindaseră prin acele locuri, îi spălam spatele gras, care transpira chiar și atunci când stătea scufundat în apă, îl frecam încercând să-i scot izul de nebunie în care era îmbibat, pentru că acum știu, mai ales de când îmi duc viața într-o „instituție", oamenii nebuni au un miros al lor, un miros de excremente uscate și vinovăție, grandomanie napoleoniană și frică, o frică nebună de noapte, de singurătate și de viață.

Îl spălam ascultându-i litaniile pe care i le știam pe dinafară, dar care nu mă plictiseau niciodată, pentru că eram atât cititoarea lui ideală, cât și o femeie îndrăgostită, o femeie matură îndrăgostită, dat fiind că trecusem binișor de 40 de ani. Era perioada aceea în care nu mai voia să vadă pe nimeni în afară de mine și de pipițele de la NYU care veneau special la White Horse să admire Ursul greoi ce umbla în lațul viciului. Nu mai voia să audă de Lowell, de Berryman, nici măcar de Lou Reed, care-l adora și care ajunsese să-i cânte balade sub geamurile hotelului, până când venea poliția să-l alunge. Nu, Delmore voia ca eu să-l înfăș și să-l bag în pat, deși nu adormea, stătea ca-ntr-un cocon, învelit până sub gușa ca de pelican care înconjura acum figura aia frumoasă, de bărbat gata să se ia la trântă cu viața și cu literatura lumii. Stătea așa, un vierme-de-mătase care țesea poezie și-mi povestea eternele lui obsesii, legate de el, de nașterea poeziei lui. O luam noapte de noapte de la capăt, cu acea vizită de când avea 3 ani, a prietenei mamei lui, o anume doamnă Salmon („Doamna Somon, îți dai seama, Maria?") ce venise însoțită de viitoarea ei noră, o frumuscțe brunetă, cu sâni mari, care a înșfăcat imediat pruncul grăsuț și a început să-l strângă cu foc la piept, cu acea plăcere a anticipației, pur feminină, iar copilul, fermecat de frumusețea ei și de jocul acesta erotic, a rostit foarte clar primul lui cuvânt, deși până atunci refuzase să spună orice: „Tramvai!".

„Da, Marie, așa s-a născut poezia!" Și, după ce-mi spunea asta, adormea în lumina trandafirie a răsăritului și-n zgomotul primelor taxiuri ce trăgeau în fața hotelului aducându-i pe petrecăreți din cluburile de noapte. Iar eu rămâneam lângă el, privindu-l și încercând să înțeleg ceva din cele ce se întâmplau cu mine.

*

Vâna histrionică a lui Delmore nu s-a iscat de niciunde. Harry își descătușa talentele teatrale de fiecare dată când simțea că poate câștiga o afacere, ca să nu mai vorbim de certurile aproape zilnice dintre el și Rosa, la care micul Delmore a asistat cu ochi măriți de groază și cutremurare încă de când a putut descifra lumea și-al ei alfabet primar. Cât despre Rosa, Delmore își amintea o cunoștință (rudă, vecină) care n-o scotea din „Lady Macbeth": cu părul ei negru, lung până mai jos de talie, cu șuvițele ondulate ca șerpii lui Laocoon încolăciți în jurul victimei lor, ochii negri, arzători și o tendință de a dramatiza, mai ales în timpul certurilor domestice, Lady Macbeth era numai bună de *drama queen* și de profesoară în domeniu. Delmore își amintește cum, în timpul unui scandal în urma căruia Harry avea, ca de obicei, să părăsească apartamentul, trântind ușa după el, micuțul actor s-a dus în holul de la intrare, a îngenuncheat și, cu brațele desfăcute hristic, și-a implorat părinții să înceteze, iar pe tată să rămână acasă.

Delmore era obsedat de începuturi, de apariția metaforei ca o larvă în creierul lui frumos. Și, cum nu exista știință care să-l ajute în această scormoneală etimologică a lui, nici măcar psihanaliștii pe care i-a îngrășat timp de decenii nu au putut recurge decât tot la poezie. Așa au apărut enormele lui epopei personale care m-au făcut să-l caut la mai bine de 20 de ani după ce l-am cunoscut.

De fapt, memoria îmi joacă o festă: prima oară când am auzit din nou de poetul care intrase în anticariatul lui Abe a fost când Delmore avea 25 de ani sau un pic mai mult și tocmai publicase *In Dreams Begin Responsibilities*, iar Allen Tate, pe care mă învățasem să-l citesc la Universitate, de fapt, singurul lucru pe care l-am învățat acolo asta a fost – să urmăresc anumiți oameni și să citesc sistematic –, ei bine, Allen Tate tocmai scrisese că Delmore a adus prima inovație adevărată în literatura americană după Eliot și Pound, iar pe mine asta m-a impresionat teribil, pentru că într-un fel mă simțeam responsabilă (da, chiar așa!) pentru cariera acelui băiat câteodată blond, altădată cu părul castaniu, cu pomeți înalți („Ăsta-i sângele meu de tătar, Maria!") și pentru că, de fapt, îmi doream ca măcar el să reușească și să fugă din Brooklyn, dacă eu n-o făcusem.

Am lăsat ziarul deschis pe tejgheaua bucătăriei, am stins focul pe care coceam plăcinta, am tras repede un pardesiu pe mine și am luat-o la goană spre gura de metrou, ca să prind primul tren spre Manhattan, la librăria unde știam că o să găsesc sigur noutatea de care scria Tate.

*

Dar, până să ajung eu la librărie, trebuie să umplu niște goluri importante. Îmi aminteam mai devreme momentul în care coceam o plăcintă și chiar eu m-am întrebat de ce oare făceam asta și atunci mi-a răsărit în fața ochilor Colum, irlandezul care mi-a fost soț o vreme, primul meu soț, alături de care l-am redescoperit pe Delmore și pe care l-am părăsit fără nici un regret, pentru că-mi era scârbă de el așa cum mi-era scârbă de orice bărbat în afara unuia singur, deși încă nu știam asta. Toamna aceea când am dat fuga să cumpăr cartea lui Delmore era a anului 1938 și lumea părea că începuse să-și revină din mahmureala cumplită care purtase numele crah financiar, depresie financiară și tot așa, nume care nu pot descrie absolut nimic din coșmarul care a făcut ca oameni în toată puterea să iasă pe străzi la cerșit, care l-a doborât pe Tăticu și care a făcut-o pe mama să-și piardă mințile.

M-am dus adesea, de-a lungul vieții, cu mintea în acel an, încercând poate să decelez, dând la o parte zgura evenimentelor, un zgomot cât de fin, un tremur cât de delicat care să anunțe ce se va întâmpla. Dar nu, nu găsesc așa ceva și mereu mă întorc la dimineața când Tăticu a venit de la serviciu și ne-a anunțat că gata, e șomer, dar să nu ne facem griji, că e încă în putere, Mămica a început să plângă și eu am ieșit valvârtej pe ușă, ca să nu-i văd așa, slabi și înfrânți: de fiecare dată e o surpriză și o lovitură în moalele capului când îți vezi părinții doborâți. Am umblat în ziua aia pe străzile care-mi erau atât de cunoscute, de la asfaltul care se topea sub soarele verii, coborât până aproape de pământ, ca o lampă pe care ai aplecat-o ca să nu-ți vină lumina-n ochi, dar a cărei dogoare îți arde acum fața, la vitrinele prăvăliilor de unde puteam lua tot ce ne trebuia, fără să ne treacă prin minte să ieșim din perimetrul cartierului, magazine românești, armenești, rusești, poloneze, irlandeze, magazine evreiești de unde rânjeau *Gefilte fish* și murăturile asortate sau magazine pe care acum le vedeam pentru prima oară și-mi păreau brusc stranii, nepotrivite, precum unul de peruci, care avea pe ușă anunțul uriaș și improbabil pentru mine atunci *WE BUY HAIR!!!*, pentru că nu-mi imaginasem că cineva poate fi atât de disperat ca să-și vândă o parte din corp și, în fond, de ce ar fi făcut-o? Capetele de manechin erau drapate în cosițe negre, ireale, lucioase, cosițe blonde, plete roșcate și cârlionțate, nu aveau ochi, nu aveau gură, însă erau purtătoarele unor podoabe capilare atât de atrăgătoare, încât, după ce le priveai câteva minute, aproape înțelegeai dorința de a-ți vinde propriul păr, numai ca să-l vezi acolo, în vitrină. M-am simțit excitată și rușinată de starea mea, însă mai ales de originea ei: era ca și cum m-ar fi stârnit vederea unui cadavru despuiat și, cum am gândit asta, am început să pășesc într-un tunel care mă aruncă în fața unui televizor mic și eu sunt tot mică și am făcut pipi pe mine, dar nu pentru că aveam nevoie, ci pentru că pe ecranul televizorului mic văd imaginile câtorva zeci de stârvuri omenești, contorsionate, aruncate claie peste grămadă, iar privirea mea e atrasă de zona aceea dintre picioare, acoperită de păr negru, din care fie iese un vierme albicios, fie nu iese nimic, ceea ce e și mai rău pentru mine, aceea care privește. Atât, o piramidă de carcase goale, sâni căzuți înspre partea în care e înclinat corpul, guri rânjite și jos, sub imagine, litere de tipar ce alcătuiesc un nume necunoscut, Timi..., apoi zvâcnetul mă aduce înapoi, în fața peruchierului din Brooklyn, sunt eu, Ana-Maria, Anne-Marie, Marie, cum mă strigă colegii de la NYU, majoritatea blonzi, eleganți, care poartă pulovere cu anchior sau cu guler rotund, aruncate lejer pe umeri și pe spate, cu toții la fel, cu toții alegându-și ca specializare economia sau afacerile, iar eu printre ei îmi port sălbăticia și rușinea de a aparține unei țări străine, o patrie a nimănui, unde se adună atâtea rase unite prin sărăcie și răutate și violență, eu, cu literatura mea, care se dovedește acum a fi cu totul altfel decât credeam în liceu, nu că i-ar fi dispărut farmecul, însă a căpătat un mister care a luat locul altuia, iar romanele mă plictisesc din ce în ce mai tare, cu câteva excepții, așa că acum ascund prin manuale broșuri cu versuri, reviste de poezie sau *glossy*-uri în care apar povestiri. Citesc *Partisan Review* și sunt socialistă, citesc Pound și sunt imagistă, noaptea, înainte de culcare îmi recit din *Wasteland* ca să nu mai aud sforăitul lui Tăticu, care mă readuce mereu cu picioarele pe pământul imigranților din Brooklyn, unde sunt condamnată să trăiesc și să mă mărit, cum mi-a spus el când i-am zis că asta vreau eu să studiez, literatura, și atunci a explodat, l-am văzut că se înroșește până-n vârful mustății, și cum stătea acolo, în maieu, la masa din bucătărie, s-a ridicat cu tot cu masă și a răsturnat farfuriile și am auzit că s-a lăsat liniștea chiar și în apartamentele din blocul de vizavi, i-am văzut cum vin la ferestre să-l audă pe Nick sau Nicu, cum îi spunea mama, blestemând-o pe mironosița de fie-sa, încrezuta aia cu nasul pe sus care nu se uită la băieții cartierului și umblă cu cărțile la piept, ca să-și ascundă țâțele, de parcă i-ar fi rușine că e femeie. S-a ridicat tremurând, iar eu priveam tăiețeii care se scurgeau pe perete, a întins un deget de-al lui, noduros, spre nasul meu și cred că am simțit mirosul de tutun, apoi mi-a spus:

— Auzi, fetițo, auzi...

Atât a spus, și-a luat cămașa de pe jos și a ieșit, iar mama s-a uitat cu tristețe la mine, a clătinat din cap și a întărit:

— Uite-așa l-ai făcut tu să se culce nemâncat.

Dar nu m-am lăsat și am obținut bursa și am și muncit, așa că în curând Tăticu a uitat de supărare și am redevenit fetița lui, pe care câteodată venea s-o ia de la Universitate, iar ea încerca să-și îndese rușinea în iadul corpului, să și-o îndese în vintre când îl vedea cocârjat și slab, murdar și fericit că-și privește odrasla ieșind dintr-un loc unde călcau numai americani get-beget.

*

Mă plimb în propriul creier ca un țipar electric într-un acvariu luminat artificial, din cabinetul unui dentist. Îi cunosc limitele, mă unduiesc de la un perete de sticlă la altul, fără să mă izbesc de suprafața transparentă pe care celălalt creier al meu, cel din interiorul minții captive, știe să-l situeze în spațiu și în timp. Trăiesc și umblu prin apele murdare ale memoriei mele, sar în timp și în spațiu fără să pot controla aceste salturi, trăiesc permanent teroarea de a reveni aleatoriu la starea de legumă a prezentului sau, probabil, a iadului la care am fost condamnată pentru a-mi fi croit întreaga viață după calapodul unui bărbat care m-a acceptat alături de el doar când devenise o epavă beată, plutind pe valurile propriei nebunii. M-am întrebat adesea, încă din anul când Delmore a dispărut, dacă tot ce mi s-a întâmplat a fost fatalitate, dacă am avut vreodată de ales, din clipa când părinții mei s-au stabilit în Brooklyn și până în noaptea când l-am cărat, mort de beat, în cameră, unde însă a părut să fie străbătut de una dintre flăcările lui albastre, care-l trezeau și-l înălțau deasupra oamenilor obișnuiți, ca mine, de exemplu. S-a așezat la măsuța cu oglindă ovală și a început să scrie, scria în aer până i-am pus sub stilou un top de hârtie și acolo, când îl țineam în brațe pe la spate, când îi cuprindeam umerii căzuți, grași, de bărbat între două vârste, am văzut cum pe hârtie prinde viață încă o epopee personală, numai că de data asta era una erotică, un imn închinat fostelor lui iubiri.

*

Delmore nu înțelegea gelozia. N-o înțelegea și nici n-o accepta, pentru că întreaga lui energie negativă se scursese în solul propriei cariere literare: acolo se duseseră toată invidia și toată revolta lui, întreaga lui ființă demonică născută din cenușa unui tânăr care fusese proclamat zeul literaturii americane și care se scufundase apoi cu voluptate într-o lentă sinucidere.

Eu, în schimb, nu-mi puteam reprima strângerea de inimă când dispărea din barul unde îi vegheam glosolaliile, împreună cu vreo curviștină de la NYU, venită special acolo să vadă dacă într-adevăr poate să și-o tragă cu poetul bețiv, *the drunken laureate.* Le ducea în camera de hotel unde eu îl dezbrăcam dimineața, unde îi masam gâtul umflat de grăsime, le ducea și nu reușea să le fută, pentru că era mereu atât de beat, de plin de antidepresive și de milă de sine, așa că nu putea decât să le dea limbi și să-și folosească degetele, după care venea înapoi în bar și, după un pahar, începea să plângă, să plângă lângă mine și să-mi povestească exuberanța primilor lui ani de dragoste și de căsnicie cu Gertrude, când în față i se întindea mlaştina plină de promisiuni a vieţii literare. Atunci mutilase, într-un adevărat impuls vizionar, versurile pe care ar trebui să şi le tatueze pe frunte orice poet adevărat, pe care le repetă Lowell în poemul dedicat chiar lui Delmore: „*We poets in our youth begin in sadness;/ thereof in the end come despondency and madness!*".

Îmi povestea plângând şi îşi culca atunci capul masiv, de leu bătrân, pe burta mea, cu buzele pline îndreptate spre pubisul meu, iar fiecare cuvânt disloca o briză călduţă care-mi răsfira părul negru dintre picioare, închideam ochii şi încercam să-l întrerup, să-i spun că scena asta, în care un bărbat trecut de 50 de ani îmi vorbeşte plângând despre fostele lui iubiri, respirându-mi între picioare, e probabil cea mai reuşită eboşă a Raiului pentru mine.

Era vară, ţineam geamul deschis, iar de afară urcau până la noi zgomotele estompate ale nopţii care se preschimba uşor în dimineaţă: o sirenă, urletul unui beţiv atacat de hienele singurătăţii şi ale nebuniei, zgomotul făcut de un capac de canal din care încercau să urce la suprafaţă demonii verii, râsul unei tinere, o fată care-şi petrecea prima noapte în oraş sau o curvă care ieşea din tură, ăsta era fundalul poveştilor lui despre Gertrude, tipa sofisticată şi dură de la *Partisan Review* pe care, mi-a reieşit mie – în timp ce el vorbea, făceam calcule şi-i savuram respiraţia pe coapse –, a cunoscut-o cam în acei ani în care am început să-i vânez eu poeziile prin presă. Şi atunci aprindeam o ţigară, pe care i-o duceam la buze fără să mă uit – întotdeauna ştiam unde se află Delmore, ce face gura lui Delmore, tonele de whisky treceau şi prin mine, miile de ţigări le fumam şi eu, antidepresivele lui îmi intrau şi mie-n stomac –, apoi trăgeam şi eu şi închideam ochii, cântecul nopţii se estompa, la fel povestea lui, pe care i-o ştiam atât de bine, şi mă întorceam la amiaza când am venit de la NYU (iar în amintire mereu acea zi va fi legată de poemul lui Blake, „*Never seek to tell thy love/ Love that never told can be*", pentru că atunci am înţeles de ce dragostea trebuie să fie asemenea vântului ușor, tăcut și invizibil), iar în fața scării grupul de vecini s-a despărțit pentru a-mi face loc și am știut, am știut totul, ca atunci când ți se deschide o coloană de lumină în cap, n-ar fi fost nevoie să mai urc scările, să mut matahala în halat alb care stătea în prag, să văd silueta tatălui meu, un manechin care se bălăngănea nemișcat, care atârna de lustra veche, un picior desculț, celălalt în pantof, alături de scaunul răsturnat. N-ar fi trebuit să văd toate astea, pentru că atunci circul făcut de mama, lacrimile și urletele ei – pe care le-a dezlănțuit când m-a văzut – nu m-ar fi făcut s-o disprețuiesc atât. Și m-am mai întrebat de ce nu l-au coborât de acolo până am venit eu, de ce a trebuit să-i văd capul vânăt, pata de pișat de pe pantaloni, să-i simt duhoarea de rahat și de alcool, pentru ca toate astea să înlocuiască mirosul de tutun și sudoare înțepătoare ce pentru mine erau un buncăr antiatomic. De unde înclinația asta a oamenilor spre dramă ieftină? Am crezut mereu că astea fac parte din moștenirea românească a mamei mele, iar când l-am cunoscut mai bine pe Delmore, mi-a întărit convingerea.

— Maria, câteodată simt că sunt mai puternic decât viața. Nu e ca atunci când scrii și în creștet ți se deschide un tunel! Nu, e ca și cum ți-ar exploda capul și ai pipăi cu marginile conștiinței firele de iarbă din jurul copacului firav de pe 5th Avenue, dar și marginile zdrențuite ale unui nor. Când simți asta, devine inutil să mai acționezi, tot ce vei face va fi doar o repetiție de doi penny a unui spectacol celest, la care ai participat odată, în vis.

*

Delmore era un Titan, Delmore făcea pentru mine ca suprafața lucrurilor să vibreze, Delmore era măsura tuturor lucrurilor. De asta eu nu pot explica, mai ales unora care nu l-au cunoscut, de ce am ales să fiu umbra lui, să mă culcușesc în capul lui mare, să mă hrănesc cu iluziile și spectacolele lui de umbre chinezești. E o șansă pe care o au doar câțiva în viață: să cunoști un om mare. Iar când spun asta, îmi asum orgoliul de a snoba liote de generali care au luptat alături de Patton, de diplomați care i-au sorbit înțelepciunea bețivă de pe buze lui Churchill, ba chiar i-aș privi de sus chiar și pe unii dintre generalii lui Alexandru, în special pe cei care n-au supraviețuit prea mult morții lui. Pentru mine, Titanul Delmore, care-i luase locul (la propriu, dar și simbolic) lui Dylan Thomas la White Horse, cu gușa lui din anii '60, ca de varan care-și poartă ouăle dintr-un cuib în altul, cu albul ochilor îngălbenit de băutură și tutun, cu degetele îngălbenite și murdare – indexul pe care-l ridica în aer, puțin deasupra paharului pe care-l ținea așa cum Statuia Libertății ține făclia, când declama, de obicei începutul epopeii de tinerețe, *Genesis*, care-i prefațase căderea, prăbușirea lentă și înecată în discurs („*Me, next to sleep, all that is left of Eden*") –, trupul lui de o magnifică putrefacție, ca de taur năruit în sine, energia lui inepuizabilă, hainele pătate, ca o hlamidă învechită, fascinația și ironia pe care le isca, nepăsarea față de premii, orgoliul lui nebun, nebun și, în fine, logoreea prețioasă a lui Delmore, care-l făcea să tureze la nesfârșit cu viteza unui tir gigantic pe Route 66, făcându-te să te întrebi cât îl va mai ține inima, inima lui mare cât lumea, cât Himalaya și mai sus de atât, pentru mine, acest Delmore nu este decăderea unui poet american, nu e caricatura poetului din anii '40, așa cum l-au înfățișat și l-au deplâns cu toții, de la Atlas la Bellow, Reed și Stevens, nu, pentru mine acesta a fost adevăratul Delmore Schwartz, *an American poet.*

Poate că tânărul Delmore nu s-ar fi uitat cu atâta atenție la o femeie de 40 de ani care s-ar fi dus la el, la tejgheaua barului, unde stătea singur, cu o țigară stinsă între degete, privind mort de beat în paharul pe jumătate gol, și i-ar fi spus, așa cum am făcut-o eu în 1960, că îl iubește de 25 de ani, deși el n-o cunoaște, că acum un sfert de secol s-a îndrăgostit de versiunea lui mai tânără care a cumpărat Montaigne de la un anticar evreu din

Brooklyn. Dar acest Delmore titanic s-a întors lent spre mine, m-a măsurat fără jenă din cap până-n picioare, apoi a tras un scaun înalt între noi doi și a bătut cu palma pe el, așa cum îi arăți unui copil să ia loc.

În același an mergeam cu el la celebra petrecere unde Mailer și-a înjunghiat soția și a doua zi am avut pentru prima oară viziunea lui Delmore deprimat, abrutizat de alcool, urlând pe holurile hotelului cu *The New York Times* făcut cocoloș în pumni. Dat fiind că petrecerea devenise subiectul zilei (al lunii), jurnalistul alcătuise o listă a invitaților, iar numele lui Delmore se afla pe ea, numai că descrierea făcută era de „critic literar". *I'm an American poet!* urla bizonul Delmore și ușile camerelor se deschideau ca niște ochi somnoroși, iar dinăuntru se ițeau capetele ciufulite ale prostituatelor care apoi își linișteau clienții. „E scriitorul nebun de la 657. Nu te speria, e inofensiv."

*

Unii spun că acel Delmore din ultimii ani devenise un monstru, că-și supunea prietenii unor abuzuri groaznice și că existența lui devenise, în ansamblul ei, o goană teribilă pe o pantă abruptă, presărată cu hârtoape care uneori îi mai deviau drumul de la un sfârșit inevitabil. Eu n-am simțit asta: am fost fericită să-l însoțesc, chiar și atunci când îmi rezerva rolul de a treia roată la căruță, în anii cât a predat la Syracuse, când a avut celebra lui relație cu Victoria, studenta de 17 ani pe care a împins-o în buza sinuciderii. Eram mulțumită să-l știu lângă mine sau mai curând să-i fiu alături, chiar dacă ținea în brațe păpușica aia blondă și cârlionțată căreia puteam să-i fiu mamă. Delmore făcuse o burtă imensă și nici erecții nu mai avea, dar asta nu-l împiedica în Orange Bar, unde se adunau studenți în jurul lui ca la urs, să-și povestească aventurile prestidigitatorii, cum le numea. Accesele de paranoia erau din ce în ce mai violente, la fel disparițiile lui din zona lucidității, când doar eu eram capabilă să-l însoțesc, ca atunci când a trebuit să-l conduc până la Lowell acasă, 300 de mile, pentru ca, ajuns acolo, să-și dea seama că nu știe de ce a ținut morțiș să-l vadă. Stătea în sufragerie, în fața fostului său prieten, ochelarist, cocârjat, și se legăna ușor pe călcâie, buhăit, aproape verde la față, respirând greu pe nas. Era ursul greoi, iar eu, ursoaica, mă țineam de el gata să-i sar în ajutor. Apoi a scos un urlet groaznic și aproape a ieșit prin ușă, captivul propriei minți sclipitoare, roase de negură.

Am fost cu el la ultima lui lectură publică, când toți credeau că are loc un soi de happening, însă eu am știut că nu era decât un nou pas pe care-l făcea spre noapte, când a început să-și urle versurile, să le amestece cu versuri din Valéry sau Rimbaud, apoi să-l înjure pe Berryman, care stătea în primul rând. L-am dus la hotel împreună cu mititica de Victoria, dar acolo a smuls telefonul din perete, apoi, când a vrut să-și înceapă conversațiile telefonice vesperale, și-a dat seama ce a făcut și a început să spumege, a rupt piciorul mesei și a pornit un război total cu pereții camerei, cu oglinda în care Victoria tocmai se privea, plângând, își urmărea lacrimile scurgându-se de-a lungul obrajilor ca două râulețe de primăvară, iar eu în spatele ei, privind orgolioasă, peste umăr, zidul cu mică argintie. Apoi a început s-o bată pe ea și nu pot să spun că, în ciuda unei strângeri de inimă, nu am savurat acest semn al despărțirii iminente dintre ei, lucru care s-a și întâmplat.

Atunci a avut loc ultima lui internare, una fatidică, pentru că tuturor le-a fost limpede că era dincolo de bine și de rău, într-un teritoriu al nimănui, dar chiar și atunci urletele lui aveau structura metalică a unei armături teoretice: în ciuda devotamentului extrem față de Freud, ura psihanaliștii, ura psihologii, ura epigonii, căci paranoia lui era un filon de exploatat, era praful de pușcă pe care, odată aprins, îl putea detona la bazele munților întunecați ai Sinelui, pentru a elibera de acolo intuiții fenomenale.

După ce a fost eliberat, s-a scufundat, dacă e posibil, și mai mult în băutură și a început în mod programatic să-și alunge și să-și denigreze chiar și cei mai devotați dintre studenți. A devenit evident că nu mai poate preda deloc și universitatea, care-l protejase din răsputeri, a trebuit să-l pună pe liber. Așa am ajuns, în ianuarie 1966, în Hotel Dixie din Times Square. Duceam o viață absolut retrasă, pe care o susțineam din câștigurile mele ca secretară *part-time* la o companie de recrutat talente de lângă Flatiron – pentru că, da, asta îți aduce o viață de citit și de trăit între scriitori, ca și o diplomă cu specializarea în John Clare –, precum și din ajutoarele pe care ni le trimiteau din când în când foștii lui devotați. Începuse să evite barurile din Village unde băuse pe vremuri, așa că se înfunda în Cavanaugh's, în Chelsea, de unde veneam pe șase cărări, pentru că nu-l mai puteam ține, la cât se îngrășase, și continuam petrecerea în doi, în camera de hotel.

*

După moartea tatei, a trebuit să mă angajez cât mai repede posibil, pentru că mama nu avea nici o șansă, la cei 50 de ani ai ei, pe care îi și arăta. Făceam niște eforturi supraomenești să ajung la cursurile de la NYU, pentru că primul meu patron, un armean american îngrozitor de gras, Eddie Ohanessian, care semăna uimitor cu James Cagney și transpira ca o focă, avea nevoie de mine de dimineață până seara și ar fi vrut să mă aibă și noaptea, m-am ținut destul de tare încât să-și dorească prezența mea din ce în ce mai mult, apoi însă a devenit atât de dependent de secretara lui roșcată, încât să mă lase să fug din când în când ca să mai învăț câte ceva despre lirica transcendentală a lui John Donne, pentru ca apoi să mă întorc, proaspătă și senzuală, la a-i ține corespondența de import-export cu fructe și mirodenii. Munca nu era tocmai grea și nici neplăcută, mai ales partea în care îl însoțeam în port și asistam la descărcarea containerelor enorme din care ieșeau containere mai puțin enorme, din care ieșeau cutii mari de lemn ce conțineau cutii medii în care se adăposteau lădițe cu portocale, curmale, kiwi, cantalupi, pepenași galbeni, smochine, pepeni verzi, nuci-de-cocos, banane mici, banane obișnuite, banane uriașe, pungulițe sigilate cu praf de curcuma, cardamom, nucșoară, batoane de scorțișoară, paprică iute și dulce, paprică afumată, păstăi de vanilie, piperuri de toate culorile, anason semințe, anason-stelat, baharat, busuioc, cacao și cafea verde, neprăjită. Mergeam în urma elefantului O., a cărui grăsime făcea exact opt cute la ceafă, și îi admiram tenacitatea de care dădea dovadă ca să se ridice din pat zilnic, să stea pe două picioare scurte, ca niște trunchiuri de sequoia, să meargă câțiva kilometri, să se agite ca un apucat, să urle la muncitorii care-i descărcau marfa, să urle la cei care i-o încărcau în camioanele verzi care purtau sigla *Eddie Oh.* scrisă pe un coș din nuiele împletite, plin cu fructe tropicale, să urle la mine ca să nu fie nevoit să se întoarcă, să transpire câteva căzi și, în sfârșit, să îmi facă curte mie. Dincolo de faptul că bătea în 250 de kile, nu era respingător și mirosea întotdeauna bine, ca și cum de-abia ar fi ieșit din duș. Îl suspectam că-și toarnă în cap în fiecare dimineață o sticlă de Old Spice, pentru că duhnea de la o poștă a așa ceva până când ne luam la revedere și seara îmi întindea o pungă cu fructe pe care o ascundeam bine în geantă sau în cutele pardesiului, pentru că trăiam vremuri în care mâncarea devenise un motiv foarte rațional, de fapt, pentru a omorî, mai ales în Brooklyn. Ajungeam pe întuneric într-o casă din care părea că dispăruse orice urmă de bucurie, la o femeie care se vedea redusă dintr-odată la rolul de întreținută a mea și care nu-și putea ascunde decât cu greu reticența în fața noilor poziționări de forțe. Odată cu dispariția tatei, ne-am trezit față-n față, tăcute, privindu-ne în ochi cu ceva ce se apropia adesea de ură, de parcă ne-am fi descoperit atunci, printr-o împrejurare nefericită. Iar faptul că în jurul nostru se desfășurau mai multe tragedii decât în ultimii 20 de ani, că se murea literalmente de foame, că din oameni începuse să iasă o agresivitate pe care n-o bănuisem, ei bine, toate astea nu ajutau nici ele la încălzirea atmosferei. Oameni pe care-i știam de-o viață umblau brambura pe străzi, întorcându-se de la revolte sindicale, de la cerșit sau de la vreo muncă de zilier, dacă erau norocoși, clătinându-se fără jenă în plină zi, afacerile de cartier se închideau una după alta și în aer plutea un iz încăpățânat de putrefacție. De aceea, slujba pe care mi-a dat-o Eddie Oh. se poate să-mi fi salvat viața. La fel cum a făcut-o noua poezie pe care o citeam în *Partisan Review*, unde-i urmăream cu pasiune pe marxiști, pe evreii deștepți, pe socialiștii duri care veneau cu o cultură de care nu mă lovisem până atunci, pentru că erau, cum s-ar zice într-un sitcom, acum, *so European*. Numai că și noi eram europeni, toți cei ai căror părinți izbucneau la nervi într-o limbă stranie, în care nu ne învățaseră și pe noi să spunem „te iubesc" sau „mi-e dor de tine", pentru că ne doriseră cu disperare asimilați visului american sau poate pentru că simțiseră limba aceea a pricolicilor și moroilor ca pe un colac de salvare ce ne-ar fi împins spre lenevie sau spre o angajare parțială în noua societate. De fiecare dată când traversam Brooklyn Bridge cu Eddie Oh., pe bancheta lungă a vreunui camion verde de-al lui, în Manhattan, simțeam că intru în America, adevărata Americă pe care o părăseam cu bucurie seară de seară, pentru a mă întoarce pe străzile murdare, nepavate, pline de glod din „Europa", unde mirosea a pepeni stricați, a porumb fiert, a mortăciune și a borș. În afară de mâncare, în afara jobului pe care-l invidia toată strada mea când mă vedea cu paltonul umflat în dreptul pieptului, acolo unde ascundeam fructele, Eddie mi-a adus și primul soț, cel care avea de altfel să fie și ultimul. Colum era un partener care conducea sindicatul descărcătorilor și hamalilor din port, un bărbat de 30 și ceva de ani, cu ochii albaștri și nasul în vânt, care purta mereu o bască peticită, dată pe spate și care fuma neîntrerupt, ținând ciudat țigara, între inelar și degetul mijlociu, ca și cum atunci ar fi tras pentru prima oară un fum, în curtea școlii. Nu pot să zic că am fost îndrăgostită de el, însă curtea lui îmi făcea mai multă plăcere decât a lui Eddie Oh., poate pentru că era înalt și drept și mă privea direct în ochi într-un fel care mă făcea să fiu conștientă că am pizdă între picioare și două sfârcuri care începeau să mă doară. Noaptea, când mă mângâiam după ce eram sigură că mama adormise, mă gândeam și la el, iar faptul că-l știam disponibil și interesat îmi gâdila și vanitatea. În plus, relația cu mama devenise insuportabilă, abia dacă ne vorbeam, totul explodând în seara când mi-a urlat în față că sunt vinovată de moartea lui Tăticu, numai eu, cu facultatea și pretențiile mele, după care a continuat în limba aia imposibilă și melodioasă cu care venise de peste ocean. Probabil că atunci m-am hotărât s-o abandonez și să încep să-mi caut un loc numai al meu, eventual mai aproape de zona italiană și irlandeză, care era un pic mai curată și mai sigură decât cea evreiască, ruso-poloneză unde stăteam noi. N-a trebuit să fac pasul ăsta, pentru că probabil ceva din atitudinea mea l-a îndemnat pe Colum să mă invite, ca un bun catolic, la masa de duminică, să-i cunosc părinții și cei șapte frați. Am făcut senzație când le-am dus în dar deja obișnuita mea pungă de hârtie cu un ananas, trei banane și o portocală, pentru că în vremea aia o masă îmbelșugată însemna cartofi în diverse combinații și moduri de ambalare. Și am crezut că o să-mi fac intrarea, cu mita mea fructiferă, într-o nouă familie, departe de casa unde picioarele tatei încă se bălăngăneau sub lustră, dar nu știam că voința nu rezolvă totul, că e nevoie de multe ori de o clipă de grație ori de întâlnirea a două voințe pentru ca un destin comun să fie deviat de la cursul previzibil, iar în cazul lui Colum cuvântul *voință* este o batjocură adusă milioanelor de oameni care au avut vreodată așa ceva. Pentru că, dacă aș fi fost mai atentă, aș fi văzut că ceea ce-și dorea el era o nevastă, iar faptul că m-a cerut pe mine, ortodoxă de rit bizantin, a fost ultima rebeliune din viața lui. Deși s-au purtat ireproșabil, atât Roisin, maică-sa, cât și Padraig, tatăl, erau doi încuiați care-și doreau să ne vadă plecați cât mai repede, pentru a ne întoarce în casa lor duminică de duminică. Nu erau prea impresionați de sărăcia care se așezase peste lume, dat fiind că făceau parte din generația care prinsese marea foamete irlandeză, cea care-i și alungase în Lumea Nouă.

— Drăguță, dacă noi încă mai trăim, păi, ăsta e un bonus. Am văzut oameni cum mâncau alți oameni, spunea Roisin spre sfârșitul meselor, când erau cu toții destul de îmbibați în băutură încât să mă bage și pe mine-n seamă.

Și am încercat ceva vreme să cred că suferința le așternuse peste suflete o peliculă de praf nobil, că, dacă voi săpa adânc și cu răbdare, voi găsi ceva deosebit, dar am săpat al naibii de adânc și am avut răbdare destul timp cât să văd că esența lor era idioată, animalică și profund plictisitoare.

Primele certuri le-am avut cu Colum când a înțeles că nu aveam de gând să renunț la slujba de la Eddie Oh., dar a cedat destul de repede pentru că, în fond, aduceam bani și mâncare în casă, ceea ce nu era de colo. În curând ne-am putut muta, după două luni îngrozitoare trăite în camera lui din apartamentul familiei, timp în care au căzut toate măștile și am asistat seară de seară la scandalurile lor, care nu rareori ajungeau la bătaie, bătaie în care fiul își lovea mama, mama își păruia soțul, soțul își stâlcea fiica în bătaie, pentru ca a doua zi de dimineață să plece la muncă, pe rând, mahmuri, abrutizați și nerușinați. Întârziam cât puteam de mult la birou sau în port ori pe la chioșcurile de ziare, unde frunzăream revistele și citeam eseuri sau poeme noi, o lume de care părea că mă îndepărtez pe zi ce trece, iar nori de cenușă se așezau atunci pe sufletul meu, în straturi succesive. Seara așteptam ca toată familia să adoarmă, răpusă de băutură, și, atunci când Colum nu era și el la fel de beat, făcea aceleași gesturi care prevesteau sexul scurt și de multe ori dureros: o mână care-mi strângea sânul de parcă ar fi fost o jucărie din cauciuc, cealaltă îmi umbla neîndemânatică între picioare și, iute, trupul lui greoi, ca un urs-polar, se urca pe mine, sufocându-mă, mă sfredelea, eram două materiale nepotrivite, simțeam că aș putea oricând, fără nici o rezervă, să-l omor dacă s-ar ivi ocazia, asta gândeam în timp ce gâfâia și mă sufoca, apoi mă gândeam, în timp ce-l simțeam cum se relaxează, cum sub grăsime toate arcurile i se destind, așa gândeam, plângând, că aș putea să-mi omor tânărul soț fără nici o remușcare, deși suntem căsătoriți de numai câteva luni.

*

Bătrâna asta în care intru și din care ies fără nici o rezistență, calupul ăsta de zgârciuri cu părul rar, făcut permanent de asistentele care râd și îi împodobesc pe boșorogi de parcă ar fi păpuși, bucăți de cauciuc cu păr artificial, numai bun să fie pus pe moațe și vopsit movuliu, bătrâna asta care miroase a acru, oricât ar spăla-o și ar îmbrăca-o în haine curate, poate fi omul cel mai rău pe care l-am cunoscut. E o credință comună, așadar falsă, ca orice străbate buzele oamenilor fără tăgăduială, că tristețea și melancolia ar fi simptome ale bunătății, așa cum strănutul și durerea în gât anunță un guturai. Ceea ce e considerat tristețe în cazul ei, privirea pierdută înăuntru, în amintiri pe care pifanii le consideră frumoase, le cred însoțite de o tânjire a ființei după bucurii ale trecutului, melancolia ce-i însoțește câteodată ruminațiile, plânsul izbucnit din senin în sala de amuzament, unde e dusă în fața televizorului, printre ceilalți bătrâni mai mult sau mai puțin conștienți, toate astea nu sunt decât manifestări ale unei viermuieli a sufletului blocat undeva, într-un anumit punct al existenței. Sunt vehicule pe care le folosesc cu neplăcere, oameni pe care îi pot frânge doar cu greu, după o luptă îndelungată ce durează uneori zeci de ani. E adevărat că acelea sunt victoriile și mai prețioase, pentru că e știut că efortul aduce după el satisfacție. În cazul ei însă teritoriul interior, hăul plin de umbre care șuierau și spumegau ca niște hiene mute, a părut de la început jalonat cu semne care-mi indicau locul exact unde trebuie să pășesc pentru a ajunge în miezul incandescent al urii și al nebuniei.

*

N-a fost nevoie să-l omor. A trebuit doar să omor și ultima celulă capabilă să creeze în trupul și mintea mea. Am știut de la primele noastre scrâșneli nocturne că seva albicioasă care mi se scurgea pe coapsă după ce el se răsturna de pe mine și adormea instantaneu, începând să transpire, acru, alcoolul ce părea să fie impregnat în toți porii acestei familii, am știut că ceva e rupt în mine, că sunt plină de scândurele plesnite, printre care viitorii membri ai familiei O'Riordan se scurgeau în neant, fără a apuca să se agațe de carnea mea. În curând privirea mamei O'Riordan a devenit mai acră în timpul meselor de duminică, iar Papa Padraig a început să mă întrebe direct, sub ochii roșii, înlăcrimați de amuzament ai întregului șeptel irlandez, dacă nu cumva „mă feresc" de sămânța fiului, exclus fiind ca problema să vină de la el pentru că... și aici făcea un gest amplu și explicit, arătându-mi multitudinea de izotopi O'Riordan, cu mic, cu mare, actuale și viitoare jigodii care stăteau în primul rând dovadă a virilității lui *pater familias*, iar mai apoi a trăiniciei genelor familiei, ce garanta aceeași virilitate în coaiele fiecărui membru de sex masculin al șeptelului.

— Poate s-a mai diluat sămânța aia și de la deceniile de băutură, ha?, ce zici, Padraig? l-am întrebat într-o zi care fusese distrusă încă de dimineață de emoțiile lui Colum, de insistențele lui s-o facem iarăși și iarăși, deși nu prea i se mai scula și aveam senzația că intră în mine o bucată de cauciuc, aspră și perseverentă, un vierme cauciucat și pofticios.

Am auzit câteva furculițe izbind farfuriile și simțeam cum privirile indignate se transformă ușor în expresii pline de ură, pentru că în familia aia nu se spunea nimic în mod direct, erau chiar mândri de metaforele pe care le găseau ca să evite expresia directă a adevărului, simțeam toate astea pentru că eu mă uitam fix în ochii bătrânului bețiv, care se străduia din răsputeri să mă oblige să las privirea în jos, numai că nu avea antrenamentul meu, căpătat în lungi turniruri de priviri cu mama, așa că s-a ridicat brusc în picioare, răsturnând scaunul, în același timp cu fiul lui care-mi era soț și care probabil a sărit să-l împiedice să mă lovească, asta însă nu din milă sau din dragoste, ci pentru că i-ar fi știrbit lui orgoliul de bărbat, al cărui prim privilegiu era să-și bată doar el nevasta, și nimeni altcineva, fie acel altcineva mamă, tată, soră, frate, zeu ori diavol. Numai că bătrânul nu asta voia să facă, ci să iasă pufnind ca un bivol din cameră, așa că mâna fiului m-a prins cu putere de braț și m-a târât afară din casă, m-a târât pe scări, în jos, m-a târât pe stradă, m-a târât peste bulevard, printre tramvaie și câteva mașini, m-a târât iarăși pe scări, m-a târât în camera noastră, iar acolo m-a eliberat, în sfârșit, însă doar pentru ca aceeași mână să mă lovească până mi-am pierdut cunoștința.

Abia în zilele următoare am înțeles cât de inspirată fusesem să nu abandonez slujba de la Eddie Oh. Deși m-am machiat pe cât de bine am putut, îndată ce am reușit să mă țin pe picioare, m-am dus la birou, unde însă n-am putut ascunde sub masca forțată a veseliei toată rușinea, umilința și durerea care se strânseseră în mine. N-am jucat niciodată prea bine teatru, n-a fost domeniul meu, și tocmai de aceea mi-am făcut, pe unde am trecut, un renume de femeie incomodă și înțepată, care spune ce gândește și nu-și pierde vremea cu amabilități. Iar Eddie Oh. mă cunoștea prea bine încât să nu vadă sub tăcerea mea zâmbitoare o mâhnire teribilă și sub machiajul prea încărcat petele vineții pe care le înfloriseră pumnii lui Colum pe pielea mea albă. Nu cred că l-am mai văzut vreodată atât de mânios, s-a înnegrit la față și parcă i s-au înnodat sprâncenele, în timp ce închidea și deschidea pumnii ca niște ciocane, iar burta imensă părea să i se fi transformat într-o bombă cu ceas când m-a așezat la birou, în fața lui, și m-a pus să-i povestesc totul. Iar eu i-am povestit totul, despre viermele moale, învelit în șmirghel, care-mi intra noapte de noapte în pizdă, despre izul acru de alcool, despre familia de supraviețuitori care cerea procreare, apoi despre bătaia cumplită, pedeapsa divină pe care mi-o dăduse Colum.

— Ce vrei să-i fac, Marie? m-a întrebat calm, la final, cu accentul ușor mediteraneean, în care curgea o peliculă de ulei de măsline. Vrei să-l omor? Vrei să-i omor pe toți? Că ceva trebuie să fac, dar aș prefera să fac ce vrei tu, nu ce mă duce pe mine capul.

Mi-am dat seama atunci că nu mă gândisem deloc la răzbunare, că deja eram o vită care merge la tăiere știind prea bine unde se duce, că nu-mi doream decât să ies din tunelul acela în care mă băgasem de bunăvoie și nesilită de nimeni.

— Eddie, crezi că pot divorța de el? E catolic...

Și-a trecut mâna prin părul dat cu briantină, pieptănat pe spate, a pufăit din țigară și m-a privit în ochi, lung, câteva secunde, apoi a dat din cap:

— Se rezolvă. Dar cu un bonus din partea mea.

Ceva îmi spune că bonusul i-a făcut mai mare plăcere decât negocierea forțată cu familionul care s-a văzut pus în fața unui grup de armeni vânjoși, băieți cu tradiția răzbunării în sânge și cu cuțite ascuțite în cizmă. Iar ceea ce-mi spune asta e figura absolut îngrozită a lui Colum atunci când, la tribunal, eu am venit însoțită de Eddie. Asta și faptul că i lipseau câțiva dinți din față, că avea mâna dreaptă în ghips și ochii păreau să se afle de ceva timp într-un dureros proces de vindecare. Dar asta nu l-a împiedicat să se uite la mine ca un câine bătut tot timpul, gata să verse și-o lacrimă dacă m-ar fi impresionat, ba chiar mi-a aruncat și acea ultimă privire înainte de a semna actele, în care mă întreba, în numele celor 20 de pumni pe care mi-i dăduse și al celor câteva zeci de partide de sex dureros, dacă nu vreau să mă mai gândesc.

*

Am rămas alături de Eddie Oh. încă cinci ani de care-mi amintesc acum cu plăcere, nu pentru că s-ar fi întâmplat ceva grozav în timpul lor, ci tocmai pentru că nu s-a întâmplat nimic. Au fost ani în care am descoperit bucuria de a trăi pur-și-simplu, de a merge la serviciu, unde treaba nu era grea, ba de multe ori chiar amuzantă, de a ieși la masă de una singură sau cu Eddie, care mă ducea la restaurante armenești sau rusești unde am mâncat ciorbă cu sfeclă roșie, castraveți murați și afumătură, de a pleca spre casă pe înserate, obosită, dar liniștită, gata să-mi ascult emisiunile de la radio sau știrile, să citesc *Partisan Review* sau cărțile pe care mi le cumpăram o dată pe săptămână. Mă simțeam tânără și bătrână în același timp, savuram mișcarea cu care-mi ridicam piciorul pe bordură ca să-mi aranjez dunga ciorapului, știind foarte bine că pe stradă un bărbat va simți că-i zvâcnește sângele în tâmple și că va analiza imaginea aia timp de câteva zile, ba chiar o va premia cu ofranda cea mai intimă a trupului seara, în baie, în timp ce nevastă-sa îi pregătește masa. Am avut câteva aventuri pasagere, de o noapte sau mai puțin, cu scop pur igienic, dar am refuzat orice pornire galantă care implica o cină și un film. În cartier se aflase de pedepsirea lui Colum de către mafia armenească, așa că nimeni nu prea îndrăznea să se ia de mine, iar în Manhattan eram mereu lângă Eddie, care se resemnase cu rolul de figură paternă pe care i-l alocasem.

Singurul eveniment notabil al acelor cinci ani a fost moartea mamei. O vizitam o dată pe săptămână, chiar în ziua când treceam pe la librărie să-mi cumpăr cărți, și-i duceam întotdeauna de mâncare, ba chiar și bani, lucruri pe care le primea fără pic de recunoștință, ci mereu cu aceeași privire ironică, superioară, rea pe care mi-o oferea de dinainte de moartea tatei. Mă rănea și mă înrăia și pe mine și nu puteam pricepe în ruptul capului cum poate exista o asemenea competiție plină de ranchiună și de ură între o mamă și fiica ei. Într-o zi, venită direct de la o masă stropită cu coniac, i-am urlat că se poartă cu mine ca o femeie geloasă:

— Ești geloasă pe fantoma lui Tăticu! Femeie nebună!

Mi-a rânjit în față și s-a aruncat spre mine cu degetele ca niște gheare:

— Dacă n-aș ști ce curvă am crescut, poate n-aș fi așa! Marea ta înțelegere cu tac-to, cum i te suiai tu pe genunchi! Ștoarfă ordinară! îmi urla atunci în limba aia stranie a țării ei, pe care o înțelegeam, mai ales veninul din ea, dar pe care n-o puteam vorbi.

Am ieșit trântind ușa și nu am mai văzut-o până în ziua morții, când am primit un telefon la magazinul cu de toate de jos, unde m-au chemat să-mi spună că o vecină de-a mamei îmi transmisese că au dus-o la Spitalul de Urgență. Când am văzut-o, era inconștientă, cu fața deformată și liliachie, iar peste noapte, cât am stat pe holurile spitalului, a murit. Ultimele noastre cuvinte au fost acele jigniri pe care probabil că nici una dintre noi nu le merita, dar, așa cum nu ne alegem părinții, nu ne alegem nici felul în care ajungem să-i privim. Mi-am petrecut perioada de doliu meditând, visând cu ochii deschiși la copilărie și la posibilitatea ca între noi două să fi existat de la bun început o foarte nesănătoasă relație de ură. În primele zile nu mi-au venit în minte, oricât m-am străduit, nici o scenă, nici o imagine frumoasă legată de mama, însă, chiar atunci când am abandonat această arheologie sentimentală, aceste secvențe au început să răsară în mine, ca niște mingi de tenis ținute de cineva sub apă, pentru a le da mai apoi drumul. Prima a fost cea cu mama în bucătărie, mama lucrând aplicat și temeinic în fața unei oale sau a unui fund de lemn pe care se adună, mărunțite, legume de toate culorile și mirosurile, ce păreau să intre și-n pielea mâinilor ei, ce deveneau pe rând roșii, portocalii, galbene, învelite-n aroma de ceapă tăiată, care mă făcea să salivez, de usturoi mărunțit și tras un pic în tigaie, cât să se înmoaie, dar să nu se caramelizeze, de păstârnac, de ardei gras. O vedeam cum stă cu spatele la mine, la întreaga casă, cum îi tremură tot corpul în timp ce taie, măruntă și totuși impunătoare în halatul ei cu flori pe fond negru ce aproape îi intrase sub piele de atâta purtat, iar imaginea asta îmi făcea bine, ca și cum ar fi fost primul pas spre împăcare, o mână pe care mi-o întindea din lumea morților, pentru a-mi curma suferința.

Doliul mi-a fost întrerupt însă de o altă moarte, care s-a așternut deasupra ca un strat proaspăt de vopsea. A căzut în port, s-a prăbușit fără avertisment în timp ce urla la muncitorii care descărcau un container uriaș. N-a oftat, n-a gemut, la început nici n-am înțeles ce se întâmplă, doar când am văzut cum se năruiește, cu acea lejeritate stranie pe care o capătă corpurile noastre lipsite de viață înainte să devină rigide, am amuțit și nu am putut face nimic în afară de a-l privi înmărmurită. Și da, primul meu gând a fost la mine, la situația mea, la siguranța mea, mai apoi la Eddie Oh. cel redus la o formă înțepenită, ca o cârpă aruncată neglijent peste un hidrant. În primul rând însă, moartea lui Eddie a șters-o pe cea a mamei, care a rămas ca o umbră așezată, strat vechi de praf, undeva într-un adânc al sufletului. Dar, într-un fel cu totul surprinzător, aceste două morți m-au eliberat: s-a aprins o lumină în mine, mi-am dat seama în timp ce mergeam aiurea pe străzi și m-am surprins zâmbind, apoi m-am rușinat pentru că trăiam o stare vecină cu fericirea, o exaltare pe care o simțim doar atunci când suntem singuri, într-o țară străină, pe marginea unei prăpăstii, și știm că moartea noastră nu ar răni pe nimeni, cel puțin până când va fi descoperită. Or, în cazul meu, chiar nu mai puteam răni pe nimeni prin acțiunile mele. Iar asta, am înțeles de atunci, înseamnă cu adevărat libertate.

*

Delmore și-a lăsat capul pe burta mea, îmbibat în băutură, și-mi vorbește, sau de fapt pur și simplu vorbește, cred că ar putea fi burta oricui acolo, așa cum cu două ore în urmă, când declama în bar, printre norii de fum, nu li se adresa oamenilor din jur, veniți la spectacolul Marelui Poet Prăbușit, ci îi vorbea fostului Delmore, cel de dinaintea poemelor-fluviu care-i furau biografia și o așezau într-un panteon al urii și al ipocriziei, nu, Delmore era al nimănui și tot al nimănui e acum, iar palele ventilatorului din tavan, aripi de libelulă, îi răsfiră părul umed, rărit, cât să-i văd chelia rozalie. Atunci am avut, Marie, viziunea aia a părinților mei tineri, viermănoși, care iau cina în oraș, după care îndrăznesc să se țină de mână pe drumul spre casă, iar în fața ușii el se apleacă spre frumusețea aia evreiască și sălbatică și o sărută, pentru că asta își dorește el acum, numai că eu sunt acolo, de față, și totuși separat de ei printr-o peliculă, sunt așezat în primul rând al cinematografului și, chiar în clipa când buzele lor se ating și mâna lui de afacerist descurcăreț îi prinde mijlocul, sar în picioare și urlu, vomit din toți rărunchii: nuuuu faceți asta, n-o săruta, nu vă țineți de mână, nu vă îmbibați în cerneala asta roșie, simpatică a iubirii, pentru că ea nu e reală, nimic nu e real, așa cum eu, cel care urlă, nu sunt aici, ci vin din viitorul unui hotel plin de păduchi, unde stau cu capul pe burdihanul unei curve românce care bea cot la cot cu mine și care câteodată-mi pare că există doar în mintea mea, nu faceți asta, sărutul vostru va declanșa toate forțele iadului și nu pentru voi, ci pentru mine, care sunt Copilul Secolului! Iar clipa aceea, Maria, va rămâne ca un puț al infernului, o groapă etruscă plină de patos și pucioasă pe care-o voi purta cu mine timp de 50 de ani, ademenindu-mă cu izul ei de putreziciune. *The heavy bear who goes with me*, animalul cu două spinări și patru picioare, șoptește din ce în ce mai stins, iar mâna lui, care ține între degete o țigară stinsă, îmi mângâie părul pubian și eu mă gândesc că am trecut de 40 de ani și iată-mă aici, într-un hotel plin de purici, pernă pentru capul iubirii vieții mele, un poet nebun și ratat, și că poate asta e cea mai frumoasă clipă a vieții mele, spre care m-a condus o existență plină de conflicte și ezitări, și că nu aș vrea s-o pierd niciodată, nu aș îndura să mă lase iarăși pentru vreo studentă de 18 ani pe care apoi s-o bată ca să vină iarăși la tejgheaua barului, unde să recite și să-i blesteme pe cei care-l iubesc și-l sprijină, pentru că mintea lui e de mult despicată, între Cer și Pământ, între poezie și ursul greoi care-i merge alături, așa că-i iau cu blândețe capul și i-l așez lângă mine, pe salteaua pătată de băutură și fluide corporale, îi mângâi trăsăturile răvășite sub care numai eu mai văd, ca-n blocul de marmură, frumusețea tinereții, băiatul care-a intrat într-un anticariat din Brooklyn și mi-a schimbat viața pentru totdeauna, îi mângâi ridurile, i le trasez cu unghia, nasul cu nările mari, fremătând în ritmul unui sforăit de Hefaistos adormit după ce a muncit un an zeiesc la scutul lui Ahile, e chipul unui Zeu căruia i-a venit vremea să se retragă și să doarmă până când va trece zbuciumul lumii, și am în suflet pacea pe care i-o visez, pe care i-o doresc de atâția ani de când îl urmăresc prin baruri, prin hoteluri murdare, prin case de nebuni unde capul leonin îi e șfichiuit de curent electric, prin paturile unor femei, altele decât mine, care nu-l iubesc, așez genunchiul stâng pe brațul lui drept, fără să apăs prea tare, apoi genunchiul drept pe brațul stâng, îi privesc pentru ultima oară trăsăturile destinse de somn și-l sărut ușor, înainte de a așeza perna peste chipul care mi-a schimbat destinul în altă viață, când vindeam la tejgheaua unui anticariat.

*

E aproape de miezul nopții și, când de jur împrejurul grădinii de vară Luceafărul se aprind lampioanele, capetele oamenilor care se ridică – mulți se ridicaseră deja când pe ecranul negru începeau să curgă numele actorilor, dar mie îmi plăcea să rămân până la capăt, pentru că mă năpădea o tristețe care-mi plăcea, așa cum îmi plăceau ploile de sâmbăta dimineața, care o împiedicau pe Ralu să mă urce-n metrou înspre Tineretului, stație căreia-i spuneam „la capace“, pentru că legenda spunea că la uzină rămăsese un excedent de capace de aragaz, cu care Ceaușescu tapetase pereții stației, de unde luam metroul până la Universitate, apoi mergeam prin tunel până la ieșirea dinspre Batiștei, de unde mai aveam câțiva metri până la Psihi Mu, la Ciclop – sunt înconjurate de o aură de fluturi de noapte, cu trupurile ca de scorpioni și aripi ca niște vele de corabie eșuată. Îl iau pe Sergiu de mână după ce-și aprinde o țigară lungă, mă uit în sus la el și văd că are privirea rătăcită, ca un bărbat trecut de mijlocul vieții care vede sus, pe casă, un cuib de barză și rămâne pironit.

Corul

Adierea unui curent cald, aceeași care mă trezea în prima tinerețe în ajunul Paștelui, când Ralu se strecura în camera mea și deschidea fereastra ca să intre aerul proaspăt venit dinspre Cimitirul Evreiesc, aceeași adiere însoțită de lumina blândă a soarelui de aprilie, de mirosul tufelor de liliac înflorit de curând și sumețindu-se deasupra gardului din piatră, prin găurile căruia intrau adesea șopârle de foc, șoareci ingenioși, mierle și câteodată umbre binevoitoare, cu unghii lungi și rânjete viclene, adierea acelui föhn vital îmi răsfiră părul rar – a cărui condiție jalnică o simt și mai acut acum, când prelungesc somnolența pe care nu vreau s-o părăsesc – și aduce cu ea semnele unei condiții actuale care mă cheamă, de al cărei cântec nu pot scăpa, oricât de trainic m-aș lega cu parâme de catargul corabiei, oricât de atent mi-aș înfunda urechile cu ceară de albine. Pentru că mecanismul haotic al minții deja s-a pus în mișcare, e o uruială în gol, care antrenează după sine duduiala simțurilor, nevoia acută de a urina, usturimea plămânilor, care mereu aduce cu sine o imagine a celor doi saci înnegriți de tutun, pe care două mâini harnice, gospodărești îi scoate din toracele despicat și apoi îi clătește temeinic într-o chiuvetă dublă, pe emailul căreia se scurge catranul – Doctorul Catran? – ca-ntr-un maelstrom miniatural, apoi pielea îngroșată a palmelor transpirată instantaneu, durerea de spate, partea stângă, pe care am dormit, amorțită de contactul îndelungat cu piatra rece și dură. Deja știu unde sunt, controlul e total și ochii refuză să mai stea închiși, așa că începi să filtrezi lumina printre gene – „Ce gene frumoase, de fată, ai tu,

Chiț-Chiț!" –, apoi, ca un salt în apă, îi deschizi de-a binelea și în fața ta se desfășoară același tablou de gen, natură moartă cu ustensile pseudoștiințifice, pahare Berzelius, sonde, pipete supradimensionate, ampule, balanțe Mohr-Westphal, spatule, spirtiere, borcane gigantice în care plutesc fetuși ce-și dorm somnul fără vise, eprubete, sticluțe în care dau din aripi de piele alți fetuși, de pasăre – și aici știi că sunt puii pe care-i culegeai după ce cădeau din cuiburile construite de păsări în nucul dintre Casa cu Lei și cimitir și pe care-i țineai cu lunile în spirt, protejați de o duioșie pe care n-o simțeai deloc pentru ființele vii.

A doua clipire tremură contururile, apoi le stabilizează, iar tot acel talmeș-balmeș neînsuflețit primește o claritate neobiectuală, ca o pojghiță fină de gheață ce amplifică liniile cutremurate, pentru a le fixa – îți amintești magnoliile de pe strada din fața Casei cu Lei, peste care năpădise într-o primăvară un îngheț neașteptat, uimirea pe care ai resimțit-o în carcasa pieptului, o uimire plenară, privind carnea florilor roz prin oglinda gheții matinale străpunse de prima rază a soarelui – într-un tablou perfect, manierist.

Iar a treia clipire sparge toată perfecțiunea visului diurn și lasă vederii sărăcite de materia onirică doar pervazul îngălbenit de ceară, în care și-au lăsat amprenta recipiente mutate de acolo, un pervaz pe care cade violent și matern lumina filtrată de vitraliul geamului despre care știi că dă în luminișul din fața crematoriului: un vitraliu-triptic, înalt, în care se armonizează galbenul somptuos al aurului pământesc, trecut și în penajul păsării Phoenix care trage spre Soare sufletul îngreunat de păcate și durere. În vitraliul central, ghearele păsării extrag din urnă o creatură acvatică, un celenterat albăstrui a cărui parte superioară amintește izbitor de un bulb rahidian stilizat și care se agață cu tentaculele de urna aurită în a cărei parte inferioară palpită o inimă violacee care, împreună cu o ancoră din aur masiv, formează un complex steampunk menit să îngreuneze fuga sufletului spre ținuturile păgâne.

Lumina strecurată prin culorile acestei lupte dă întregii săli poleiala unei prezențe care palpită în fiecare fir de praf plutind în fasciculele ei. Mă ridic într-un cot și rămân așa, ca-ntr-un tablou al unui cetățean de polis după o noapte de beție, pironit între cei patru pilaștri ornați cu dantelărie orientală care marchează colțurile sicriului submersibil pe care am adormit. E un baldachin mortuar lipsit însă de orice nuanță macabră și simt mai curând o exaltare primăvăratică desprinsă din alt cadru decât apăsarea, groaza de atunci, de la prima mea vizită subterană. Mă las iarăși pe spate și urmăresc cu privirea cercul auriu care marchează cupola crematoriului, spre care se înalță ferestrele înalte, dreptunghiulare, cu vitralii reprezentând ramuri verzi de palmier. Toate detaliile drumului steril de azi-noapte îmi revin în minte, deodată, bulucindu-se ca și cum ar fi așteptat în fața unei porți închise sau străjuite de un animal fioros care acum a adormit. Mă întorc pe-o parte și cobor de pe catafalcul mobil, care mă adusese adormit în sala principală a crematoriului pustiu. Pereții sunt tapetați cu nume, fotografii și mesaje ale celor vii către cei morți, ale morților către cei vii sau ale ambelor categorii către spațiul pustiu al anticamerei. Merg de-a lungul laturii cu cele mai multe spații pentru urne, plimbându-mi mâna pe suprafața lină, lucioasă a marmurii rozalii. E o răcoare reconfortantă în întâlnirea asta senzuală dintre palma uscată și piatra rece, străbătută din loc în loc de nervuri fine, apoi de șanțuri cazone, care despart o urnă de cealaltă. Și palma pătrunde din ce în ce mai adânc în carnea de piatră, într-o osmoză fericită, întâmplătoare, pentru a ieși pe partea cealaltă, unde e soare, iar mâna e acum a unui tânăr, slab și înfrigurat, care mângâie, în lipsă de altceva sau tocmai pentru a se feri de altceva, gresia de pe peretele unei săli de morgă. În fața lui se întind, sub un bec foarte puternic, aprins, trei mese înguste, pe care sunt așezate trei cadavre (asta presupune tânărul că se află acolo, dat fiind că una dintre siluete îi aparține unui bărbat care i-a fost rudă și despre care știe cu siguranță că a murit de două zile), cărora le ies de sub cearșafuri picioarele goale. Tânărul tremură, e îngrozit, deși starea lui sufletească e mai curând conflictuală, pentru că în el se dă o luptă atroce între acea groază naturală pe care o avem în fața unui fost om devenit carne putrezită și obligația de a fi bărbat și de a nu lăsa să răzbată nimic din frica lui în exterior. Pereții sunt complet îmbrăcați în faianță albă, iar pe jos adidașii îi alunecă pe gresia de aceeași culoare. Lângă mortul lui, pe care a reușit până acum să-l privească – cu excepția picioarelor negricioase și slabe, dar cu degete noduroase, prelungi –, îmbrăcat într-un halat alb pătat din loc în loc – petele îl fac să tresară, au culoarea lăsată de dulceața de vișine pe o față de masă albă –, e bărbatul care în soarele de august l-a privit în ochi, parcă citind teama copilărească pe care i-o ascundea, și l-a invitat ferm în clădirea acoperită cu mică strălucitoare, ca un veceu public de haltă, lătrând la el:

— Haidi, domne, că e sâmbătă, vreau și io să merg acasă. Hai, că e de muncă, tre să-l îmbrăcăm, tre să-l punem în coșciug.

Tânărul a privit înapoi, ca în copilărie, spre mama care fusese Diavolul cu doar câteva ore-n urmă și care i-a întors privirea neputincioasă, ridicând din umeri. S-a uitat spre ea rugându-se să nu-l lase picioarele, să nu cadă acolo, în fața Țigăncii și a rudelor ei negricioase, apoi a pășit spre fanta de umbră care făcea trecerea înspre Regatul Morților.

Bărbatul cu părul negru, gras și cu o mustață cafenie demodată, dar atât de potrivită în orașul Călărași, într-o morgă deschisă cu șpagă sâmbătă dimineața, trage cearșaful la o parte de pe cadavru, o face rapid și în același timp lent, impudic, ca pentru a sublinia că știe ce se petrece cu mine și că nu are de gând să-mi facă nici un fel de concesie, nu are de gând să-mi ușureze suferința, chiar dacă l-am miruit cu 100 de lei, iar privirea îmi rămâne agățată de unghiile lungi de la picioarele cadavrului – picioarele unui cadavru mai sunt picioare? sau intră în acel domeniu nedefinit al materiei care circulă fără altă funcție decât cea de a îngrășa solul, de a fertiliza, în cazul de față, Cimitirul Reînvierea, până în Ziua de Apoi, când se va reîntrupa miraculos și îl va întâmpina pe Domnișorul Iisus, venit pentru a doua oară, de data asta ca să facă ordine și disciplină? – pur și simplu pentru că m-am obișnuit cu ele, încă nu sunt pregătit cu ce e mai sus – mai sus? –, dar vocea asistentului de morgă mă readuce la realitate, cu același ton lătrat și plângăcios:

— Da' haideți odată, v-am mai zis că nu stau toată ziua!

Îi fac semn din cap că da, vin acum, și realizez că, în cele probabil două minute de când sunt aici, nu am respirat, așa că expir zgomotos și-mi umplu plămânii cu aer castrându-mi simțul olfactiv, refuzând să simt aerul care mângâie pielea îngălbenită de pe masa de disecție. Apoi îl privesc și respir ușurat: nu e nimic acolo. Nu e nimic îngrozitor, nimic inacceptabil, doar un Lucru cu sexul chircit, ca un melc pudic, ascuns în tufa de păr castaniu vârstat cu fire albe, un Lucru cu mâinile întinse pe lângă corpul Lucrului, un Lucru străbătut de o tăietură cusută grosolan, de la gât până sub burtă, însă, odată ce ajung la fața acelui Lucru, cu ochii întredeschiși și un rânjet ca de câine speriat, cu buze vinete și părul lipit de cap, îmi rețin un urlet de neputință și indignare. Da, de indignare, poate sentimentul cel mai firesc în fața morții, aveam să mă gândesc peste două ore, în Dacia 1300 roșie care ne ducea înapoi spre București, cu un sicriu prins cu funii de „acoperiș" și un crap de șase kile în portbagaj, când aveam senzația nelămurită că acel pește va împrumuta ceva din calitatea cărnii putrezite a mortului.

O imagine familiară îmi atrage privirea și totodată mâna din substanța profundă a pietrei: pe una dintre urnele funerare, într-un cadru ovoidal e o fotografie cunoscută, a unui bărbat cu calviție pronunțată și mustață, o fotografie alb-negru din care ochii pătrunzători, ironici, așezați de-o parte și de alta a unui nas coroiat, par să provoace privitorul: Paul Zarifopol (1874-1934). E nelipsitul *coup de dés* care pune în mișcare roțile ironiei. Din registrul ideilor gingașe, mângâi fotografia imprimată în piatră, apoi trec mai departe spre poarta zăvorâtă, flancată de doi grifoni puși acolo să vegheze ca cei morți să nu-și părăsească niciodată sălașul, chiar dacă praf sunt ei, chiar dacă cenușă sunt și vis e vrednicia lor trecută.

Trag zăvorul, fără speranță, orbit de lumina galbenă-portocalie, filtrată de vitraliile ușii grele, din fier forjat, lumina îmi secționează pielea feței în fâșiuțe, șopârle de foc dansează pe pleoape și încep să simt un tremur familiar în coșul pieptului, semnul unor vitejii ce vor să vină. Împing cu umărul, fără speranță, și totuși poarta se urnește scârțâind, târâind sub greutatea ei pietrișul piațetei în care mă găsesc acum, în capul unor scări somptuoase, cum nu mi le amintesc, pe care le cobor cu grijă, atent să nu mă trezesc și să nu trezesc nici grifonii care străjuiesc coborârea, frații înaripați ai leilor din casa de lângă Cimitirul Evreiesc. La poalele scărilor, în dreapta, se întinde liziera păduricii care ascunde crematoriul de cei care urcă spre statuile enorme, culcate în iarbă, de pe dealul alăturat, unde acum sunt aparate de fitness, dar care în copilăria mea străjuiau, rănite, vârful năpădit de iarbă, înaltă până peste capul meu, al dealului unde Ovidius mă ducea să exersăm tragerea din alergare. Atunci am descoperit, trântindu-mă la pământ, când am dat firele de păpădie din fața ochilor cu mâinile, ca un înotător de bras, botul ros de ploi și de vânt al unui cal din piatră, care dormea acolo, trântit într-o rână, și am rămas lângă el, nas în nas, iar la fiecare expirație de-a mea, aerul cald venea înapoi, fierbinte, dinspre nările abia conturate ale marelui cal, dându-mi o stare de beatitudine, în timp ce Ovidius mă striga panicat și mă căuta prin tufele înalte. Am închis ochii și am reușit, așa cum știam atunci, să îndepărtez sunetul de mine, așa cum o focă își poate izola nările, ca să nu-i intre apă-n nas, așa alungam eu sunetele și intram într-o stare de prostrație, o mică focă plutind sub luciul unui Ocean înghețat și de un albastru ultramarin.

Iar în stânga, urmând cărarea care străbătea gardul viu, plin de ghimpi, cu hățișuri pe care nu le putea străbate nimeni, atât de sălbăticite erau, lăsate să cotropească cu tentaculele lor vegetale întregul areal circular care ascundea crematoriul, cărarea aceea abia se strecura prin gard și era nevoie de cineva care să știe bine locul ca să poată ieși, să nu rămână acolo, pe treptele din materie poroasă, sfărâmicioasă, până în vecii vecilor, la umbra columbarului din care noaptea ieșeau, în fuior, sufletele adormiților, robilor Tăi.

Am pășit pe piatra cubică măruntă care pava peronul din fața porților cu grifoni și m-am îndreptat pe cărare spre poarta vegetală dincolo de care știam că o să ies în plin soare și că aerul va fi înecăcios, prăfuit, că, dacă mă voi opri chiar la limita dintre lumină și întuneric, voi putea vedea dansul particulelor de praf în lumină, așa cum îl vedeam duminica dimineața, în casa lui Psihi Mu din blocul Ciclop, stând pe canapeaua întinsă, cu ladă, pe care era cocoțat imensul radio cu clape („din os de om, Michișor“, Psihi Mu), când făceam ochi și mă întindeam sub plapuma grea, țărănească, ce ținea cald iarna și răcoare vara, dar acum, în dansul acela e vară, iar eu port o pijama bărbătească, cu nasturi în față și dungi sobre („de gospodar“, Ioana), și țin mâinile pe suprafața matlasată a plăpumii, întorc capul spre stânga, iar jaluzelele din lemn și pânză vișinie lasă să se strecoare în cameră lame tăioase de lumină, pe a cărei suprafață subțire firele de praf zvâcnesc ca niște pui de meduză ce țâșnesc în primul lor drum spre oglinda apei, iar în cameră bâzâie un muscoi uriaș, care face zgomot cât un tractor, trezit și el la viață de sunetul firav totuși al traficului de pe Bulevardul Magheru, iar eu mă pot gândi doar la fâșâitul valurilor din piscina hotelului Lido, pe care cred că le pot auzi.

Trec prin gardul viu, îmi agăț un umăr în crengile scăpate din rug (așa cum se agăța Albă-ca-Zăpada când fugea de vânător) și în fața mea se deschide dealul, verde, cu pete maronii unde iarba a fost pârjolită de soare sau unde săniuțele au tocat orice urmă de iarbă, coborând spre fântânile arteziene oprite. Parcul e gol, cu excepția câtorva cupluri de elevi sau liceeni care se sărută sau poștesc câte o țigară pe lângă un trunchi de copac, pare că torpoarea amiezii dogoritoare a alungat orice urmă de viață. Chiar și tinerii care-și încolăcesc limbile din zece-n zece metri par ireali în pelicula de căldură. Arată ca și cum ar fi fost puși acolo de regizor, ca să dea bine când cobor eu dealul. Îmi amintesc cum alergam în vale, fără să încetinesc deloc, cu bustul aplecat în față, gata oricând să mă prăbușesc cu nasul în iarbă, ca să cumpăr o sticlă de vodcă sau de rom Amiral și un pachet de Mărășești, însoțit de râsetele rockerilor de pe deal, care făceau cerc în jurul unui trunchi prăbușit de copac, cu două sau trei chitare reci sincronizate. Îmi amintesc mâna unuia dintre ei, poate Contele, poate Mortu, cu degetele răsfirate natural, fără emfază, pe sânul prietenei lui, cu insule de păr negru pe dosul degetelor negricioase, și privirea mea fixată acolo, leșinul care-și făcea loc dinspre baza craniului spre gaura curului, o senzație de greață copilărească în fața acelei impudori. O iau pe urmele băiatului de 13 ani, dar fără să alerg, frânând din mușchii coapselor și ai gambelor, care încep să mă doară. Cum ajung la poalele vulcanului, când pun piciorul pe cimentul cu dâre ca niște vene care-l traversează transversal, apa fântânilor începe să țâșnească, răcoroasă, împrăștiind particule infime care-mi sar pe față. Îmi trec mâna PRIN PĂRUL UMED, ÎNTIND APA PE TOATĂ FAȚA și trec prin spațiul dintre două fântâni, spre terasa unde mă așteaptă el, Tatăl-păianjen, cocoșat și cu bărbia învelită-n echimoze, dar cu ochii sclipind de veselie („Mă simt ca la 30 de ani!"), deocamdată nu văd nimic, doar siluete vag conturate, pentru că-mi bate soarele-n față și în cap, apa din păr s-a evaporat instantaneu și îmi amintesc că, atunci când alergam pe deal spre vodcă și țigări, aveam o alergie cumplită chiar în perioada asta a anului, că umblam mereu cu ochii roșii, ca și cum abia m-aș fi oprit din plâns, cu pleoapele inflamate.

Acum îmi dau seama că țin în mâna dreaptă baierele genții sport Adibas în care am înghesuit moaștele. O așez pe ciment, îngenunchez lângă ea și încep să trag de fermoar, apoi privesc în talmeș-balmeșul de oase și odăjdii, dintre care-mi zâmbește hârca veselă a sfintei alături de care am împărțit pătura grea a nopții.

— Oricine voiește să vină după Mine...

E o căldură cumplită, deși a trecut de jumătatea lui octombrie, iar lângă geanta neagră un șir de vacile-Domnului se scurge imperios spre o crăpătură adâncă din beton.

— ...să se lepede de sine...

Am atâta lepădare de mine în cei 40 de ani pe care i-am trăit în vis, încât murmurul venit dinspre ierburile parcului, purtat de vântul ce bate dinspre lac, dinspre mănăstirea scufundată acolo, înghițită de apele negre ale Dâmboviței, murmurul mă face să chicotesc.

— ...să-și ia crucea...

Crucea mea își are capătul scurt în coșul pieptului, iar centrul, acolo unde se deschide ochiul infernului, îl port între picioare.

— ...și să-Mi urmeze Mie!

Mă ridic și urmez aleea principală, cea care trece peste pod, podul de unde priveam acum câțiva ani, cu doi copii, țestoasele care ieșeau la soare sau peștii uriași care-și scoteau spinările negre sub prelata răcoroasă a sălciilor. Știu fiecare cută făcută de ciment, tubulaturile plesnite de înaintarea sârguincioasă a rădăcinilor de dud sau corcoduș, trăiesc prin tălpi memoria acestor răni deschise, tot așa cum mi-am trăit în ultima lună cicatricile lăsate de savurarea inconștientă a unei vieți pe care am contemplat-o și am împuns-o cu țepii ieșiți prin fiecare vertebră a coloanei. Și pentru prima oară în ultimul deceniu, din care nu-mi amintesc mare lucru, pentru că filmul ăsta ar trebui văzut într-o sală care nu există încă, un film care ar dura tot zece ani, la care aș asista pironit în scaun și legat la un aparat steampunk, care m-ar hrăni și mi-ar recicla urina, rahatul, sudoarea și mi-ar tăia unghiile, m-ar tunde și m-ar bărbieri, la filmul ăsta nu mai pot asista, deci pentru prima oară în acest deceniu lung și totuși trecut ca-n vis sau ca un metrou care se retrage la depou, la IMGB, mi se face dor de Prințesa Ralu, de ea așa cum era înainte de Revoluție, apoi imediat după, de tirania ei exercitată fără teamă de exces asupra masculilor înnebuniți de țâțele, cracii și sălbăticia ei, toate ascunse acum sub straturi de grăsime, sub piei umflate și pungi care alcătuiesc un palimpsest gălbui, purulent. Imediat după moartea lui Mircea, după dispariția lui Sergiu, după respingerea invaziilor arabe din Bucureștiul capitalist, după vânzarea Casei cu Lei, s-a închis într-o garsonieră din Apărătorii Patriei și a început să mănânce cu aceeași intransigență și sălbăticie pe care le investise în pictură, în iubirea de bărbați și în creșterea mea. Dimineața se trezea la 5, deschidea televizorul, îl dădea destul de tare cât să-l audă din orice colț al casei, își făcea un ceai de plante, poate pentru iluzia sănătății și a unei cumințenii pe care o juca în fața oglinzii sparte din baie, mânca cinci-șase felii de pâine cu unt și dulceață, apoi, când se făcea ora, ieșea într-un periplu care o ducea pe la toate cabinetele medicale din oraș care o mai primeau, tratându-și bolile obscure ce-i înfloreau în corp, după ce fuseseră ținute în frâu probabil de frenezia sexuală a primei tinereți, a celei de-a doua, apoi a maturității. Își trata un șuier al plămânilor, un genunchi care scârțâia ca la Omul de Tinichea, migrene care apăreau din senin și dispăreau la fel, artrita, insuficiența cardiacă, cataracta, o tumoare benignă neconfirmată localizată în glanda pituitară, o bruscă diferență inexplicabilă între lungimea piciorului stâng și cea a piciorului drept, niște iritații încăpățânate ale pielii, o depunere de calciu la nivelul călcâiului, căderea părului, tiroida, un diabet tot neconfirmat, insuficiența respiratorie și, vag strecurată printre ele, o tristețe care o împingea între toate aceste vizite la Obor, unde-și lua cefe la grătar și mici, pe care-i spăla cu o cutie de Timișoreana. Cercul cabinetelor care o primeau se restrângea de la an la an, pentru că-n fața privirilor incredule ale medicilor afișa mai întâi un aer disprețuitor, care provenea dintr-o dogmă medicală deprinsă de pe internet și de la emisiunile medicale de weekend, apoi devenea nervoasă și în cele din urmă izbucnea în urlete care aminteau de amazoana cu doi sâni a copilăriei mele:

— Incompetenți, asta sunteți, futu-vă muma-n cur, purtători ilegali de pulă și de creier!

Pentru că, în ciuda disprețului de o viață pentru sexul așa-zis tare, nu mergea decât la doctori cu acel sex tare, misoginismul ei fiind mai mereu câștigător în confruntarea cu celelalte opinii ferme.

Apoi s-a liniștit și s-a închis în casă, primindu-mi vizitele din patul dublu unde mânca, de unde se uita fără întrerupere la televizor, la posturile cele mai naționaliste și mai ahtiate după teoria conspirației, urlând, cu o ură asemănătoare cu cea pe care i-o arăta lui Ceaușescu acum 30-35 de ani, împotriva președintelui neamț, „dar-ar canceru-n gâtu' lui, că ne-a vândut pe toți la străini". În spatele patului, tras de la perete pentru că era exterior și deci rece, pusese cinci, șase pânze care scăpaseră prădueielii postrevoluționare, dar pe care le ținea cu pictura întoarsă și cu șasiul la vedere, așa că, mereu când mergeam s-o vizitez, aveam impresia că ființa aia umflată, care semăna cu caracatița malefică din Mica Sirenă, era ea însăși un exponat în muzeul aflat în plină panotare.

Fiecare vizită pe care i-o făceam mă lăsa epuizat, nervos, într-o stare de iritare vecină cu nebunia care mă ținea captiv zile întregi. Îmi părea că între cetaceul care trona în pat, printre firimituri și ambalaje de ciocolată Rom, și Genu, păianjenul uriaș cu inele vikinge în barbă, slab și păros, duhnind a alcool și a urină, e un tunel nevăzut, pe care-l folosesc amândoi pentru o comunicare tainică.

Redeveneau părinții care se despărțiseră cu 40 de ani în urmă, dar într-o formă monstruoasă, o replică teratomorfă care-și juca rolul pe spatele oglinzii. Deasupra patului ei se afla o oglindă uriașă, cu ramă rococo, din lemn, aplecată în față, atât cât îi permitea sfoara care o ținea de un cui viguros pe care i-l bătusem eu în peretele de BCA. Cum stăteam la picioarele patului, îmi vedeam reflectată chelia în oglinda aplecată, iar când ridicam fața spre ea, într-un exercițiu de narcisism și de masochism, lângă capul meu se vedeau labele ei, două pernuțe depărtate, dar identice, pe al căror înveliș din piele rozalie se puteau citi delte formate de venele sparte. Și, în timp ce vorbea despre obsesiile ei cu primari de sector, cât îl înjura pe președintele Iohannis, „dar-ar canceru-n gâtu' lui...", mă scufundam în deltele gemene de pe labele picioarelor ei, într-o pirogă din lemn, fragilă, dar pe care o mânuiam expert, cu o pagaie ușoară, făcându-mi loc printre mangrove luxuriante, care umbreau apa, filtrând-o spre un verde închis, aproape negru, străbătut de spinări albe de marsuini, în timp ce pe deasupra capului croncăneau păsări africane albe, înalte cât un stat de om, cu ciocuri mari, noduroase, care-mi imitau toate mișcările, ca niște maimuțe.

După o vreme dubios de lungă, își dădea seama că sunt altundeva cu mintea și, jenată, cumva sensibilă, mă întreba dintre gușile care-i atingeau buzele așa, cum stătea acolo, cu capul ridicat de trei perne:

— Și, tu ce mai faci? Cu fata aia te mai înțelegi?

Fata aia era soția mea de mai bine de cinci-șase-șapte, apoi opt, nouă, zece ani și relația lor era străbătută de supărări iscate din senin de Ralu, care analiza gesturile Ioanei cu atenția unui Torquemada pus în fața celei mai iscusite vrăjitoare din Galicia, până identifica în ele unul singur, pe care-l izola ca pe un element chimic de bază și pe care-l înghițea, apoi îl regurgita sub forma unei jigniri de neiertat. La baza tuturor jignirilor însă stătea evreitatea ei, pe care n-o acuza fățiș, ci o cimenta în groapa de fundație a tuturor interpretărilor și suprainterpretărilor ei. Așa cum în fața mea îl blestema pe președintele neamț, pentru că bănuia că l-aș fi votat, prezența Ioanei aducea ca din senin discuții despre jidanii nespălați din Oborul copilăriei ei, despre jidanii care au adus comunismul în țară și despre tot soiul de urmași ai lui David care o făcuseră la bani în timpul tumultuoasei ei cariere de pictoriță.

Înaintez pe pod spre zona de demarcație dintre crângul de duzi și corcoduși și panta care coboară înspre lac, de unde se prăvăleau săniuțele în iernile când abia ne mutaserăm în Casa cu Lei și mergeam cu Danezu și cu Mucea și ne dădeam întinși pe burtă, cu fața spre lacul înghețat pe care atunci nu pășeau rațele crăcănate și lebedele de import, erau doar crengi negre, care mie-mi păreau brațele unor monștri scheletici ai apei ce răsăreau spărgând gheața, niște brațe întinse disperat spre cerul înnorat, în timp ce trupul ființei se afla în întunecimea hiperboreală așezată deasupra mănăstirii scufundate cu 100 de ani înainte. Vara, înainte de a face baie în lac (când trebuie să-ți învingi groaza de a atinge cu piciorul gol lintița pe care o bănuiai că învelește scheletele călugărilor înecați), cutreieram crângul și ne umpleam poalele tricourilor cu dude însângerate și corcodele verzi, mari cât cireșele, înainte de a deveni vineții și scârboase, intrate într-o putrefacție dulce, care-ți mângâiau cerul gurii ca o bucată de vată îmbibată-n sânge.

Pășesc peste tunelul acela protuberant, prin care probabil că și-a făcut loc rădăcina unui arbust și care traversează podul pe lat, e probabil calea unei cârtițe, una de diamant, cu dinții mușcând din ciment și din smoala întărită, e probabil tunelul unui limbric, *Ascaris lumbricoides* („Hai, băi limbric, să mergem la un șpriț de vară!", Sergiu), care trece peste granițele intimidante ale organelor, își croiește drum cu nesimțirea unei betoniere prin mușchi, prin trahee, se culcușește în țesutul spongios al plămânului și acolo visează baxuri de Kent lung, fum de eșapament și clipa în care va izbucni din carcasa cadavrului proaspăt îngropat. Pășesc peste tunel, pe pod, acolo unde cimentul e lin ca o peliculă de Fineti pe clătită, ca o pojghiță de margarină peste care presari cristalele de zahăr, zona unde e cel mai bine să te dai cu rolele, niciodată înlocuită, niciodată reparată, fiind perfectă. În față se ridică Sala Polivalentă, castelul concertelor rock ale adolescenței, în dreapta și în stânga vezi luciul apei, insulele plutitoare ale Cociocului, rațele care încearcă din când în când să-și ia zborul, lebedele ca niște porci grațioși, care abia când întind aripile devin păsări, archaeopterycși împiedicați.

O văd dincolo, unde se termină podul, e așezată pe jos, în capul unei cărărui pe care iarba nu mai crește de 30 de ani, cărăruia pe care coboram cu Mirela, o fată înaltă, cu gura mare, la ziua căreia ținuse morțiș să ne sărutăm după ce mușcase dintr-o gogoașă pudrată cu zahăr vanilat, deci pe acolo coboram cu ea până la jumătatea pantei și ne așezam pe geaca mea de blugi și ne sărutam câteva ore, fără să ne atingem prea mult, după care plecam spre casă, eu înfricoșat de durerea pe care o simțeam pornind dintre picioare și urcând până spre rinichi, durere de care scăpam doar după ce mă închideam în baia de sus a Casei cu Lei și mi-o luam la labă visând la scene pe care aș fi putut să le pun în practică, dar pe care nu le pusesem, pentru că mi-era frică.

Așa cum stătea, cu genunchii la gură, cu fusta plisată atât de anacronică acum urmând linia zveltă a picioarelor și capul întors spre Sala Polivalentă, sprijinit în podul palmei – de fapt, capul este culcat parțial pe mână, iar ceea ce ghicesc eu e conturul maxilarului pe încheietura fină –, iar cu mâna cealaltă înconjurând genunchii ascuțiți, în mare măsură ascunși sau dezvăluiți de părul castaniu-roșcat, ondulat, am știut că e ea, deși ultima oară o văzusem într-un vis acum mai bine de 25 de ani, când încercam să adorm pe salteaua năpădită de gândaci a unui coleg de liceu care mă invitase peste noapte la el și care mă culcase pe jos și, dat fiind că locuia la parter și era vară, stăteam cu geamul deschis și la un moment dat am ațipit, după ce s-a terminat „Beavis and Butt-Head“ la MTV și probabil a început „Headbangers Ball“, am adormit simțind furnicături pe tot corpul, ca un amputat care-și urmărește durerile membrului fantomă, numai că în cazul meu fantomele erau gândacii care se suiau sau nu se suiau pe mine, oricum nu conta, cert e că stăteam învelit în cearceaf ca o mumie, transpirând de frică și de revoltă, jurându-mi să nu mai calc niciodată în casa asta unde stăteau pe jos farfuriile nespălate din care mâncase sărmăluțe Mihăiță și unde colcăiau gândacii roșcați, de bucătărie, care se luptau cu șiragurile de furnici și cu gândacii mari, butucănoși, de subsol, care veneau de afară, sub privirile unei pisici mereu mirate și roșcate. Așa probabil am adormit sau, cum ar spune un scriitor sensibil, am alunecat în somn – și nu ar fi departe de adevăr, pentru că scriitorii sensibili din adevăr se hrănesc – și am visat fata asta al cărei chip nu a existat nici atunci, iar ceea ce a existat s-a pierdut în timp și în aburii dimineții, o auroră de 25 de ani care a decantat și a trimis cortexului câteva picături de ambră în care privesc și acum și văd acea linie fină a maxilarului, părul castaniu-roșcat ondulat care acoperă trăsăturile, însă nu poate ascunde doi ochi hipnotici (ce înseamnă asta?), luminoși, dogorind de iubire (vis tipic de adolescent). Și da, aceeași fustă cafenie plisată pe care am văzut-o când mi-a prins fața în palme și mi-a așezat capul pe pieptul ei, obligându-mă să privesc în jos și apoi să mă trezesc cu gândaci pe față, încercând să-mi intre în gură, însă m-am trezit fericit, fericit cum n-am mai fost niciodată, și îndrăgostit. M-am ridicat de pe saltea, lăsând în urmă cete panicate de gângănii fugind care-ncotro, pe Mihăiță sforăind în patul îngust printre coji de semințe și sticle de Cola goale, de un litru, m-am strecurat pe hol, apoi în scara blocului și apoi am ieșit, beat de soarele dimineții, și am purtat zile întregi, ca și cum aș fi înghițit soarele, o rană arzătoare în piept. Priveam înspre lume, dar ochii îmi rulau și derulau pelicula aceea de dragoste în care o tânără femeie, mai mare decât mine, mă privește cu dragostea unei iubite și-mi strânge capul la piept.

Iar acum e aici, în imagine și-n oase, la capătul podului pe care trebuie să-l parcurg, fără să mă las distras de faptul că parcul pare gol, că nu se aud păsări, nu se aud voci de oameni, nici lacul nu clipocește, un scenariu selenar în care mă ancorează doar greutatea genții în care-s moaștele sfintei. Și fiecare pas pe care-l fac spre ea e un pas pe fundul lacului, cu ghiulele atârnate la gleznele jupuite, același pas face ca apele lacului mai întâi să tremure, ca sub atingerea unei brize de vară, apoi să bolborosească și să șuiere, cum făcea „oala minune" a lui Ralu, pe care o folosea când găsea pe sub mână câte un rasol de vită și făcea supă din el, iar bolboroseala se transformă în vârtej, o cuvă conică al cărei vârf e mângâiat de ierburi subacvatice și de lintița ce-a crescut într-o sută de ani pe oasele călugărilor morți, din tromba de apă se ridică încet turla de lemn a bisericii scufundate, iar în clopotniță două siluete se agită comic până când începe să se audă dangătul amintind a copilărie, o copilărie petrecută printre fustele femeilor care puneau acatiste la Sfântul Anton sau la Sfânta Vineri, până când pe asta din urmă a mutat-o Antihristul bâlbâit, iar fiecare dangăt trage după el structura din beton armat a podului, care se scufundă treptat înspre luciul apei, cu tot cu mine și cu geanta moaștelor, abia apuc să fac un salt spre greabănul din pământ și iarbă pe care stă ea, impasibilă în jurul acestor uimiri și cutremurări, tot așa, în semiprofil, ca și cum m-ar fi așteptat de puțin timp, drept care și-a permis câteva minute de melancolie ușoară, aterizez lângă ea, arunc geanta în spate, apoi mă așez, cu grijă, așteptând poate să-i văd pentru prima oară trăsăturile sau poate să lipesc această imagine din prezent peste aceea luminoasă, izbitoare din visul de acum 25 de ani, iar ea într-adevăr se întoarce lent și-mi dau seama că nici acum n-o să pot vedea nimic pentru că o percep pe toată, ca pe un contur solar, și nimic din ea nu poate fi dezlipit din forța pe care o impune corneei, creierului și unui punct fierbinte din piept pe care nu l-am mai simțit de ani buni. E tot ce nu era, ba chiar opusul a ceea ce era demonul concupiscent din noaptea ce a urmat morții unchiului Mircea, căldura ei deșteaptă un nufăr adormit între coaste, ceva atât de îndepărtat de intestine, de testicule, de erecție și dorință, încât o simt înrudită bătrânelor din trenul ce mă dusese spre Iași, purtătoarele de crengi de mâțișor în mâinile împreunate pe burtă.

Și apoi mâna ei se ridică, o pot ghici slabă, fină și tăioasă ca o petală de magnolie cum mi se așază pe obraz, mângâie barba neîngrijită, crescută anapoda, albită, apoi atinge pielea de pe pomeții obrazului și se desface în cinci degete ca firele de iarbă care trec peste ochi, iar ochiul se închide, mă închid cu totul într-o odihnă pe care abia acum simt că mi-o doream ca pe un pahar de apă rece, cad în mine, dar fără viteza impusă de gravitație, o cădere mai curând de basm, ideea unei prăbușiri spre o pajiște care-mi promite somnul și tinerețea, iar când corpul meu atinge primele fire de iarbă, o aud de peste tot, înconjurându-mă și șoptind din toate părțile, ca un ecou: „Atât de fin!".

Ecoul se îndepărtează, sunt în ochiul tornadei și am senzația că aș putea opri totul doar întinzând mâna, aș putea sfâșia postavul acestei mișcări, chiar așa fac, deși pare un efort inuman să întind un membru, să-l ridic din iarbă, mâna trece prin peretele de mișcare turbionară, ajunge dincolo, ca prin voalul de apă al unei cascade (*Ultimul mohican*), și atinge suprafața zgrunțuroasă a canapelei. În curând va fi dimineață, văcuța Mu o să vină cu lapte proaspăt și găinușa Cotcodac o să-mi aducă ouă proaspete. Iar eu o să mă ridic în șezut și o să-ntreb: Unde-au venit? Iar vocea tânără a Prințesei Ralu îmi va răspunde: Cum unde? La geam, Chiț-Chiț!

Sfârșit

Mulțumiri

Vreau să le mulțumesc prietenilor mei Oana „Max Perkins“ Doboși, Alin Croitoru și Dan Croitoru, care au înfruntat cu vitejie hățișurile acestui text pe când era doar o junglă. Îi mulțumesc lui Adrian Botez pentru înțelegerea de care a dat dovadă față de întârzierile mele. Îi mulțumesc Ioanei Aneci, redactorul romanului, care m-a salvat de multe prostii și a făcut, ca de obicei, o carte dintr-un text imens.

Nu în ultimul rând, le mulțumesc Sarei, Oanei și lui Marc: ei sunt Tot!

Cuprins

Fiction Ltd

au apărut:

Mircea Daneliuc, *Cele mai tâmpite momente*
Alexandru Ecovoiu, *Ambitus*
Ovidiu Pecican, *Lumea care n-a fost*
Dan Lungu, *Pâlpâiri*
Bogdan Suceavă, *Avalon. Secretele emigranților fericiți*
Florina Ilis, *Cartea numerilor*
Cristian Tudor Popescu, *Vremea Mânzului Sec*
Filip Florian, *Toate bufnițele* (ediția a IV-a)
Bogdan Teodorescu, *Și vom muri cu toții în chinuri*
Bogdan Suceavă, *Vincent nemuritorul*
Cristian Teodorescu, *București, marea speranță*
Filip Florian, *Degete mici* (ediția a VI-a)
Simona Antonescu, *Ultima cruciadă*
Doina Ruști, *Homeric*
Mircea Daneliuc, *Sfumato*
Liliana Corobca, *Buburuza*
Dan Lungu, *Părul contează enorm*
Eugen Uricaru, *Grădina Paradisului*
Nicolae Breban, *Act gratuit*
Radu Pavel Gheo, *Un drum cu Ceapă*
Nora Iuga, *Hipodrom*
Simona Sora, *Complezență*
Florina Ilis, *Pandemia veselă și tristă*
Mihai Zamfir, *În așteptare*
Felix Aftene, Lucian Dan Teodorovici, *Mustața lui Dalí și alte culori*
Dora Pavel, *Bastian*
Radu Țuculescu, *Femeia de marțipan*
Varujan Vosganian, *Patimile după Gödel*
Andreea Răsuceanu, *Vântul, duhul, suflarea*
Nichita Danilov, *Omul din eprubetă*
Veronica D. Niculescu, *Simfonia animalieră*
Simona Antonescu, *În umbra ei*
Alina Nelega, *un nor în formă de cămilă*
Florin Lăzărescu, *Noaptea plec, noaptea mă-ntorc*

Iulian Ciocan, *Clovnul*
Eugen Uricaru, *Ieşirea din Pustie*
Cristian Teodorescu, *Tatăl meu la izolare*
Răzvan Petrescu, *Cuţitul japonez*
Matei Vişniec, *Un secol de ceaţă*
Petru Cimpoeşu, *Scrisori către Taisia*
Nichita Danilov, *Simfonia mută*
Dan Lungu, *Şoferul din Oz*
Corin Braga, *Ventrilocul*
Petre Barbu, *Vremea tatălui*
Varujan Vosganian, *Povestiri despre oameni obişnuiţi*
Dora Pavel, *Crush*
Radu Ţuculescu, *Crima de pe podul Garibaldi*
Veronica D. Niculescu, *Quilt*
Simona Antonescu, *Chiajna din Casa Muşatinilor*
Andreea Răsuceanu, *Linia Kármán*
Bogdan-Alexandru Stănescu, *Abraxas*

www.polirom.ro

Redactor: Ioana Aneci
Tehnoredactor: Gabriela Gheţău

Bun de tipar: septembrie 2023. Apărut: 2023
Editura Polirom, B-dul Carol I nr. 4 • P.O. BOX 266
700505, Iaşi, Tel. & Fax: (0232) 21.41.00; (0232) 21.41.11;
(0232) 21.74.40 (difuzare); E-mail: office@polirom.ro
Bucureşti, Splaiul Unirii nr. 6, bl. B3A,
sc. 1, et. 1, sector 4, 040031, O.P. 53
Tel.: (021) 313.89.78; E-mail: office.bucuresti@polirom.ro

Tiparul executat la PRINTCO

Contravaloarea timbrului literar se depune în contul Asociaţiei Române a Creatorilor Culturali şi Artiştilor (A.R.C.C.A.) Nr. RO57RNCB0072049692100001 BCR Sector 1